大胶济

❷ 风潮迭荡

胶济铁路长篇历史小说三部曲

戚斌 著

山东人民出版社·济南
国家一级出版社 全国百佳图书出版单位

图书在版编目（CIP）数据

大胶济.2,风潮迭荡/戚斌著.--济南：山东人民出版社,2024.5
　　ISBN 978-7-209-15116-0

　Ⅰ.①大… Ⅱ.①戚… Ⅲ.①长篇小说－中国－当代 Ⅳ.①I247.5

中国国家版本馆CIP数据核字（2024）第097316号

大胶济（2）　风潮迭荡
DA JIAO JI (2)　FENGCHAO DIEDANG

戚　斌　著

主管单位	山东出版传媒股份有限公司
出版发行	山东人民出版社
出 版 人	胡长青
社　　址	济南市市中区舜耕路517号
邮　　编	250003
电　　话	总编室（0531）82098914
	市场部（0531）82098027
网　　址	http://www.sd-book.com.cn
印　　装	山东新华印务有限公司
经　　销	新华书店
规　　格	16开（169mm×239mm）
印　　张	26
字　　数	426千字
版　　次	2024年5月第1版
印　　次	2024年5月第1次
ISBN 978-7-209-15116-0	
定　　价	158.00元（全三册）

如有印装质量问题，请与出版社总编室联系调换。

光明总是挟裹着黑暗的色彩喷薄而出……

目　录

第一章 / 001

第二章 / 137

第三章 / 283

风潮迭荡

第一章

1

邓恩铭在1923年初就来到了青岛。当时，正是哈气成冰的季节，青岛独有的异国风情冰封在寒冷的空间，让人不容易也没有心情观赏。邓恩铭的心情极为糟糕。当他知道孙继丁现在是胶济铁路管理局机务处处长后，内心比此时此刻的季节更寒冷。来青岛开展工作的满腔热忱顿成冰柱，他知道自己的愿望可能会很难实现了。

孙继丁是他在山东省立第一中学就读时的校长，在校期间他因为罢课罢学，没少给这位有着"清华教授"身份的校长出难题，这位三十多岁却老成持重的校长当然也没少找他的麻烦。当时，正值山东权益在巴黎和会上为日本人所窃取，所有有良知的中国人无不义愤填膺，所有对抒发爱国情怀言行的阻止都被归结为卖国。

王尽美当时在山东省立第一师范学校，与邓恩铭所在的山东省立第一中学彼此呼应，声息相通。邓、王是济南最著名的两位学界领袖。后来，邓恩铭和王尽美相继加入了中国共产党，并参加了1921年在上海召开的中国共产党第一次全国代表大会。

一大后，基于对山东情况的熟悉和了解，中央派邓恩铭、王尽美继续回到山东组织开展党的工作。王尽美的工作重心在济南，而邓恩铭被确定在青岛进行工作。这是山东最为重要的两座城市。济南工作重要，而青岛，却因其特殊的地位和作用，有着另外一层的意义。

自1897年11月德国占领青岛后，青岛一直游移于中国传统文化的成长之外，形成了自己独特的人文环境。先是德占，后又有日本人占领，直至北洋政府接收，其间二十多年，青岛竟然与山东内地的传统迥异。而在邓恩铭等共产党人的眼里，青岛1899年开始修建胶济铁路、青岛港码头，到后来日占时期纺织工厂大量兴起，一大批生活在铁路、码头、纺织工厂的产业大军正是中国工人阶级最坚强的基础，他们所蕴含的能量不可限量，努力把他们的积极性和创造性调动起来，那将是一股让旧势力为之胆寒的洪流。

邓恩铭多次来到青岛考察，他的目光自然地聚焦到了有着千余人的胶济铁路四方机厂。

四方机厂是随着胶济铁路修建而建成的一座旨在服务保障铁路运输的铁路机车维修制造工厂，建成于1902年，设备大多是由德国直接进口的，有着当时国内先进的机器制造设施设备。其间的工人既有很多毕业于中德合作的青岛特别高等教育学堂的学生，技术水平一流，也有被吸引而来的山东内地的经过短暂培训而掌握了一定技能的农民，身份复杂，各怀技能，因不同的理想追求汇聚于此。邓恩铭从这批充满生机与活力的产业大军之中看到了创造美好未来的无限可能。

但是，现在一个人的存在却成了他实现理想的绊脚石，这个人的存在使他进入四方机厂开展工人运动的美好愿望落空。

孙继丁是胶济铁路管理局机务处处长，而四方机厂恰是归属于机务处管理。也就是说，要想进入四方机厂，必须经过孙继丁的同意。在邓恩铭看来，要让孙继丁认可自己，恐怕比登天还要难。

河南传来的消息越来越不乐观，吴佩孚对工人的镇压势在难免。青岛的消息相对闭塞，邓恩铭决定到济南与王尽美一见，顺便与他商量，如果不能进入四方机厂的话，在青岛的斗争策略该如何调整。

从青岛到济南恰是一夜的路程。第二天一早，邓恩铭到达王尽美的住处，却未见到人。上街隐隐觉得气氛有些火热，本来济南的冬天要比青岛的冬天暖和很多，但这种潜在的火热让他有些莫名兴奋。商埠区的街道是横平竖直的，来回走动的人里，做生意的居多，他们怀揣各色不同的目的，从而使他们在人群中的差异感非常突出，似乎人们也并不回避他们所怀有的不可告人的目的。而此时，街上的行人似乎都在为什么事情所牵引，向着商埠区西段的区域走去；路边卖甜沫、油旋的小商贩也忘了照顾自己的生意，踮脚翘首地向西张望，有些摊子被行人挤破，也无人顾及……邓恩铭不由自主地也跟着人群走，走了一段他就知道那个方向是济南北大槐树，那里是津浦铁路济南机车工厂所在地，也是最有可能找到王尽美的地方。

果然，刚到那里，他便几乎可以认定王尽美就在人群的某一个地方。机车工厂门口聚集着层层叠叠的人群，邓恩铭驻足，不用打听，便从人们彼此的交流中知道了这里发生的事情。

吴佩孚果然在郑州、汉口对京汉铁路工人大打出手。

京汉铁路工人原定要在郑州成立京汉铁路工人总工会的愿望被鲜血与屠

刀扼杀了。在此之前，全国铁路系统都有代表前往郑州参加京汉铁路总工会成立大会。而今，这些人成了见证者，目睹了军阀的残暴与冷酷。津浦铁路机车工厂党的组织所派出的代表是刘子久和孙夏非，他们一路从郑州回来，正在津浦铁路机车工厂门口向工人们和社会各界宣传京汉铁路工人不屈不挠的斗争精神和军阀吴佩孚的暴行。

邓恩铭远远看到有人在搭起的高架子上演讲，他听不清此人的话，但觉得面孔有些熟悉，又不敢确定是否认识这位勇敢的同志。围观的人跟着喊号子，"打倒军阀"的呼喊声此起彼伏。

邓恩铭也渐渐感到热血沸腾。

晚上见到王尽美，他知道了更多详情。

王尽美说："争取工人的权益不易，是要付出鲜血与生命的代价的。"

邓恩铭沉默不语，但心里感到有一座火山在剧烈沸腾。他为郑州热血男儿的以命搏权所激励，也为济南工人的热情所鼓舞，与此相对应，他为青岛的静默无语感到惭愧与不安。在他看来，青岛有着最好的工人基础，应该做得至少比济南好，但事实并非如此。穷其原因，青岛的地理位置远离郑州、济南这些内陆中心城市，星星之火不容易迸溅到那个更为遥远、寒冷的曾经的外国租借地，所以自己还要付出更多努力。

当王尽美听说孙继丁现在任职于胶济铁路机务处处长时也大感意外，没想到这么巧。他和邓恩铭在济南组织的学界统一罢课、宣传抵制日货、劝说商界罢市、到督军府请愿等一系列活动，确实没少给那位曾经意气风发的年轻校长以打击，当时这位校长就视他们为眼中钉肉中刺，可谓恨之入骨。

王尽美思忖半天，觉得还是稳妥为上，便对邓恩铭说："有些事情不可操之过急，等待时机。好在现在四方厂有荷波同志，他的工作进展很快。你可以在外围做些工作，观察一下再说。"

"不是说，荷波同志要调离青岛吗？"

"荷波同志本来是去参加京汉铁路工人总工会成立仪式的，没想到吴佩孚痛下黑手。现在，他应该到了浦镇，我向中央汇报，建议暂时不调荷波同志离开青岛。等打开突破口后再说，让他坚持些时间。"

王尽美所说的荷波即是王荷波。京汉总工会成立前，党组织就派他到青岛调查了解铁路产业工人的状况，以期能够有所突破。正如邓恩铭的感受，王荷波到青岛后即被四方机厂良好的群众基础所打动，决计在此打开片新天地，尽管没有明确的指令要他长期坚守，他却自动留守下来，工作做得有声有色，特别是在做行会把头郭恒祥的工作上卓有成效。

邓恩铭之所以被指定到青岛，就是考虑一旦王荷波有重要事情离开，能有人接续他的工作。

邓恩铭与王尽美一番长谈后，又在济南逗留数日，才返回青岛。尽管遇到了困难，但他们二人立定主旨，一定要把青岛的工人运动开展起来，也由此更加坚定了他重返青岛干一番事业的信心和决心。不知为何，他对海天一色的青岛格外钟情，冥冥中感觉那是他大显身手的舞台。

2

一年前的4月29日，处于津浦、京汉两条铁路中间地带的固安，一场血腥之战正在此全面展开。一匹骠骑在纷乱的弹雨中勇往直前。焦毁的旗帜，飞溅的土石、肉块，撕扯、喊叫，滚滚浓烟，炙烤的刺鼻味道，而这一切都恰如其分地为这一骠骑"将军"充当了背景，愈发凸显出他不可一世的姿态。

直系军队在"将军"的鼓舞下士气倍增，本来相持不下的局面渐渐得以扭转，杀声震天，大浪回头，一下不可阻挡。本来处于优势状态下的奉系军队瞬间变得无法抵抗，兵败如山倒，只需一声叹息，便无法收拾。

骠骑"将军"是直系将领吴佩孚，他成为整个战场的核心，也成为一场战争以及后来所主导的北洋政局不可一世的胜利者；而他的对手便是奉系将领张作相，此刻奉系一众人隐入烟尘不见踪影。固安两度易手，双方都投入血本。张作相调来了二十七师，吴佩孚调来了由王承斌任师长的"赵子龙师"投入战斗，最终第一次直奉大战不到一周时间便分出胜负，吴佩孚一战成名。

6月，黎元洪复出，出任了曹锟、吴佩孚控制下的中华民国大总统。12日，颜惠庆组阁。与吴佩孚同为烟台蓬莱人的高恩洪任交通总长。

高恩洪因罗廷干案为曹锟所不容，1923年1月4日，在张绍曾组织的内阁中，吴毓麟取代了高恩洪。吴佩孚费了很大劲儿，也没保住老乡高恩洪交通总长的位子。

1923年1月1日，中日在青岛举行胶济铁路交接仪式。

被任命为胶济铁路首任局长的赵德三从日本人大村卓一手里接过了胶济铁路人员名册和资产档簿。

……

距离胶济铁路接收不到三个月，空前的压力已经让赵德三有些直不起腰。

高恩洪虽然已经不再担任交通总长，但他在交通部人脉纵横，消息十分灵通。此时，赵德三手里拿着高恩洪的来信发呆。他早就知道有人在不遗余力地通过多种方式诋毁他，但没有想到此人手眼通天，竟然把状告到了交通部，并且一式两份，抄送到了吴大帅的手里。吴佩孚又把信转到了交通部，让交通部处置。交通总长吴毓麟处处小心，不知此中深浅，也便不愿过问，却把信息透给高恩洪，意在让赵德三知晓，利害自知，以期自我消化最好。

高恩洪在来信中虽然没有明言谁为，但赵德三明白，有如此能量之人当然不会是别人，一定是山东省的最高掌权者田中玉。高恩洪越是不去言明，其实也便越是说明此意。对赵德三来说，这并不意外。接下来的日子，他应当如何面对田中玉的挤压，又应当如何自处？他不能不思考这个问题，这个问题不但可以影响他的仕途，或许还会关乎性命。

赵德三此年刚好五十岁，他一直认为五十大寿之后，自己很是幸运。让他最感惶恐又兴奋的是，他被任命为即将接收的胶济铁路首任局长，并参与到接收胶济铁路这件举国关注的大事中。作为山东蓬莱人的他，历任津浦铁路管理局工务处处长、津浦铁路北段代理总工程师、汴洛铁路管理局局长、秦陇豫海铁路督办，而这些职位给予他的更多是辛苦，几乎从未让他有过荣誉感。1922年6月，他一度署北洋政府交通部路政司司长，后筹建由烟台到潍县的铁路，让人无法接受的是，本来确定要修一条铁路，由于资金和地方政府权益分配不均等诸多问题，铁路变成了公路。他阴差阳错地修建起了一条山东的现代化标准的公路，内心深处却陷入极度的困惑与矛盾之中。这让他愈发感到命运不济，便请托老乡高恩洪助一臂之力。胶济铁路接收前，高恩洪一度任交通总长，而且为吴佩孚所器重，吴甚至不惜与曹锟反目也要让高担任交通总长，只是没想到高恩洪在罗廷干案上下了一招糊涂棋，所以后来被吴毓麟所取代。

合适的时机让高恩洪的出手相助变成了赵德三的齐天洪福。没有人能够想到勤于任事但默默无闻的赵德三一下登上了胶济铁路管理局局长的位置。

胶济铁路虽然在全国路网中的位置并不显著，但以其德修日占、巴黎和会的经历而成为牵动国人神经的一条敏感之路，为国人所关注。赵德三自然知道其中的分量。任职之前他便有压力，甚至有过打退堂鼓的想法，当然这并非他的初衷。加之有高恩洪的根基，他觉得还是能够有所作为的。只是没想到高恩洪败退得那么快。

胶济铁路接收后，百废待举，千头万绪，最大的事是实现平稳过渡，而这并非易事。赵德三首先面临的是裁减日籍员工之后如何寻找胜任员工替补的问题。交通部当然也有考虑，参与接收胶济铁路的大员们大多留任，成为管理层的中坚力量，并且还从平汉、京绥等铁路局调来了大量业务骨干充实其中，但是仍然不能解决人员不足的问题，特别是运输一线的普通职员更是不可能大面积地通过调动熟练工来补充，只能自己解决，但这又并非马上就能实现的。铁路运输不能停轮，必须不间断运行，矛盾立现。赵德三批复了招工计划，想尽快解燃眉之急，但没想到大门一开，涌进来的更多是关系户，请托之人络绎不绝，推荐之人满足条件尚无话可说，很多人不是年龄大就是身体欠佳，更有甚者想人挂在胶济铁路，却并不来工作，白白拿着空饷。这种事看似过分，但请托者理直气壮，似乎是理所当然。拒绝了，转眼一想，原来对方也攥着胶济铁路的要害，大多是税务工商之类的管理部门。咬牙答应下来，但并不能全都满足，最后还是落得个得罪人。

让赵德三进退两难，最终授人以柄，也让自己没有了底气的还是蜂拥而至的亲戚和老乡。青岛与蓬莱仅距百里，乡亲中出了大官，大家自然都来投奔，赵德三脾气好，没办法拒绝，于是开了口子，七大姑八大姨也便随之而来，安排了一个，就不能不安排第二个，安排了第二个就是一连串了……此事担好不担孬，有一个不如意就会落得个骂名。况且这些亲戚非但不避讳，反倒以有个大官亲戚为荣，四处炫耀，"赵局长是俺二大爷""俺和赵局长是姑表亲"……赵德三便里外不是人了。

赵德三喜画，擅长山水，是潍县著名画家刘嘉颖的入室弟子。一有空闲，他必定会把自己关在屋里自得其乐，也时常会约三五好友小聚，微醺忘形之际常有不着边际的闲言狂语，引人侧目。如此性情中人，如何坐得局长之位？因此常有人攻击。赵德三也时常反躬自省，但想来想去，也知道个人的爱好自小而生，如果不是因为入了现有的道路，或许会以画为生，如此又如何能把画戒掉？倒不如不让自己吃饭罢了。高恩洪在信里提醒，某人说他"酒食征逐，不理正事"，一定是说此事。

赵德三叹息。还有一件事，虽然不大，却是尤为得罪人的，那便是铁路免票。日管时期，胶济铁路每年会出十余万人次的免票，享受胶济铁路的免票非但是件既省资又方便的事，更容易满足人的虚荣心，权势之人常以持有铁路免票而一路绿灯乘车为炫耀。而接收之后，胶济铁路面临着每年要支付赎路款的压力，所以交通部明确要求节省开支、压缩成本，免票一项每年的利润流失是巨大的，所以赵德三不分轻重地就把免票的审批权控制在了自己手里，大幅度减少免票审批数量。这下算是捅了马蜂窝。试想，有谁才能够享受得到免票？自然是警察、政府官员，他们的利益受到了侵害，自然不肯嘴下留情、手下留情。

赵德三得罪了人，但这一切还不足以让山东督军田中玉对他抱有如此之大的看法。田中玉对赵德三的不满还在于济南军营的移交一事。华盛顿会议后，王正廷主持的鲁案善后公署在处理胶济铁路所涉及的房产问题上，与山东省发生了一些纠纷。

德占时期，胶济铁路的管理机构山东铁路公司在济南火车站广场东北侧购买了一块七十余亩的土地，并且购地有旧图可证。日管时期，日本将此设为驻军司令部并充作兵营及陆军医院之用。在接收时本应"归入收回公产及盐业偿价一千六百万元之列，由中央支配用途"，但"因路局垫款关系而督办鲁案善后事宜公署拨归路局永远营业之房产"。

所谓的垫款关系，是胶济铁路接收时铁路局曾代省政府垫付了三笔费用。一是鲁案督办公署所借正金银行款银三十万元，利息银一万三千余元，汇水银一千五百元。二是垫付了警饷银三万元。三是接收铁路时沿路防护费银一万元。三项共计三十五万余元。经督办鲁案善后公署议定，将前面所说的日本兵营房屋拨归胶济铁路管理局，作为三项垫款的补偿，并且由胶济铁路理事会出具公函，将资产正式转交给管理局，并报部备案。本是铁定的事实，但山东省政府非但不交还铁路局，反拒不承认。赵德三多次与山东省政府交涉，但因为该处房产仍作为军队营房使用，所以田中玉对胶济铁路步步相逼的做法大为恼火。其实，赵德三也有自己的难处，当时接收之后的胶济铁路沿线特别是省府所在地济南一带的铁路用房非常紧张，迫不得已只能据理力争。田中玉大光其火，骂赵德三混账，不识时务。至今，营房仍为田中玉所占。

除此之外，赵德三的内心深处，还潜存着另外一层隐忧。这份隐忧是赵德三自己都害怕去想的，其实那可能才是田中玉对自己恨之入骨的真正原因。

3

休息日，赵德三不想再做其他事情。往日，总会有些画界同好前来神侃穷聊，切磋技艺。大家都知赵德三有此闲情。赵德三的居所在河南路5号，距离胶济铁路管理局较近，大家来去方便。现在，他特别不想有人打扰，想把脑子里的事理清楚，也好想出些应对之策。

赵德三在房间里来回走动，外面的海涛声阵阵。他心绪不宁。在画桌前铺展开宣纸，捻毫细思，却又想不出来应该画些什么，举笔发呆，墨汁滴在纸上，洇染开来。这时，响起敲门声。总务处办事员领着一人站在门口，来人见到赵德三，喊一声"师兄好"。赵德三脑子里有些混沌，影影绰绰想起此人是潍县同师于刘老师的一位师兄弟。

客气地让进门，三三两两地聊几句，却也有几分心不在焉。

这位自报姓王的师兄弟说："有一事相求。"

赵德三当然知道无事不登三宝殿，便说："请讲。"心里却在想，千万不要是让自己安排人。

好在确实不是托关系安排人，只是想求赵德三幅画，来人特别加重语气说，是"大老爷让他来的"。赵德三知道他所说的大老爷，当然就是刘嘉颖。

赵德三说："没问题。画什么？"

来人喜出望外地道："当然是您的拿手戏，黄老的山水题材。"

赵德三有些迟疑，因为那是很费功夫的。来人看出他的心思，便道"不烦师兄太劳神，反正我也没事，就在青岛待几天，你几时画完，我几时来取"。

赵德三说："那便最好。"

来人恭维道："师兄的画现在炙手可热，洛阳纸贵。"

自从任职胶济铁路管理局局长后，求画者便络绎不绝。他知道这并非他的画有了多少精进，而是与自己所居的位置大有关系。好在他乐此不疲，本身喜好此道，并且恭维奉承的话也多让人受用；再者，每位求画者都不会吝啬于润格。

两人又闲聊一会儿，到了中午时分，来人告辞。赵德三要尽地主之谊，对方一再谦让，说还有其他朋友要会。如果是他时，赵德三一定会坚让，但此时的心情并没有太多改变，心里揣着比画更重要的事情。

来人走后，赵德三的思路迅速就被另一层沉重所覆盖。对于高恩洪的来信，不能不有所回复，当然更需要对交通部有个态度。至于如何回复，需要斟酌。

他最大的担心当然不是交通部，而是吴佩孚，最终决定他命运的也是吴佩孚，他是走高恩洪的门子攀上吴佩孚这个高枝的，如果让吴对自己产生怀疑，失去的可能不只是局长的位置，还有更长久的仕途。在此之前，他曾给吴佩孚写过一份委婉的"请安"信，意在感谢他的提拔，没想到吴竟然亲自回信，让他受宠若惊。现在他又想写封信作番表白，却犹豫不决。自从2月份郑州的事情发生以来，吴佩孚积攒的好名声可谓消减了大半，前些日子还上了美国的《时代周刊》杂志，人人颂赞，而现在竟是国人骂声一片。这个时候，吴大帅的日子一定不好过，此时对他表白似乎并非好时机，说不定非但不能抹消他对自己的看法，还会加重他的厌烦。他放弃了给吴佩孚写信的想法。

想来想去，对于交通部的答复一定是有的，既然吴毓麟侧面把消息提供给自己，自己也不能装聋作哑。

赵德三思忖着到胶济铁路任职已经一个多月，应该把当前的一些情形做个报告了。该说的事情确实很多，想着想着，竟也把信的内容想了出来，更多的是报告工作，顺便诉诉苦，说说不易之处。最后如何落脚，虽然有些迟疑，但他还是说出了不愿说却又觉得有必要说的话。"德三不才，虽历年效力于铁路事业，但近年实觉事过繁剧，时有力不从心之感，特别是有些事情无法尽如人意，精疲力竭。但自知肩负重任，不敢随意卸责，待一切水到渠成，决不恋栈。"

如果看我不行，那我不会留恋现在的位置。这种态度表达出来了。

写好信件，赵德三思忖良久，觉得分寸得当，并无不妥。但小心起见，还是不轻易拜发，沉淀几天情绪再说。

整个下午，赵德三始终处于一种慵懒的状态，炉火烧得旺，越发加重了这种情绪。他又想起了潍县过来的所谓的师兄弟的请托，他很痴迷于对画境的构思，对于请托人的目的、家境、身份等不同因素都会考虑周全后再起笔，因为只有这些综合因素思考到位，才能激发灵感，也才能画出一幅既自我满足又能照顾到对方需求的满意之作。但是，现在他却始终无法像过去一样，能够轻易进入创作状态，一个沉重的秤砣压系在灵感的羽毛之上，只有沉重，没有飞翔。从前，尽管事情也很多，这种情况却很少，不管遇到多大的烦心事，繁杂的心绪都很容易被创作的自由所代替。自从接收胶济铁路之后，他已经无法任由自己的性情行事了。这是他心灵更深刻的痛苦所在。有时他想，所谓的局长无非是俗事的孽，他宁愿早日摆脱。有几次他假设自己离开了现在的位子，却又觉得不会有想象中的那么豁达、超脱、随性。

一个艺术家与一个政治家之间的矛盾是尖锐而深刻的。

4

督军府开出的免票申请摆在赵德三桌上，一连串几十个人的名字。这样的申请没有不批的道理。赵德三胡乱翻着，心烦意乱。国人能够把胶济铁路收回来，实属不易，既经过了巴黎和会的屈辱，又经过了华盛顿会议的波折，其间的辛苦简直无从言叙。最终虽然收了回来，但所收回的路权却并不完整。所谓的不完整是有条件的赎回，四千万日元的赎路款，每年六厘的国库券利息，足以压得人透不过气来。还有，所谓的不完整更在于为了保证赎路款的支付，日本人竟然继续霸占着车务处处长和会计处处长两个最重要的职位。前者控制运输管理、运价调整，对运输秩序一言九鼎；后者把握着款源的流动，有着说一不二的权威。如此一来，胶济铁路的路权虽然收回，却又如何言其完整。

尽管如此，国人为了争回路权已经尽了最大努力，付出许多心血，而接收回来之后，无论是政府管理部门还是社会大众，却不见得有多珍惜这种不易。无不为了一己私利，甚至仅仅是为了满足个人虚荣心而敲骨吸髓，肆意盘剥，全然不顾胶济铁路孱弱的现状。

朱庭祺悄无声息地推门进来。赵德三对他最大的不满就在于他走路时刻意的轻手轻脚，总让人觉得有个影子突然而至。

朱庭祺始终面带微笑，让人怀疑他一直戴着面具。他说："赵局长近日似乎较为疲惫？"

"如此光景，如何会不疲惫？"

"事无巨细，换作谁，也轻松不下来。"

赵德三无话，手里摆弄着督军府的免票申请。

朱庭祺无话搭话："是，活好干，不怕累，就是怕有人掣肘。"

赵德三突然发现，自己不但讨厌他蹑手蹑脚的举止，更讨厌他这种总是带着刻意挑拨的神情。尽管，他说的话正确，但总给人一种别有用心之意。

朱庭祺是与赵德三一同参与接收仪式的中方大员之一，那次的接收是隆重而具有象征意义的。参加接收仪式的中日双方人员大多在胶济铁路留任，成为接收后的胶济铁路首批管理人员，包括颜德庆、朱庭祺、马廷燮等人，而大村卓一成为胶济铁路管理局接收后的车务处处长，佐伯彪成为会计总长。朱庭祺是交通部任命的副局长，赵德三的帮手。

赵德三本来对朱庭祺很是尊敬的，但很快他就发现这人的一些毛病简直让人无法接受，除却他走起路来飘一样的姿态给人一种毛骨悚然的感觉外，他言谈话语之间隐含的挑拨离间的意味更是让人无法忍受。

但交道天天打，这种感受又不能不天天面对。

朱庭祺说："听说督军府对胶路的诸多事情也有不满。"

赵德三回答道："无愧于心便是了，又如何让所有人都称心。"

朱庭祺阴阳怪气说："那这免票是签还是不签？"

赵德三说："又如何不签。"

朱庭祺沉默半晌："我实在不明白，吴大帅叱咤风云，把张作霖都赶出了关外，为何还要把田留在山东。"

赵德三说："这等军务大事，又有谁能说清楚。再说，又何是我辈能左右的。"

朱庭祺摆出一副推心置腹的架势："我觉得，要解当前困境，应该向吴帅进言，把山东的形势说明白了，也不是不能搬一搬他。"

"搬督军？"

朱庭祺阴阴一笑："有何不可？"

赵德三对朱庭祺的话总是转半天脑子去猜他的用意才敢回答。

他知道这是朱庭祺在试探自己。他知道外面所有人都把他归为吴佩孚的心腹，只是没有人知道其中的曲折，其实他和吴佩孚的关系并非人们想象的那么亲密，只是赵德三对所有的猜想都不曾解释，毕竟让人猜想也有可以利用的空间，那就任由大家猜想去吧。

赵德三知道朱庭祺也在试探深浅。他是决计不能评判时政的。没有人不知道，田中玉是段祺瑞的人，虽然段祺瑞在直皖战争中失势，但他的军事力量仍然有着巨大的威慑力。而在山东的田中玉就是皖系故意嵌在京、汉之间的一个锲子，是一种制衡力量，吴佩孚本人都不敢轻易去动，自己又如何撼动得了。朱庭祺的别有用意太过明显，也难怪赵德三事事提防。

赵德三说："我只求苟安，不想告罪任何人。再说，胶路也不是我个人的，有今天不知明天，今天在，我就尽一天责。但我也做了随时随地走人的打算。"

朱庭祺悻悻："赵局长进可退，退可进。进则为国分忧，退则修身养性。有境界，非我辈可比。"

赵德三说："这几天看仁兄走路没有之前清爽了。"

朱庭祺一愣："脚趾疼。"

"人哪里有毛病都不行啊！"

朱庭祺干哈几声。

"还有其他事？"赵德三见他手里还拿着一沓资料，便问。

朱庭祺："这是日员裁撤的名册。"

赵德三接过来看："好，留下来吧"。

朱庭祺说："大村卓一他们有些不高兴，说裁撤的日方员工太多了，远远超出约定的人员，况且新员工又补充不上。"

"趁热打铁。不然的话，放些日子，冷下来，更不好撤了。"

朱庭祺没作声，他心里明白，赵德三的理由冠冕堂皇，但实际上还是有他自己的小九九。多裁一个日员，就会多安置一个自己人，谁不知道赵德三把自己的七大姑八大姨都弄到了胶济铁路管理局，从开车的司机，到门口的保安，无不沾亲带故。这些事不好说出口，但朱庭祺对赵德三所自我标榜的正直也不以为然。

朱庭祺认可赵德三的经历，但并不认可他的能力，觉得他不过是时运好，攀附上了吴佩孚这棵大树，不然的话怎么会让他任这一局之长。并且在接收前，一大批接收大员早就工作一年有余，赵德三算是由外直接调入，在他看来多少算是异数。说到底，朱庭祺对赵德三任局长是不服气的，谁应该任局长，当然他不便说出口。所以，他对赵德三充满了复杂的情感，既不能得罪他，也不愿见他好。

5

暮色时分，赵德三正要回住处，却见刘仲永来找。

刘仲永就职于商埠总局，擅画，画风飘逸，所作山水满纸烟云，苍苍莽莽，为赵德三所激赏。两人虽然认识时间不长，但志趣相投，言语相契，惺惺相惜，引为知己。

刘仲永虽有公职，但以画为长，同事朋友把他画家的身份看得更重，而对于他在商埠总局从事的秘书工作反倒觉得可提不可提。刘仲永因此有了自己更为自由开放的创作空间。其实，刘仲永的人生经历极为坎坷。此人现年四十岁，出生于山东诸城，这个地方距离青岛只有百余公里。他在青年时代就毅然离开家乡去济南闯荡，从此投身于风起云涌的时代大潮。济南求学时，他考上了山东警察学校预科班，接触到了进步思想。1905年，清政府废除科举制度，他前往广州。辛亥革命后，从广州返回诸城。1912年1月30日，革命党人在诸城起义，刘仲永与长兄参与起义。起义失败，他被迫离开诸城，但由此成为当地的轰动人物。1920年，刘仲永再到济南办报，主编《白话商报》，以笔为刀，宣传进步思想，为当局所不容，报馆被封。后经人介绍来到青岛商埠总局秘书室任职。自小喜欢书画的他，在闯荡南北的同时，遍游名山大川，师法风月自然，画风承传统而又不拘一格，高远飘逸，凝神聚气，日渐形成独特风韵。没人想到一位卓越的大师会有如此经历，也不会有人想到血与火中会淬炼出这样一位书画大家。更为奇特的是，谁也不会想到一位大开大阖的革命者，突然愿意委身青岛一隅，不再过问政事，而甘于政务俗事之余醉心书画之雅。

更让赵德三没想到的，刘仲永突然提出要调到胶济铁路管理局。刚刚任职不久，意气风发的赵德三根本没含糊就答应下来，但很快他便意识到了这份过分的放松与随意所给他带来的巨大麻烦，开始有人指责他任人唯亲。此事是说不清楚的，他确实任用了很多自己的人，尽管他可以找出很多理由，说他的亲戚也是具备任职条件的。但中国人讲究李下不整冠、瓜田不纳履，不注意自己言行，很容易背负罪名。所以，见到刘仲永的那一瞬间，他多少有些歉疚、不安，也有几分烦躁，他觉得刘仲永无端在给自己添麻烦。

刘仲永并不这么认为，在他看来，赵德三作为一局之长，一言九鼎。那么多人都被他调到了管理局，他这样有一技之长的人，总不会被拒之门外。相反，在他看来，自己能够到胶济铁路管理局，应该是铁路局的幸运才是。

尽管赵德三有些不快，但他打心里对刘仲永的才华还是佩服得五体投地。

刘仲永说，晚上约了朋友在泰安路的醉仙楼小聚，赵德三没有拒绝的理由，加之他本身好聚，愿意以此把紧张了一天的神经放松下来。相聚的朋友还是那个书画圈子，有刘仲永、刘迎州、刘菊园、刘济生等人，都是胶济铁路管理局各个部门的管理人员，彼此相熟，平时是上下级工作关系，一到这种场合，话题都是书画上的事情，也便放松下来，忘了白天的俗务，也淡化了上下级间的礼数，在艺术面前变得平等起来。如果有差别的话，那也是区别于对艺术理解的深刻与浅薄，仁者见仁，智者见智，不好分辨。

刘仲永说："我有个提议，不知是否妥当。"

大家静默着等他说话。

刘仲永说："潍县铁路小学有位教师，擅画牡丹，我们可否把他吸纳到我们的团体？"

刘迎州说："赫保真，我知道，是大家的苗子，前途不可限量，可他在潍县，又如何吸纳到我们的圈子里来？"

"确实多有不便。"

刘仲永没有作声，却用眼神去瞥赵德三。

刘迎州说："对啊，现在青岛铁路中学不是正在筹建之中，可以把他调到青岛来啊！"

赵德三一听，由刘仲永调动引起的不快刚刚忘掉，突然间又提出个调动别人的事。这帮人都是从自己的意愿出发，不替他人着想。

刘迎州看出赵德三的心思，便说："青岛中学也需要人才啊，他在潍县有些大材小用。"

如此说来，也在情理之中。

赵德三便思量起来。刘仲永从旁边的布兜里拿出一幅画，展开来看，众人眼前顿时一亮，一红一黑两朵牡丹在画面中央，明暗间的层次感让大家感受到了一种强烈的视觉冲击。

"好画。"赵德三先是叫好。

刘仲永说："是不是好？我没有说瞎话吧。"说着把画折叠起来，交给赵德三："送您好了。"

赵德三一惊，忙说："君子不夺人所爱。"

刘仲永说："在座的您不收，就没人敢收了，反正他来青岛后，我们可以随时向他索要。"

大家都哈哈大笑起来，推杯换盏之间，渐自尽兴。赵德三的不快当然也烟消云散。其实，他更喜欢这种场合和氛围，官场的尔虞我诈实在是伤心伤神伤体力，如果有一天得此清福，算是烧了高香。

喝到尽兴，刘迎州突然提出个建议，说："赵局长何不出面，召集一个书画社，可以定期定点举办笔会、展览，如果可能的话还可以售画得些润格，何乐不为？"

刘迎州的提议得到了众人的支持，纷纷说，这是件大好事。

但赵德三此时突然冷静下来。他沉默半晌，摇摇头说："各位还是别害我了，此事做不得。"

众人都不知他何出此言，怎么会以害相比。

赵德三说："各位也一定听说了，现在外面都说我酒食征逐，不理正事，如此一来不恰好授人以柄。"

刘仲永不解道："竟有此事？"

赵德三说："那还有假？"

刘仲永说："管他们怎么说呢！"

刘迎州说："也不能这么说，毕竟，一局之长，干系重大，如此可以缓议。"

大家又三言两语说了些成立书画社的好处，也说了书画社成立与否大家都是好友，还是一样常聚常聊，没有多大区别，不落痕迹地就把这个提议翻了过去，不让赵局长为难。

一晚上折腾下来，赵德三不但没有把心事消解，反而又增加了一个赫保真的事，好在学校内部调动名正言顺，况且他根本不认识这个赫保真，也算是惜才之举。而对于刘仲永的事，不知为何，赵德三虽然觉得直接往局机关调动太过扎眼，但他还是认为有必要冒风险把他调进来。

不快归不快，但与刘仲永的一见如故让他觉得没有理由不帮他一把。如果不帮刘仲永的话，自己也会在这个能够给自己带来快乐和尊严的小圈子失去威信。

赵德三决定尽快把刘仲永调进胶济铁路管理局，其实他早给刘仲永预留好了职位。

他又打开赫保真所画的牡丹反复观赏，越看越觉得神韵绵绵不绝。

6

赵德三虽然神往于把玩书画的生活，但作为胶济铁路接收后的第一任局长，每天都被繁杂的事务所困扰，日子并没有像刘仲永等人想象的那么滋润。权力当然有，但权力也是责任，并且众目睽睽之下，动辄得咎，不敢放纵自己。赵德三也很是后悔，初时在职员聘任等方面的不自律已经在很大程度上捆住了他的手脚。

马上就要过年了，要进行一次安全大检查，这是铁路的例行检查制度，也是接收后的第一次检查，面临的问题很多。最关键的是，随着日本技术人员的大量撤离，专业技术力量不足的问题格外突出。萨福均是工务处处长，他对设备检查盯得最紧，也为眼下人手不够的问题格外焦虑，已经多次找过赵德三，希望赵德三能够与他同行，亲自到沿线检查一下线路状况。

赵德三从接收之后就制订了要沿线从青岛到济南对线路、设备状况进行一次全覆盖检查的计划，但总是因为更重要的事情而被冲掉，只能让其他人替代前往。但替代之人并不能真正替他做主，也不会从真正意义上解决问题。这让萨福均很是无奈，所以他决定一定要亲自盯着赵德三在过年之前检查一遍线路状况，好对一些突出病害进行针对性解决，确保节日期间不发生问题。

萨福均的焦虑是有原因的，因为工务处分管的是铁路最基础的线路部分，线路是最容易酿成大事故的设施，一旦出事便会酿成大祸。

赵德三打心眼里钦佩萨福均。这不但是因为萨福均的敬业精神，更在于这种敬业精神形成于一个富裕且有权势的家庭之中。萨福均的父亲是萨镇冰，曾代理过北洋政府国务总理，但很少有人知道他的身世，更无人听过他以此作为资本炫耀。他毕业于美国普渡大学，归国后一直跟随詹天佑投身铁路建设，粤汉、川汉铁路建设中都留下了他的影子，后来因胶济铁路接收时人手紧张，被交通部抽调到善后总署组，组织实施铁路线路设备的评估，接收后留任，任职为分管铁路基础设施的工务处处长。

在萨福均的督促下，赵德三带领一行人开始了胶济铁路沿线的全线调查。1923年初，胶东半岛的天气格外寒冷，滴水成冰，但一路奔波，却常常是脊背透汗，冷风钻进衣服，瞬间全身冰凉，那种冷湿变换的痛苦让人实在难受。因为请动一次赵德三不容易，所以萨福均生怕他中途有事，半途而废，所以急着前行，想用尽可能短的时间完成线路的巡检，更加让赵德三吃尽了苦头。

一路走来，赵德三心头愈发沉重，也越来越明白萨福均对于线路状况所表现出来的担忧。日本人于1914年从德国人手里接管胶济铁路，4年后一战结束，中国在巴黎和会上努力争取收回胶济铁路的权益，虽然日本人不愿意轻易放手，但日本政府也明白或许有一天不得不放手。所以，1919年巴黎和会之后近五年间，日本人根本就没有再投入资金来维修铁路的基础设施，只是勉强维持使用，到中国接收时线路状况已经极度脆弱。列车时速一降再降。尽管如此，还是时常发生脱轨事故。一路走下来，从胶州到峄山，从胶州大桥到淄河大桥，从坊子弧线到博山支线……线路状况大同小异，赵德三深刻地认识到，这些年没有发生大事故实在是万幸，如果继续维持现状，车毁人亡的事肯定难以避免。

持续近一周的考察让赵德三陷入极度不安之中，返程路上，美式吉普在山间小道颠簸，同车的萨福均一直没有开口，但他其实在心中已经想好，要说服赵德三抓紧组织实施铁路线路的维修整治任务，并且对当前极易发生问题的环节要格外控制。

赵德三说："说说你的想法吧。"

萨福均说："抓紧组织线路的维修整治。"

赵德三沉默良久，说："线路状况出乎意料，之前也看到过一些线路，只当是个别区段，没想到全线状况都如此糟糕。"

"所以，必须进行系统性整治。"萨福均说。

赵德三说："我没有意见，但是……"

萨福均知道他要说什么，也不作声。

"没有钱啊！"赵德三长叹口气说。

萨福均说："如果这么一拖再拖，会拖出大事来的。"

赵德三说："接收时并没有这项预算，加之接收后开支太大，仅是裁撤日员所支付的补偿费还没有着落。还有员工工资，我还是张口和京绥铁路局刘垚局长借的。"

萨福均相信赵德三说的都是实情，他的心情黯淡下来。

但赵德三还是表了态，说："无论如何也要先拨付些资金解决最急的需求。"

萨福均知道小修小补并无多大益处，但能修总比不修好，所以没有作声，既是一种认同，当然也透着不满。

车又驶过了很长一段路，萨福均才说话："还有一件事请局长协调。"

"协调？"

一般来说，协调就是内部有不和谐之处。

"是的。"萨福均说，"由于线路条件不好，工务处已经向运输处、机务处提出请求，就是不要进行双机牵引，否则对于线路的冲击太大，容易发生问题，特别现在一些桥梁已经无法承受双机牵引。"

所谓"双机牵引"，就是因为列车载重太大，单辆机车无法达到牵引动力，只能两辆机车一起牵引，这对线路的要求很高，对线路的伤害也是明显的。鉴于此，工务处早就知会了机务处、运输处，但运输处和机务处从各自的角度出发，对于工务处的知会并不能完全遵守。所以，萨福均请赵德三协调。

"这个不能含糊！"赵德三说得很坚决。

"还有，就是关于机车的事。希望以后进口机车的话还是以德国机车为主，现在使用的机车功率太大，尽管牵引动力够了，但对线路的冲击力太大。德占时期主要使用德式机车，德国人是根据胶济铁路的状况专门设计的机车，与线路状况相匹配，但自日本接管后，所进的美式机车就不太适合胶济铁路的基础状况了……"萨福均说了另外一个话题。

赵德三说："这些需要长远打算，交通部要认可才行。"

"是啊，有些事情我们做不了主，但还是尽量改变，怕的是……"后半句话没说，"怕的是出事故"，但"事故"二字对于铁路人来说，总是避讳的字眼。

7

赵德三刚回到管理局，朱庭祺便匆匆来到他的办公室。从脸上的焦灼之色可以看出有急事。赵德三问："何事？"

朱庭祺说："交通部询问我们关于运价改革的事宜，听说准备要组成专门的调研组来管理局了解情况，以确定下一步的措施。"

赵德三一听便皱起了眉头。刚刚接收，尚无头绪，现在又突然说运价的事，实在不合时宜。交通部相关部门之前就此事也征求过他的意见，他的态度非常明确，时机还不到。稳定局面是第一位的任务，现在头绪繁杂，棘手的事不计其数，再把运价的事搬出来，那便无法应付了。

况且，赵德三非常明白，运价的事并非一般性事宜，直接牵扯着中日之间的利益，哪怕是有充分的时间来处理此事也必须慎之又慎，他已经明确向交通部说过，此事绝不宜在此时提及。

"先推了他们。"赵德三说得轻描淡写，但内心却是坚定不移的。

朱庭祺迟疑，说："我看他们的态度比较坚决。"

赵德三说："我们不能在这个时候再解这团乱麻。"

朱庭祺说："局长说得对，现在确实没有精力应付这件事。但……我想听听局长对这件事情是怎么看的？"

赵德三说："我还没有更多精力去考量这件事情，但我不想捅马蜂窝，一切等水到渠成之后再说。"

"交通部对此颇有微词。这件事本来是要与接收同步议定的，因交接时间的关系让日本人白白得了便宜，这也不是长法。"朱庭祺说。

赵德三说："日本人得的便宜还少吗？也不在这一会、这一点了。"

朱庭祺说："扪心自问，我觉得这事还是要解决的。你是山东人，有句话不知当讲不当讲？"

赵德三眉头皱得更深了，他知道朱庭祺想要说什么。在运价问题上，他一直认为是山东籍人士从中作梗，以此抗衡交通部的指令，而他的具体指向便是车务总段长马廷燮。在他看来，作为车务处处长大村卓一的助手，马廷燮在运价问题上一直袒护日本人。

胶济铁路的运价确实是一个很大的问题，它所形成的运价体系一直是日占时期为了满足自身利益需要确立的，总体思路是国内运输价格相对比较高，而向外输出也就是对日本方向的出口要低得多。有人也曾提醒过赵德三关注运价问题，并且给他算了一笔账，按照现行的运价，一车十五吨的煤炭，从博山运到大港出口的运价只有三十一元五角，而同样的内地运价，却是九十五元九角二分。也就是说，出口运价只相当于内地运价的百分之三十，这在全国铁路系统是绝无仅有的。

赵德三心知肚明，但他还是不敢贸然去碰这个雷区。果真是因为时间不够的问题没有在接收前将这一议题议定吗？事情绝不是那么简单。日本人绝不轻易把这样一块巨大的利益让出来。国家层面的接收都不能解决，他赵德三又如何有这种能力？况且运价调整的话语权很大程度上操控在大村卓一手上，如果轻易把这个问题摆上桌面，又如何能够不激化矛盾？

赵德三也明白，朱庭祺作为江浙人士，更倾向于交通部的意见，对于马廷燮等仰日人鼻息的一类人很不以为然，这似乎是他的正义感所在，但他最大的问题在于极力煽动山东人与江浙人搞南北派系对抗。赵德三对此极为反感。

所以，当他见朱庭祺又要以山东、江浙作为话题时，态度也便恶劣起来，问："你说我是山东人，还是交通部的人？"

朱庭祺语塞。

是啊，赵德三是典型的交通部派来的人，但他又是走的山东人吴佩孚、高恩洪的路子，却也是典型的山东人。赵德三对恶意挑唆南北之争很是不屑，过去他认为是偏见，而现在看到朱庭祺的样子，他认为是别有用心。

赵德三说："不用再说了，你回了他们便是。如果他们执意要来，那我去回，我不怕得罪人，反正我背的黑锅已经够多了。"

朱庭祺摇摇头退了出去。

放下此事，彼事又来。

赵德三休息一会儿，顺手拿起几天的运输报表。没翻几页，便坐不住了。运输报表上的一系列数字出现了异常。而在此之前，交通部也曾来电话问过，为何车流反常、车辆突然出现大量短缺。当时他正在考察的路上，并没有太过在意，在他看来，车辆的流动会受到各种因素的影响，有波动也属正常，可以自行调整。但没有想到连续十几天的运输报表表明这种异常正在持续不断加剧。这便不能不引起他的重视。

这在车务总段长马廷燮的职责范围，他刚想电话找他，但一想还是让秘书室把运输处事务员找来，先了解一下情况为妥。

事务员进门有些紧张，听局长问起车流的事，便一字一句地回答着局长的问话。

"为何大部分车站出现车辆短缺？"赵德三问。

"调度到博山去运煤了。"

"为何大量的车都去运煤？要均衡运输啊！"

"这……"事务员迟疑。

"为何？"

"是马总段长安排的。我们只是听命而已。"事务员嘟囔道。

赵德三觉得自己问得多余，没有马廷燮和大村卓一的安排，怎么会出现这种情况。

那么，马廷燮为何要集中组织运输博山的煤炭呢？

事务员走后不一会，马廷燮就进了赵德三的办公室。运输处滴水不漏，没有什么事瞒得住马廷燮的耳朵。

马廷燮四十岁出头，喜欢穿件米色风衣，脸细长，人矍铄，精干。说话客客气气，却也暗隐锋芒。

"给局长报告，这些天车辆确实都集中到博山了，其他车站就不能兼顾了。"马廷燮说。

赵德三说："我看了报表才发现，刚才询问了一下情况，还是……"

马廷燮说："我明白局长的良苦用心。可是，现在出口用煤突然急升，我们得首先保证。"

博山煤开采出来后，大都运往青岛，然后由青岛装船运往日本。现在，所有的车辆都集中到了这条流线上，造成其他车站车辆缺少，货物积压。

赵德三想问日本为何会突然这么需要煤炭，但一想这会触及敏感话题，多一事不如少一事，反正日本的事没有人愿意多言语，有日本车务处处长的控制，谁也左右不了局面。

赵德三说："你们也要权衡一下利弊，不要把事做得没法回旋了。"

马廷燮很是理解地笑笑，说："请局长放心，我一定会处理好的。至于交通部，他们站得高看得远，但就是不接地气。"

赵德三说："不管怎么说，时间久了，交通部不会不过问的。再说，沿线货主也会有意见，要照顾他们的利益，他们之中有些爱挑事端的人，别惹麻烦。"

马廷燮说："局长尽管放心，他们只要还在胶济铁路运货，就不会翻了天。"

赵德三听他如此说，心里升出几分不舒服，不置可否。

马廷燮出去了，赵德三心里升出几分怨气，作为一局之长，在自己的领地却不能舒展手脚，觉得有些窝囊。况且这事和朱庭祺所说的运价问题有着直接关系，往日本出口的煤炭越多，胶济铁路在运价方面的损失也便越大。这么想着，窝囊气就有些变成怒气了。

但此事只有往好的方面想，才能释怀。无论日人势力如何强大，大村卓一、马廷燮对他本人还是保持着一种敬而远之的尊重，有些事情彼此心照不宣，特别是在用人、免票等问题上，其他人包括关系不错的人也没少暗地攻讦，但他们从不发表意见，表现出了一种彼此相安无事的宽容和理解。

赵德三知道，能够保持这样一种态势已很好，绝不能打破这种平衡关系。否则，事情就会更难办。

8

邓恩铭回青岛不几天，王荷波也回到了青岛。两人一见面，邓恩铭就知道他这些日子没少受煎熬。王荷波长相老成，镜片后面的一双眼睛总是放射着奇异的光芒。这是他最大的特点。但是，现在看，目光虽然仍旧犀利，却掺杂了更多的困顿、焦虑与疲惫。邓恩铭对近日王荷波的去向有所了解，因此也对他的改变有着深深的理解和同情。

两人在青岛的交往并不多，但王荷波当然知道上级要加强当地党组织建设的用意，并且对当前邓恩铭遇到的困难也有所了解。王荷波说："郑州的事发生后，工会组织可能会承受更大的压力，有些事情已经不能再开展，军阀们既然已举起屠刀，就不会再顾及其他。所以，我一时无法离开青岛。"

邓恩铭说："这也是好事，可以在青岛多做些工作。"

王荷波点头表示认同，问："你现在情况如何？"

邓恩铭说："我有个同学在胶澳日报社，他介绍我到报社副刊工作，我以记者的身份可以更方便地进入四方机厂，并且青岛管道工人、纱厂工人都有着很好的群众基础，但特点又各不相同，可以借此多了解一些青岛各行业工人的状况，以便为下一步开展工作创造条件。"

王荷波点头说："这样最好，你想过托人进四方厂吗？"

"我尝试过。"

"那就是说，孙继丁知道你在青岛？"

"他应该知道。"

王荷波不语，半晌才说："孙继丁是有政治野心的人，他不会仅从机务处处长的角度考虑问题的，既然他知道你在青岛，也了解你的过去，你就要时时小心才是。"

邓恩铭若有所思地点点头。

"郭恒祥的工作好做，也不好做，方便的时候你也可以和他接触接触。"王荷波转移了话题。

邓恩铭知道王荷波如此说，是鼓励自己放手去做，也暗示他下一步的工作需要自己接手，便说："一定尽心的。"

王荷波向邓恩铭介绍了郭恒祥的情况，说："这人的头脑格外聪明，办事活络，有些事情一点就懂，最重要的是格局比较大，不计较个人小利益，工人都愿意听他的话，他的身边很自然地形成了一个圈子。"

两人谈话后不久的某天，王荷波半夜突然来找邓恩铭，说："尽美同志捎话来，让你抓紧到济南去一趟。"

"去济南？"

王荷波说："听说津浦机车工厂的工人把事闹大了，督军田中玉要出面干涉，尽美身边的人手不够。更多的情况我也了解得不太多……"

邓恩铭听罢，顿时振奋起来。次日，便买了最早的火车班次前往济南。

济南的形势确实不太妙，邓恩铭一下火车就感受到了和上次来济南时的不同。上次的骚动与激情不见了，继而代之的是一种肃杀与不安。还是商埠的街道，不知为何突然冷清了许多。路人行色匆匆，似乎都在极力躲避着什么。

正如邓恩铭的感受一样，济南正沉浸在恐慌与不安之中。津浦铁路济南大厂的工人代表刘子久自从郑州回来之后，便在济南机车工厂发动工人，声讨吴佩孚的暴行，以至于郑州发生的事越来越引起济南当地民众的关注，包括报馆、商会都发声表示对工人的支持。刘子久等人更是走出大厂，在济南的市集向民众公开演讲。

第一个坐不住的当然是田中玉了。作为山东省督军，尽管他的"主公"是已经下了台的段祺瑞，并且他对于吴佩孚得势的霸道行径很是不以为然，但从整体利益考量，他对吴是较为忌惮的。山东处于南北中间地带，"夹板气"难以避免。现在情势下，要想在山东立足，没有吴佩孚的认可，显然是不可能的。所以，最初几天他对津浦机车工厂工人的宣传鼓动并没有太在意，在他心里甚至多少还有些窃喜，他倒更愿意给人一种宽容、随和甚至是偏袒工人的印象，那可以让他与人们普遍认为的军阀残暴的形象远一些。但是，出乎预料的是，工人们的行动越来越活跃了。幕僚告诉他，"这里面有共产党鼓动，防止让他们成了气候。"

田中玉这才警觉起来，这时的他也在考虑另外一个问题，尽管他不相信工人会闹成京汉铁路的样子，但一旦闹到无法收拾，让吴佩孚对自己的行为产生怀疑，也是件大大不妙的事情。于是，他便下令，严禁津浦大厂工人再上街演讲游行。刘子久等人当然不会屈从于督军府的命令，想乘势而上，把工人的积极性调动起来，从而达到争取民生权益的目的。

禁而不止，一来二往，田中玉的火气被点燃了。而就在这天，工人恰好正准备到督军府请愿，走到半道，得到消息的田中玉派警察阻挠，双方发生冲突，军警打伤了多名工人。在此情形下，邓恩铭被王尽美召回济南，希望对自己有所助力。

敲开王尽美在商埠区的房门，开门的是位黑大汉，他先是警觉地看了邓恩铭一眼，紧接着惊呼道："邓同志来了。"邓恩铭定神一看，确定是那天看到的在津浦机车工厂门口高架上演讲之人。邓恩铭笑着向他点头。

屋里有四五人，看得出正在商量要紧的事。打过招呼后，邓恩铭很快就知道他们要到督军府举行抗议游行。显然他们已经做出了决定，征求邓恩铭的意见，邓恩铭当然不会有其他意见。

次日，邓恩铭也参与组织了部分工人，一大早就来到位于西门大街中段的督军府。口号声、怒吼声此起彼伏，围观的路人也越来越多。有军警出来驱赶，工人不惧，拿枪的军警也不敢把工人们怎样，如此一来，声势便越闹越大。到了中午时分，督军府门口竟然被围得水泄不通。工人不散，督军府无人出来应招，一时僵持，不好收场。督军府以拖延的方式，消磨着工人的斗志。

后半晌工人无奈退去，督军府的门始终紧闭。

王尽美和邓恩铭商量，开弓没有回头箭，第二天再来。但次日再次聚集起来的工人激情消退了不少，场面自然也就逊色了不少，工人的嗓子都喊哑了。

双方都在试探之中，尽管督军府采取了不理不睬的态度，但田中玉并不好受，一帮人扯着嗓子喊他的名字，让他火冒三丈。但自从郑州的事情发生后，虽然吴佩孚把工人镇压了下去，但明眼人都看得出来，吴也是真的招惹了众怒，把1919年积攒下来的好名声一扫而尽。田中玉当然不愿意重蹈他人覆辙，面对门口的叫骂声也焦虑起来。

幕僚看透了他的心思，献计说，安抚为上。

"如何安抚？"

如此这般，正对了田中玉的心思。

正当工人们精疲力竭之时，督军府的大门开了，有人出来说："请各位先回，明天督军亲自到大厂给大家答复。"

喧闹声顿时消停下来，人们不知是何意思。及至明白过来，便大感不解。督军屈尊到大厂？

督军田中玉真的来到了大厂，他肥胖松软的身躯虽然有一丝滑稽，但确实也有着几分威严。他先是在厂长办公室待了很久，大骂一通厂长对工人照顾不周，然后便走出来，对围拢在厂长大楼前的人群说："工人弟兄们不要再闹了。济南是模范区，不能扰乱公共秩序。"他如此一说，工人便有骚动。

田中玉摆下手，示意工人听他讲下去。田中玉接下来说的话，确实有些出乎工人的预料。

"我代表督军府，向工人道歉，对不住大家了，特别是对受伤的工友表示慰问。我们不但要给他们治好伤，还会加倍给予抚恤，并且保证以后再不会发生类似的事情。"

工人先是静默，接着，人群中的刘子久喊道："你说的是真的？"

"我已给你们厂长说好了，先由厂方代支费用，今天就发给大家……"

刘子久带头欢呼起来。

邓恩铭和王尽美一旁冷眼观望。

"不过，本督军也有一句忠言送给各位工友，为人要本分，我们是礼仪之邦，不能做过火之事。郑州的事与我们无关，何必找这个麻烦。农民种好田，工人做好工，不要没事找事。"

工人顿时沉静下来。

"我们不是没事找事，工人就要互助互帮。"又是刘子久带头喊道。

田玉中的大脸上掠过一丝坏笑，口里却说："好，好，互助互帮是好事。但本督军情至意尽，该说的话都说了，你们看着办。"说完便带人离开大厂。

一众工人若有所思地在厂长楼前待了很久。厂长在一旁喊道："散了吧，别给工厂找麻烦。"

刘子久问："督军说的算数吗？"

厂长不耐烦地说："算数，算数。"

王尽美问邓恩铭怎么看。邓恩铭说："有些出乎预料，但也在情理之中。"

"田胖子怕引火烧身，不过是做做样子而已。"

"我们不能就此罢休。"

王尽美问："你看出我们自身的问题了吗？"

邓恩铭不假思索地说："弱，我们的力量太弱。"

作为共事多年的朋友，两人有着天然的默契。

9

回到督军府，田中玉余怒未消。他没想到铁路工人这样难对付，这超出了他的认知。他跟着段祺瑞打过无数次恶仗，出生入死，杀人如麻，没眨过眼。对治下的百姓更是觉得如烹小鲜，根本不当回事。但对待铁路工人却远没有这么应付自如、游刃有余。铁路工人有着特殊的性格，最大的特点是软硬不吃。津浦铁路机车大厂、胶济铁路机务第五段都在他眼皮子底下，工人集中，加之火车司机利用铁路交通方便的优势，信息传递及时，遥相呼应，动作连同，让人防不胜防。郑州的事他刚听说，大厂的铁路工人竟然以当事者的身份从郑州、北京走来，在济南搞起了从未有过的规模浩大的游行示威。

如此情势让他心情复杂，处置起来也便犹豫不决，举棋不定，周围的人对此多有些摸不着头脑。

田中玉对吴佩孚敢怒不敢言，立身于危崖之边不敢轻举妄动。他知道，吴佩孚之所以不敢轻易拿自己开刀，当然有他平衡局面的考虑。可是，一旦环境条件成熟，吴佩孚一定不会甘心让山东这么一块至关重要的地方掌握在自己手里。所以，田中玉时刻保持着高度的警觉，当然他也无时无刻不在期待着扭转被动局面的契机，这也是他对于铁路工人没有采取果敢的制止措施的主要原因。他对铁路工人所谓的纵容，其实有着他更深一层的考量，他希望能够假他人之手达到削弱吴佩孚影响、巩固自身根基的目的。这才有了铁路工人畅通无阻地上街游行，声讨吴佩孚残暴行径的场面。但是，他对这种局面的容忍也是有一定限度的，他绝不容许给人留下纵容铁路工人的印象，那会引起吴的反感，非但不能达到个人目的，反倒会带来难以预测的后果；再就是不能从根本上导致济南治安秩序的混乱，甚至影响到督军府的声誉。他以这两条线评估事态的发展，决定自己的处置方式。

　　此时此刻，他又突然对工人的行为产生了一种莫名的恐惧。这让他对自己预想的方式和原则产生了怀疑。能不能以自己的经验处置好工人问题，田中玉感到了一种从来没有过的压力。对待铁路工人不能粗暴，好言相劝又难奏效，确实是件让人头痛的事情。更重要的是，铁路工人联系密切，信息畅通，一旦处置不好会产生连锁反应。投鼠忌器，他举棋不定，左右为难。尽管如此，他也不愿意轻易放弃自己的目的。在这件事情上他还有着不为人知的深层考虑。

　　虽然济南的局面让他们困顿不安，但他真正关心的并非济南，而是青岛。他缜密的思维的触角早就因为一件最为重要而隐秘的事情而伸展到了胶济铁路管理局。小不忍则乱大谋。这是他为了达到那个不为人知的目的，能够对闹事的工人安抚、容忍的重要原因。

　　其实，凡到山东任职的地方军政长官都会在心里揣着一件事，那就是胶济铁路的钱袋子。火车一响，黄金万两。胶济铁路每年的运输收入近千万，但由于铁路归属交通部直接管理，山东当地的财政却一分得不到，这不能不让当地官员既眼红又气恼。所以，田中玉自打上台后就打起了胶济铁路的主意，渴望能从铁路的运费收入中分得一杯羹。

　　接收之后，他曾宴请过一次赵德三，极尽殷勤之能事，但赵德三似乎并不解其中意味。事后他派了自己的心腹前往青岛，把话说白了。没想到说客回来后，说，赵德三油盐不进，无论如何说都装糊涂。

田中玉知道这事难办。铁路的运输费用收支两条线、直收直管，不但有交通部监管，更有着赎路还款这一层滞碍。"赎路还款"是个敏感的话题，谁都不敢轻易触碰。正是这个问题没有得到解决，胶济铁路由山东自办的最初动议才胎死腹中，也才有了胶济铁路直接由交通部接管的难言之隐，以及后来山东地方势力一系列力争的举动，更有了隐现其间的关于南北两派的斗争。山东人极力杜撰出一个南派，而交通部也在山东的影射下，对胶济铁路采取了更为严格的控制措施。更为重要的是，接收后，胶济铁路管理局必须要用运费来支付日债还款。一方面，胶济铁路所收上来的运费，成为一个关系中日政治契约的问题；另一方面，日本人留下了运输处处长和会计总长两个最为关键的人物把控着运输收入，想要动这块奶酪实在太难。

尽管田中玉对此心知肚明，但他还是认为，只要赵德三倾向于他，还是能够神不知鬼不觉地从中得到些好处的。如果能够得到这块"肥肉"，他便可以招兵买马、扩张实力，增加自身存在的砝码。所以，尽管知道这不是件容易的事，但还是感觉值得冒险一试，从赵德三身上打开缺口。

心腹从胶济铁路管理局打听到很多消息，特别是关于马廷燮的事，作为山东人，他一直在与交通部抗衡，可以以此突破。但田中玉明白，马廷燮尽管是山东势力的代表，与交通部上层多有不睦，却是典型的日本人的代言人。而要从胶济铁路取得想要的钱，日本人是绝不会答应的。所以，不能依仗他。但可以利用马廷燮与交通部之间微妙的关系挑起其内部矛盾，由此可以浑水摸鱼。

而现在，那股让他烦恼不已的潜流之中也渐自出现了一种可以加以利用的力量，津浦铁路机厂、胶济铁路四方机厂都是性质相同的地方，此地发生的事，彼地也会发生，并且从暗探侦得的信息看，共产党既在津浦铁路机厂有渗透，也在位于青岛的四方机厂有活动，他们不断地向铁路管理部门提出加薪、提高待遇的诉求，让铁路部门苦不堪言，而自己则可以利用他们的力量搅乱铁路内部的管理秩序，在适当的时候给铁路施加压力，达到个人的目的。

尽管很多人不理解，但这是田中玉愿意到津浦大厂与铁路工人见面、向厂方施加压力的原因。虽然意不在此，却明明白白地给四方机厂的铁路工人们释放了一个信号。

他的暗线已经报告给他，王尽美、邓恩铭二人正在济南、青岛的铁路工人中穿针引线，奔波走动，为达到他们的共产主义理想而努力。

10

当总务处询问能否批准郭恒祥的申请时，赵德三确实也迟疑了良久。如果知道后来事态发展的话，他是决计不会批准的。郭恒祥不知道从哪里搞了一个"圣诞会"来作为自己行会组织的名字。工人自己组织的互助互帮的行会很正常，作为管理机构也是睁只眼闭只眼。这种组织如果好好加以引导的话，还会为厂方的管理提供一些助益，特别是对一些"刺头"，如果有帮会组织加以约束，有时会起到意想不到的效果。

在四方机厂也有一些这样的组织。木工尊木工神仙，油漆工有油漆的偶像，大家都在共同的行业属性中形成了规则上的共识和思想上的认同，由此也便成为一个有特殊凝聚力的团队。这样的组织从民间一辈辈传过来，传统色彩很浓，也不那么正规，甚至有的把关公、孙悟空尊为各自门派的神明。

郭恒祥提出的名称叫"圣诞会"，赵德三不明白它是一个西式的宗教组织，还是一个中国传统的帮助组织。最让他感到不解的是，一般此类组织都没有往管理单位报备要求批准的，但圣诞会上报了青岛警察局和胶济铁路管理局要求批准备案。

赵德三的处置方式就是拖一拖看一看，让他没想到的是青岛警察局竟然批准了成立圣诞会的申请。赵德三也便不再犹豫了。警察局都开了口子，胶济铁路没有阻挡的理由。但他还是好奇圣诞会名字的由来，他问郭恒祥，郭恒祥说："德国人不是喜欢过圣诞节吗？我觉得挺好玩的，就叫了这么个名字。"

郭恒祥外表硬朗，言谈条理清楚，有一种敢作敢当的劲头，这是赵德三对他的第一印象。听他这么说，也便释怀。

机务处处长孙继丁恰好来到办公室，他望着出门的郭恒祥说："这可不是个省油的灯。"

赵德三说："他确实是个有头脑的人，他要申请管理局批准圣诞会。"

孙继丁说："听说了，这种行会组织就是一批乌合之众，成事不足坏事有余。"

赵德三说："也不能这么说，既然他们提出申请也便是愿意接受管理。也算是好事。"

孙继丁说："我倒不这么看，他们不是愿意接受管理，而是想先争得一个名分而已"。

赵德三若有所思，说："警厅都同意了，我们也没有不认可的道理。"

孙继丁点头说是，接着便送过来一摞报表，说："这是您要的。"

赵德三接过来，问："能不能让四方厂加快一下检修速度，现在车辆严重不足，修车也是一个重要环节。"

孙继丁答道："我们正在以最快的速度赶工，已经给杨毅（四方机厂厂长）说，他亲自在盯，但是……"

赵德三不知他"但是"后面隐含着什么，便去看他。

孙继丁说："现在四方厂的工人不太安分，凡事不是讲道理，而是在讲所谓的权益、自由，抱起团来和厂里讲条件、讲价钱，这不是个好苗头。"

赵德三沉吟半晌说："确实要引导好。"

"前些天他们正在闹着年底发双薪、发花红的事，杨毅已经不胜其烦，说再这样下去就辞职不干了。"

赵德三说："那倒不至于吧，在其位谋其政，没有难题要我们这些人做什么，不能一有困难就提辞职，成何体统。"

说到这里，赵德三突然间想到了自己。面对诘难自己不也是以辞职为要挟吗？大同小异。他心里暗自笑了。

这时孙继丁却说："怕他自己不辞职，工人也要让他下台了。"

赵德三心里一凛，他知道孙继丁是什么意思。孙继丁作为四方机厂上级管理部门的主要负责人，已经多次提出对四方机厂采取严格手段，特别是日员裁撤之后，员工的劳动强度进一步加大，工人们多有怨言。同时，由于接收之后财政接续不上，又不能很好地解决职工的待遇问题，所以赵德三虽然口头答应着孙继丁的要求，但在心里还是不愿意有实质性的动作，他现在对于一切事情的基本态度就是维持平衡。

孙继丁又说了些业务上的事，就要离开，但走到门口迟疑了半天。赵德三知道还是前面的话题，并不是太愿意继续和他交流下去。但孙继丁不甘心，终于还是把存在心里的话说了出来。

"小心四方厂的工人们,有共产党参与其中。"

这让赵德三一愣,心里忐忑起来,但不知道如何去接下面的话。

孙继丁似乎也不愿意把话说白了,仅此而已。

孙继丁走了出去。孙继丁是在不久前听说邓恩铭来到了青岛,并且有意进入四方机厂,这让他大吃一惊。他知道这个思想活跃的分子,点子特别多。他在山东省立第一中学任校长时没少吃邓的苦头,年纪轻轻,做起事来却老谋深算。孙继丁对他的印象深入骨髓。如果他进入四方机厂,那一定会闹出个翻江倒海的局面。他叮嘱杨毅,绝不能让这个叫邓恩铭的人进到厂里来。杨毅暗地里派人掌握动向,知道邓恩铭去了胶澳日报做副刊编辑,但是私下里却和郭恒祥等人打得火热。

所以,当孙继丁听说郭恒祥的圣诞会在警察局注册成功并在胶济铁路管理局备案得到认可时,心里隐隐掠过一丝不安。好在他已经有了防备,只要他孙继丁在,邓恩铭就不要想进四方厂。

关于郭恒祥此人,虽然也是个让人伤脑筋的主,但他远没有邓恩铭的谋略,毕竟是莽撞之人,爱出风头,成不了多大气候。怕只怕有邓恩铭从中穿梭,并且已经出现了这样的苗头。

没想到,想什么来什么。孙继丁回到办公室就来了电话,是杨毅打来的,说:"郭恒祥打人了。"

孙继丁知道,如果只是一般性的纠纷,杨毅是不会轻易打电话给他的,事情一定闹得挺严重。果然,杨毅在电话里说,郭恒祥要举办圣诞会的成立仪式,说是要先给圣诞会的弟兄们壮壮威,就带领着他所在的第四工场的一帮弟兄们到第二工场把平时有私怨的人打了,其中三个人被打得头破血流,人事不省,搞不好会出人命案子……

从电话里,孙继丁听出一向遇事不乱的杨毅也有些语无伦次了。

孙继丁抓紧打电话给管理局警务处。警务处处长景林带人去了四方机厂,孙继丁遥控指挥,他不愿轻易涉足四方厂的事,不到万不得已他是不会出面的。

11

王菏波与邓恩铭正在商量下一步关于四方机厂如何开展工作的事,听到郭恒祥与人打群架，邓恩铭面色沉郁，说："怎么如此蛮横用事？"

王荷波说："流氓习气不改。"

"他能指望上吗？"

"不能对他寄予太高的希望，他能够支持我们把工人俱乐部建起来，已经是很大的功劳了。"

邓恩铭点头认同王荷波的看法。

郭恒祥是第四工场的一名普通铁匠，由于为人豪爽，有着为朋友两肋插刀的江湖作风，为工人所认可，随者甚众，自然而然大家都以他为大哥，有喜事请他吃酒，有烦事找他帮忙解忧。工厂里铁匠、木匠、油漆匠有着不同的群体聚落，其间有合作，也有矛盾，冲突当然也难免发生。每当出现问题时总会有人出来或以和平的方式或以武力的方式加以解决，慢慢都会有个带头人。在所有派别的带头人中，郭恒祥是非常强势的一个人。渐渐地，铁匠的群体里也有了木匠、油漆匠，都奉郭为大哥，大哥的作用和意义就超出了传统意义上的行帮界限。

王荷波敏锐地发现了郭恒祥的优点，尽管带有野莽性，但一呼百应的能力确实是不容易找到的。

郑州的事情发生后，王荷波主动找到郭恒祥，说自己是"五路"联合会的人，希望郭恒祥能成立一个组织，一个代表工人、能为工人阶级谋福利的队伍。

郭恒祥不解，那是一个怎样的组织？

王荷波说："像郑州工人那样，一个能带领工人争取权益的组织。"

郭恒祥说："那不是工会吗？"

"对，工人自己的组织，也叫工会。"王荷波说。他没有想到郭恒祥一点就明白。

郭恒祥想了半天，摇摇头说："我可没有那么大本事。"

王荷波说："你没有那么大本事，工人为什么愿意跟着你，要相信自己。"

郭恒祥挠挠头说："这倒也是，我当大哥可是大家都认可的。"

王荷波说："你不能光想着当铁匠的大哥，还要想着当工厂的大哥。"

郭恒祥这下有些不知所措了，他不知道自己怎么才能当厂里的大哥。

王荷波说："厂长是大哥，但他是为了工厂的事。工人也要有大哥，一个可以替工人说话的大哥。工会，就是有大哥，为工人说话的地方。"

郭恒祥一咧嘴,说:"是一个带着工人和厂长斗的人。"

王荷波说:"对,但也不是无原则的斗。斗,是为了争取工人权益。你想想,现在工人的生活状况多差?再看看管理局、交通部那帮老爷们,他们只替自己设想,谁考虑过工人的利益。四方厂从接收之后,走了多少人,可活非但没有少,还是多了。活多也不要紧,要紧的是所有的车辆都拉到博山运煤去了。煤运到哪里去了?谁不知道,都拉到了日本。我们工人在做什么,在帮日本人干活。"

郭恒祥怔怔地听着,他只知道和一帮弟兄们吃三喝四,还真没有想到这么深,这么远。仔细想想,这个王荷波说得确实不错。

如此一来二往,郭恒祥渐渐对王荷波钦佩起来。他从来没有服气过谁,但觉得王荷波这个人非同寻常,有一股说不清道不明的魅力。

后来,王荷波给他出了个主意,让他把所有能够团结的力量都团结起来,成立一个更加强大的队伍。尽管随者甚众,但真要从行规的角度看,很多事情又是犯忌讳的,铁匠就得从铁路的人里出,并且只能是手头有技术的才能加入行帮组织;把铁、木、油等不同工种的人群,甚至根本不在这个群体里的人都拉进同一组织,让他有些不知所措。

王荷波做了几次工作,郭恒祥始终没有表态。王荷波也不着急,耐着性子等。

邓恩铭说:"他不一定能担此大任。"

王荷波说:"除去他之外,还真没有人能行。我觉得他还没想通,只要想通了,一定会产生巨大的能量。我能感觉得出来。他想不通,也不能勉强。"

邓恩铭点头,他的着急来自对济南轰轰烈烈的工人运动的羡慕,他恨不得尽快把青岛的工人运动搞起来。他也知道,心急吃不了热豆腐,需要耐心。

让王荷波、邓恩铭没有想到的是,突然有一天,郭恒祥来找他俩,说:"我已经想好了,要成立一个'圣诞会',人也都齐了,所有的人都愿意跟着我干。"

王、邓两人都愣了,没想到郭恒祥是个说干就干的人,而且起了"圣诞会"这样一个莫名其妙的名字。

王荷波一连迭地说:"好,好。"

邓恩铭就问:"这个名字是哪里来的?"

郭恒祥说:"这可是个时髦的词。我的老家济南章丘原来就有一个教堂,每年都会在一个特定的时间里,有大批人聚集,过什么圣诞节。到了青岛后,我才知道这是一个洋节。我用个洋节的名字,中国的老规矩就管不着咱们了,你们说行不行。"

邓恩铭哑口无言。

王荷波说:"行,行。"

一番交谈后,郭恒祥兴冲冲地走了。

王荷波与邓恩铭商量,两人都觉得既然已经如此了,不妨看他如何做下一步的事。

郭恒祥果然想搞出点大动静来,组织一个声势浩大的成立大会,还要从高密请来唱茂腔的戏班子。邓恩铭说:"这有点大了,如果管理局不同意呢?应该先低调一点,把人组织起来,实实在在有了这样的一个组织后,再做些形式的东西。"

王荷波也认可邓恩铭的意见,但还不能强制性地去和郭恒祥谈,他正在兴头上,扫了他的兴会让事情半途而废,如果搞僵了,更是得不偿失。王荷波试探着去问,郭恒祥果然很倔强,说:"管他的,要干就大张旗鼓地干。"

王荷波和邓恩铭想了几天,终于想了一个稳妥的办法。

王荷波找到郭恒祥说:"这样的组织一般情况下都应该报备,让政府部门认可,活动才有合法性。"

郭恒祥说:"他们能批准吗?不能吧!"

王荷波说:"如果你要成立工会组织,他们一准不能批,但如果说是工人自己的互助组织就不一样了。"

郭恒祥有些为难,觉得多此一举。

王荷波苦口婆心做工作,郭恒祥知道本身主意就是王荷波出的,不可能把这事往坏处做。况且他对王荷波考虑问题的缜密性越来越佩服。

郭恒祥答应去试一试。不知为何,商埠警署直接就批准了他的申请,还给他们发了证。郭恒祥大呼过瘾,王荷波、邓恩铭也喜出望外。他们又提议郭恒祥到胶济铁路局报备,如此一来,一切便名正言顺了。

郭恒祥做主在这年的旧历二月十五举行成立大会。从高密请戏班子热热闹闹唱出大戏自然也在情理之中了。

但接下来的这一幕确实有些出乎王荷波、邓恩铭的预料。

为了给成立大会撞彩头，郭恒祥接受手下弟兄们的劝说，到第二工场找到几位平时和他们在言语上有过冲突的人大打出手，把几个工人打了个半死，想以此立声威。胶济铁路管理局出动了警察弹压。这事闹得莫名其妙，王荷波、邓恩铭觉得不给郭恒祥一点束缚不行，否则不但不能成事，反倒会惹事。这都是心底里的话，存了下来，但眼前的事情先得要处理好，不然的话会前功尽弃。

孙继丁先报了警。打完电话后，他便去找赵德三，把这事说了。

赵德三说："怎么会这样？"

孙继丁说："凭我的了解，郭恒祥是不可能想出成立圣诞会的，更不会想到去警署审批、到管理局报备这样一套程序来，一定是背后有人指使。"

赵德三说："共产党？"

孙继丁说："邓恩铭。"

赵德三不解地问："邓恩铭是谁？"

"一个捣乱分子。"

12

旧历二月十五日，郭恒祥的圣诞会成立大会如期举行。尽管捅了这么大乱子，但赵德三处置问题的方式还是帮了他的大忙，一切从息事宁人的原则出发。郭恒祥也识时务，既然把人打伤了，该赔礼的赔礼，该补偿的补偿，敢作敢当，被伤害者也知他是个狠人，不愿结下深怨，既然有台阶下，也不拧着。双方好话说完，达成谅解，毕竟彼此还要相处，赵德三的处置方式由此也可以平稳落地了。从高密运来的唱戏的行头占了半个火车皮，在大港站卸车时引得大批人围观。大家都知道了一个莫名其妙的名字"圣诞会"，虽大多不知道这个名字的来历含义，但郭恒祥的名字却为更多人所知，都知道这人不好惹。

敬祖庆贺活动就在四方机厂旁边的一个戏台进行，从早月明星稀，一直唱到晚上月至中天，四方厂上下工的员工很多都顺便看了戏。有觉得好奇者，不知道这是搞的哪一出；也有人说，这下有好戏看了；还有人说，往后就等着看热闹吧！其中包含的意味是多重的，耐人寻味。

王荷波、邓恩铭一直在暗地里观察。警署的人也有走动，但后来看并无大碍，也乐得挂着警棍看起戏来。两人心里明白，如果这种情势稳定下来，工人们能够有一个师出有名的聚会的组织和场所，对下一步工作确实是件好事。

大戏唱完，郭恒祥把距离四方机厂不远的三义庄当作了圣诞会的基地，供上太上老君的牌位，大家一起磕了头。王荷波、邓恩铭也磕了。邓恩铭感到有些怪怪的味道。王荷波说："郭大哥的面子是要给的，并且以后也要给。"邓恩铭笑笑没作声。

晚上，郭恒祥来找王荷波，邓恩铭也在。

郭恒祥兴奋的劲头还没有下去，唾沫星子乱飞，说话也有些不知天高地厚。

王荷波不失时机地恭维他，邓恩铭却不失时机地给他泼冷水。搞得郭恒祥一会天上一会地下。

郭恒祥说："我的目的达到了，在四方厂，我们也得说了算了。"

王荷波说："说了算的，当然还是厂方。但工人的利益受到伤害了，我们要替工人说话。"

"那是自然的。"郭恒祥情不自禁地在腮帮子下面竖着大拇指。

邓恩铭说："我们一定要注意方法，不能乱来。"

郭恒祥一瞪眼说："谁乱来了？"

邓恩铭也不示弱，说："你把人家工人打得那么惨，还不是乱来。"

郭恒祥一听，便软下来，说："哪壶不开提哪壶。"

王荷波说："恩铭说得对，凡事不能蛮干，让人抓住把柄反倒不好。"

郭恒祥想要反驳，却没有说出话来。

王荷波说："我知道你是为了树权威，但不能工人打工人吧？那不是让管理局的老爷们看热闹？"

郭恒祥突然笑了，说："我听你的，你说下一步该怎么做？"

王荷波沉下脸来，一本正经地说："我还想问你呢，你说下一步该怎么办？"

郭恒祥挠挠头皮说："我想，弟兄们这么拥戴我，总不能无所事事吧，总得替有冤屈的弟兄们出口气吧，还有，还有……真的不知干什么了。"

邓恩铭说："你可不要乱来啊！如果再像上次那样，赵德三、孙继丁们可就不一定好脾气了。"

郭恒祥一扬脖子说:"我怕他们?"

王荷波说:"我告诉你现在最应该干的是什么!"

郭恒祥一听便伸长了脖子。

王荷波说:"你要管好圣诞会,就不能用现在的大哥、二哥这么叫,要有正规的名称。"

郭恒祥说:"这个名称还不正规?"

"当然。"

"那用什么名称。"

"要叫会长,副会长,还有评议长。还要有章程。"邓恩铭一旁说。

"这是些什么鬼名字?还有什么章程?"郭恒祥频频摇头。

王荷波说:"对,我和恩铭已经给你起好了名字,你要是信任我们,相信我们是为圣诞会好,你就按我说的去做。"

郭恒祥说:"我当然相信你们,可是,这也有点太复杂了。"

邓恩铭说:"一点都不复杂,'五路'联合会都是这么做的。"

郭恒祥说:"噢,难怪你们叫我加入'五路'联合会,原来在这里等着我呢?"

王荷波笑笑说:"好事,不害你。"

接下来的一段时间里,王荷波和邓恩铭便开始帮助郭恒祥改造圣诞会。圣诞会的组织首先得以建立,郭恒祥理所当然是会长,他最为敬重的一个帮手张吉祥做了副会长。按他的话说,有两个名字为"祥"字的,一定会逢凶化吉,遇难呈祥。王荷波、邓恩铭也不反驳,乐得他这么说。郭学濂和耿华山做了评议长。

"评议长是干什么的?"郭恒祥问。

邓恩铭解释:"监督你们两个会长的。"

郭恒祥一听就不高兴了:"还有监督我俩的?"

王荷波说:"给你俩出谋划策的。"

郭恒祥一听转怒为喜。

王荷波向邓恩铭挤挤眼。

圣诞会都觉得这事新鲜了,平白无故地出了这么多新名堂。

在做这些事的同时,邓恩铭起草了《四方机厂工人简章》。郭恒祥拿到简章后有些愣了，他根本没有想到把圣诞会办得这样有模有样。按照简章，工人要成立夜校，定期参加组织的活动，还设计了徽章，圣诞会的成员都要佩戴以示与普通工人的区别。圣诞会还要建立图书室，组织工人学文化。这是些什么东西？郭恒祥有些懵了。

邓恩铭将他不能明白不能理解的事情一件件拆解开来给他解读，一直说到他频频点头为止。"你这么说我明白了，马克思主义就是让工人拧成一股绳，就是让工人为了自己过得好、活得好而开展斗争。"

邓恩铭点点头说："是的，就是这样。"

"现在中国已经成立了共产党和共产主义青年团，就是要带领工人打倒军阀，为保障工人权益而斗争。我们受压迫的日子太久，我们要翻身就要打倒帝国主义，就要打倒军阀。这是压在我们身上的两座大山。"

外面寒风呼啸，屋内的郭恒祥却已被说得热血沸腾。他说："我要做什么？"

"先把夜校成立起来。"

"有地方，就在我们厂房左面的空材料库，那是德国人盖的，后来日本人在旁边建了厂房，这个材料库也便废弃了下来。"郭恒祥说。

邓恩铭说："你找些技术好的工人，专门给工人讲技术。我找几个人，专门给你们讲马克思主义，讲共产主义……如何？"

"那太好了！"郭恒祥突然转头问，"这么说，我们就像是工会了，听说济南的津浦铁路机车工厂，已经成立了工会，是真的吗？"

邓恩铭说："那是我们的目标，但要是说现在我们已经是工会组织了，还为时尚早。"

郭恒祥说："我有些懂了，其实你说的共产主义和我的想法差不多，就是给工人办事。工会也是一样的。"

邓恩铭会心地笑了。

郭恒祥是一个执行能力特别强的人，今天说过的事情，办不完，自己就没法过夜。所以，夜校几天就建了起来。先是工人们在一起交流磋商技术手艺，也聊些家长里短，当然也有些人想利用这种场合让大家帮助解决私事，这样一个场合真的成了工人们交心的平台。条件成熟后，邓恩铭来到夜校讲了第一课。

什么是共产主义？所有的人都听不明白，但他们对于这个新鲜的人和新鲜的话题抱着同样的好奇之心，大家隐隐约约地感觉这些话题和自己有着千丝万缕的联系。渐渐地，大家的心里亮堂起来，是人人有田种、人人有饭吃，是分田地、均贫富……

夜校的灯越亮越长。

因为孙继丁的问题，邓恩铭没有能够进入四方机厂和工人们一起做工，但他以另外一种方式走进了工人中间，在夜里点起一盏灯，为黑暗带来一点亮。

不久，四方机厂又建起了图书馆，里面有了一本叫作《共产党宣言》的小册子，那便是另外一盏灯了，亮在了工人的心头。

邓恩铭对于这一切欣喜不已，唯一让他遗憾的是，王荷波因为工作需要，离开了青岛，而他也没有来得及送他一程。

独自徘徊在栈桥旁的马路，一种沉甸甸的责任感由心头升上肩头。

13

赵德三为没能给老乡画上一幅满意的画而心情沉重。潍县来求画的师兄弟走了，尽管两人并不相熟，但毕竟是慕名而来，赵德三还是努力想画一幅好画给他，况且来人还带来了不菲的润格。拿到画后，来人连声道好，赵德三心里却越发惭愧。不是他不尽心，而是这些天的烦心事实在太多，他已经很久找不到作画的感觉了，这让他很有几分恐慌。公务上的事，有热情也罢，无热情也罢，都可以做；但艺术的感受一旦消失，对于痴迷此道的他来说，简直就是一件无法容忍的事情。

赵德三在一瞬间产生了惶恐不安之心，他甚至一度想宁可不坐这个局长的位子，也要保留住对绘画的那样一种感觉。他实在不想在烦琐的公务中消泯自己的乐趣。

所以，尽管烦心事很多，他还是容许自己和自己的同道中人们喝喝酒吃吃饭聊聊字画，这对于他来说是最好的能够找回感觉的一种方式和途径。

刘仲永和赫保真同时调进了胶济铁路局，赫保真去了青岛的胶济铁路中学，刘仲永去了总务处编审科，编一些运输类的杂志，这些杂志里面有副刊，虽不是纯粹的文艺期刊，但这份差事还是很对他的路子，况且也让他有充分的时间搞艺术创作。

有人也说闲话，虽然胶济铁路管理局正是用人之际，但刘仲永、赫保真显然不是胶济铁路应需之才，他们是以赵德三的爱好而取之，人们对于胶济铁路的用人取向便不以为然。闲话就闲话吧，赵德三认为，哪怕胶济铁路管理局经济拮据，但毕竟一个企业需要有文化的人。但之于现实的利益来权衡，确实性价比并不高。

今天的聚餐仍然是在"醉仙楼"。刘仲永出面组织，有答谢赵德三的意思，但话却不明说，本来就有些闲言碎语，彼此也刻意淡化这个话题。愈是如此，作为当事人刘仲永、赫保真愈发觉得这样一种情分难得，对赵德三存了更深一层的感激，愈发感受到一局之长的爱才如命。

聚会的朋友之中，有两个人是新加入的，一位叫陈纪云，是铁道派驻胶济铁路管理局的事务员，因为写得一手好字，为赵德三赏识，所以也把他带过来当作新朋友介绍。另外一位叫宋怡素，是赵德三在交通部路权司就认识的老朋友，老家在山东文登，这些年一直在外面，也是因为有着一手好笔墨而和赵德三交好。

陈纪云因为本身就在胶济铁路管理局任职，彼此相熟。而宋怡素是第一次见面，客套的话当然少不了。宋怡素是儒雅之人，举手投足间规规矩矩，像是尺子量了一般，可见其为人方正。

赵德三给大家引见，说："我和宋兄也是趣味相投，只可惜多年不见，一直无缘请教。宋兄所画山水汲黄公望笔意，有虞山之气骨，为人钦佩。"

宋怡素站起身来抱拳，说："不敢当，不敢当。"

刘仲永问："仁兄现在高就？"

赵德三抢过话来说："宋兄乃典型的山东人，曾在直皖总司令部、蒙疆经略使署任职，后来去了……"

宋怡素说："京奉路……"

"对。"赵德三接着说，"在锦州、奉天、山海关等站干过车队长，还在皇姑屯站干过助理站长，现在……"

宋怡素说："奉榆路任会计稽核科科长。"

"好，好。"大家都不住拍手，表达对他加盟的欢迎。

赫保真也算是新任，见大家以这样的方式与宋怡素表达了见面礼节，便主动起身，举杯到赵德三面前："承蒙局长赏识，敬您一杯。"

赵德三也不推辞，事务堆积的郁结也解开了，痛快地喝了敬酒。

赫保真年轻英俊，为人谦逊，绕桌敬了一圈，大家都赞他好酒量。

赵德三说："我也曾在高密授学。"

赫保真说："高密无人不知局长大名。"

赵德三问道："听说你师从丁氏。"

赫保真说："少时在潍县丁氏自立小学学习，随丁东斋先生学习绘画。"

赵德三说："都说你擅人物、山水，我发现你的牡丹却也是功力不凡。"

赫保真说："那倒不敢当。早年习山水学石涛，汲取原济章法；也学些花鸟，以华岩为师宗，人物则学陈老莲。只是近年来，突然发现牡丹倒是更随我意，便愈发爱画。"

陈纪云说："听局长多提及高密的牡丹赫，没想终于得见。"

赫保真诚惶诚恐道："那是局长抬爱。"

赵德三说："在高密和哪些人常走动？"

赫保真知道他讲的自然是画界的交往，便说："近年一直在丁东斋、刘秩东组成的同志画社流连学习。"

刘仲永插话说："前些日子大作《东方外大街》《白浪河岸》在济南画报上刊印。"

这种聚会当然是轻松的，很快便进入大家共同感兴趣的话题，推杯换盏之间，渐自酒酣耳红。

这种场合，大家一般都会带些个人的作品来，相互品鉴。

陈纪云拿出了一幅扇面，写有四个字，"境由心升"，字意收敛，惜字如金，一种刻意的追求。

赫保真这次带的不是牡丹，却是写实的《白浪河岸》。老老实实的画风竟然和他的写意牡丹有着很大区别，但画中的花草也有着与牡丹相同的气韵。

刘仲永的画赢得了最多的喝彩。刘仲永少从诸城臧耀初学花卉，后来觉得花卉不能尽兴，便专攻山水，由于身世经历的原因，遍游吴粤湘鄂山陕名山大川，时常进入人迹罕至之处，临摹山水，造诣甚高。此时带来的自然也是一幅山水画卷，打开之后却见满目云烟、山风飘逸，一派江南山水之意。画确实作得好，大家频频点头，心里十二分的佩服。

赵德三说："宋兄可带佳作？"

宋怡素见赵德三点到了自己，也便起坐从随身携带的布兜里取出卷轴，展开来给大家看。已经满目酣畅、一派醉意的书画家们突然安静下来。

宋怡素自顾说："承蒙不才，请各位指教。"

一片黑墨堆叠、巨石磅礴、幽静折弯的山水画卷如同真实胜景一般出现在眼前，让人怀疑是否突然误入了一片名山之间，酒肆的嘈杂为一阵潺潺流水的意蕴所遮挡，酒香似也是山涧溪流中散发出来，巨壑压顶，让人不敢稍稍出气，左顾右盼，不敢轻易移步，怕会不经意在乱树杂种的林中迷路，更有人觉得一不小心会遇到鸟兽，引起不测。如此复杂深幽、纵横交错的胜景让人目瞪口呆。直到店主推门进来，屏息凝神的众人才醒悟过来。

"好，好。"大家毫不吝啬地给予掌声。

刘仲永叹道："少见之佳作。"

赫保真说："笔资矫健，古韵纵横，磅礴大气。难得，难得。"

不怎么说话的陈纪云也说："工写实景，不屑临摹，却乃黄公望之神韵。"

赵德三说："仁兄佳作是何题？"说着弯腰看题跋。

宋怡素说："我为之起名为《梦中画梦》。"

"《梦中画梦》？"众人异口同声，皆有不解之意。

宋怡素说："却是真的从梦境中得来的，所以就以此命题了。"

众皆愀然，便不说话。静默中有思索、反省、揣摩、敬慕、惭愧、嫉妒……不同的情绪纠结在一起，只觉今天晚上能够得见宋氏怡素，实在不枉此行，或者说不枉此生。

赵德三只知宋的画有格局，也只是前些年的印象，没想到几年不见，他的画竟然如此成熟，已隐隐有大家气象。如果将他延揽于麾下，实在不失为一种最佳选择，况且他与刘仲永、赫保真两人的情况不同，宋不但书画造诣极深，且有着丰富的铁路管理经验，不但在京奉路干过车队长、站长，不为人知的是他还曾在蒙疆经略使署驻哈尔滨满洲里运输处任职，业务能力为人所认可，且人脉关系也非同寻常。更为巧合的是，这次宋怡素来青岛，正是为了个人的调动之事。

青岛此行的目的是找赵德三调到胶济铁路管理局。

深知其经历的赵德三不解于他的请求，但只是脑子里有疑惑，却没有多问。他知道既然对方有此要求，必然会有其原因所在。

此刻，赵德三已经决定让宋怡素留下来。

这时，刘仲永说："赵局长一展墨宝？"

赵德三谦然道："今天要扫大家的兴了，最近忙于事务，确实没有作画的心情。"

大家复又沉默，都知道现在的赵德三事务缠身，焦头烂额，都为无力分忧，以至于耽误了一位艺术家的创作而深感不安与遗憾。

赵德三说："不能扫了大家的兴。今天大家都拿出了自己的最好作品，实在是大饱眼福，没有什么可遗憾的。"

赵德三端起酒杯饮尽，喘口气接着说："另外，我还可以告诉大家一个好消息，我已经给马总段长协调好了，让他把青岛火车站的二楼腾空些房间，就把那里作为大家聚会切磋的场所使用。"

众人听罢复又兴奋起来，这还是陈纪云所提的建议，当时便得到了刘仲永等人的赞赏。但当时赵德三担心别人说闲话而没有答应，众人也便不再提及此事，没想到赵德三还真把这件事情记在了心上，要知道青岛站站长是马廷燮从津浦路带过来的人，不怎么好说话，让他在青岛站腾出个地方来并非易事。想来，赵德三的艺术情怀是满满的。

刘仲永说："有了地方，我们成立书画社就有希望了。"

这么一说，大家又静默下来。成立画社事大家之前就有过共识，也有过议论，但并非一句话两句话就可以办到的，赵德三把大家聚会的场所找好了，紧接着再提画社之事，大有步步紧逼的意味。大家有这种意会，也便点到为止，不再往细里说了……

14

由于头天聚餐聊得尽兴，赵德三晚上迟迟不能入睡。一会想到赫保真的牡丹，大红大紫；一会想到宋怡素的《梦中画梦》，缥缈空蒙；一会又想到了成立画社的事，愁绪缠身……这些事情都是他醉心的事，却让他有一种渐行渐远的感觉。确实如此，他需要处理的事情太多了，也与艺术的环境氛围相去甚远，他现在不得不关注的是冰冷的火车头，冒着浓烟、浮动着一层煤屑；是孱弱的钢轨、线路、河道，它成为最大的一块心病，一旦发生意外，后果不堪设想。萨福均的脸色现在是越来越难看，赵德三知道他的愁，但却为他的不懂时势所恼怒，并非自己不愿管，而是力不从心；与这些相比较，更为冰冷的是吴毓麟、田中玉这些官僚们、军阀们从不同角度给他施加压力，他们不但有威吓、指责、诬告，更有的手持明晃晃的刺刀与军械……

赵德三突然从梦境里醒过来，他睡过了头，但还是觉得一晚上没有睡着。头昏昏沉沉来到管理局，已经到了原定开会的时间。赵德三就觉得从梦里走回了现实，又像是从梦里走到了梦里。

会议的议题是教育改革。他恍然觉得这似乎和昨天的赫保真有些关系。日占时期，日本人先后在胶济铁路沿线建了六所小学，分别是高密、坊子、青州、张店、淄川、博山小学，另外还在坊子、张店两地设了两所学校。华盛顿会议后，两国在所签订的《接收铁路细目协定》时，日本人留下了伏笔，致使中国接收后日本得以继续租用坊子、张店、博山三所学校，还无偿地借用淄川小学。胶济铁路管理局实则只接收了高密和青州两所小学。

学校归总务处管，总务处处长汇报了下一步关于铁路学校的规划设计，初步确定要在青岛、济南各设两级小学，在员工较多的四方、高密、坊子、张店四处各设一所初级小学。这本是会前就提前议定的，并且也并非一时半会就可以落实的事，所以大家并没有提出太多意见便通过了。

接下来的议题是机务处提出的，是关于四方机厂技术工人严重短缺、需要进行补充的问题。人员短缺是胶济铁路管理局接收后最为紧迫和棘手的问题，一般性的缺员并不难补充，难的是技术人员集中的四方机厂，尽管赵德三通过多种方式和渠道，或恳请交通部或动用个人的关系，尽了最大可能从其他铁路局调进补充了大批人员，但远水不解近渴，仍然不能满足需要，况且修理火车之类的工种大都会有一个长期培训的过程，所以人员紧张是肯定的。赵德三听完汇报之后，感到意外的是，人员的短缺数量与他之前掌握的有较大出入，他问："上一次的缺员还没有那么多，为何越补充反倒人员越少了？"

孙继丁没有说话。一旁的杨毅说："这些天，日籍人员请辞的突然增多。"

赵德三说："不是和他们有约定吗？"

孙继丁还是没有说话。杨毅神色有些黯然，道："现在的四方厂环境大不如前。"

赵德三情不自禁道："大不如前是什么意思？"

杨毅犹豫，似是判断如何找到准确的措辞。

孙继丁这时开口了："工人们闹得厉害，不要说日本人害怕，连中国人都胆战心惊，生怕一旦惹了圣诞会会遭不测。"

赵德三默然，他知道孙继丁对于胶济铁路管理局承认圣诞会有着很大的意见，此刻便觉得他有可能是在拿此说事，甚至也不排除要挟的可能，由此，他对四方机厂人员紧张的事也便打了问号。

话说到这里了，杨毅似乎也下定决心要把话说明白，便说："前些天郭恒祥就因为一位工长扣了圣诞会成员的工资，就把这位工长绑到圣诞会，让他跪在老君像面前磕头认罪，末了还抽了他二十鞭子。现在是人心惶惶。日本技师更是无端便会受到圣诞会打骂，有人身危险也很难说，所以现在很多日籍员工都提出辞职，申请回国。如此一来，不要说缺少技术工人，难说不会发生外交问题。"

赵德三听罢，知道杨毅所言不会虚，便陷入了思考。他知道这也并不是容易解决的事，但要表示出要解决的决心才会让孙、杨二人认可，说："我们组织相关部门再进行专题研判吧，毕竟这事需要警署的协作，需要慎重，当然也要迅速解决。"

见孙、杨并没有不同意见，赶紧把话题转移到下一个议题。

马廷燮坐在会议桌的显要位置，却一直没有说话。下一个议题是他提交的，所以这时便正正身子，开始汇报。尽管这个议题是他主汇报，但并不是他情愿的，因为这个议题某种程度上是对于机务、工务所提出的一些安全问题的答复，而有些问题他是持保留态度的，也正是他的保留态度造成了机务、工务的不满，表面上不能撕破脸皮，但问题不解决又是不行的，因为已经关系到运输安全问题了。

问题的关键是机车的"双机牵引"。这是个纯粹的技术问题，但因为各自的职司不同，执行过程中存在着不同的看法。

对以运输货物、提高运输能力为第一位的运输处来讲，"双机牵引"所带来的直接影响就是运输效率的降低。马廷燮嘴上不说，心中当然持抵触情绪。

而对于工务处来说，之所以提出不能"双机牵引"的问题，主要还是从线路状况考虑的。日占时期，胶济铁路一直没有得到有效维护，线路状况极度孱弱，多次发生过脱轨事故，好在没有酿成大祸。尽管如此，已经让萨福均饱受其苦，一天到晚都为线路问题提心吊胆，因为缺乏足够的资金投入，又无能为力。好不容易拉着赵德三到现场做了一次实地勘察，才让一局之长意识到了问题的严重性。但缓不济急，最要紧还是把眼前的窟窿堵住。"双机牵引"对线路伤害过大，极易发生问题，虽然已经以正式文件的形式下给了相关部门，但执行得并不好，特别是运输部门因为有着马廷燮的强势把持根本无法得到落实。迫不得已，他只有提出这个议题，让运输处向局务会报告"双机牵引"的落实和问题整改情况。他的另外一层用意还在于，如果因为这个问题引发事故的话，那责任便不在我工务处了。

机务处虽然也是强制执行单位，但他在执行"双机牵引"上具有一定的被动性，因为运输组织由运输处统一调度，所以需不需要"双机牵引"需运输部门统一安排，机务并没有决定权。所以，孙继丁在这个问题上没有吱声。

虽然萨福均对这个议题非常在意，但他同样没有发表意见。他的沉默与孙继丁的沉默是不一样的，他的沉默是想让所有人都听明白马廷燮在这个问题上的态度。

马廷燮温文尔雅的强势在管理局是有名的，其他人更不去说过多的话。

赵德三直接表态，希望运输处严格按照严禁"双机牵引"的要求落实，避免发生问题。他强调："这项措施不是工务处的要求，而是管理局从整体安全考虑做出的，请运输处严格督导各站落实。"

赵德三意在帮助工务处避嫌，如此一来，萨福均反而不自在，好像是自己撺掇他所为。

大家都无话，气氛很微妙。

最后一项议题是关于改善线路状况的。这项议题是萨福均提出的，不需要表决，只是希望能听些大家的意见以便改进。这是赵德三同意萨福均提议的想法。但是，事情却远远出乎赵德三的意料。这本来是个务虚的议题，让相关部门提一下意见，供工务处做参考。没想到萨福均没说几句，一下竟抛出个庞大的规划来。

赵德三有些震惊地问："你的意思是要把胶济铁路的所有桥梁都更换一遍？"

萨福均早有被诘难的准备，所以不慌不忙地应答道："从长远看，确实需要全部更换。要按古柏氏 E-50 级的技术标准从国外购买。但从现实情况看，显然是不切实际的，所以，我的规划是，要在三到五年时间里逐步更换大沽河、墨水河及大沽河上流等处桥梁十七架，以及李村河、城阳河及南泉东西河等处桥梁三十七座。同时，相关线路也得陆续更换。"

会场里有人窃窃私语。

赵德三干咳几声没有了下文，只是听着会场里越来越嘈杂的声音。

过了一会儿，萨福均开口说："我希望能审议这项规划，以管理局的名义上报交通部，争取交通部的支持。"

赵德三心想，交通部能够审批这样不切实际的规划才怪了，口里还是说："你的愿望是好的，但规划太过庞大，要提交交通部需要更深入的论证，这次会议不可能议就，这样吧，先把规划印刷几份，供有关部门提一下意见再说。"

赵德三的语气也是在示意会议到此为止了。萨福均无语地坐在位子上，看着大家都散了去。

会后，萨福均来到赵德三的办公室，恳请局长支持他的规划。

赵德三无奈道："我并非不支持你，但实话说，有些脱离实际。"

萨福均说："要，总比不要强。至少让交通部明白目前的状况。只责备我们三天两头发生事故，应该究一下理啊！"

这番话打动了赵德三，这也是他的苦闷所在。会哭的孩子有奶喝，也不能不说是表达不满的一种方式，以这种专业的方式似乎更加合情合理。

如此想来，赵德三就决定以胶济铁路管理局的名义将这份规划上报交通部……

15

孙继丁所说并不虚，郭恒祥在四方机厂威信陡然增高，走路的架势也变了。大家都怕他，但他确也在想着为工人办些好事，只是他的出发点与方式方法实在难以恭维。邓恩铭已经意识到了这一点，但他记住了王荷波的一句话，就是尽量保护郭恒祥的积极性，只要事情做得不是太过分就不要轻易责备他。用老话说，郭恒祥确实也是吃软不吃硬的角色。

这些日子，郭恒祥把矛头对准了厂里的工头。实话说，这些工头平日确实都养成了很多恶习，依仗手中的权力随意打骂工人、克扣工资，逐渐形成了一股与工人对立的势力，工人也有意识地与他们对抗。只是力量有限，对方随意找个茬就会把你的工资扣一部分，那可关系到一家人的生活质量，所以工人们大都敢怒而不敢言。圣诞会成立后，工人突然觉得有了说话的地方，加之郭恒祥平时就善打不平，所以对工人反映的问题必然出头。特别是夜校开办以后，他和工人也懂得了更多的道理，其实资本家日常的盘剥尚是小处，那些工人们根本看不见的利益被侵占的才是最多的，补助、福利、花红、工钱、加班、抚恤……这些关系工人切身利益的事谁来管谁来问？工厂就是通过这些渠道和方式榨干了工人的血汗。

"我们累死累活一个月，连养家的钱都挣不回来，这是什么世道？"

"是啊！我们得去问问，再这么干不行了！"

"去哪里问？"

"当然是去找工头了。"

"别看工头天天耀武扬威，但他们说了也并不都算，真正说了算的还是厂长。"

"难道我们还得要去找厂长……"

"不找厂长，又找谁呢？"

"找厂长？厂长的学问可比你我大，大道理也会讲，你想去找厂长就能找得了，你想讲理就能讲得来？瞧你那熊样，大字识几个？"

"你到底是向着谁说话？"

"我是向着理说话。怎么，不服气？"

"当然不服气，我看你就不是个好东西，你和那个栾把头穿一条裤子，还好意思说。"

"你俩才穿一条裤子呢！"

两个人撕扯起来，众人上来劝架，后来便变成打群架。

郭恒祥见状大怒，说："都冷静点儿，工人阶级自己打起来了！"说着上前给了两个带头闹事的人一人一巴掌，众人才安静下来。

一位叫傅书堂的工人走向前，对郭恒祥说："大哥，也不怪他们，他们受了这么多窝囊气，有气撒不出来。"

郭恒祥看一眼面目清秀、沉稳坚定的傅书堂说："有多大气也不能往自己弟兄们身上撒！"

傅书堂说:"那是自然。"

郭恒祥说:"这些天,我们不是教训了几个把头吗,还有人敢欺负我们?"

傅书堂说:"这些日子把头们都老实了,虽然也有找软柿子捏的,但已经不敢轻易下手了。"

一位叫丁子明的工友说:"前些天我们还揍了几个日本人。"

郭恒祥一皱眉说:"日本人还是不要轻易揍,小心惹事。"

丁子明说:"大家觉得解气。"

郭恒祥没说话。

傅书堂说:"郭会长说得对,不要轻易招惹日本人,厂里、局里还是很看重他们的,日本政府也会抗议的。"

丁子明说:"现在都什么时候了,铁路都接收了,还怕日本人不成?他们是在给我们打工。"

郭恒祥没说什么,心里也有一种怪怪的味道,日本可恨,但有些日本工人看起来还是挺顺从,况且他们的技术又好,不能一概而论全盘否定他们。当然,他是绝对不会说日本人好的,打了日本人,也没什么不对。

郭恒祥说:"没事散了吧。"

大部分人都走了,但还是有几个人在夜校所在地徘徊。郭恒祥问他们什么情况,丁子明说:"哪儿是家呢?"

郭恒祥知道丁子明一家五口住在大汉口河崖边的一处窝棚里,周围还零零散散地住着几家四方机厂的工人。丁子明的家是鲁西南菏泽,来到青岛这么多年了,一直居无定所。这样寒冷的季节住在冰冷的河边,无法找到一点暖和气,加之回到家就是和老婆吵架,所以经常一个人在外面游逛,无聊至极,也干些偷鸡摸狗的事。

傅书堂走过来说:"现在厂里从外面招的人越来越多,像丁子明这样的情况也是越来越多,厂应该考虑给他们分配临时性的住房才对,不然的话他们的日子不好过啊!"

郭恒祥没说话。这件事,工人们也多有反映,希望他能够代表工人给厂里反映解决,这让一向敢作敢当的他觉得有些为难。其实,这个建议最初还是傅书堂提出的,但郭恒祥也不明白这样的群体到底有多少人,所以并没有轻易接招。

没想到傅书堂早就心中有数,把郭恒祥拉到一边,说:"这事也不是不可以办。"

郭恒祥瞪眼看他,听他的主意。

傅书堂说:"你可以先向厂里反映,如果不行的话……"

郭恒祥说:"厂方肯定不会答应的,这一点我心里有数。"

傅书堂说:"如果不答应的话……我们可以自己想办法……"

郭恒祥听傅书堂话语暧昧,有些着急道:"有法子快说。"

傅书堂说:"工厂东南角有两排平房你知道吗?木工房二号库旁边……"

郭恒祥说:"知道。"

傅书堂说:"里面放了些乱七八糟的东西,其实也算是空置,并没有利用起来,我觉得那些房子是完全可以救急的。"

郭恒祥听罢一拍脑袋,说:"我怎么没想到这茬!"

傅书堂说:"先和厂方商量,如果不行……这事只有你做,其他人还真的做不了。"

郭恒祥重重地"哼"一声,轻易地就戴了这顶"高帽"。

让傅书堂没想到的是,第二天一早,二号库的空房便住进了工人。

傅书堂听罢这一消息,问郭恒祥,郭说:"你想想,这事能商量吗?厂方能答应吗?说了反倒不如不说,直接这么做就好了。"

傅书堂讪然一笑,也没说什么,他知道这是郭恒祥的性格。这样也好,把解决问题的过程简单化直接化了,省去了中间环节。但恐怕会引起厂方的过度反应。

正如傅书堂所想,中午时分,得到消息的杨毅大怒,开始组织人员清理。无端抢占工厂的厂房做宿舍,太无法无天了。如果都这么做,那么工厂岂不成大杂院了。并且这种行为没有和厂方有任何沟通,恣意而为。杨毅下决心要将住户清除。

护厂队出动了。连夜搬进去的住户早有准备,手拿械具和护厂队对峙起来。护厂队员也大多是招聘人员,很多也是来自穷苦人家。他们日常的任务主要是外部治安,防止厂方设备失窃。平时与工友们低头不见抬头见,现在两者虽然表面上剑拔弩张,心里却不愿意自相"残杀"。丁子明是郭恒祥命令的坚定执行者,十几户人家在他的组织下破门而入,一夜间把全部家当和老婆孩子都弄到了平房内。所以,他对于捍卫昨晚的成果是拼尽全力的。彼此的力量看似在僵持,但心理的不同反应决定着坚定性还是在工人一方。

杨毅来到了现场。丁子明怒目横眉，带着一众人凶神恶煞地站在平房入口处。

围观的工人越来越多，开始大家只是在紧张地观察着双方的争执、撕扯、对峙，后来杨毅一出面，对工人破口大骂，人群就有情绪骚动起来，有人喊道："他们也是没有办法，有办法也不至于这么做。"

有人附和："就是，这么冷的天，难道还不让人活了？"

杨毅不识时务地喊了一句："你们反了不成！"

郭恒祥这时也出现了，大喊一声："反了就反了，不让工人活就得反。"

丁子明等人一见郭恒祥领着同班的工友来声援，心里更有底气。

"工人要活，要有住处，要发花红。"丁子明喊道。

丁子明这一喊，把周边工人的情绪一下调动起来。因为马上就要过年了，这些天工人们正在等着厂里发花红。但有消息说，接收之后的支出太多，厂里效益不好，已经决定不给工人发年终花红了，包括日占时期已经形成惯例的要发放的末月双奖也会取消。

围观的工人大声质问："花红到底发不发？往年早就该发了，为什么一拖再拖，年货怎么置办？"

"杨大厂长轻易不出面，那就当面给我们一个交代吧！"

"对，花红发不发？年货有没有？"

"杨厂长，不能克扣工人的福利啊！"

声浪一浪高过一浪，事态的发展超乎杨毅的预料。郭恒祥等人成功转移了人们的视线，把杨毅等人逼到了另外一个不得不面对的墙角。

杨毅有些慌了。这是一个全厂工人都关心的话题，事实上今年管理局入不敷出，确实有不再发花红的考虑，只是谁也不愿意当面把这事挑明，一旦挑明，那就先把自己放在了刀山火海里。工人是不会轻易放过他们的。

杨毅气急败坏地说："现在说的不是这事，你们抢了房子还有理？！"

郭恒祥吼道："生活都保障不了，谈什么理与不理？"

"先发了花红再说其他！"

"发花红，发花红。"

面对步步紧逼的工人，杨毅最终落荒而逃。后面跟着的是工人弟兄们的一片斥责、怒骂声。护厂队员成了看闲片、求乐子的角色，有人甚至给工人们竖大拇指。

狼狈不堪的杨毅把事情向孙继丁做了报告，没想到孙不置可否。杨毅气不过，直接找到赵德三，赵德三一听也是火冒三丈，但片刻过后，他的火像是突然被什么熄灭了一般，变得期期艾艾，让等着他做出严厉决定的杨毅不知所以然。

赵德三说："你先回去，先回去。等等看，想个万全之策。"

赵德三的态度让杨毅大感意外，心里怒气也很快转化成怨气。既然大家都采取事不关己、高高挂起的态度，那我杨毅何苦要撞这个大麻烦呢？

16

郭恒祥等人都没有想到胜利来得这么一帆风顺。

丁子明等人住进了抢来的房子里，本以为四方机厂会持续施压，他们也都商量对策，做好了长期斗争的准备。邓恩铭认为此事也并不乐观，怕管理局会出面弹压，工人或许会因此事而吃苦头。

谁都没有想到，从杨毅灰溜溜跑了后，便再也没有人来管这事了。有人打听到杨毅已经向管理局做了汇报，但管理局竟然也没有任何动静。一切迹象表明，工人们的这次行动胜利了。

邓恩铭觉得意外，但细细想来，又不意外。这至少说明，胶济铁路管理局内部并非铁板一块，出于各自利益的自我保护，他们对工人的行动也是颇为无奈与忌惮的，这足以说明思路可以放开，胆子可以更大一些，可以更加深入地鼓动工人阶级为了自身的利益而斗争。

邓恩铭坚定了信心。斗争的成功取决于自身的力量，也取决于对手的软弱。这不失为一次成功的试探，让邓恩铭明白了胶济铁路管理局对于工人争取权利所可能有的反应。现在看来，对手并没有想象的那么强大，自身也没有像顾虑的那样还没有真正成熟。必须下定决心，在更大程度上鼓动工人斗争，尽快把工会组织建立起来，形成在中国共产党领导下、为工人阶级谋福利的先进工人组织。

从栈桥前走过，前海风浪怒吼，凛冽的寒风吹来，邓恩铭内心反倒变得更加灼热，像有一团火在燃烧。

这次的斗争让他看到了工人阶级的强大，也看到了对手的软弱。更让他感到惊喜不已的是，他越来越多地发现了工人阶级存在的新生力量。培养善于斗争的人是他组织斗争的重要部分，斗争过程中他一直在观察着可堪担当重任的骨干，像傅书堂、丁子明等人已经成为他下一步确定重点培养的对象。以他的观察，他们在将来的斗争中一定会比郭恒祥更具有智慧和魄力。

　　他尤为看好傅书堂。傅是高密人，父亲虽然是个以打铁盆为生的贫农，却勤俭持家，思想开明，把傅书堂送到了新式小学堂读书。傅书堂家境不好，有兄弟姊妹五人，所以高小毕业后，便无力再继续学业，只得到高密火车站给日本人看小孩，因为经常挨打，不堪虐待，托人到高密火车站谋了个擦车工的活，以此养家糊口。胶济铁路接收前，辗转考入四方机厂艺徒养成所，成了一名修车工。邓恩铭刻意了解过傅书堂的经历，也由此确认像他这样的人既有着对下层阶级的了解，同时又有着一定的文化知识，是工人阶级中最值得依赖和发展的对象，有着潜在的斗争智慧和能力。这应该是以后党组织重点关注的人员。党的组织、工人组织需要他们。有他们的存在，工人阶级才可能迅速壮大。

　　之所以有这种认识，是因为邓恩铭在这个问题上经历过挫折。这种挫折尽管不是那么直观，但在他的内心深处却留下了非常深刻的烙印。

　　其实，从关注四方机厂那天起，他就对四方厂工人阶层的状况进行了深入细致的调研。他发现在胶济铁路的人员构成中，出现了两种较为极端的现象，一种是贫穷的下层工人阶层，他们大都没有接受过先进的教育，行为粗野，做事蛮横，却有着对于剥削阶级深刻的憎恨，由此所带来的斗争的彻底性是显而易见的。另一种是知识层次相对较高者，他们一般都受过高等教育，很多来自南洋公学、德华学堂等高等学校，有着留日、留学欧美经历的也大有人在。在铁路接收的过程中，交通部抽调了很大一部分人员参与到接收工作中，这些人后来大多留在了胶济铁路管理局，这里面当然也有被青岛优美的自然环境吸引而来的一部分人。

　　工人阶级当然是最先争取的对象，也是最终为之奋斗的目标，但邓恩铭一度也想从具有较高文化层次的人员中打开突破口，可以利用他们的知识，为他们灌输先进的思想，以期更快地承担起领导工人阶级的使命。但实践证明这条道路是十分困难的。

　　当时，他看好一位叫茅新的人。他从上海的党组织方面得到信息，茅新曾是五四运动期间南洋公学里的旗帜性人物，因此还被校方清退，只是后来依靠家庭的关系才得以复学。毕业后，茅新被分配到胶济铁路四方机厂实习。邓恩铭在五四运动时也是急先锋，也正是在那时他彻底得罪了现在的机务处处长孙继丁。所以他暗暗关注起茅新其人，相信像有这样经历的人，一定会容易成为斗争的伙伴，甚至会承担起领导工人运动的责任。

他以记者的身份，多次变着花样刨根问底，试探他的想法。有一次他甚至直接问起他在五四运动期间的表现，茅新很是惊讶，但随即也明白了一些什么。

他对邓恩铭说："那都是过去的事了，请不要再问了。我为我的幼稚已经付出了太多代价，不想再让自己的人生起波澜。"

这些话如果换作别人，邓恩铭一点都不感到奇怪，但出自这样一位甚至可以说是有着传奇经历的人口中，实在出乎他的预料。

他并没有放弃，但茅新的态度很坚定，说："你不用做我的工作，我现在就想把技术学好，我的目标不是和工人搅在一起，我的目标是美国的普渡大学。我在四方厂只是实习而已。"

邓恩铭大失所望。这也让他认识到，尽管这部分所谓的知识分子有着较高的学识，但是他们生活在衣食无忧的生活阶层，根本不可能认识到工人阶级的疾苦。哪怕他们对工人寄予一定程度的同情，但对工人阶级的追求也是不可能完全理解的，不会与工人阶级产生共鸣，更不会成为可以依靠的力量。

傅书堂、丁子明等人才是真正可以依靠的力量。他坚信，潜藏在他们身上的能量是巨大的，最值得下气力开发。

四方机厂的胜利让郭恒祥产生了一种从未有过的荣誉感。他突然明白，真的是舍得一身剐，能把皇帝拉下马。他觉得身上流动的不是血液了，而是一种力量在血管里激荡、迸溅，他越来越觉得邓恩铭等人的说法是有道理的，他对于主义之类的新鲜词并不怎么感兴趣，他认为那是好听不管用的，但抢占宿舍的事，突然让他感到了一种"主义"的真实存在，真实存在的东西里面又确实有着一种真理贯穿其中，隐隐约约，他从现实到精神的层面有了一种更为深邃的感悟。

他准备去找邓恩铭商量，下一步该干点什么。

17

年底前,吴佩孚硬着头皮去了趟天津去见曹锟。

两个月前,曹锟过61岁生日,前往天津祝寿者有700余人,包括张作霖的儿子张学良都到了,但自命为曹锟"长子"的吴佩孚却没有去,而是派属下湖北督军萧耀南代表前往祝寿,萧向曹解释是"巡阅使"怕老帅生气所以没有前来。这个理由倒是实诚,如果编套瞎话的话,曹锟反倒会不开心。曹锟说:"他知道错了就行,来与不来,曹吴永远都是一家人。"

吴佩孚错在哪里呢?曹吴都心知肚明,表面的争议不作数,最为关键的是,吴对于曹竞选总统有意见。在他看来,曹还不具备登上总统宝座的环境和条件,一旦处置不好,可能对直系集团的统治带来不利。

曹锟当然不高兴,但凭他对吴的了解,他相信吴是为了自己好。只是,搁不住身边的人说三道四,况且还有个与吴佩孚极为不睦的曹锐——曹锟的弟弟在旁挑唆,一来二往,曹锟也便满了一肚子意见。

由此,吴佩孚便采取了消极态度,关于总统大选的事,吴佩孚也装哑巴不说话了,任由曹锟、王毓芝等人胡闹。为了拉拢议员投票,暗地里定出价码进行贿赂,两院议员合起来才有700人,竟然拉出来了3000多人的单子。事情弄得越来越不像话了。吴佩孚还是不吭声,一幅置身事外的样子。但眼看年底到了,如果再不去看一下老爷子,实在说不过去了。

来到天津后,吴佩孚当然第一时间到曹府。曹锟说:"你还知道来看我?"

吴佩孚说:"老帅,息怒。有些事情是我考虑不周。可……"

曹锟说:"你有你的考虑,没有什么不周之说,但有些事情你远在汉口不能尽知。箭在弦上不能不放啊。"

吴佩孚知道老帅的意思,虽然他坚持认为曹锟上台不具备条件,但觉得没有再说出口的必要了,毕竟该说的都说了,再坚持就该红脸了。

尽管闹了大半年别扭,但曹锟待吴佩孚如亲子,所以心里感到热乎乎的。晚上,在府里吃饭,曹锐等人作陪,唠唠叨叨说了很多知心话,最后说了一句话:"谁要再说子玉半个不字,我和他翻脸。"

这话是说给亲弟弟曹锐听的,曹锐怏怏不快。吴佩孚借着曹锟的话,起身给曹锐敬酒。

曹锐当然也不敢过分。

吴佩孚说:"老帅的事,我就操不上心了。但我会在武汉替老帅练兵。"

曹锟听到这里竟然掉了几滴老泪……

回到住所,吴佩孚很放松,因为本身这趟差事并不复杂,见些客会会友就回去了。

第二天,高恩洪来拜访,这是意料之中的客人。两人都是山东蓬莱人,是情投意合的老乡,无话不谈,所以一早便来。

高恩洪本来是在新一届政府里有望成为交通部部长的,但因为罗廷干的经济案子处置不当,被曹锟骂了个狗血喷头,所以新政府里也没有他的位子。此时正在郁闷之中,见到吴佩孚也不加掩饰,一幅垂头丧气的模样。

吴佩孚说:"怎么回事,一波三折,有些看不下去。"吴佩孚指的是罗廷干的案子。

高恩洪说:"谁也没想到会是这样一个结果。"

吴佩孚说:"算了,算了,反正这事已经过去了,从长计议。"

高恩洪重重地叹口气。

吴佩孚问:"你怎么打算?"

"我想回青岛。"高恩洪直言不讳。

吴佩孚一听便知道,他想的是青岛商埠总办的位置。

吴佩孚沉默良久,说:"这事没有老帅同意是办不了的,他现在又在气头上,我看还是等等再说。"

高恩洪说:"大帅看机会帮我争取。"

吴佩孚本来就答应高恩洪在新一届政府里进阁,没想到最后落空,尽管有他自身处置问题上的失当,但好友的请托之事,没有办成,多少有些不好意思。同时,也觉得自己很没面子。外人都说自己如何了得,但关键事情上还是人微言轻。吴佩孚觉得于人于己都要把高恩洪的事办妥。

想到这里,他又拍了胸脯,说:"放心,一定办好。"

高恩洪脸上的愁云才渐消散。两人又扯了闲片。

吴佩孚突然想起一事,问:"赵德三,怎么回事?"

高恩洪对赵德三的事情当然一清二楚,沉吟片刻说:"既怪他个人做事不完善,也是他现在办的事确实太棘手。"

"你给我细聊一下。"吴佩孚说。

"赵德三是个好人，但是也有个人的偏差。首先说，在日本人这件事情上，他有些偏激了，他遣散的日籍人员太多，牵扯到了方方面面的关系，不消说管理局里面还有日人耳目，就是商埠总局里面的日人仍为数不少，关系错综复杂，说不准侵害了谁的利益。"

吴佩孚说："这倒也无关碍。"

高恩洪说："最近又因为胶济铁路房产置换的事与商埠总局关系紧张。现在管理局是德占时期所建，按接收的协议应归属商埠总局，但商埠总局又占着原来山东铁路公司的房子，铁路局想把房子置换回来，商埠总局又把房子租给了日本人，一时无法腾空。转来转去，就成了死扣，搞得商埠总局、胶济铁路管理局，还有日本人三方都不开心。"

吴佩孚说："这也无什。"

高恩洪说："他都是占理的，但处置的方式太过生硬，缺少灵活的处置方式。"

吴佩孚无奈道："本来就是个烂摊子，处理起来确实难。"

"大帅能不能帮他解解围。"

吴佩孚一怔，接着说："你是说田中玉那里？"

高恩洪说："是啊！"

吴佩孚半天才说："这事有点难。田中玉已经多次写信痛斥赵德三的'罪行'了。就因为军营的事，赵德三算是把田给得罪透了。"

"其实王正廷这事已经办妥了，军营抵了胶济铁路替善后督办总署支付的三笔账务，产权已经归属胶济铁路管理局了，并且山东省与交通部办理了手续，不应该有争议了。田督军就是真的不讲理，要赖皮了。"高恩洪说。

吴佩孚说："正如你说，赵德三在处理事情上确实有些生硬，只看小不看大，胳膊拧不过大腿。送给他又有何不可？"

高恩洪若有所思，点头称是。

"不要说在这些大事上糊涂，就是在一些小事上，他的处置也让人无法理解。"高恩洪说。

"听说他有一帮狐朋狗友，天天寻欢作乐。"

高恩洪摇头说："这些话就太过夸张了，他确实喜欢作画，有些画友经常聚，但如果说是寻欢作乐，倒不如说有闲情逸致更准确。"

"什么小事？"吴佩孚想起了高恩洪前面的话题。

"就说是免票的事吧，就把人得罪足了，把人的面子都剥没了，如何不遭非议。"高恩洪说。

吴佩孚摇摇头却说："其实要害的问题不在这……"

"在哪？"

"在田中玉惦记着胶济铁路这块肥肉。"

高恩洪听罢，"噢"一声，突然之间一切都明白了。他知道赵德三凶多吉少了，话题便很难往下说。

吴佩孚决计要在离开天津时把高恩洪的事情办好。另外还抱了另外一种想法，试探一下曹锟对自己的隐忍程度。

当吴佩孚把要高恩洪到胶澳商埠任职的想法提出来时，曹锟一副恨之入骨的架势："不可能，凡是高的事不要提！"

吴佩孚不说话，笔直地站着，任由曹锟大发雷霆，直到骂累了。

喘着粗气的曹锟看到一声不吭只是站立着的吴佩孚困惑不已。

"你想干什么？"

"请老帅答应。"

"你！？"

曹锟在屋子里来回走几个圈，气恼道："你就这么信任高恩洪？"

"是！"吴佩孚说，"我信任高恩洪犹如老帅信任子玉！"

"你，你……"曹锟对这位爱将真的是爱恨交加，不知如何才好。

18

吴毓麟当然不愿意见到吴佩孚，他担心相见后会提及胶济铁路的事情。胶济铁路刚刚接收，无论涉及哪方面的事情都不容易回答，特别是关于赵德三的去留问题。他知道吴佩孚已有去赵之意，但不要看吴是纵横杀伐的军人，他特别记老乡情分，况且有高恩洪的处处维护，赵德三并不会因此失意。并且，如果现在就让赵离开局长的位子，那作为交通总长的他一方面还要操心赵的安置问题，同样无法得到方方面面的满意；同时，就眼前胶济铁路的状况看，换谁去当局长都难说有所作为。综合考虑，吴毓麟认为，一动不如一静，维持现状为上策。所以，吴佩孚在津的日子，他担心对方会突然找上门。听说吴佩孚已离开天津，心里才像有块大石头落了地。

但现在问题是，哪怕吴佩孚不上门，他也不能不考虑胶济铁路的问题了，有两件大事是无论如何放下下的，一是运价问题，二是山东势力越来越明显的敌意，他们非但时常非议交通部的一些决议，且对于现行的一些既有做法阳奉阴违，时有藐视之举。这两点或许可以合并在一起思考，是问题的两个方面。

交通部内部对于胶济铁路怪异的运价体系早有意见，尽管有历史原因，但与其他铁路局背道而驰的做法实在无法解释。从理顺运价体系、实现全国铁路系统规范统一的角度讲，这件事情已经到了非解决不可的地步了。从胶济铁路内部来看，运价问题也已经成为管理上的焦点，以副局长为代表的朱庭祺多次呼吁交通部要过问运价之事，尽快实现全路的一致，彻底解决胶济铁路这一遗留下的"怪瘤"。但以大村卓一、马廷燮为代表的山东地方势力或者说有日系背景的人，显然对此持有巨大的抵触情绪，尽管如此，由于运价的极度不合理，让他们没有充分的理由把话说在表面，同时他们也在通过多种方式引导山东地方势力介入胶济铁路的内部斗争。运价问题原本是政策问题，却也成为所谓的南北两派斗争的焦点所在。

如何破题，让吴毓麟焦头烂额。

高恩洪任交通总长时，采取的是搁置争议的态度。作为山东人的高恩洪既代表交通系，也有着山东的情分，他当然不愿意打破固有的平衡，交通部与此相关的部门人员也是看总长脸色行事，所以矛盾并不突出。赵德三、朱庭祺自然也时时以高的意旨行事。但自吴毓麟上台后，既有的状态渐渐失衡。交通部开始有人公开要求修订胶济铁路的运价体系，实现与路网的统一；胶济铁路管理局也有人多次上书说，货主要求修订不合理的运价。吴毓麟当然看得出来，他知道很大程度上是朱庭祺在其中做了手脚。

朱庭祺也不避讳，就在不久前，还借来京办事的空档找他，话没说几句就转到运价的事上来。

吴毓麟说："你们为何都在这个时候跳出来说这事。有这么急？"

"当然急。"朱庭祺说，"现在胶济铁路的乱局都是因为运价而起！"

吴毓麟带几分恼色道："这话有些过了吧。"

朱庭祺说："这事还真的不为过。这段日子为什么胶济铁路的运输秩序大乱，不就是因为日本人急于要把博山的煤运到本土去吗？把所有的车都调到了博山运煤去了。日本人也怕将来破了运价的底线，趁着现在运价低的时机，尽可能更多地运煤。"

吴毓麟点点头，他承认胶济铁路运输秩序的不和谐当然有此因素，但也不一定完全如此。

朱庭祺说："现在四方厂的工人闹得不可开交，本来机车就因为胶济铁路的混乱而缺乏有效的使用车，工人一闹，车又修不出来，雪上加霜。"

吴毓麟说："可是，运价的调整所带来的负面效应更多。"

朱庭祺说："那就任着他们的性子作？"

吴毓麟沉默半天说："应该好好想想法子，你们控制局面的能力让人不放心。"

"……有谁管这事呢？和尚不撞钟，谁还念真经。"

吴毓麟听出了朱庭祺的弦外之音，也不去说什么。吴有个好处，在人面前从不谈人是非。吴瘦削的面庞却很是难看。

吴毓麟在和朱庭祺聊过几次之后，也看透了他的真实想法，赵德三如果去职的话，朱在梦想着有个顺理成章的递进。但在吴看来，朱做事善于背后耍手段，打报告，并非可用之人。人员的事倒不着急，走一步看一步；关于运价却真的要从长计议，一旦发生不测，要有个应对之策。他把路政司的几位主管叫到一起，给了他们一项具体任务，就是尽快对胶济铁路的运价进行一次调研，形成一份有价值的调研报告，以供下一步决策使用。路政司的老干将听罢心里就明白，还是应付的做派，也不认真去做；在他们看来，路政司不愿意成为胶济铁路南北派斗争的替罪羊，哪怕是走走过场的事也不愿去干。

老奸巨猾的路政司司长安源给吴毓麟出了一个主意："与其让路政司去得罪人，实在不如组成一个专门的机构去胶济铁路。"

吴毓麟一时没明白过来，问："组织专门机构？"

安源说："交通部下一令，从各铁路局抽部分人，直接到胶济铁路管理局了解实情，拿出个切实改进的办法。"

吴毓麟皱眉思考。

安源也不避忌，只是说："交通部只管派，又不用担责，两全其美。同时，也让山东势力感受到公平正义。"

吴毓麟想，或许只有这样的老江湖才能有如此信手拈来的主意。

组织一个专门机构，这事就轻松了，只要一纸令，抽一班人马下来专办此事还不容易。吴毓麟开始考虑这事，一旦时机合适，人马即可派下去。

没想到，这事很快便被胶济铁路管理局知晓。

大村卓一把马廷燮找来询问此事。大村说话永远都是那么慢条斯理，但讲出来的话却又都似弯弯曲曲的钢丝，生涩、坚硬，他说："有没有此事？"

马廷燮说："我也听到了。"

大村说："要给赵德三一点压力了。"

马廷燮说："赵德三不会如此不识时务，反倒是另一个……"

大村问："朱？"

马廷燮说："对，就是他……在后面搞小动作。"

大村视马廷燮为肱股，当然信他的话。

"他为什么要和我们作对？"大村问。

马廷燮说："他并不是和我们作对，而是想让天下大乱，以此浑水摸鱼，达到个人目的。"

大村明白，之前和马廷燮闲聊时，就听他说过朱想取赵而代之。

如此说来，确实要小心此人。在大村和马看来，赵德三到目前为止，还应该算是值得依赖的人，尽管对他裁撤日籍员工的事情也颇多不满，但从整体上来看，赵德三没有原则性违背他们意愿的想法和做法，这已足矣。

"那就给朱些压力。"大村说。

马廷燮点头。

朱庭祺确实感受到了某种潜在的压力，但他把这种压力所带来的信息判断迅速传导给了更上层。

吴毓麟有些气恼，不消说去做了，仅仅只是一个想法刚冒出来，胶济铁路管理局就在第一时间知晓，真的是没有不透风的墙，或者说根本就没有墙，上千公里一阵风就到了，神奇啊！

吴毓麟觉得确实应该快刀斩乱麻，把胶济铁路的问题解决好。

尽管如此，他还是没有把矛头直接对准赵德三，既有忌惮，同时他也看出，无论别人怎么说赵德三的坏话，但他在原则上还是相对有分寸的，总体上能起到稳定大局的作用。但是，当他接下来看到胶济铁路管理局递交上来的关于胶济铁路实施全线大修的报告后，心里的火气突然之间被拨旺了。这样一份不切实际不合时宜的报告是什么意思呢？是线路真的坏到全线都无法行车的地步了，还是赵德三以此给自己施加压力？在吴毓麟看来，或许赵德三真的在暗中给自己使绊子，因为高恩洪在总长位子上的落败直接给赵德三带来影响，是间接的受害者，他本能地给自己出难题是可能的。

有哪个铁路局能够一口气提出全线大修的要求呢？每条铁路的维修计划是有限度的，每年只有有限的资金投入，赵德三对此不会不知，唯一的解释就是为难自己。

吴毓麟平静地在胶济铁路大修报告上批了一行字——转工务司处理。一条没有意见的批示，预示着胶济铁路所渴望的大修任务顺理成章地进入了官僚的公文流转程序里面。

19

赵德三也听说了交通部要组织运价调研组到胶济铁路管理局的消息，这让他极为不快，他不希望激化矛盾，特别是不愿意涉及与日本运输处大村的直接交锋，他眼前需要解决的事情实在是太多了。

所以，当大村卓一敲开赵德三办公室的门时，赵德三着实愣了一下。大村从不轻易到他的办公室来，自从接收之后，有记忆的大概也就那么两三次，前几次都是一些关键性问题处理完后的礼节性、仪式性拜会或致谢。想来，工作中遇到的事情从来没有亲自致问过，重要的事情也都是由马廷燮前来。由此，两人应该说是和平共处，但这种所谓的和平又保持着一种心知肚明的默契，其实两人面前是一条鸿沟，中间只有一块木板搭就的通道，所以不能轻易碰面，如果不能不见的话也必须小心翼翼，彼此都要有充分的回旋余地才行。不然的话，一旦在有些问题上发生矛盾，哪怕只是一些小的对峙，也容易产生极度危险的后果。

而现在大村卓一的直接登门拜访显然是没有充分的沟通交流的，至少赵德三不知道大村卓一突然上门的用意是什么。如果有的话，或许只有一个，那就是运价问题。而这个问题两人之间根本不存在默契，因为彼此对此根本没有任何沟通，那么，自己如何回答大村可能提出的问题呢？

赵德三客气地请大村坐，慢条斯理地给他沏上一杯茶。如果换作其他人，这些事本不需要他亲自动手。在他想来，日本人当然不是自家人，客套一下也不为过，甚至多少也算是履行些外交程序，虽然他是一局之长，但对于两位日籍的运输处长、会计总长是不可能充分行使其管理权的。此刻这种想法更可以归结为托词，赵德三的本意是尽可能拖延时间来思考应对措施而已。

果然，大村是从运价问起的，他的神情和态度却并没有赵德三想象的那么激烈和不快，这让赵德三有些疑惑，在他看来这或许是大村的涵养，或许本不为此而来。

"运价问题，日本政府在与中国政府的谈判中表述非常明确，我想这不是问题，我们现在不讨论公平与不公平，那不是我的职责。我的职责是忠实中日之间既有的约定，一切都没有改变的必要。改变就意味着风险。"大村停顿一下，加重语气说，"风险，风险！中日之间和平相处，麻烦费了这么大劲才算是解决，不能再自寻烦恼。希望局长不要听信蛊惑，保持现状是最佳选择。"大村平平淡淡地说。

赵德三说："大村处长，稳定是第一位的，任期内我一定会按照中日间的协定办事的。只是……我左右不了交通部。部里有什么政策上的调整当然会征求胶济铁路管理局的意见，但这种所谓的征求意见，一般来讲都是政策制定中的例行公事而已，政策的议定我们是左右不了的。"

大村脸色掠过一丝忧郁，也带着一些同情。他说："这种情况我是了解的，局长只需做局长所要做的，我也只是做我所要做的，上边的事有上边做，那也同样不在我的职责范围之内。各尽其责就是了。"

赵德三点点头，似是对大村的理解表示感谢。

大村说："我们知道谁在暗中鼓动，他不会成功的。在这件事上，我们对局长无丝毫……偏见。"

赵德三掠过一丝疑虑。既然大村对这事看得这么通透，那么他来这里难道还有其他事情？

赵德三翻来覆去想，两人之间就有了一个片刻的沉默。大村也不说话，只是默默坐着。

赵德三问："大村先生可有其他的事情？"他不能让沉默变成难堪，便主动地去问。

大村一幅犹犹豫豫的样子，说："有一件事不知当问不当问？"

赵德三大疑。

大村自顾说："听说田督军那里有人来拜访局长了？"

赵德三大惊，脊背上顿时渗出汗珠。

大村说："局长，这件事情铁定就在我的职司范围之内，这是没有办法的事情，别人不能有半点染指。这是我的态度，当然……也是日本政府的态度。"

赵德三想要解释，却不知从何说起。

大村继续说："我知道局长大人有为难之处，但这不是关乎情面的问题，是原则问题。如果不能持平以待，会引发外交争议的，甚至对两国的邦交都会产生影响。我想……谁都不愿意看到两国再起祸患。"

大村的语调舒缓委婉，但不留半点余地。赵德三听罢也知道没有半点解释的必要，因为从大村的一席话中足以看出他对暗中发生的一切已尽在掌握。

就在前几天，山东督军府的一位参谋副官乔装打扮来到管理局，对外说是联系督军府办理免票事宜的。

见到赵德三，此人亮明身份，却不说话了。赵德三马上就明白了此人的来历，坐在桌前也不说话，沉默了半天。

来人一直站着，陪着赵德三沉默，半天才主动开口，说："赵局长，请您三思，督军府从来不求人，对局长、对胶济铁路管理局可是另眼看待。"

赵德三仍不说话。来人继续说："胶济铁路的属地在山东，没有督军府的支持是一事无成的，希望您看到这一层。再说，和督军府搞好关系，对于胶济铁路管理局是有百利而无一害的。"

赵德三这时重重地憋出三个字："我不敢。"

"有何不敢？"

"我上有交通部，旁有日本人，当然不敢。"

"当然这事要瞒过他们。"

"又如何瞒得过他们？一个是顶头上司，一个是日本人专门安插的监督，是专门来盯着这事的，能瞒得了他们？也太轻描淡写了。"

来人不说话了，过了一会说："可开暗门。"

"我没有这个胆。"

"那你不怕督军府？"

赵德三说："怕，当然怕，但是发生了问题，我会掉脑袋的。"

"督军府可以替你担着。"

赵德三冷冷地笑几声。他想，如果督军府有这种能力，就不至于以这种方式来逼迫我了。

"看来，你是拿定主意让督军难办了？"

赵德三听出了对方的威胁之意，不作声。

来人又说："既然局长这么不讲情面，我替督军大人说句狠话，你这是不见棺材不落泪啊。好的，既然如此，我也没有更多说的了，我等你的话到明天此时，如果不行，我就坐明天晚上的夜班车复命去了。后面的事，请局长三思……"来人说罢，摔门而去。

这就是赵德三一直深藏心底的揪心事。田中玉想通过他转移一批胶济铁路的运费给督军府，以此充作军费使用。胶济铁路是块肥肉，谁都想啃一口，田中玉更不想放弃这种机会。

赵德三知道，哪怕是刀刮火烧，他也不敢去动胶济铁路的运费。

更可怕的是，来人走的第二天，大村卓一就来问这事了。赵德三本以为这件事情确实如来人所说，只有你知我知天知地知。现在看来，一切都在日本人的掌握之中。而他百思不得其解的是，大村卓一是如何知道这件事情的？

如果大村卓一认为自己在和督军田中玉做一笔交易，打胶济铁路运费的主意，那真的会有杀身之祸。而在此之前，他最悲观的打算无非是被田中玉造谣中伤，把自己排挤出胶济铁路管理局的位置。性命之忧倒不至于，毕竟有吴佩孚这层护身符在，旁人对此有所顾忌。吴佩孚虽然不敢轻易动皖系的人，他田中玉也不敢随随便便动吴佩孚的人。但是，田中玉穷尽所能把自己排挤走的可能是极大的。在此之前，田已连续向吴佩孚写过几次信，公开指责赵德三不作为、慢作为。一方面是试探吴佩孚的态度，如果以此能拱走赵当然是最佳效果；如果不能的话，至少也会给赵德三施加压力。但吴佩孚对此不置可否，从未有过正面答复，这让田中玉更是不敢轻易出手。

手眼通天的大村卓一就不一样了，他完全可以借助外交和其他不可告人的力量把自己终结掉，这一点对赵德三来说几乎是肯定的，所以他有一种不寒而栗的感觉。

大村卓一的语气显然较前面谈论运价问题时冷淡了许多，他说："局长，这件事情的严重程度您应该知道。如果有人插手……马上就会看到恶果。"

赵德三知道无论如何要表个态，说："这件事情，我深知利害，当然不能做有损于胶济铁路的事，也不会做有损于中日关系的事。"

大村卓一点点头，显然是对赵德三的态度给予肯定。但还是不忘提醒一句："希望赵局长在这件事情上不要给任何人可乘之机。"

赵德三不可能说出第二层意思，他当然只得说："这是一定的，一定的。"

大村卓一起身深鞠一躬，说："请赵局长原谅鄙人的鲁莽。"

赵德三送到门口，点头示意。

平日里，人前人后，大村卓一对赵德三极为尊重，可以说处处维护赵德三的权威，给留任的所有日本人做着表率的意思，但真的遇到原则性问题时，大村的就会原形毕露。送走大村，赵德三就像看到了一只温顺的狐狸转身间所露出的狡黠的尾巴……

赵德三觉得有一种屈辱感，名义上是接收了铁路，但他这一局之长竟然还要受日本人的气。

冷静下来，经过更深一层的考虑，赵德三越发感觉到夹在日本人、山东地方势力、交通部之间的他将永远无法做到善始善终。

20

贾大宝和丁费东两个火车司机蜷缩在黄旗堡站的行车室里，拱手哈着热气取暖。行车室只有十几平方米，除去当班的值班员龙江之外，还有一位叫刘得志的副手。贾大宝问龙江为何炉里的火都快要熄了也不去添煤。龙江的副手刘德志说："煤得省着点用，要不过不了这个冬。"

贾大宝知道，每个车站的状况都一样，今年供应的煤炭特别少，且不好烧，别说取暖炼，就是火车的动力用煤也受到了极大限制，这更让贾大宝、丁费东这样的司机苦不堪言。取暖煤差一点无非就是个冷暖问题，但火车用煤一旦煤质差的话，轻则动力不足，重则会给机器带来损伤，造成停轮，对司机来说，这是非常可怕的事情，一旦列车停在了上坡道，就有可能发生溜车，后果不堪设想。

"接收后，还不如接收前的日子好过了。"贾大宝嘟囔道，"我以为只有我们火车司机不好过，没想到车务的弟兄们也不容易。"

刘德志比较健谈，接话道："煤炭公司和铁路局脱钩了，原来是一家人，现在分家了，人家怎么还会想着给你供煤？"

贾大宝说："没有铁路，煤炭也运不出去。我们几乎天天都在给他们运煤，他们保证我们煤炭供养是应该的。"

刘德志说："现在是亲兄弟明算账了。"

"看来这个年也过不好了。"贾大宝说。

刘德志问贾大宝："你的家就在黄旗堡镇？"

贾大宝说："旁边刘庄。"

刘德志很兴奋，说："我有个姑也在刘庄，村东头，姑夫张先著。"

贾大宝也有些兴奋地说："没外人，没外人。"接着又带几分恳求的声调问："你给问问，我们这个单机什么时候才能开啊。"

刘德志示意去问龙江。

龙江年龄快五十岁了，从德占时期就在胶济铁路工作，能说一口流利的德语。曾任黄旗堡站的站长，为德国人器重，但因为一次事故被降职为值班员。龙江不爱说话，但有着德占时期的训练，比较严谨。所以，对于在行车室软磨硬泡已经两个多小时的贾大宝、丁费东仍然没有半点通融的余地。两个人是单机回送坊子站的，其实距离已经只有几十公里了，过了前面的云河大桥就可以下班回家了。但管理局调度让他们等着，要让前面的两列重车过去后，再放他们走。这是一般运营规律，因为单机只是回空，时间可早可晚，并不影响运输秩序。有时，一个单机在车站停留一天时间也属正常。所以，这一停下来到底什么时候能接到开车命令便不好说了。这是贾大宝、丁费东着急的原因所在。这么一等，很可能就无法回家吃年夜饭了。

当然，值班员的作用也很大，如果他积极帮助争取的话，调度也可能会松口。但龙江的刻板让他们很是无奈。

几番争取没有结果，贾大宝、丁费东也没办法，只能说些闲话，干等着。另一方面，俩人也想通过聊天增进感情，争取他们的同情，帮着说两句好话能够放行。

贾大宝见刘得志主动聊起家常，当然也乐得拉些近乎。从家长里短聊到了胶济铁路。贾大宝有些神秘地对刘德志说："听说四方厂的事情了吗？"

"什么事？"刘得志问。

这时，对方车站的直通电话响了，知道又有车要办理通过手续了。话就不便说了，但很明显，刘德志对贾大宝说的事情很感兴趣。列车进路手续办完后，刘得志急不可待地问："四方厂怎么了？"

"闹起来了。"丁费东接着说。

"怎么回事？"刘得志按捺不住地问。

"你们过年发花红了吗？"

一听这个，刘得志有些垂头丧气地说："不是说不发了吗？"

"让四方厂闹下来了。"

"闹下来了，什么意思？"

丁费东一旁说："四方厂的工人到管理局去闹了，逼着赵德三同意按时给路局的工人们发花红了。"

"真有这事，这可是太让人高兴了。"刘德志兴奋地跳起来。

就连一直阴沉着脸不说话的龙江脸上也掠过一抹惊喜之色，不自禁地问："真的？"

"当然是真的了，这还有假？"贾太宝带着一种志得意满的劲头说。

龙江说："这可真是让人想不到的事。"

刘德志说："没想到，那个叫郭恒祥的人还真有大能耐。"

丁费东说："这人说话算数，不但想着四方厂的弟兄们，连沿线工人也想着，真不是一般人。"

贾大宝说："这次管理局怂了，工人把管理局围了三天，连局长都出不了门了，不发花红不让走。"

"赵德三也不是好惹的，郭恒祥以后会有好果子吃的。"刘得志摆了一副先见之明的样子，"人家是吴大帅的红人。"

贾大宝说："其实也不是郭这人有多大本事，关键是有撑腰的。"

"撑腰的？"刘得志不解。

丁费东补充道："共产党呗。"

龙江抬头望一眼丁费东。

丁费东说："不管是谁，反正搞得赵德三很狼狈。好汉不吃眼前亏。不发花红下不了台了。"

贾大宝说："咱们管不了那么许多，只要把钱发给咱们，早一天也是过年，晚一天也是过年。"

刘得志听罢哈哈一笑说："那你就在这等着吧。"

贾大宝见状哭丧下脸，真真假假地说："兄弟这可不行啊，我一家人都等着我回家过年呢。我已经三年没有回家过年了，每个年假都是轮到我值班，眼见今年可以早点下班能赶上回家过年，还堵在了这里，真是倒霉透顶了。"

龙江看他一眼，似有同情之色。火车司机确实不容易，一天到晚在外面跑，有几人能准时回家过年呢？

这时，一列货物列车进站了。贾大宝试探着问龙江，能不能跟着这趟货物列车开。龙江说："恐怕不行，前方线路接不下车了。"贾大宝有些泄气，如果说要等前方的线路空闲才能接车，那就更不知要到什么时候，一列车和一个单机都会占用一条线路，调度员宁肯接一列车也不会去接一个单机的，除非单机有应急之需。

丁费东凑上来说："能不能把我们的车挂在这个货物列车前边，一起走？"

龙江瞪他一眼，没说话。刘德志说了："那不成'双机牵引'了吗？"

"'双机牵引'怕什么？"丁费东说。

刘德志说："管理局发了好几个电报了，不让'双机牵引'。"

一旁的贾大宝说："管理局虽然有电报，但还不是视情况而定吗？这种事情不有的是吗？"

龙江说："违规操作是不可能的。"

贾大宝几乎是用恳求的语气说："二位行行好吧，也让我们回家过个年。"

来来回回的司机对于各个车站值班员的秉性是比较熟悉的，贾大宝、丁费东几乎不抱任何希望。但转机很快就来了。龙江和刘德志下班了，交接班时，对贾大宝、丁费东的情况交接言语不详。刘德志临走时甚至还和贾大宝、丁费东告别，抛下了这么句话："你俩可以回家过年了。"

所以，当新接班的值班员询问他俩的情况时，贾大宝撒了个谎，说："龙江值班员已经同意我们和这列车挂在一起回坊子了。"也就是说，龙江同意"双机牵引"了。

值班员说："那就快些升火连挂去吧，还在这里墨迹什么……"

贾大宝、丁费东一愣，接着便眉开眼笑地说："好嘞……"

贾、丁二人所开的单机挂在了货物列车前面，机车司机也认识二人，喊话给他俩："谁同意你们连挂在一起的，现在不是重申不让连挂了吗？"贾大宝不满道："别操那么多心了，有调度命令。"不一会，货物列车便接到了开车命令。贾大宝和丁费东很开心，如果一切顺利的话，完全可以赶得上回家吃年夜饭。

21

列车在夜色里前行，速度并不快，但笨重而艰难，一列重列车的牵引本身对火车司机就是个考验，而现在这种吃力与困难在夜色的遮蔽下不为人知，但实际的困难与危险却是真实存在的。列车前进着，慢慢向着一个巨大的深渊驶入。

由黄旗堡开出不远就是云河大桥。云河大桥是胶济铁路沿线的第二大桥，两座桥均建于德占时期，已经运营了二十余年了。理论上推断，这座桥梁应该还在正常甚至是健康的运营阶段，但实际情况是，从1914年日占胶济铁路之后，这两座桥梁根本就没有进行过一次实质性的病害整治。接收后，本来要对这两座桥梁进行重点维修的，但由于技术难度较大，一直没有形成完善的维修方案。萨福均所领导的工务处只能将其作为关键的设备予以重点监控。双机牵引，对这座大桥来说，几乎是致命的。

货物列车的速度在回家过年的心情中不断提速，越来越靠近云河大桥，最坏的情况发生了……

年三十，赵德三和萨福均、陈纪元等人在一起吃了年夜饭。现场气氛很热烈，但也有些单调而缺乏温馨，大家对于接收后的第一个年还是比较看重的，赵德三举杯敬酒说："接收后，意味着胶济铁路的新生，而新的一年的到来，预示着明天会更好。"大家碰杯，呼应这种气氛。同时，接收后几个月里遇到的困难和问题甚至比处理起接收的问题都更为艰难，所以大家嘴上说得热烈，内心的底气并不足。赵德三同样如此，但作为一局之长，他需要调动大家的情绪，至少不能在年夜饭的场合下说丧气的话。

好在，大家尽欢而归。赵德三也回到了住处，心里总觉有一种怪怪的感觉，他怔怔地坐在床边想了很久，脑子里一片空白。刻意营造的喜庆，一转换场景便迅速消失了。尽管没有真正让人开心的事，但也不至于如此心神不安。不知为何，赵德三心里总是担心会发生些什么。

会发生什么呢？大不了是田中玉的攻击让自己下台，现在他根本没有恋栈的意思，离开胶济铁路或许是更大程度上的解脱。那么还有什么比这更大的事情呢？

因为喝了不少酒，赵德三很快便陷入沉睡。

不知过了多久，房间里的电话突然响了。平时，住处的电话是不怎么响起的，何况是在夜里。赵德三本能地坐起来，脑子里尚未分清时分，甚至不记得此时此刻是在哪里。

他一把抓起听筒，是值班室打来的，电话那端的嗓音是嘶哑的，显然遇到了大事。"云河大桥塌了，一列货车坠落桥底。"

赵德三的脑子"嗡"的一声，一直等待的那个坏消息终于来了。

他由住处直接赶到青岛站，萨福均已经组织好了救援列车等他，他一上车便立即开车。车厢内他向萨福均及身边的人询问情况，但所有的人都默然，大家似乎都还没有从睡眠的混沌中清醒过来，实际上对于云河大桥发生的事故大家真的是一无所知。只有值班室从黄旗堡车站得到的消息，货物列车坠桥了。仅从这条信息，大家都意识到这已经绝非是一场普通的事故。

如何应对？如何应对？赵德三在脑子里反复想着应对之策，但在如此贫乏的事故信息中很难找出一个应对之策。赵德三嘴里喷出的酒气，不和谐地飘散在昏暗的车厢内部。

萨福均一直没有说话，但所有人都知道他的压力无疑是最大的。赵德三只会从管理上考虑事故的处置，而作为工务处处长，他既要考虑最大限度地消除事故影响，更要考虑专业的救援问题，还要考虑下一步线路的抢救和维护，此时此刻，最大的压力在萨福均身上。

救援列车到达云河大桥东侧停了下来，由于天黑，人们无法靠近桥边观察情况，只嗅到空气中所飘浮着的浓浓的尘埃的气味，夹杂着煤油的呛鼻气息，草木、板材燃烧后的味道，不时还有物体倾塌传来的声音，那是一些被损毁后的悬空物还没有落到实处，由此也说明事故的现场还在发生着变化。

所有的一切在天亮后，犹如幕布一样慢慢拉开，惨不忍睹的状况渐渐呈现在了人们面前——

跨度890余米的云河大桥以一种折叠的形式匍匐在了河床之上，钢梁横七竖八地相互交叉着，与周边乡村地里遗落下来的秸秆一样无规则地散落一地。有些秸秆燃烧未尽，散发出呛鼻的烟雾。当然，这种视觉上的相像与实际的出入是很大的，因为钢梁与秸秆的燃点是不一样的，它必须被一种巨大的力量冲击与摧毁，才可能呈现出这样一种意象。最悲惨的是，两辆巨大的美式火车头，像两头扭打在一起的两败俱伤的怪兽，瘫软地倾覆在中间地带，让整座桥呈现V字形的形态。车头依旧冒着烟，巨大水柜已经扭曲变形，与车体脱离。桥梁已经彻底损毁，机车也已经无法修复使用。

而在事故现场最为刺目的是，货物列车是由两台机车重联牵引的。

赵德三心里的痛无以复加，他知道胶济铁路由此或许要中断几个月甚至更长时间，而他在这种惨不忍睹的场景面前将永远无法为所做过的一切辩白。事故把他最后的能够证明自己能力与作为的可能彻底摧毁了。

救援展开了。第一个信息报告送过来，两台机车头上的四名司机，死了三人，一人重伤。三个死的司机被人抬到旁边的洼地，用一令苇席盖着，膝盖以下露在外面。重伤者被抬走了。救援共分三步，清点人员的伤亡是第一步；第二步是清理现场，这一步是非常困难且较耗时间的，如此庞大的桥梁，在它使用的时候表现出来的是脆弱，而当它倒下时却又有一种无以复加的坚硬与沉重存在。至关重要的是，如何尽快实现通车，或者说，要多久才能恢复通车？这是赵德三必须要确认的一个时间节点，因为很快交通部就会让他报送此类信息，这是交通部最关注的。

赵德三借用了铁路旁边一座废弃的护路房作为救援的临时指挥所。尽管非常着急，但他还是留出了充分的时间让萨福均与工务处的同事们一起研究专业方案。萨福均平时温文尔雅，而现在尽显一位指挥官的风采。他镇定自若地与大家交流着看法，确认着一个又一个具体的落实措施。最后，他来到赵德三面前，提出了最终的救援方案。

萨福均说："为保证尽快通车，我们需要搭建一座临时便桥，让车辆由便桥通行。"

赵德三问："需要多长时间？"

萨福均沉吟片刻说："最快也需要半个月。"

尽管时间实在是太久，但仔细想来哪怕真的是半个月能够完全修复通车也算是烧了高香，但他还是问："不能再快些？"

萨福均的答复是："恐怕不会再有多大的空间。"

赵德三无奈道："那就尽快吧。"

萨福均留在现场负责具体指挥调度，赵德三回到了胶济铁路管理局，下一步他需要全力以赴应对交通部的诘难与质问，还要应对山东省政府所给予的巨大压力。客观上讲，胶济铁路暂时无法全线通车，对济南、青岛等沿线城市所带来的影响更大，他所面对的山东当地的压力会更大，况且还有一个别有用心的督军对他虎视眈眈。

为了把线路中断所带来的负面影响降到最低，回到管理局后，赵德三马上把马廷燮等人召集到一起开会，研究调整铁路车次以保证运输秩序的问题。

云河大桥处于胶济铁路中段，桥毁后也便等于把胶济铁路拦腰斩断了，但是经过运输线路调整，两端还是可以各自开行列车的，只是旅客需要到达潍县后再经过一番周折才能到云河对面的车站换乘其他列车。

马廷燮的专业能力非常强，不用赵德三过多参与，便让运输处把列车运行图调整顺畅，包括大村卓一也非常关注铁路桥损毁的程度，尽管铁路已经交还给了中国政府，但日本人仍然视胶济铁路为私产，大村卓一甚至比某些部门的中国负责人更关心其损毁程度以及如何能够尽快开通运营。

从现实意义讲，无论马廷燮，还是大村卓一，他们的积极态度还源于另外一个原因，那就是桥梁的坍塌，很明显是因为"双机牵引"造成的，萨福均等人对"双机牵引"问题已经多次向运输处提出过批评，但作为车务部门来说，为不降低效率，一直对禁止"双机牵引"的措施持不合作态度。在三令五申的情况下，竟然还是因为"双机牵引"惹下大祸。也就是说，运输处对这起事故罪责难逃。

所以，当萨福均看到事故现场后，反倒更加淡定。一般来说，桥梁倾塌大概率是工务的责任，而现在两辆机车共同牵引的现场已经不用做任何调查，便可以认定责任了，尽管面对惨痛的现场仍旧痛心不已，但没有承担责任的压力，他还是释然了很多，他只需要全力以赴抢修现场就行了，不需要为是否承担责任忐忑。

但对赵德三来说,无论是运输处,还是工务处,他的责任都是一样的。他很明白,他所面对的责难、非议、谩骂很快便会如雪片一样打来,他将面临比眼前的严冬更为寒冷的环境,不管是否做好准备,他都必须要承受。

22

赵德三预料的一切都"顺理成章"地来了。

胶澳商埠总局对于胶济铁路的中断最为关心,却也因为地理原因对于胶济铁路内部的实际情况了解较多,所以相对宽容些。但是民间的一些团体却不愿意放过所有的质疑。无论怎么说,日本人占领时期,胶济铁路都没有发生过如此大的事故,国人接收才两个多月竟然发生如此大的事故,不能不让人对胶济铁路管理局的管理能力产生怀疑。日本驻青岛使馆的反应更是非常激烈,向媒体散布消息,说有人公开破坏胶济铁路,以期达到不按期偿还日债的目的。理智一点考虑,这种说法当然是靠不住脚的,但从舆论上对于胶济铁路所产生的负面影响却是巨大的。

更有另外一种势力也在蠢蠢欲动,有人重提关于胶济铁路管理体制的问题。在接收胶济铁路之初,督办鲁案善后分署总办王正廷曾经一度提出要将胶济铁路私有化,尝试成立胶济铁路股份公司,但是因为接收时间仓促,此事最终没有落实,只得由交通部出面接收。这也是山东地方势力对于胶济铁路归属问题极度不满的原因,也为后来交通系与山东地方势力的对抗埋下了伏笔。所以,又有人提出,胶济铁路应该由山东人自己管,之所以发生这么大事故,是因为缺乏有责任感的山东人管理。这种把事故责任归咎于管理主体是谁的论调太过牵强附会,但可怕的是,它会把这起本来纯粹性的技术性问题引向另外一个更可怕的政治话题之中。

不出意外,反应最强烈的果然是山东督军府,田中玉公开谴责胶济铁路管理局管理混乱、一盘散沙,导致事故发生,丢了山东人的脸,也丢了中国人的脸,要求管理局反思,局长辞职,并直言将会向政府提交重组胶济铁路管理局的建议。局面一下变得复杂起来。或许只有极少数人知道田中玉的用意所在,他终于找到了可以撬动赵德三下台的最好借口,哪怕是面对吴佩孚他也可以给出一个冠冕堂皇的理由。同时,政府部门对于田中玉的观点也多给予支持，特别是山东省议会议长宋议典因为在铁路沿线开设有自己的工厂，铁路中断而带来的损失让他极为恼火，也便鼓动人们对铁路局大加挞伐。

面对这些质疑和责难，赵德三却无法给出一个能够让社会满意的答复，他的理由只有两点，一是承认自己的失误，二是说交通部没有及时投入资金维护线路。其他原因一概闭口不谈。

交通部所承受的压力当然是很大的，表面上可以名正言顺地把责任归于胶济铁路管理局，但前些日子胶济铁路管理局所上的那份对胶济铁路实施全面大修的报告又让交通部有些心虚，毕竟胶济铁路管理局已经意识到了安全隐患的存在，有所谋划与应对，只是交通部没有把这件事当回事。吴毓麟当初只以为是赵德三给自己出难题，没想到这个难题这么快就挡在自己面前。所以，交通部的态度也是暧昧异常的。

还有一个人对胶济铁路发生的事情同样非常关注，他便是高恩洪。作为前交通总长，他对青岛有着特殊的情感，既然交通总长的路子让曹锟堵死了，那么胶澳商埠总办的位子就成了他觊觎的肥差。

如果能够回到商埠总局，赵德三胶济铁路局局长的身份是对他最大的支持，所以他是力挺赵德三的。为了应对接下来的局面，他决定前往汉口与吴佩孚面对面交换意见。当然，不只是赵德三的问题，关键是他自己的事，他需要催促一下吴，能够尽量促成。尽管吴在离津时，已经满口应承下来，但他与曹锟之间的微妙关系还是让他心里不踏实。如果有可能的话，他还是希望吴佩孚支持赵德三留任。

吴佩孚正在因江浙之间的事极不开心。

卢永祥与江苏督军齐燮元因争夺上海地盘久已成仇。齐燮元感受到了卢永祥的压力，准备联合福建督军孙传芳共同出兵，进攻浙江和上海。而在吴佩孚看来，当前最主要的敌人是奉天而不是浙江，况且有段祺瑞在，与皖系作战显然是不明智的。

见到高恩洪，吴佩孚反倒先自问起："胶济铁路怎么回事？"

高恩洪就把情况简要地说了，因他对内部的事情较为了解，所以也就很容易地为赵德三开脱了不少责任。

吴佩孚听着，从书柜里取出一封信函，丢在高恩洪面前。高恩洪读了。不出所料，是田中玉写给吴佩孚的一封措辞严厉的告状信，信中历数了赵德三的所谓的种种劣迹，大致意思还是说他花天酒地、不理正事、管理混乱、物议沸腾、任人唯亲、安插私信、治局无方、事故频发，以云河大桥事故为例，至今造成胶路阻断不能畅通……言之凿凿，如果不了解内情的话，确实由不得人不信。

"你怎么看这事？"吴佩孚问。

因在北京时有过一次深谈，所以对赵德三的行为已经没有必要说得太多，但这次事故实在是应该给他解释一下，但吴佩孚似乎对于造成事故的缘由并不关心，没待高恩洪说几句，便打断他，问："赵德三反正是留不住了，你想想有谁可以替换？"

高恩洪有些愣，他是想保赵德三的，于己于人，赵留任是最好的。

吴佩孚说："总得是有打算的，如此形势下，赵德三的去留只是时间问题。"

高恩洪说："那不遂了山东督军府的意？"

吴佩孚说："所以说要早做打算。赵能留多久留多久，不到万不得已不换。"

高恩洪点头，如此一来，确实应该早点物色个自己的人。如果以后自己真的到了青岛，失去了对于胶济铁路的控制那是不可想象的。

吴佩孚突然问："邵恒浚如何？"

"邵恒浚？"高恩洪仔细一想，才想起此人。

"他？"

吴佩孚笑笑说："对，就是前些日子惹了个桃色官司的那个邵恒浚。他刚回到北京，无所事事，想回老家谋个差事。"

高恩洪一时不知说什么好。他想起来了，邵也是蓬莱人，所以不便说什么了。但他觉得还是应该把自己的真实想法说出来。

"他虽然也有铁路的履历……但，似乎到胶济还是有些勉强，把控不了局面。"

吴佩孚说："确实如此，但他之前任过交通总办，应该有铁路专业能力。"

高恩洪说："依现在胶济的复杂局面，我觉得应该找个马上可以接手的人最好。"

吴佩孚知道高并无私利，而邵恒浚确实有些勉强，只不过是自己的老乡罢了。

但是，又去哪里找一个合适的过渡性的人物？

高恩洪突然想起什么，说："倒有一个合适人选。"

"谁？"

"刘垚。"

吴佩孚沉吟一会，并没表态，但从他的表情，高恩洪看得出来，自己的建议并没有得到吴的否认。

这事可以放一放。所以，两人对此事也便沟通至此，没有继续下去。

吴佩孚拿过田中玉的信，揉成纸团丢进旁边的纸篓里。

"我听说，胶济铁路的工人也要成立工会？"

高恩洪并没有太过关注这方面的事情，也说不出什么，只是道："现在全国铁路工人都在闹腾，胶路也无法幸免。"

京汉铁路工人大罢工的事，让吴佩孚伤透脑筋，最后不得已动用了刺刀、枪弹加以镇压，吴大帅之前所积攒的爱民如子的人设崩塌殆尽，成为他不愿触及的心结。

吴佩孚叹口气说："这事要早防范，对待学生和工人不能来硬的，教训深刻。一旦让他们形成气候便不好收拾了。"

高恩洪诺诺点头称是。

吴佩孚知道高恩洪此行的真实用意，也便直言不讳地告诉高恩洪，曹锟已经答应了他任职商埠总办，只是人事调动，彼此关联，需要调配好后才能方便行事。高恩洪悬着的心这才放了下来，满意而归。

回京后，他把到汉口的事写信给赵德三，让他专心于事，不必顾虑太多。赵德三吃了颗定心丸，尽管高的信点到为止，话浅语深，赵德三还是心领神会。

云河大桥在萨福均的精心调度和全力以赴的抢修下，不到半个月就把便桥搭好了，这样全线就可以通车了，无非是运行的时间稍长了些，但已无碍大局，接下来就是要动用更大力量，把云河主桥修复好了。

事故之后，交通部派了调查组，专门对胶济铁路的线路状况进行调查核实和勘察评估。这让萨福均欣喜若狂，因为这意味着他的胶济铁路全线大修的方案有望得到交通部认可，这比什么都让他高兴。

赵德三也颇感意外，说："也算是坏事变好事了。"

23

连续的炮轰竟然没有让赵德三倒台,这很是出乎田中玉的预料,他也由此感受到了赵德三的根基之深,想"饱餐"一顿胶济铁路这块肥肉的胃口也因此大倒。如果霸王硬上弓,或许会招致不测之灾。田中玉觉得不可操之过急,只能另觅时机了。

让赵德三摆脱窘境的重要一点是,交通部在经过调研之后,竟然很快就批准了胶济铁路实施全线大修的计划。哪怕是在出了云河大桥坍塌这件大事故之后,赵德三都没有想到交通部真的会投入巨资对胶济铁路实施全线大修,而现在竟然成为事实。

实际上交通部承受的压力也是巨大的,在全国路网中,胶济铁路并非多么重要,但它从日本人手里接收回来的这段曲折坎坷的经历牵动着国民敏感的神经,能否管好接收后的胶济铁路是对国人铁路管理能力的证明,也因为这条铁路还承担着十五年偿还日债的期限,如果一再发生事故且不能营利的话,也会引发外交问题,这些政治上的影响和潜在的隐患不能不加以考虑。

原本追究不放的日本人在听取了大村卓一的报告后,也不再过分渲染,毕竟运输处是由日本人控制,由"双机牵引"造成事故的责任当然是由运输处负责,他们不能把责任往自己身上揽。

从关注此事的社会人士角度分析,并不容易认识到运输处所承担的专业责任,但他们还是能够从交通部迅速实施的投资维修计划中看出问题的症结所在。

各种因素的综合效应,让云河大桥坍塌事故所带来的负面影响迅速消解。

赵德三的日子轻松了许多。只是这边的压力小了,另一边的压力却挤压过来。四方机厂工人对权益的抗争越来越多了。年前的那番折腾,让人深受其苦,局务会已经确定了不再发放花红的事最终被推翻,年后还是补发了,胶济铁路管理局不但没有减轻财务上的压力,该付的钱照付了,还没有换来工人的理解。更让人不能容忍的是,工人所谓的抗争变得无孔不入、花样翻新。年后四方厂本打算给领班每人做套呢料衣服,不知工人怎么事先得知了消息,便向厂方提出工人每人发一件布料制服,说:"领班发呢子的,我们发布的不为过吧？"最后杨毅只得把原先想发给领班的呢料制服也取消了。

赵德三对杨毅极为不满，他认为正是杨毅的不担当不作为，才使问题变得越来越复杂，特别是有些问题本该自己能够解决好的，却转手上交管理局，造成管理局的工作处处被动。杨毅的气量不大，就因为郭恒祥抢占材料库的事，管理局没出面制止，他便有些意气用事。

现在，事情又来了。郭恒祥又带头在大港站闹起了事。

赵德三有些恼怒，对通报情况的大港站站长吼道："这种事情你们自己处理不了？"

大港站站长黄杨说："他们不是为了解决问题，是聚众闹事，故意刁难我们。"

赵德三之前已经听杨毅说过此事。四方机厂的一位叫陈子明的工人在岗位上发病去世。郭恒祥先是带人找厂里闹，要求赔偿。赔偿是有标准的，但郭恒祥却提出了过高的要求，理由是陈子明连续加班，是累死的。厂方并不认同这种说法，坚持按照原有标准发放抚恤金。郭恒祥等人坚决不同意，在没有达成协议前，不允许厂方移动尸体。而此时已至立夏，天气渐热。再拖几日，尸体便会腐烂。在郭恒祥的鼓动下，死者家属来到杨毅办公室吵闹撒泼。如此，厂方坚持不住了，便开会研究，决定按照特殊情况对待，提高抚恤标准，并得到了工人的认可，但当处理方案报到管理局后，相关部门却认为这个口子不能开，竟然没有批准，事态再次激化。

杨毅对管理局不尊重厂方意见很是有几分看法，因此处理起来也便消极，工人们听说事情原委后，矛头马上转向管理局。就像上次的花红事件一样，厂里无权答应，那就到局里去闹。管理局眼看事态不妙，担心围攻管理局的事情再次发生，竟然又答应了工人的要求。如此反复，工人们胜利了，但四方机厂的颜面却丢光了。杨毅对管理局的处理方式极为反感。

无论如何总算是把事情解决了，没想到一波未平一波又起。

死者的老家在潍县，由于距离较远，无法将尸体运送回家，郭恒祥便提出让管理局挂一节车厢从大港站用火车运送到潍县。这事有些异想天开。还从来没有过用火车运送尸体的事情，尽管挂在货物列车后面，也是开先河的事情。

运输处当然不会同意，但是，郭恒祥等人却直接把死者抬到了大港站的站台上，要拦车运尸，这事就更加不像话了。但尸体摆在站台上，秩序大乱。工作人员躲避不已不算，旅客更是把不满和怒火撒在了车站工作人员身上，哪有这种事情出现？

大港站站长黄杨紧急请示赵德三，赵德三无奈之下，只得给马廷燮打电话，希望他能妥善解决。从马廷燮的本意来说，是绝不会专门为运送尸体批一节车皮的，但是既然赵德三打来电话，他也知道局长的为难之处。只要不是什么原则问题，马廷燮还是极力维护赵德三权威的，马上指示运输处批车办理。

工人听到管理局同意的信息后，欢声雷动，他们再一次感受到了邓恩铭所说的工人阶级的力量。郭恒祥在大港站的站台上接受了工人顶礼膜拜般的欢呼。工人们也以自己的嘘声和轻蔑让刚才还趾高气扬的黄站长灰溜溜而去。

本来是一场伤感的运送尸体的事件，变成了工人斗争胜利的巨大欢乐。

无论是赵德三、朱庭祺，还是杨毅，都认识到四方机厂的问题如果再不解决，将成为影响胶济铁路管理局权威的一个巨大因素，他们开始有意识地思考解决这一问题的方案。

而对于邓恩铭来说，几次与四方机厂、管理局斗争的胜利进一步坚定了他的决心和信心，他已经试探出了管理者的底线，也认识到了工人的力量，更在几次斗争中找到了对手的软肋，他可以有针对性地确定下一步的工作方针和具体措施了。邓恩铭去了济南，和王尽美商量下一步的工作。

王尽美对四方机厂的工作给予充分肯定。他说："没想到你们的工作开展得如此有声有色，中央党部已经关注到了青岛的事情。"

邓恩铭说："菏波同志打了很好的基础。郭恒祥又敢闯敢干。"

"下一步怎么打算？"

"前期的工作取得了初步成效，我觉得完全可以提出建立工会组织的主张，适当的时候在四方机厂建立党支部。"邓恩铭说。

王尽美说："我同意，东方不亮西方亮。可以把青岛的火烧得更大一些。"

邓恩铭知道他说的"东方不亮西方亮"的意思。济南的工运组织虽然成立较早，也较有声色，但这些日子却遭到了田中玉的严厉监视和打压，很多工人积极分子以破坏社会秩序、捣乱分子的名义被捕入狱，现在的济南是风声鹤唳、草木皆兵。

邓恩铭有信心把青岛的局面打开。

对于公开成立铁路工会的要求，王尽美还是有几分担心，但邓恩铭很有把握地说："这大半年来，我看到了工人的力量，也看到了胶济铁路管理局的软弱。工人现在是越来越团结了，而管理局内部的矛盾却越来越多了。赵德三与四方厂的杨毅之间有隔阂，孙继丁置身事外，谁也不愿意得罪。马廷燮是典型的亲日派，和那个日本人大村卓一穿一条裤子，虽然与赵德三还算和谐，但由于朱庭祺和交通部串通一气，想就运价问题挑战日本人的底线，所以日本人士与胶济铁路局最高管理层的关系也是非常脆弱的。交通部吴毓麟与赵德三互不交流……这些错综复杂的关系给我们提供了千载难逢的机会。我们此时不斗争，何时再斗争？"

王尽美听罢点头道："斗争很复杂，就像田中玉这种人出尔反尔，一切都看他们的需要，一旦触碰了他们的利益，就会反扑的。"

邓恩铭说："好的，我会把握好分寸。从现在看，是可以向前迈一步的。"

"好的！"王尽美听邓恩铭如此说，也便同意了他的意见。

两人聊了大半夜，邓恩铭要坐早班车回青岛。临别时，王尽美突然想起一事，说："刚刚得到消息，现在正在酝酿成立全国铁路总工会，需要推荐一人代表胶济铁路参加会议，你看谁为合适？"

邓恩铭不假思索地说："郭恒祥。"

王尽美问："可以吗？"

邓恩铭说："不二人选。"

话说至此，两人拱手作别。

24

赵德三感受到压力减小的另外一个原因是，田中玉摊上了一件大事。

1923年5月，津浦铁路枣庄附近的临城站发生了一件火车大劫案。开始赵德三只是隐隐约约听到一些传闻，说是津浦线的一列火车让土匪抢劫了，他并没有太在意。后来，省里有人过来，说是一帮乘车的外国人被劫，事情闹大了。田中玉亲自去了现场，现在还在胶着状态。接下来的几天，交通部果然通过内部消息的形式给各铁路局传来了指令，要求各铁路局加强铁路沿线治安防范，防止发生匪徒抢劫事件。电报含糊其词，但也透了些信息，确实有外国人在此次发生的劫车案中被劫持。赵德三感觉事情确实有些闹大了。

朱庭祺带来了准确消息，说话时，朱还沉浸在此事所带来的冲击中，脸上泛着红晕，神情有些紧张。

事情的大概情况是，5月5日，在临城车站不远的沙沟附近，有人将铁路的路轨破坏，一辆急驶而来的旅客列车发生颠覆，机车、邮政车和三等客车全部出轨。这趟列车载有参加山东黄河宫家南堤口落成典礼的中外记者20余人，共有乘客200余人，全部被匪徒劫持到附近的抱犊崮山上去了。

赵德三说："这还了得？"

朱庭祺说："这会闹出绝大的外交风波。"

赵德三说："有好戏了。"

不几日，来了更多的信息，原来劫车案是匪徒孙美松、孙美瑶所为。孙美松是张敬尧的旧部，一直盘踞在山东峄县境内。此地的匪徒身份极为特殊，源于张敬尧做苏鲁豫皖四省边境剿匪督办时，不剿而抚，于是匪变兵；张败退后，兵又变成了匪。别看这些残兵败将，从匪的角度却是极有伤害力，多年横行无忌，祸害百姓，对抗政府，为害甚重。山东督军府一项最重要的任务就是剿匪，田中玉自然也不例外。一年前，田中玉就开始大规模地围剿抱犊谷，甚至不惜动用了手下精锐第六、第二十四两个混成旅。赵德三判断，一定是被围堵得走投无路的孙氏兄弟不惜冒天下之大不韪而做出此等勾当。

朱庭祺对赵德三说："总长吴毓麟也去了临城。"

"哦！"这着实让赵德三感到意外。

朱庭祺的消息灵通且准确。此时，吴毓麟确实来到了临城与其他几位奉命处理此事的军政要员汇合，他们分别是山东督军田中玉、省长熊炳琦、曹锟的代表杨以德、徐海镇守使陈调元、江苏交涉员温世珍。美国公使和各国领事都来了，还有北洋政府的美籍顾问安特生。

田中玉没想到会摊上这么档子事，他与熊炳琦刚刚在中兴枣庄煤矿公司与孙美瑶的代表举行了第一次谈判，匪徒提了三个条件，一是政府军撤回原防；二是收编匪军为一旅，任命孙美瑶为旅长；三是补充军火。田中玉表示，除第三点之外，其他两点都可以接受。双方准备签字时，孙美瑶突然变卦，说是不相信政府的承诺，提出要外国人和当地士绅共同签字担保。田中玉困顿之际，刚到此地的吴毓麟却突然做出个惊人之举。他表示，为了让孙尽快释放所困外国人，他愿意上山做人质。

众人皆瞠目结舌，这个无异于带着些"看热闹"性质来此的交通总长为何做出如此出格的事，让人大为不解。众人尽管怀着不同的心态来猜测吴毓麟的举动，但一致认为"没有必要"。

因为大家都看得出来，尽管孙美瑶一众土匪叫嚣不已，但其内荏外厉。在田中玉军队的压迫下，他们已经释放了全部外国女乘客，还同意外籍人士与外界联系，一位名叫鲍威尔的记者甚至还给上海的《密勒士报》写了关于土匪的报道，使孙美瑶等人名扬中外。孙美瑶非但不敢轻易加害被劫持者，反倒任由被劫持的外国人在山上享受快乐时光。

孙美瑶并不能认识到此举的严重性与危害性，也不会想到这是件引起关注的外交大事件，反倒觉得不过是江湖中打家劫舍的普通勾当。政府的兴师动众让他们深感意外，这与孙美瑶简单幼稚的想法形成了一种反差，也让孙渐渐产生了错觉，越发吊足了胃口，狮子大开口，提出的条件也更加离谱，甚至提出要让张敬尧来当山东督军，并且把滕、邹、峄三县划归为他们的辖地，政府军不得进驻等要求。

吴毓麟之所以想出风头，关键就在于看透了形势，现场的人都明白他有作秀之嫌，但远在北京的大总统黎元洪却对其大为激赏。很快，吴毓麟就在临城待得百无聊赖了，他对田中玉说，自己北京有要务，必须赶回。

田中玉对这位哗众取宠的交通总长反倒很感兴趣，有些气味相投的意思，说："老兄在此之举已为天下共知，佩服佩服。"

面对这番不着边际的恭维，吴毓麟本人也悻悻接受。

田中玉说："晚上一聚，恭送老兄。"

吴毓麟摆手道："不敢，不敢。"

"一定，一定。"

晚上两人小聚。在田中玉看来，平时并不容易与交通总长有机会交流，难得套套近乎，再说在山东地面也是客情。而另外一个原因却是不为人知的，他还想着一件事，就是让赵德三走人。

谈及此事，吴毓麟已知他与赵不睦，没想到竟然如此水火不相容。关于挪占军费的想法，在吴毓麟看来，没有哪任督军不觊觎胶路这块肥肉，尽管他们一味挤压胶济铁路管理局局长，但局长是不可能有这个权限和胆量办这样一件事情的，况且胶济铁路的所有进款都存在日本正金银行，想挪用款项极其困难。

"为何非去此人？"吴毓麟问。

田中玉仰脖喝下一杯酒，用袖口抹一下嘴角，说："此人非但不能借胶路为山东地方服务，反倒祸害沿途民众，实在罪无可赦。"

吴毓麟笑道："那倒要听听。"

田中玉哼一声，说："你是交通总长，不知自己属下的品行？天天花天酒地不问正事，安插私人，七大姑八大姨，胶济铁路就是他们的家了？那是国人经过千辛万苦才从日本人手里要回来的，不能让这样的人祸害。别说其他，就一个大事故，让胶济铁路中断了多少天，国计民生，损失大了，他不负责？吴大总长，我管不了铁路的人事权，如果我要管了，早把此人毙了。你就看着办吧！"

吴毓麟仍然是笑笑，没有表态。

田中玉说："我知道你什么意思。他不就是吴大帅的人吗？那又怎么了，我们不是得替吴大帅扛着责任吗？再说，我已经把个人的意见呈给吴大帅了。"

吴毓麟感兴趣地俯身问："这些话，您都给吴大帅说了？"

田中玉说："说了。"

"那……吴大帅的意思……"

田中玉丧气道："不置可否。"又补一句，"吴大帅远，不了解情况。"

吴毓麟摆出一副挂心置腹的架势说："本来，我的治下，不便说其坏话。这个赵德三真的是……"

田中玉说："我反正把话撂到这儿了，你管不管是你的事，再出了大事，别怪我不留情面了。"

两人表面上看，谈的都是不和谐的话，但由于心气相通，反倒颇为融洽。

关注着津浦铁路大劫案的赵德三做梦都没有想到，在这样一个穷乡僻壤，有两个人已经对他的去留达成了共识，他的命运会在这样一个时刻被决定。哪怕是吴大帅这样的高官，也架不住小鬼的撺掇。

吴毓麟离开了临城，田中玉随后也走了。

田中玉也不耐烦了，孙美瑶的不知天高地厚让他失去了耐心，他把驻鲁第五师师长郑士琦留下处置，态度也由招抚改成了强硬的围剿。郑士琦粗中有细，也摸透了孙美瑶的想法，一方面找来一架飞机绕着抱犊崮飞行震慑，另一方面又派陈调元上山送了2000套军服。软硬兼施，这件事终于化解了，但它所带来的后续影响却是持续而深刻的。很快，吴毓麟就感受到了，田中玉也感受到了……

25

临城火车大劫案所带来的负面效应很快便显现出来。

据说是英国人首先提出了一个倡议，要以军事手段将铁路置于国际共管之下。中国人不是管不了铁路吗？那就让我们来管。这是蛮横霸道的提议，尽管荒唐可笑，也不可能成为现实，但一经报纸报道，给铁路系统的管理者带来了巨大压力，人们开始质疑国人管理铁路的能力。由此及彼，云河大桥事故又开始为人提及。这是别有用心者可以信手拈来的例子，并且这样的例子具有无法辩驳的力量。赵德三再度陷入四面楚歌之中。

为应对英国人提出的国际共管铁路的问题，吴毓麟专门组织召开了座谈会，想听听各个铁路局局长的意见。全国铁路局的局长都齐聚交通部的二楼会议室，参加了吴毓麟召集的这个会议。

吴毓麟开门见山，说："听听各位铁路局局长对部分西方国家提出的共管铁路的意见。"

很久没人开口。后来有人讲话，说："临城大劫案说明，我们铁路沿线的治安状况确实太差，但这不是铁路的责任。"

"尽管如此，也没有让西人管我们的道理。"

大家的态度都很消极，却是明确的，对西方国家所谓的共管不屑一顾，嗤之以鼻，甚至有人认为这样的会议都没有必要开。

吴毓麟解释说："英国已经向有关各国提出了共同保护在华侨民的意见，驻华公使草拟了一个'护路案'，他们想要成立一个护路机关，还提出各铁路局会计师和训练路警都由外国人担任。"

没人相信这样一个所谓的护路机关会真的成立，吴毓麟说："大家听听而已，现在的中国已经不是任人宰割的清政府时期了，中国人自立自强，但我们的工作确实有很多需要改进的地方，近日不但临城发生这样的事情，京汉、津浦,还有……胶济都发生了一些或大或小的事故,特别是胶济的大事故,车毁人亡,教训不可谓不深刻,这需要我们铁路局的主要负责人警醒、反思……"

吴毓麟的话没有毛病,都是应该重点解决的问题,但如何解决并无应对良策,除了要求之外,剩下的工作还是需要铁路局自己做,这叫站着说话不嫌腰疼。受到吴毓麟敲打的赵德三心怀怨气,但他知道自己只能听,不能发表意见,一个云河大桥就足以把所有的工作都否定。他无话可说,百口莫辩。

会议最终作出了关于加强铁路安全保障、提高铁路管理能力和水平的决定,形成文件由交通部下发实施,主要还是针对当前局势做一些有针对性的防范措施。但所有人都知道,无非是应付当前局势的表面文章。

赵德三开完会后并没有像其他发生问题的铁路局局长那样刻意和吴毓麟做些交流,表明一下整改的态度,而是径自赶回青岛。在他看来,自己是走是留并不是一句话两句话就可以解决的,听天由命吧!

让他没想到的是,匆匆赶回青岛的他,遇到了更糟糕的局面。

郭恒祥组织人马又开始围攻胶济铁路管理局了,他问:"这又是事出何因?"

孙继丁说:"有位叫乔凤九的工人伙同另外四个工人偷了一块篷布,被厂警追查发现。根据规定,把这五个人都开除了,但他们不服,便闹了起来。"

赵德三没有说话,他想:"四方机厂这帮工人真是不知天高地厚,只要一不合适就闹。如此下去终不是办法。"他打算,这次不能轻易让步。

他问孙继丁:"是按规定处罚的吗?"

"当然是按规定,不加码,也不轻饶。"孙继丁说。

赵德三咬咬牙说:"通知警署,让他们上人。"

孙继丁有些犹豫。但随即一想,事到如今,确实也不能一味偏软。警务处处长景林就在下面应对着工人,一叫便到,听了赵德三的意思,便招呼更多警力开始驱逐工人。

警员一上手,事情就变得复杂起来,工人们开始喊号子:"打倒赵德三,打倒朱庭祺。工厂是工人的,工人兄弟要复工。开除工人,天理不容……"

赵德三哭笑不得,这算什么。赵德三一向儒雅,做出如此决定,自己也觉得莫名其妙，但也感到了一种权威所带来的快感。作为一局之长，确实需要些硬手腕才对。

但是，他的沾沾自喜很快就无踪无影。

下午时分，四方机厂方向突然汽笛长鸣，不一会儿就见上千人的队伍浩浩荡荡地向着位于朝城路的胶济铁路管理局而来，郭恒祥、张吉祥、郭学濂、姜成瑞分举着四面红旗走在队伍最前面。队伍走过市区，看热闹的人群尾随，越发壮大了队伍的声势。

在二楼办公室的赵德三还在为上午的手段感到满意，此刻却被窗外的队伍惊得目瞪口呆。

警务处处长景林召集人马阻止工人冲击铁路局大院，但为时已晚，铁栅栏门已经关不上了。郭恒祥说："我们今天谁都不找，就找局长。"工人们一阵高呼："找局长，找局长。"

闻讯赶来的杨毅因为这段时间在处理工人闹事问题上的消极和不力，受到了孙继丁的严厉呵斥，现在他不能再蜷缩在后面不出头了。

"偷东西就要受到处罚，你们都说工厂是你们的家，把家里的东西都偷了，你们愿意？"杨毅向工人讲着道理。

郭恒祥说："那不是偷，是拿回家当帐篷的，工人连住的地方都没有，怎么活？"

"没地方住就拿厂里的东西？"杨毅气愤地质问。

郭恒祥说："你这是站着说话不嫌腰疼。"

"你有吃有喝，我们吃什么，喝什么？"工人的喊声连成一片，让杨毅的质问显得脆弱而苍白。

工人不但在逼问，还在步步逼近。队伍已经到了通向二楼的门洞前，杨毅没有了退路。作为四方机厂的厂长，他不能让工人闯进楼内，进得楼内就等于他失去了劝导的权力。他不是这个大楼里的人，没有在这个大楼行使权力的职责。他的职责最大限度表现在阻止工人冲进大楼里面。

工人们还是冲进了大楼，杨毅也自动放弃了对工人的劝阻。

工人挤满了楼道和外面的空地："我们要找局长，我们要找局长。"

赵德三知道这个时候不能不出来了。他稳定一下情绪，走了出去。有人嚷道："他就是局长，他就是局长。"站得远一些的工人直呼其名："赵德三，赵德三。"

赵德三站定，只是不说话，人群慢慢静下来。

赵德三这才开口说："家有家规，厂有厂规。工人有难处，我们可以帮助救济，但不能偷窃。厂子是管理局的，也是大家的，是大家赖以生存的场所，我们要保护。"

郭恒祥嚷道："厂里不是一个人有难处，大家的日子都不好过。"

"所以，我们要共度时艰，而不是闹来闹去。"赵德三说。

郭恒祥说："局长大人，我们没有时间和你讲道理。我们有三个条件，第一，释放乔风九五人；二是既然你说到救济了，每名工人增加工资一角；三是我们要成立自己的工会！"

赵德三听罢愣了，心想这根本就不是解决偷篷布的问题了，而是有备而来，这些话一听就带着共产党的味道，他突然之间感受到了工人们背后所隐藏着的那股巨大力量。

赵德三知道如此下去不是办法了，他想了想说："成立工会没有那么容易，是要履行程序的，你们去商埠警察总局报备，他们不同意，管理局也没有办法，他们同意，我们就同意，就像圣诞会一样，他们同意了，说明就是合法的，我们也承认……"

郭恒祥和郭学濂、姜成瑞面面相觑，觉得他说得似乎在理，如此大事，仅靠一次逼迫也是不可能的。

"那涨工资你总该说了算吧？"郭恒祥大声道。

"我说了也不算，需要厂务会一起研究。"

"那你们现在就研究。"

赵德三一摊手，说："这种场合怎么研究？"

郭恒祥一听便恼了："说来说去，你是什么问题也解决不了啊？"

赵德三知道不让步，他们不会善罢甘休，便说："我可以向商埠法院代为申请，先释放乔风九，待事实调查清楚再说……"

"不行，不行……"工人在喊。

赵德三说："那我就无能为力了。"说着，看准机会，退回到旁边的会议室，任由郭恒祥一众人在外面吵喝。

天已经暗下来，四方机厂工人罢工示威的消息传遍全城，人流络绎不绝向管理局涌来，门外堵得里三层外三层。警务处处长景林眼见局面无法控制，便向商埠总局请援，请求派警力处置。

就在景林打通电话不久,就见一人匆匆来到郭恒祥面前俯耳说了几句话,郭恒祥突然示意人员安静下来,大声向屋里喊话:"你说话还算数吗?只要把乔风九等人放了,我们就撤。"

一直在赵德三旁边的孙继丁走出来说:"局长既然说了,当然算数!"

郭恒祥说一句"好",然后一转身,对人群喊道:"散了吧,局长已答应放人了,散了,散了,散了……"

赵德三在会议室里透过玻璃窗将外面的情景看得清清楚楚,人群渐自退了,他问孙继丁:"刚才和郭说话的是谁?"

孙继丁说:"叫傅书堂。"

赵德三问:"共产党?"

孙继丁诧异道:"不会吧?!"

26

一直在暗中指挥着圣诞会行动的邓恩铭意识到了一种危险。随着圣诞会的利益诉求越来越明显,特别是提出成立工会组织,一定会让胶济铁路管理当局乃至于商埠总局感受到一种潜在的威胁。而这种威胁所反馈回来的破坏力量便是一种极大的危险。郭恒祥正处于兴头之上,让他收手是不可能的,但这种兴奋与冲动却是斗争中最为忌讳的事,什么时候该收该放,这是斗争的策略,而对于郭恒祥来说,是没有长远目标的,他不可能做到收放自如,以使脚下的路走得更长久。这种情势越是发展下去,圣诞会的意图越发会暴露无遗,危险也便与日俱增。

邓恩铭陷入了一种隐隐的不安和担心之中。这种担心一方面是他对于形势的分析判断后自然生发出来的,同时,这种担心还来自济南津浦机车大厂的遭遇。在邓恩铭看来,津浦大厂的工人运动在王尽美等人的领导下可以说有声有色,邓恩铭几乎隔一段时间便会去一趟济南,每次去都会有一种呼吸新鲜空气的感觉,每次回来他所积聚的疲惫与困惑都会为一种振奋所覆盖,进而为一种新的力量所充盈,变得更加饱满、有力量。

但之前的济南之行,却让他心情沮丧。津浦大厂的工人运动受到了田中玉的镇压,有十几名工人被捕入狱,包括王尽美在内都差一点身陷囹圄,只是因为得到消息早了几分钟,他前脚离开驻所,荷枪实弹的警察就到了。

他再没有见到王尽美，好在他遇到之前几位相识的工人，示意他赶快离开济南，他才意识到不好。但他并没有马上离开，而是想法找到另外几位和他相熟的人想进一步探听消息，他必须知道济南发生了什么。归根结底，他还是不放心王尽美的安全。济南机务段的刘子久告诉他，王尽美已经安全离开济南前往蚌埠，并且是他亲自送王上的车，邓恩铭这才踏实。

邓恩铭离开了济南，坐在T2次夜车的一角，一夜未眠，由济南联想到了青岛的情况。津浦大厂工人运动较之青岛发展是快的，这也使青岛有了可资借鉴的经验，避免在一些问题上重蹈覆辙。津浦大厂的事情会不会就是接下来青岛面临的问题？答案是肯定的。

邓恩铭觉得有必要改变一下策略，不能在羽毛未丰之际就让对手识破意图，一旦遭到打击报复，仅凭圣诞会是绝对没有还手之力的。特别是如果让胶济铁路管理局和商埠总局形成联手对付圣诞会的局面，更是凶多吉少。

正如邓恩铭所想，其实这样一种力量正在无意识地悄悄形成和聚合。郭恒祥这几次组织的行动让胶济铁路管理局、四方机厂感受到了极大的被动，过去他们有着各自利益的考量，不愿意轻易把自己置于工人的对立面，而现在当他们的共同利益受到威胁时，他们便意识到解决圣诞会的问题已经成了当前的主要矛盾，而过去他们所秉持的事不关己、高高挂起的态度已经不合时宜了。联手对付圣诞会成为他们的共识。

赵德三最不愿意与工人为敌，但是作为一局之长，如此情势下他非但无法行使管理权，甚至自己的尊严都受到蔑视，这是他在铁路履职生涯中从未出现过的情况。在担任烟潍铁路局长时，因为争夺权益最大化，各方股东彼此攻讦，但都给他留有情面，而现在这些工人实在是什么都不顾及。对于杨毅来说，厂里所发生的一切已经远远超过自身管理的限度，这也让他对管理局的不满渐自消解，非但如此，随之而来的是发自心底的惶恐不安。他知道，如果在此之前，管理局对他还留些情面的话，现在的局面足够使管理局向交通部提出更换他的任命。好在赵德三没有这么做，一方面因为他与吴毓麟彼此心存芥蒂，另一方面也是因为赵德三总体来讲还是宽厚之人。但杨毅知道，自己必须有所改变，全力维护管理局的尊严和权威。

工人们离厂后，赵德三就把警务处处长景林留了下来，同时自动留下来的还有副局长朱庭祺、四方厂杨毅。几个人留下来是有默契的，除非赵德三有特别的意思，否则的话留下景林，必是商量处置四方机厂的问题，而对此他们几个人都责无旁贷。

其实，作为现场的具体处置者，景林是最有负罪感的，没有把好大门，让工人破门而入，直接进到局长办公室，把赵德三置于如此难堪的境地，作为警务处处长说什么都脱不了干系。

景林有些惶恐道："局长，您说怎么办？"

这话就有些表决心的意思了。

赵德三说："大家都看到这种状况了，这样是不行了。我们不能一忍再忍，一让再让了。"

朱庭祺一旁阴阴地说："赵局长的菩萨心肠，他们是不领情的，那就不能客气。"口气很强硬。

景林挺了挺腰板，等着两位局长发号施令。

杨毅说："我有责任，也是太过仁慈，这次不能手软了。"

赵德三反倒没有说什么。在这件事上，尽管他知道不能再出现这样的局面了，但还是没有想到要对工人采取过于严厉的措施。

于是，他对景林说："你们看情况去办，可以严厉一些，只要他们不闹事，也没必要闹僵。"

景林有些愣，他不知道这样的尺寸如何把握。杨毅明白赵德三的心事，知道这个时候严厉一些把局面控制住才更符合赵局长的心思。于是，他自作主张地代赵德三说："只要他们再敢这么闹，就严厉查办。"他这么说，其实也是试探赵德三的态度。果然，赵德三没有表态，也算默认。杨毅和景林心里也便明白了下一步需要把握的原则。

朱庭祺又开口说："防患于未然。要把工夫做在前面，不能等到他们闹起来再严，那就晚了，要早早防范，各个击破。"

立定了主旨，朱庭祺又教给了他们方法。四个决策人物此刻统一了思想，达成了共识。

邓恩铭的担心随即便被验证了。

在此之前，邓恩铭已经让郭恒祥将工人夜校搬出了四方机厂，这使他们的活动可以更加自由，夜校的灯光时常彻夜不熄，关于马克思主义思想的话题开始为越来越多人谈及，甚至有人开始学会了唱："起来，饥寒交迫的奴隶，起来，全世界受苦的人，满腔的热血已经沸腾，要为真理而斗争，旧世界打个落花流水，奴隶们起来，起来……"大部分工人并不能了解歌词的要义，边唱边问，什么是真理？什么是落花流水？这首歌是谁写的？

邓恩铭很高兴看到这一切，只有这样的局面才能激发他们的期望，才能启发工人的智识，才能更容易解答工人的困惑，也才可能达成工人之间的团结。

郭恒祥问邓恩铭："马克思是谁？"

"一位德国的共产主义者。"邓恩铭说。

郭恒祥说："德国也有好人。"青岛人对德国人都有着独特的认知。

邓恩铭说："当然，全世界无产阶级都是一样的。"

"他也像咱们工人一样缺吃少喝？"郭恒祥对马克思特别感兴趣。

邓恩铭想了想说："一样，但他们的缺吃少喝可能和我们也不一样。"

郭恒祥有些天真地歪着头想了想说："德国人肯定和咱们不一样。"

邓恩铭说："但阶级感情是一样的。"

郭恒祥说："他也知道咱们？"

邓恩铭肯定地说："他当然知道咱们，不然怎么会写出这样的歌，这不就是给咱们写的歌吗？"

郭恒祥点点头，但还是有着一丝无解的困惑。

过一会儿，他突然压低声音带着几分兴奋地问："我问……你……你……你是共产党吗？"

邓恩铭一听，笑了，没吱声，半天才说："你说呢？"

郭恒祥说："我觉得你像。"

邓恩铭笑道："怎么像？"

郭恒祥想了半天说："……也说不好，反正你讲话总是比我有水平，傅书堂、丁子明、纪子瑞他们都愿意听你的……你看我吧，虽然当了个会长，但讲的都是粗话，办的都是粗事。"

邓恩铭收敛笑容，一本正经地说："你可不能这么说，我们各有分工，我做些幕后工作，替你出谋划策，而你是带头人，大部分工人听你的，所以我们各自把各自的事做好，没有你的粗，都像我这样干细活，当官做老爷的人就不怕了。就得靠你领着工人向他们挥拳头，示威，让他们害怕。"

郭恒祥想了想说："你说得有道理，但是……"

邓恩铭说："你想说什么？"

郭恒祥吞吐半天："我可以加入共产党吗？"

邓恩铭听罢，神色严肃起来，说："这不是我一个人就可以决定的，一要看你的个人表现，二要看上级对你的考察。"

"上级在哪？怎么考察我……"

邓恩铭沉沉说："你尽管把该干的事干好，把工人发动好，上级有人在看着你。"

郭恒祥使劲点点头说："放心好了。"接着又说，"我还有个要求……"

邓恩铭说："你讲。"

郭恒祥说："我给你封个职位如何？"

"什么职位？"邓恩铭不解道。

"现在好多事都是你替我出主意，干脆你就给我这个会长当秘书长吧？也不用只在暗里帮我，还可以给我长长威风。"郭恒祥说。

邓恩铭想了想说："好，这样也好。"

邓恩铭不想把自己和圣诞会拴在明处，但为了赢得郭恒祥的信任，他爽快地答应了郭恒祥的所请。

郭恒祥兴奋地握着邓恩铭的手摇了半天。

而今天，郭恒祥在邓恩铭面前却变得有几份沮丧，他不能理解邓恩铭对自己的一番劝解，他不知道邓恩铭为什么会突然让自己收手。

邓恩铭说："不是不让你干，而是现在风声很紧。田中玉把津浦济南机车工厂的工会组织破坏了，有些人还掉了脑袋。"

郭恒祥不解道："你平时让我们不怕死，和敌人斗争，怎么现在退缩了？"

邓恩铭说："我不是怕死，而是害怕现有的力量被敌人破坏。我们才刚刚起步，要保存力量。你没看到现在他们的眼线在四处打探吗？"

邓恩铭这一点说得不假，自从上次在管理局闹完事后，就开始有人在夜校周围鬼鬼祟祟地打探"办工会"的人。如果判定是上次闹事的带头人，还上前盘问，并且总是找些理由刁难，有些还故意制造事端，把人扭送到商埠总局警察署。总局警察署很"配合"，凡是胶济铁路管理局送来的人都会被格外关照，不是被关押几天，就是会挨上一顿暴打。

杨毅贴了告示，警示工人遵守厂规，凡违厂规者决不姑息，声明凡明知故犯者，严惩不贷。工人嗅到了一丝异味，所以也有些收敛。工人走到厂里，甚至会有人过来劝告："不要加入工会，谁要是加入工会，吴大帅说了，一律杀头。"当然，也有工人不满，就问："吴大帅管得了我们四方厂？他杀京汉路的工人就罢了，难道还想杀我们不成？"就有人回答说："你认为吴大帅不能杀你？"两人就对峙，过路人拉开，这种场面比比皆是，好在还没有激起大的变故。

邓恩铭知郭恒祥固执，所以，把道理讲给了四方机厂的一批骨干分子听，包括傅书堂、丁子明、纪子瑞等人，在邓恩铭看来，傅与丁等人，从某种程度上更有一种潜在的自觉和外在的沉稳老练，似乎更值得依靠……

作为胶济铁路管理局警务处处长的景林有些意外，他本来已经与商埠总局警察署沟通好，只要工人再闹事就会联合起来以扰乱公共秩序的名义下狠手，没想到工人们突然不闹了，这出乎他的预料，也让他突然之间感受到了圣诞会的非同寻常，这种斗争的策略只有在当事者之间才能感受得到，恐怕包括赵德三、朱庭祺、杨毅都不可能意识到，他们只是觉得严厉的措施收到了效果，而对于景林来说，他感觉出了工人中间所具有的组织性和斗争艺术，这恐怕才是最可怕之处。

背着手在四方机厂巡查了几个来回的景林有些怅然若失，又隐隐感到几分不安……

27

8月，济南突然发生了反对曹锟贿选的游行示威，组织者还是津浦铁路济南机车工厂的工人刘子久等人。当然，起因还是为了争取工会权益，后来就开始拿着曹锟说事了。

曹锟确实有些不像话了，因此也很容易成为被攻击的目标。曹锟一心只想做总统，谁都能看得出来，但他装模作样，摆出一副无所谓的样子。田中玉早就听说，要不是吴佩孚从中作梗，曹的马脚早就露了。只是不知为什么，吴大帅会阻止曹老帅上位。田中玉请教过段祺瑞，段笑而不答。田中玉知道，吴佩孚虽然与奉系联手击败了皖系，但他对皖系老臣特别是段氏还是礼貌有加的，不敢有半点造次，这既是他尊师重教的品行修养所致，当然也有利益上的考量，就像是他这个皖系之人之所以能够稳坐山东督军的位置，便是这种利益关系平衡的结果。

所以，田中玉对曹锟所组织的大选结果也便无所谓支持与否，尽管他对贿选的行径感到不耻，但还是睁只眼闭只眼。随着形势的发展，他对工人的态度发生了很大变化，那就是绝不能容忍，不能等他们成了鹰再去猎，必须把他们扼杀在摇篮之中。所以，济南的工人运动在他的高压之下已经变得非常惨淡，寂寂无声。他也放松了警惕，但没想到真的如弹簧一般，只要一松劲，工人们就会反弹，又闹起来。这次他们把矛头指向了正在进行的总统大选，这是不能容忍的，如果曹锟由此对自己有了看法，吉凶就很难说了，况且尽管身处两个阵营，毕竟自己还是和曹锟拜过把子的。

田中玉命令警察出动，驱散上街游行的工人。一批工人被捕，又有一批工人倒在血泊中，田中玉视察了现场，他从血渍斑斑的街头走过，嘴里嘟囔着："不知死活的东西。"

但事态的发展出乎田中玉预料，仅仅不到两个月，曹锟在一片嘲笑中登上了总统的宝座，而他所面临的却是被强制离开山东督军位置的命运。他有些不解，他已经花了足够的气力维护总统的权威了。

他前往北京探听消息，才知道了其中的原委。

曹锟的总统就职典礼安排在10月10日，其中最重要的一项议程是各国公使馆的集体祝贺。正是在这种场合下，突然有某国公使提出要曹锟在就职前首先追究临城大劫案的责任人。责任人是谁？还真的不太好说。从管辖的范围看，田中玉似是责任最大。所以，当外国使馆提出此议后，便有人揣测田中玉在劫难逃了。所以才有了以上所说的风声。

田中玉探明消息后，就想找曹锟理论，没想到他还未去，曹府却派人到他的下榻处请他了。

田中玉见到曹锟后很是负气，说："劫车案我有什么责任？不但没有责任，我是有功之臣，是我不畏艰巨，和孙美瑶谈判，解救了人质。"

曹锟竟然落下了泪，说："我也是没办法，你看我受国人爱戴，马上就当总统了，将来会挑多大的担子未可知，但无论怎么也不愿意上来就拿自己的兄弟下手。"

田中玉见曹锟落泪，心肠也软下来，本来想闹一场的，也无话可说。所有人都知道，曹锟爱来这一套，谁当着落泪的总统也会难为情的，何况还是拜把子兄弟，如何能不体谅他的难处。

外国使馆的逼宫是真情，他曹锟也藏着私利。尽管曹锟对西方人的傲慢态度不满，但有时也是可以借势打力，达到个人目的的。田中玉在山东做督军也非曹锟所愿，尽管大面上过得去，但到了关键时刻，田中玉是靠不住的。曹锟早就有意让王承斌替换田中玉，只是一直没有找到合适的借口。公使馆的要求，倒不失为一个机会。

尽管田中玉体谅曹锟，但心里还是愤愤不平。如果真的走到那一步，自己的退路在哪？这才是关键。

曹锟洞悉田中玉此时此刻的心理活动，说："放心，如果真到了那一步，我绝不会亏待你。明降暗升，提你为上将军。"

田中玉一愣，还会有这种好事？

曹锟说："我想好了，也不能只提拔你，那样太扎眼了，还有荫昌、刘冠雄、张怀芝、马联甲。但现在这还是机密，如果使馆知道了，我想一定不会同意，切记，切记。"

田中玉听罢，知道曹锟又在布局，只是一时还没猜出个眉目来，转眼一想，不管他要什么花样，只要自己不吃亏便是好的。

话就说到这里了，曹锟不再作声。田中玉起身，迟疑片刻，觉得有件事还是要问的："那……山东那边……"

曹锟表面憨厚愚拙，内心里明镜一般，知道田中玉想问什么，只是一摆手，叹口气说："容我斟酌，容我斟酌。"

田中玉就这么稀里糊涂地出了曹府，一方面觉得窝囊，总感到心里那口气让曹锟给堵在胸口没有发泄出来；另一方面又觉得曹无论如何是不会亏待自己的。

回到济南，驻扎辛庄的第五师师长郑士琦到津浦站来接，一下车打了敬礼，并步前行，郑俯耳问："督军是否听说……王承斌要来济南。"

田中玉一愣："有这事？"

郑士琦说："督军不是见了总统吗？"

田中玉说："见了，并未提及此事。"

郑士琦步伐就慢了半拍，沉默不语，知道田中玉并未以实相告。

田中玉未发觉郑士琦的细微变化，因为他也在想着郑士琦所透给他的信息。真的王承斌要来？及至看出郑的不悦，觉得必须把话说清楚，说："到督军府说。"

本来郑士琦没有打算陪同他到督军府的计划，听他这么说，当然一定是要去的。

到了督军府，同属皖系的两人开门见山。

"你听谁说的？"田中玉问。

"我也是听天津方面的人说的，说是公开的秘密了。"

田中玉若有所思，骂一句："没想到，还真的抽我的釜底。"

"这事如何办理才好？"明白了其中原委的郑士琦问。

田中玉半天没说话，在屋里踱步。

"我不走了！"

"这……"

既然总统已经谈了话，再变卦，显然不是个好的选择。

"这样……"田中玉压低嗓门对他如此说了一番。

郑士琦听罢频频点头，觉得如他所说，在当前情势下确实不失为一个扭转被动的好主意。

田中玉的主意是，让郑士琦联系山东军政界人士出面反对调离田中玉，这一定会让曹锟有所忌惮。如果真的撤回了对自己的任命最好，如果不能撤回的话，至少也可以把王承斌挡在山东之外。如果曹锟一意孤行，要调开自己的话，郑士琦当然又是最合适的人选了。如此进退皆可保山东于皖系于不变。

郑士琦听罢大喜，有此机会，他当然不遗余力。

果真如此，当曹锟接到郑士琦联名反对调离田中玉的请求后，他没有想到田与郑的一番考量，直接的判断就是郑士琦要做山东督军，这在他想让王承斌接任的时候就已经考虑到了这层滞碍。曹锟有些气急败坏，但也很难阻止。作为山东最强大的军事力量的指挥官，如果激怒了他，发生哗变，就会节外生枝，派生出诸多麻烦，特别是郑士琦与奉系关系密切，一旦激起变故，出现了皖奉联合的局面，那北京就会面临着南北夹击的危险。

曹锟无奈地叹口气，这让他的目的暂时无法达到。当前还是要以保持稳定为主，所以决定退一步行事，任命郑士琦为山东督军。如此一来，也可以让田中玉看到自己的诚意，乖乖地到北京来任职，毕竟公使馆要求惩办临城大劫案的诉求是一定要满足的。

北京换了总统。山东换了督军。

赵德三觉得压力减小了很多，尽管他还是要面对一个新督军，但至少可以从头和他打交道，努力争取他的理解和支持。赵德三在青岛听到北京、济南传来的消息后，心里一会欣喜，一会又无奈，如此大盘之下，变数瞬息之间，吉凶实难预料。

28

赵德三从北京回到青岛之后，本来因为吴毓麟的敲山震虎就有些神情恍惚，加之郭恒祥这么一闹，有很长一段时间无法静下心来，好好地思考关于胶济铁路发展的一些大事，他有时会莫名其妙地袭来一阵沮丧和无助，最终这种感受会变为一种绝望的状态而渐自消失，这对他心智的伤害是巨大的。他所追求的理想的精神状态是，有条不紊地工作，然后有充分的时间休息，培养爱好。现在看来，这一切都是无法实现的。自从接手胶济铁路管理局以来，似乎一切都处在一种非正常状态，而正常状态反倒成了奢望。所有的非正常都带有风险，特别是作为铁路来讲，列车每时每刻都在运行，这种非正常是极度危险的。

刘仲永、赫保真、陈纪元这些志同道合者，倒是经常聚会，这让他既羡慕又嫉妒，他非常希望自己能有这样的一种工作和生活状态，但对于他来说现在却成了一种奢望。那个宋怡素也由京奉铁路调到了胶济铁路管理局，当然是他一手操办的，这并不是什么难事，因为胶济铁路管理局缺人，宋又不像刘仲永那样对于铁路运输是可有可无的，宋怡素的调入几乎可以解释为赵德三的求贤若渴。虽然在诘难声中他对于乡亲里道的人已经尽最大可能系上了"口子"，但有些关系的请托仍是不可避免，就像前些日子，山东省议会议长宋议典突然提出要让他的侄子到胶济铁路来工作。这是非办不可的事，尽管他的侄子之前所从事的工作与铁路并不搭界，尽管无人知道他的侄子到底品行如何，但不答应是不可能的。有些事情答案是正确的，事情本身却并不见得正确。

宋议典作为山东省议会议长，有着足够的权力代表民议来施加对于山东督军府和山东省政府的影响，并且都知道，宋议长很多个人产业分布在潍县、高密、青岛等胶济铁路沿线，他对于胶济铁路的动态是极为关注的。

这天，赵德三难得一次去赴刘仲永、宋怡素等人的邀约。尽管刘、宋等人还是经常在一起聚会，但没有赵德三的参加让他们感到很是落寞与无助。因此他们察言观色，见赵德三心境缓和或有空闲时，不失时机地请他出来一聚。今天就是这样的机会。他们在青岛火车站的德式塔楼办了一个书画笔会，请他一起出来快乐一番。

赵德三出门碰到了萨福均，他刚从现场回来，说起了云河大桥进一步加固修复和线路大修的事。自从云河大桥发生事故后，萨福均就没有停止奔波，非常辛苦，赵德三看在眼里，记在心里。每次见到他风尘仆仆地从现场赶到管理局机关，总会有瞬间的感动升上心头。正是他的勤劳和有效的组织才使得云河大桥经过三个月便桥的迂回运行后，终于把主桥建了起来，这使得列车运行恢复到了正常状态，也便意味着云河大桥事故所带来的负面影响已渐行渐远。

赵德三见了他的面，不能不停下来寒暄几句，萨福均一提到自己专业上事就会滔滔不绝，哪怕是修复事故桥梁这种不得已的事情，也非但看不出他的焦虑与急迫，反倒有一种特别坚定的自信和对于解决困难的一种投入感。这让赵德三不只是欣赏，更升出一份钦佩。他的专业精神让他本人散发出一种迷人的光芒。赵德三有时看到他会产生一种恍惚，他在想，都说胶济铁路为山东派与江浙派所争夺，如果真的有这两种派系的话，萨福均到底属于哪一个派系？以他的经历当然是江浙派，但他对于胶济铁路的感情和投入却是许多所谓的山东地方势力所不及的。

两人的谈话很自然地转移到全线大修的事上，因为云河大桥事故，交通部决定对胶济铁路全线实施大修，预期工程要历时五年左右。这对于胶济铁路来说是一个绝大的福音，自从大修计划确定以来，萨福均就一直在现场勘察，做着详细具体的施工方案设计。五年的时间，哪些桥梁、线路病害最突出；应该先修哪些，后修哪些，都需要有一个先急后缓的规划，这是能够保证大修有序进行的一项非常重要的基础性工作，工作量之大、之艰巨、之细致，可想而知，或许也只有萨福均这样的专业人才才会有这份耐心、这种智慧。哪怕是耽误了聚会，也不能不听萨福均把想说的话说完。云河大桥事故让赵德三深刻地认识到，必须全力支持专家干专业的事，那是基础之所在。基础不牢，地动山摇。或许接下来的一切都会说明，云河大桥对于他的命运的决定性意义。事故所带来的影响到现在都在他的心底投射出巨大阴影，不知道这种阴影何时才能消弭。

与萨福均谈完后，他很快就进入另外一种幸福的境界，那就是他的书画天地。而在此之前，在他快要进入青岛站的德式塔楼前遇到了马廷燮。马廷燮还是那么优雅地穿着他非常喜欢的那件浅色风衣，拿着文明棍。赵德三一直不明白，他为什么总爱拿一根文明棍，让人觉得他会时刻准备举起棍子来打人。

马廷燮说："局长难得有些雅兴，这些日子忙得够呛。"

赵德三听出弦外之音，说："多日没有放松一下了，一起上去聊聊。"

马廷燮说："我没有这么好的雅兴，就不陪局长了，有事您吩咐就是了。"

赵德三点头，挥挥手，拐弯上了楼。

到得楼上，所有的人都站起来招呼。他觉得有些意外，没想到塔楼完全布置成了一个画室的样子，有巨大的条案可以供多人一起作画，可以画尺幅足够大的画。周边的墙体显然是经过重新粉刷的，可以做书画展示用。此时正是秋风初起之时，小楼别有一份文化闲情。透过轩窗，前海一览无余。

刘仲永说："马总长对你格外尊重，你只说了一句话，就把这里布置得如此规整，还说要让我们把这里作为日常的聚会之地，不再做其他所用。"

陈纪云说："我们就算有了一个固定之地，也可以不定期举办画展。"

赫保真、宋怡素都在，显然对于这样的场景感到很满意，对于赵德三也抱有崇敬之心。

赵德三这才意识到为什么会在进门前遇到马廷燮。他只是在此之前对马有过表达，没想到他竟筹办得如此井井有条。赵德三暗自笑笑，尽管如此，赵德三都无法与马廷燮产生亲近感，两人之间更多的是保持着一种客套，甚至可以说是一种建立在小心翼翼上的客客气气。

有些人总是这样，既不能远，也不能近，必须在客客气气中才能保持一种平稳关系。既是一种需要，也是一种防备。

赵德三来之前，众人已有大作上墙，赫保真的牡丹红红艳艳；刘仲永的山水写意云雾空蒙；宋怡素的在画山水尚未完成，正铺展在桌台上，赵德三细细端详，频频点头……宋怡素铺展开一幅白宣，请赵德三试手。

赵德三也不客气，拿起笔来，却觉手生了。

29

赵德三突然间觉得天凉了，想想快到十一月份了，也该是凉的时候了，找出几件厚些的内衣穿了，但一到会议室坐下来开会却又全身燥热起来，心想天气反复无常。过了午时，全身瑟瑟发抖起来，意识到冷竟然是从内里生发出来的。这时忽然想起前两天和刘仲永他们喝了一场酒，半夜感到头昏沉沉，起来想呕吐，就跑外面院落干呕，当时就有一阵凉意袭来，身子却觉得清爽，一定是那天晚上受了凉。

尽管如此，手头的一大堆活还是不能不办。萨福均关于胶济铁路大修方案已经准备好。他打心眼里佩服这位可以放着公子哥不当偏要拼死拼活受苦受累的人，人如果说有境界的话，萨福均确实是个例子。这也是他在发烧的情况下也要决计把这份方案看完的动力，毕竟人是能够相互激励、彼此传递能量。客观上讲，这份方案确实比较重要、比较着急。交通部已经同意了胶济铁路的大修计划，责任就传递到了管理局，必须尽快推进项目实施。部里催着要方案，胶济铁路管理局需要尽快经过集体决策后上报。上会前，赵德三必须对每个细节进行审核，交通部一旦批准，将无法再做改动，前期工作必须细之又细。

赵德三看了几页就感到疲劳侵袭，这种专业性的方案看起来确实有些难度，尽管不需要细抠具体的专业术语和表述，但必须要从逻辑上弄懂搞通，确保它的合理性。他把手撑在额头上，想休息一会，午后的光线有些凝重，透进窗子格外黏稠。

这时，朱庭祺敲门进来："看你脸色不怎么好看？"

赵德三挺直身子，强打精神说："是吗？有些不舒服。"

尽管这么说，朱庭祺并没有真正在意赵德三外在所表现出来的精神状态，这些天他一直观察赵德三的神情，对他的一举一动了如指掌，在他看来，赵德三精神恍惚应该归属于另外一个原因，而非所说的感冒发烧。

这些天朱庭祺听到了很多小道消息，交通部已经研究确定，撤销赵德三胶济铁路管理局局长职务，不知这消息有几分可信。他的嫡系还没有真正进入交通部决策层，尽管他也刻意巴结吴毓麟，也还到不了无话不谈的地步。况且涉及胶济铁路主要管理人员的变动也一定会保密。朱庭祺明白这层意思。由此反推,他所得到的消息越是模糊,反倒越是有可能出现他所期待的结果。

在他看来,赵德三的状态恰是这种可能在当事人身上的一种客观反映。所以,他更想从赵德三身上得到一种客观的认定,便控制不住要面对面做一番察言观色。

赵德三俯伏案前的样子确实有些狼狈,甚至有几分可怜。天刚有凉意,赵德三已像霜打的茄子。

赵德三强打精神问:"朱局长有事?"

胶济铁路管理局只有一位副局长,也就是说他只有一位副手可以借助,但这位副手又确实无法值得托付,更不能敞开心扉交流思想,这便让他的工作变得格外沉重。这种感受在他心里,却又不能说。

朱庭祺说:"今天商埠总局又来人了,还是关于管理局房屋产权的事。想和你商量一下,商埠总局不肯松口,我们怎么办?"

"不是已经和他们讲好了吗?"赵德三皱皱眉说。

朱庭祺无可奈何地摊摊手说:"你是和温总办商量好了,但下面办事的人却没有那么干脆,另外,温总办的话总是些原则性要求,具体事项更为复杂。"

赵德三不解地问:"基本原则有了,按原则办事就行……"他说了一半话,也没有再说下去。

"说是如此,但真的办起来事情就复杂得多了。一天换一个办事员,你这么说,他那么说,出尔反尔。商埠总局真的是衙门啊!"

"那这事怎么办呢?总得有个办法。"赵德三本来已经将这件事情全权交由朱庭祺办理,他原想不过问此事的,但话说到这里,还是不经意间介入到了具体事务中。

朱庭祺说:"我看既然商埠总局不通情理,还是采取拖延战术吧!"

赵德三之所以不想过问此事,而交由朱庭祺全权办理,主要还是接受了济南军营产权的教训,他亲自上手去问督军府索要济南的军营产权,最后矛盾集中到了自己身上,以至于回旋余地都没有,实实在在把田中玉得罪了,田中玉恨不得把自己千刀万剐而后快。当然里面有着更深层原因,但毕竟这也算是个爆发点。好不容易,田中玉调出了山东,而山东第四师师长郑士琦又当上了督军,军营产权的解决更加无望,军营正是郑士琦所占有使用,他更有一百个理由和一百个不情愿霸占不走。他已经认了，这事也只能这么挂着了，时日久了，胶济铁路管理局要想再收回铁定不可能。济南军营的事搞得一地鸡毛，还没有收拾好，管理局的产权问题又来了。

管理局现在的办公楼原是德占时期的黑澜兵营，1908年张之洞代表清政府与德国谈判合办了一座中德高等专门学校。建校之初因为经费紧张，就把校址选在了这座当时利用率并不高的兵营里面，后来就作为校址固定下来。1914年，日本占领青岛，中德高等专门学堂也便解散，学校被日本人当作了民政部下辖的铁道部所在地。接收之后，北京政府交通部成立了胶济铁路管理局，局址仍在日占时期的原址。在清查资产时，胶澳商埠总局提出，德占时期的中德高等专门学校的资产应该归属于青岛市，于是便向胶济铁路管理局交涉，要求归还此处房产。如此一来，胶济铁路管理局就要搬家，此事非同小可。赵德三忙找人梳理其间的来龙去脉，才发现，原归属铁路部门的山东铁路公司的房产还在胶澳商埠总局名下。也就是说，青岛市同样占有了铁路的一处房产。于是，胶济铁路管理局便提出商埠总局也要把原山东铁路公司的房产交还管理局。这本身是情理之中的事，但商埠总局一调查也作难了。因为原山东铁路公司的房子一直为日本商人所租住，青岛接收后，根据相关协定，这些日本人有权继续租住原有住房。商埠总局又无法把管理局房子交换。这便系成了一个死扣。

基于这种状况，一个较为便捷的方案就是相互置换。双方也基本达成了协议，本来已经进入实施阶段，但商埠总局却突然提出原山东铁路公司的房产较胶济铁路管理局现有的房产面积要小。商埠总局锱铢必较，一定要胶济铁路管理局每年支付一定的费用。谈来谈去，最后商埠总局同意一次性买断。于是两厢之间又开始在一次性的价格上起了争议，争来争去，总无结果。

迫于无奈，赵德三专门拜访了商埠总办温树德，讲明缘由，希望尊重事实，彼此谅解，能够尽快解决问题。毕竟这么拖下去，对于胶济铁路管理局的工作秩序还是多少会有影响的。产权不明确，大家心里便不踏实。

温树德的态度十分明确，全力支持，按铁路局的意见办，拍着胸脯表了态。但问题还是没有得到解决，有些事情就是这样，拍胸脯说的话是最不靠谱的。

赵德三同意朱庭祺的拖延战术，既然不能谈拢，那就等等看，商埠总局总不能强行让胶济铁路管理局搬家不成。事情真的闹到那一步，就会有交通部出面，谁的颜面都不好看了。赵德三还存了一个别人不知道的想法，如果下一步高恩洪来商埠干总办的话，问题当然就会迎刃而解。

本来这个话题就这么结束了，但朱庭祺又引申了一步，说："沿线铁路用房的产权也是面临的一个较大的问题，希望管理局能够集体研究一下接收的原则。"

赵德三不知朱庭祺为何把这些一时无法解决的问题都摆在自己面前。他所说的铁路沿线产权问题也如管理局房屋产权同出一因，接收后铁路沿线有很多归属于商埠总局的房舍，但一直为胶济铁路管理局所使用，商埠总局希望有个一次性解决方案。这个方案也基本上确定了，但也卡在了价格问题上。

赵德三不想在自己没有更充分准备的情况下，草率地提出处置意见，也不想把这么复杂的问题当成一个聊天的话题，因为很显然，朱庭祺并不是要来解决问题，更想是为了和自己闲聊的。

赵德三说："你们谈吧，只是别把事情搞僵，毕竟还要和商埠总局搞好关系。"

朱庭祺诺诺道："那是自然，那是自然。"

话已说完，赵德三见朱庭祺没有走的意思，就抬头看他，意思是还有事吗？

朱庭祺想尽可能多逗留一段时间，以便更全面准确地观察赵德三的状况。赵德三的反应和表现确实不佳，好像真的是发烧了，但这种病态看似并非只是简单的身体状况不佳造成的。

多留一段时间，需要有话题填补空白，否则就显尴尬。

朱庭祺说："……还有一事，部里又问运价的事了。"

赵德三纳闷，今天朱庭祺好像故意在和自己过不去，专门拿这些解不开的疙瘩让自己头痛。

赵德三应付道："我已经说过了，运价的事现在不谈，你也不要去鼓动这事。"

朱庭祺说："并非我鼓动，但这事明摆着必须要解决，绕是绕不过去的。"

"我看……这事也得拖。"赵德三说。

"不好交代啊，部里对这事议论纷纷，总得给个态度吧，现在都说是我们管理局在阻挠此事。"朱庭祺说。

赵德三有些生气道："那帮大爷什么都可以不顾及，但管理局身在一线，总得要把握个时机和分寸吧？"接着他又说："本来就有交通系和地方系之说，这么一逼，还不把南、北之争当成真了。"

朱庭祺说："现在山东势力也实属过分。"

赵德三摆手制止道："从你我嘴里不要有山东、交通之说，胶济铁路管理局是一个整体，没有山东、江浙之说，在我看来，所有的问题无非是处理的方法上不同罢了，再就是历史沿袭下来的问题，需要一个过程解决，而不能操之过急。"

两人磕磕绊绊地聊着，突然有人急匆匆闯入，是孙继丁。两人都很错愕，这个一向以沉稳著称的人，为何如此无礼而慌张。

孙继丁见朱庭祺也在，便说道："正好朱局长也在，葛燮生被绑票了。"

赵德三和朱庭祺都像没有听明白孙继丁在说什么，不约而同地说："你说什么？"

"葛燮生被土匪绑票了！"

孙继丁的慌张也正是对他所报送来的信息的一种正常反映，这下两人都相信了，尽管如此还是你看我我看你，半天没有说出话来。

葛燮生是胶济铁路管理局张店机务段的段长，属于重要岗位的管理人员，并且还有着特殊的身世背景。赵朱二人十分震惊。

赵德三问："怎么回事？快说一说。"

孙继丁说："现在消息还不是太准确，但已经确认了，据说土匪已经开出了赎身的条件，我正在让人继续打探。"

这就等于报了空信，没有实质性内容，平添了赵德三的焦虑与无奈。

30

葛燮生是在孙继丁把消息报送给赵德三的前一天晚上被绑架的。葛燮生是美国留学归来的优等生，来到胶济铁路管理局张店机务段才一年多些，便以深厚的背景和优越的条件成为张店机务段的段长，时年刚刚30岁。他是浙江第一批赴美的留学生。

葛燮生一人独住在张店机务段。

张店机务段地处胶济铁路干线与张（店）博（山）支线的交接之处。德国所属的山东铁路公司在修建胶济铁路时，同步规划了这样一条支线铁路，主要目的在于攫取博山、黄山一带丰富的煤炭资源。张博支线虽然只有30余公里，却提供了胶济铁路60%的煤炭运输量，博山山谷一带的煤炭开采之后只有经这条支线才能进入胶济铁路，然后东出入海或西进达京津。张店火车站作为铁路货运枢纽连接站，周边聚集了许多客栈和商铺，南来北往的旅客货主形形色色，鱼龙混杂，良莠不齐。

葛燮生作为机务段的一段之长，又有着留学美国的不凡履历，在小小的张店镇自然是人尽皆知，同时他的特殊经历也使他的做派与众不同，无论举止、谈吐、衣着都引人注目。所以，当赵德三听说葛燮生被绑，震惊之余也觉得尽在情理之中。别有用心的人不打他的主意才怪了。

葛燮生喜欢到张店镇中心的良友博山菜馆吃饭，并且总爱独自一人，店家还专门给他预留有单间，只要他来一定是好好伺候。这天，葛燮生正在饭馆吃着饭，突然进来几个人，说有位客户是浙江人氏，慕名想见见老乡，问葛燮生愿不愿意见。葛燮生先是有些犹豫，但细细一想既然是老乡远来，反正也无他事，见见也好。吃完饭后便跟着几个人向镇西侧的一家客栈走。客栈在镇西端，下面就是一条深沟。这时天也隐约黑了下来，葛燮生走了一半下意识地停了脚步，想往回走，没想到几人上来堵住他的嘴，五花大绑，塞进了一辆带席棚的马车，载着他扬长而去。

第二天，土匪就放出风，他们绑了葛燮生。张店机务段此时也正在寻找下落不明的段长，如此一来便验证了葛段长果真发生了不测。张店机务段顿时炸开了锅。

有人通报给孙继丁。张店机务段的业务管理部门是机务处，孙继丁当然是处理这件事情的第一人。但是孙继丁深感责任重大，并且这种事情也非一个机务处长就能处理的了的。况且，他也知道葛燮生背景神秘莫测，本来就是交通部派下来镀金的，一旦处置不好或许会给自己带来绝大麻烦。

赵德三、朱庭祺对此心知肚明，当了解清楚了来龙去脉，深知事态严重，也不敢轻举妄动，只是观察事态发展再做打算。虽然有人说，匪徒提出了赎人的条件，但没有任何人具体和胶济铁路管理局接洽。直到两天后，葛燮生的哥哥葛哲生来到胶济铁路管理局才算是确认了案件的真实性，也对事态的发展有了进一步了解。

葛哲生家住济南，赵德三、朱庭祺也不了解他的更多情况，此时只是悲伤地拱手见礼，彼此默然相对片刻，才慢慢进入正题。

葛哲生说："匪徒提了条件，要二十万大洋赎人。"

赵德三心里一惊："二十万？！"但表面上还是平静如水，只是保持着一层哀伤。

葛哲生说："还请赵局长帮忙。"

赵德三说："救人当不遗余力，想什么办法也得把人救出来，但匪徒也有些狮子大开口了。"

葛哲生书生气质，虽说方寸不乱，但话语难掩悲痛："谁说不是，也正是这样，才求贵局帮助想办法。"

警务处处长景林也在场，说："这样不行，要和他们讲条件，不能一口价。"这话说得有些别扭，却也是正理。

赵德三于是说："葛老弟，既然匪徒是单线和您联系，胶济铁路管理局也不好再出面，您和他们再谈一谈，确实不能一口价……"这么说有些难为情，但他想不出更好的词，况且此事也含糊不得，把事情说明白就是了。"只要他们能把价码降下来，或许可以一起想想办法。"

葛哲生觉得确实也该如此，便告辞再去交涉。

葛哲生走了，但大家都知道这才是刚刚开始，胶济铁路管理局必须商量出一个基本的原则来应对，撒手不管不可能，毕竟是自己的员工，况且也不人道，会为人不齿，再说以葛燮生的身世，如果处置不好，交通部肯定会过问。

赵德三召开局务会，专门研究此事，参会的还是这几个人，赵德三、朱庭祺、景林、孙继丁。赵德三说："大家谈谈，怎么办？"

朱庭祺说："这事不能不管，葛是我们的员工，要一管到底。"

孙继丁说："管是一定要管的，但二十万的赎金，管理局能拿得出来吗？"

景林说："拿得出来也不能拿，如果这样的话，匪徒会肆无忌惮，以后怎么办，都来绑我们员工？"

赵德三对景林的意见表示赞同，他认为这事绝不能轻易让步。

朱庭祺显然有些不快，说："那就是拿兄弟的性命不当回事了。"

景林说："也不是，朱副局长，我是为了更多弟兄们的性命着想。"

孙继丁说:"有没有可能匪徒只是吓唬一下呢?"

孙继丁如此说,显然是自己糊弄自己,等于没说。

会就议到这里,但赵德三已经立定主意,绝不轻易向匪徒让步。

所以,当葛哲生再次来到胶济铁路管理局时,景林先出面接待他,第一句话就问:"有没有报警。"

葛哲生说:"已经报过了。"

景林问:"警署的意思是什么?"

葛哲生吞吐半天说:"……郑督军的意思是剿……"

景林就知道这事已经报到督军府了,也便明白,葛家找的不只是胶济铁路管理局一家,他们自己也在寻找多种途径处理。

景林把这层意思透给赵德三。赵德三一听也缓下来,知道这事不用太过着急,至少先看看督军府的态度再说。督军府出面组织警力破案应该是名正言顺的。但从葛哲生的口里听得出来,葛家显然不愿意以强硬的手段处置此事,怕引得匪徒下狠手。葛家的态度值得理解。

没有更好的办法,但葛哲生在青岛不走,不知是何用意。赵德三与他见了一面,葛哲生说:"匪徒的价码降了下来,要十万。"

赵德三心想,十万与二十万没有太大差别,胶济铁路管理局无法支出这笔巨款,也不能支付这笔费用。

赵德三说:"督军府的意见也不失为一种策略。"

葛哲生起身道:"那是万不可以的,一旦激怒匪徒,大哥将性命不保。"

葛哲生在青岛又盘桓数日,见胶济铁路管理局没有更好的办法,也不愿倾囊相助,便生出几分怨气,怏怏而去。

赵德三的意思是观察一下,再定后续的对策。其间,朱庭祺也问过他,要不要把相关情况报告交通部。赵德三想了半天说:"没有这个必要吧,这种事关键还是看其家人的态度,再者真的要由官方出面,当然也是督军府了。督军府已经插手此事,况且匪徒所发的指令都是在济南。"

朱庭祺明白赵德三的想法,多一事不如少一事。但他觉得这事没有那么简单,如果不把情况报知交通部或许会带来一系列的被动。

朱庭祺当然没有做更深的解释,在他看来,他已经提醒了,也算尽到责任了,不报告交通部一定会有麻烦的。

31

果然，麻烦很快就来了。赵德三接到吴毓麟的电话时，瞬间便判断这事一定是与葛燮生有关。从接收任职后，吴毓麟从未打过电话给他。朱庭祺恰巧也在，他很快就听出是吴毓麟的电话，心里不经意间掠过一丝自以为是的感觉，他并不认为自己是在幸灾乐祸，反倒认为是赵德三情商不高，不会处理问题，而他是提醒了赵德三的。他的道德感游走在人性边缘，很容易也善于给自己创造推卸责任的借口和机会。朱庭祺推门离开，他没有也不能听赵德三所接听的电话内容。

出人预料的是，葛燮生的案子突然发酵起来。先是为济南、青岛的媒体报道，接着上海、南京也陆续见诸报端，葛案成了社会热点。

吴毓麟明显在控制着自己的情绪，他问："葛的案子怎么回事？"

赵德三尽量简明扼要也尽可能以低调的语气告诉总长，事发突然，胶济铁路管理局正在会同山东督军府办理。

"发生这么大事情，管理局也不上报，让部里陷入极大被动之中。"吴毓麟没有半点客气，责怪的语气非常明显。

赵德三解释道："这事并没有媒体所言……山东当地本身就土匪横行……"

没想到这话触了吴毓麟的怒点，他说："你的意思是，你的员工被绑票是很正常的事情？"

"我并没有这个意思。我只是说，媒体有些过于渲染了……"

"渲染？我怎么一点没有感觉到渲染，是我们没有把事办到位。你知道葛燮生的特殊性吗？"

赵德三沉默。

吴毓麟说："他是美国麻省理工毕业的，现在麻省理工同学会都给交通部致函，要求部里不惜一切要把人救出来，并且对你置身事外的态度表达了强烈的谴责。"

赵德三想解释，吴毓麟显然集聚了一肚子的火要发，接着说："部里还是从报纸上看到的信息，你们为何半点信息不报，置部于何地？面对麻省理工同学会的指责，部里没有半点应对之策，不正说明我们消极被动的态度，这让他们抓住了小辫子，还能不满世界宣传？"

如此听来，赵德三也觉理亏，忙说："总长息怒，我没有把事处理好，责任在我，责任在我。"

吴毓麟还在说："葛燮生是浙江第一批留美学生，他的同学中就有翁文灏、胡祖同、徐名材这样背景深厚者，他们在联合签名，如果不抓紧解决，设法营救，影响会越来越大，你要明白后果。"

赵德三困顿不已，他对吴毓麟说："胶济铁路管理局无法支付高昂的赎金，再说如果真的答应了劫匪的要求，岂不是会助长恶习，长远考虑，如何自处？"

吴毓麟这时的火气小了许多："这事既然山东督军府也插手了，你们要与他们协调好，另外不要任由当地媒体口无遮拦。"

"我一定处置好此事，请总长放心。"

赵德三虽然有为难之处，但他在总长的责问下真的是无话可说。接下来，他必须做出一番努力，尽量争取问题的解决，至少也要让社会看到胶济铁路管理局的态度。他召集朱庭祺、孙继丁、景林过来，把总长的意思说了。这时总务处长张棠也把麻省理工同学会的致函送了过来，赵德三这才知道，函件其实已经收到了几天，总务处长未把这事放在心上，没有送过来，赵德三有些生气，但想想也是自己在这事上的态度影响了他人的处置，所以也便隐忍不发。

麻省理工同学会的函件措辞激烈，除却强烈谴责匪徒的残暴外，对胶济铁路管理局的无所事事、不重视给予痛斥，火药味极浓，并且说到葛若遇不测，将会发动各方面的力量让胶济铁路管理局付出代价，追究局长的责任。

大家传看了一遍，心想这篇"檄文"写的是刀刀见血，如果传到了媒体中，真的会有大麻烦。大家商量，还是抓紧分头做工作。吴棠被安排做媒体的工作，青岛的媒体倒也不难办，但青岛以外的媒体就不好控制。赵德三心里明白，别看济南同属山东，此事也在督军考量之中，但督军府到底持何种态度还要打个问号。所以，济南方面不是媒体的问题，而是督军府的态度问题。

孙继丁派人到张店机务段，现场了解情况，稳定员工情绪，防止此事引来其他的不测之祸。赵德三决定亲自前往督军府，与郑士琦见上一面，沟通一下相关情况。

事不宜迟，当天赵德三就和孙继丁同乘T1次列车西行，孙继丁在张店下车，赵德三继续向西去济南。在车上，赵德三问起张店机务段员工的稳定情况，孙继丁不无忧虑地说："担心有工人闹事。"

赵德三说："有苗头？"

孙继丁说："已经发现有人在串通鼓动，有一位叫王复元的，听说是王尽美所发展的共产党员，他也来了张店。"

"王尽美？"赵德三并未听说过此人。

孙继丁说："王是山东省立第一中学的学生，我在该校任教时，此人就与邓恩铭混在一起，专门挑事，是个唯恐天下不乱的角色。"

"那得重点防范，如果都搞得像四方机厂那样不可收拾，胶济铁路管理局的日子就不好过了。"

孙继丁忧心忡忡地说："看看再说吧，这事比较棘手，他们不但鼓动工人要求涨工资，现在更要命的是要政治待遇，成立工人自己的工会。平时他们找不到借口，一发生这事正中下怀。如果葛燮生的社会关系再搞出动静来，内外结合，难说不会造成大的轰动。"

赵德三沉吟良久，说："一定稳定住局面。"

孙继丁说："那是自然。"

赵德三对孙继丁的能力还是非常欣赏的，尽管有诸多的不安定因素，但他认为孙继丁是能够稳住局面的。四方机厂之所以发展到现在不可收拾的局面，从内部来看，其实孙继丁与杨毅之间彼此不和谐也是较大原因。孙继丁虽然是杨毅的直接领导，但杨毅的个人能力以及与交通部之间的关系使孙不能自由支使他，有些事情只能由着杨毅来做，所以在处置圣诞会的问题上，两人都怕引火烧身不愿主动伸手，都觉得发生问题对方也有责任而相互推诿。赵德三心里明镜一般，但他无法协调二人之间的关系，才搞成现在这个局面。而张店机务段似乎没有这么复杂。段长被绑，现在由副段长主持事务，没有其他外部因素的介入，相对要好一些。尽管如此，赵德三还是祈祷，但愿能够逢凶化吉，诸事顺遂。

实践证明，事情处理起来并没有那么顺利。赵德三拜会郑士琦开头很顺利，郑听说赵来，表现出了万丈热情，让赵德三很长一段时间有些不解。事若反常必有妖，很快赵德三就感觉出了其中的凶险。

郑士琦长着满脸横肉，一走路便会跟着颤动，说话很夸张，会没来由地突然张开大嘴笑个不停，也会以最没有过渡的方式把笑收敛回去，一放一收间，反复无常的个性显露无遗。

赵德三本来是就葛燮生的案子讨主意的，但郑士琦显然对此并无兴趣。他绕来绕去都在胶济铁路的运营管理上，以及铁路与山东地方经济发展的关系，这本在必然，但他对铁路运价、运费等刻意的触及让赵德三立马警觉起来。赵德三不愿意与山东督军打交道的主要原因就在于担心对方有非分之想，一旦被他们绕进去是件很麻烦的事。

赵德三立定的主旨是绝不和任何人谈收入的事，绝不涉及这个话题，而郑士琦过度的热情和目的性极强的问话使他感到此行可能无法在葛燮生问题上得到一个满意的结果。权势总是会抓住你的所求而达到自己的目的。对于赵德三来说，无论督军府给出怎样的解决方案，他都不会放弃原则，因为那会把自己拖入万劫不复的深渊。此事的危险性较之葛燮生案要胜过千万倍。

赵德三直截了当地扭转话题，说："我此行来，主要还是恳请督军府帮助解决葛案，他毕竟是我们员工，我们有责任保证他安全无损地出来。"

"哈哈哈……赵局长想怎么办？"

"想想路子，和匪徒讲讲条件。"

郑士琦皱眉说："这不是正路子啊，也不是我的风格。我还是那个意见，剿，剿，剿，不能让土匪有可乘之机。"

"这……会给人质带来危险，并非万全之策。"

"哪里有万全之策？胶济铁路管理局如果能够……与山东督军合作，我想我们一定会想出些其他路子出来，不知赵局长……"

赵德三见他又绕弯，便说："胶济铁路从来都是服务于山东地方经济发展的，山东地方经济发展胶济铁路自然也会有更大发展，我想，这既是我们，也是督军的想法。"

赵德三说了一大串不着边际的话，让郑士琦的笑突然堆起，又突然收缩消失了无数次，直到最后整个面皮完全松弛下来，这是他丧失信心的象征……

赵德三知道自己的努力失败了。郑士琦非但不会替胶济铁路管理局着想，反倒会因为自己的求援而反其道而行之，更加为难自己。

赵德三知道，葛燮生的案子自己无能为力了。

从督军府出来，天色渐暗，寒风刺骨，赵德三大脑一片空白，在大街上游走了很长一段时间，直到走出西门大街的城楼，才回过神来。他下意识地回过头,似乎是在观察身后是否有人跟踪,阴风吹过,落叶萧瑟,不明就里,他想赶快回青岛。

32

　　吴毓麟的火气消了,也是他决计要撤换赵德三的决心下定之后。接二连三的事情让他有了充分的理由实施这个决定。田中玉在山东时一连串的弹劾,社会各界不时传来的花天酒地、不理政事的负面信息,最不能饶恕的是云河铁路大桥坍塌重大事故,几乎已经断了赵德三的仕途之路,只是交通部尚无暇找到一个合适的时机来解决。现在好了,机会终于来了,葛燮生绑票案处置失当,带来极大的社会舆论压力,无论是高恩洪,还是吴佩孚都不可能有充分的理由为他开脱,自己可以处于一个绝对的高度以公平公正的形象来对赵德三做出"宣判"。不是他吴毓麟为难谁,事已至此,情势所迫。

　　尽管如此,官场上浸润多年的他还是会把这事处理成情非得已的局面。他找到高恩洪,两人久不谋面,高见吴后大概也明白了个概要。吴毓麟客套一番,半天没说话,只是叹气。高恩洪说:"总长是因胶路之事而来?"

　　吴毓麟说:"希望总长理解。"话说出口突然觉得有些别扭,因为高是前任总长,而他是以此总长代彼总长,如果一说,便感到几分不自在。

　　高恩洪问:"你们是什么意见?"

　　吴毓麟说:"可以给赵局长换一下位子。"

　　高恩洪说:"让他去哪?"

　　吴毓麟说:"想听您的意见。"

　　高恩洪说:"我又不管部务,怎能插手部里的人事安排。你看着办吧!"

　　吴毓麟极力小心,怕把话说僵,听到这里觉得不便矫情,否则会搞得没了诚意。倒不如有什么就说什么,便说:"调到路政司任司长可能是比较好的选择,再说,赵局长也曾在此位任过,不陌生。"

　　高恩洪没有回答。

　　吴毓麟说:"情非得已。"

　　高恩洪说:"好,赵德三遇谤太重,功过难以说清,但是他接手来的千头万绪我还是了解的,其中的苦头也吃了不少,希望部里能公允对待。"

　　"那是自然,没人敢抹杀赵局长的功劳。"

吴毓麟从话言里听得出此事至此也就结了，只要高恩洪认可，吴佩孚没有不认可的道理，两人的关系就是这么铁。赵德三是高恩洪的铁杆，先侧面泅一下，也便可以顺理成章地办下一步的事了。没想到高恩洪最后却说："我还要请示大帅。"

吴毓麟一愣，才知这事确实有些麻烦。

过了几天，高恩洪又到汉口去见吴佩孚。吴佩孚正在为一触即发的江浙战事而焦躁不安。高恩洪的到来让他先自丢开这些烦心事，两人在黄鹤楼脚下的市街找了个特色馆子，兵士净了街，热闹的大街上只剩下两人。汉口的热干面很好吃，这是个百年老店，既有特色也有改良菜，很有味道。酒喝到一半，大部分还是在说高恩洪到商埠总局任职的事，吴佩孚说："大约一个月后就会有任命。"高恩洪很开心。闲散在家的他，最看好的就是胶澳商埠总办的位子，终于可以如愿了。

由此接下来很自然就谈到赵德三，因为有了上次的交谈，高恩洪知道吴佩孚对撤换赵德三已经同意，所以这次的谈话已不需要更多铺垫。高恩洪说："吴毓麟不敢轻易下手，所以他先征求了我的意见。"

吴佩孚笑笑说："我今天接到了他的来函，也是在说这事。"

高恩洪一听就笑了，说："没想到他这么慎重，还专门给您写信。"高恩洪知道就因为他说了要和大帅报告，所以吴肯定担心自己会节外生枝或导入他途，所以先入为主，说明原委，以避免自己的想法被误读曲解。

高恩洪这么想，其实在吴毓麟来说却并没有想那么多，但他确实也多了个心眼，当他听到高恩洪要专门就此事向吴佩孚报告时，觉得自己做事有些草率，非但要向高恩洪请准，更重要的还要把自己撤换赵德三的真实用意和良苦用心向吴佩孚表述清楚，避免被吴责怪。其实，现在的吴佩孚根本没有精力顾及胶济铁路的事。

高恩洪并非专程要为赵德三的事而来，而是为了个人谋求胶澳商埠总办的位子，尽管吴佩孚上次已经告诉他得到了曹锟的认可，但没有正式任命前，谁也不能说不会有其他变数。另外，还有一件比更换赵德三更重要的事情，那就是下一步谁来接替赵德三。

上次吴佩孚提及过一位叫邵恒浚的人，而在高恩洪想来，如果自己任职胶澳商埠总办的话，胶济铁路管理局局长将会是自己最为仰仗的人，当然赵德三为最佳，现在既然已经不得不去此人，那么找一个可以信赖的接替者最为重要。邵恒浚显然不是最佳人选，至少自己对他并不相熟。尽管他是吴佩孚的人，两人熟悉起来也得需要个过程。所以，当把自己的问题确认明白后，高恩洪便考虑给自己找一个合适帮手的问题。在他的设想里，胶济铁路管理局对于他对胶澳商埠的治理将会有着不可替代的作用，所以他需要说服吴佩孚接纳自己的人选。

他所带来的人选是个最为合情合理的选择，如果没有邵恒浚之说的话，吴佩孚是绝对不会有二话的，但现在必须要说服吴佩孚。

"刘垚？"当高恩洪说出这个名字时，吴佩孚情不自禁地重复了一遍。"他不是平绥铁路局的局长吗？为何要他去？"吴佩孚当然知道刘垚此人，但眉宇间还是不经意掠过一丝皱纹。

"为何是他？"

"这个人和赵德三相熟，两人在路政司共过事，后又一起修建烟潍铁路，一直是赵德三的帮手。到平绥路后与赵德三也保持着联系，因为胶路接收不久遇到困难，还慷慨解囊，借了一笔钱帮助胶路纾困。两人关系极好，由他接替赵有诸多便利。"

"诸多便利？"吴佩孚不解。但随即一想，如果高到任胶澳后，胶济铁路管理局留下一个熟悉的人当然会有诸多便利。但是，邵恒浚已经请托多时。作为老乡，如果不有所帮助，实在说不过去。

高恩洪知道吴佩孚在想什么，便说："邵恒浚尽管也有着管理铁路的经历，但毕竟不是内行，做些外围工作，其中的环节多不能拿捏到位，而刘垚便不一样了，他是铁路实权派，也是铁路专家，有些事情做起来自然也便应付自如。"

"你的意思是？"

高恩洪与吴佩孚之间有一层没有说出来的原因，但两人心知肚明，保持着默契。

高恩洪之所以要到胶澳商埠总局，自然是因为此地是个肥差。还有一个原因，就是赵德三在胶济铁路管理局，可以利用两人的特殊关系，谋胶路肥利以自用。虽然赵德三小心谨慎，绝不敢挪动胶济铁路的利润作他用，但高恩洪自信能找到一个瞒天过海的办法，既可以得到交通部认可，又能骗过日本人的眼睛。而现在赵德三去职后，如果代以刘垚，这步棋同样还可以继续走下去，而换成邵恒浚就很难说了。吴佩孚其实也早有此念，他不断安插老乡进入胶济铁路管理局，很大程度也是在为能够有机会蚕食胶路利益而做着铺垫。他的军队要打仗，就需要有充足的军费，而胶济铁路丰厚的利润也不出意外地让这位看似耿直的大帅垂涎，况且他所控制的以青岛为基地的渤海舰队还时常处于嗷嗷待哺的状态。高恩洪到青岛后，可以和胶济铁路的管理者联合起来，达到他想要的目的。如果赵德三一去，高恩洪不能掌控胶济铁路管理局的话，就事与愿违了。

如果考虑到这一层的因素，老乡的情面简直也就不值一提了。

"你能和刘垚配合好？"吴佩孚的话里自然也便有了另外的一层意思。

"我初到胶澳，如果配合陌生，自然不好掌控。"高恩洪意味深长。

吴佩孚沉吟片刻，说："如果这样的话，让刘垚去也不失为一个好的选择。"

再亲近的人有些话也是不能说出口的，只可意会不可言传便是如此。

正事办完，还有善后要办。高恩洪说："赵德三那边还需要安抚，还得请大帅格外对待。其实，这一年时间也确实把他折腾够呛，那些诋毁他的人很多也是昧着良心，抱着不同的目的，没有几个是真正出于公心。干事者总是受非议。"

"好，我写封信给他。"吴佩孚说，"吴毓麟的信里也有这层意义，说，最好是在交通部正式任免前，让我先透些信息给赵德三。其实，无非是让我先从侧面做一下他的工作，他也是怕赵德三不服从任命。让他去路政司，你认为，他会满意吗？"

高恩洪说："他当然不会满意，一方大员怎么会愿意回到部里当个小喽啰，况且赵德三多年前就任过此职，好马不吃回头草，他能乐意？"

"那更有必要安抚他一下。"

"是……那刘垚的任命？"

"我会给吴毓麟提'建议'的。"吴佩孚挥挥手说。

高恩洪很明白"建议"意味着什么。或许这才是吴毓麟最不愿意看到的。毕竟直接剥夺了交通总长的人事任命权，再说此事并不鲜见，哪个铁路局局长不是由强权人物授意任命的，交通总长的权限既是实的也是虚的，在强权面前弱不禁风，如果没有他人所争或者偶得机会，他的权限才是实在的。

高恩洪的判断是准确的，当接到吴佩孚的人事"建议"后，吴毓麟五味杂陈，他本期望赵德三被调离后可以充实自己的人，但也预感到吴可能还会插手，但还是抱着一丝侥幸，所以他一直回避接替者的事情，就是寄希望吴并没有合适人选。这让他很是失落，自己忙来忙去，还是出了一个废招，忙了一阵子，一无所获，只是帮别人圆了心意，而自己只能落个大公无私以自慰。

但再往深处想，他明白了更深一层的意思。他开始不理解高恩洪为何会为了赵德三而长途跋涉跑趟汉口，现在明白，一定是为了胶济铁路管理局的接替人选，这当然是值得了。他早就听说，高恩洪一直在为自己能到胶澳商埠总局任职而忙碌，他如愿之后，自然希望在胶路安插一个自己的人。

吴毓麟苦笑不已。

33

这事太过突然，但仔细一想又在情理之中。一种巨大的失落与一种负载的解脱结伴而来。赵德三为自己付出的辛劳得不到理解而滋生愤怒，也为终于能够走向自己喜欢的桃花源而欣慰；他以不当家不知柴米油盐贵、饱汉子不知饿汉子饥的心态而负气，看谁能够比自己干得更好？不过让他无法释怀的却是他的接替者是一个他必须加以帮助和维护的人，因为他是自己的好友刘垚。无论于公于私，他都不能看他的笑话。负气归负气、愤怒归愤怒，刘垚的接任除却自己的得失之外，恐怕真的算是一个最佳的选择了。

尽管有诸多的情绪与不满，但必须让他心平气和地离开这个位置的一个更重要的原因还在于吴佩孚竟然亲自写信给他，近乎帮助交通部作了一个解释，这让他有些受宠若惊。如日中天、连曹锟都不怎么放在眼里的吴大帅亲自写信给自己，这是个太大的情分了，同时也说明此事没有半点挽回的余地了。赵德三只有往好想了。

高恩洪也有信函，将情况简要地说了，倒是表达得具体了许多，大致意思就是与其被动地被人攻击，最后不得不换个他人，倒不如以刘垚为替补，以便进一步左右胶济铁路局势，不失被动。高恩洪说得很直接，赵德三知道正是他操纵了这件事情。他不能埋怨高恩洪不为自己讲话，知道他不到万不得已确实不会出此下策。

交通部的任命很快就下了。新任职务是路政司司长，这倒真的让他犯了思虑。赴任还是拒绝？他的第一个念头是绝不去路政司任职。一路走来，他已经不愿再到部机关当个小吏，他喜欢青岛的海天一色、绿树碧瓦，不愿意再到摩肩接踵的龌龊之地，那太憋屈自己了。

高恩洪知道他对于任命一定不满意，在信中反复解释，希望他能够先到任，一旦有更好的位置再加以调整。

赵德三最后的决定是不去上任，他想以自己闲云野鹤的生活来应对官场的狗苟蝇营，以此自证心迹，表明自己并没有留栈之意，也以对官场的不屑来表达自己的清高与修为。这实在是文人的浪漫主义处理方式，恐怕也是工于心计之人所不能理解的。

朱庭祺当然愿意赵德三走，但后话是以他接任局长为前提的，没想到他的愿望落空了。在他看来，自己当然是最合适的人选了。赵德三的离开在他看来是迟早的事，他早就为此做了准备，事与愿违，现在他倒不愿意赵德三离开了。虽然赵处理问题的方式他不敢恭维，但也没有大毛病，两人更没有冲突。如果换一个人来，那当然要重新适应。再说，交通部有此安排，那自然是对自己能力和水平的一种变相的否定，至少不认为他可以扭转当前的被动局面，这让他很是有几分尴尬。

朱庭祺与赵德三的谈话很是自然，没有惺惺相惜的劝慰，也没有自怨自艾的感叹，显得很平静。两人几乎只是聊了些家常而已，对于胶济铁路的情况两人一样的熟悉，对于所发生的一切感同身受，所以反倒不用细述便心领神会。只是听到赵德三不去上任的决定时，朱庭祺还是感到有些意外和不解，说："何必如此？"

赵德三说："我想在青岛多盘桓些日子，交交友，叙叙旧，这一年多确实精疲力竭，好不容易有机会歇下来，不想这么匆匆忙忙。"

朱庭祺笑道："你是大境界，我等比不了。"

赵德三说："什么境界，事到如今，不得已罢了。世上的事情说不清楚的。"

朱庭祺听得懂，也听不懂。

从赵德三的办公室出来，朱庭祺多少升出些不满。赵氏已走，他竟然没有从爱护关心的角度，抚慰一下他的感受，这让他怅然若失。

对于赵德三的离开反响最大的当然还是他的一众"狐朋狗友"。陈纪云是交通部驻胶济铁路管理局总务处的秘书，对赵德三的艺术造诣有着发自内心的钦佩，只觉得他不同于那些天天盼着升迁的世俗官员。他对于赵德三的调离深感失落。和陈纪云有共同感受的当然还有刘仲永、赫保真、宋怡素等人，众人一呼即应，攒了个场解闷。往日也不断相聚，但这天的聚会似乎不同于往日。往日只谈艺术，不谈感情；今日只谈感情，不讲艺术。

煽情的话不知道是谁先说起来的，心有灵犀，话题一出，彼此契合，有埋怨者，有愤怒者，有不解者，有宽慰者……不管什么方式，大家宣泄出来的情绪是真诚的，惋惜不舍是相通的。有艺术情怀的人乐把断舍离当作手段和方式，他们更在乎的还是感情。说着说着，听得出来，赵德三丢了的局长的位子并非话题的重心。

这种场合很适合发牢骚。这些天，赵德三无论在任何场合下都极力保持着一种淡定，对于道别的话也是客客气气，总怕自己无法控制情绪。为了表示自己根本不以为意，他甚至还刻意主持了萨福均所提议的一次大修方案设计审定会。萨福均也是专业的"书呆子"，一般这种情况下，总是要等到新局长到任后再做的，但萨福均认为那会延误了上报交通部的日期，所以，尚未交卸职务的赵德三只得再次直面一众管理人员主持会议，这样的时刻很容易尴尬，有些话不便说，有些人不便见，大家相见总有种微妙的感觉。或许只有萨福均感受不到。赵德三心里也是又爱又恨。这就是萨福均。

所以，尽管赵德三表现得很洒脱，但只要刘垚晚来一天，他肚子里的不快就会积攒一天，而今天这样的场合让他突然间有了种不吐不快的感觉。

他借着微醺的酒意，道出了一年多来的辛苦。

"说我不务正事？各位，你们都看得见，我哪天不是忙得昏天黑地，自己的爱好都没有了。在烟潍的时候，事情那么复杂，都没有像现在这样不可开交……日本人好对付吗？我得裁撤，不裁撤说我不作为，裁撤了说我造成人才流失，那我该怎么办？动辄得咎……一张免票，不给谁开得罪谁，让我开源节流，要还赎路款，但谁替我担责？上边不理解，下边也不理解，看那些工人，也拿我当敌人看待，这日子如何是好？好……好，好在有人来替我受罪了，我也难得好好享受一番……"

大家由着赵德三说个痛快，直到他自己住口。

刘仲永也已经醉意朦胧，他爱激动，每次喝酒，总是第一个醉，今天照顾着赵德三的情绪，多有收敛。否则早就不知所以然了，此刻反倒清醒。

他举杯到赵德三面前：说"局长，我敬您一杯，你不能离开青岛，离开我们。"

赵德三听罢，说："我当然不会离开大家，青岛是我的世外桃源，其他一切都是身外之物。"

赫保真聚会时总会表现出一种少有的沉静，极少讲话，这是他的性格使然，在大家其乐融融不分彼此之际，他总会让大家感到有一个冷静的视角在观察他们。

"听说赵局长视官爵如粪土，不去交通部就职？"赫保真问。

赵德三在大家面前没有如对外人时表现得那么大气慨然，而是尽吐衷肠。"唉，大家说，我去路政司有什么意思，去了不是还得受人的气？这一年多把我一辈子该得罪的人都得罪了，上下贯通，人际关系复杂，你甚至都不知道得罪了谁，我不是自跳火海吗？"赵德三说。

陈纪云问："那局长以后什么想法？"

赵德三说："没有想法。听天由命。过几天我就去潍县，去见见我的老师。"

"你的老师？"赫保真听了有些悚然，赵德三的老师早就过世了。

赵德三说："给老师上上坟。再说，还有一件事……前些日子，有个自称师弟的人来求画，哎，那画画的……我应付啊！我得去补这个人情，重新给他画一幅……"

陈纪云恭维道："局长真乃性情中人。"或许满屋里只有陈纪云看得更透彻。他听到信息，高恩洪要来胶澳商埠总局任总办，若论两人的关系，当然不会亏待于他。所以，很难说这不是赵德三以退为进的策略。陈纪云是个聪明人，但不是俗套人，所以他即使明白，也觉得在情理之中。

每次这种形式的聚会都会给赵德三带来心灵上的平复，无论此时，还是平时遇到烦恼不顺，这样的环境所酝酿出来的情感总可以化解不快。赵德三心情好了许多，他把平时压抑着不能说的话说了，觉得一切都有些恢复如常，或者说有了一种顺其自然的轻松与快慰。

回到住所，赵德三突然想起要给吴佩孚写封信，这是在他接到吴大帅的信后便产生的念头，无论出于礼节，还是借此表达一下自己的心迹都是必要的。尽管吴大帅来信给自己带来的不是什么好消息，但来信本身寄予的关心与爱护已经足以让人感激，而借此把自己的境遇表述一番也在情理之中。之前，胸气淤积，不能疏解，让他不知信该从何处着笔；此时此刻，他觉得文思顺畅，可以把这封信写出来了。

对大帅关爱的感谢容易，但展露心迹还是需要好好拿捏一番。好在，虽然文意曲折错杂，但大意还是有了……谢大帅知遇之恩，不胜感激涕零。德三就职后千头万绪，事务繁杂，不免挂一漏万，因此物议沸腾，外人责言，但言自己终日酒食征逐，不理正事却并不敢受，因大帅信任而至此位，所以每日鸡鸣而兴，夜分始息，以此自矢，何敢倡率……无奈接收情势，自非同一般，特别是岁初云河桥难，不尤不幸。自桥难之后，德三力促督办维修事宜，现已经部审核同意，将于五年间将胶路线路桥梁大修一遍，不留后患。得大帅抬爱，却最终拂大帅美意，实乃惶恐。结草衔环，无以为报……

信到汉口，吴佩孚一眼掠过，轻轻一笑，便成一纸轻灰。自己的苦难只属于自己，永远都不属于别人。何况，这事对心有大事的吴大帅来说，何止一提，他手下砍下的头颅无数，又何止区区一个铁路局长的荣辱得失能比的。

34

十几天以后，刘垚来到了青岛，赵德三去车站接他，事先约定不事声张，所乘车辆也是最晚的一班。两人相见时，除却朱庭祺和总务处几位秘书外，没有其他人。所以，第二天当大家听说新局长到任后都感到惊讶。局长本来是姗姗来迟的，如此一来，就有人说，是不是局长大人早就到了，在微服私访。

刘垚对于突然被调到胶济铁路管理局有些意外，在此之前，高恩洪并没有给他透过任何信息。高恩洪的角色很微妙，所以行事也极为隐秘，不愿意让人抓住把柄，避免他人说干预交通部的人事任免。其实在胶济铁路管理局的人事调动中，交通部确实没有任何的主导权，不管是谁的意思，抱有何种目的，但在吴大帅的旗帜下是没有人敢说二话的。

刘垚先是到部接受任命，吴毓麟例行公事地和他做了一番交谈。刘垚已经听出了意味。刘垚的态度也很虔诚，话里话外，也让吴毓麟得以判断出事先对方并不知情，这给刘垚争取到了对方更多信任。这个时候，刘垚似乎也更多地体会到了高恩洪之所以事先不给自己透露任何信息的另外一层原因。因为有了这样一种信任，两人的话题由此得以扩展和深入，尽管彼此还是有着很多戒备，但至少没有敌意。这既为现在，也为将来到局任职后创造一个好的条件，而不像赵德三那样，基本与部里是老死不相往来。

刘垚当然要先问部里对于任职后的方略，吴毓麟说："也难为赵局长了，接收后的胶济铁路管理局确实有着很多意想不到的困难，包括与胶澳商埠总局、与山东督军府的关系，还有与日本方面的关系……啊，这些确实都不是那么好处理。"吴毓麟的弦外之音大概是这些事情，赵德三是都没有处理好的，由此，刘垚深知吴赵的关系不谐。所以，刘垚是决计不会说赵德三半个不字的。刘垚也知道，田中玉任山东督军时没少向交通部、汉口方面报告赵德三的诸多不是，况且一年来，赵德三确实有诸多不顺，特别是云河大桥事故，造成了极大的社会反响，无论是山东省、省议会，还是胶澳商埠总局这些铁路的局外人都对胶济铁路的管理能力提出质疑，这让赵德三百口莫辩。

刘垚频频点头，说："我会注意把方方面面的关系协调好的。"

"还有一事。"吴毓麟说，"就是关于胶济铁路运价的事，这事不能再拖了，到任后要抓紧把这件事情办好。胶济铁路现在在运价方面成了一个特例，和交通部的总体运价原则背道而驰，这样总不是办法，是要解决的。"

刘垚对胶济铁路的运价问题略知一二，但不深入，但也觉得日本为了攫取最大的利益，连运价的制定也死死抓在手里，实在不像话。这事赵德三确实有些拖拉，以至于部里对他颇有意见，非但是吴毓麟，就连路政司等部门都时有怨言。

"这事确实也有些历史原因，但不能前怕狼后怕虎。"吴毓麟补充道。

刘垚说："我一定会抓紧推进这事。"实际上，刘垚当时并没有意识到，他这话说早了一点。但当时他对运价的敏感性并不了解，所以才有了此番表态。也正是在不了解情况下的表态让他要为后面的决策买单。

刘垚突然想起一事，便问："听说赵局长并不想来部任职？"

吴毓麟听罢，摆摆手，做出一副无可奈何的样子说："我是虚位以待。他拒不任职，我也没有办法。"

刘垚直言不讳道："赵局长是铁路系统的老资格，这个位置也坐过，确实有些委屈。"

吴毓麟摇摇头，不置可否。他肯定不愿意把这个话题深入下去。其实，刘垚确实也是存了些想法。他已经在与赵德三的电话沟通中知道赵的想法，只是想从吴的口中探听些有无改变原有任命的蛛丝马迹。

此刻见吴毓麟不愿往下谈,当然也不便往下问了。

吴毓麟这时突然想要说些话,盯着刘垚看了半天说:"你和赵局长不是外人,他付出了很多劳累,但他的心态还是太过放松,那么复杂的圈子,心无旁骛都不一定能干好,不能有丝毫懈怠之心。"他停下口,似乎觉得有些多了,改口道,"这不,容易授人以柄。"

刘垚并非狭隘之人,他反倒觉得吴毓麟的判断对。赵德三任职后,对于接收之后的复杂局面并没有充分的认识,只是当作一般的铁路局来管理,但胶济铁路是一条极具政治敏感性的线路,一旦处置不好便与国家的内政外交相关联。赵德三的专业能力没有问题,但他处理问题的方式确实有些大而化之,一概而论。吴毓麟的表达很是贴切,他太过放松了,以至于在一系列问题发生后,都无法紧张起来。

吴毓麟站起身,这便意味着谈话结束了。吴毓麟从刘垚的神情中判断出了他的态度,对他有了更多好感,说:"部里正在研究胶济铁路大修的具体方案,财政紧张,但部里还是坚决支持用五年时间对胶济铁路进行全面彻底的大修,以改变现状。另外,部里将会逐步改变对胶济铁路机车车型的配备,尽可能调整一些自重轻的机车,美式机车确实有它的弊端……"

刘垚只是点头,没接话,这些业务方面的情况他并不了解,也是一段可有可无的结束语。两人边走边说,门口作别。

刘垚在北京处理了些私事,便前往胶济铁路报到。事先他已经与赵德三约定好了行程。

刘垚的任职仪式很简单,部里派员宣布,刘垚表态,中层各科室管理人员见面,都是必不可少的程序,实质性的工作其实将会从与赵德三的交接中真正开始。

赵德三的交接是在默契之中进行的,刘垚多年跟从赵德三,特别是在烟潍铁路的建设中,赵德三力主把专业能力强的刘垚由路政司调到身边担任总工程师,虽然最后因为各方面的原因,一条铁路竟然变成了一条公路,但通过那次的合作两人更是非常默契。如果说赵德三偏向于大而化之的话,刘垚的细致恰好是对他性格的弥补。但现在两个人不可能再在一起合作了,彼此已经成为一种替代关系。

除却常规性的工作,赵德三向刘垚交代了关于南北之争的问题,这是他认为最有必要向刘垚交代清楚的。刘垚对此也有了解，知道这事出自接收之前胶济铁路管理体制的问题，后来由于接收时间仓促，迫于无奈，成了现在的体制，山东人对此一直耿耿于怀。

赵德三说："尽管事情的来龙去脉你都清楚，但是有些具体事情要把握好，有些看似平常的事，但在这里就会因为南北问题而变得不可调解。"

刘垚下意识地说："没有这么严重吧？"

赵德三说："有些事情我为什么搁置，如果不搁置的话，带来的难题会更多，反倒不如放下看看。"

刘垚没有往深里问，但他还是想这是不是赵德三在为自己没有做的事情找借口。尽管如此，胶路接收后千头万绪，有先有后，先重后轻，也是可以理解的。

赵德三说："此事一定要把握好的。"

刘垚笑道："你能给我说说，管理局里面到底谁是南派，谁又是北派？"

赵德三说："在我看来，籍贯是有的，但南派、北派有没有呢？我觉得既有，也没有。"

"为何会如此说？"

赵德三说："你说我是北派，还是南派？"

刘垚想了半天，若有所思，然后点点头，像是明白了。

赵德三又补一句："你说萨福均是南派，还是北派？其实本无南北之分，只有别有用心之为。"

"而现实上，胶济铁路管理局确实有很多江浙人士？"刘垚说。

赵德三说："是，他们接收时，是立了大功的，有些还得过嘉奖。所以，似乎又真的有一个南派存在。"

刘垚说："那真的是说不清道不明的。"

赵德三说："还有一件事，你也知道……反正我是不知道怎么处理。葛燮生。"

刘垚不语。他对此非常了解，在报纸上看了报道，也在部里听不少人提及此事，特别是麻省理工的同学会已经多次给胶济铁路管理局和交通部提交请愿函，要求确保人质安全，还通过多种渠道向交通部施加压力。这确实是件棘手的事。

"山东督军府的态度？"刘垚问。

赵德三说:"我不说你也明白,无论是过去的督军,还是现在的督军,无不视胶路为唐僧肉。他们不会主动给胶路解忧,只会出难题。他们就是一个字,剿。如果这么简单就好办了。"

其中的玄机,刘垚是领会得到的。

"还有一件事,在我看来是最大的事,也是有可能对胶路产生最大影响的事,一定要留神!"赵德三神色肃穆道。

刘垚一时猜不出他要说什么,见他突然阴沉下脸来,便仔细去听。

"四方机厂的事。"

"你是说工人闹事?"

"对。"

"这有什么麻烦的?"

"切不可轻视此事,以我的分析判断,马上就要过年了,他们总是会在这样的时机鼓动工人闹事。他们切不可小视,里面高人,肯定是共产党,如果不能从根本上处置就非常麻烦。我把话撂这儿,别说我没有提醒你。"赵德三郑重其事地说。

刘垚连连点头,说:"孙继丁了解其中的利害吧?"

赵德三说:"他和杨毅之间本就不对付,再加上,他是所谓的北派,也就是山东派,和马廷燮关系又非同一般,总之都是一些非常微妙的关系,所以有时处理起问题来,两人并不和谐。"

刘垚说:"你不是说本无南北之别,如此说来,还是有南北之分的。"

赵德三想了想说:"有事就有南北,无事便无南北。"

刘垚说:"你这是搞的玄学。"

赵德三说:"你说对了,胶济铁路就是一门玄学。"

35

刘垚和赵德三交接完后,马上就有坏消息来了。葛燮生被撕票了。

说这是坏消息呢,还是好消息呢?当然是坏消息,但对于刘垚来说,他并没有参与此事的前期处置,完全可以推责;而已扬长而去的赵德三本身就以去职而受到了惩戒,也无法再追他的责了。反倒是两个人的空档,而让责任人都得以规避。其实,无论结果如何,最大的倒霉者当然还是赵德三,葛案终归是压垮他的最后一根稻草。

胶济铁路管理局马上就被推上了风口浪尖。

胶济铁路管理局对于葛案的态度让葛燮生的家属极为不满。他们认为，葛作为胶路的员工，无论如何胶济铁路管理局都要负责到底的。但是，胶济铁路管理局表现出了极不负责任的态度，一方面对于赎金没有丝毫提供帮助的意思，后来经过与绑匪的交涉，赎金降到了两万块，尽管如此，管理局没有给予力所能及的帮助。由于张店机务段距离管理局机关较远，更接近于济南属地，济南相关方面更有利于案件处置，所以葛的家属便通过私人关系找到了督军府，请求出面帮助解决，正所谓病急乱投医。但没想到，督军府的态度坚决，那就是出警搜索围剿。这反倒让葛的家属慌了手脚。他们永远也不会明白，其实那是督军府在与胶济铁路管理局较劲，督军府旨在以此压管理局就范，达到不可告人的目的。

如此情势下，葛的家属做出了另外一个不合时宜的举动，那就是发动葛的同学以麻省理工同学会的名义来引导舆论给督军府、胶济铁路管理局，以及交通部施压。这不但收效甚微，反倒让铁路部门产生逆反心理，非但不去积极主动地想办法帮助解决问题，而是把所有的力量都放在了危机公关上，忙于推卸自己的责任。

被迫无奈的葛家只得独自和匪徒交涉。就在前几天，葛燮生的哥哥葛哲生与匪徒约好，当晚在济南大槐树村西五里沟一手交钱一手交人。或许葛燮生命该如此。葛哲生刚刚与匪徒碰面，人质也被带到现场，没想到突然遇到半夜巡街的警察。匪徒大慌，以为是葛哲生报了警，随即便逃。本是无意相遇的警察见对方形迹可疑，便开枪射击，两名匪徒被击毙。后果可想而知。

第二天一早，就有人在现场不远的沟里发现了葛燮生的尸体。

尽管对葛燮生案已经了解，但这样的结果还是让刘垚感到不能接受。

葛的家属对胶济铁路管理局表现出了极度的愤怒，麻省理工同学会在南京的报纸上连发声明，对一个国家的铁路管理机构如此对待员工表示谴责。社会舆论更是一阵炮轰。

强势对待此事的督军府一言不发。胶济铁路管理局一言不发。交通部更是一言不发。

或许这种方式才是消弭全部影响的最佳方式。

尽管很多人都对葛燮生的无端丧命感到伤心与悲痛。但伤心、悲痛如果与利益和现实碰撞到一起，其作为一种情感的软弱性便表现出来了。

刘垚最不放心的是葛燮生生前所在张店机务段。他已经听说，在舆论的影响下，很多人对管理局表达出了不满，甚至有人公开表示要到管理局讨要说法。

孙继丁一直盯在张店机务段，做员工的安抚工作，另一个方面他也私下里观察到底是谁在其中鼓动。最后，他的目标锁定在了王复元身上。他派人打探，进一步了解情况，知道此人曾在津浦铁路大厂做小工，再往深里查，吓了一跳，此人竟然曾与王尽美有过交集。

孙继丁领教过王尽美、邓恩铭的厉害，所以对此事极为敏感。他派人在机务段查找王复元的档案资料，竟然无法找到丝毫线索。这就怪了，这个俨然以机务段员工身份上班下班做工的人竟然查无此人。葛燮生已死，此人是如何进厂已无可考究。孙继丁想直接派人把他清除出厂。主持日常事务的副段长张新瑞满心希望能有此晋升的机会，对孙继丁自然唯命是从，但听说王复元的名字时还是大为犹豫。孙继丁问起缘由，张新瑞说："别看此人年龄不大，但能说会道，神通广大，有自己的一帮小兄弟，弄不好会惹出麻烦。"

孙继丁有些怒了："你厂里还有多少这样身份不明的人，你一段之长反倒怕他们，难怪会有如此咄咄怪事。你给我说说，他是怎样神通广大了？"

张新瑞叹口气说："他不但和津浦大厂的工会有联系，和圣诞会也有来往。前些日子鼓动闹事的，其实并没有几个是本段的，都是四方机厂的，他们说是四方机厂也有了工人的工会，工会就要替员工争取权益，葛段长的死他们不能视而不见。"

孙继丁一听，觉得事情比自己想象得可能更复杂，沉吟片刻，对张新瑞说："先不要声张，待我回来后再说。"

当天，孙继丁回到管理局，对刘垚说起此事。因为有了赵德三的交代，刘垚对此极为重视，把景林、杨毅叫来，与孙继丁一起商量对策。

孙继丁说："不能手软，否则会有不测，张店距离青岛远，有些信息不畅通，如果有人在那里闹事，我们鞭长莫及。但是，一定要有所布置才行，现在不知他们私下里串通到什么程度了。"

刘垚示意杨毅表明自己的态度和意见，他也有意观察一下杨毅与孙继丁之间到底有没有纠葛。

暂时的利益已经把孙继丁与杨毅之间的嫌隙弥合得不容易看出。杨毅也同意采取强硬手段，希望警力有所支持。他说："马上就要过年了，我也非常担心工人们会借机再闹。其实，如果我们手段硬一些他们也会害怕，最近一段时间好多了，绝不能手软。"

景林一旁忙表态道："只要大家确定了主旨，警力一定没有问题的。"

孙继丁说："现在要解燃眉之急。派些警力到张店机务段，然后再下令清除那个叫王复元的人。同时，杨厂长派人去甄别一下四方厂的人是否还有在张店机务段搞串通的。"

杨毅点头。

刘垚说："我同意孙处长的意见，就这么办，抓紧，越快越好。"

第二天，胶济铁路管理局警署就在张店做了布置。王复元没待清除，听到消息就跑了，反倒是查出了两名四方机厂的人在活动。

杨毅派去的人问："你们为什么在这里，不上班？"

两人说："休班，来找朋友。"

四方机厂一查，两人果然都是圣诞会的骨干，且都是旷工三天以上来张店机务段鼓动工人闹事的，很难说不是郭恒祥派来的。

怎么办？既然立定了主旨，那就绝不姑息。按厂规，开除。

事是这么定了，但孙继丁回到管理局后，还是第一时间提醒刘垚，小心工人闹事。

刘垚说："只要我们按规定办，他们就没道理闹。"他转身对景林说，"谁闹就抓谁。"

一旁的景林说："局长放心，我已布置好了，商埠总局那边也打了招呼。"

36

由于在心里暗暗地接受了赵德三"过于放松"的教训，加之到任后便遇上葛案，刘垚再见到赵德三时，已经是十多天以后了。赵是来辞行的，并不是出远门，而是要去潍县。

刘垚有些犹豫道："你真的不去上任？"

赵德三说："过些日子再说。难得闲下来。"

刘垚说："没必要和他们赌气。"

赵德三说："说赌气吗？也不完全是……看看再说吧。"

刘垚吃不准赵德三为何会如此模棱两可。他想，在这种事情上，点到为止，没有必要太过表述自己的意见，也便作罢。

赵德三是去潍县访友的，他是当地著名画家刘炳颖的弟子，有些日子没去潍县了。年前去给师傅上坟祭拜，然后再回老家平度看看。

刘垚要送到他到车站，赵德三说："没必要兴师动众，还是我一个人走更好点。"

刘垚说："好的。"

车开了，刘垚才发现孙继丁和马廷燮都在车上。

孙继丁先过来问安，赵德三说："你去哪儿？"

孙说："去张店机务段。"

赵德三一听便默然。他知道葛案正在做善后，因为这事是自己在任上所起，所以便不再问，也算是一份隐痛。

虽然去职后见过多次面，但大都是公开场合，有些话不便说，孙继丁也很想借此机会表达一下个人的留恋，但这样的告别显然不宜把话说得太深，所以当有机会面对面的时候，才觉得很多话不能说。

孙继丁说："之前，我的工作没做好，给局长添了不少麻烦。"

赵德三浅浅一笑，说："很多事情不是我们想这样的……不说了，不说了。"

胡乱聊几句，孙继丁说："局长休息吧，有事您盼咐。"这话说的既是眼前，又是长远。

赵德三点头示谢。

孙继丁刚走，马廷燮又过来了。赵德三惊讶，你们怎么今天都上车？

马廷燮很直接，说："局长您也不打声招呼，我听说您要坐这趟车，匆匆忙忙就跟过来了。"

"你是？"

"送您去潍县。"马廷燮说。

赵德三"噢"一声，知道作为车务总段长，迎来送往是他的职责。

"您有什么需要吗？"

"没有，没有。到潍县也就是大半天时间，很快的，不需要，不需要。"赵德三说。

尽管这么说，中午时分马廷燮还是准备了很丰盛的饭菜，没在餐车吃，而是端到了包厢，两人边聊边吃。

马廷燮说："赵局长对局务殚精竭虑，特别是对车务的事极有分寸，我们下面具体工作的，都深有体会。"

赵德三不怎么接话，心里嘀咕，他讲的是自己一直在抵制运价的事吗？这事当然对他们这些亲日派是有益的。

"过去的事了，不必再提了，我已卸任，做不到的事情你们也要多担待才是。"赵德三说。其实他一直对马廷燮较为忌惮，为他的背景，为他与日本人过密的关系。但是，马廷燮好像一直对他比较友好。

马廷燮说："您是胶济铁路的有功之臣，大家心知肚明。以后，您要有机会再来青岛或者……一直待在青岛，青岛火车站的塔楼会一直给您留着，那里就是您的快活林。"

"噢！"赵德三一听，大为兴奋，说，"太好了，以后少不了要麻烦马总段长。"

……

到潍县车站了，马廷燮不知从哪里找来了一辆小汽车，要送赵德三，被赵婉拒，说，已经安排好了。一驾马车在旁等着，马廷燮并不勉强，与赵德三挥手作别。

从此，赵德三再没露面，人们知道他在潍县，在平度，或者在其他地方，但一直神龙见首不见尾……

37

胶济铁路管理局的举动激怒了郭恒祥，包括稳重的傅书堂都觉得管理局此举出乎预料。由此判断，难道管理局真的要对工人下狠手不成？

本来工人商量要在年末有所动作的，想提出关于增长工资、发双倍年度花红、增加工人日常劳动保护物品发放等，他们准备把所有的问题都考虑好后形成一个统一意见，由郭恒祥审定后向四方机厂和管理局一并提出，并且事先也放出了风，希望以此给工厂施加压力，以便提出的意见能够得到认可或者是让管理层有思想准备，无论多少也要争取些权益回来。这是从一年多的斗争中他们得出的经验，凡事伸手总会有益。

在这个节骨眼上，管理局突然做出开除工人的决定，并且杨毅没有任何含糊便执行，两名工人马上就接到了离厂通知，同时附带了警告，如果要是闹事将会得到严惩。

其中一名工人是带头抢占厂区宿舍的，这下不但要离厂，老婆孩子恐怕都会流落街头了。接到通知后他就大喊大叫，要个说法。人事部门的人早有准备，把厂规摆在他面前。此人刚要拍桌子，就有警察过来按住。

没有人做后援，他只得乖乖地走出厂，想找郭恒祥想办法，出厂门时赌气把一块牌匾踹了一脚，马上就有商埠总局的警察上来，要以破坏公共财物的名义将他带走。此人有些傻眼，他不知道今天遇到了什么阵势，好汉不吃眼前亏，告了饶才被放过。

郭恒祥也得到了消息，他本来正策划着春节前发动工人，但没想到被他封为秘书长的邓恩铭却提出了不同意见，他认为要看看形势后再定。但在郭恒祥看来，尽管管理局会同商埠警署对工人的举动实施监控，并且控制得越来越严，这也说明他们的行动引起了当局的关注，现在这么大好的势头要是让他们压制下去，那就有些失算了。这段时间以来，他一直为此窝了口气。

被开除的两名工友把胶济铁路警务处的所作所为又添油加醋地渲染了一遍，郭恒祥更是气不打一处来。两名工友到张店机务段是他派去的，他的想法是看看能不能争取与张店机务段的工人们合作，形成里应外合之势。这事也和邓恩铭进行了商量。郭恒祥觉得现在他是越来越依靠这位秘书长了，但这位秘书长在有些问题的处理上却越来越与自己有了很大差异。郭恒祥有些忍气吞声，他已经知道邓恩铭隐藏着的共产党的身份，知道他现在是共产党青岛支部的书记，圣诞会是在他的支持帮助下才发展成现在这番模样的，他当然也无法脱离邓恩铭的领导。好在派人到张店机务段这事，邓恩铭并没有反对。

但还是明显看出，自从胶济铁路换了局长之后，邓恩铭明显变得小心谨慎起来。郭恒祥觉得咽不下这口气，不能善罢甘休……

邓恩铭陷入深深的思考之中。他感到，四方机厂工人运动现在已经到了一个至关重要的时刻。前些时间的工作确实有成效，斗争的成果出乎预料。

包括共青团中央执委邓中夏都发来信函，对四方机厂的工人运动给予充分肯定，并让邓恩铭从四方机厂确定一位工人参加将在明年初在北京召开的全国铁路总工会第二次大会。王尽美在济南的时候就提过此事，邓恩铭当时的意见是让郭恒祥参加。而邓中夏重提此事，几乎就是指定郭恒祥参加。事实也是如此，没有谁能够比郭恒祥更具有代表性了。邓恩铭对此并没有不同意见，他也将此事提前透露给了郭恒祥。郭恒祥非常激动。

或许正因为这事在郭恒祥的心海里起了波澜，他变得越发激进起来，总想干出一番大动静。邓恩铭知道，他是想在参加总工会前有所表现，这无可厚非。但是，做任何事情都要从当前形势着眼，根据具体情况来确定斗争的方式，如果一味为了个人表现，很容易事与愿违，做出不合时宜的事情来。

在这一问题上，他与郭恒祥产生了矛盾甚至是冲突。

郭恒祥说："我们不能一味软弱下去，要翻翻身了，为什么前些日子，厂里怕我们，我们能争取主动，就是我们敢于斗争。现在，他们为什么打压我们，就是看我们软下来了。"

邓恩铭说："不对，工人阶级现在本身的力量就不强，一旦厂方感受到了威胁，就会联合起来对付工人。"

郭恒祥说："那我们就不去争取工人的权益了？"

邓恩铭沉默了，这也是他考虑的事情，如何把握利用好春节前工人心齐容易发动的有利时机，为工人争取更大利益，这当然是要做的。但是，从现在看，管理局、四方厂已经和商埠总局沆瀣一气，如果他们真的要出动警力镇压，工人们会吃亏的。

如果再往深里想，他之所以犹豫不决，还在于邓中夏来信中所说的那句话，四方机厂是工人斗争的精华区，一定要合理用好力量，把这块精华区的作用发挥到最大，要努力成为铁路工人运动新的策源地。这是他最根本的考虑。如果这块精华区因为斗争方式不当时机不对而受到敌对势力的破坏，辛苦打拼取得的成绩可能会前功尽弃。邓恩铭觉得无论如何也要把握好这个方向。

本来郭恒祥就已经变得非常激进，胶济铁路管理局却突然一反常态，痛下狠手，无疑为邓恩铭的工作制造了更大障碍，说服郭恒祥把握好分寸将会更难。而管理局的此举更引起了他的警惕，种种情形说明管理局对于工人的行动可能会采取强硬手段,并且已经虎视眈眈。"

邓恩铭更加小心了。他找来了傅书堂、纪子瑞等人商量意见。

傅书堂所表现的沉稳与智慧为邓恩铭所激赏,所以有些事情如果不能和郭恒祥商量通的话,他更愿意找这两位工友先形成一个统一意见,再共同去说服郭恒祥。有时也会采取些策略,会先让傅、纪二人做圣诞会副会长张吉祥,评议长郭学濂、姜成瑞的工作,从侧面形成以多对少的局面,更容易说服郭恒祥。

傅书堂不说便罢,说出来的意见总是经过深思熟虑的,此刻他说:"春节期间,工人们都会向厂里提出要求,往日也会去做,只不过是口头象征性地提提罢了,厂里开恩就得点实惠,不开口也便罢了。去年春节后,圣诞会一带头闹,厂里给了工人很大实惠,这才有了他们对圣诞会的信任和服从,如果今年我们不带头帮着工人去争取,肯定会失去工人的支持。我想,还是要向厂里争取年终的福利,另外,也要抗议对两名工人的开除,让他们复工,一旦他们采取强硬措施,我们便适可而止。"

纪子瑞也说:"今年我们行动太过,逼得他们狗急跳墙了。"

傅书堂说:"是这样。"

邓恩铭半天才说:"可是,事情一旦闹起来,工人的情绪很难控制,特别是还有两名被开除的工人。"

傅书堂说:"这确实是个问题,但我们可以先把工作做好。另外,郭会长的工作也得做……"

邓恩铭听出傅书堂的意思,郭恒祥的工作当然要由他来做了。傅书堂已经打保票做其他人的工作,以邓恩铭对傅书堂的了解,他一定会说到做到的,也便放下心来,决定一试。

其实,邓恩铭已经有了做郭恒祥工作的计划和策略,但他觉得事不到无法挽回的程度是不会那么做的,现在这种情况下,有必要让郭恒祥清醒下来,这不但对当前的斗争形势有利,对于郭恒祥将来开展工作和个人发展也有益无害。

邓恩铭决定给郭恒祥泼泼冷水。

"你同意我们的抗议活动了。"郭恒祥兴奋道,争取到邓恩铭的支持对他来说当然是最重要的。

"我看了你们提出的双倍工资、提高福利等四项要求,现在再加上恢复开除工人的岗位。但是……"邓恩铭说，"在斗争的过程中也要观察形势，不能和他们硬碰硬。"

"不能硬碰硬？不硬碰硬他们会答应我们的条件？"

"争取到最大限度，但是，如果对方一旦使用武力，甚至开始捕人，那就撤！不能做无谓的牺牲。"

郭恒祥不打算同意，但是，邓恩铭的一句话让他感受到了一种潜在压力，甚至是威胁。

邓恩铭用不容置疑的口吻说："如果场面不可收拾的话，你可能无法参加明年铁路总工会的会议了！"

郭恒祥愣了，半天没说话，他不知道邓恩铭的意思是什么，如果行动搞砸了会影响到明年的参会，还是如果不听邓的话，他将会被取消参会资格。他瞪着大眼盯着邓恩铭看了许久，想得出一个答案来，他不敢与邓恩铭搞僵。

或许两者都有，但邓恩铭并不刻意做出明确的答复。

……

果然如邓恩铭所判断。工人一聚集，大批警察便进入了四方机厂，他们根本就没有走出厂门的可能了。郭恒祥带头挥舞着拳头在喊，工人也跟着喊，但只要有人有半点过激行为，马上就有拿着警械的人上来捕捉，警察的人数之多完全超出了工人的想象，他们不知这么多警察突然之间是从哪里冒出来的，虎视眈眈地盯着工人的举动。这种架式与之前警察出面维持秩序完全不同。

很快，杨毅就出现在工人面前，他举着小喇叭向工人喊话，说，工人赶快回去，年照过，假照放，开除的工人不能复工，因为他们违反了厂规，另外工厂体恤工人辛苦，过年每人发一百斤精煤……

由于之前，傅书堂等人做了工作，工人并没有再闹下去，反倒是杨毅，看到很快就散去的工人感到有些不解，继而喜出望外。

他第一时间告诉刘垚，刘垚当然很高兴，他相信自己的强硬达到了目的，对接下来的工作更有信心了。

郭恒祥虽然也默认了邓恩铭的意见，但见到稀稀拉拉离开的工人，心里憋屈，虽然两个被开除的工人的老婆突然跪在了郭恒祥跟前撕心裂肺地哭着，但郭恒祥还是狠狠心走了，要在往时，他豁出命也要和厂里讨个说法。

成熟总是在放弃与妥协中完成的，郭恒祥的委屈催发着他的成熟与强大，也成就着他的完美与成功。当他走进全国总工会第二次代表大会的会场，并出人预料地当选为"铁总"副委员长时，他才恍然觉出邓恩铭的不凡之处。如果不能如期参加这次盛会，自己又如何承担起更加重要的工作，他看到了面前千千万万的工人大众……

风潮迭荡

第二章

1

1924年2月底,郭恒祥回到了青岛。此时,他已经不再是参会前的那个简单的圣诞会会长,除此之外,他有了一个让人惊讶的头衔,全国铁路总工会副委员长。

这样的身份变化让邓恩铭也有些意外,同时也说明,青岛的工人运动得到了充分肯定,邓恩铭既感到高兴,又隐隐有些不安,他开始担心郭恒祥会为这份盛誉所累。

他与路过青岛的王荷波作了交流,在济南时也与王尽美就此话题有过讨论,王尽美的意思是,有些担心是必要的,可以注意观察郭恒祥的表现,但下一步最重要的工作是进一步引导郭恒祥向着更加纯正的党的正确的思想进步,作为工人运动的先进分子,他应该是党的重点发展对象。

邓恩铭回到青岛,想找郭恒祥做一次深入谈话,但一直没有找到他。傅书堂告诉他,郭会长回来后就比较忙,他们也不怎么见得到他。

邓恩铭不解地问:"他在忙什么呢?"

傅书堂说:"他现在和管道局工人打成一片,说是四方厂可以和青岛的厂家联合起来搞工运,包括管道局、大康纱厂都可以,才会有声势。"

邓恩铭听罢觉得有些不对劲。傅书堂走后,他考虑半天,觉得非常有必要了解一下郭恒祥的思想变化情况,不能由着他性子来,一旦出现偏差,会给如火如荼的工人运动带来不测。从去北京开会前,邓恩铭就有所觉察,因为在有些事情上自己多次给他纠偏,导致郭恒祥对他颇有看法。同志之间,如果不能开诚布公,是容易贻误事情的。

几天后,邓恩铭终于见到郭恒祥:"在忙什么?这么久没见你。"

郭恒祥说:"这次见世面了,过去思路太窄,把目光放在四方厂,应该有更宽的视野。"但是,这个更宽的视野他并没有说出来。

邓恩铭知道有些事情他在避讳自己。

邓恩铭说:"是啊,每个人只有走出去才能开眼界,我想你一定会有很多想法的。"

郭恒祥听了，很是兴奋，说："是啊，和他们交流真的是开眼界，过去不知道的事情，现在都知道了。"

邓恩铭说："你都知道什么了，能不能给我讲一讲？"

郭恒祥听罢，沉吟半响，说："你要这么一问，还真说不全面，但我就是觉得有了很大提高。"

邓恩铭说："拣最重要的说呢？"

郭恒祥说："……嗯，工人阶级就应该团结起来，争取最大利益……过去也这么说，但总是觉得替兄弟们打抱不平就是争取工人利益，其实也不尽然，眼光要放长远，心里要想着中国的工人阶级，甚至是全世界的无产阶级，要有理想有抱负，眼前的事要做，长远的事也要想……但是朦朦胧胧，还不透彻……"

邓恩铭听罢，知道他确实通过参加这样的会议有了提高，便说："为共产主义事业而奋斗，为了全中国受压迫的工人阶级，为了全世界受压迫的工人阶级，这是我们的理想和追求。"

郭恒祥说："对，对，但是，我觉得自己现在是有劲使不出来。"

邓恩铭说："不是有劲使不出来，我们现在就是要积蓄力量，看准目标再打。"

"看准目标再打？"

"对，看准目标再打。你看……我们四方厂工人们虽然都动员起来了，但还是眼界窄，眼睛只看到自身的利益，如果让更多的工人像你这样有觉悟、有思想，让对手知道，工厂的发展是工人创造出来，工厂创造的利益是工人阶级的，那才会有更大的成果。"

郭恒祥使劲眨巴一下眼睛，似是听得懂，又似未听懂。

"打井往深里挖。"

"好像懂了。"郭恒祥嘿嘿一笑，说，"还是秘书长水平高。"

邓恩铭继续说："还有，就是斗争要讲究策略，我们不是打'一耙子'就算了，我们要长期斗争，要打持久战，所以既要最大限度地给对手以杀伤，还要最大限度地保护自己。如果一味出手，不顾及自己，先把自己伤了，如何和厂方斗争？"

郭恒祥说："这个我是懂得，但是就是……有时把握不住自己，总想干个大的。"

"积少成多，积小成大。一口吃不成大胖子。"

郭恒祥在这个问题上，总是觉得邓恩铭有些畏手畏脚，尽管他也明白其中的道理，但还是对此不以为然。

但是，他对于邓恩铭的思想水平还是佩服得五体投地，更何况他还是共产党员，这让他格外敬畏。在此之前，他曾经提出过要加入共产党，但邓恩铭并没有给予明确答复，现在他想再探问一下，而此刻他的自信心更大了。

"我能不能加入共产党？"

邓恩铭这次并没有拒绝他，而是非常直接地告诉他："我个人觉得你现在已经达到了一个共产党员的标准，我愿意做你的入党介绍人，但是这要履行一定的手续。"

郭恒祥一听，兴奋异常，一把抓住邓恩铭的手说："太好了，太好了。"

邓恩铭在济南的时候就得到王尽美的指示，郭恒祥要作为重点发展对象，条件具备就要及时将他纳入党组织中。

邓恩铭说："我有个想法，你能不能把参加全国铁路工会代表大会的一些想法给工人们讲一讲。"

"讲什么？"

"就是讲大会的精神，对工人运动有什么要求，当然有些话不能讲也不要讲，更重要的是讲一讲你参加大会的感受，让更多人分享你的体验，让更多人的觉悟提升起来。"邓恩铭说。

"对，对，会上说了，让我们回来后要讲给工人听，我这些天一忙，就忘了。"郭恒祥有些惭愧道。

邓恩铭由此觉出，郭恒祥的组织纪律性确实需要提高。他回来后，一心只想着如何把管道局的工人拉进自己的圈子以壮大声势，而没有想一想如何深入了解和掌握一下工人运动的要求，思考下一步四方机厂工人运动如何搞的问题。

"那你要好好想一想，该给工人怎么讲。"邓恩铭叮嘱道，"我们就在夜校里举办一次你的专题报告会。"

"好，好。"郭恒祥的脸涨红，觉得这确实是件有意义的事。

郭恒祥的报告会是在几天后的一个晚上进行的。郭恒祥讲得神采飞扬，工人们听得入神，当然工人更感兴趣的还是从未见过的北京的景物，经郭恒祥的口中说出来，他们是既神往又羡慕，有人说："我什么时候能去看一看。"有人就接茬说："等你当了会长就能去北京了。"

有人问邓恩铭："秘书长去过北京吗？"

有人拍这人的脑瓜子说："人家哪里没去过，上海都去过。人家是见过大世面的人，不然水平这么高，能当秘书长。"

有人问："郭会长去北京被封了官，副委员长是个什么官？副委员长大，还是秘书长大，你俩到底应该谁听谁的？"

郭恒祥一旁说："副委员长没有几个人，我……"他一扭头问邓恩铭，"咱俩谁官大？"

邓恩铭严肃道："这只是个职务而已，'官'越大越得老老实实地给工人弟兄们做事情，我们可不像那些军阀老爷，官越大越坑害工人阶级。"

工人围着一盏油灯，都"噢"一声。

外面有狗吠，工人们警觉地散了。

……

几天后，王尽美传达指示，要求尽快把郭恒祥接收到党组织中。

郭恒祥秘密入党了。

在三义小学的一个房间里，邓恩铭把党的宗旨向郭恒祥作了传达，郑重地对他说："从现在起，你就是一名中国共产党党员了。"

郭恒祥显出几分少有的沉稳与宁静，在如此重大的时刻里，他在想象自己的命运将会发生怎样的变化？在以后的斗争中他将面临怎样的改变？这些都是隐隐约约感觉到要发生的，但是他又不知道接下来将会面临什么。他早就听说过共产党。厂里人对于共产党讳莫如深，总有一种不共戴天的仇视，但对于工人们来讲，共产党就是黎明，就是希望，就是生活中的一幅美妙的画卷，就是人生的美好前景。

他尚无法从理论上把握共产党的伟大之处，但他知道有一种力量在持续不断地给自己的身体和精神注入强大的能量。过去他认为共产党都是隐藏在地下，搞些秘密活动的，是微弱的，若有若无的，但从参加铁路总工会的会议之后，他能从那些充满着艰辛与劳作所带来的苦难的脸上感受到一种属于工人阶级的深沉而质朴的勃勃生机，他能从他们坚定的话语、自信的表情中体会到一种从未有过的磅礴力量。

"我志愿加入中国共产党，为党的事业奋斗终生。愿意牺牲自己的一切。"

郭恒祥觉得这是发自肺腑的声音。

"从现在起我就成为一名共产党员了吗？"他问邓恩铭，又像是在扪心自问。

邓恩铭说："现在斗争的形势比较复杂，只要你口头把你对入党的志愿表达出来，就行了，不再以书面形式申请。加入中国共产党要写一份志愿书。"

郭恒祥说："保证书……承诺书？我来写。"

邓恩铭说："不是保证，也不是承诺。而是志愿！"

郭恒祥说："志愿？"

"对，志愿。"邓恩铭说，"志愿就是打心里想做这件事，而不仅仅是口头说说。"

郭恒祥坚定地说："我志愿加入中国共产党。"

邓恩铭深深地点点头，说："从现在起我们就是同志了。但为了安全，还不能随便暴露身份。"

郭恒祥迟疑道："……不暴露身份，谁还知道我是共产党呢？"

"党组织会知道，那里有份花名册，对每个党员都会记录在册。我会把今天你入党的事向党组织报告，从今天起你就会有这样一种身份。有需要你做的事情，组织自然会交给你做。"邓恩铭说。

郭恒祥说："我明白了。"又问："那现在我应该做什么？"

邓恩铭说："把圣诞会改造成我们党的组织，让更多的人成为党员，你要发挥好带头作用。不过，要达到这样一个目标，要付出更大的艰苦的努力，甚至还可能会有危险与牺牲。"

郭恒祥点点头，他多少明白了邓恩铭的意思。

送走郭恒祥之后，邓恩铭独自到栈桥边散步，他也在考虑下一步如何统筹谋划青岛党组织的事情。他没有对郭恒祥介入管道局工人组织的事情表明态度，他也在观察郭恒祥到底在管道局的工作有多深入，同时也提醒自己对于管道局的工作要有自己的把握，不能让郭恒祥的独自行事坏了整体盘面。

但无论如何，在他看来，郭恒祥的入党意味着他和王荷波一直以来持续对圣诞会的改造收到了决定性的效果，使这样一个传统的行会组织一步一步向着一个先进的党的组织靠拢与改变。

2

  思想可以约束行动。让人不做一件事或者做一件事并不难，但要改变思想、心性却并非一蹴而就。正如郭恒祥已为组织接纳成为一名共产党员，但他长期以来形成的思维定式以及个人的性格所表现出来的固执与倔强，并不是完全可以改变的。

  郭恒祥自参加了铁路总工会的会议后所表现出来的领导欲远远大于邓恩铭等人的预想，并且这种积极性、主动性与个人的表现欲、盲目性是交织在一起的。

  虽然邓恩铭对他作了必要的提醒，并且在他看来，与郭的入党谈话足以能够让他以更长远和稳定的状态思考和规范个人行为，但郭恒祥对管道局工人活动的介入并没停下。

  管道局源自德占时期工部局，主要任务是维护维修城市地下管网设施，人员都具备一定的专业技术能力且成分比较复杂，对于他们的改造本不在青岛党组织的工作重心之中。郭恒祥的介入最大的问题就是纠缠在了管道局内部的个人矛盾之中，他在四方机厂的时间长，对于方方面面的关系都非常熟悉，处理起来轻车熟路，并且工人对他的为人非常了解，比较信服。而在管道局就没有那么驾轻就熟了，在他看来是帮助大家解决问题，而在对方来说可能就会出现拉偏架的倾向，所以时间一长，就陷入了矛盾纠纷里面，有时会不自知地站在另一方的对立面上。每当出现这种情况，郭恒祥就会拉着四方机厂的三五好友，以武力来解决问题，如此越发激化了矛盾。这些日子来，傅书堂、丁子明、纪子瑞几个人都到邓恩铭面前讲些郭恒祥所做的不合时宜的事情，有些在邓恩铭看来确实是极不合适的，一旦处理不好会发生大问题，并且还会演化成圣诞会与管道局之间的对立。

  郭恒祥对此浑然不觉，在他看来，作为全国铁路总工会的副委员长，当然有权利帮助青岛的工人阶级解决问题，不管是管道局，还是大康纱厂，还是四方机厂……对邓恩铭的劝解他并不全听得进耳。他认为，邓恩铭的站位似乎也并不是那么高远。否则的话，他为什么不能当选为副委员长，而是自己呢？认识的局限性让他的行为一步步向着危险的境地发展。

  就在前几天，因为管道局两个亲兄弟之间的家务事，郭恒祥又惹上了麻烦。两兄弟的一位远方亲戚结婚，两人因为份子钱没有形成统一意见而红了脸，郭恒祥知道后便出面调解，并且指责拿钱多的不顾及别人的经济条件，一味显摆。结婚收礼者当然希望份子钱多了好，对郭恒祥意见颇大，且指桑骂槐说了很多不好听的话。非但如此，后来弟兄俩统一了意见，转头就说郭恒祥多管闲事。郭恒祥气急败坏，一气之下，带人大闹了人家喜宴，发生了肢体冲突，当事人报了警。

商埠总局警察署一见郭恒祥就来了兴致，他以惹是生非而为警察所熟知，早就是挂了号的人，由此得到了格外"招待"，被关进小号，一天没人过问，后来又严加盘问，定要以扰乱公共秩序罪实施拘留。如此一来，四方厂是可以依据警署的意见做出开除处分的，本来厂方对圣诞会深恶痛绝，按厂规开除郭恒祥也并非不可能。

刚好王尽美在青岛，也得知了此事，他征求邓恩铭的意见，邓恩铭无奈地说："我已经和他谈过多次，但他并不认账，总以'副委员长'的身份自居，似乎青岛的工人运动都是由他负责，他不但插手管道局的事，听说在大康纱厂也有活动。"

王尽美说："积极性要保护，但必须制止他这种盲目行为，否则闹出大事来就不好收拾了。"

邓恩铭说："圣诞会是个很好的平台，我一直怕与郭发生冲突，失去工人弟兄们的信任，所以一再迁就，现在看来，这样一味好好好、是是是也不是办法。本不想与他发生冲突，现在看需要和他计较一番了。"

王尽美说："我听大康纱厂的工人们说了，他在推广四方厂的做法，极力动员工人讨薪、改善劳动条件。我们还没有控制大康纱厂工人运动的规划和能力，况且大康纱厂与四方机厂的情况也不同，他们有着日资背景，直接受日人控制，一旦把握不好时机和规模，会惹大麻烦。"

邓恩铭说："大康纱厂的工人运动我们有专人在做，一步步做，并不能急于求成，郭恒祥如此一来会毁了整体方案。"

王尽美说："制止他……但也要讲策略，毕竟他控制着四方厂那么多人，况且他也是想极力表现一下自己，并不是和我们作对，把道理讲透了是可以改变的。"

邓恩铭说："你放心，我去做他的工作。"

邓恩铭虽然向王尽美打了保票，但回来后还是想了很多，他没有直接去找郭恒祥讲道理，在他看来，以郭恒祥的脾气，个人认准的事八头牛也拉不回来，必须让他吃点苦头才行；现在情况下，最有效的办法还是让他身边几个足够沉稳与冷静的弟兄们对他有个制约。邓恩铭已经有了准备，傅书堂、丁子明、纪子瑞都是可以以他们的实际行动来控制和影响圣诞会弟兄们的，而在他看来这几个人也已经具备了作为一名共产党员的条件，也是下一步要发展的对象。从某种程度上讲，他们的综合素质甚至远在郭恒祥之上，只不过郭的角色和位置别人尚无可替代。

他想让傅书堂等人来控制和约束郭恒祥的行为。

不问不知道，一问吓一跳。没想到，从傅书堂口中得知，郭恒祥已经与大康纱厂的工人们有过多次冲突，只不过没有管道局暴露出来得那么明显，而正是傅书堂等人的冷静处理才避免了问题的扩大化。

邓恩铭告诉傅书堂，必须制止郭恒祥做出格的事，防止贻害大局。

认识到问题的严重性，本想从侧面控制和影响郭恒祥的邓恩铭，还是决定尽快直截了当地和郭恒祥做一次谈话，只是这次谈话并不顺利，郭恒祥的想法似乎较上次所表现出来的更为偏激和固执，几乎有些桀骜不驯。

还没等邓恩铭把话往深里说，他先自有些暴怒："我能把四方厂的工人带领起来，就一定能把青岛的工人都领导起来，我是有信心的。"

邓恩铭有些发愣，郭恒祥的一句话就把他的真实想法彻底暴露了。

"我们得一步一步走，你的功劳是很大，但我们的基础还不稳固，现在最需要的是把四方厂的工作做扎实。"

"难道现在四方厂的基础还不够扎实？现在他们不敢惹我们了……如果……不是你在这里挡着，我早和他们闹起来了。"郭恒祥说。

邓恩铭哭笑不得，原来他非但不体谅自己的苦衷，反倒认为是在阻止他工作。他理顺一下情绪，说："我们的对手很强大，我们还很弱小。现在最要紧的是把自己的力量做大，还不是全面开花的时候，我们没有这种能力。"

"只要都发动起来，就没人敢欺负我们。"

邓恩铭沉沉地说："或许如此，如果我们失去了四方机厂这个平台，我们的能力就会大打折扣，我们既要和他们斗争，但我们又要利用他们的平台。这是现状。"

郭恒祥迷迷糊糊，似懂非懂，嘴里并不认账。

邓恩铭很是担心，郭会不到黄河不死心。此时此刻，他也明白对于郭恒祥的改造和对于一个行会组织的改造，还有很长的路要走。

3

高恩洪三月底走马上任，成为新任的胶澳督办。熊炳琦转任山东省省长。这番人事调动之前就有人猜测，现在终于应验。高恩洪的背景无人不知无人不晓，他与曹锟的关系弄到差点丢了性命，也与他的后台吴佩孚有着密切关系。高恩洪任交通总长时瞒着曹锟给吴佩孚筹划经费，激怒了老帅。如果不是顾及吴的面子，他会把高恩洪毙掉才解气。真的是成也后台，败也后台。尽管如此，高恩洪仕途的气数似乎并未尽绝。这当然缘于吴佩孚仍然如日中天。吴佩孚不失时机为高开脱，特别是在曹锟面前撂下一句"我信任高恩洪犹如公信任我"，让曹锟看到了其中曲折隐晦的意味，只得应了他胶澳督办的差事。在曹锟看来，胶澳督办虽是肥差，但地处一隅，与政治的关联并不密切，滞碍不大。但之于吴佩孚来说，事情却远非如此。碍于皖系势力，山东督军的位子不敢轻易去搬，但如果实现了对胶澳的控制，那么会收到以此控彼的效果，别看山东督军在，但对于山东的控制大半在于对青岛的控制，胶济铁路又是控制整个山东半岛的关键所在，胶济铁路的总部就在青岛，控制了青岛就等于控制了胶济铁路，控制了胶济铁路就等于控制了山东的三分之二，所以这也是吴着力于安插故人的原因所在。在外人看来，吴照顾乡亲、念旧情，哪怕是有任人唯亲之嫌，他也乐得这么去做，这不但可以看作是重情重义，更是为了增强对山东控制的砝码。

高恩洪知道自己得罪了曹锟，在京里肯定无所作为，与其在人屋檐下低三下四、唯唯诺诺，甚至一不留神就会有生命之忧，反倒不如出来，天高皇帝远，任着自己的性子干些事情。而青岛为吴大帅所看中，又是他的家乡，当然不失为一个好去处。所以，他对于能够上任胶澳督办心满意足，志高气傲，暗自要有所作为。

而对于另外一个人来说，心情就复杂多了，那就是山东督军郑士琦。郑士琦之前一直在山东任师长，田中玉的失位让他有机会成为督军。吴佩孚怂恿曹老帅搞什么撤销督军的倡议，督军变成督理，虽不情愿，却也是大局使然，并非针对他个人。他最关注的还是胶济铁路的事情，其中之意当然是觊觎胶济铁路的运费。军事瞬息万变，军中无储备自然不行。各省督军无不穷尽所能开源节流,而山东最大的肥肉当然是胶济铁路,但由于胶路的特殊性让他无从下口,这着实让人苦恼。田中玉在时,就曾想有所动作,但终未敢轻举妄动,而在当时,胶澳总局尚无人对胶路有绝对控制权。上任伊始,郑士琦与刘垚接触,没想到刘竟然也如前任赵德三一样,油盐不进。他知道,历任胶济铁路管理者都不敢轻易松口。胶济铁路运费主要用于赎路,一动便会涉及外交问题。尽管如此,他相信终归还是有机会的。但是,胶澳督办署人选的更迭却让他感到机会越来越小了。尽管都是直系的人,但熊炳琦是保派,倾向于曹老帅,相对温和好说话;但高恩洪却是彻头彻尾的洛派人物。表面上看,洛派似乎比保派更倾向于鲁方,但从利益上看,吴佩孚对山东的每一点都是绝对在乎的。高恩洪是吴的人,刘垚又是高极力推荐的人选,如果两人在青岛上下假手,很难说不会触及胶路的核心利益。

另外,还有一层更让郑士琦困顿不安,温树德的舰队在广东待不下去了,曹锟或者说吴佩孚已经打算将海军的力量纳入军事编制序列,海军调防青岛,成立渤海舰队,山东的半壁江山将为吴之势力所拥有,而自己的优势也只有占济南枢纽之便,其他还有什么呢?

郑士琦的担心并非没有缘由,胶澳督办虽然有其独立性,但处于山东也不能完全不听命于督军府,这个界线不好界定,其实全凭实力决定。以高恩洪的志向、人脉和实力,他又怎会听命于郑士琦。在他看来,郑无异于是扎在直系肉里的一根刺,只是现在从总体上考量有所顾忌,一旦机会合适,定会排除。所以,他根本不把督军放在眼里。

从高恩洪一上任大刀阔斧的人事变动中就能看出他的意图,熊炳琦任内的各课局头目大换血,总务课长换成郭大中,政务课长兼秘书长换成肖永熙,工程课课长换成王鸿训,港政局局长换成姚颂忱,财政局局长换成胡鸿昌,水道事务所所长换成张英圃,电话局局长换成姚显忱,卫生局局长换成张慰世,警察厅厅长换成张紫垣。

仅此一番调动,便足以让人瞠目结舌。

高恩洪也有不为人知的难处,有些事情是迫不得已。熊炳琦的治理有目共睹,他的性格脾性决定了他不能有所作为。自接收以来,熊竟一路未修,致使商埠的道路交通较之德日占时期差距很多,青岛市民颇有微词。此为小事。自打温树德的军队进驻青岛,筹饷不利一直为曹政权不满,吴佩孚更是多次指责其无能。熊炳琦如履薄冰，自知不会久任，所以早就做好了打算。曹锟之所以答应吴佩孚的请求，一方面既是卖吴一个人情，另一方面也是考虑到高恩洪到任能够解青岛一隅的筹饷之急。

温树德进驻青岛，是直系的一个布局，深刻地改变了青岛的治理格局，没有人比高恩洪更了解其中的变化。温树德的进驻，实际上形成了青岛军政共治的局面，而在之前是从未有过的，哪怕在德日期间，都不曾有过如此局面。由此带来的一定是治理方式上的诸多困难。过去青岛只有行政力量带来的治理上的压力，而现在军事的存在非但增加了管理难度，同时也在财政上带来直接压力。筹饷，这是吴佩孚调任自己至此的另外一层考量，如果不有所作为就难解熊氏留下的诟病，也无法得到吴的认可，巩固自己的执政地位。

所以，未到任前，高恩洪已经把胶澳督办的工作考虑周全了。到任后，他与温树德的见面自然是最为重要的，两人的谈话也很自然地集中到筹饷这样一个话题上来。

高恩洪不愿意把想法全都说出来，却也不失真诚地说："吴大帅对渤海舰队多有关照，多次对我讲，要解决好舰队在青岛停泊、训练费用问题，不过我刚至此，还得容些时间。"

温树德有着海军军官办事的公正简练，但也尽显风吹雨打而来的直白与粗鲁。他直言不讳道："我非常体谅督办的苦衷，但……渤海舰队无一日不需要费用支持，要想达到吴帅满意，一天也不能耽搁。不知督办有何筹款之法？"

高恩洪知道温树德在直皖奉各方之间存在着一种能够平衡微妙关系的力量，所以绝对不能得罪他。这也是对方能够把话说得如此直白的原因所在，因为温树德也深知自己在平衡关系上的砝码作用。

高恩洪沉默片刻说："实不相瞒，我已经想了几条路子，不知道是否行得通。"

温树德"噢"一声，说："愿闻其详。"

高恩洪见温树德步步紧逼，索性把能办的不能办的都讲给他听，也好让他知道自己动了脑筋。

高恩洪说："一是设立戒烟局。抽烟土税。"

温树德虽然是个粗人，但一听此言，就明白了对方的品行。因为这虽然来钱快，但最易招人骂。青岛立于滨海，多有烟土走私者，多年禁与放一直在争执较量。接收后，民众对于复开复禁、遮遮掩掩的做法极为不满，坚决要求打击走私、禁绝烟土，高恩洪此举确实有些冒天下之大不韪。温树德觉得高恩洪确实是个狠人，这种法子都敢想，却也并不反驳。

高恩洪说："当然，这会冒很大风险，但不如此不足以解决困境。"

温树德没有接话。

"还有，让在青岛的资本家出出血，集资开办我们能控制得了的商业银行，以此募集更多的资金。还有，凡在青岛的经商者都要交纳一定额度的保证金。凡此种种，我觉得都是可以行得通的路……"

高恩洪侃侃而谈，温树德耐着性子听，他心情很复杂。因为这些一揽子的规划不可谓不周全，但每项看似操作性极强的措施背后都隐含着极大的负面效应，杀伤力同样是巨大的。也就是说，这些措施能否行得通，还是个未知数。

他想提出自己的看法，最终还是没说，因为在他看来，现在还不是否定和质疑的时候，他要观察一段时间再说。高恩洪是真的想做，还是说说而已，还不得而知。另外，正是因为有了他的这一番看似不着边际的言语，也让温树德联想到对方所做出的人事调整，当然是为了下一步顺利推进自己的所思所想而提前做的铺垫和谋划。不管他采取什么方式，对于温树德来说并无任何顾虑，因为无论他做什么或者最终会是怎样的效果，对他来说都不会有任何影响和妨碍。

温树德狡猾地作了个低姿态，说："高督办有魄力，如此一来最好，既解了燃眉之急，也使胶澳商埠有了更大的发展可能。可是……现在舰队就需要一笔钱急用……"

高恩洪天马行空的念头和说辞戛然而止。说一千道一万，应急的事还得现办，这是没有回旋余地的，他也知道，温树德的舰队刚到青岛，确实急需一笔开办费用，并且为了稳住温树德，吴佩孚除却上次有所交代之外，前些天又专门发来一封密函交代此事。

这是让高恩洪最为挠头的，也是温树德最关注的，大饼都会画，现钱拿来。

高恩洪不作声了。

4

高恩洪不作声,并不代表他没有了办法。但这个办法是不能提前透露给温树德的。一旦泄漏出去,后果不堪设想。于是,就有了高恩洪接下来与刘垚的见面。

刘垚这些天一直为萨福均所纠缠,胶济铁路大修的事已经进入了具体实施阶段,但现场的一些具体问题还需要进一步明确。铁路的大修对于正常的运输必然会造成影响,这就与机务、车务之间产生了新的矛盾,必须把落实施工计划与确保正常运输秩序合理安排好,尽可能地把施工对运输的影响降低到最小。

一天的会都在对孙继丁、马廷燮与萨福均之间的争执与妥协中调停,开完会时天已经黑下来,饭后他想去海边走一走。远远的,见总务室秘书气喘吁吁地跑过来,说:"高督办来了。"

刘垚很是惊讶,高恩洪怎么会突然在这个时刻来到管理局?

他慌忙折回管理局大院,上楼去,高恩洪已经坐到了会议室。会议室里因为下午刚开过会还没有收拾,一片狼藉,但人都已离开,只有高恩洪一个人。刘垚更为诧异,他不知道为何堂堂督办竟然是一人而至,这对于爱讲排场的高恩洪来说,实在是件不正常的事,他是微服私访,还是另有他意?

刘垚忙招呼人来收拾。高恩洪坐在会议室中间位子,斜靠在椅背上,抽着烟,也不正眼看刘垚,只是摆摆手,示意他不要做任何收拾。刘垚本觉此情有异,也不敢做更多客套,在高恩洪的对面坐下来。高恩洪任交通总长的时候,两人打的交道还是比较多的,彼此也是融洽的。高恩洪喜欢居高临下的做派,无论亲疏,均以冷漠待之,让人分不清远近。刘垚知道高恩洪的性格,对他的举动并不觉得意外,但对他的突然而至还是颇费揣摩。

高恩洪没有正眼看他,自顾道:"怎么样,胶路和其他路有什么不同吗?"

刘垚略一沉吟,道:"一个路一个样子,胶路确实更不一样。"

"怎么个更不一样?"高恩洪讲话的态度盛气凌人,让人喘不过气来。

还未待刘垚答话,高恩洪自顾说:"不要说你,就连我都觉得来胶澳的压力巨大,并非想象的那样。"

刘垚听他这么说，已经感到心里热乎乎的了，因为在他看来，这几近于和他聊家常了。

高恩洪说："都说胶澳遍地黄金，没想到接收一年多，竟然破败至此。"高恩洪说着，环顾了一下凌乱不堪的会议室，另有意味。刘垚有些尴尬。

"不过，青岛的风景还是蛮好的，过几天八大关的樱花就要开了。"高恩洪说，"日本人在青岛也就做了这么一件好事，让青岛开满了樱花。"

刘垚有些摸不着头脑了。

高恩洪说："胶路的运输是否正常。"

刘垚说："正常正常。"接下来，便不知把话往哪个方向说，绞尽脑汁地想着高恩洪的真实用意。

高恩洪说："督军府对于胶路可有些什么要求？"

刘垚无奈，聊到哪里算哪里，便说："路地之间处理关系确实比较困难。"

"难在何处？"高恩洪问。

"难在……难在彼此不理解。"刘垚道，"譬如说，葛燮生的案子，本不至于此的，但……导致社会多攻讦胶路，其实胶路也是有苦难言。"

高恩洪阴险地"嘿嘿"两声，刘垚把他的这种态度视作对督军府的蔑视，而非对自己的恶意。

"胶路的收入如何？"高恩洪这么一问，突然把身子前倾。

刘垚并没有猜出他更深的用意，只是说："如果没有战事，胶路或许能够维系，至少可以把赎路款按时付出，可，现在看来，江浙之间的事情比较麻烦，如果一旦有事，影响到济南，必然会影响到胶济全路。"

高恩洪突然抬眼盯着刘垚说："有件事要办……"

刘垚马上警觉道："何事？"

高恩洪没有说，只是盯着刘垚，一直看到刘垚心底发毛，一种不祥的预感顺着他后背的一丝凉气而升。

高恩洪反倒把话题收回去，绕个圈子说："你知道吴大帅派你我来青岛是何用意吗？"

刘垚不知他的意思，也推了个"磨"，说："谢高总长抬爱，我是知道的。"

"我不是要你知我的情。"高恩洪说，"你我来到这里，是为吴大帅办事的。"

刘垚马上表现出斩钉截铁的神情说："那是当然。"

"可是……"高恩洪前倾身子，脑袋低垂，左右摇动着。

刘垚知道，那个不可预测的答案马上就要出来了。

高恩洪说："需要二十万现金给渤海舰队应急，你想办法筹集。"

刘垚愣了，他认为这是高恩洪最不可能向自己提出的要求，也是最不应该向自己提出的要求，但他实实在在地提了出来。

刘垚的脑子先是异常清醒，然后便渐渐模糊起来，紧接着整个身子开始向上飘，一直飘向云端，越飘越高，一种恐惧也越积越厚、越积越重，慑住了他的身心，让他动弹不得。

这是怎么回事？

直到被高恩洪唤醒，他才坠落下来。

这时，他明白了，高恩洪是要他挪移胶路运费，用作渤海舰队的军费之需。对于国人来讲，几乎无人不知胶路运费是用来支付赎路款项的，业内人士更是知道挪用运费的危害，何况是高恩洪这位坐过交通总长职位的人，对其可能产生的巨大危害应该是心知肚明。最觊觎胶路运费的莫过于山东督军府，尽管如此，他们也深知其中利害，从没赤裸裸地直白表达过。高恩洪是在试探自己吗？当然不是，他不会开这种玩笑。他不会不明白，胶路运费严格处于日本会计长的控制之下，并非他一局之长所能支出的。如果强行划拨，后果不堪设想。刘垚可没有这么大脑袋啊，他自叹。

高恩洪此刻已经把前倾的身子收了回来，他也洞悉刘垚的所思所想，知道必须给他充分的时间考虑此事。

但是对他的压迫还是必要的。过了半天，他说："吴帅派你我来这儿做什么？如果前怕狼后怕虎，这里坐着的肯定就不是你我了。"

"可……"

高恩洪说："这事当然要担风险，天塌下来有我顶着，你怕什么？"

"我没有这个权限。"刘垚为难道。

"谁有这个权限？谁也没有这个权限，但把钱都划给日本人合理吗？如果说有这个权限，也只有你了，只有你可以神不知鬼不觉去做……"

刘垚听他这么说，哭笑不得。

高恩洪说："实话给你说，这并不是我的意思，而是……"

刘垚情不自禁道："你说……大帅？"

高恩洪把手里的烟使劲按在烟灰缸里，说："这是你说的，不是我说的。"

高恩洪说着起身就走了出去。刘垚愣了半天才追出门口，望着陷入夜色的高恩洪一众，刘垚不寒而栗……

5

正当刘垚百般困顿焦虑无解之时，另外一件酝酿已久的事情正在交通部形成一项决议而即将被付诸实施。为了解决胶济铁路运价倒置问题，在吴毓麟的极力推动下，交通部抽调人员组成了胶济铁路运价改革调查组，将要实施对胶济铁路的实地调查，并提出具体的运价改革方案。

吴毓麟精心挑选了调查组成员，由吉会铁路督办权量任委员长，委员包括顾烈斐、孙鸿哲、钱镛、谢恩滋、李瑞怡、孙熙文和美籍顾问贝克七人。从调查组成员构成看，颇显暧昧与微妙。特别是调查组的牵头人，也就是委员长权量，毕业于东京高等商业学校，带有明显的亲日倾向。都知道吴毓麟所要解决的运价问题，恰是触动日本人的痛处，又为何会派亲日的权量前往，如果权量偏心于日方的话，会不会出现继续维持现有运价的局面？那么交通部的努力便会打了水漂。

调查组成立后，按照要求陆续来到交通部报到，直到大家坐在同一会议室里，才发现调查组人员构成的特殊和微妙。会议召开前，大家看似都默不作声，但脑子都高速运转起来，猜测着这样的一个组织架构意味着什么。

本来权量被抽调为调查组成员并提前得知自己作为委员长的身份具体负责这次调查时，还是升出几分自豪和当仁不让的。虽然胶济铁路的运价问题他早已了解，并且也知道其复杂性，但还是认为自己完全是能够有所作为的。可是，当他看明白了调查组人员构成情况后，不禁暗暗叫苦，知道自己接了一趟费力不讨好的差事。

为什么权量会有这种感觉，确实是吴毓麟下了一番苦心。

他是故意让权量这位亲日派牵头的，这样可以让胶济铁路管理层特别是大村卓一、马廷燮等人无话可说，交通部非但没有拉偏架的意思，反而把"主动权"让给了胶济铁路管理局，让胶路不至于说调查组在人员构成上不公平。正是因为如此，权量又非但不能偏袒日人，反倒更不敢有丝毫轻举妄动。如此，无异于一举两得的好路数。而在调查团中，真正有话语权并且能够无所顾忌站在公正立场上表达观点的却是一位外国人，那便是美籍顾问贝克。实际上，贝克是美国驻北洋政府交通部的坐探，立场当然倾向于英美。

调查组在此时成立，一方面是因为吴毓麟知道刘垚对胶路的事尚不能形成一个完整的概念，轻重利害没有赵德三那么有分寸，所产生的阻力也小，是解决问题的最佳时机。另一个方面，他深深地感到，由于运价不合理所带来的一系列负面影响正在显现，如不及时加以解决，或许会引起更大的连锁反应。最明显的是，货流不均衡导致货车紧张的问题之所以一直没有得到有效解决，甚至交通部的命令都得不到执行，正是因为日人所控制的运输处担心一旦运价调整，会提高外销煤的价格，所以在尽可能利用现有运价优势抢运博山一带的优质煤炭。对方也感觉到了危机，行事才会不顾一切，不惜牺牲胶路利益。吴毓麟对此极为不满，交通部大部分人也支持吴毓麟解决运价问题，这也是他的底气所在。

另外，还有一个人的因素也在影响着他想尽快解决运价问题的决心，此人便是朱庭祺。朱庭祺本以为赵德三后，局长十拿九稳会落到自己头上，没想到竟然没有任何人提议让他干局长。他先是极为不满且抱了几份情绪，但很快就看明白了，刘垚的到来是他无法抗衡的，作为江浙人，哪怕是有交通部的认可，依现在的情势看，也不会受到山东人支持。胶济铁路所有人选任命背后都隐藏着那个不可一世、飞扬跋扈的山东人的存在，而对于这样一个和总统以父子相称的山东人，如果不想飞来横祸，那就绝对不能和他们对抗。

朱庭祺知道自己的时机还没到，但这并不影响他与交通部建立良好的关系。山东派、江浙派本来就是两股势力，自己自然不会融入山东派，那和江浙派保持一致便是唯一的选择了。所以，朱庭祺一直迎合着吴毓麟的想法，何况站在正义的立场上，日人所制定与极力维持的运价体系实在有些讲不过去。

吴毓麟召集大家开会，先是把成立调查组的目的意义说了，开宗明义，先定了调子，胶济铁路的运价问题是历史遗留问题，全国上下都对此表达质疑，之所以一直存在还是胶路对此有不同看法。他说："如果不及时改变这种状况，恐无法对国人交代，也于路务大有滞碍，如果有人效仿，那会损失更大的。"

没调查先把调子定了。其他人还好，作为委员长的权量还没出发，交通部就已经给他定了方向，那么还调查什么呢？

讲了一通目的意义后，吴毓麟似乎也感觉出了这样有些过于直白，转折道："当然，这是我个人的看法，也代表了社会的普遍看法。"这个弯转得有些急，表白也仓促，有些不着边际，大家对吴毓麟的想法也不去追诘，但总是知道了部里的意思。感到难办的当然是权量了，他的额头就有些汗出来。知道此行搞不好两边都得罪，恐怕不会有更好的结果。

吴毓麟继续说："大家到胶路后一定要细细考察，问之于民众商户，最终建立起一套更为合理的运价体系，让胶路沿线的货主满足，也不至于违忤了有些人的意见。"这话就有些阴阳怪气了。

与此同时，胶济铁路管理局对此事最为敏感的两个人已经先于刘垚知道了此事，那便是运输处长大村卓一和车务总段长马廷燮。

马廷燮来到大村卓一的办公室，看脸色明白对方已经知道了一切。

马廷燮问："如何应对？"

大村卓一说："看来吴总长是一定要和胶路过不去。"

马廷燮说："该来的早晚会来，我想是躲不过的，再说既然他们已经下了那么大工夫，从全国抽调人来，也是下了大决心的，不达目的不会善罢甘休。"

大村卓一说："我想是的，马君有什么高见。"

马廷燮说："我了解到了调查组的人员构成，派权量来对我们还是有利的。"

"可……"大村卓一说，"权量人单势薄。"

马廷燮说："但他作为调查组的委员长，我想还是有一定话语权的，可以做他的工作。"

大村卓一点头，但还是有些犹豫。在他看来，如此庞大的调查组来，肯定凶多吉少，对于权量他也持怀疑态度，毕竟之前并没有感情上的沟通和利益上的往来。

马廷燮体会得到大村的担心，便说："车到山前必有路，走一步看一步吧。"

大村卓一说:"马君,你没有觉得此事还有更深一层的意思吗?"

马廷燮不解地看他。

大村卓一说:"他们不但要破坏既有的运价体系,还想瓦解山东势力的存在,以此渗透到胶济铁路。"

马廷燮也不傻,尽管毕业于日本商业学校的他对日本有一种特殊感情,作为车务总段长他也始终保持着与运输处处长在思想与行动上的高度统一,但他对大村卓一这种力图挑唆南北矛盾以利于他行事的做法还是不以为然。

马廷燮的目的在于保持住自己在胶济铁路运输系统的绝对权力,这一点他对大村卓一还是心存感激的,因为大村卓一对自己保持着绝对的信任,当然这与他的忠诚也是密不可分。在他看来,这样一条铁路,蕴含巨大的商业价值和军事战略意义,日本人非但不会轻易抛弃这条铁路,任何侵犯这条铁路的行为都是他们不能容忍的。在马廷燮看来,说不定哪天,日本人又会卷土重来。

所以,维护日本人的利益对他来说当然是最佳选择。那么,真的要好好地想一想如何应对运价调查组的到来。

6

运价调查组进驻胶济铁路管理局后,例行公事地和刘垚见了面,主要还是把调查的程序进行了通报,以求管理局的配合。调查组安排的议程中,有一个集中汇报会,然后调查组会和相关部门在运价问题上进行单独沟通,再就是要到沿线主要车站实地了解情况,主要是与商户座谈。权量明确给管理局说,调查组只负责调查,提出建议,并不做结论性的判定,意思很明白,就是不对最终的结果负责。

这本身就说明了调查的复杂性。

见面会和集中汇报会安排在同一个时间地点举行,在管理局的会议室内。权量简要把一些原则程序讲完后,刘垚按照秘书处提供的稿子照本宣科念了一遍,无非是介绍了运价形成的原因,现行实际运价情况。刘垚已经把稿子看了几篇,亲自操刀改了多处,措辞力求严谨,只说历史脉络,事情现状,不做主观分析判断。场面上的事以场面上的方式做,不能出现纰漏,不让人抓住尾巴。

例行程序完成后，刘垚就把运价调查的事全权交给朱庭祺去办。他无心于此，朱庭祺又乐得把这件事管过来。

大村卓一、马廷燮自然都参加了汇报会，也明白了整个议程，彼此都在心里思考着应对之策。之前两人已经达成默契，那就是有所分工，在两点一面上下功夫。所谓两点就是一个是权量，一个是贝克。由马廷燮来做工作。对待权量主要打感情牌；而对于贝克来说，肯定是站在交通部的角度来考虑问题，主要还是晓知利害，以硬对硬。所谓面，就是要提前做好铁路沿线车站和一些重点客户的工作，虽然让他们认定运价的合理性很难，但至少要通过他们之口让调查组明白，现行的运价体系对于整个运输不会带来伤害。这项工作有些难度，也就是说很大程度上要让客户们红口白牙，说些不真实的话，关键是这些客户大部分都是现在运价的被伤害者，让他们违心说话也难。办法不是没有，那就是许之以利，谁如果能说些有利的话，就承诺在车辆的调配和供济上提供方便，现实的利益是最有利的手段和方式。面上的事由马廷燮来安排，计核科的陈天骥、运输科办事员王正元、车务分段长陈承栻，以及高密站站长段锦成等人都是之前他由津浦路带过来的人，自然会个个出力。

这些活动当然是在公开场合之外进行的，马廷燮晚上到了权量的住处。权量在意料之中，并没有感到奇怪。

权量也不绕弯子，两人都毕业于日本商业学校，尽管没在一起共事的经历，但有着情感上的自然亲近，加之在交通系统浸润多年，彼此之间还是多有交集，非但没有陌生，反倒有一份天然的亲切。

权量说："这事是绕不过去的，迟早的事。"

马廷燮沉吟半晌，似是在做着深入考虑，其实无非是以此表示对这事的重视甚至说是忧虑。

"胶济铁路运费事宜有着历史原因，也不一定着急解决，有些事情还没有稳定下来，轻易更动或许会引发其他的麻烦。"马廷燮说。

权量说："难说何时是最佳时机，部里主旨要解决，我想也不容易更改。"

"可以推迟？"马廷燮说。

权量说："从赵德三在时就有解决的想法，只是部里看他焦头烂额，也便罢了。换了新局长，我想他应该不会对部里的决议有所抵制。"

马廷燮不语，半天才说："权局长如何判断处理此时的时机。"

权量听明白了他这是在探听自己的底细，知道既不能露了真实想法，也不能搪塞，否则会显得不真诚，说："我想调查组的意见也不会是绝对的，我想帮老兄，但……"他迟疑半天才说，"这话不知当说不当说，你看一看调查组的构成，除了部里的人，就是从京奉抽调的，还有一个外国佬，这不是明摆着的事。倒是我一个人与胶路相熟，与马总段长相熟，怎么处理这事？众目睽睽，哪怕是提出自己的想法，也不一定形成统一意见。"

马廷燮不语。他判断，权量的话实事求是。

权量说："我觉得这事倒不如顺其自然。"

权量回去后与大村卓一做了沟通，大村脸色阴沉，知道想要挽回局面并不乐观，但对于他来说，如果运价得以调整，外销本国的煤炭价格提升，那在他履职的经历中是很不光彩的一笔。如果正常途径的努力不能达到意愿的话，也要挑起些事端出来，以求乱中取胜。

对于胶路来说，最为敏感的问题当然是南北之争，所以，他想完全可以授意马廷燮利用手下的人向铁路沿线的山东人传递这样一个信息，交通部从表面上看是在解决运价不合理的问题，其实背后是要和山东人争夺权利。

他认为必须尽快做，要造声势。

他对马廷燮说："你不认为，交通部这次的调查组有些小题大做吗？"

马廷燮不知他的意思是什么。

大村卓一说："你看这个调查组的人员构成，都是有着英美背景的，部里的，京奉的，更有那个所谓的顾问贝克。"

马廷燮点头，说："这次的针对性很明确，就是运价问题，也不好联系南北两派的事。"马廷燮明白了大村卓一的想法。

大村卓一说："拿此说事而已，他们无非是想通过运价的方式提升英美企业进入胶济铁路沿线市场的可能，这一点毋庸置疑。"

尽管大村如此说，但马廷燮看不出其中的必然联系，但他还是答应大村要在此做些文章，尽可能阻止调查组。毕竟在最终的目的上他与大村卓一是一致的。

马廷燮第二天去了沿线检查工作，也是为了向他的小喽啰做一番布置。

大村卓一一方面出此不耻之招，另一方面也没有放弃面上的努力，他按原定的计划与贝克做了一次谈话，探听信息，也试图从贝克身上找到打开突破口的可能。很显然，他失望了。

贝克很有礼貌，对大村卓一的登门造访并不感到意外，反倒说："如果大村处长不找我的话，我也会找您好好聊一聊的，毕竟运价的事关系到外销日煤的问题，听一听大村的高见。"

大村说："贝克作为交通部的顾问，对于一些政策产生的原因背景想必也是了解的，运价问题是从鲁案善后谈判中延伸出来的问题，一旦有所更改，或许日本国内会对此有所反应，我也不想看到外交上出现什么麻烦。"

这话有些威胁的意味，贝克不为所动，而是轻松一笑，说："胶济铁路已经接收了，本来这事就有些不彻底，民众情绪多有不谐，我想贵国在外交上也不会不有所忌惮。"

大村脸上就有些挂不住了。

贝克说："日本在胶路的利益已经最大化了，如果这点蝇头小利都不放手的话，实在不是大国所应有的气度。"

大村不得不说些什么："我想正如贝克先生一样，我们在中国无非为了谋求利益的最大化，彼此还是要照顾到对方的关切才是。"

贝克说："那是自然，但我们还是愿意以公平的方式对待中国。再说，运价本来就是应该由交通部统一颁布，没有道理搞特殊，这种特殊既伤害了中国，也伤害了其他国家在中国的利益。"

这话已经很露骨了，或许这也正是贝克极力支持交通部实施运价改革并以顾问身份力主此事办成的原因所在。

大村当然不会善罢甘休，他又找到刘垚，直言对此事的立场。刘垚这些天有些避着大村卓一，主要原因并非运价问题，而是高恩洪所交代的那件天大的秘密。对于大村关心的问题，他好言相劝，说："我并不能左右此事，因为调查组是交通部直接派来的，并没有听取我的意见。另外，对于个人来说，我是坚持维持现状的，以待将来解决。"

刘垚此言并不真实，他也知道运价问题的不公，无论是从胶路自身的角度，还是从交通部全局的角度来看，都有尽早解决的必要性。但是，藏在他心底的那个秘密是当前他所面临的最大压力。所以，他对大村说的话也算是一种真实的想法，或许还有以此"讨好"大村卓一，为将来可能面临的不测与尴尬甚至是冲突做些情感上的铺垫的意味。

大村见刘垚如此说，也没有更多话可说。

几天后，调查组有针对性地找人谈话，顾烈斐、孙鸿哲、钱镛、谢恩滋、李瑞怡、孙熙文六位调查组成员两人一组去往高密、潍县、张店等车站做现场调查。他们本认为这事只要一与商户接触一定会了解到实情，没想到无论是沿线车站的站长，还是商户却一概对此闭口不谈，有些人的神情变得隐秘而诡异。在高密车站周边调查的李瑞怡、孙熙文找到了站长段锦成了解情况，段锦成期期艾艾说了半天，最后说道："二位大员，别怪我多说话，交通部没有必要和山东人过不去，大家相安无事不是挺好的吗？"

李瑞怡诧异道："这事和交通部与山东人有什么关系，是日本人和中国人的关系。"

段锦成说："都知道交通部和山东人过不去，其实这事也是一样。"

两天后，前往铁路沿线调查的人陆续回到青岛，相互交流，竟然是相同的情形，大家都认为胶济铁路与交通部之间有着一种天然的不理解甚至是对抗情绪，凡有事情发生都爱往江浙与山东两派争斗的路子上去想。大家叹气摇头，觉得无法理解。

7

邓恩铭被一件突如其来的事情惊呆了——四方机厂突然宣布将郭恒祥等四人开除出厂。

他第一时间找到傅书堂询问情况，才知道就在前几天，郭恒祥帮助大康纱厂工人出谋划策，并组织了一次规模不大的讨薪活动。商埠警署早就注意上了郭恒祥，也早就下决心要拿他开刀，所以，当即将郭恒祥捕获，并将讨薪工人驱散。商埠警署勒令胶济铁路管理局严肃惩处。其实，这是早就已经形成的默契，胶济铁路管理局警务处处长景林已经与商埠总局警署署长陈韬商议好，只要郭恒祥再敢闹事，抓个现行，胶济铁路管理局将会以此为借口把郭开除。郭恒祥三番五次挑动工人争权益、闹事端，已经让人忍无可忍。所以，上下假手，郭恒祥被开除了。

邓恩铭明白还是上了胶济铁路管理局的当，很显然此事是有预谋的，不然的话他们不会如此快速地做出这样一个决断。邓恩铭最担心的事情还是发生了。现在最要紧的是拿出对策。在他看来，郭恒祥绝对不会束手待毙，一定会闹事，搞不好还会闹出大的事情来。

果然，郭恒祥看到自己被开除的告示后，马上就蹦了起来，不一会儿就召集起几十人，要闯四方机厂厂部。厂部显然是有应对的，所有的办公室空无一人。而当他转头要带人前往铁路管理局时，却见景林早就布置好了警力堵在了四方机厂大门口。景林对郭恒祥喊道："郭会长，不要为难我，如果寻衅滋事，圣诞会可能会被解散，请您好自为之。"

郭恒祥怒吼道："谁有这么大胆子解散圣诞会？"

景林也不示弱，说："商埠督署已经通知我们。圣诞会是他们承认的，他们当然也可以撤销，督署如果动真格，管理局也没有办法保你。"

郭恒祥一听愣了。丁子明在一旁拉了他一下，悄悄说："邓恩铭说了，不可轻举妄动。还是商量后再定。他们这是在给我们下套，不可乱来，否则不堪收拾。"

郭恒祥犹豫了……

就在这时，傅书堂带着邓恩铭的指令急匆匆来到四方机厂。邓恩铭知道郭恒祥一定会暴怒，所以无论下一步采取什么措施，都要先稳住郭恒祥，小不忍则乱大谋。党组织正在四方机厂谋一篇大局，一招不慎，会导致满盘皆输。

郭恒祥隐隐也能感觉得出这是警署蓄谋已久的阴谋，如果被开除的话，问题就严重了，如果不是四方机厂一员了，还怎么领导手下的弟兄行动。他突然想到自己已经是一名共产党员了，一切行动听指挥，而自己确实有些鲁莽了。

他忍气吞声，让弟兄们散了。众人散去，只剩下包括他在内的四个被开除的人，而周边是一圈远远观望的人……

邓恩铭此刻已经找到了正在青岛的王尽美，把郭恒祥的事情告诉了他。

王尽美说："我们有些太过迁就他了。如此一来，工作就非常难开展了。"

邓恩铭说："失去了四方机厂这个平台，无形之中就是放弃了一块绝佳的阵地。我们还是要想办法。"

王尽美说："你有更好的办法吗？"

邓恩铭摇头。

王尽美说："那就组织一次大罢工，争取让厂方把开除工人的成命收回。"

邓恩铭有些心中没底，自顾道："可以吗？"

王尽美说："那就先把郭恒祥他们找来，商量一下。"

晚上，按照邓恩铭的通知，郭恒祥、傅书堂、丁子明、纪子瑞等人来到三义学堂开会。郭恒祥进门后没有作声，他也觉得在没有与邓恩铭沟通的情况下，就擅自到大康纱厂组织工人讨薪有些不合时宜，并且因小失大，出现这种情况。在此之前，邓恩铭已经多次交代，不要轻举妄动，现在终于尝到了苦头。

邓恩铭并没有责怪郭恒祥，一方面他知道此刻的郭恒祥一定不好受；另一方面他也暗自失望，多次劝导不听，实在是不可救药。一个人的境界和格局决定了他的命运。由此，他觉得郭恒祥不可能走太远。当然，他也觉得自己或许只是一时气急的想法。

不一会，走进一个人，竟然是王尽美。

邓恩铭说："事情发展到现在这一步，大家看怎么办？"

半天没人说话，不知为什么大家都觉得特别沮丧，似乎隐隐感到了这次发生的事情的危害极大。

郭恒祥说："我觉得，还是要和他们斗。"

有人应和，但很脆弱。

邓恩铭问："傅书堂，你说一说。"

不知从哪天起，每次开会，傅书堂总会说出一些真知灼见，所以邓恩铭也养成了征求傅书堂意见的习惯。

傅书堂说："我们当然不能坐以待毙，但要和他们斗，也要好好谋划谋划。大家都能看得出来，从厂里一直到局里，都憋着劲要铲除郭会长，不能中了他们的圈套。"

丁子明说："听说这些天交通部的运价调查组正在管理局调查，可以闹一把，造造影响。"

有人说："这确实是个机会。"

郭恒祥突然信心百倍地道："就这么办，我把队伍拉起来，好好和他们干一场。"

"好，好……"周围的人都附和。

邓恩铭问："尽美同志，你看？"

王尽美说:"既然大家都想和他们干一场,也不是不可以,我们不能轻易看着他们把郭会长赶出四方厂……但这事,一定要谋划好,你们要考虑周全后再干。还有,必须要经过恩铭同志同意后再行动。"他又补充一句,"这是纪律。"

众人散了。

邓恩铭陪王尽美一起往住处走。

王尽美突然问:"恩铭,你觉得这事可行吗?"

邓恩铭说:"我觉得不可行。"

王尽美停下来,他没有想到邓恩铭这么坚决。

邓恩铭说:"刚才我就在犹豫,但是,如果不闹的话,郭恒祥就会被开除,如果闹……这事风险太大。他们是有备而来。如果真的如他们所说,把圣诞会解散了,那好不容易聚起来的队伍就散了。"

王尽美说:"是啊,四方机厂太重要了,上级也对我们说,一定要保护好四方机厂这块精华区,没想到郭恒祥刚回来几天,就搞得不可收拾。我们能放弃吗?"

"不能。"邓恩铭说,但他怕王尽美误解,便说,"我们不能放弃四方厂。"

王尽美说:"那么就要放弃郭恒祥?"

邓恩铭不作声了。半晌,他才说:"我们也不能放弃郭恒祥,只是……他的作用可能会大打折扣。"

两人默不作声地走在夜里,远处的浪声传来,似是他们心里的追问,该如何抉择……

最终,两人的思路统一了,在敌强我弱的情况下,必须保住四方厂这块阵地,以待来日。

郭恒祥何去何从,可以再行商议。现在,举行大规模工人运动的计划必须取消,保全力量才是上策。

分手时,王尽美问:"将来怎么办?"

邓恩铭说:"我们不能把宝押在郭恒祥一人身上,他有他的优势,也有他的劣势,我倒觉得傅书堂、丁子明等人已经非常成熟了,可以考虑把他们吸纳到党组织中。"

王尽美"嗯"一声,两人握手告别。

8

日籍会计总长佐伯彪惊出了一身冷汗，从窗口目送运价调查组离开胶济铁路管理局不久，他就听到了一个炸雷般的消息，较之运价问题，这个消息让他几乎感到不可思议，竟然有人会冒天下之大不韪，向运费伸出了手。这个消息是他的职责所系，也是他绝对不容许发生的。不要说事情的程度到底如何，仅仅是此消息都足以使他觉得是对他履职尽责的侮辱和威胁。

刘垚要从胶济铁路运费中给高恩洪拨付二十万元，以充作温树德渤海舰队的军费。

对佐伯彪来说，他知道有很多人虎视眈眈地盯着胶济铁路的运费，特别是山东督军更是垂涎欲滴，尽管如此，他也相信不会有人敢轻易染指，因为胶路运费是用来归还赎路款项的，这在鲁案善后中已经明确，而他作为会计总长，主要职责是监督这一约定。

有人来到佐伯彪办公室，向他求证此事。佐伯彪并不知情，愣了半天，瞬间也便意识到问题的严重性。

两人约定，先由佐伯彪来与刘垚对质，另一人去往日本驻青岛领事馆报告此事。因为果真如此的话，会涉及胶澳督办公署，没有领事馆的交涉肯定不行。

佐伯彪看到送运价组乘车回来的刘垚进了办公室，旋即跟进屋，佐伯彪的唐突与无礼让刘垚吃了一惊，但迅即紧张起来，一个问号紧跟着浮现脑海，担心的事情暴露了？

佐伯彪站在屋中央，半天没有说话。外面起了风，浪声变得激越响亮，竟像是心中起伏不定的波浪。天阴沉，没有阳光，窗外灰蒙蒙，屋里没有层次，一片混沌呆板。慢慢，浪声似是退去，屋里变得格外寂静。

佐伯彪说话了，没有了以往的高贵与优雅，嗓音沙哑干涩："请问刘局长一句话，你是不是要动运费？"

刘垚一震，尽管他已想到了此事，但还是存着一份侥幸。现在，终于知道躲不过去了，早晚要面对，回避更无可能。

"佐伯彪会计长……我……"他极力想寻找一种平和的情绪和准确的措辞回答佐伯彪的质问。"我正想和您商量，这事……"

佐伯彪见他没否认，没待他把话说完，立马就恼怒起来。

"刘局长，你知道你在做什么吗？"

佐伯彪的质问，反倒让刘垚冷静下来，他说："我正要和您商量此事。高督办刚到胶澳，有难事，需要救急。"

佐伯彪说："支付给温树德救急？那是把赎路款挪作军费。"

刘垚一听，知道他一切都明明白白，也不用绕弯，说："确实救急。一旦事情解决了就会还回来。"

别说佐伯彪知道他在骗人，便是果真如此也是不能容忍的。"一刻都不行，谁也不能动运费，再说，没有我的签字，谁要动了运费，就是破坏两国合约，就是破坏中日关系。"

刘垚说："佐伯君请不要夸大其词。"

佐伯彪说："你认为我夸大其词吗？"

刘垚没说话，他本身就心虚。

佐伯彪说："希望刘局长抓紧了结此事，做到哪个环节就在哪个环节终止，并且我可以负责任地告诉局长大人，有我在这里一天，你就不能也不会从胶路拿走一分钱。"

佐伯彪把话说完就走了出去。他去找是哪个环节出了问题，他把会计处所有人员都召集起来，果然在一位中国会计手里看到了刘垚的调拨款项的签字，他把签字抽出来，这便是罪状，然后对这位中国会计说："你可以不用上班了。我们是有制度的，会计处的职责在我，没有我的签字和审核一分钱都不能支付。"

这位会计有些委屈说："刘局长的命令，我不能不执行。再说，最终还是要您签字的，只是还没来得及。"

"制度很明确，会计总长先签字，最后才是局长，你这么颠倒，已经违反规定。"

佐伯彪拉过一把椅子坐在会计室，把自接收以来的账目全部审核一遍才走开。临走时，说："希望大家遵守规矩，否则责任自负。"话是说给会计室的另两位中国人听的。

与佐伯彪的恼怒和从专业环节防范与补救不同，大村卓一认为事情的严重程度远比想象的要大，这等于挑战日本人的底线，无视中日之间签订的协约，直接动摇日本在胶济铁路的利益基础，所以他与日本驻青岛总领事崛内的谈话更切中要害。崛内当然明白其中的利害所关。

所以,当大村卓一前脚离开总领事馆,他后脚便进了胶澳督办公署。

高恩洪和崛内刚刚在高到任的欢迎仪式上见过面,彼此之间的客气和恭维话才刚刚说了不久,而现在却变得怒目而视了。

高恩洪看到脸色不对的崛内,似乎也意识到了什么。

崛内说:"希望高督办给出解释。"

高恩洪故作不解道:"解释?解释什么?"

崛内说:"希望高督办正确对待此事,认识到这件事情的严重性,不要……不要玩火。"

高恩洪便不作声了,虽然他不承认,但如此沉默其实已经说明了一切。

崛内继续说道:"如果因此事引起外交纠纷,胶澳督办署将会承担一切责任。相信这是高督办,甚至是吴大帅都不愿看到的。"

高恩洪仍然没作声,直到崛内走出房间。崛内的影子消失在了眼前,他的怒火也一点点升了起来。他相信崛内所说的,他没有想到此事会暴露得如此之快,他本想生米做成熟饭,再想办法应对一切。现在好了,饭还没吃到口,先把事情办砸了。他对刘垚的办事能力产生了怀疑。

他没有想到的是,身在胶济铁路管理局的刘垚早已变得惶恐不安,瑟瑟发抖。他知道如果事情败露一定会被严责。自受了高恩洪的指令后,他几乎一想到此事就会恐惧不已,但是经过一段时间的思考,他也认为高恩洪自有他个人的一套办法,况且有吴佩孚背后撑腰,或许问题不会像想象的那么严重,最终他授意会计室先向胶澳督办公署支付一笔费用,观察一下日方人员的反应后再做应对。

佐伯彪和大村卓一的反应是强烈的,可以看出他们的忍无可忍。尽管刘垚不知道大村卓一与崛内谈了些什么,但他得到消息,崛内在大村卓一离开后便第一时间去了督办公署,当他从督办公署出来后与大村乘车离开青岛,去了济南,还是北京,没人知道了。在他想来,去北京的可能性大。而去北京之后,有可能去的有两个地方,一是交通部,二是日本驻北京总领事馆。无论是哪里,都会迅速形成绝对的风暴眼,都将会带来绝大威胁,他有一种山雨欲来风满楼的感觉。他觉得自己必须做好最坏的打算。

他现在最需要沟通想法,达成一致意见的便是高恩洪。但是,高恩洪的态度却让他近乎绝望,高的不满溢于言表,几乎无法容忍他把事情办到如此糟糕的地步。刘垚本以为他会给自己些安慰或者建议，因为毕竟这一切都是他授意自己做的，而现在他却完全置于自己的对立面，一连串的诘难，让他百口莫辩。刘垚深恶痛绝，他因此也知道了曹锟为何不容他，人品实在太差！

崛内与大村的北京之行，既到了交通部，也去了领事馆。

俩人先向日本驻京领事做了报告，驻京领事当然大感意外，明确表示会通过外交渠道向曹锟政府提出交涉。随之，二人在得到领事同意后，来到交通部向吴毓麟表达了抗议。吴毓麟并不知情，但当他了解情况后，心里便明白背后有吴佩孚的背景，否则高恩洪无论如何是不敢触碰这个禁区的。

但他并没有向崛内表达歉意，他坚决说自己不明就里，一定要查清楚此事再说，毕竟此非小事，如果情况属实，他会向政府报告，以求解决和处罚之道。

吴毓麟为此专门请见曹锟，毕竟此事太过出格，一旦处置不好确实会引发外交争端。如果是此后果的话，哪怕他之前并不知晓此事，作为交通总长也是不能推责的。

曹锟显然已经知晓此事，所以只说了"胡闹"两字。吴毓麟察言观色，从老帅的神情便可看出他的态度一定是低调处理的，他心中有数了，只要不追究自己的责任，他乐得躲得远远的。

谁惹的祸就让谁去收拾。

9

不几日，青岛海面上突然出现了二十余艘日舰。舆论大哗。渤海舰队刚到此驻扎，日舰鱼贯而入，不能不引起人们的猜测和遐想。难道日本政府不允许渤海舰队的存在，来此抗议？还是有其他不为人知的原因？包括有日方背景的《大青岛日报》都在探讨此事，说法前后含混，似乎又隐约指出意不在渤海舰队。后来，就有报纸发文《此事似与胶路有关？》，但后面也是划了个问号，并没有说出真实原因。

远在济南的郑士琦大为不解，毕竟青岛是山东属地，一旦有事他肯定脱不了干系，派人探询究竟，才知是高恩洪与刘垚勾结，意图把胶济铁路运费部分划拨渤海舰队使用，引得日本政府派军舰示威。

郑士琦气不打一处来，他没有想到刘垚竟敢如此胆大妄为，在此之前，他曾经就此事多次暗示刘垚，其均避而不谈，没想到他和高勾结起来做此小动作。很显然，胶济铁路管理局是不把他郑士琦放在眼里。气愤之余，郑士琦决计观察事态发展后再做打算，他很明白，既然事情败露，相信刘、高二人也不敢再轻举妄动，对他来说，有必要的话确实需要施加些手段，不能让刘垚把这么大的利益让于他人。这不是不能做的，毕竟胶济铁路的内陆出口在济南，想要做些手脚影响其运营也是很容易的事情。

高恩洪、刘垚当然是最明白日舰为何而来，他们的心情不一样，但有一点想法是共同的，那就是轻视了对挪用运费危害性的认识，胶济铁路的运费是日本人的心头肉，一点都剜不得的。同时，这件事也说明，日本人对胶济铁路的控制是铁板一块，不容置喙。只是有此想法，还没有采取实质性动作，竟然引起如此大风波，这是二人始料不及的，他们后悔动了这个念头。高恩洪到日本驻青岛领事馆，见到了崛内，表达遗憾之情。他说："我确实给刘垚说过，要他帮忙救急的，只是没想到他会动用赎路款。"一句话就把自己的责任撇清了。

崛内自然不会轻易相信，但也不能与高恩洪翻脸，知道他背后还有一个目前在中国最为强势的人物，但一定要给他些教训，让他长记性，不会再生非分之想。

崛内不急不慢地说："这么做是不可饶恕的，不知督办如何处置？"

"自然不能动赎路款的。"高恩洪说。

"那责任在谁？"崛内不依不饶。

高恩洪沉默了。他在想，看来日本人是要追究责任了。

崛内说："不追究责任者，我不好向国内交代。发生这件事情，是我的失职。"

高恩洪知道崛内得寸进尺，但想想，既然日本政府搞了这么大场面，大兵压境，当然不会善罢甘休。

他说："撤刘垚。当然要撤刘垚。"

崛内重重叹口气，似乎是在说："便宜你了"。高恩洪从这一声深叹中体会出了更多意味，感到后怕，如果日本人揪住不放，还真不好说结果如何。

其实，崛内对北洋政府的现状非常清楚，这也是他调动军舰来青岛施压却又不事声张的原因所在。身在北京的大总统曹锟并不能控制那个在洛阳的大帅,而这一切显然是大帅所为,就是给北洋政府施加再大的压力,也得需要吴佩孚松口解决问题。让真正的责任人认识到问题严重性,从而切实杜绝私念才是关键,声势再大,效果反倒不一定好。也就是说,高恩洪让步了,才意味着吴的让步,也才会真正绝了他们觊觎胶路的想法。

如果说刘垚不知挪用运费的危害性也不准确,但问题发生后,他也突然之间意识到自己确实对这一问题的危害性估计不足。尽管前些日子,他经常因此事做噩梦,心悸不安,也会不时陷入绝望情绪中,但他还是心存侥幸,认为不一定会暴露。没想到结果变得如此不可收拾。特别是当日舰出现在青岛近海后,他被一种巨大的恐惧所震慑,甚至有了听天由命的想法。

他知道高恩洪去了一趟青岛领事馆,但没有直接去询问情况,因为在他看来,高恩洪是靠不住的。但是没想到,接下来事情却突然平静下来,这有些出乎预料。他在猜测,肯定是高恩洪的斡旋起了作用,紧张的情绪才稍稍稳定下来。

这天是刘垚这些日子入睡最快的一次,但到了半夜,却突然梦到自己盖的被子着了火。这是春天,快到夏天了,他本来是没有盖被子的,那么是谁给他盖上的呢?被子成了火团,他翻滚下床,往外跑去,但被子却追着他跑。他拼命跑着,却始终摆脱不了火团的追赶。他大喊一声,突然醒来,大汗淋漓的他,被一阵急促的电话铃声惊醒。

听到电话里的消息,他产生了一种似梦非梦的错觉。他不知道刚才是在做梦,还是此刻在做梦。孙继丁在电话里告诉他,昨天晚上从济南开往青岛的T2次旅客列车行驶到辛店至金岭镇站间时,突发火情,司机竟然对着火的车厢浑然不觉,拉着一条"火龙"狂奔了十余公里才停下,由于事故发生的地点距离青岛较远,损失虽必不可免,但有无死亡不得而知。

孙继丁对刘垚说:"我现在正赶往现场,了解情况后再向您汇报。"

刘垚这才清醒过来,不知所措地在房间踱来踱去。打电话给马廷燮,没人接。匆匆来到管理局,秘书室告诉他,马总段长也已赶往现场。刘垚感到几分失落,作为局长遇此大事,不能第一时间赶往现场,本身就有失责之嫌,哪怕在现场解决不了更大问题,至少是个态度。但大家已经分头驱车前往现场,无论是人员还是车辆都不凑手,他便到调度中心,那里是运输调度的枢纽,除却现场之外,是他最应该去的地方。

在调度中心，他知道事故救援正在进行。第二天晚些时候，准确消息传来。T2次列车共烧毁了两辆三等车，五人被烧死，二人跳车跌死，重伤致死三人，重伤二十七人，轻伤九人。

关于事故原因，孙继丁在电话里告诉他："初步观察，可能是有旅客携带的油漆倒在了列车上，有乘客丢弃烟头引燃……"

也就在刚放下孙继丁电话的同时，秘书室送来了胶澳督办总署发至管理局的一份免职令。刘垚看罢，脑子先是一懵，接着就明白，该来的还是来了。任免令上写，免去刘垚局长之职，任命邵恒浚接任胶济铁路管理局局长。

刘垚捏着一纸任免令，哭笑不得。胶澳公署有何权限下达对胶济铁路管理局局长的任免，铁路系统人员的任免从来都是归属交通部。高恩洪乱施权力？

刘垚把任免令丢到一边，他知道无论高恩洪是否僭越权限，自己都将无法再在胶济铁路任职。这让他瞬间涌现出一种巨大的不安和痛楚，同时还伴随着一种巨大的虚无般的如释重负，他觉得身体、灵魂都在向着一个深不可测的黑洞坠落，坠落……恍惚一直坠落进了前几天那个被火团追着的梦境，这让他感到，或许自己来胶济铁路本身就是一个噩梦……

10

刘垚的被免波澜不惊，人们似乎都觉得在情理之中。除却偶尔的愕然，没人更多探究他离开的深层原因，人们也懒得动这份脑筋。与刘垚的被免形成反差的是，人们对新上任的局长邵恒浚却兴趣倍增，不在于他任职的出乎意料，而在于属于他的一段刚刚被人忘却的旧闻。

邵恒浚四十出头，山东文登县人，光绪十五年毕业于京师同文馆，留学俄国。回国后历任清政府总理衙门刑部候补主事、黑龙江铁路交涉总局会办兼总办，直隶知州。补授学部会计司郎中花翎四品衔，兼任京师译学馆监督。1912年任外交部参事，调充俄文专修馆馆长，兼公府外交咨议。就是这么一位从履历上就足可见其厚重持成的学者型人物，在五年前却搅进了一桩雏妓案，并与一位舰长林建章因此"大打出手"，搞得国人尽知，面子尽失，从此再也抬不起头来。

这些年，那件事情刚刚消停下来，当邵恒浚出人预料地来到胶济铁路后，人们自然还是首先想到了那件过去不久的桃色新闻。

其实那件所谓的雏妓案或多或少对邵恒浚来说是不公正的，事情并不像后来所流传的是与林建章争雏妓，而是为一雏妓闹纷争而已。

"海容号"巡洋舰是1919年4月16日驶入金角湾码头的，舰长林建章是福建人，四十出头，正是意气风发的时期，加之他与时任海军总长刘冠雄、海军总司令蓝建枢均为同籍，所以凭借依仗，行事颠顸。海参崴1860年由中俄间所签订的《中俄北京条约》分离出大清版图，作为远东地区的交通枢纽和海防要塞，也是在俄华侨聚集的重镇。据统计，此地常住人口只有10万余人，其中华侨3万余人。但由于为俄国所占，当地华侨常受歧视欺凌。北洋政府派林建章率舰来此，就是保护华侨安全的。

此地鸦片烟馆林立，妓院、赌场众多。"海容号"军舰抵达后，一时无人约束的官兵宛若进了天堂，吃喝嫖赌，无所不为。贵为一舰之长的林建章也不例外，包养妓女，寻欢作乐，不顾廉耻。"海容号"军舰上有位军医叫戴寿潘，与当地一家妓院老鸨孙氏打得火热。孙氏在此地华人区四合成院25号开了一家妓院。"海容号"军舰抵达不久，恰好孙氏妓院所养的一位名叫"翠福"的雏妓，因不堪虐待出逃。孙氏便请戴寿潘出面帮助捉拿。

翠福是山东莱州人，逃出妓院后投靠住在此地华人社区王老五院的义父邓仪顺。华人社区里还住着邓的一帮铁哥们儿刘殿开、展棉洪和张容三等人。为防不测，邓仪顺把翠福托付给刘殿开代为收留。随后，邓仪顺托人向孙氏说情。翠福曾出逃过一次，所以孙氏恼羞成怒，丝毫不给情面，誓死要夺回翠福。

当时邵恒浚便任职于此。戴寿潘自恃有林建章的关系，认为邵恒浚会出面帮忙，便出面请邵氏评判。邵恒浚竟然接受戴的请托，召集双方人证对质，地点定在领事馆，无端趟了浑水，也坐实了后来坊间传说的领事馆审雏妓的笑谈。

接受请托的邵恒浚显然低估了请托人的险恶，当他听罢双方你一言我一语的陈诉后，心里已经明镜一般。邵恒浚是位学者型外交官，有些迂腐，加之翠福是莱州人，而他本人是文登人氏，自然是老乡，便生出恻隐之心，决意主持正义，为翠福赎身。这有些出乎戴的预料，本来是应自己所请，没想到邵恒浚却为妓女争理，并且最后要为翠福赎身。戴碰了一鼻子灰，又为老鸨孙氏挖苦，有些咽不下这口气。于是便出面游说林建章，与邵恒浚再度交涉。此事闹得沸沸扬扬，俄国人还专门询问邵恒浚，邵怕辱国体，矢口否认。

　　说邵恒浚迂腐确实不为过，事情已经到了这样的地步，他为了消除与林建章的误会，竟然再次上演荒唐一幕，为证明自己的公正，邵恒浚邀请林建章等人，再次在领事馆会审妓女翠福。众人面前，翠福述说在妓院被虐的情事，声泪俱下，观者动容。林建章也由此洞悉了戴与孙氏的阴谋，一时竟也无话可说，对邵恒浚的判决不再持有异议。邵恒浚见自己的目的达到，便索性帮人帮到底，派专人将翠福送往上海，交给外交部驻沪特派交涉员妥善安置。

　　如此一番操作，便有些超出寻常，无私也有弊了。加之戴寿潘是林建章的亲信，过从甚密，不断在旁挑唆，终至林建章对邵恒浚生出不满，双方隔阂日深。

　　对于邵恒浚来说，他还是想和林建章搞好关系的。1918年端午节，为弥补罅隙，邵恒浚在领事馆设宴款待林建章。没想到，林建章非但不领情，反借酒撒泼，摔碎酒杯，掀翻酒桌，口出秽言，扬长而去。在同僚面前丢了面子的邵恒浚一气之下，竟然致电外交总长陆征祥详述此事，不但把矛盾公开化，还以辞职要挟。而外交部的态度自然不愿意在这件说不清道不明的事情上招人口实，便低调处理，没想到邵恒浚自恃有理，多次致电外交部，细述林建章及"海容号"舰官兵的种种恶行，一副不扳倒林建章誓不罢休的架势，无奈之下，外交部只得派员前去调查。

　　邵恒浚没有想到的是，所派调查之人竟然是林建章的好友傅传贤。他不知道，自知理亏的林建章怕受到惩罚，便动用海军部的关系，让所在外交部的好友前来担当此任。如此一来，调查结果可想而知。傅在报告中说："林建章到此地以来，与英美各舰异常联络，交际极忙，舰员等亦颇知自爱，安分从公，约束兵士，极有纪律，侨众非常感激，有口皆碑。"妓女翠福案是绕不过去的问题，傅传贤移花接木，说："妓女案，与林舰长无干，而领事所以误会，实因中医戴寿潘所致。查戴寿潘妄自尊大，不明事理，语多悖谬，以致军舰与领事馆生出种种误会，今虽悔过，咎无可辞。"

　　这件事就这么过去了。看似双方各打了五十大板，狗咬狗，一身毛，并无赢家。因此事的"桃花"效应，尽管当事方都刻意掩盖，但还是流传于坊间，且演化出多种版本，是非曲直，便无从判定了。但从后来的情势看，人们产生了诸多误解，因为林氏不久就被北京政府晋升为海军少将，而邵恒浚也很快被调回外交部，赋闲起来。由此看，邵恒浚显然是落了下风。

调回北京后，一眨眼已经五年。这些年，因为此事，邵恒浚一直闷闷不乐。但知道此事越描越黑，不便声张，只得忍气吞声。直到直奉战争结束，吴佩孚一战成名，邵恒浚才在某个日子里突然产生个想法，找这位重情义的老乡，回青岛谋个官职，省得在京里憋屈着过日子。

邵恒浚看中了胶济铁路管理局的位子，他认为以自己曾任黑龙江铁路交涉总办的履历，完全有资格和能力到胶路任职。他以老乡的情谊给吴佩孚写了封信，也把这层意思透给了他。没想到，很快竟收到了吴的回信。吴在信中表示会谨记老乡所托，尽力而为。有此回复足矣，邵恒浚满心欢喜地等着。果然，不久赵德三便去职，只是让他大失所望的是，刘垚去了胶路，而不是他，遂断了念头。只是没想到，很快，运行在胶济铁路的T2次列车发生火灾，刘垚被迫离职，馅饼突然砸在了自己头上……

11

邵恒浚把事情想简单了，他先是认为只是T2次火灾事故让刘垚引咎辞职，而当他稍一了解，特别是当他上任后随着对事态掌握越来越深后，才知道事情远非他想象中那么简单，胶路的水实在是太深了。

他是从报端了解到对自己的任命的，那是从胶澳督办公署发出的消息。几天之后，他才接到交通部的传召。吴毓麟宣布了对他的任命。吴毓麟的脸色不好，任命书念完后，有一搭无一搭地说了几句，阴阳怪气催他上任。他有些摸不着头脑。这一切或许只是因为他已经对交通部的事情丧失了信息，不再关注所致。只要稍加了解，他便掌握了大概情形。首先是现在的胶济铁路正在成为社会关注的焦点。一是关于运价的问题，交通部决意要解决从接收以来就存在的问题，却遭遇了管理局亲日势力的强烈反对。前些日子，部里派出了调查组，但调查的结果，并没有给出一个能够让交通部满意的结论。非但如此，调查组反倒传达了很多负面信息，提醒交通部一旦问题处理不好，或许会发生不稳定因素，提醒吴毓麟一定要慎重处理此事。第二件事情更为可怕，也由此让他明白了刘垚去职的真实原因。刘垚在高恩洪的挟持下，竟然想要挪用运费，招致日本政府派出兵舰示威，差点弄出无法收拾的外交事件。

如此情势下，他来到胶路任职实在不是个好的时机，并且随着对胶济铁路背景的了解，他隐隐感到或许自己刻意谋求的这个差事并非他想象中的养老的美差。事情的发展确实如此，一到胶济铁路任职，日系以及亲日派就给他上了一课。

佐伯彪很强势，直言不讳地表达了对赎路款的捍卫，他对邵恒浚说："我对胶济铁路运费的使用有着签字权，没有会计长签字一分钱也不能支出。"

邵恒浚没话说，只是表示一切都按章程办事。

佐伯彪说："我是日本政府在胶路的代表，我不会在管理局上发表半个字，不干涉中国局长的管理权限，但是所有运费流动，我都会全权把关。"

邵恒浚对于他的特别强调，只是点头。

佐伯彪再次向邵恒浚说明了一些独属于胶济铁路管理局的一些特殊的会计运作方式。他说："胶路的所有运费只存在一个银行，日本正金银行，这是规则……"

邵恒浚还是点头，心里想，胶路的规则实乃是日人的规则。

佐伯彪的话确实没有半点侵犯局长权限之嫌，他所表达的一切仅限于自己的管理权限，但他表达的主要目的是要给予邵恒浚尽可能多的压力，让他明白管理局局长是没有权限的动用一分一厘。尽管邵恒浚了解佐伯彪之所以有这种态度的背景，但还是因为一上任就受了日本人的气觉得窝囊。

事情并没结束，佐伯彪刚走，大村卓一就走了进来。他比佐伯彪含蓄些，但话里话外所透出来的阴险与威胁却比佐伯彪的愤怒更可怕。

他说："邵局长来此任职，众望所归。希望能够了解胶路的实际情况，把自己的事情办好。"

因为有了佐伯彪的施压，有些怨气的邵恒浚有些想反击的意思，便说："胶路有自身的规矩，我们都要遵守。"他也听到了一些大村卓一善于背后做文章的把戏，虽然不能抓其要害，但还是觉得应该敲山震虎。

邵恒浚的态度多少还是激怒了大村卓一，本来想给新来的局长提醒，现在听他不卑不亢的一句话，觉得也不能示弱，便说："规矩是早就定好了的，胶路是中国的，也是日本的，所以我们当然要共同遵守，但现在看来，确实有人在蓄意破坏规划，如果谁要再这么做，一定不会有好下场。"

邵恒浚本就迂腐，见大村卓一如此剑拔弩张，便有些说不出话来。

大村卓一说："我们要共同维护中日之间的团结、和平，不能做破坏者。"说着，他笑笑，由锋芒毕露突然变得温文尔雅，说："我相信邵局长不会像其他人那么不识时务，不会视日本政府在胶济铁路的存在于无物。我们的合作一定会很愉快的。日本政府从来不靠舰船威胁他人。舰船能来，也能走。但能走，也能来……"

邵恒浚觉得无法应付如此咄咄逼人的对手，望着告辞出门的大村卓一的背影，心情很是沮丧，他不知道今后会如何与之打交道。他不知道的是，大村卓一平时是从不轻易走进局长办公室的，今天的举动纯属给他下马威，这是他和佐伯彪商量好的。

马廷燮来了。他似乎是来为佐、大村的态度做解释的。他可能自己浑然不觉，但邵恒浚明显地嗅到了一股奴性的味道。

他说："日本人对胶路是有感情的，这份感情当然是来自利益攸关。日本人经营了胶路这么多年，他们不会轻易放弃既得利益的。"

邵恒浚"哼"一声，说："是吗？"

马廷燮把礼帽摘下来，又戴在头上，天虽然热了，但他还是很奇怪地戴着一顶礼帽。他说："局长，还是不要和他们一般见识，实话说，前些日子发生的事情，实在是不愉快，包括我在内都觉得不应该这么做。"

邵恒浚突然问："总段长掌一段运输之枢纽，实在是关键所在，那么我倒想听听哪些事情不该做。"

马廷燮听出了其中的揶揄嘲讽之意。铁路局大多是处长管理分段，一般不设此职，只是因为胶路有了日本人专属的运输处长，才有了为中国人专设的总段长。马廷燮知道邵还在为佐、大村二人的造访心怀不满，所以他的任务既是进一步为日人做说客，也要消解新任局长的火气。拍拍打打，是他与佐、大村的默契。

他转而笑笑，说："局长不必生气，佐和大村也是对之前发生的事情极为不满，您要知道，因为运价的事，因为挪移……的事，两个人承担了来自日本政府的巨大压力，他们对你说话重一些也可以理解，你应该多包容一些。"

邵恒浚嘴角掠过一丝轻蔑的笑。

马廷燮还是笑笑说："当然，这事也不能全怪刘局长，他所受的压力也确实太大了，但是，作为一路之局长，当然要坚持基本原则，否则，后果就难说了。"

邵恒浚从他看似轻描淡写的言语中听出了更为实质的内容。

马廷燮意味深长道："邵局长，我们不能激怒日本人，胶路本身的事情就很复杂，平稳有序地维持好既有的运输秩序已经很难了，日本人再从中作梗，更加麻烦，现在铁路沿线的工人不好管，有人在争权益，有人在闹工会，胶路经不起折腾。"

邵恒浚只得往好里去想，但愿马廷燮真的有维护铁路秩序的良苦用心。

听了一肚子不愿听的话，他也渐渐意识到下一步工作的艰难程度。当然也有一些正向的能量，譬如，正在全力以赴组织开展的胶济铁路全线大修，已经在萨福均的带领下开始实施，这在他看来确实是交通部为了改善胶路现状的大手笔，就此而言，如果说交通部不关心胶路，甚至有南派蓄意破坏胶路之说便是立不住脚的。

但是，他认为这些都不足以影响下一步对胶路的施政，对胶路有着决定性影响的一个人是高恩洪，他是一个既把持着胶澳权柄，又可以在交通部施加影响，更重要的是能够与吴佩孚直接对话的人。开始他也恍惚于自己的任命为何会先出自胶澳督署，后来才参透个中意味。高恩洪的态度才是自己施政胶路的基本遵循，没有他自己又怎会在胶路立得住脚。

现在的高恩洪对胶济铁路管理局是既痛恨又无奈，当然这主要还是源自刘垚的无能。刘垚是他极力推荐的，但没想到此人上来就把自己交代的事情办砸了，竟然闹成外交事件，几近无法收拾。好在，在几方力量的角逐下实现了一种平衡，让事态得以消解，否则，他这个胶澳督办的位子恐怕不保。

所以，当邵恒浚登门拜访时，他心中的怒气仍然未消，尽管邵恒浚也是他保荐的，尽管之前发生的事与邵无任何关系，但他还是想把火发在他身上。

邵恒浚看得出高恩洪不稳定的情绪，说："胶路的事实在是给督办添麻烦了。"倒好像是一切麻烦都是他惹的。如此态度也让高恩洪的情绪平复下来。

看到邵恒浚谦逊的姿态，高恩洪叹了口气，半天才说："胶路和其他铁路局不一样，我相信你是明白的。至于说下一步怎么干，我不管你们铁路上的事，但有一点，是要给你说的，胶路从来就不是胶路自己的胶路，你这个局长也不应当只是胶路的局长，还是要有大局意识。"

"那是自然。"邵恒浚道。

"现在江浙局面很严峻,大帅不想打,但有些人总是怂恿,没有办法。"高恩洪说:"一旦江浙战事起,不影响山东是不可能的,那个郑士琦首鼠两端,不可不防。如果搞大了,弄不好奉系会卷土重来。这些年,大帅和老帅之间多有不谐,变数也多。我们要多留点心思。胶济铁路横贯山东,必须要控住,不能让他们插手。"

邵恒浚听得很凝重,他的思路并没有那么开阔,对他来说,胶济铁路只是一条铁路,至于一局之长,自己的职责只是保证运输秩序即可,现在看来,并没有那么简单,服务于军事和政治的需要是高恩洪对他提出的要求,也就是他所说的"大局意识"。

邵恒浚明白,虽不能了解高恩洪的全部精髓要义,但至少说明,以后处理问题,不能就事论事,应该有更高的格局。这当然是困难的,但却是必须谨记的。

在他回胶济铁路管理局的路上,已经把所谓的精髓要义想明白了,那便是,一切以高恩洪是从,没有高恩洪就没有他现在的位子,没有高恩洪他恐怕也坐不牢现在的位子。

12

郑士琦置身山东,却并不能遥指黄海一隅,这是让他痛彻心扉之事。非但如此,他在胶东置军的意图都无法得以实现,高恩洪到任后竟然以胶东不驻军为名把他的心腹保安总司令王翰章逐回济南。

这些日子,青岛的变化眼花缭乱,让人目不暇接。郑士琦有些眩晕。先是高恩洪换了。他知道,高谋胶澳督办久矣,终于如愿,上任后自然会有大的动作,果不其然,除了逐王翰章出胶东外,先后提出开戒烟局、办银行等一系列举措。最过分的,自然是他竟然公开挪用胶济铁路的运费。对于觊觎已久的郑士琦来说,这简直就是在和他抢食,让人无法容忍。从田中玉在山东时就瞅准了胶路运费这块肥肉,但每任督军都知道其中利害,不敢轻易伸手,没承想高恩洪胆大包天,无所顾忌。郑士琦恨之入骨,也决计不会让他美梦得逞。接下来的事情,当然正如他所愿,高恩洪重重地跌了跟头,非但挪移运费的梦想没遂愿,反倒惹出一场外交风波。郑士琦认为高恩洪一定会难以收场的，但没想到，此事却被大事化小、小事化了。这让他既喜且惧。喜的是，高的阴谋破败，惧的是以后与此人在山东共事实在不是件轻松的事，必须处处小心，时时防范。

刘垚由此丢了胶济铁路管理局局长的位子，换了位"桃色"新闻主角邵恒浚。郑士琦那颗骚动的心只得平静下来，等待着新的时机，但他对胶路运费的贪念从未消泯。

如此一番博弈，郑士琦得出个新判断，那就是日本人一刻都没放松对胶路运费的监管，并且是绝不会给任何人机会的。要达到自己的目的，必须另辟蹊径。

王翰章来找郑士琦。这段日子，他一直怨气冲天。没想到高恩洪如此不顾及情面，上任就把自己赶出胶东，而他的靠山郑士琦竟然也是睁只眼闭只眼，似乎根本没把这当回事。当然，他心里明白，郑士琦有他的难处。郑士琦告诉过他："我们在夹缝里生存，高恩洪是什么人？吴佩孚的红人，曹锟都要让他三分，怎么和他对抗？只有见机行事。"

如此一来，只得忍气吞声。但王翰章看得出来，郑士琦没有一天不在盘算着巩固山东的势力，而且还打着胶济铁路的主意，所以，不需要他着急，自然会有人比他更着急，他只需要耐心等待即可。

这次，他是到督军府召开例行会议的，会后不忘单独请见郑士琦，听他是否还有会上不便说的事情交代。

郑士琦正在想邵恒浚的事，便问："你认为这个邵恒浚能控制得住局面？"

王翰章说："他当然会唯高的命令是从。"

郑士琦说："如果再出个刘垚，真是很麻烦。"

王翰章知道郑士琦在想什么，便说："刘垚的事提醒我们，不能掉以轻心，但邵的到来或许是一个新机会，乱中取胜。"

"乱中取胜？"郑士琦不解其意。

王翰章说："邵恒浚远离铁路多年，对胶路内部详情并不尽然，所以他对胶路的控制一定会弱化，这或许是个机会。"

郑士琦说："详细讲来听听。"

王翰章说："胶济铁路早有南北之争，现在因为运价的事，马廷燮串通日本人与交通部江浙派弄得僵持不下，这倒是可乘之机。"

"让他们内讧？"郑士琦说。

"不错，就是让他们内部乱起来，让日本人不满中国人，江浙人不满山东人，那就有戏了。"王翰章得意道。

郑士琦想想有道理，只要他们内部乱起来，就有机可乘。

王翰章说："前些日子，因为运价之事，日本人大村卓一挑唆马廷燮，让他的喽啰们在铁路沿线散播江浙人和山东人对抗的言论，最后交通部派来的调查组没待几天就灰溜溜回了北京。吴毓麟信誓旦旦要解决胶路铁路运价的事，最后还是不了了之。"

郑士琦若有所思地点头，王翰章的说法与他契合，以目前日人所盯之紧，只能靠乱中取胜。

"还有条路子可以搅搅这池浑水。"王翰章又说。

郑士琦没想到平时鲁莽行事的王翰章肚子里竟然还装有这么多主意。

王翰章"嘿嘿"一笑，说："现在铁路沿线工人闹得欢，既有人为了争福利、待遇，也有人为了达到不可告人的目的而挑拨是非，这些都是可以利用的。"

郑士琦听到此处，突然有些兴奋地说："这倒是有文章可做，只要他们敢为所欲为，就可以以扰乱社会秩序拿办。这个……也可以从中做些事……"

王翰章颇有几分自得道："那当然。"

郑士琦说："关于高恩洪的事，先忍一阵子，此人如此高调，将来一定会摔得很重。"

王翰章说："一切听督军安排。"

郑士琦说："现在局面混乱。卢永祥和齐燮元的这一仗看来非打不可了，关键是奉系放出风，只要江浙战事起，就会支持卢永祥，如此一来，直奉一定会再起纷争，事态就不知如何发展了。"

郑士琦说的是刚才例会上的话题，江浙间的卢永祥、齐燮元为争夺上海，正在酝酿一场恐怕是无可避免的大战。

"吴……不是一直安抚江浙吗？"王翰章问。

郑士琦说："吴看得透彻，但齐燮元为了自身利益，一个劲挑动曹老帅，听说前些日子进京和老爷子打了保票，说奉系绝不会出兵，弄得老帅有些不知所以了。"

王翰章说:"如此还真的不好说接下来会是怎么一个局面,但吴……"

郑士琦明白他的意思,说:"吴确实为人忌惮,但现在局面和两年前不一样,那时的直系上下用命,吴一柱擎天。现在,不好说了。大帅、老帅闹别扭,跳梁小丑一旁挑唆……此一时彼一时,很难说。"

王翰章点头说:"督军的意思,我们如何布置?"

郑士琦说:"山东的位置,关乎要害。奉系干涉,必定会取道山东南下。哪怕只是局部的江浙,殃及池鱼的可能也很大。"

"我们要做好准备?"王翰章说。

"对,严阵以待,不可大意。同时,胶澳也要注意,胶济铁路对我们太重要了,有它可进可退,无它就是一条死胡同。所以,还不能和胶澳搞僵关系。对邵也不能轻视。"

王翰章点头表示明白。

"大局面上,我们也是乘乱取胜,一样的道理,等机会吧!"郑士琦说。

两人说着话,有人来报:"李厂长来了。"

王翰章见状要走。郑士琦示意他留下。对他来说,两人都是自己的心腹,可以以此表达对彼此的信任。

新城兵工厂厂长李钟岳进来,见王翰章也在,打了招呼。

郑士琦不避讳,说:"请李厂长来,还是要催你加快赶工,多多生产啊!"

李钟岳是个精干的汉子,说话办事不拖泥带水,说:"自督军下了命令,工厂日夜加班加点。"

郑士琦说:"一刻不能松懈,说不定明天,这仗便会打起来。"

李钟岳有些犹豫,道:"吴大帅一直劝和,江浙不至于如此快就打起来吧!"

"劝和归劝和,就怕有人从中挑唆,那就很难说不会发生什么事情了。"郑士琦回头看一眼王翰章说,"你们都要瞪大眼睛才是。"

二人不约而同地点头。

李钟岳是郑士琦专门召来的,只是为了催促他加快生产枪炮弹药。他要传导给下属一个信息,大战一触即发,不可有丝毫懈怠。

三人正商议着,外面突然响起个炸雷。三人都愣了,外面天气正晴,阳光普照,怎会有炸雷声响。不会是炸弹声吧?

果然不是炸弹，一会天降下了瓢泼大雨。王翰章情不自禁道："天有不测风雨。"

郑士琦似乎认为天象也在预示着他的判断，自负满满道："还是早做准备。"

他突然想起什么，问李钟岳："你对胶济铁路熟悉吗？"

李钟岳说："博山工人闹事，我带兵去过。"

郑士琦"噢"一声，没作声。

雨倾盆如注，却并不长久，一会便停了。有些事正如这雨，说来就来，说走就走。

13

这年八月，几乎所有人都嗅到了战争的气息，也都在为应对战争做着各种不同的盘算和计划。邓恩铭和王尽美在青岛也对目前形势进行了分析，并且形成共识，那就是战争的到来会使山东军阀们把更多精力用在站队和自保上，从而无暇关注其他，黑暗统治会得到缓解，可以利用这样的时机，将工人运动推向一个新高潮。

自从郭恒祥被开除后，他的影响力大减。厂警对郭的控制日甚一日，几乎让他没有半点机会与工人接触，更无法开展工人运动，圣诞会的活动基本处于停滞状态。无奈之下，为稳定郭恒祥的情绪，也为了最大限度地发挥郭恒祥的作用，经上级党组织同意，郭恒祥在四方机厂不远的地方开办了个小饭馆，以此方便工人联络。尽管仍有人盯控，但总不能不让别人吃饭吧？再说，郭恒祥也很明白现在的局面，不再轻易抛头露面，不说过急的话、办过急的事，时间一长，警局也放松了警惕。

这是一招棋，主要还是以郭恒祥作为棋子麻痹跟踪者，而另外一条战线却正在工人中间秘密开辟。承担这项任务的是傅书堂、丁子明、纪子瑞等人，他们已经在邓恩铭的介绍下成为中国共产党的党员。他们的沉稳老练、不露声色，较之张扬的郭恒祥来说，更容易把工作做扎实。傅书堂是个木工，有着一手好活，工人们都愿意和他聊天，包括工头们都知道他是个热心肠的好人，殊不知正是在日常的看似手把手的业务交往中，看似不经意的一句句家长里短的问候中，傅书堂已经把党的信仰与工人运动的精神追求传达给了工人弟兄们。有何事情,他们总是出手相助,对工头也开始联络感情,有些工头甚至转向和工人站在一起,和另外一些劣迹累累的工头斗争。一次,一位罪大恶极的工头被打得住进医院,厂方非但没有怀疑工人在其中作梗,反倒认为是工头们之间彼此倾轧、相互内斗。厂长杨毅有几次似乎也觉出了苗头不对,很是怀疑其中的一些讲不清的道理,但又无法找到其他人的嫌疑。加之最近一段时间,随着胶济管理局人事的不断变动,有消息说交通部有意让杨毅担任机务处处长,这对杨毅来说,当然有着很强的吸引力,所以他认为在这样的时刻,维持好四方机厂的秩序,不要让工人轻易发生过激行为是最应当做的,所以他不愿意对一些事情做过多深究,哪怕是真的有问题也不应该在他个人所面临的现实利益面前出现。

这是表面上所呈现出来的平静与偶有小浪花的原因所在,但大海从来就不是平静的,特别是当工人了解到了外面世界的变化之后,有了更加坚定的理想信念,他们要打碎这个压迫他们的旧秩序的动力是强大的。这一切都在平静之下酝酿着。

邓恩铭对傅书堂等人的策略非常满意,所谓的斗争艺术就是要在敌强我弱的情况下不动声色地进行而非大张旗鼓地硬碰硬。在表面营造的"和谐"局面下,傅书堂等人背后的动作也有条不紊地进行着,既关注了眼前,又着眼于长远。根据工人们的现状和要求,他和丁子明等人商量了四个方面的条件,以待时机成熟后能够及时提出有效的斗争方案。这四点方案的针对性非常强,一是取消工人的房租。郭恒祥在抢占了四方机厂的库房之后,着实逍遥了一把,但杨毅也非等闲之辈,他出台了一套厂内住房要交付房租的应对之策,如果不交房租就从工资里面扣除。这一招让很多抢房人又住不起房子。工资掌握在厂方,工人没有主动权。工人们很是泄气,有些甚至又搬了出来,重新回到大沽河崖边去住。取消房租是工人最关注的头等大事。第二是缩短劳动时间。除却正常上班时间较长外,工人最气愤的是加班时间过长。胶路接收以后,由于技术工人短缺的问题一直没有得到有效解决,致使一些工人长期处于加班加点工作之中,特别是由于抢运博山煤炭,导致车辆破损较多,加班时间和频次愈发延长和增多,工人们苦不堪言。第三是提高工资。多年以来,工人的工资并没有太大增长,特别是连年来战争导致物价飞涨,工人生活水平下降。接收后,工人的期望值一直很高,但工资涨幅非但没有达到预期,反倒有所降低,工人们渴望提高工资的呼声最高。第四就是承认工人俱乐部。这就有些向着更高的追求在迈进，所谓的工人俱乐部其实就是变相的工会组织，工人以此为平台达到团结一致、共同谋求自身利益的目的。很多工人已经有了这样的觉悟，他们感受到了团结的力量，只有团结起来才能办大事，才能使厂方不敢随意欺负工人。傅书堂所设想的方案得到了邓恩铭的充分肯定。邓恩铭认为，这四个方面的要求层层递进，可以达到步步提升的斗争效果，按照这样一个步骤，能够逐步争取工人们的更多利益。

傅书堂谋划斗争策略的特点非常鲜明，而丁子明、纪子瑞等人的组织能力出色。在傅书堂调度下，丁子明根据工人所处的车间工场，将木工、铁匠等不同行业的人员组成不同单元，遵照班制开展有针对性的活动方式，组织他们利用工班时间了解党组织的意图，逐步有系统地接受组织部署的任务。

邓恩铭觉得如此一来，可以逐步提高工人们的觉悟，一旦机会成熟，便可以相机行事。而进入八月份之后，随着燥热的天气到来，来自南方的火药味也渐渐浓重起来。南北之间的对骂先是开始了一段时间，此时此刻却突然没有动静，但人们愈发感受到了一种紧张的焦灼状态，人们已经不再争辩表里，都在握紧拳头准备战斗。曹锟劝架的声音也没有了，奉系的叫嚣也停止下来，南方已经摆开架式，北方也在虎视眈眈……而最为鲜明的迹象就是胶济铁路上所运营的车辆开始过轨到津浦铁路南下，工人们知道，卢永祥和齐燮元要打仗了。

大战在即，胶济铁路表现出来了一种前所未有的软弱与空虚。日系对于运价的操控，使交通部与胶济铁路管理局的矛盾不断升级，这种升级操纵于胶济铁路中层，同样是胶济铁路高层所不愿意看到的，但刚刚上任的邵恒浚无从驾驭复杂的局面，束手无策。更有甚者，据说前些日子黄海海面出现的大批日军军舰正是源于胶济铁路管理层与胶澳督办的一桩非正常买卖，虽然大家对此讳莫如深，但可以猜想应该是涉及铁路运费的挪用问题，民间已经多有传言。而刘垚刚刚上任才四个月便离职，更可以看出并非仅仅是因为一起事故，而是有着更为深层的原因。

无论是从大的方面讲，还是从胶济铁路内部管理现状看，邓恩铭感觉到正是千载难逢的机会。这种态势下，工人运动可以尝试一次更大规模和形式的突破。他已多次找到傅书堂和丁子明商量此事，两人非常认同邓恩铭的分析，也做好了充分准备，一待时机成熟，或者找到适当的契机，马上就会发动一次大规模的工人运动。

一切都在不可预测的局势面前期待着属于自己的机会，都在等待可以爆发的可能。在平静的日子里，在习以为常的问候、招呼中，一种新的关系正在编织着，在工班的时间交错和日常的交往中，一种新的可能正在孕育……

14

邵恒浚遇到的第一个难题来了。尽管他自来到胶济铁路后就感受到了外部的巨大压力，但这种压力毕竟是有疏解空间的，但来自胶济铁路内部的具体问题却是需要马上解决的。而眼前所面对的最大问题是他根本无法预料的——胶济铁路的货车被大量抽调到了南方。开始尚未引起他的注意，哪怕是在马廷燮警告过几次后，他都没把这事放在心上，直到胶济铁路由于货车短缺近乎要中断货物运输时，他才感到马廷燮的先见之明。

但是，随后他也知道这种状况对于胶济铁路来说并非首次，每次有战事，各方都会争夺车辆以为备战所需，而一旦战事起，没有人能阻挡战争所带来的影响。任何人面对战争，都有一种无能为力的感觉。战争就是抢夺，就是流血，就是死亡，谁又有胆量敢和战争讲道理。战争的强势与无情注定将一切置于服从之中，没人敢与之辩白。所以，马廷燮之前对邵恒浚进行了反复提醒，邵恒浚的麻木让他很无奈，他甚至调动大村卓一来提醒战争即将到来以及对胶济铁路可能带来的危害，甚至未雨绸缪，提前制定出了应对预案。只是邵恒浚认识不到问题的严重性。马廷燮尽管很恼怒，但无能为力，只有干着急。大村卓一说："不能指望邵能帮我们什么，必须自己有所准备才行。"

马廷燮知道事已至此，只有尽自己的能力去阻止不该发生的事情，尽力而为保存胶济铁路的实力。马廷燮叹息，关键时刻还是要靠自己的力量。马廷燮来到胶济铁路任职后，以运输总段长的权力，把他原在津浦路的一些下属调到了胶济铁路沿线的一些重要车站，现在他只有暗自下指示，利用一切可以阻止的手段，无论是藏匿、说谎、造假、转移、掩盖等多种方式，最大可能地把胶路运营的车辆保存下来。同时，他找孙继丁，希望四方机厂能够增加在厂的检修量，已经修好的车辆尽可能不再上线，以此把机车车辆保存下来，以免被征调。孙继丁与马廷燮虽然分属两个不同的系统，两人之间也没有过多亲密的交集，但彼此之间有着一种深层的默契。这种深层的默契源于两人都是山东人，都感受到了来自交通部的一种若隐若现却又实实在在的压力，还来自两人都把胶济铁路或者把山东作为自己的立足点，他们的潜意识里都把胶路作为自己的归宿，所以两人在遇到问题时非常容易达成一致意见。

孙继丁把马廷燮的意思传达到四方机厂，杨毅对此不以为然。在他看来，四方机厂没有必要承担这种政治风险，一旦为人告发甚至工人们产生不满，无异会增加自己的负担和风险。交通部在四方机厂并非没有眼线，它们的一举一动部里清清楚楚，孙继丁的指令如果让部里洞悉，一定会惹麻烦，而作为一厂之长的他当然是"顶雷"者。所以，他对孙继丁的指令不置可否，并没有很好地贯彻落实。孙继丁问他："为何还是有检修的车辆出厂？"他说："检修线存不了那么多车。"孙继丁知道他消极对待，就把这事给马廷燮说了。马廷燮说："小心这个人，他没安好心眼。"孙继丁说："我看得清楚，他是盯着我这个机务处处长位子。"

马廷燮说："他干不了。"

孙继丁笑笑没说什么，他自信还没有人能撼动他的位子。

马廷燮说："我保住了自己认为可以保住的车辆，虽然接下来战事一起，会很麻烦，但至少胶路内部周转的车辆还是能够应付的。"

孙继丁说："我也尽可能把能留的机车留下来。"

马廷燮半开玩笑道："有再多的车辆，没有火车头也不行。弟一直仰仗兄。"

孙继丁说："我们是一条战线上的，还用说这些。"

两人都笑了。

马廷燮说："我不关心政治，但江浙战事确实无法避免，你说胜者会是谁？"

孙继丁笑道："有赢家吗？"

马廷燮也说："是的，这些年走马灯一样，但至少眼前这一仗会有赢家。或者说，你想谁赢？"

孙继丁说："怎么说呢……其实谁赢谁输，对胶路来说又何妨？"

"此话怎讲？"

"胶路一直在洛阳的控制下,此仗也似乎应该是吴赢,但吴赢又如何,你看胶路自接收以来,乌烟瘴气,两年换了三任局长,但没有一人能真正控得住局面,还不是傀儡。如此对胶路实在是有百害而无一利。"孙继丁说。

马廷燮说:"孙兄所言极是,交通部想控制胶济铁路,但派来的主政者又都如此软弱,既无个人主见,也无法行使交通部的权限,实在让人气不过,所以还是那句话,山东的胶路就应该由山东管。"

孙继丁说:"理当如此,但谁又是真正的山东呢?东边和西边,又是两重天。真的是个乱局。"

马廷燮说:"确是如此,但胶路在你我手里是不能丢的。我们应当尽最大努力不让其他势力侵害胶路。"

孙继丁说:"……是的,还有一事……杨毅现在有一件事是最烫手的,那就是圣诞会的事,据我所知,他们正在秘密串联,准备借各方局面混乱之机,要闹一场……"

马廷燮说:"我听说了,并且听说他们也在和铁路沿线的车站联系,济南机务段的工人和他们联系密切,说是要东西响应。这事,说不定会惹大麻烦。"

孙继丁说:"杨毅这些日子一直和邵恒浚沟通这事,听说可能会有些强硬措施,并且高恩洪是个强硬派,邵恒浚也是吴派之人,两人很容易联手。"

马廷燮说:"从长远看,圣诞会确实是个麻烦,赵德三心软,让他们做了注册,那就是认可了他们的合法性。倒不如尽快取缔,防止夜长梦多,翅膀硬了,就不好办了。"

孙继丁说:"危害不在工人,关键有个厂外的领头人叫邓恩铭,还有个王尽美也一直在济南、青岛活动,他们是有大想法的人,把他们的联系切断了,才可能会消停些,但现在看来是很难割断他们之间联系的。"

马廷燮说:"拭目以待吧!"

就在孙继丁、马廷燮"拭目以待"之际,江浙战争已经爆发。更为惊人的是,奉系张作霖公开表示,如果他在江浙的利益受到侵害,将会出兵关内。这蓦然让人想到了两年前的直奉战争,难道直奉还要进行第二次对决?仔细想来,一切都不是没有可能。上次的直奉战争,看似奉系大败,退出关外,但其实力并没有多大消耗,反倒是退关一年来变得愈发强壮。这也是张作霖卷土重来,再次与直系一分高下的底气。

邓恩铭已经向傅书堂、丁子明、纪子瑞等人发出动员令，做好会员联络，准备起事。郭恒祥的饭馆也变得热闹起来。他们的计划是，只要战火燃起，等到山东督军、胶澳督办公署无暇顾及眼前事务，便发动工人闹起来。

但是，一个致命的弱点和一个反动的决策正在破坏着邓恩铭看似精密的谋划。

四方机厂工人闹事的传统以及越来越强的感染力和破坏性一直是胶澳督署关注的焦点，尽管他们做了周密布置，也做得较为隐秘，但一有风吹草动自然还是容易引起胶澳督署的注意。杨毅的信息传达到邵恒浚处，然后再到高恩洪处，高对于吴大帅的忠诚和维护使他自然会以最严厉的方式来杜绝一切可能。在江浙战事爆发的同时，高恩洪下达了一道最为严厉的惩戒令：取缔圣诞会，搜捕邓恩铭、王尽美。警察进入四方机厂、大康纱厂，所有不遵守厂规者一律开除，闹事者立即逮捕。高恩洪将相关情况通报给郑士琦，郑虽与高不睦，但在维护自身统治利益上是相同的，济南机务段、津浦铁路大厂同样得到警察的严控。邓恩铭、王尽美等人精心策划的工人运动尚未进行就被扼杀。

郭恒祥问邓恩铭如何处置。邓恩铭说："计划不能实施了，必须撤退。"

傅书堂也来了。邓恩铭说："你和丁子明已经被警署盯上，但尚无过激行为，他们没有抓住把柄，还可以在厂里坚守，观察局势发展再定去留。郭恒祥必须撤出青岛。"

"那您呢？"傅书堂问。

"我也要撤。他们正在搜捕我。"邓恩铭说。

傅书堂说："恩铭同志放心，我们一定在四方厂坚守好，相信会有机会的。"

郭恒祥突然嚷道："我们可以和他们搏一搏，不拼命如何让他们知道我们的力量。"

邓恩铭说："郭恒祥同志，事到如今，说这种话是没有用的，他们已经做好了准备，我们赤手空拳，如何和他们拼。"

郭恒祥知道自己的意气用事肯定得不到回应，"唉"一声，也便不说什么。

邓恩铭说："可惜的是，他们真的把圣诞会给取缔了。以后四方厂的工会更难开展活动了。不过，留得青山在，不怕没柴烧。"

邓恩铭等人筹划已久的计划失败了，邓恩铭、王尽美以及郭恒祥等人撤出了青岛。青岛的天气因江浙战事影响变得阴雨如晦，变幻莫测……

15

江浙战争发动后，曹锟对张作霖不会干预或者不敢干预的幻想瞬间便破灭。他终于明白，张非但会干预，而且一直在等待着这样一个机会。两年前的直奉战争在张作霖没有准备好的情况下仓促应战，最终被迫退守关外，从战略上讲也是张作霖以退为进，而此次入关，张作霖显然是有备而来的。

张作霖将奉军编成了六个军，第一军正副军长分别是姜登选、韩麟春；第二军正副军长李景林、张宗昌；第三军正副军长张学良、郭松龄；第四军正副军长张作相、汲金纯；第五军军长吴俊升；第六军正副军长许兰洲、吴光新。每路军都如狼似豹，气势汹汹。

1924年9月13日，京奉铁路全线火车停驶，只为张作霖的军队调动部署所用。15日，奉军分头向榆关、朝阳两路进发，曹锟三番五次电召吴佩孚进京主持大事，但吴却迟迟未动身。并不是吴矫情，而是他忐忑。吴佩孚对于张作霖在江浙战事发动后不到10天就大军南下并不感意外，反倒是验证了他的判断，张作霖此次进军目的一定是要将直系逐出北京，否则他们不会轻易用兵。吴佩孚明白，两年前张作霖退出关外，保全了实力，两年时间更是借着白山黑水的滋润，不断壮大自己，这次大举出关，说明已具备了问鼎中原的实力，否则是不会轻举妄动的。

让吴佩孚印象最为深刻的是，上次直奉之战他一路追击北上，本以为可以赶尽杀绝，没想到却遭遇了张学良、郭松龄部的强力阻击，让奉军全身而退，也让吴佩孚对张作霖军队所表现出来的良好军事素质感到紧张。两年来，虽然吴一直被鲜花和美誉所包围，甚至一度登上了美国《时代周刊》，被誉为中国未来最有希望的政治家，但其实在他的内心深处一直被这样一种紧张感所慑服。他深知将来与张作霖还会有一战，但没想到这一战来得如此之快。正是因为这种考量，他才一直劝阻曹锟暂且不要当总统，但曹锟宁愿去听小屑之言，也不体会他的良苦用心。他对曹锟极度失望，但传统的忠君思想又使他绝对不会有二心，越是如此，吴佩孚内心越是痛苦，这一点是没人能理解的。

所以，自从曹锟当上总统后，他一直在洛阳闷头练兵，从未再到北京。而现在他不能不亲自出马了，哪怕是一度犹豫不决，但他仍然明白如此局面下，自己是老帅的唯一依靠，无法推卸，也容不得他退却。17日，吴佩孚由洛阳到达北京。曹锟拉着他的手，当众落了泪。

直系大将冯玉祥、王怀庆和全体阁员以及北京城的高级文武官员都到车站迎接，晚上在曹锟府第大摆宴席。曹锟当着文武官员的面，正式宣布："子玉摄行大元帅职权，一切便宜行事。"吴佩孚既喜且惊，担下了收拾局面的职责。

第二天晚上，吴佩孚就在曹锟的公府四照堂宣布成立讨逆军总司令部，自己担任总司令，王承斌为副总司令兼直隶后方筹备总司令，彭寿莘为第一军总司令，王怀庆为第二军总司令，冯玉祥为第三军总司令，张福来为援军总司令，杜锡珪为海军总司令，熊炳琦为山东后方筹备总司令，李济臣为河南后方筹备总司令，郑士琦为直鲁海疆防御总司令，曹锐为军需总监。

吴佩孚搭起了应对奉系进攻的班子，他在记者采访中意气风发，说："我会在两个月内平定奉天，张作霖下台后，他的儿子张学良可以出国留学……"一番话让人瞠目结舌。其实，吴佩孚的强硬与自大很大程度上源于自身的底气不足，只能算是自己给自己打气罢了。

内心的虚弱在军事上反映出来的便是事事不凑手，节节失措。

榆关之战正在激烈进行之时，吴佩孚已经感觉到了一些特别之处，特别是筹饷不力、冯玉祥的异动，但是他仍然相信自己有足够的能力控制局面，但是，很快，预料之外的事情便发生了，冯玉祥突然领兵回京，迫使内阁发布四道命令，一是停战，二是撤销讨逆军总司令名义，三是解除吴佩孚直鲁豫巡阅使及第三师师长等职，四是任命吴为青海垦务督办。而在此时，吴佩孚仍然不屑一顾，及至发现事态无法控制，后路已被堵死。

按照常理，吴佩孚应该放弃与奉军的死磕，转身打通津浦铁路向南的通道，以便撤离，求个全身而退。很多人都认为吴佩孚会有此番部署，但吴佩孚的自负断了他的后路。等到他要撤退时，突然发现处于山东的郑士琦成了关乎他身家性命的关键棋子。吴佩孚明白，郑士琦是最大的变数。想到这里，他全身冷汗，后背泛起阵阵寒气。郑士琦此刻确实在打着自己的小九九。吴佩孚兵败已成定局，他当然想要趁此机会有所作为了。

郑士琦宣传山东中立，阻止吴军假道通过山东。吴佩孚听到这个消息，惊得下巴都要掉了,他最不愿意看到的一幕出现了。正当他走投无路之时,海军部军需司司长刘永谦替他准备了一艘华甲运输舰,使他得以率领残兵败将2000余人从塘沽登舰南下。

吴佩孚由黄海南下,让青岛的天气突然变得恶劣起来。

高恩洪密切关注着战局,吴的兵败让他难以接受,他不认为吴的精锐会这么快就败给张作霖,尽管榆关对决的是奉系张学良、郭松龄的绝对主力,战前的羞辱让张学良倾全力败吴,但结局的快速与决绝还是出人预料。当然,客观原因是直系内部出了问题,冯玉祥的倒戈是至关重要的因素,但无论如何,局势演化得如此糟糕,出人预料,他需要准备后路了。

他把邵恒浚叫到督办公署,告诉他现在形势非常危险。

邵恒浚虽然对战局没那么透彻,但知道吴佩孚的失败直接关系着自己的命运,所以,对高恩洪唯命是从。

高恩洪说:"现在吴帅从塘沽上船南下,或许要在青岛登陆,我们要做好接应的准备。胶济铁路要有所布置,不能让西边的军力向东转移。"

邵恒浚听得明白,高恩洪是要他控制住胶济铁路,不让郑士琦通过铁路运兵到青岛。但这是有难度的,或许只能通过技术手段来阻止,想让他公开拒运军队,他是不敢的。

高恩洪当然明白一个铁路局长的难处,告诉他:"尽一切可能吧。"

邵恒浚试探着去向马廷燮讨计策,作为运输总段长的他一定会有办法,但马廷燮的态度却明朗而坚决:"只要督军府使用铁路运兵,我没有半点意见,绝对给予最大支持。"这是个适得其反的回答,他知道马廷燮不会与自己一起冒险,也便泄了气。

郑士琦所谓的中立其实是为了堵死吴佩孚的后路,所以,当他听说吴已放弃陆路由塘沽上船走海路南下时,便立即派王翰章向青岛进军,坚拒吴佩孚由青岛登陆上岸。如此架势,邵恒浚如何阻挡。

高恩洪听说王翰章到了青岛,大恐。

王翰章以戒严总司令的名义驻扎青岛后,大肆搜捕吴佩孚的支持者,搞得满城风雨,很大程度上是给高恩洪施压。高恩洪与吴的关系无人不晓,也是最有可能给吴创造机会在青岛登陆的人。所以,王翰章宣布在沿海区域内实施宵禁,不允许任何船只靠岸,高恩洪知道目标直指自己。直到后来听说吴佩孚已在南京登陆,才放下心来。

高恩洪在胶澳督办公署办公室心惊胆战住了几天，判断大势已去，至少在近期不会有翻盘的可能，深知自己的危险正一天天增加，如果不想个万全之策，很可能会有性命之忧。穷途末路，一时也无良策。情急之下，偷偷跑到一家日本客栈住下。高恩洪的突然失踪让王翰章紧张起来，立即扯下"面具"，全城大搜捕，很快就将其抓获。如此也便不顾情面了。王翰章宣布了高恩洪的罪行，支持逆贼、损害民意、破坏金融、贩卖毒品……哪一条都够治死罪。几日后，押往济南，听候郑士琦发落。

这个时候，直奉之间开始有请段祺瑞出山主持大政的声音了，归属皖系且一直在山东忍气吞声、夹缝中求生存的郑士琦变得有恃无恐。

高恩洪被捉后，王翰章自任胶澳督办，终于报了一箭之仇。

青岛的大事不少，但由于国内局势处于巨变之中，所以人们对青岛的关注度并不高，特别是这些日子人们谈论最多的还是冯玉祥，他把末代皇帝溥仪赶出了故宫，引得舆论一片哗然。青岛所驻的前清遗老遗少，对此痛心疾首，恨得牙根儿疼。一般百姓对冯的做法也很不以为然，认为皇帝毕竟是皇帝。

只有事不关己的人才关注国家大事。对邵恒濬来说，他能够感觉得到危险愈来愈近，所谓的国家大事也变得无关轻重。他现在考虑的不仅是个人去留问题，甚至是如何保全性命的问题。邵恒濬明白，自己来胶路任职与吴密不可分，平时自己与高恩洪又走得频繁，对手当然不会轻易放过他。自高恩洪被捕后，他便如热锅上的蚂蚁，坐卧不安，无心局务。事实正如邵恒濬所想，郑士琦早就窥伺胶路局长的位子，高恩洪的倒台让他相信自己蓄谋已久的计划到了实施的时候了，找个理由便可以把已成浮萍的邵恒濬驱赶出去。

让他没有想到的是，邵恒濬自己先辞职了。

16

邵恒濬的辞职让吴毓麟大感紧张，这位由吴佩孚直接任命的局长显然只是以个人得失为重，不会从大局考虑问题。如此一来，搞得交通部极为被动。吴毓麟最担心的是郑士琦会捷足先登，由山东省直接任命一位新局长，此时的环境较之邵恒濬被直接任命时更为险恶。王翰章到了青岛，郑士琦一人独尊。

吴毓麟知道，必须和山东省赛跑，以最快的速度任命一位新局长，否则会更加被动。

但吴毓麟还是没有跑得过山东省督军府，他的担心很快就得到了验证。郑士琦的公函来了："本年十一月十日奉督理山东军务善后事宜公署委任，开查胶济铁路管理局局长邵恒浚因事去职，遗缺查有山东兵工厂厂长李钟岳堪以派充……"吴毓麟气得把公函丢在地上，踩上一脚。

他虽然想到了郑士琦会觊觎胶路局长的位子，但没想到会派一位兵工厂厂长任职，胶路从此以后，真的落入了"虎口"。

他在屋内转了几个圈，召集部务会研究此事。参会人员都认为胶路一再开此先例，实在是对交通部权威的挑战，是可忍孰不可忍，纷纷要求回函反驳。反驳并不难，但难的是如何马上找到一位合适的人选填充。谈及人选，都有想法，但没有一人先开口，没人敢轻易表达自己的意见。

吴毓麟当然也不会难为大家。散会后，他与另外两位副部长商量此事，也无结果。缓不济急，如果再等下去，郑士琦生米做成熟饭，就难以挽回局面了。最后商定任命现在的副局长代理局长。而对于郑士琦报核的局长人选李钟岳，吴毓麟决定置之不理。他完全可以以接到公函前已完成任命为托词安排好自己的人选，况且交通部任命铁路局长名正言顺，而山东省的做法却并不那么光明正大和理直气壮。另外，从专业角度讲，如果交通部不加以任命，局长是很难实施专业管理的，譬如，铁路的运输指挥权，是与交通部的运输组织互为一体，与其他铁路局也是紧密相连的，没有交通部任命的局长很难介入到这样一种专业管理之中。而缺乏了专业管理的局长，何以管理一局？

吴毓麟对于拒绝郑士琦任命的信心即来自于此。为此，他一是不予正面回迎，只当不曾见过此件公函，更不消反驳，况且他不能也不敢去反驳地方军阀。二是以专业管理权阻止其行使权利，哪怕这个叫李钟岳的人到了胶路，也无法实施铁路管理权，让他有权无势，有权无为。

正如吴毓麟所想，郑士琦最大的担心是交通部会不认可，这会让他的命令变得名不正言不顺。交通部的沉默让他无计可施。毕竟正确套路应该是提前和交通部沟通，彼此同意后，才会走这一步。邵恒浚有此前例，但邵的背后是权倾一时的吴佩孚、高恩洪，交通部不敢不加以任命，而郑士琦当然知道自己显然没有这样一种说一不二的权威。

尽管如此，郑士琦还是决定霸王硬上弓，让李钟岳走马上任。李钟岳有顾虑，他如何接管胶济铁路本身就是个问题。郑士琦的态度是，视情况而定。李钟岳在这种忐忑不安的心情下来到青岛。但他没有直接到胶济铁路管理局，而是先到戒严司令王翰章处，商议对策，毕竟来龙去脉王翰章一清二楚，没有什么可忌讳的。王翰章说："别想那么多了，现在要把事情做到顺理成章是不可能的，只要把事情办结了，过程并不重要。"

李钟岳说："铁路与地方本身就是两套管理体系，如果彼此不睦，很难开展工作。"

王翰章挠挠头说："事情确实棘手，不若在我这里先观察一下，说不准交通部会有回话。"

李钟岳说："我可不能贸然去胶路，否则的话，好进难出，让人笑话。"

李钟岳根本就没敢进胶济铁路管理局，在王翰章安排的客栈住了下来，两天后得到消息，交通部任命现任副局长朱庭祺代理局长。

李钟岳心里落寞，没想到竹篮打水一场空，好在自己没有再往前迈一步，不然的话真的会沦为笑柄。他和王翰章喝了一场花酒，算作告辞。酒酣耳热之际，王翰章说："不去也罢，胶济铁路管理局局长就是块烫手的山芋，谁抢在手里谁知道难处，倒不如抓紧回去做你的厂长。"

李钟岳无奈道："说得对，说得对。"

李钟岳的无功而返，让郑士琦大光其火。他对李钟岳说："你放心，我一定会让你干上胶济铁路管理局局长。我就不信这个邪！"

李钟岳说："督军不要着急，这事还不成熟，如果再有所需，我还是赴汤蹈火，在所不辞。"

李钟岳权当督军自己给自己找了个台阶下，并没有当回事，一笑了之。

而另外一个人——朱庭祺其实心里也是极度不满。朱庭祺一直努力想攀上局长的位子。赵德三走了，刘垚走了，论资排辈也该是他了，没想到部里只是任命了他个代理局长。代理的内涵有两层，一是只是代理而已，并没有真正把你考虑在正常人选的范畴，一代理就算是"没戏"了。二是或许只是条件不允许，有个过渡，很快就会扶正。代理是个让人充满遐想的名词，充满了试探和诱惑。当他接到任命的时候，已经知道李钟岳由山东省任命并已来到青岛，让他没想到的是，李钟岳并未到局任职，听说是部里一直没有安排，这是可以想见的结果，朱庭祺觉得如此情势下，交通部反倒更应该下定决心，颁布一个局长的实职令而绝非只是一个代理。照现在的局面看，一方面让代理者会无所适从，无法全身心地投入公务，另一个方面，给对手也留下了翻盘的机会。

朱庭祺对部里的做法不以为然。但表面上，还是表现得格外尽职尽责，任命的首日便宣誓上任，并向青岛各界发出公函，公布了交通部的任命，这既是向社会公开身份，以便施政，更为重要的是，他也是以此作为拒绝李钟岳进入胶路的挡门石。好在，李钟岳识趣，很快便离开了青岛。

但对于朱庭祺来说，"代理"二字让他始终不能释怀。现在的时局又到了一种扑朔迷离的境地，很多事情看不清楚。直系败了，奉系回来了，曹锟无法做主了，冯玉祥风光恐难持久，而段祺瑞的出山也无非是应付局面的权宜之计，在这个靠实力说话的年代，张作霖主导大局的势头在所难免。交通部、山东省都存有变数。

但是，越是如此，越发需要一个稳定的认可，如果此时能有局长实职的任命，无论变化多大，总算有个基础，但戴着"代理"的帽子，变数就太大了。况且一朝天子一朝臣，他觉得自己坐上的这个位子从开始就是不稳定的。

现状不可描述，未来无法预测，一切皆有可能。

17

1924年11月，段祺瑞被推举为"中华民国"总执政。这位两年前还被人唾骂的人物突然之间成了万众拥戴的领袖。世事变迁，让人目不暇接。受到推举后，段本来是要在天津与孙中山见上一面后再往北京就职，考虑到跑到汉口的吴佩孚又有异动，于是便提前于22日进京，24日就在陆军部宣誓就职了。

段政府不设内阁总理，由临时执政主持内阁会议，临时执政实际上是以总统兼总理。段宣誓就职的第二天便公布了政府内阁的任命，唐绍仪、龚心湛、李思浩、吴光新、林建章、章士钊、王九龄、杨庶堪、叶恭绰分别为外交、内务、财政、陆军、海军、司法、教育、农商、交通各部长。

叶恭绰成了新一任交通部部长，他的目光很快就投向了胶济铁路。

叶恭绰较之吴毓麟来说，脑子里关于南北派的划分更淡，他对胶济接收以来的诸多弊端深恶痛绝，决计要来个彻底解决。他听说过南北派之说，并不在意人们将自己划分为南派，在他想来只要一心秉公，无所谓南北，也没有解决不了的问题。当然，这是一种脱离实际的理想化浪漫化的想法，所有的问题之所以难以解决皆源于深陷利益关系和矛盾的泥淖。

有一个问题，他的判断是准确而实际的，那便是胶济铁路的人选问题。解决胶济铁路问题关键是人选问题，只要当家人选好了，能够与部里保持一致，心往一处想，劲往一处使，就一定能解决存在的矛盾。那这个最佳人选是谁？他最初倾向的人选也是朱庭祺。他对朱庭祺多少有些了解，知道他在胶济铁路诸多问题上的态度和部里保持着高度一致，并且他从参与接收一直在胶路任职，对那里的情况知根知底，应该是不二的人选。朱庭祺的态度也非常积极，当得知叶恭绰荣升交通总长时，第一时间便来部里拜贺。两人做了一次深谈，他由此才开始对胶路的运价问题、日舰示威问题有了更深的了解，这也是他如此之快就把解决胶路问题摆上议事日程的一个重要原因，特别是对山东督军府以及胶澳督办公署方面在局长人选方面的争夺感到悚然心惊。虽然在此之前也有耳闻，但没想到竟然激烈到如此程度，特别是没有想到竟然同时还会有两任局长被任命的奇葩之事，而此事就发生在不久之前。吴毓麟在和叶恭绰公务交接时，对胶济铁路的问题并没有涉及太多，只是用了一声轻叹而已。现在想来，其中着实有着许多难言之隐。

尽管对朱庭祺有着足够的信任，叶恭绰还是不敢贸然行事，特别是当他随着对事情了解越深，对朱庭祺也渐渐有了新的看法。

所以，朱庭祺的担心并非没有道理，"代理"二字所带来的变数越来越明显。

很快，叶恭绰否决朱庭祺任职局长的想法就清晰起来。朱庭祺虽然与部里的意见统一，但与山东派势力的不和谐有目共睹，这既容易让他成为攻击的目标，也容易让交通部暴露在无路可退的明处。与其找一个深陷矛盾纠纷的人来破局，倒不如找一个置身事外，没有利益纠葛的人更合适，而这个人应该从部机关或者各铁路局中挑选，并且是部也就是说他叶恭绰信得过的人才行。以这样的标准和条件，朱庭祺扶正的合理性便在叶恭绰的选项中否决了。

既然有了否定的选项，那么找一位最佳人选就成为叶恭绰思考的事情。

山东的变数太多，朱庭祺总不能长久兼职，如此一来还是会给地方势力想象的空间，夜长梦多，很难说明天不会发生新的问题。人选问题必须尽快解决。

等的人来了，平汉铁路局局长阚铎。这天，阚铎来到叶恭绰家中，两人相约交换一块碑帖拓片，这是两人共同的爱好。由于彼此相熟，进门也没寒暄，阚铎打开包袱，取出心仪之物，揣摩品评起来，一直到手热心酣，才算作罢。

尽兴之余，叶恭绰叫了菜肴，温了黄酒，看着窗外的落叶闲聊起来。

叶恭绰问："听说你在《社会日报》有新文章发？"

阚铎圆脸秃顶，相貌无半点生趣，但才情横溢。

阚铎憨憨一笑说："无非是工余信手涂鸦，他们感兴趣，就任由他们用去。"

叶恭绰所言，是阚铎刚刚在《社会日报》上连载了《红楼梦抉微》，一时成为社会热点。

叶恭绰说："一闲一紧，手上功夫了得，能得朱老器重者凤毛麟角。"

"也是，我的红学爱好就是一闲，而建筑考古真的是我费尽心血为之努力的事情，是发自深处的至爱。但建筑考古之学无穷尽，实乃一生致力的事情。"阚铎说。

叶恭绰说："能把公事与爱好如此完美结合者并不多。"

阚铎说："公才是高手，我读了您的《遐庵汇稿》，实在受益匪浅。"

叶恭绰谦逊摆摆手："我现在是无此闲心了，交通总长，看似风光，却是个煎熬人的差事，总不像你还有时间挤。"

阚铎说："那是自然，你管全局，我管一隅，无法比拟的。"

叶恭绰突然想起什么，问："你对胶路有没有关注？"

阚铎轻轻一笑说："自然有所关注，刘垚由平汉到胶路，败走麦城，邵恒浚又不知为何去蹚浑水，也呛了水。胶路只是条支线而已，但关系的事情却异常敏感，不是那么容易管理的。"

叶恭绰说："你既是铁路行内之人，对此有所了解，又远离胶路，可以站在宏观的角度得以窥见全貌。我想问问，换作你，如何做？"

阚铎说："胶济的事无非一个扣，就是南北两派争权逐利，源头还是王正廷画的那个大饼，让山东人心有不甘。"

叶恭绰点点头,他也越来越意识到,虽然他对刻意强化南北之争很是不以为然,但事情的症结确实也便在此。

"这个扣如何解?"叶恭绰禁不住问。

阙铎想都没想便说:"这个扣解不开,只有一刀两断,不分对错,才是解决之道。"

叶恭绰摇摇头,说:"问题没有那么简单。"

阙铎举一杯酒说:"复杂的问题简单化,简单的问题复杂化。"

叶恭绰举着的杯停了下来,他觉得这话隐含着很深的道理,不失为处理胶路问题的一个方法。

叶恭绰问:"要是让你去胶路呢?"

"我?"阙铎没想到叶恭绰会如此问,忙摆摆手说,"我不去蹚这浑水,还是饶了我吧。"

叶恭绰没作声,两人就这么对坐饮了几杯,便告辞了。

或许阙铎并没有往心里去,叶恭绰却上了心。他对于阙铎的观点非常赞同,之于他个人来说,也确实有快刀斩乱麻的想法。阙铎既然与自己的想法相契合,他对胶路现状的分析又头头是道,合情合理,并且能够置身于事外,少却了诸多麻烦,派他去有何不可?

晚上没睡好觉,但把这事想明白了。第二天,他便把阙铎叫到办公室说了自己的想法。阙铎愣了。

"你不是开玩笑吧?"

叶恭绰说:"昨天是开玩笑,现在是公事公办。"

阙铎说:"那您得容我想想。"

"当然,这事还得你愿意才行,但是于公于私我还是愿意你去。"叶恭绰说。

"你有什么理由说服我?"

"依你我之间的信任,依你的能力。"叶恭绰说。

这话一上来就让阙铎没有了退路。

叶恭绰说:"正如你所说,胶路既复杂又简单。复杂在于这些年南北的恩怨,简单是只要超然事外,就没什么不可以解决的。最重要的,是我们彼此信任。别人去我不放心。"

"可是,朱庭祺呢?"

"朱庭祺还是副局长，我可以说服他。"

阚铎陷入深思，半晌才说："我……"

其实阚铎已经动了心，但他最近找了位佳人，正值如胶似漆阶段，有些舍不得离开，他要看佳人是否愿意去青岛。

最终阚铎还是答应了下来。在他眼里，青岛是个很有意思的地方，充满异国风味。胶济铁路虽然只是一条支线，但它连接着青岛与山东的省会城市济南，横贯东西，对山东社会经济的影响巨大，况且这些年来围绕着这条铁路的收回发生的事情太多，也使这条铁路具有非常特殊的政治意味，以至于在全世界都闻名遐迩，如果能在此任职当然也不失为一种特殊的履历。关键是佳人心动，愿红袖添香，相伴前往。

阚铎内心的浪漫让他对青岛之行产生了一种难耐的渴望与冲动。

18

理想与现实终归还是有很大差距。阚铎艺术家的身份经常会将两者混淆，或者说容易在精神与物质的把握上出现偏差，但在他将要面对的复杂的青岛局势面前，他还是保持了一种应有的冷静，尽管后来所发生的一切证明他的这种冷静与清醒是远远不够的。

他明白，所想象的此行或许并非浪漫，一定是要付出努力的。而一旦准备不充分的话，肯定会吃苦头。所以他知道自己在上任前必须与叶恭绰谋定好总的原则方针，得到交通部百分之百的支持。当然，他有着充分的自信，以他与叶恭绰的关系以及叶对他的信任，这些应该不在话下。

正如阚铎所抱持的自信，叶恭绰是无条件支持他的，此间并无障碍，主要还是到胶路后要采取的具体策略。叶恭绰主张以强硬手段对付胶路所面临的一切，这自然为阚铎接受和认同。

阚铎说："我会采取一切手段把阻止交通部政策实施者清除出胶路。"

叶恭绰笑道："我全力支持。"

阚铎虽然这样说，但他并非没有顾虑。"这样的话可能会遇到一些顽固分子的强势抵抗。如果没有部里的支持，很难落实下去。特别是某些山东地方势力的代表人物，那个什么……马廷燮，我曾与他有过一面之缘，不是个好惹的主。"

"是啊，此人难以对付，他在山东经营多年，人脉极广，盘根错节，在胶路用了大批自己的人，是块硬骨头，只要把他啃下，胶路的问题就解决了大半。"叶恭绰道。

"是啊，我想只要部里立定要坚决拿下，我自然会有主张。"阚铎说。

"那当然，擒贼先擒王，当然要拿他开刀了。"叶恭绰说。

阚铎见叶恭绰胸有成竹的样子，知道他有了基本方略，便不再说什么，静待他有更明确的指示。

叶恭绰弯腰打开办公桌的抽屉，拿出个牛皮纸袋放在桌上，向阚铎面前一推。

阚铎不禁问："这是什么？"

叶恭绰说："打开看。"

阚铎打开，见是一摞材料。便粗略地翻看下去。翻了半天，兴奋不已。"没想到总长的工作做得如此充分，我到胶路就更加有的放矢、对症下药了。"

叶恭绰说："你自己看一看这些人，记住了，材料不能带走，如果为别人所得，会惹大乱子。"

阚铎于是又从头一遍遍仔细翻看起来，一边翻，一边询问些情况。

材料记录的是马廷燮、孙继丁、周迪评、陈承枟等人的基本情况，以及自接收以来他们在胶路的一些不执行交通部指令、肆意作为的言行，显然这是一份告状信，但又非同于一般的告状信，又像是一份公文，分析得有板有眼，有理有据，颇见文采和观点，有着很强的针对性。阚铎边看边迸出一个念头，或许这份材料正是朱庭祺所为，阚铎明白，这都是自己到胶路后需要重点清除的对象。

阚铎记下了这些重点人物和相关联的内容，心里有了更大把握，这时他不禁问道："这是朱……"

叶恭绰并不相瞒，说："这些都是朱庭祺送来的。"

阚铎听罢陷入沉默，叶恭绰以为他还在考虑材料内容，便说："这些都是些关键人物，你可以把握。"

其实阚铎想的是另外一个问题，那就是他到胶路后，如何处理和朱庭祺的关系，或者说对方对于自己取代他会抱何种态度，这是个不能忽视的问题，毕竟自己是他实际利益的影响者。

阚铎没说话，叶恭绰这时也意会到了这层的意思，便说："关于朱庭祺，我会把他的工作做好，不至于成为你的绊脚石，我会给他讲明白部里的考虑，也会让他明白其中的利害关系，不会让他乱来。"

叶恭绰很明白，朱庭祺可能采取不配合的态度，所以，这确实是一个需要先解决好的枢纽人物，如果能调动他的积极性，凭他对胶路的熟悉，对部里意图的领会，会是阚铎的好帮手，阚铎的工作也会事半功倍。如果他有抵触情绪的话，就会适得其反，杀伤力会比来自对手的更大，不能不考虑。所以，他决定与朱庭祺深谈一次，让他明白自己的良苦用心。他已下定决心，如果朱庭祺不配合，就先把他换掉。

叶恭绰很自信，无论是皖系之段，还是奉系之张，都会买他的账，这点局面还是相信能够打得开。同时，他也相信朱庭祺会全力拥护交通部的决定，支持阚铎的工作。上次的见面，让叶恭绰很是相信朱庭祺的觉悟和能力，在他看来，还不至于到了换人才能解决问题的地步。

……

实际上，叶恭绰过于自信了，也把朱庭祺的表面文章看得过于简单，朱庭祺所表现出来的远不是他的内心所想。当朱庭祺应召到部接受谈话时，他已经多少听到了些消息。果真是夜长梦多，他刚从叶恭绰这里面授机宜，准备挑起胶济铁路的大梁，没想到转瞬便发生了变化。除却感到惊异，更感到后怕。为当上胶路局长，他不但向叶做了效忠的承诺，花了一笔不小的费用，更重要的是他孤注一掷，罗列了胶路山东派人物的种种"罪行"，并形成书面材料，交到了叶恭绰手上，这一切努力足够赢得叶恭绰的信任，但没想到结果如此不堪，其他无什，关键是这些材料一旦外泄便会成为他的罪状，从此在胶路将无立身之地。任何时候都不能轻易把事情做绝对，一旦没有回旋余地，自己会处于危险的境地。

所以，当朱庭祺再次走进叶恭绰的办公室时，尽管心中依旧愤愤不平，但已经做好了缴械投降的准备。

当他听到叶恭绰说出阚铎的名字时，也便顺理成章地接受了这个现实。阚铎是平汉铁路局副局长，业内对他很了解，虽然他混迹铁路多年，但大多不把他当成铁路专业人士看待，听到他的名字大家都会肃然起敬，是在于他头上所戴着的红楼梦研究专家的光环，更有着营造学社创始人的身份。业内人士大都知道他与叶恭绰有着非同寻常的私交，两人虽在仕途上有高下，交往中却无大小，凭的全是学识上的相互欣赏与敬佩。由此看，阚铎的任命是顺理成章的事。

叶恭绰说了一番推心置腹的话。"朱局长自接管时就在胶路，各方面情况比较熟，应该是主政胶路的最佳人选。我也已经把朱局长视为不二人选，但综合各方面考量，有些事情难以周全。希望……朱局长能够理解？"

叶恭绰的口气用了一个很动感情的问句，让朱庭祺无法再说什么。他只得点头道："当然理解总长的意思。"心里却想，我不过是你手里的一个棋子而已，说这些都是废话。尽管这么想，但还是立定主旨，绝不拂其意，小不忍则乱大谋。

"朱局长劳苦功高，但事情总得凑手才能办，相信你能理解。这仅仅是第一步，关键是你还得扶持阚局长，把胶路的事办好"

朱庭祺挺挺身子作出一副义不容辞的样子，说："请总长放心，您的关爱我心知肚明，我对胶路熟悉，辅佐阚局长是我的责任，如果总长信得过我，一定不遗余力。"

叶恭绰笑了，认定朱庭祺是有格局有境界，是识大体顾大局的。

叶恭绰说："上次你也说过，山东派搞得确实不像话了，交通部决定阚铎去，较你更超脱，没有负担，可以全力以赴把山东派的势力削弱掉。这是真实用意，你可以避其锋芒，不至于为人攻击。"

朱庭祺听不出这番话的真假，既有安抚的成分，也确实有道理。无论怎样，叶恭绰的话都要拆开来听，事到眼前，再定计策，走一步看一步。

19

朱庭祺离开交通部后就去拜会了阚铎，显然有了叶恭绰居间沟通，两人尽管心态不同，但还是显得格外热络。阚铎先是打消了顾虑，在他看来朱庭祺并不是那种不讲道理的人，去往胶路后自己人生地不熟，是可以仰仗他行事的，再说拉一个战友总比树一个敌人强，所以他对朱庭祺也表现出格外的热情。

很自然，两人交谈的重心进入了如何解决山东势力在胶路的控制问题。严格意义上讲，阚铎在没有上任前，特别是在缺乏实地调查研究的基础上就贸然与朱庭祺如此深入地探讨此问题，显然操之过急，这也确实说明阚铎对于胶路各方矛盾的尖锐性缺乏必要的认识。因此，这就注定朱庭祺从开始就对他产生了先入为主的影响，使他从一开始就在处理胶路问题上受人左右而浑然不知。

朱庭祺的快速入题有他的个人目的，他不过是想尽快摸清阚铎主政胶路的路数。他的目的很快就达到了，他真切地体会到阚铎的浅薄与冒失，在对雷区一无所知的情况下，就想把旗子顺利地插到敌人阵地上，那只能是一厢情愿，甚至会欲速则不达。但是，朱庭祺并没有把自己的真实想法说出来，而是相反，他极力迎合阚铎，目的就是把他引向雷区，看着他被炸得狼狈不堪。他听着阚铎激动的表达，眼前不时浮现出他被炸得人仰马翻的场景。

朱庭祺是一个很可怕的人。阚铎浑然不觉。

朱庭祺极力逢迎着阚铎。他对阚铎说："为什么前几任局长不能把胶路搞好，最终为山东势力所压迫，最终落得个狼狈不堪的下场，关键就是没有阚局长这样的胆识和魄力。只要敢于做，山东势力是站不住脚的，因为山东人在山东都不得人心。"这话太过直白，但阚铎还是很愿意听，也让他无端地平添了更大的信心。

末了，朱庭祺对阚铎说，先行回胶路准备，恭候阚局长到任。

1924年的年底快到了，直奉之战让各方的实力对比发生了很大变化，虽然吴佩孚还在汉口不停地叫嚣，但已英雄气短，没有了往日的豪情壮志。各方力量都在重新整合，重新调整利益格局，包括胶济铁路也一样，于无声处，内部却在发生着质的变化。山东的郑士琦因为中立之举，势头如日中天，但也有了新的压力，奉系张宗昌虎视眈眈，觊觎着山东的地盘。张宗昌是山东人，正在发动"鲁人治鲁"的舆论，山东应该非他莫属。冯玉祥的强势突然变得不存在了，他的几次退让，让北京的局势更是波谲云诡，段氏皖系的执政与奉系军事实力的对决在张宗昌与郑士琦的角逐中得以充分体现。青岛的胶澳督军换成了王翰章，之前被高恩洪赶得四处漂泊的他终于坐上了他中意的位子，可以在青岛施展统治。四方机厂沉寂下来，本想可以在直奉战事中能够有所作为的计划最终在军阀屠刀的淫威下无法实现，但强力的弹压恰好说明接下来某个时刻会有突然爆发的可能。

即将走进这种复杂环境中的阚铎似乎并未认识到其中的凶险，他在规划着对胶路治理的美好画卷，也在为接受他所能认知的可能的风险挑战做着最后一刻的艺术享受，以后就难得清闲了。

上任之前，他有一件心事要了。这天，他来到北京的《社会日报》社所在地，与编辑杜威商量《红楼梦抉微》连载事宜，这件事情不谈妥的话，待他一到青岛将会无暇顾及。

圈内人皆知阚铎痴迷"红学"研究，自我归类"索隐派"。但实际研究方向却与"索隐派"大相径庭，甚至对"清世祖与董鄂妃爱情""雍正夺嫡"等研究不屑一顾。古文字极佳的阚铎反其道而行之，他注重的是世俗研究，特别是醉心于《红楼梦》跟《金瓶梅》比较，从中得其意味。

编辑杜威是在一个偶然的机会与阚铎相遇，聊到了红楼梦的研究。

没想到，阚铎上来一聊就是"《红楼梦》着实是一部'淫书'"。

杜威听罢此等惊世骇俗的观点，半天没缓过劲来。在他的认识里，只知道阚铎是营造学社的大家，曾经在日本有过营造学的苦心钻研，哪怕知道他对于《红楼梦》的研究后也绝对没有想到会有如此不羁的观点。

阚铎对红楼梦的研究可谓天马行空，不拘一格。他说："其实《红楼梦》全部是从《金瓶梅》转化来的，《红楼梦》里的人物一定在《金瓶梅》可以找影子。或者说，《红楼梦》直接就是《金瓶梅》故事的仿写或续写。"

杜威听得惊掉了下巴，他刨根问底："何以见得？"

阚铎扳着指头，认真地分析了两本书的相同相似处。

阚铎说："林黛玉即潘金莲。颦儿者，言其嘴贫也。一部《红楼梦》，林于文字为最长；一部《金瓶梅》，金莲于诗词歌赋无所不能。盖林曾从贾雨村读书，此外并无一人曾上过学；潘亦于七岁往任秀才家上过女学，为《金瓶》各人所无。又谓林能自己裁衣，于他人并未明点；盖潘乃潘裁之女，九岁入王招宣府，又能为王婆裁缝寿衣。""黛玉葬花即指金莲死武大，瓶儿死花二而言。瓶儿原从金莲化出，故花二之死，与武大异曲同工，其所葬之花，并非虚指，即花子虚也。"他就这样把林黛玉变成了潘金莲，把黛玉葬花这个美丽动人的故事变成《金瓶梅》中的丑恶事件。

阚铎接着说："尤二姐是瓶儿。贾琏之偷娶尤二姐，凤姐谓有国孝家孝，家孝即指瓶之丧夫未久，而西门又几遭不测也。"甚至连刘姥姥，阚铎也在《金瓶梅》中找到原型，那就是清客相公应伯爵。"红之述刘姥姥云，不知从何处说起，借一个人为全书线索，即刘姥姥是也。然则全书以清客作线索矣。故终《红楼梦》，刘姥姥皆有关系。金之开头便述十兄弟，而应伯爵即已登场，自后时时露面，直到终篇。故红特点明'外头老爷们有清客相公陪话，我们也用一个女相公'，此刘姥姥清客帮闲之证据。"

听完阚铎的高见，杜威突然有了个想法，问："你为什么不把这些高见书之以文，在日报上连载，可否？"

阚铎没想到他会有此建议，喜出望外，说："有何不可呢？"

两人一拍即合，也就有了接下来阚铎的《红楼梦抉微》。阚铎一口气写了四万字，一气呵成，颇快人意。全文采用随笔形式，列了169个标题，155篇文章，主要是对《红楼梦》和《金瓶梅》两书关系的比较思考。《红楼梦抉微》发表后，掀起了轩然大波。褒扬者，认为翻开了红学研究的新篇章，不落俗套。反对者大骂阚铎无耻，认为"是《红楼梦》研究史上最腐败的著作之一"。无论如何，阚铎满足了自己艺术研究的乐趣，乐得让人去说。

作为《社会日报》的编辑，杜威引起了学术上的关注，提高了报社和编辑的知名度，引得报纸销量大增，也是名利双收的事情，所以与阚铎的合作很是愉快。

此次阚铎来报社，一方面是与他辞行，另一原因是天津的某出版社要全文出版他的《红楼梦抉微》，需要谈些版权上的事情。

版权上的事好谈，三言两语的事，杜威倒是很关心阚铎去山东的事，问他为何不在学术上再下功夫，反倒去仕途场浪费艺术才华。

阚铎说："艺术不能脱离现实，我不能钻在象牙塔里搞研究吧！"

杜威之前也曾经问过他，为何以平汉铁路局副局长的忙差竟能出此艺术成就，他的回答与此类同，知道他的艺术追求和人生哲学。

既然要走了，还有很多关于《红楼梦抉微》的话题没有探讨完，便想把一直以来最大的疑问与他聊。

"我看了这155篇文章，感觉很有意趣。最想问的是，你为何如此坚持认为《红楼梦》就是《金瓶梅》的翻本？"杜威问。

阚铎说："怎么说呢？我是先大彻大悟，然后才有逐步验证，所以每读《红楼》，触处皆有佐验。"杜威听出了些破绽，如此说来，难免不脱先入为主，凡读《红楼梦》必会从《金瓶梅》找桥段。

但杜威并不深究，毕竟是阚铎的一种方法而已。

阚铎从杜威处出来，因两人谈话透彻，有种酣畅淋漓的感觉。如此一来，把天津的事情办妥了，在很长一段时间就不再做涉及《红楼梦》的事情了。他暗自提醒自己，需要静下心来应付来自青岛的挑战了。

20

还有一个人是要辞行的。他有些犹豫，但必须要去。在此之前，当他听到自己要去青岛的消息后，就多次劝说阚铎打消念头，甚至说，如果抹不开面子的话，他可以代为向叶恭绰请求，希望他不要进入青岛这个雷区。对于青岛所涉事情的复杂性，他不讳言："虽然自己置身事外，但青岛的复杂性远超你的想象。"

此人便是朱启钤。

朱启钤是老交通系人物，较之叶恭绰在交通系更有资历和威望。这些年来，从政坛上急流勇退的他，潜心于营造学研究，创建了营造学社。营造学社以研究中国古建筑为宗旨，主要从文献和实物调查两方面进行。朱启钤格外看中阚铎的学识造诣，任命他为文献部主任。

《营造法式》是中国第一本详细论述建筑工程做法的著作，对古建筑研究、唐宋建筑发展、考察宋及以后的建筑形制、工程装修做法、当时的施工组织管理，都有深度研究。但由于传承久远，再加上辗转传抄，错漏很多，今人读懂相当困难。朱启钤认为这样珍贵的古籍一定要尽可能完善，因而委托版本专家陶湘及阚铎、傅增湘、罗振玉等搜集各家传本译注并校对，此时已是"时阅七载，稿经十易"，计划将在明年付梓。如此关键时刻，阚铎却出人预料地要到青岛任职，势必会影响此书的出版。

其实，朱启钤曾经找过叶恭绰。叶恭绰很通达，说："只要阚铎拒绝，我也没话。"叶恭绰并不表达自己的意见，朱启钤无功而返。

阚铎此番登门在情理之中。

一番寒暄，朱启钤说："青岛之行不易，既然选择了，就好自为之，别低估了此行的难度。"

阚铎听罢，倒更愿意听听他的建议，毕竟他是老交通系的人物，会有不同常人的见解。

朱启钤说："青岛的事都明白，但青岛内在关系的复杂性却并不是每个人都透彻，想理清更难了。"

阚铎说："我只是胶济铁路管理局的局长而已，不会去触碰那些复杂的关系。"

朱启钤说："当年巴黎和会上所说的青岛问题是什么，其实就是胶济铁路问题，所谓青岛的每一个问题十有八九都与胶济铁路有关，作为一局之长是避免不了要处理方方面面的关系的，所以你不可能出淤泥而不染。况且，如果我信息准确的话，这次去就是为了让你解一个最复杂的扣。这个扣你解不得，也解不了。"

阚铎没想到朱启钤会如此说，有什么样的问题，自己解不得，也解不了呢？

朱启钤看出了阚铎的不悦之色，说："南北派之争是个死扣，并非你能力不济，无论是谁，我都会给他如此忠告。不过……既然你决定要去，那一定要见机行事、适可而止，不要贸然而进。遐庵（叶恭绰字）的观点我并不认同，他是一厢情愿。你自己把握就是了。"

阚铎点头称是，尽管听朱启钤如此说，心里不舒服，但还是觉得他的提醒是真诚好意的，这份情应该领。

朱启钤说："我不愿意你去，当然也有私心，既然去了，就祝愿你尽快打开局面。同时，也尽可能帮营造学社做些事情。"

阚铎说："我不敢放下营造学社的事，一旦公事上有了眉目，一定把接下来的活做完。"

《营造法式》付梓前还有大量后续工作要做，并且有些工作非阚铎莫属，特别是他手头正在撰写的《仿宋重刊〈营造法式〉校记》，将会对营造学文献校勘、取舍的原则和方法进行全面阐释，是《营造法式》阅读的必备，而现在尚未完成，这成了朱启钤的一大心病。

朱启钤又提及此书，阚铎默然。为了把《仿宋重刊〈营造法式〉校记》写好，阚铎本意年后会去趟日本，与当地几位营造学高人切磋一番，对有些词汇再做一番校对，除此之外，他手头还有一本《营造法式》编纂的阅读手册《营造辞汇》未完成，如果前往青岛任职的话，手头的一切便只能放下，再要拿出成稿，实在不知何期了。他也为此不安。但是，毕竟要舍弃一端，不能兼顾，而现在他最想尝试的，还是青岛的火热的生活，而不是多少年所致力研究的枯燥干涩的文字辞汇。

朱启钤给阚铎题写了四字条幅，"谨言慎行"，阚铎欣然收下，他却并没有从中受到启迪，他的思路恰恰与朱启钤的提示背道而驰，他需要的是快刀斩乱麻式的解决方式，这更是与考据辞汇所秉承的慢工细活不一样。人有时候会出现两极的思路，擅长小步快跑的人突然会愿意坐下来慢慢观赏，而喜欢细火慢温的人有时又突然会愿意体会大火爆炒的滋味。人都有着诸多不可预测的多重性。

朱启钤送他到门口，说："本来我们定好明年春天要做的田野考察，看来你也无法成行了。"

阚铎也一脸遗憾道："是啊，到时再看吧，我觉得可能无法和大家共享其乐了。"

营造学社的成员原本约好，等到《营造法式》正式出版后，就做一次周游全国的考察，以此消解多年钻研的疲劳，也为营造法式的另外一种研究方式开辟蹊径。没有了文献部主任，这种考察既失去了一种独有的乐趣，也许还会丢失一些新的研究可能。

再见，阚铎。朱启钤挥手间仍然透着一丝遗憾，他的潜意识里，总觉得阚铎此行凶多吉少。

21

当听说阚铎要来胶济铁路管理局任职后，便有人向朱庭祺打探消息，有些人是为了观察朱的情绪变化，也有人只是想打探一些特别的信息。每当有人事变动，总会有些别有用心之人的算计。朱庭祺非常淡定，没有一丝个人的情绪流露。让人一看，不是个人修养道行够了，就是提前知道了消息，有足够的时间平复情绪，把自己掩藏了起来。

人们纷纷打探即将上任的阚铎的情况，陈纪云曾在部里任职，对阚铎比较了解，所以红学专家、营造学社文献部主任的头衔名号都搬了出来。久未露面的赵德三突然出现在了青岛，这让陈纪云、刘仲永、赫保真等人很兴奋，他们并不关心局长的更迭，他们更关心的是赵德三隐秘的去向。

赵德三也不多言，只是说，求一份清净，你们也不要问我到哪里去，也不要问我从哪里来。我是闲云野鹤，与世无争，你们也不用想我，我想大家了，自然会来这里一聚。

当日，刘仲永等人又在醉仙楼为赵德三摆了酒局。大家很尽兴，谈的当然还是诗赋字画，全为同道所好。

陈纪云说："马总段长很好，一直把青岛火车站塔楼作为我们的交流场所，否则大家真的没有这么惬意，现在青岛市的一些字画名家也多有到塔楼来研习字画者，还有人提议要把这里办成一个书画快活林。"

赵德三说："有时间我会去感谢马总段长。此人办事爽快，豪情侠义。"

刘仲永说："马总段长来过几次，说如果您回来，一定告诉他，他要请您吃饭。"

赵德三说："那倒不必。"

聊来聊去，又聊到了阚铎身上。赵德三说："这是幸事，有这么一位文化大家主政胶路，胶济会更有文化弹性。"

陈纪云说："胶济铁路自打你走了一年间，发生了多少大事，几乎就是个乱局。阚铎或许是一位艺术大家，但很难说能应付得了这么个摊子。不知交通部为何会派他来？"

刘仲永插话道："我现在不关心政治。一朝天子一朝臣，阚是叶的心腹，派他来也是自然的。"

陈纪云说："胶路现在不是蜜罐子，是个油锅，难道他愿意看着自己人跳油锅不成？"

刘仲永说："此话也不对，我不入地狱谁入地狱，自己人信得过，才放心。"

陈纪云说："很难相信让一位学问家来治理胶路，那不是勉为其难吗？赵局长，你说是不是。"

赵德三只是听大家谈话，一直没说话，他不愿意对胶路的事评头论足。听陈纪云问自己，便说："每个人有每个人的办法，没有什么不能办的事。"

大家都举杯，附和道："就是，各有各的道，不用我们瞎操心。"

……

如果说赵德三的小团体对阚铎的到来只是好奇，大多抱有无关紧要的心态，那么涉事其中的管理者却各有不同想法。

因为有着高恩洪挪用运费的举动，大村卓一、佐伯彪、马廷燮等人与胶澳督署之间的关系颇为紧张，类似于一种"冷战"状态，除却不得不联系的事项外，一时没有了任何其他交往。高恩洪虽然被郑士琦抓走了，但因为高谋运费的目的是给渤海舰队补充军费，而温树德和他的舰队仍然驻守青岛，那么发生过的事情会不会再次发生，这让相关人员始终处于一种戒备状态。

朱庭祺兼任局长也只是一种惯性使然，一方面，兼任束缚了他的手脚；另一方面，胶路之前累积起来的矛盾所形成的惯性使他无法去做改变。另外，对他来说，当上局长是主要的，能够做什么并不是主要的。所以，朱庭祺兼任的两个月里大体风平浪静。

对于阚铎的突然到来，大村卓一、马廷燮，包括孙继丁等人是需要好好做番分析和应对的。叶恭绰的上任意味着很多事情可能会有变化，包括阚铎突然被任命为局长，在他们看来，这是一个信号，并且隐隐约约透着一丝危险的气息。

吴毓麟对于胶济铁路并不友好，但他毕竟是归属直系的内阁成员，不会做出出格的事情来，况且还有吴佩孚的影响，也让他在政策制定和公务落实上有所忌惮。但吴的出局，皖系、奉系的合作使面前的局势出现了一个巨大空洞，让人很难推测其中潜在的威胁。变数无法预测。叶恭绰作为皖奉皆欣赏之人，他的态度现在还无法让人做出一个准确的判断，胶济铁路未来的发展方向会不会有大的改变无从得知。但至少有一点，现在环境较之吴毓麟时只会更险恶而不会更好。所以，无论如何要做好足够的应对。

阚铎的到来是一个先声，得以判断皖奉合作的态度。

朱庭祺应该是对当前局面最有可能做出准备判断的，因为他掌握着足够完整的信息。马廷燮已经刻意和他聊过几次，但朱局长滴水不漏，只是说："一切都听部里的。"从他的神情看，他应该对部里任命阚铎的背景有更多的了解，越是轻轻松松，冠冕堂皇，一副无所谓的样子，越能说明他是洞悉一切并且有着充分沟通和准备的。

马廷燮对大村卓一介绍了阚铎其人，对他的评价也只是一个做学问者、建筑史学家、考古学家，头上的光环很耀眼，并且对日本传统文化特别感兴趣，大村卓一很兴奋。马廷燮说："从他的个人情况看，不应该是个激进派，但他与叶恭绰私交甚好，并且和老交通系的朱启钤等人都有深交，所以尚无法判断，他会是一个什么态度来治理胶路。"

大村卓一说："我们的底线不能丢。"

马廷燮点头，但他对于大村卓一所说的底线是模糊的，赎路款绝对不能动，或者是运价不能动？但是，他对于后者是没有信心的，也知道这不可能是大村卓一所谓的底线，因为这条底线是不可能守得住的，胶济铁路的运价已经是老鼠过街，人人喊打。所以，阚铎任职可能做出的对于他们来说最不利的一件事就是运价调整，在他看来，必须做好这种准备，也应该接受这种现实，此事不解决对于胶路自身的形象已经产生影响，通盘考虑是得不偿失的。

大村卓一虽然极不情愿，但他也知道在运价问题上与交通部死磕已经没有任何实质性意义了，由此造成的影响利小弊大。

孙继丁也与马廷燮做过交流。马廷燮知道他的顾虑更大，主要还是源于四方机厂，不是工人闹事，而是杨毅。四方机厂虽然归属机务处管理，但它在胶济铁路管理局的地位和作用与沿线其他机务段完全不同，本身在管理层级上高出一格，所以四方机厂的厂长有与机务处处长较量的实力，加之杨毅的能力以及与部里熟络的关系，使他一直有更进一步提升的想法。这种可能性是存在的，也是随时可能发生的，关键是看叶恭绰对于胶路人选的考虑。孙继丁认为，作为山东人，叶恭绰不会对他有好看法，这个时候应该与马廷燮保持一致的步调才对。马廷燮领会他的意图，彼此是有共识的，山东人与交通系的人这种对立的关系是胶济铁路与生俱来的，也是捍卫自身利益的必然，所以是无法改变的。遇到问题，山东人需要自保。

唯一对这件事情保持着一种真正意义上无所谓态度的还是萨福均，无论谁在台上，他都全身心地投入推进实施胶济铁路大修计划中，他的烦躁与苦恼是机器设备不能及时运到，是专业技术人员跟进不上，是如何调整运输与施工之间的矛盾……无论是刘垚、邵恒浚，还是部门里的马廷燮、孙继丁他都与之有过激烈的争论甚至是争吵，但无论是局长还是处长，却没有一位对萨福均怀有恶意，人们也在说他不近人情、书呆子，但没有人怀疑他的良善用意和对胶济铁路倾注的热情，这样的一个人在胶济铁路管理局似乎是个另类，但他同时也赢得了所有人的尊敬和理解。萨福均似乎不知道新局长的更换，对他来说，谁干局长都会和他们争执，他只在乎修桥、换钢轨。

……

就在大家纷纷猜测新任局长会有怎样不同的思路、该如何应对的时候，阚铎于1925年1月5日踏上了开往青岛的列车。从津浦路过来，由济南换乘进入胶济铁路时，天已经黑下来。包厢里，他撩开窗帘，外面什么也无法看到。正如他此行的前景，一无所知。

不能说阚铎不忐忑，特别是听了朱启钤的一番话，本来信心百倍的他突然间感到一片茫然，尽管他相信自己有能力处置一切可能发生的事情，但那种茫然感还是时常浮现，正如他撩开窗帘时那种空虚无助的感觉。

前面等着自己的将会是什么？列车铿锵的节奏带来了他到达青岛过程中一个又一个挥之不去的问号。

22

阚铎一出手就做了件石破天惊的事。上任第二天，他便召集会议宣布了一项任命，免除机务处处长孙继丁、工务处处长周迪评和总务处处长顾承曾的职务，均调部另候任用。其中，孙继丁的机务处处长不出预料地为四方机厂厂长杨毅接任。

这下算是彻底炸了锅，初听到这个消息的人反应都是不敢相信。胶济铁路管理局共有七位处长，如此一来就等于近乎一半的处长被撤掉了。及至人们明白此事已经实实在在发生了，才生出质疑，阚铎为何会如此所为？一般来讲，任何一位新到任者都会以稳定局势为第一要务，等到熟悉情况后再做定夺，特别是涉及人事变动，更要慎之又慎。是阚铎犯糊涂，还是另有原因？

越是往深里想，人们便愈发感到，此事并非想象得那么简单。阚铎是位在交通系统历练多年的人物，他不能出此昏招。那么说，他是有备而来，那就是别有用心了。事情变得复杂了。

阚铎在会议室宣布完决定后，起身离开。在座的人，他大部分还不认识，人们对于突然抛出个炸雷的新任局长也是陌生的。双方沟通交流的氛围还没有形成，所以阚铎走了，留下一屋子人发愣。会议主持人朱庭祺话也说得简单："大家散了吧。"大家竟然也麻木地往外走，在突发事件面前人们会变得虚弱无力、迷失方向。直接当事人孙继丁、周迪评、顾承曾更是没有缓过神来。除却阚铎到任宣布会上见过一面，这三位胶济铁路管理局主要处室的处长甚至都还没有机会给新任局长汇报一下工作就被免职了，让人不可思议。

三人再次聚到一起时，是在宣布完被免职的当天下午。三人的再聚也很有些怪异。孙继丁平时与周迪评、顾承曾并没有太多联系，彼此都是工作关系。三人不约而同来到局长办公室对面的会议室，也就是上午刚刚宣布他们被免职的地方。三人都是抱着要见新任局长的想法，寻求被免职的理由。

三人面面相觑，共同的命运让他们既哭笑不得，又无从破解。按理说，一块被免职一定是有共同的原因和理由的，那么这份共同之处是什么呢？三人各有各的经历，各有各的职责，并没有其他特别形成的共同意志，共同之处又在何处？

顾承曾先开口了："怎么回事？"

周迪评摇摇头说："莫名其妙。"

孙继丁此时更觉无话可说，因为他和二人一样无从找到答案。

三人就这么站了很长一段时间，会议室本来就暗，此刻阳光也没了，愈发黑暗。

对面办公室的门紧闭，阚铎一直没有回来，躲避他们的意思在越来越久的等待中愈发明显。愈久的等待，反倒让三个人都觉得想要从阚铎处找到一个理由有些多余了。他根本就没有想给出一个理由。他在躲避着他们。

其间，朱庭祺来过一次，一度打破过这种凝滞灰暗郁闷的气氛。朱庭祺先是摇摇头，说："三位请回吧，阚局长到督办公署接洽公务了……这事……这事，唉……实在意想不到……请大家先回吧，我问问情况后，会回复大家的。"三人都没有答话，甚至没人正眼看他一眼。他们不是来找朱庭祺的，况且他也不可能给出一个答案。朱庭祺见状讪讪离开。凝重稠黏的情绪又迅速合拢。三人又待了片刻，便各自离开，从这一刻开始，他们就决定要另寻他途了。

朱庭祺在办公室，透过窗口看着三人离去的身影，笑了。

如果说，大部分人对此事的发生感到突然的话，可能朱庭祺是少有的几个不感意外的人，并且从某种程度上讲，正是他加速了这次早晚要来的人事调整。

阚铎本来也没有想这么快就把这次人事调整付诸实施。一般意义上讲，他需要一定时间和空间来调整和适应。但是，朱庭祺的建议却让他最初的想法产生了动摇。到任的当天，朱庭祺就与阚铎做了一次深谈，他想尽可能地从阚铎嘴里知道人事调整的具体方案，以及阚铎具体的实施计划。

有了叶恭绰的授意，阚铎自然把朱庭祺视为最可靠的战友和同事，没有理由不向他实言以告。

当朱庭祺听到阚铎提出的人选名单时，既喜且惊。喜的是，这都是他向叶恭绰提出的建议名单里面的人，唯一没有的是马廷燮，而在阚铎提出的名单中，马被列入第一位。但这并不重要。惊的是，如果时间一长，这几个人听到消息，难免不会怀疑到自己。如此一来，夜长梦多，必须督促阚铎抓紧实施他的计划。

阚铎见朱庭祺发愣，不解道："朱局长还有其他意见？"

朱庭祺忙道："……噢，非也，非也……只是，我想……此事关系重大，必须采取些非常手段。"

情感上的贴近，自然使阚铎很重视朱庭祺的意见，他问："如何是非常手段？"

朱庭祺说："快刀斩乱麻。"

阚铎说："当然，当然，要快。"

朱庭祺摆出一副严肃的神情说："您打算何时宣布？"

"这……"阚铎确实没有时间概念，只打算等等再说，便问，"你觉得何时时机最好？"

朱庭祺说："现在，今天。"

阚铎有些不相信自己的耳朵："今天？"

朱庭祺解释说："当然不是现在，也不是今天。我的意思是最快，否则夜长梦多。你想，一旦他们听到消息，再实施就难了。这几个人神通广大，一旦有人干预，会生出其他事端，到时就很难达到目的。"

朱庭祺的一番话对阚铎影响很大，本来之前就与叶恭绰达成共识，立定了快刀斩乱麻的处置方式，所以他虽然觉得朱庭祺的建议有些唐突，准备不足，但朱庭祺所传导过来的信息却与其之前所酝酿的情绪自然衔接了起来。快有快的问题，慢更有慢的危害。关键是，就是不马上动手，也不可能拖延太久，因为这已是他和叶恭绰立定的主意上任之后解决山东势力派的横行，尽快把胶济铁路的秩序纳入正规轨道。既然如此，倒不如先踢上前三脚，打他们个措手不及。

朱庭祺很自然地就把阚铎引入了自己精心设计的圈套之中，并且一切都在倾心相助的借口下得以实施。这正是朱庭祺扭曲的心智支配下所策划的一个阴谋。

朱庭祺极力鼓动阚铎实施对山东势力的清洗，并且这个计划在阚铎上任第二天就得以展开。朱庭祺的慷慨陈词、信誓旦旦与他的真实想法背道而驰。他心里非常明白，尽管阚铎衔命而来，但一旦了解了山东势力对于胶济铁路的控制能力，或许真的不敢下手了。另外这件事情如果越是来得急，越是会容易引起激变。他几乎要到手的局长之位，因为阚铎的到来而泡汤，尽管原因或许并不在阚，但他实实在在成了他的拦路虎。如何把阚铎攻走是他的目标。并且从赵德三、刘垚、邵恒浚走马灯似的更迭中他看到了希望，阚铎今天来明天走也不是没有可能的。他必须用尽一切可能的手段和方式激化矛盾，以此来实现这种可能。这才是朱庭祺的真实意图。

阚铎几乎是言听计从地钻进了朱庭祺的圈套。他唯一动的心思，就是在免职的人员中把马廷燮剔除在外。本来是他擅作主张，要把马廷燮第一批清除的，思来想去，他还是放弃了这一想法，一个重要的原因是马廷燮是他在日本商科学校的同学，在校时他的能力就非常突出，而他现在是胶济铁路山东势力的龙头老大，爪牙遍布。如果加以裁撤，外界会对自己有六亲不认的印象，更重要的是怕他会激出事端。并且他也感到，先把马廷燮的左膀右臂砍掉，使其失掉援助，然后再将其清除更为稳妥。

在普遍的猜忌、困顿、疑惑所形成的共鸣中，受到刺激最为强烈的莫属马廷燮了。作为车务总段长的他隐隐为山东派系领袖，他与孙继丁、顾承曾、周迪评之间平时虽然交流不多，但彼此之间却有着默契，他们抱持着一种抵制交通部渗透的本能警觉，又不完全与真正意义上的山东省地方势力站在一起，而是保持着一种胶济铁路管理权限内的固有的控制能力，这让他们视胶济铁路为自有的领地。对于胶济铁路发生的一切，他们习惯以一种以我为主的思路来思考和应对。

马廷燮虽然没有在裁撤行列，但他预感到自己的处境与被裁撤的三人是一样的，甚至从某种程度上可能更危险。

他必须也有责任与阚铎面对面谈一谈，问一问他到底想要干什么，为何会突然下此黑手，且大有赶尽杀绝之势。

和阚铎的谈话不可能愉快，这是他预想到的，现实也确实如此。

以他与阚铎的关系，应该是和颜悦色地先叙叙旧，聊一番家长里短，甚至儿女情长再切入工作话题，这是他在得知阚铎来到胶路后所设想的场景，现在这样的场景已经没有存在的基础了。

马廷燮走进阚铎的办公室，甚至没有任何寒暄。阚铎先说话了："你对这事怎么看？"

马廷燮有些意外，他没有想到阚铎这么问自己。

马廷燮说："怎么看？我想你也明白我现在想的是什么，我只想问，为什么？"

阚铎上来就有敲山震虎的味道："我相信马总段长对此应该有所判断。马总段长对胶路最为了解，胶路需要改变的东西太多了，不只是调整几个人这么简单。"

马廷燮反问："胶路有什么问题？有哪些需要改变？"

阚铎沉吟半天说："马总段长心里比我清楚。"

阚铎生硬不近情面的态度大大出乎马廷燮的预料。他不屑地说："我对胶路一无所知，只知履行好自己的职责。"

话就谈不下去了，阚铎也意识到如此也不是他想看到的局面，便话锋一转说："仁兄还是要理解我，你在胶路多年也应该多帮帮我，我刚来胶路，有些工作开展起来难。"

马廷燮接着他的话说："有谁会在上任第二天便同时开除三名管理岗位上的重要人员，你这就是……"他想用"大清洗"三个字，但想了想还是没有说出口，"我确实替你担心，这么下去如何收拾？"

阚铎听罢脸色也不好看了，说："难道他们不遵命？"

马廷燮说："我不敢说，他们会抗旨不遵，但我可以告诉你如果你不收回成命，那在胶路的工作就很难开展。"

面对这几近威胁的话语，阚铎使劲咽了口唾沫，说："希望你们好自为之，交通部也是没有办法的办法，胶济铁路不能成为法外之地，部里的政策在这里得不到落实，俨然就是独立王国，过去没有办法，现在交通部面貌一新，决心要革故鼎新。"

马廷燮听出阚铎话里的意思，他的判断也是如此，以阚铎个人的力量是绝不可能敢出此重拳的，他一定是在秉承交通部的旨意行事。

马廷燮说："你我是同窗旧友，念于此，我想提醒一句，凡事不要太过分，否则真的无法收场。哪怕是交通部的意思，也要考虑结合胶路实际来办。"

阚铎没有说话。瞬间的静止像把刀片，切断了马廷燮心里最后的一线希望，他知道阚铎已经把自己与胶济铁路置于势不两立的境地，他不是来推动胶路发展的，他来是要清理门户的。

马廷燮没有和阚铎告别,平静而缓慢地转过身,轻轻一声叹息,似乎是在向老同学说出了一声诀别的话,转头而去。

23

马廷燮的话绝非虚言。尽管阚铎下达了对孙继丁等三人的免职令,但是被免的三人却没有一人去做工作交接。他们也不到单位上班,也不交接工作,胶济铁路在靠着惯性运转,这对于铁路运输系统来说是一种非常危险的状态,那些日夜运行在铁路线上的车辆不知何时就可能因为一个指令的不准确而车毁人亡。所有人都感受到了这种危险的存在。但胶济铁路管理局在一种冷静、沉默、尖利、无声、撕扯、观望、猜忌交织的情绪中酝酿着一种爆发的可能,只是因为还没对利害轻重权衡到位,那个在当事人心中早已经爆炸过无数次的滚雷,最终还没有形成连锁效应。

对这种危险表现得最焦虑的是朱庭祺,他在反复提醒阚铎要采取果断的措施,至少要让接任者抓紧上岗到位履行职责,但这必须要让孙继丁、周迪评、顾承曾自愿地把工作交接到位,但这三位既没有不交的表示,也没有交接的主动,胶路的管理处在了一种真空当中。朱庭祺的焦虑表现在外表,但他的真实心态却与之相反。朱庭祺现在所做的一切,都是与自己真实想法背道而驰的。真正焦虑不安的是阚铎,如果在这期间发生安全事故,将会把他所有的努力与美好的尚未来得及实施的想法毁灭。

解决这种潜在威胁的关键环节,就是让孙继丁等人交出管理权。杨毅已经到了机务处,但没有他的位子坐,他找阚铎,阚铎看了他半天,也没有更好的办法。杨毅知道局长的处境,便悻悻回到四方厂。阚铎找到朱庭祺让他出面和这三位被免职的处长做一次谈话。

三位处长虽然在心里做着消极抵制,但对于朱庭祺的约谈还是认为是反映诉求,求得解决问题的一次机会。三人如约而至。

朱庭祺面对沉默的三位前处长,露出一脸难色,说:"局长新来乍到,有些事情并不清楚,所以这事做起来有些仓促,还是希望大家理解。"

三位处长听了朱庭祺的话,非但不能释怀,反倒升出更深的疑窦,愤怒的情绪油然而生。

这次孙继丁先自发话了,他问:"你这么说,就是早晚我们都得要被免是吗？我们现在想要一个理由。"

顾承曾是三个人中年龄最长者，说话声音缓慢："我们有错被除名的话心甘情愿，如此不明不白就让我们走人，这事搁哪儿也讲不过去。"

孙继丁说："是啊，交通部总得给一个理由吧？"

朱庭祺淡然一笑，他这一笑同样让三位前处长受到了刺激，他所表现出来的与己无关的意味太过明显了。

朱庭祺淡淡地说："我也没办法，那是阚局长的意思，他从交通部刚刚到局，当然是衔命而来，还希望理解他，或许也是不得已而为之。"

神情黯然的三位处长从朱庭祺的话中听出了阳奉阴违的味道，他并不是来替阚铎解决问题的，倒更像是挑唆矛盾和挑拨是非的。三人都对朱庭祺产生了严重怀疑。胶济铁路管理局现在只有一正一副两位最高管理者，如果彼此相互看笑话的话，不要说他们被免职的问题难以得到圆满解决，恐怕要发生更大的乱子。

谈话似乎还没有结束，孙继丁已经起身走了出去，周迪评、顾承曾也跟着出来。朱庭祺在他们身后"唉"了几声，似是有话没有说完，但又没有强留的意思，这种情况下，局面必定就会向着另外一个方向发展了。

三人走出来后，彼此眼神对视片刻，一个念头不约而同地形成了，而对接这个念头的另外一个人此时此刻正在迎接着他们的到来。

马廷燮见到三人后，把他们让到运输处僻静角落的一个小会议室，旁边就是大村卓一的处长室。因为有个拐角的原因，会议室显得相当隐秘，很适合此时的场景之需。

孙继丁说："我们刚从朱那里过来。有些出人意料。"

马廷燮摇摇头，把手里的烟蒂按在灰缸里，他已经戒了很长时间烟了，孙继丁对他按烟蒂的动作感到有些异样。

周迪评说："这事很是诡异，已经快三天了，交通部没有信息，阚铎、朱庭祺把这事一宣布，就万事大吉。这是怎么个情况？"

顾承曾说："马总段长你看呢？"

马廷燮沉默一会说："实话说，这事既怪又不怪，大家可能心里也明白，只是有些环节没有联系起来罢了。交通部对于胶济铁路的不满还在于日本人留下来的后遗症，平时我不可能和诸位说这件事，因为大家一直视我为日本人的'打手'，这个词虽然不怎么好听，但大家心里也没少骂我，我心知肚明。但是，请诸位一定要了解我的难处。我们刚从日本人手里接收回来，赎路款必须按时支付，否则就会引起外交风波。一味地爱国、爱国，那能解决实际问题、能解决历史遗留下来的问题吗？再说……我对于某些人所谓的爱国也有着诸多怀疑，什么爱国？无非是打着爱国的旗号来谋求个人私利而已……不要说别的，就说眼前，前些日子，日本的二十几艘军舰为什么突然来到黄海，炮口对准青岛。大家都在猜，很多人猜对了。还不就是高恩洪要动胶路的运费吗？谁敢动胶济铁路的利益，日本人都会急眼的。所以，维护好胶路的现状，把当前的运输秩序维持好，使胶路的运输效率得到提升，这才是要害之要害。打着爱国旗号，喊喊口号就能解决问题吗？我们有些人看似很老到，其实很幼稚。"

马廷燮的一席话有道理也有漏洞，但这并不重要了，重要的是如何应对当前的形势，此时此刻，他们的思维路径都在向着这样一个共识和方向靠拢。求同存异，是非常之时的必然之道。

孙继丁说："这些道理我们都明白，有些困难和苦衷实在是得有人扛着。马总段长看如何应对当前的形势，总不能坐以待毙吧！"

"阚的所作所为，当然不是他个人的意志，既然他这么快就下手，也暴露了交通部的意思，反倒较之如果他们安排好了再动手更难对付。所以，我们确实应该想个万全之策。事出反常必有妖，我想阚铎一来就敢拿三位开刀，一定是背后有人出谋划策。"

孙、顾、曾三人环顾对视，心里明白，朱庭祺一定在扮演着这个出谋划策的角色。

马廷燮说："事并不一定出自朱，但朱一定是推波助澜者。大家都知道，在阚来局之前，就有传言朱已定为局长，没想到突然加上了个'代理'，已经是很出人意料。阚的到来，让他这个'代理'的名分也没了，朱一定是不悦的，但胳膊拧不过大腿，他也只能服从。或许……或许他会以另外一种方式达到自己的目的。"

三人再次对视，而这次大家越来越明白了。

马廷燮说："大家放心，这事我一定会管到底。为什么？因为，这次他们的目标一定也包括我的，或许只是有顾虑才没有下手罢了。"

三人不禁同时"噢"一声，都认可这种分析判断，如果说要清除的话，马廷燮才是最直接与交通部对抗的那个关键人物。三人突然觉得完全可以从马廷燮处得到更加强大的支援，瞬间都有了底气。

马廷燮说："如果诸位能够相信我的话，我会做一些事情，不过还请大家支持我才行，有些事情或许大家会感到过激，但我觉得非如此不足以匡正。大家觉得呢？"

孙继丁、顾承曾、周迪评都是铁路的权重人物，马廷燮的话无疑是要大家服从于他的调度，如此一来便有些疑问了，马廷燮并不是这次裁撤之人，他如何会倾尽全力为他们谋求权益？以从前对他的了解，很难说他不会以此事为借口达到不可告人的目的，如此一来，他们也便会被利用。如果发展成这个局面就太可怕了。

在片刻的迟疑中，马廷燮明显地感受到了大家的不信任，但是他很淡定，缓缓地说："请三位处长放心，我一定会拿出实际动作来让大家看到我是和大家同舟共济的。"他淡定之中所流露出来的坚定让人无法否定他的诚意。三人虽然心里揣着疑虑，但还是点头，表示认同。

马廷燮说："请大家先回，耐心等待，先不要有任何的动作。"

24

量变正在向着质变发展。胶路铁路发生的人事变动越来越为更多人知晓，先是铁路沿线的工人们在纷纷议论。"三位处长都被撤了，可能还会有更多的人被撤。""这个新局长是不是个疯子。""这是想把山东人彻底赶出胶济铁路。""交通部这是要下狠手了。""有好戏看了……"

消息不断扩散，青岛各界当然知道更早些，济南也有人在打听消息，胶济铁路管理局怎么了？北京的局势变了，皖系上台了，变是自然的，但变的方式让人瞠目结舌，一个局长来了两天时间，把三位最重要的处长免了，此事怪哉。

《青岛日报》率先报道了此事，也等于公开向社会引爆了此事。标题是《胶路管理局发生咄咄怪事，三位处长被阚铎罢免》。内容大抵是：阚铎任职仅两天，就把三位处长免职，其深层原因为人所猜测，分析有三个方面。一是胶济铁路与交通部历来不睦，因运价问题得不到部认可，已是长久摩擦，矛盾渐为升级，几近无法调和的地步。二是日本背景为欧美系人士所不容，以京奉、京汉为首的英美人士意在与交通部亲欧派伙同一体，强化对日本人的打压。三是自接收以来，胶路管理体制遗有后患，本为山东人所办之民路，而为交通部接收所控制，由此引发山东势力不满。此举似为江浙人士卷土重来……

报道发出，迅即蔓延济南、北京、上海等地，野火春风，舆论呈铺天盖地之势。

阚铎马上就感觉到了压力，朱庭祺仍在为他打气，说："这是难免的，开弓没有回头箭，绝不能松口。"

阚铎的紧张显而易见，朱庭祺的淡定也显而易见，但朱的淡定源于事态的发展正向着他的真实意图靠近。

而在这时，另一个致命的炸弹引爆了。

马廷燮找到阚铎，想找他再聊一次，然后确定下一步的方向，而那些舆论的形成既有事态发展的必然，也有他的蓄意为之。与阚铎的这次谈话决定着他下一步的应对举措。当然，他对这次谈话并不抱多大期望，所以他的应对之策大多会按照他所设置的引爆那个"炸弹"的方向而准备着。

阚铎也很想和马廷燮再聊一次，尽管最终要解决马廷燮，但他还是相信由于自己采取的策略对头，没有直接罢免马廷燮，因此还有充分的回旋余地。他说："希望马总段长能够体谅交通部的决定，督促三位处长尽快交接工作，以免发生问题。"

马廷燮半天没说话，他知道自己的想法大概率是不可能被认可的，尽管如此还是想尝试一下，努力改变一下路径，避免尖锐的冲突。

他说："能不能请求交通部重新确认一下对三位处长的处理意见。"

阚铎不出意外地没有松口，非但如此，反倒说："请马总段长帮助做他们的工作，抓紧交接工作，到部里报到，他们的工作将由部里重新安排。如果一意孤行，后果自负。"

马廷燮冷冷一笑，站起身，从口袋里掏出一封信，丢在阚铎面前，说："既然如此，那就连我一块免了吧！"

"这是什么？"阚铎惊道。

马廷燮说："我正式向你递交申请，请求辞去总段长一职。"

"什么……"阚铎瞪眼张嘴，半天没说出话来。

马廷燮扬长而去。

马廷燮辞职的消息较之三位处长被罢免所产生的影响更大。车务总段长直接关系到铁路的运输组织工作，沿线小站似一个个联动机，需要在总段长的指挥下共同运作，机车调度、货运装卸、旅客列车的正晚点等每个环节都渗透着总调度长的管理思路、指挥艺术和统筹组织协调的方式，加之近年来沿线车站重要岗位特别是一些大站站长都是马廷燮栽培起来的人，渐成嫡系，很多人视他为"后台"，彼此之间利益攸关，马总段长的辞职牵动了胶济铁路整个运输组织的神经。

胶济铁路全线沸腾了。马总段长被逼辞职，这事可不得了了。

受到震动最大的当然是孙继丁、周迪评和顾承曾了。三人都没有想到马廷燮会有如此举动，毕竟他还有全身而退的可能，为什么要和他们捆绑在一起呢？马廷燮飞蛾投火般的举动让三人感受到了一种巨大的情感力量，这是总段长表示要与大家一起共进退的决心和意志，所有对他的疑虑顿时消失殆尽。同时，以马廷燮为核心，誓死与阚铎抗争的决心在思想上和行动上达成了高度一致。

只是没人知道，马廷燮英雄般的壮举，隐含着不可告人的目的。

对于胶济铁路局势发展最为关注还有两个人，一个是大村卓一，另一个是佐伯彪。两人所关注的核心就是确保日本的利益不受侵害。前者较后者更为用心，因为他处于更重要的运输处处长的位置，而后者只是专业技术上的严防死守而已。大村卓一从阚铎对人员的调整中分析可能对胶路的影响和变化。三大处长免职后，他在第一时间就找到马廷燮研判形势发展。马廷燮的忧虑是明显的。大村卓一也意识到，阚铎此举是醉翁之意不在酒，目标恰恰是要拿马廷燮开刀，最终是要削弱或驱逐日本势力在铁路系统的存在，这显然也会得到欧美诸国的暗中助力。具体的斗争焦点就是运价的修订。这说明虽然交通系更换了门庭，北京政府对于日本在中国的利益不但仍有所牵制，且愈发变本加厉。遏制交通部对胶济铁路的控制是符合日本利益的。

大村卓一到日本驻青岛总领事馆向崛内领事专门进行了汇报，崛内对大村的分析持肯定态度，告诉他要不惜一切代价减小来自交通部的压力和影响。而对于大村来说，他想采取的措施却是积极主动的，他想利用马廷燮来调动铁路沿线职工本能自发的对于胶路朴素原始的情感，达到全线抵制的目的。

崛内对大村卓一的建议感到不安，其实崛内的想法还是相对消极的，他想只要日本的利益不受到大的影响，便是可以接受的，包括运价问题，如果和北洋政府一旦闹翻会引起反对势力更强有力的反弹，倒不如通过谈判确定一个相对合理对日本利益影响相对小一些的运价空间。大村的发动沿线铁路职工进行抵制对抗的做法是有一定风险的，本身北洋政府内部的结构形态便不稳定，如此一来会不会引起动荡，影响到胶济铁路自身的运输经营不得而知。

大村对崛内说："不如此，不足以对抗这股逆流，虽然会有阵痛，但可以一劳永逸。"

大村的说法并非没有道理，但崛内还是说出了自己忧虑："不是说你的看法不对，我怕引起大的动荡，于胶路无益。"

大村说："我想是可以控制局面的。"大村对调动沿线铁路职工对抗交通部的命令最初是有顾虑的，上次交通部运价调查组到沿线调查时，让他很感意外，沿线工人对交通部所带有的本能甚至是不讲道理的抵制情绪，让他觉得如果由马廷燮出马的话，会容易调动沿线工人的积极性。

马廷燮非常了解交通部去自己而后快的想法，所以他必须以最强有力的措施和手段让交通部感受到自己的无可替代。他是没有后路可选的。所以，当大村卓一说出自己的想法时，虽然他也觉得此举风险很大，但也感到这的确是一个能够解决根本问题的办法，事已至此，迫不得已，值得一试。

马廷燮的态度让大村卓一并不能完全放心，他决定再烧一把火，让马廷燮怀抱更大的期望。

他对马廷燮说："这是一场你死我活的斗争，根本不是局部问题，一旦失败就没有退路，而一旦胜利便会绝处逢生，别开生面。"

马廷燮并没有认可他的说法，但平时不善言谈的大村卓一，一旦想要达到自己的目的便会变得巧舌如簧。

他对马廷燮说："阚铎不顾一切罢免三位处长，试想，三位处长要想真正复职，那就意味着阚铎的失败，阚铎的失败就是交通部的失败，那时的阚铎一定会落荒而逃，而交通部也会彻底失去对胶路的控制，那才是属于山东人的天下，是最好的结局，也是必须要有的结局，如果这样的局面不能出现的话，也就意味着山东输了，你我都将会看别人的脸色行事，或者会有更为不堪的结局。"

"你我都将会看别人的脸色行事。"这话虽然这么说，但马廷燮知道，作为大村卓一来说，日本政府的背景使任何人事变更都无法撼动他的地位，也就是说，如果输了，自己将会难以自处。这虽然带有提示和威胁的意味，但事实确实如此。

只有背水一战了。

大村卓一在散布危险信息的同时，也不忘释放着一种诱惑："如果能够把阚铎、朱庭祺搞下去的话，马总段长便会峰回路转，柳暗花明。"

马廷燮没有完全听明白他的意思。大村卓一补充道："如果这次成功了，会进一步加大马总段长在胶路的影响力，交通部恐怕也不能不考虑其中的因素，胶济铁路管理局副局长的位置恐是有大概率的可能。从大日本政府来讲，也会全力支持，崛内总领事对马总段长非常满意，完全可以从中助力……"

马廷燮听后为之一振。

在大村卓一的蛊惑下，马廷燮认为自己确实有这种实力。大村的鼓动让他觉得这种危机中确实蕴藏着一种机会，为何不为之一搏呢？

25

阚铎也感受到了危险所在，虽然"消灭"掉马廷燮是他这次来山东实现改革梦的最具标志性的事，但从目前看，显然不但不能"消灭"他，反而要加以"保护"才能稳定局面。马廷燮自动辞职的瞬间，他甚至有过一阵惊喜，因为如此一来他可以顺势而为，既然他甘愿束手就擒，那就不是自己不讲情面了，自己的目的也算达到了。当然，很快他便知道自己把事情想简单了，员工们因为马廷燮的辞职而爆发出来的汹汹激情让他深感不安，并且这种不安的情绪愈来愈浓烈，慢慢演化成一种恐惧，让他从中感受到马廷燮的能量之大。他觉得，自己必须转变策略，现在还不到和马廷燮撕破脸皮的时候。因为，有好几次他从抽屉里拿出马廷燮的辞职信看，看到发呆，他苦笑，这哪是辞职信，简直就是挑战书。他赌气把信丢进抽屉，叹口气，去找马廷燮。

马廷燮虽然递交了辞职信，但仍然每天上班。对外不理事，其实所有的事情并没有放手，外松内紧，这也是胶路之所以在外人看来没有了总段长却照常运行的原因。当然，阚铎也没有批复他的辞职信。马廷燮把辞职作为还击阚铎的武器，其实他仍然实际把持着胶济铁路的运输组织权。

看到上门的阚铎，马廷燮表现得相当客气。递茶倒水，只是不说实质性的话。

阚铎说："仁兄，你在胶路的影响有目共睹，兄弟佩服，但还是不要意气用事，以大局为重。"

马廷燮说："局长，我并非赌气，实话说，我已过了赌气的年龄，只是想把事情处理好。"

阚铎说："我也是想把事情处理妥当，让胶路恢复到一种新秩序上来。"

马廷燮说："胶路需要怎样的新秩序？"

阚铎说："一种能够忠实执行交通部决策的新秩序。"

马廷燮摇摇头，没说话。

阚铎说："马总段长，依你的能力，到哪里都是一把好手，铁路需要你这样的人才，况且你也总不能在胶路待一辈子，会在更大的空间等你施展才华。"

马廷燮听出他话里有话，便说："我是山东人，胸无大志，别无他求，只想在胶路踏踏实实干一辈子，所以我视胶路为家，一定会尽心尽力。所谓的新秩序，我想不出是个什么样子，我所知道的是最适合胶路的秩序。"

阚铎知道和他争论不出结果，他当然不是来求结果的，而是来求解决现实问题的，只要他把辞职信收回，员工们知晓后情绪自然就会平复，他就可以有回旋的余地。

马廷燮淡然一笑，说："我怎么能出尔反尔，那不是大丈夫所为，也会让人看笑话，好像你给我了什么好处……"

马廷燮的话绵里藏针，软中带硬，让阚铎心中的火气顿时上升，他使劲喘了口气，让自己不至于失控，作为交通部派来的一局之长，他容不得别人对他如此蔑视。他说："好的，我走了，你好自为之吧。"

他起身，马廷燮面无表情地送客。

回到办公室，阚铎呼呼喘着粗气，无法平复心中的怒火，但他又实在想不出更好的应对办法。这时，朱庭祺不失时机地进来了。

朱庭祺说："局长，没必要和他们生气，这才是开始，要立定和他们斗争到底的决心。"

阚铎挺挺胸说："那是自然，但现在，要如何安抚员工情绪和社会各界的质疑？"

朱庭祺沉吟片刻道："我觉得这都不是问题，这些反应应该都在预料之中，没有反应才不正常，话语权掌握在我们手里，难道他们这么一闹我们就让步？那也太小瞧我们的能力了吧！"

阚铎叹道："话虽如此，但现在处在僵持的局面，该如何破局？总不能保持现状，一旦发生安全事故，我们的一切努力可能都会付之东流，并且一定有人会把后果强加于我们身上。"

朱庭祺说："局长所虑当然要紧，但我想……既然已走到了这一步，就必须继续向前推进，患得患失，只会贻误战机。"

阚铎不解："你的意思是？"

朱庭祺说："这些天，我一直在观察，马廷燮的爪牙现在都露出了原形，包括高密站、潍县站、坊子站这些大站的站长们都在相互串联，鼓动员工闹事，他们都是马廷燮的人，不把他们的嚣张气焰打下去，我们就无法实施既定的计划。"

朱庭祺这些天一直在暗中观察着形势变化，他对于沿线工人的动态掌握得清清楚楚。同时，他也在察言观色，窥视着阚铎的一举一动。他清楚地感知到，盲打盲撞的阚铎已经越来越深地陷入自掘的泥淖中无力自拔。现在他需要有人拉他一把，而在这个时候，只要伸出手，他就会很容易上钩。朱庭祺有条不紊地实施着他不可告人的计划。

阚铎听着他的一席话，目光越发变得期待。

朱庭祺说："既然如此，还得下猛药。"

"猛药？"

朱庭祺说："把马廷燮的爪牙，也就是在沿线闹得欢的几个人开除。"

阚铎愣了："开除？还是这个法子，能行吗？"他心里打鼓。

朱庭祺明白他的意思，便说："不如此，不足以把他们全面打倒。"

"可是，他们会不会狗急跳墙？"

"我想不会。依我的经验，他们是软的欺，硬的怕。就拿四方机厂的圣诞会来说，前些日子闹得多凶，但一纸命令，取缔了，不还是乖乖举枪投降了。那个叫郭恒祥的人，开了饭庄卖大碗茶去了，其他人……鸟兽散，销声匿迹了。同样，别看现在他们闹得欢，一旦丢了饭碗，就老实了……"

朱庭祺说着，从衣兜里掏出一张单子，说："就是这十个人，包括高密站站长王之节，还有李斌亭、董希、金遥尘、马南崮……"

阚铎看着这张单子，就想起了叶恭绰给他的那张单子，隐隐约约觉出了朱庭祺的险恶。他接过单子看一遍，全部是站段长、课长一级的人员，并且同样都是重要管理岗位人员。阚铎的手有些抖，他不知道如果把这些人全部开除的话将会引起怎样的连锁反应。

朱庭祺当然明白他的所思所想，为使阚铎下定决心去做这件事，他继续拱火："不如此不足以伤其根本，必须敢作敢当才能成大事，否则只能无功而返，无法收拾。况且事已至此，马廷燮已视我们为死敌，我们不主动，他们就会主动，我们会败得很惨。"

尽管阚铎顾虑重重，但他似乎也感到了别无选择。

第二天上午，胶济铁路管理局再创史上最严厉而又奇特的处罚，包括高密、潍县等站站长，管理局内部科室人员在内的十名管理人员以挑唆员工闹事、不履职尽责为由被开除，取而代之的全是清一色的江浙人士，特别是平日里与马廷燮多有不睦的陈兰生、鲍雪帆、陈天骥三人，分别出任了车务副总段长、运输课课长和计核课长的职务。

阚铎这一波操作，让胶济铁路管理局的所有人都感觉到了一种目不暇接的虚幻，还没有从三位处长被免的震惊中回过神来，接着又是一连串的炸雷，这实在是一个太过于异常的"天象"了，或许更为猛烈的暴风雨还没有到来，大家就像看到了一只颠簸在惊涛骇浪中的舢板，自己就是其中的一员，人人自危，大有朝不保夕之感。于是，旁观者、讥笑者、怒吼者、无所谓者……都开始不自觉地聚拢抱团。

马廷燮最为深切地感受到了这场狂风暴雨所形成的原因以及不可避免地被裹挟、被伤害的可能，他知道这虽然是阚铎蓄谋已久的诡计，但从发展进程看，也与刚刚自己和阚铎的一席毫无退路的谈话不无关系，彼此将义无反顾地对决到底。

他只有出击了，最后一丝迫使阚铎让步的希望破灭了。

他先是找来了几位被罢免的人谈话，其实这几位被罢免的人也正在向马廷燮身边聚集着，不用召集，他们也会自动到来。

高密站站长王之节表现得格外激动，他说："和他们闹起来，不干了。"

刚被罢免的运输课课长董希平时很稳重，但义愤之情还是溢于言表，咬着牙说："没有这么干的，这不是赶尽杀绝吗？"

张店车务段段长马崮南更是直接，问："总段长，这么多年我们一直跟着您干，你指到哪，我们就打到哪里，你说怎么办吧？"

每个人都有自己不同的表达方式，但在他们的言谈话语中却有一种不言而喻的共识，那就是不能让南方人欺负山东人。山东人不答应。

马廷燮看着死心塌地跟了自己多年的下属，知道只要说什么他们一定会无往而不前的，他表现得痛心疾首，说："我也不想把事情弄得这么复杂，但他们……不给我们任何回旋余地。所以，现在只有这一条道可走了，和他们斗到底。"

王之节急切地问："怎么个斗法？"

马廷燮说："你们先回各自岗位，就像什么事也没有发生一样，该怎么上班就怎么上班，如此，既是告诉员工们，我们不服从罢免决定，也让他们所任命的人无法到岗。你们自己掌握分寸……另外，回去后要对工友讲阚铎对山东人的歧视迫害，让大家知道交通部与山东人是势不两立的，如果阚铎不罢手的话，我们就罢工！"

"罢工？"几个人异口同声道。

"对，罢工！"马廷燮用一种坚定的口吻重复道。

几个人面面相觑，他们对被罢免不满，以消极的心态对待也是自然的，但"罢工"这个字眼可是连想都没有想过的。

马廷燮说："非此举无以对付阚铎，你们想一想吧！"

王之节说："总段长，你怎么说，我们就怎么干，你看得远，我们听你的。"

董希这时也似醒悟过来一样，说："不如此，不足以让他们感到压力。"

马崮南却问："真的罢工？"

马廷燮说："不到万不得已，当然不能采取这种方式，但阚铎不会收手的，要想驱阚赶朱就非得如此不可。"

"驱阚赶朱（猪）？"王之节笑了，说，"总段长描述真是形象，我看赶不走就杀猪。"

气氛一下活跃起来，而就在一张一弛中，共识已经形成。

马廷燮对下面已经有了布置，这时他想到另外三个关键性的人物，孙继丁、顾承曾、周迪评。本来他是想先和这三人统一思想后，在他们这样一个层面先做布置，再做下一层级的安排，但细细想过后觉得，无所谓先后，无论接下来发展如何,他都要按照自己的步骤做,并不在意三个人的意见,并且这三个人的意见并不难统一。另外,他与三人之间接下来要谈论的事,与他对下的安排部署并不冲突,两条线可以并行不悖。

自马廷燮辞职后,三人并没有和马有过单独的聚集,但三人却对马廷燮的所作所为钦佩不已。在他们看来,马廷燮的义举完全是为了表达对他们的支持,称之为为朋友两肋插刀都不为过,所以他们在思想上已经形成了听从马廷燮安排的共识。尽管没有面对面的交流互动,但当马廷燮邀集三人时,三人在情感和思想上已经打成一片。

马廷燮说:"三位,阚铎的所作所为,大家已经看到了。'杀'三位不够,还要拉出这么多人垫背。我们不能不有所动作了。"

孙继丁说:"没想到会弄成这样一个局面,确实该行动了。"

三人都看马廷燮。

马廷燮说,"我想我们应该有所分工。现在社会上对胶路的情况十分关注,但大多数人并不了解真相,人云亦云,我们不能被人误解,必须要给大家讲清楚事情的来龙去脉,以求公正。现在有三个层面的工作要做,一是山东省政府、议会,二是胶澳督署,三是沿线的铁路工人。我建议——孙处长牵头,和周处长一起到济南,向省政府、议会讲清胶济铁路的情况,以争取山东全省之支持,这是非常非常重要的一个环节。争取山东省的支持并不难,但我们需要山东省有实际行动。孙处长,你看怎么样?"

孙继丁考虑片刻,便说:"必须要做,我和议会宋传典议长有往来,做他的工作应该没多大问题。"

马廷燮说:"如此最好。"转过头来对顾承曾说,"顾处长原就与胶澳督署交往密切,我想青岛这边的工作由您来做。包括我们都到外地去了,管理局内部的信息也靠顾处长多加关注,一旦有什么风吹草动,也便及时沟通,有所应对。"

顾承曾点头表示没问题。

"至于我,先去铁路沿线了解工人情况,也是为了更加清楚地向工人们讲明事情的真相,这个环节也是非常重要的,工人毕竟不明就里的多,盲从的多,必须要做深入细致的工作才行。我一路向西,尽可能地把道理向工人讲清楚,不能乱来,也要有所准备,如果管理局肆意妄为,我想工人是一股最重要的可以依仗的力量。如果顺利的话,我会赶到济南,和孙处长碰面,然后一起去谋求山东省府、议会方面的支持。"

马廷燮的安排井井有条，丝丝入理，显然已经有了充分的思考和准备。但他并没有向三位曾经的处长讲出"罢工"二字，他相信随着事态的发展，三位处长不必动员也会自觉加入滚滚洪流之中。

26

王之节来到高密车站后，就开始在工人中走动。工人们平时对王之节并没有太好的印象，但他却是在高密站干了多年的站长，一旦被无端拿下，工人对他的同情随之升起。戴尧是新任命的站长，从坊子车站调整过来，人也不坏，他也不知道为什么会突然有此任命。来到车站后，却发现自己陷入了一种尴尬的境地，王之节不交接，也不离职，戴尧就这么悬在了半空。越来越多的人开始说闲话，戴尧不自在，就向运输处反映，希望能回任坊子，但没想到管理局乱成一团，根本没人回应他。

王之节也不难为他，但戴尧还是觉得很是尴尬。王之节的鼓动性很强，让很多不明就里的人明白了，胶济铁路管理局发生的"地震"无非就是交通系为了和山东势力争地盘造成的，大家便群情振奋，高呼绝不能让阚铎的目的达到，让王之节复职，马总段长、孙处长、顾处长、周处长复职。有人打出标语，在客车停靠车站时向旅客展示，好奇的旅客就打探究竟，知道胶济铁路所发生的事情原来是交通部的人和山东派的人起内讧，报纸上便有了倾向性的报道和渲染。阚铎很快也听到了高密职工打标语示威的消息，恼羞成怒的他派警务处处长景林到高密站严查，一定要惩罚带头者，言外之意，要把王之节拘捕。

事有凑巧，景林带着几位便衣来到高密站，刚下火车就见到有几位铁路职工又在站台上拉起了标语，还有人在喊口号，上前一看，领头人果然是王之节。王之节认识景林，连忙丢下手里的旗子躲避，景林知道并不容易抓到现行，如何会放过，一挥手，让手下把王之节拿下。王之节说："为什么拿我？"景林说："王站长，这还用说吗？你这是带头闹事啊，枪打出头鸟，您可不要怪我了。"很多人认识景林，有机灵者，一转身溜了，好汉不吃眼前亏；有不识时务者，还在呼喊口号，便被景林带的人拿下。高密站本身也有警务室，见警务处处长亲自带队到来，更是勇于表现，三下五除二就拿下了四五人，连同王之节一起押到警务室审讯。有人还把他们所带的旗帜、标牌作为罪证一同带回来。

有警员示意景林看标语，景林看罢哭笑不得，原来标语上写着"驱阚杀朱，还我公理"八个字，阚字旁画着一只王八，朱字旁画着一头猪。景林问王之节："这是你干的？"

王之节矢口否认，景林怒道："抓你现行，还不承认？"

王之节说："打死也不承认。"

景林笑了，说："我能打死你吗？你承认也罢不承认也罢，反正就是你们几个人干的，这就是罪证。"

王之节说："你这是栽赃陷害。"

景林说："就你嘴硬，人证物证都在，怎么栽赃陷害了？"

王之节说："阚铎要拿山东人开刀，没门儿，山东人不答应！"

景林说："好，好，这不就是承认了吗？我不管你山东人不山东人，我得给局长有所交代。再说了，你已被撤职，还在车站挑拨是非，不能饶了你。先委屈一下，我得请示局里怎么处置。"

景林说着让人把警务室旁边的杂物间收拾出来，包括王之节在内共五人关了进去。王之节大喊大叫："我是站长，我是站长。"

景林说："你早不是站长了。得罪了，请示局长后会给你个说法。"

王之节喊叫一段时间，累了，便像泄气的皮球不再作声。

五个小时后，马廷燮乘坐下一班客车来到高密车站，本来想听听王之节汇报一下高密站的情况，没想到从接站的戴尧那里听说王之节被景林拘捕了。

马廷燮找到景林，问怎么回事，景林把局长要求他来高密的情形说了，又拿出写着"驱阚杀朱"的标语给马廷燮看，马廷燮一看也笑了，说："民意，民意。"

景林很窘迫，本来马廷燮已经辞职，但他仍然指手画脚，景林又不敢对他不礼貌。

"把他们放了吧？"马廷燮看似商量的口吻中多少带着些威胁意味。

景林迟疑，然后说："不是我不听马总段长的话，实在是，局长有指示，我们不敢……"

景林平时待马廷燮很客气，但他毕竟是南方人士，也归属南派，平时工作归工作，并无过密交情，所以说起话来还是很困难的。

"有什么不敢？"马廷燮的话已经有了怒气。

景林并不接话。

马廷燮意识到这事还真的不能过于强硬，毕竟周围都是景林的下属，需要给他些面子才行。于是便放缓语气，说："给我个面子，把王站长先放出来如何？"

景林明白马廷燮心里所想，觉得彼此不能僵着，便说："好，既然马总段长说了，那就先放了王站长，至于其他几个人，我是不敢放了，我要等局里的指示。"

马廷燮点头，也带了几分感谢的意思。

彼此都给了台阶下，王之节被放了出来，他一见马廷燮就有了底气，就想大吵大闹一番，被马廷燮喝住。

从警务室走出来，马廷燮神情放松下来，他不但没有责备王之节，反倒拍拍他的肩头，以示慰劳。到了王之节的宿舍，两人密谋一番，马廷燮让他先到其他车站把景林抓人的事大肆声张一番。他回青岛，直接找阚铎让他们释放其他人。

两人便分头走了。

回到胶济铁路管理局，马廷燮直接来到阚铎办公室，朱庭祺也在。阚铎单刀直入问："高密工人的事如何处置？"

很显然，阚铎已经听到了消息。

朱庭祺一旁先自说了话："马总段长，这些工人太不像话了，这不是侮辱人格吗？大不敬了。"

马廷燮说："怎么侮辱人格了？"

"你看他们写的标语，一派胡言……"

马廷燮说："朱局长，你不能不让工人说话吧？"

朱庭祺一扭脖子，说："我们还不让工人说话，他们都快骂了我们祖宗八辈了。把我们画成漫画糟践，还说不让他们说话……请问马总段长，你说应该再怎样让他们说话，让他们捅下天来不成？"

马廷燮说："我只信公理。如果不真心诚意地解决问题，我想真的会可能把天捅下来。"

屋里的空气一下凝滞了。

阚铎不得不说话了："马总段长，以我们多年的交情，不至于把事情搞得这么僵。你辞职了，我没有批，依然视你为运输处总段长。你总得做些应该做的事情吧？"

马廷燮说："我已经辞职，你批准不批准是你的事，不过工人的事情我是要管的。"

阚铎故意惊诧道："你成了工人的代言人？"

马廷燮怕上了阚铎的当，一般来讲，工人的代言人是指郭恒祥之流的共产党人，很显然，阚铎以此所指是为了给自己上套，他说："我没有那么大本事能成为工人的代言人，但我还是要替朋友说句话。请您赶快把高密站拘捕的人放了。"

阚铎使劲往椅背上靠过去，一幅无奈的样子，说："景林愿意放就放，我没有别的话。"

马廷燮质问道："你们真的就不怕把事情搞大？"

阚铎也不示弱，反问一句："能怎么个大法？"

马廷燮"啪"地一拍桌子，说："罢工！胶济铁路员工全线罢工。你看看，会不会有那么一天。我今天就把话撂在这儿了，信不信由你。"

一向温文尔雅的马廷燮从未发过这么大火。

马廷燮走了，"罢工"两个字却像刻在空气中，看不见，却又那么清晰。

阚铎问朱庭祺："你看这事会不会搞糟？"

朱庭祺也带了几分怯意，声音有些颤抖，说："很难说，这些天，他们的人一直在活动。"

朱庭祺也对自己生出几分怀疑，本来他是看阚铎笑话的，并且渴望能够从中渔利，没想到事情到了眼前，他同样感到恐惧。想来，毕竟自己已经和阚铎上了同一条船。

27

傅书堂急匆匆地找到邓恩铭，告诉他胶济铁路沿线正在发生的许多莫名其妙的事情。四方机厂工人运动遭受到胶澳警察署和胶济铁路警务处联合镇压后，很多工人运动的带头人都被党组织要求停止了行动，但是却被要求利用多种形式深入铁路沿线宣传发动工人，让他们接受共产主义思想，接受共产党的主张，以待将来伺机而动。铁路沿线城市对铁路的控制力较弱，工人哪怕有些过激行为也不会受到关注，并且沿线城市的管理者对铁路也没有管理权限，铁路沿线也有零星的驻站警力，但警务人员与车站员工朝夕相处，只要造不成大的后果，便不会反目。傅书堂在坊子、潍县、二十堡站都有要好的朋友，他一有时间便会去这些地方探友访朋，做些地下工作。

邵恒浚走后不久，他就感受到了胶济铁路员工中存在的情绪，他们对于山东与所谓的江浙派系之间的斗争特别敏感，并且很多人对传播彼此的仇视抱着特有的兴趣。随着阚铎的到任，曾经隐现在沿线工人中的对于交通系的不满很快就开始爆发。这时，他才知道，阚铎一连几天里先是撤了三位处长，后是撤了十位科、站长，着实犯了众怒。开始他也有些不解，很快就知道了其中的缘由。他也乐得看个热闹，毕竟是狗咬狗一嘴毛，但很快他发现，事情或许根本就没有想象得那么简单，阚铎与以马廷燮为代表的山东势力正在进行着一场你死我活的斗争。

他找过邓恩铭，但对方一直在济南没有回来，只得作罢。傅书堂隐隐觉得其中或许有可乘之机，于是便找到丁子明、纪子瑞等人，说了自己的看法。丁子明显得格外兴奋，两人便开始更加频繁地前往铁路沿线跑，甚至请病假、事假乘车到各个小站了解情况，他看到越来越多的工人情绪高涨、议论纷纷，所说皆为南北两派的斗争，南派对山东势力的欺压以及山东势力与南派的势不两立。这种情绪先表现为零星的、悄悄的议论，后来成为公开的话题，再后来，哪怕是在列车上碰面的通勤员工，只要一见面所谈的便没有其他话题了。

傅书堂在高密站看到了举着画有驱阚杀朱旗子的工人，也看到了身穿便服突然而至的警务处处长景林带人如何把举旗子的工人推搡着扭送到车站的一幢小屋里，旗子被扯坏了，又被收了起来。傅书堂认识景林，他突然来到高密这座并不太大的车站，说明这里发生的事情已经引起了管理局的关注。傅书堂向戴尧打探情况，知道景林羁押了五名员工，包括高密站的前任站长王之节。再往后，他听说了马廷燮的出现，又知道后来他折返回了青岛……再后来，他听说马崮南一众被撤销职务的人正在车站串联，准备组织工人罢工。

傅书堂突然振奋起来，难道马廷燮他们真的要鼓动铁路沿线工人罢工吗？

他觉得必须就此和邓恩铭有所沟通。回到青岛，他先和丁子明碰了个面。丁子明说："没想到沿线工人闹得这么凶，干柴烈火，一点就着。"

"我们去见邓恩铭同志。"

邓恩铭刚从济南回来，他到济南是和王尽美商量另外一件事情的。在此之前，王尽美的工作重心转移到了天津。冯玉祥发动北京政变后，电请孙中山北上商讨时局。在天津期间，孙先生抱病拟定了国民会议方案，并派遣大量干部到全国各地进行宣传组织工作。王尽美在天津时会见了中山先生，并接受了中山先生所委派的国民会议特派宣传员的头衔，回到山东宣传、组织群众，创立国民会议促成会。王尽美决定把国民会议促成会的地点设在青岛，并且已经选定了天津路五十九号的连升栈，挂出了"青岛国民会议促成会筹备处"的牌子。一番布置后，邓恩铭陪同王尽美到济南处理一些其他事务。而就在这时，王尽美和邓恩铭也都听到了来自胶济铁路工人的纷争和呐喊。王尽美正在全力筹备促成会，便交代邓恩铭多留心此事。邓恩铭因此对胶济铁路沿线工人的情况有了更多关注，但是他毕竟没有傅书堂了解得详细，当听了傅书堂的介绍后，大感惊讶，也敏锐地觉察到了其中潜藏的机会。两人交换意见，看法不谋而合。

邓恩铭说："如果真像你说的，胶济铁路沿线工人会组织一次罢工，可能会给我们带来千载难逢的机会，四方机厂可以趁机组织工人把工会成立起来。"

傅书堂点头，但随之沉思道："我们能和铁路沿线工人联合吗？"

邓恩铭半天没有说话。

"或许可能，但是……现在判断还为时尚早。但至少有一点可以肯定，那就是如果沿线工人一闹，肯定会把管理局的注意力吸引过去，我们可以趁机闹次大的。并且以现在的情况看，阚铎对胶济铁路的情况并不了解，所以才做出这么莽撞的事情来，我们可以打他个措手不及。"邓恩铭说。

傅书堂说："不知道铁路沿线工人能闹到什么程度，以现在的判断闹不出个眉目是不会罢休的。听说，马廷燮与阚铎因为高密站的事已彻底翻脸，他还亲自到沿线车站做工作，甚至动员沿线驻军帮其助威，一些受到过他们好处的货主也为他们所鼓动，从外围对胶济铁路员工表达支持，声势很大。还听说，孙继丁、周迪评去了济南，要争取督军府，还有议会支持，这事已经发酵，不好收场了。"

邓恩铭问:"这些信息确切?"

傅书堂说:"应该没问题,工人都这么说,孙继丁在博山机务段看望了员工,做了一场演讲,直言这次去济南就是要给胶济铁路员工们讨个公道的,这事还会假?"

邓恩铭说:"如此说,事情或许比想象中还要糟……对我们来说,更要好。"他停顿一会说:"你们两位还是要分一下工,丁子明去铁路沿线继续了解情况。傅书堂你……就别出去了,留守在四方机厂,发动工人,一旦有事,声援铁路沿线工人,我们也可以见机行事。你在厂里坐镇。"

傅书堂点头道:"好的。"

丁子明也说:"我马上去坊子、博山一带,如果事态蔓延到博山,那肯定就成燎原之势了。"

傅书堂突然想起什么,对丁子明说:"到博山后你可以找王复元,他在博山的活动能力很强,大家都认他。"

邓恩铭惊讶道:"你们也认识?"

傅书堂说:"他在工人中的威信很高,能说会道,很具煽动性。"

邓恩铭说:"要动用一切可以动用的力量。"又对傅书堂说:"看这局面,说不定会发生突变,要随时做好应对准备。尽美同志已经来到青岛,我们会与他一起对当前的形势做进一步研判。你们要及时把了解到的情况报告上来,以便有所判断。"

自打王尽美在连升栈挂出青岛国民会议促成筹备处的牌子之后,拜访者络绎不绝,大家都想来听听这位中山先生的特派员有何高见,以至于连升栈的正常营业都受到影响,老板提出抗议。为便于有更多机会同群众见面,王尽美把公开接见群众的地点选在了李村路二十九号的神州大药房,药房老板也是位中共党员,直接把药房三楼最大的房间辟为王尽美专用的会见厅。

邓恩铭等到天快黑了,来访者陆陆续续离开后才有机会与王尽美说话。"你听说现在胶济铁路的情况了吗?"他问。

王尽美喝口水,说:"听说了。现在什么情况?"

邓恩铭知道他不一定了解详情,便仔仔细细地说了一遍,果然王尽美听后惊讶不已,一下站起身说:"会有如此情形?"他和邓恩铭一样,突然间感到有束强烈的阳光射进脑海。

他说:"一定要密切关注事态发展,尽可能让这场风暴强劲地刮起来。

这或许是创造新纪元的开始。"

邓恩铭也很兴奋，但很快一个疑问便在脑海里形成。他困顿道："这是两股反动力量的内讧，如何加以借助？"

王尽美说："这正是需要把握好的地方，我们党正在生长期，既要坚持原则，也要讲求斗争艺术，最终是为了达到我们的目的，一切都不必拘泥成法，视情况而定。"

邓恩铭点头道："好的，我们观察形势的发展来定。"

因为明天要在"福禄寿影院"召开各界群众参加的大会，邓恩铭便提早起身告辞。邓恩铭走后，王尽美准备完演讲稿后本想早早休息，躺上床却怎么也睡不着，起身在房间踱步，满脑子竟都是胶济铁路的事。现在，一种即将有大风潮的预感越来越清醒地呈现在脑海，以至于忙碌了一天的他，不但没有半点疲惫，反倒有几分特别尖锐的清醒。

他想，有必要给北京的党组织请求支援，共同应对接下来可能发生的事情。第二天，他便发电给王荷波，恳请他到青岛一叙。王荷波以最快的速度由长辛店而来，一个可能会导致强大风潮的信息让几位关键人物的敏感神经迅速绷紧，齐聚青岛，观察着事态的发展，思考着应对之策。

青岛真的要发生大事了。

28

孙继丁递了请帖要见宋传典。山东省议会议长宋传典正在为胶济铁路的事感到困惑焦虑。他的关注点当然不是胶济铁路管理局自身发生了哪些问题，而是胶济铁路所发生的形势变化会不会影响到铁路沿线的产业。他的产业对于铁路的依赖度是比较大的。

宋传典是山东青州城西宋旺庄人，幼时家境贫寒，后来英国侵礼会传教士库寿宁到青州传教，创办"广德书院"，因宋的父亲在书院做厨师而得以进书院学习。宋传典天资聪明，加之用功好学，得到库寿宁赏识，刻意培养，毕业后留校当教员。庚子年，他和库寿宁一家逃难前往烟台，与另一位英籍传教士卜道成翻译并编辑宗教诗歌，后回青州。特殊的经历让他身价倍增，先后进入满城"海岱书院"任英文教师，县立小学任校长，还兼任全县的教育会会长。在此期间，宋传典利用自己的人脉和影响经商，组建起了经营花边和发网生意的公司，产品由已到上海的库寿宁联系销往英美等地，规模越做越大，最后在青州城内亮出了"德昌花边厂"的金字招牌。紧接着，宋传典又开设了德昌缫丝厂，在济南、天津、烟台、青岛、潍县、高密设分号。宋传典的商业帝国越做越大，后又在济南开设地毯厂，在青州办起东益火柴公司、德昌肥皂公司、德茂花栈等商号。宋传典在挣了大钱的同时还赢得了"民生主义先导"的赞誉，开始捞取政治资本。田中玉时代，黎元洪大总统给他颁发了嘉禾奖章和实业勋隆的匾额，可谓名利双收。1922年山东省议会改选，省长田中玉与议会中的张公制、王鸿一等人争得不可开交，鹬蚌相争，渔人得利，带资入会的宋传典捡了便宜，出人预料地当上了山东省议会的第三届正议长。

当上议长的宋传典当然会以手中的权势继续开拓自己的商业帝国。他的目光投向了交通运输行业。1920年，由英美驻济南领事和几个传教士以及中国买办组织华洋义赈救济会，实行以工代赈的办法，在鲁西南修筑起了几百公里的汽车路。宋传典抓住时机，出资五万元，开办东昌至武定的汽车公司，开辟从聊城至阳谷，禹城经临邑、商河至武定等多条线路，从美国购进道奇牌中型轿车六辆，飞得路大型公共汽车九辆，定期在不同的线路上运营，效益可观。近年，宋传典有了更大的想法，那就是要把汽车公司的业务拓展到胶东地区，之前他所经营的汽车业务主要在鲁西南，东部较之西部，市场更为繁荣，虽说有胶济铁路运营，很多人不看好公路交通业务，但在宋传典看来，恰恰是铁路汇聚起来的大量客流需要汽车短途接续运输，是个前景广阔的市场。另外，货运业务更是前景广阔，铁路到村到镇的"最后一公里"问题必然需要汽车接泊。当然，要想达到这一目的，关键还得需要与胶济铁路管理局协调好关系，没有管理局的支持配合很难达到预期目的。

前段时间，他曾经和马廷燮有过接触，希望和胶路有所合作，只是局长连续换人，使他的计划一直没有得以实质性推进。阚铎上任后，他本想尽快与之见面，谋求有所进展，但随之而来的却是一系列诡异的人事变动以及由此带来的铁路沿线员工的骚动。他的困惑和焦虑，既有着对长远规划不能加快推进的因素，更重要的是担心现实利益受损。他担心自己在铁路沿线所设工厂物资的运输会因此受到影响，他的工厂所产的外销产品几乎无一例外地要通过胶济铁路输送到青岛再经港口转至他地。

阚铎刚上任，彼此并不熟，他不愿贸然打电话，加之他的一系列针对山东人的操作实在让人看不明白。而负责运输的马廷燮当然是最直接的人物，两人也熟，但却已经被阚铎逼迫辞职。他虽然着急，但还是觉得应该等等看，分辨出个眉目再说。

有这份背景，孙继丁的请见自然第一时间就被允准。山东省议会位于大明湖畔，是座鸟笼形状的建筑，市民习惯称之为"鸟笼子"。孙继丁和顾承曾来到了宋传典办公室，见面后一番简单的客套寒暄后便进入正题。

宋传典说："我实在搞不懂阚局长的真实用意。"

孙继丁就把山东派与交通系长期形成的矛盾说了，大多历史原因宋传典早有所知，让他没想到的是，胶济铁路内部的斗争竟然如此激烈，他从孙继丁的言谈话语中听得出来，所谓的江浙派对于山东派的无情打压以及山东派维护大局的忍辱负重。这让他也跟着孙继丁叙述的情绪变化而激动起来。

宋传典说："太不像话了。"大义当然也有，但此时此刻，他考虑的更多的还是维护山东人的利益，也是对自身利益的维护。在他看来，两者是相通的。

"这事，一定要管，不能任由交通部胡闹。"说到这里，他站起来拍了桌子。

议长的话代表着民意，是有分量的。孙继丁知道如果得到他的支持，扳倒阚铎就有极大的可能。告别时，孙继丁进一步表达了要到督军府申诉的想法，宋传典当然支持，并且表示也会通过一定方式让督军府表态支持山东人伸张正义。

郑士琦同样也在关注着胶济铁路发生的一切，他最担心的还是铁路工人会组织起来反对政府，津浦大厂工人的请愿活动已经在督军府的高压政策下被弹压，但一种无形的力量仍然存在，让他不敢有丝毫大意。济南的形势一好，青岛的形势又变坏，特别是四方机厂工人运动规模之大，组织之严密，显然背后有共产党的领导。最近，离开济南一段时间的王尽美又以孙中山特派员身份出现在青岛，正在组织国民议会筹备会。他与青岛总司令王翰章保持着密切联系，要求严加防范，一旦发现有共产党组织的工人运动便坚决镇压，不能发生如郑州一般的惨剧。

郑士琦得到的消息却并没有他所认为的那么严重，王翰章给他的回复是，胶济铁路这次是内部派系斗争，目的纯属对人，他说了句很文绉绉的话——"并非纯粹无产阶级之工人罢工可比也"。郑士琦非常信赖王翰章，由此稍放下了心。

孙继丁的来见是他在听说胶济铁路的事情后第一次与铁路内部人士接触，他当然想从他们口中得到一些更具体的细节和内幕。果然，孙继丁的讲述让他加深了对南北两派斗争的认识，随之也打起了自己的小九九。

他对孙继丁说："胶路既是交通部的，也是山东省的，督军府一定会管，并且会管到底的。"

孙继丁说："如此是山东之福。或许马廷燮总段长也会来拜见督军。"

郑士琦说："好，我倒想听听他的看法。不过，有一点，闹不要紧，只能在铁路内部闹，不能闹到社会上来，不然的话我就会很难办。"

孙继丁说："我们是争取自身的权益，主要还是让阚铎收回成命，并非要扰乱社会秩序。"孙继丁对于督军觊觎胶济铁路利益心知肚明，知道一旦局面不可收拾，督军府插手胶济铁路内部事务的话，会生出更多变数。但在他看来，事已至此，只能先解决眼前难题，没法考虑更长远的事情。

孙继丁、顾承曾拜会完宋传典、郑士琦后，任务完成大半，剩下的时间便是尽可能多地与相关机构熟识的朋友联络，以争取到更大范围的支持。

孙继丁和顾承曾在济南的第一波行动还没有结束，马廷燮接续而来。马廷燮在铁路沿线全程的鼓动让他较之孙继丁、顾承曾对职工的情绪有了更准确的把握，并且对于个人影响所能达到的程度也有了更充分的估计。所以，无论是对宋传典，还是郑士琦，他能够更准确完整地表达自己的意思，这也是他要孙继丁、顾承曾先来济南的用意所在，最后的把关定向是要由他做出的。

宋传典对马廷燮更为看重，因为作为车务总段长，负责铁路运输调度工作，下一步如果在胶东开辟汽车运输市场的话，没有他的支持肯定不行，并且马的支持力度有多大，他所占有的市场份额就会有多大，所以，他对马廷燮的接待更为周到，晚上还请马吃了顿饭，虽然一直说的是阚铎的种种劣行，但他满脑子里却是如何开辟汽车运输市场的事，对于马廷燮也是高度评价，说他是山东人的脊梁，敢为山东人说话的正直汉子。最后，他问马廷燮一句："阚铎怎么办？"

马廷燮毫不含糊地说："把他赶回北京去。"

宋传典一拍手说："就这么办。"

马廷燮在督军府也直接表达了这层意思,阚铎不走不足以平民愤,胶济铁路全体员工不答应。

郑士琦有更深一层的考虑,对他来说,虽然提醒过孙继丁不要扰乱社会秩序,但他的真实意图却是更愿意让胶济铁路的内部矛盾外溢,他由此可以插手,介入到铁路局事务之中。对于胶济铁路的觊觎在他心中从未停止,只不过一直没有找到合适的时机,而现在他看到了千载难逢的机会。

29

青岛胶济铁路管理局阚局长鉴:闻台端接事伊始,将重要职员,凡籍隶山东省者,悉行更换,遂听之余,不胜诧异!查该路自接收以来,百端待理,各职员等,悉皆勤奋尽职,劳勋卓著,故局长虽迭经变动而局内职员除局长一二私人外,从未随局长为转移。长官更换,僚属相随变更,本为政界大弊,而交通方面,向未闻有此恶习。贵局长私心自用,开此恶例,已属大惑不解,甚且专事排斥鲁人,未识是何居心?年来自治日盛,虽交通事业,不必以自治为准。但本籍人士,亦可得悉被摈除,况如欧庆浏等,均恶迹昭著,曾经查撤;贵局长漫不加察,优予位置,好恶拂人。是此举措失宜,势必至破坏路政,影响国际,鲁人一息尚存,绝不承认。特此合词电请俯察舆情,迅将成命收回,以息众愤而维路政,不胜翘盼之至。

阚铎很快就收到了由山东省议会议长宋传典领衔、济南各商业协会成员联合签名的电报,语气之烈,非同寻常,其所表达的"鲁人一息尚存,绝不承认"俨然是一幅绝不罢休的架势。阚铎看罢电稿,脊背浸出了汗,心里阵阵泛凉。宋传典的影响力他是非常清楚的,有此诘问,便与所有来自胶济铁路内部的压力不能同日而语,也与所面对的可以置之不理的舆论不同。他必须直面宋传典的质问,并且需要给他一个明确的答复。他在办公室里踱了几圈,找来朱庭祺商量对策。朱的态度开始让他生疑。他依然是那么沉稳淡定,一幅应付自如的样子。他想,没有人会在现如今危险四伏的状况下做到纹丝不动,除非他已有了预防和布置,更不会有人在接二连三的打击面前谈笑自如,除非他别有用心。在疑窦丛生的同时,他突然有一种孤独感,除却朱庭祺，他实在无其他人可以袒露心声。哪怕朱庭祺是个坑，他也不得不往下跳。这让他很无奈。

朱庭祺的主意是："硬挺。"

阚铎很是无语，"硬挺"的当然不是他，而是自己。如何挺呢？

事实正是如此，阚铎很快就知道自己挺不住了。

在宋传典的运作下，青岛总商会竟然直接给段祺瑞和叶恭绰发出撤换阚、朱的电稿：

北京段总执政、交通总长钧鉴：昨接山东省商会联合会与济南总商会、商埠商会决议：向北京当轴拍电，力争将阚、朱二人撤换。如日内无结果时，即于本月八号实行全路停运，以资后援。今日又接济南总商会、商埠商会代电，内开：胶济铁路局长阚铎、朱庭祺，结党营私，破坏路政，将来受害，实我商民。如其坐视不顾，何如防患未然。敝会现已议定，于正月十六全体罢运。相应函达贵会查照。伏查敝会与济南沿路各商会向取一致行动，为此胶路风潮激烈之秋，限期罢运迫在眉睫。如罢运实现，势必罢工相继而起，酿成不可收拾之局。如果静待钧部明令，又恐缓不济急。敝会为争切维持现状，现拟一方呈请青岛军政长官，风示胶路阚、朱两局长迅速请假，并请先予就近暂行派员代理局长职务，以为一时权宜息事宁人之计；一方恳请钧部迅赐另简素孚众望路局人员，速即来青接替。并迄先行迅赐明令发表，以平民愤，而慰众心。俾免罢运实现，发生意外，地方幸甚。胶济沿路商民幸甚。临电迫切，谨待后命。

其实细细想来，在此之前只有罢运之风传，并没有真实有人行诸文字，而青岛商会把工人可能采取的罢运以及接下来可能要发生的罢工进行了巧妙的逻辑推理，既属捕风捉影，又不失合情合理。把一件本来并不存在的事做了板上钉钉的判定。这番通电的作用即在于此。

更重要的是，明确提出撤换阚铎、朱庭祺，虽然用了"迅速请假"一词，但实际上与撤换并无二意。只是替阚、朱留了最后一丝面子而已。

而大有深意的却是"并请先予就近暂行派员代理局长职务"一语。就近派员代理，那一定就是让山东省来派员暂行管理胶济铁路事务。

所以，当叶恭绰看到这个电报后，不但没有为阚铎的莽撞恼怒，反而愈发明白了前线斗争的激烈程度，生出了对阚铎更大的理解和同情。这是非常明显的插手铁路事务的行为，对于交通部来说是不容许的。他最大的担心是阚铎可能顶不住山东势力的攻击，由此使原定的计划功亏一篑。但对他来说，无论如何也不能轻易放弃阵地，哪怕是阚铎败退下来，也要交通部重新任命局长，那么谁又是能够控制得了局面的最佳人选呢？这是他最困顿不已的事情。

叶恭绰将电报转给阚铎，希望他能够继续坚持。阚铎从胶澳督署已经听到了商会的电报内容，所以对叶恭绰的提醒与鼓励并没有太多特别的感受，他现在必须要考虑自己的退路了，至少他要向山东省议会、督军府，还有胶澳督署作出正面回答，现在的局面是如何形成的，为何突然裁撤山东籍员工，以及他是否还有资格履行局长职务。

他第一次感受到朱庭祺的不可信任或者说别有用心，所以在接下来的危机中没有再与朱庭祺商量。他首先决定召集管理局中层以上人员参加的会议，但到会人员寥寥无几，总务处好不容易生拉硬拽了几个人，阚铎也不在乎局长的面子了，他在会上宣布所有之前被开除的人员可以在原岗待命，等待管理局请示交通部后再做下一步安排。这是阚铎释放出来的缓和信号，也意味着被撤免的人员很快就会官复原职。但是，事态发展已经变得非常复杂，人们关心的已经不再是被撤人员是否能够得以赦免的问题，而是阚铎必须走人的问题，是交通部必须放弃对胶济铁路控制的问题，这些问题既包含着人们积攒起的怨气，也有对形势的理性判断和长远考量，还夹杂着别有用心者不可告人的想法……所有这些与眼前问题纠缠在一起，已经无法是几句承诺就可以化解得开的。最简单的可以解决问题的办法只有一个，那就是阚铎走人。

胶济铁路管理局已经一团乱麻，阚铎对于员工的不买账既恼火又恐惧，但他的怯懦与退却已经暴露无遗。自作聪明的朱庭祺对于阚铎自作主张、主动举白旗的做法极为不满，但他也已无能为力。他本想把所有矛盾集中到阚铎身上，自己可以得渔人之利，没想到却引火烧身、自身难保，真所谓聪明反被聪明误。

阚铎更大的压力还在后面。先是温树德召见他，一见面单刀直入地问："为何会搞成如此局面？"

阚铎无语，最后说："非我本意。"

温树德大为不解，问："为何如此说？"

阚铎说："都是朱庭祺撺掇。"

温树德说："这就让人费解了，他是局长，还是你是局长？"

事到如今，阚铎已经什么后果都不计了。"温督办，我来胶路前，朱庭祺已是代理局长，已是局长人选，我是半路杀出的，他自然不会甘心，所以才有了后面这一系列的恶果。"

阚铎意识到了朱庭祺的险恶用心，所以才有了对朱的巨大不满，借着温树德的诘问把责任推卸给朱。他说的当然有部分是实情，但大部分还是他个人的意愿所致。受人蛊惑，总是因为有个人的利益。

温树德沉吟半晌，问："事到临头，阚局长总得有所交代。"

阚铎说："此事要听交通部的。"

温树德点头，冷冷道："阚局长好自为之吧。"

阚铎话不及意，说："谢谢督办关心。"起身离开时，有些迟疑。

温树德问："还有其他事情？"

阚铎期期艾艾地说："还有一事相求……现在工人情绪激烈，我出门时是偷偷而来……希望警署能够维持胶路秩序。"

阚铎语气委婉，但温树德听得出来，阚铎本人已有安全之忧，希望督署保护。但温树德没有正面回答，含糊其词，说："毕竟现在是胶济铁路内部闹矛盾，如果动用警力，会引起误解，现在还不是时候。"

这话有些伤及尊严，哪怕表面应付一下，也不能面子都不顾及。阚铎在处处碰壁中升出一种特别的沮丧，步履踉跄地走出胶澳督署。

而等待他的另一个人，让他感受到了更大的压力。宋传典亲自来到青岛拜会阚铎。而在此之前，他已经前往北京，以山东人民代表的身份，面对面地向叶恭绰表达了诉求。

叶恭绰客客气气地与他交流了关于胶济铁路管理上的一些问题，特别强调无论管理模式如何不符合山东省的利益，也是因为当初接收时间紧迫，不得已而为之。现在的一切问题都不能强行往管理模式上生拉硬靠，更不应该归罪于山东人与江浙人之间的矛盾。

叶恭绰身穿长衫，温文尔雅，说话慢条斯理，有板有眼，任何和他谈话的人都会为他的儒雅所感染和折服。宋传典也有一丝奇怪，本来自己是抱着一肚子怨气来的，没想到几句话下来自己反倒变得平和下来，有了更多的耐心听他讲道理，而他的道理又讲得无懈可击，让他不得不洗耳恭听。

谈了大半天，宋传典竟然很少能有机会说话，后来，他也意识到如果仅仅听他讲的这番道理，非但不能解决问题，反而会被他所动摇，他决定还是简单化处理问题，便说："总长，道理我都明白，只是现在胶路的乱局是客观存在的。作为一省之议长，我最关心的是商业会不会因铁路停滞受到影响，而现在解决问题的办法只有一个，那就是撤阚铎，还有朱庭祺。如果交通部在接替人选上不凑手，我想由山东省政府指定一人未尝不可。"

叶恭绰说："铁路是全国一盘棋。人选问题，交通部已有考虑，如果阚铎、朱庭祺必须要换，也会统筹调配。"

宋传典不想被洗脑，匆匆告辞。出得门来，心中的佩服还是增加了一层，早闻叶氏大名，确实才学八斗，绝顶智慧。

在叶恭绰面前没有说得出来的话，在阚铎面前就无所顾忌，甚至会变本加厉。回到山东后，宋传典马上就来到青岛。

宋传典与阚铎从未谋面，坐在一起，却如积怨多年的债主，甚至基本的客套都没有，相互之间对视一下，也无非是为了看清对方的面目而已。坐定后，又许久没有说话。

还是阚铎先说话，毕竟是东道主。"宋议长今日来局，有何指教？"话说得不咸不淡，不着边际。

处在这种尴尬场景下，无非是为了打破冷场，宋传典也不在意他说什么，来此只是为了把自己想说的话说出来而已，况且前发电报已撕破脸面了，还有什么情面和客气而言。宋传典直截了当道："阚局长，我代表商会发给你的电报，想来你也看了。今天，我也顾不得面子了，还是那句话，阚局长急流勇退，不要把局面搞得越来越糟糕。"

阚铎强力支撑着让自己不失尊严，但话里话外赔着小心的意思也是十分明显。

阚铎把事情简要概述了一遍，前言不搭后语，意思还是表达清楚了，那就是事到如今，并非他的本意，全是朱庭祺从中挑唆造成的。听阚铎如此说，宋传典很是意外，在社会看来，都把阚铎与朱庭祺视为同谋，没想到，话刚出口，阚铎就把责任推到了朱庭祺身上。

宋传典对阚铎的为人大起反感。无论是何原因，毕竟两人是同盟，如此不讲原则地出卖朋友，实在不是仗义之人所为。同时，阚铎的所作所为，也让宋传典看到了一个穷途末路之人的窘态，说明他已无力应付眼前危局。

宋传典本来认为阚铎是个难缠的主，不给他点压力是不会轻易就范的，没想到如此不堪，觉得没有必要再让他难堪，便起身告辞。

阚铎送他到门口，说："希望宋议长理解和成全，如此险恶环境，我是进退两难。"

宋传典感到已经没有再说什么的必要，心想，你要进的话肯定很难，退还是有路可走的。

让宋传典没想到的是，阚铎的退路也走得并不顺当，他是在当天晚上以向交通部报告情况的名义，匆匆离开了胶济铁路管理局，丢下了一个烂摊子，从此再未回青岛。

30

王尽美和邓恩铭密切关注着胶济铁路沿线工人的动向，更关注着管理局中层人员特别是被阚铎撤免人员的一举一动，眼见无论是中层人员的反应，还是沿线工人的情绪，上下已形成对以阚铎、朱庭祺为代表的高层的围攻之势。相关蛛丝马迹表明，阚铎与朱庭祺的联盟也已破裂。更为重要的是，胶济铁路沿线工人的情绪已到了无法收拾的失控状态，既有着对自接收以来历任局长被无端罢免积攒下来的不满，也有着别有用心之人的挑拨唆使，还有着历史遗留的诸多说不清道不明的原因，更有着工人不被理解、不被尊重，实际生产生活状态与期望值相差甚远的现实不满。胶济铁路正像一列失控了的火车，从一个巨大的坡道奔驶而下，惯性所带来的冲击力量已经显而易见。

王尽美与邓恩铭经过分析，决定抓住时机，借助胶济铁路沿线工人即将进行的罢工，发动四方机厂工人举行大罢工，提出工人阶级的主张，维护工人权益。

但是，如何借助胶济铁路沿线工人的声势却是在操作过程中遇到的一个难题，对于胶济铁路管理者来说，或者更具体点说，对于马廷燮、孙继丁等人来说，他们的基本诉求就是把阚铎赶走，让自己官复原职；当然，对于马廷燮来说，或许他有更大的如意算盘，这些都与工人运动的初衷和本旨背道而驰，四方机厂工人运动是为了争取工人阶级的权益，而不是某个人某个群体的狭隘的利益。如果闹一阵子便罢了，反倒会帮助马、孙之流达到个人目的，那便是适得其反了。

王尽美和邓恩铭就这个问题进行了反复协商和沟通。两人的意见有一点是统一的，那就是这是一次千载难逢的机会，一定要借势达到自己的目的。但是，在这个过程中必须要把握好方向，既要运用好这股洪流，又要以我为主，可进可退，不能受制于人，要在前进过程中审时度势，以实现工人阶级斗争的目标为原则来确定斗争的手段。从大的原则讲，是没有错误的，但要把这些原则灵活地运用到斗争过程中，并不是件容易的事；斗争过程中任何事情都可能发生，如何判断把握实是一种巨大的考验。而这样的任务就落在了邓恩铭肩上。

王尽美给了他最大的鼓励和支持，说："斗争中什么事情都可能发生，你大胆去做，无论做到什么程度，党组织都是信任你的。"

回到住处，邓恩铭思考半夜，第二天见到傅书堂、丁子明等人时，脑子有些昏昏沉沉。

这几天，只要一下工，傅书堂等人都会到邓恩铭住处，通报情况，商量对策，确定下一步的行动方略。

傅书堂很兴奋，告诉邓恩铭："沿线工人的情绪已经无法控制，有几个车站已经开始罢运了。"

丁子明说："机务段的工人似乎并不是太积极，车务站段的工人是主力，马廷燮的爪牙们都在替他鸣不平。车务因为机务不主动，两家关系很是紧张，相互指斥。"

傅书堂补充道："是的。机务工人并不是最关键的，只要车务站段工人发动起来，机务自然会'趴窝'。"

这些沿线的情况汇总起来大多相同，说明局势越来越紧张，罢工已经箭在弦上，这已经不再是邓恩铭所关心的了。

傅书堂见邓恩铭若有所思，就问："还有什么问题吗？"

邓恩铭说："你们想过我们如何行动吗？"

傅书堂和丁子明等人面面相觑，没有说什么。胶济铁路沿线工人无论如何闹，胶澳督署并没有进一步干预，反倒是对于四方机厂没有放松监督，一直有暗探在工厂周围活动，也正验证了一点，他们将胶济铁路的罢工定性为内讧行为，而四方厂却是与二七铁路工人运动一样的无产阶级工人运动，必须严防死守。

邓恩铭说："我们需要和他们联合。"

"和他们联合？"傅书堂不禁问，"怎么联合？"

邓恩铭说："我是这样想的——我们去和马廷燮、孙继丁等人谈判，表达我们对他们的支持，然后实现我们的统一行动。"

傅书堂、丁子明异口同声道："他们会同意吗？"

邓恩铭说："我想会同意的，因为现在他们需要壮大声势，而四方厂工人运动是有影响的。"

丁子明说："当初我们可是反对孙继丁的，现在他能和我们合作？"

邓恩铭虽然心里也没底，但他还是决心要一试，因为唯有此才是最直接有效的方式。他说："此一时，彼一时，他们现在也需要我们的加入。我想如此一来，也会让胶澳督署意识到，如果解决不好胶济铁路问题，会面临更大风险。孙继丁等人会认识到这一层的，所以，合作的可能是有的。如果真的不行，我们再自己干。更重要的是，如果能够和他们合作，四方机厂的工人运动或许会拓展到整个铁路沿线，让更多的工人觉醒，说不定会有质的突破。请大家一定要理解这一点。"

傅书堂等人听罢，觉得值得一试。

和管理局的谈判邓恩铭是不能出面的，一来他不是四方机厂的工人，没有条件去谈，他如果出面的话，反倒会自我暴露身份。二来他与孙继丁的矛盾，很多人已经知道，他出面反倒不如回避。如此艰巨的任务就落到了傅书堂等人肩上。

邓恩铭说："不用怕，能谈到什么程度就谈到什么程度，能合作最好，不能合作，我们自己单独干。只要沿线工人一闹，我们就有机会。"

邓恩铭一番打气，让傅书堂等人的信心越发坚定起来。他们细致地研究了谈判方案，决定当日就去找孙继丁。

过去，如果去找孙继丁等人还真不是件容易的事，但免职后的孙继丁等人从济南回来后，一直在胶济铁路管理局待着，他们也不敢轻易离开，知道工人与管理层已成水火不容之势，一点火星或许就会引燃一场爆炸。

傅书堂敲开了孙继丁的办公室。孙继丁见到了进门的傅书堂、丁子明有些惊讶，不知道这两个人为何突然进来。

傅书堂鼓足勇气说出第一句话："孙处长，我有个想法，想找您谈谈。"由于第一次以所谓的谈判方式来找孙继丁交流，傅书堂的胆怯还是显而易见。

孙继丁有些茫然道："说。"

傅书堂说："我知道阚铎对孙处长、马总段长下手，工人们都感到不平，我们要为孙处长打抱不平。"

孙继丁听罢笑了，问："你们怎么为我打抱不平？"

傅书堂说："我们也要罢工，驱逐阚铎，打倒杨毅。"这是他们精心策划好的说辞，孙继丁对杨毅的痛恨不亚于阚铎，他们心知肚明，由此来刺激孙继丁。

孙继丁有些意外，想想也便明白了对方的意思，但他却并不买账，说："实话说，我们不需要你们帮忙。你们把工厂的事做好就行了。沿线工人想做什么，也不是你们该考虑的。"

面对孙继丁的蔑视，傅书堂突然有了胆量，说："请孙处长想想，四方厂的工人是拥护孙处长的。"

孙继丁哈哈一笑，说："拥护我？你们不是早就想让我下台吗？怎么现在突然说出这番话，我怎么相信？"

丁子明也插上一句："过去是过去，现在是现在，我们可以替孙处长挡枪。"

孙继丁听到这里，一摆手，示意他不要再讲下去。"我知道你们想干什么，实话说，你们的情我领了，但你们最好还是老老实实不要生事。"

孙继丁已经下了逐客令，傅书堂、丁子明无功而返。回来向邓恩铭汇报，邓恩铭说："这在意料之中，但我们不能气馁，继续做工作，还有马廷燮。"

傅书堂、丁子明相对无语，平时他们根本就没有与马廷燮对过话，这个不温不火的人身上有着一种无法接近的居高临下，如何去和他接触？

邓恩铭说："和敌人斗争就不能惧怕，或许我们的意愿契合了他们的想法，不是每个人的想法都一样的，孙继丁攻不下来，不等于马廷燮攻不下来。"

邓恩铭分析的道理是正确的，但在具体问题上却恰恰相反。虽然孙继丁拒绝了傅书堂的要求，但他在内心深处还真的有过波动，如果四方机厂的工人介入，真的不失为一股可以利用的力量，并且这股力量所潜在的威胁并不是沿线的其他人所能比的。所以,当傅书堂、丁子明走后,他找到马廷燮,把想法转达给了马廷燮。

马廷燮较之孙继丁要更加坚定,他说:"绝对不行,绝对不行,四方厂背后有共产党,我们不能引火烧身。"

孙继丁一听也便点头,说:"我也有这层顾虑,那就不让他们掺和。"

马廷燮说:"他们一定有险恶用心,绝不能让他们有半点可乘之机。"

所以,当傅书堂等人找到马廷燮表达意愿后,早有准备的马廷燮用自己特有的笑面虎的方式委婉地拒绝了傅书堂,这种委婉中所包含的不屑让傅书堂瞬间死心。他知道,无法让这些高高在上的"官老爷"认可和接纳自己。

傅书堂一走,高密站站长王之节就来找马廷燮,隐秘道:"是不是按正常时间进行?"马廷燮点点头。

"听说阚铎去了济南?"王之节问。

马廷燮说:"是的,你联络好相关人员,一起行动。这次就让他回不了青岛。"

王之节笑说:"我先走了。"

王之节走了,马廷燮重重地把门掩上。

这天,本意是到济南寻求支持和援助的阚铎,一番周折后并没有得到督军府、省议会的积极回应,便决定返回北京,名义上是向部里报告情况,实则溜之大吉。

31

声势浩大的罢工在1925年2月8日拉开帷幕,而在头天晚上,这场以驱阚杀朱为目的的罢工结果其实已经实现。罢工前,阚铎已蜷缩在北京的家中,翻看他的《红楼抉微》了。林黛玉与潘金莲到底有哪些不同呢?这是一个谜,也是他醉心的谜。此时此刻,他也无心去解其谜了。

现实中,一场由他而起的铁路风潮忽然涌起。

无论罢工的规模多大,都是要从某一个细节某一个时刻开始的。

中午十一点二十分,由济南开往青岛的T2次列车缓缓驶进高密站,车停下来后,旅客听到了窗外的呐喊声。因为正值冬季,车窗紧闭,开启困难,并没有太多人在意,但陆续有人发现车窗外似乎并不只是旅客,而是有一大股人流在站台上奔走，好奇者开始有人打开了车窗，伴着一阵寒风袭入，人们清楚地看到了外面热闹的一幕，一群人打着横幅，上面写有驱阚杀朱的字样，口里喊着"阚铎滚回去""打倒朱庭祺"。越来越多的旅客探出头来观望，有知道底细的人说："胶济铁路闹事，他们要把局长赶回北京。""听说他们在闹罢工。"……人们饶有兴趣地议论着，看着热闹。但是，很快大家就感到不对劲了，火车早就过了该开的点，却依然停着，甚至有人在喊，火车头熄火了，怎么回事？

这时，站台上就有人喊："从今天起，罢工了，火车全部停开了。"

有人问："我们怎么回青岛？"

站台上又有人喊："你得去问阚铎，只要他在胶济铁路一天，火车就一天不会开的。"

"你们局长在哪里，和我们有什么关系！耽误我们的事是不行的，我们买了车票的。"

"我们也没有办法，只有以这种方式赶走阚铎。你要有意见，就跟我们一起喊，打倒阚铎。"

"我们知道阚铎是谁？关我们什么事！"

车上车下对骂起来，车下的人就开始往车上扔杂物，车上的人投掷物品还击，有人甚至将鞋子也扔了下来，局面几近失控。

王之节在车下组织工人喊口号，见此情景，忙去阻止。戴尧吓得脸色蜡黄，他年轻，没见过这阵势，手忙脚乱地跟在王之节身后，只是问："这可怎么办，这可怎么办。"

王之节对工人大声喊道："弟兄们，不能闹事，冷静，我们是为了驱逐阚铎，不能和旅客起冲突。"这才平静下来。

但是车上的人还是不依不饶，毕竟他们最关心的是何时开车。不一会，车上就有代表下来和王之节交涉，希望王之节联系调度部门尽快将他们送至青岛，他们说："我们不管你们的内部纷争，只想快点回青岛，你们怎么闹我们不关心。"

王之节摆出一副无奈的神情说："我也没有办法，前面的钢轨被拆掉了。"

对方听罢，火冒三丈，说："你不怕我们把火车烧了？"

王之节说："我有什么办法？"

车上的人都在等待着交涉的结果,这时听说火车开不了了,就骚动起来。更多人开始找列车员,要求下车。但列车员为了安全起见,不敢开车门,就有人动了手脚,不一会列车员捂着脸跑下了车。

T2次列车上有乘客五百多人,如果冲突起来,不知道会发生什么不测。

王之节本已卸任,他接受马廷燮的命令来发动工人闹事,事越大越好,越多的旅客受阻,造成的社会影响面就会越大。只是身临现场,需要处置的危情并不是那么简单。王之节也慌了。他想找驻站警察,却找不到。

驻站警察并没有逃脱,而是看到事态不可控,想到了另外一条途径求援去了。正当王之节恼怒于警察的脱岗之时,却见他们带着高密知事来到车站。高密知事高润和,王之节认识,彼此打了招呼。高润和说:"这么弄也不是办法。"

王之节说:"我也在听局里的意见,再说,前面的路轨拆掉了,火车一时半会走不了了。"

高润和摇摇头,他听说了胶济铁路内部的纠纷,没想到会闹到如此不可收拾的地步,并且还是先从他高密境内发生。尽管是铁路内部的事,但从属地治安来看,一旦发生问题,他也脱不了干系。

他问:"车停了多久?"

戴尧说:"三个多小时了吧。"

高润和说:"天都见黑了,如此僵持下去会出大事。再说,很多旅客说不定还没饭吃,那样就更不好处置了。"

高润和安排身边的人,尽量组织周边的饭馆到车站来售卖饭食,接着又对戴尧、王之节问:"你俩现在谁当家?"

戴尧忙说:"王站长当家。"

王之节也不推让,说:"怎么?"

"我觉得需要与任团长联系一下,让他安排军队来维持秩序。"

"什么?有此必要?"

高润和说:"当然有必要,天黑下来,如果有不法之徒捣乱,会引起更大骚动或冲突。高密周边匪徒多,如果不有所防护,很难说他们不会趁火打劫,酿出命案也是难说的,万万不可大意。"

王之节听罢,也觉得事态严重。他说:"那还要请知事出面。"

王之节与高润和一起去了几公里外的高密城郊任居建团的驻地,说明情况，任团长很爽快，说："我马上派人保护。"接着又笑道，"实不相瞒，我刚刚派汽车把大村卓一处长送回青岛。"

王之节惊讶不已。

任居建说："大村处长就在T2次列车上，车停后他就下车来找我，让我把他送到青岛。"

王之节大惑不解，他不知道为何大村卓一这样一位特殊人物会在T2次列车上，并且从任团长的描述中，很显然他是知道列车要在高密站停下来的，也就是说他对工人的罢工心知肚明。

王之节意识到了其中的不简单。

T2次列车停在了高密车站，好在有任团长派出的人保护，才确保无事。第二天，车仍不能开，就有旅客开始想办法通过汽车向青岛或其他目的地出发，但仍有大部分旅客滞留在车上，站台上挤满了三三两两聚在一起的人员，喊号子"打倒阚铎"的人和被迫滞留的旅客都变得无精打采。

只有操纵此事者才知道，就在T2次列车停在高密站的那一刻，胶济铁路全线的列车已经全部停驶，特别是三、四、五、六次列车根本就没有从济南、青岛两个始发站开出，所造成的影响较停靠在高密站的列车大得多。

32

与此同时，铁路内部的冲突也由上到下，由高层相互倾轧变成了沿线工人之间的拳打脚踢。2月8日晨，济南机务段段长熊正琬开始履行上班前的早巡视，突然有人喊他，转头见是在车站附近宿舍住的一位司机。司机说："熊段长，昨天晚上济南站闹事了，说今天所有的车都不开了。"熊正琬说："不可能吧？"

"昨天我去车站了，员工都在劝候车的旅客返回，说是今天不开车了。"司机言之凿凿，又问，"我们是不是可以不出乘了？"

熊正琬说："不行，没有接到正式命令，正常开车，不要随意离开。"

熊正琬下意识地认为，这位司机在说谎。虽然他也听说了车务员工要闹罢工，但他不相信真的会全线停车。

司机嘟囔几句走了。熊段长往前走又碰到一位司机，对方说："今天可以歇歇了，但工钱还是要开的，不开车不是我们的原因。"

熊正琬开始犯嘀咕，无风不起浪，难道真的会有罢工？

拐了个弯，到了车站行车室，果然见员工们三三两两在说着闲话，没有了过去早班前紧张的忙碌。他和几位相熟者打了招呼，对方都嘻嘻哈哈道："熊段长也可以休息一番了。"

熊正琬不解地问："这是什么意思？"

有人说："熊段长不要这么积极了，马总段长都被撤了，还开什么车？"

"不运货，不运客，那秩序不就乱了？"

"乱就乱了吧，不乱我们的总段长怎么官复原职，怎么才能干上副局长。只要马总段长干上了副局长，车务职工才会有好日子过，不然总会让交通部那帮人祸害。"

熊正琬不知说什么好，这帮员工说话粗鲁，却又事事精通，有些事情说的还挺准。

熊正琬从行车室出来，还是立定一个主旨，没有收到管理局的指示，他是不会下命令停止司机出乘的。他必须马上赶回机务段，向司机们说清楚，并且要确保今天的T4次列车正点从济南站开出。但是，当他回到机务段后，却见值班室空无一人，找了一圈才找到一位清洁工，得知司机都回公寓休息了。熊正琬一听便急了，绕道去公寓找人，半道又回来，觉得有必要先确认一下传言是否准确。他打电话到管理局机务处，机务处的答复是并没有得到不开车的命令，严令正点开车，并不客气道，耽误列车开出要负责任。

熊正琬这时有些着急了，出门碰上警务处第四分段段长尹谋。尹问他："为何这么匆匆忙忙？"

熊正琬把情况说了，尹谋说："我也听说了，正准备去车站看看，不要惹出是非来。"

熊正琬来到行车公寓，却见几位本应出乘的司机已溜之大吉，这让他叫苦不迭。转了一大圈才见到一位本不应该出乘的年轻司机，生拉硬拽让他充当副司机，自己亲自开车，才算把车驶出济南站。但车行至黄台站，站长王贵城却不发继续前行的路牌。

熊正琬下车和他理论，王贵城见段长亲自开车，有些意外，问："段长怎么亲自开车？"

熊正琬说："罢工，罢工，罢的哪门子工。"

站长王贵城说:"熊段长,也不能怪我们,你看看你开的这趟车,有旅客吗?"

熊正琬这才回头看后面的车厢,果然是拉了一辆没有旅客的空车。

王贵城说:"从昨天晚上就闹起来了,声援马总段长。你们孙处长也是受害者,怎么会不给你们机务段下命令呢?"

这时,熊正琬才不再怀疑罢工的说法,他确实有些不解,既然车务已经有了信息,为何机务不给命令呢?那让他如何操作?他有些困惑。

王贵城就是不给路牌,没有路牌不能前行,熊正琬只得按照王贵城的指令将车折返回济南站。但是,他仍然担心会受到责备,再次电话请示机务处。接电话的机务调度员有些不耐烦,知道对方是济南机务段的段长,口气还是不客气。他说:"你是开车的,管有没有旅客做什么,没有旅客也要开车。"熊正琬说:"不是我不想开,车到黄台不给路牌,我怎么往前走?"

对方似乎也有些无名之火,吼道:"不给路牌也要开!"

这话就没有道理了。没有路牌就等于不给开放线路,没有线路怎么开车?熊正琬是位老实人,觉得既然调度坚持要开,还是要试一试。便再次开车,车到黄台,再度被拦停。

王贵城说:"熊段长,你今天是怎么了,和我过不去?"

"调度说了,不给路牌也要开。"熊正琬说。

"你疯了吗?"王贵城不敢相信自己的耳朵,"你想车毁人亡?"

熊正琬说:"车毁人亡也要过。"

"好吧,我就不给你路牌,看你敢不敢车毁人亡?"王贵城说。

熊正琬上前推搡了一把,王贵城不愿意了,说:"你打人?"

熊正琬说:"你怎么不讲理?"

"我就是不讲理,你就是枪毙了我,我也不能给你路牌。"王贵城梗着脖子说。

车站的几名员工见到站长受欺负,抓住熊正琬就要打。好在王贵城通情达理,说:"算了,算了,别和这个疯子一般见识。"

熊正琬见自己的努力无果,只得再次把车折返。争执之间,消息已经传到车站员工中间,不一会就有人组织了浩浩荡荡的队伍向黄台站聚集,有人举着驱阚杀朱的旗子,喊着"阚铎滚蛋"的号子向站内闯去。济南站哪有如此多的员工,一打听才知道,队伍中有很大一部分商会代表。

胶济铁路罢工的消息传出后，济南商埠商会便出面召集在济南的各商会人士召开会议，专门研究对策，大家明白铁路一旦停运，最大的受害者当是商业人士，所以商会是尽可能阻止铁路工人罢运的。参加会议的不只是商会人士，还有省议会、教育会、总商会、商埠会及该会委员会、商业研究会、各界联合会、提倡国货研究会等。商埠商会副会长刘向忱出面组织，让人不解的是，这次会议最终研究出来的结果是交通部与日本铃木商会勾结，以中国人顶名，借铃木行之款要赎回胶路，以便将来操纵该路路权。这样的结论让各界人士最终形成的意见发生了逆转，由防止工人罢工变成了支持胶济铁路员工罢工，清除日本势力对胶济铁路的染指。此实乃大谬，其中阴谋显而易见。

商会代表们决定前往济南探个究竟，恰在此时，发生了济南站与机务段段长的纠纷。由铁路车务员工和商会人士组成的代表围攻黄台站，黄台站毗邻济南，员工见有大批人员组团而来，以为是熊正琬找来的后援，忙关门不让进；商会人士开始攻击车务员工。熊正琬不明就里，逃之夭夭。济南站大批员工开始还击，一场闹局上演了。

与此同时，各站都有类似的情况发生，胶济铁路沿线秩序大乱。

33

傅书堂的努力最终以失败告终，这对他和邓恩铭来说都在预料之中。下一步该怎么办是他们面临的一个紧迫的问题，因为瞬息之间，胶济铁路沿线工人的行动已成风起云涌之势。

"不能再等了。"傅书堂很沮丧，也很急迫。

所有来参加会议的人都意识到了这个问题。邓恩铭说："自己干。发动四方机厂工人自己干。"

"我们以什么理由呢？"

"支持孙继丁，杀羊！"邓恩铭说。

所谓的杀羊，就是"杀"杨毅。杨已经成为孙继丁的死敌，如此一来，也就表示支持孙继丁。

但孙继丁一直以来是他们最仇视的人，现在又如何能转身支持他？

"只有支持他，才能得到管理局的支持和默认，不然的话，不能成事。"

邓恩铭说。这是他与王尽美商量多次的策略。

"我们什么时候动手？"傅书堂问。

邓恩铭反问："工人们的情绪如何？"

"工人们都等得不耐烦了，恨不得现在就动手。"

"给弟兄们讲，就在这几天。"

"但是，我们的最终目的，不是支持孙继丁，而是先闹起来，接下来，我们还要提出自己的目标，这一点要统一思想。"邓恩铭说。

傅书堂说："听你的，你先说说看。"

邓恩铭把与王尽美商量好的条件通报给傅书堂等人。这次工人运动要提出五个方面的条件：

一是成立四方机厂工会，以后厂中关系工人的事件，必须与工会交涉；

二是恢复从前因为工会而被开除的工友，包括郭恒祥；

三是不分领班、工匠、学徒、小工一律增加工资三元，并改日计为月计；

四是每年发给两次来回免费联运通票；

五是速发年终奖金。

这五个方面的条件既满足了工人的现实需求，又从长远着眼维护了工人的权益。傅书堂、丁子明听罢一致称好。

第二天，青岛站的各次列车已经全部停运，火车站上挤满了本来计划要出行的旅客，人们在纷纷猜测到底发生了什么事情，就见有一支队伍举着旗子从面前走过，上面写着"驱阚杀朱"的字样，人们便相互传递着关于胶济铁路内部纠纷的信息，大多数人是看热闹的心态，当然他们也着急，无法乘坐火车出行了……

而远远地又有一支声势浩大的队伍过来，唯一与前面几支走过的队伍不同的是，队伍周围跟随着大批警察，如临大敌的样子既可笑又可怕。不注意的人看不出来，这支队伍和其他队伍相比还有另外一个不为人觉察的不同，那就是旗子上字改成了"驱阚赶朱杀羊"。这便是四方机厂的工人队伍。他们与前面的几支队伍都在向着同一个方向前进，胶济铁路管理局所在地，但他们怀揣的目标方向却又是不尽相同的，他们不是为了内讧中权势人物的得与失，而是为了工人阶级自身。

但此时此刻还没人察觉得出其中细微的差别，所有人汇成一片，高举旗帜，高呼"阚铎滚回去，胶济铁路是我们自己的"。

有人问："你们杀的什么羊？"

"杨毅。"

"你们是四方厂的？"

"对啊！"

就有人高喊道："弟兄们，四方厂也来了。管他们什么猪啊，羊啊，一起杀啊！"

这时就有人说："阚铎跑了，阚铎跑了！"

"阚铎跑了？"

有人说："他昨天就去了济南，不敢回来了！"

"还有猪呢？"

"朱庭祺不会也跑了吧！"

接着就有人喊："朱庭祺滚出来。"

有人说："这头蠢猪最坏。不是他，阚铎也没有这个胆量。"

接着就有人高喊，杀猪，杀猪。

而此时朱庭祺还真的就在胶济铁路管理局的办公室里，本来他是想拿点东西找个地方躲一躲的，没想到刚进办公室，工人就包围了大院。

他很懊悔从阚铎手里接过了管理权。阚铎去济南时对他说："我去趟省议会，进一步寻求宋议长的支持，局里的事你先代理。"朱庭祺信了他的话。但现在看来，阚铎本就是见大事不好，要溜之大吉的。果不其然，他一去就再未回来，而让朱庭祺独自面对着眼前的人山人海。

他当然没有胆量承担眼前的一切，办法只有一个，那就是效仿阚铎，逃之夭夭。当越来越多的人在厂门口喊号子时，他偷偷从后门溜了……

工人的势头已经不可阻挡，胶澳警署也无法再把不同利益诉求的工人区分开来，加之青岛区域内的工人对四方机厂工人本身就高看一眼，见他们能够声援自己当然觉得是件求之不得的事情。当警署里面的一些明眼人要对四方厂工人施以狠手时，铁路沿线特别是青岛车站等区域内的工人同样也不愿意了。警署接到命令是维持秩序，不参与胶路的内部事务，那么曾经给四方机厂划出的那条严格的阶级路线也便模糊了。加之胶澳督办温树德和驻青岛司令王翰章的认识是"此次罢工主动为多数员司及议员政客各团体，目的纯为对人，并非纯粹无产阶级之工人罢工可比也"。

邓恩铭把水搅浑的目的达到了,下一步他将为实现所提出的工人阶级的奋斗目标而斗争。胶济铁路四方机厂成了一片红色的海洋……

在"驱阚赶朱杀羊"的旗帜下,开始有人听到了"免交房租""缩短劳动时间""增加工资""承认工人俱乐部"的声音,这让大部分铁路沿线的工人感受到了一种更为真切的心声,我们举行抗议、罢工,目的是干什么?驱逐了阚铎、朱庭祺,我们还要干什么?难道把他们驱逐就是最终目的?目的是改善生活,再也不能这样活,维护个人的利益,冬天不能冻着,夏天不能热着,老婆孩子不能饿着,老人有钱赡养,这才是我们的追求。于是,开始有越来越多人跟着喊起了涨工资。但又有人说了:"阚铎不去,怎么涨工资。"想想也对,这是连在一起的事,所以一定要把阚铎除掉,才能找一个能给我们涨工资的局长。两种情绪彼此激荡扶摇,感情愈发膨胀。

当这种情绪酝酿到一定程度,人们突然又听到了另外一种更为高亢的声音,"让被开除的工友复工""成立属于工人的工会""工人的事情工人自己做主""工友们团结起来,斗争,和压迫我们的力量斗争到底"。大部分工人对这些词还感到生疏,但朦朦胧胧还是明白了其中的道理,也便跟着喊,也便越喊越熟,越喊声音越嘹亮。

全国工人团结万岁。

工人阶级胜利万岁。

这些口号喊出来便声彻长霄了!

34

阚铎与叶恭绰的见面很有几分怪异,两人都不讲话,默默地对坐着,但都能听到对方心里的滚雷二人之间不可能有埋怨冲突,因为在此之前两人在胶济铁路的处置上有过充分沟通,并且达成一致后才付诸实施的。如果说在具体操作过程中真有不妥的话,也是对于现场形势的判断造成的,不足以相互责备。但是,这种困顿之中形成的和谐毕竟不是一种正常状态,毕竟他们期望达到的目标在一种极度的波折后被狂风暴雨所摧毁夭折,结果非但不是他们想要的,事态发展所造成的巨大负面效应两人更是压根没有想到。

阚铎认为叶恭绰对于胶路形势所采取的政策没有任何问题。事到如今,他反倒越发觉得山东人对于胶路控制的顽固性，也越发说明交通部决策的英明，只是没有攻下这块堡垒而已。这样不堪的结果与他个人的战术策略也是没有关系的，他的出其不意是完全符合实情的，它的失败在于山东势力的根深蒂固，如果采取其他措施也很难说能够达到满意的结果。朱庭祺所抱有的个人目的虽然某种程度上操之过急，但打个措手不及本身就是他所认定的方式。朱庭祺的手段让他不屑一顾，他的不择手段也把自己害了，咎由自取，自食其果。凡事动小心思，必定是要吃亏的。阚铎不恨朱庭祺，并且朱庭祺本身就为叶恭绰推崇，到了胶路他又没有依仗之人，哪怕知道朱庭祺是个坏人，也没有办法，只能和他站在一起。所以，他总结教训，就是当初确实不应该接手此事，最后搞成如此结局。现在想来，当初与朱启钤告别时，对方似乎已经意识到此刻的局面，而现在局面无非是预想的必然而已，这让他多少有些懊丧。在见叶恭绰前，他先到朱启钤处一趟，更愿意听他奚落一番。朱启钤没有开他的玩笑也没有安慰他，只是说："干点你该干的事，还是抓紧把日本之行了结了吧。"朱启钤就像是在对着一个不听话的孩子说话，让他犯错后回来抓紧把该干的事都补上。但阚铎对于日本以及他曾经痴迷的考据都没有了兴趣。朱启钤也不去劝他，阚铎闷头喝了朱启钤倒的茶水就离开了。

　　叶恭绰对他的到来没有感到半点奇怪，他已经听说阚铎两天前就回到了北京，而那时胶路的大罢工还没有开始，现在那场罢工应该已经结束了，他却在这个时候上门了，但他心里并没有半点责备他的意思，早也如此，晚也如此，反正局面已不可挽回。他知道阚铎的优点和缺点，在派他去之前，对于成功与失败已经有过考虑，但他认为，成败与否并不取决于某个人，而是取决于执行交通部决定是否坚决，还有就是对手的顽固程度，他是下定了最大决心要解决胶路问题的，所以前者取决于他个人，而后者他无法决定，那是要看现场情况的。阚铎执行了他的决定，还是让他满意的，胶路的铁板一块却大大出乎他的预料。在他看来，责任不在阚铎，甚至不在朱庭祺，尽管朱的表现很难让人认可，但也并不是此次失败的关键。如果反思自己的错误的话，确实低估了胶路所形成的盘根错节的关系以及由此所构筑起来的力量。这次失败同样也有收获，马廷燮、孙继丁等人暗中煽动工人罢工的罪名是有了，此时不去追究，但终成把柄。从长远看，此次败局也为下一步永久解决问题提供了可能。

叶恭绰、阚铎两人就这么沉默以对，各自想着各自的心事，彼此都有一种理解和宽容，这是一种同盟者之间的默契。

坐了半天，阚铎站起身走了，叶恭绰送到门口，还是没说一句话，真乃是此时无言胜有言。

送走阚铎，叶恭绰很快就陷入困惑之中。秘书收到了刚刚由山东督军府、省政府联合发来的电报，电报同时报送到中央政府，大致意思是，自2月8日，胶济铁路沿线工人罢工以后，阚铎已离开胶路回京，所托副局长朱庭祺不知所踪，胶济终不能无人掌舵，所以应全体鲁人之请，乃以委该路前局长李钟岳暂行代理胶路局长之职，以便主持一切。这是叶恭绰最不愿意看到的。如此一来，郑士琦又把手向前伸了一步。山东地方势力因为地方政府的强力介入会变得更加坚固复杂。没有人不知道，地方势力对于胶济利益的觊觎。另外，由地方政府委任铁路部门人员，历来就为交通部所排斥，开此先河，后患无穷。

叶恭绰后背阵阵泛凉。在办公室徘徊良久，找来秘书要他回电，明确表示交通部将会自行任命局长、副局长，山东省政府不必过虑。但是，电报拟好还未发出，就得到消息，李钟岳已经在山东镇守使施从滨荷枪实弹的保护下到胶济铁路管理局上任了。叶恭绰恼怒不已，但事已至此，鞭长莫及，恐难挽回。想了半天，叶恭绰认为最妥当的办法还是不能与山东省撕破脸皮。郑士琦是段祺瑞的心腹，背后的势力错综复杂，一旦处置不好，非但困局不解，可能引火烧身。

无奈之际，叶恭绰只得认可山东省的做法，并从交通部的角度副署对李钟岳的委任。同时，他还做了一件出人预料的事情，明令免除胶济铁路副局长朱庭祺之职，另委派交通部营业科科长胡鸿猷为胶路新任副局长。丢了半壁江山，另外一半必须尽快补上。

处理完此节，叶恭绰长叹一声，他知道，无论如何，立竿见影解决胶济问题的想法破灭了，如此局面不进反退，再想破局难之又难，只有等待山东方面自己出问题了。

快过年了，北京的空气里鞭炮的气味已经很浓了，但叶恭绰却无心体味年的滋味，他觉得一年走过来真的诸多不易，外人看意气风发，实则连偏僻之胶路都无从随心处置，他觉得失望至极。

35

与叶恭绰的沮丧相比，郑士琦确实处于志得意满的高光时刻。他严密关切着胶济铁路事态的变化，却告之属下不要轻易出手干预，哪怕是四方机厂的工会组织蠢动，在他看来只要处于可控状态，完全可以置之不理的，欲擒故纵。等到一切成熟了，再下手不晚。他不关心胶路的运输会受到多大影响，他最大的关切在于选择一个最佳的时机介入。

2月8日，胶济铁路工人举事。头天晚上，阚铎闻风丧胆，溜回北京。三天之间，胶济铁路群龙无首，闹得翻江倒海，四方机厂更是打出了维护权益、成立工会的旗帜……直到这时，他才督促省长龚积炳召集会议，公开宣布维护胶济铁路全线秩序，任命原胶济铁路管理局局长、新城兵工厂厂长李钟岳为胶济铁路管理局局长。与会的很多人都不明白，李钟岳何以成为原胶济铁路管理局局长。但这已经并不重要，重要的是他后面的称呼——兵工厂厂长所具有的威慑力。山东镇守使施从滨带足兵力随从维护铁路沿线秩序。

会后，对李钟岳的任命电报中央及交通部备核。

2月11日，也就是在罢工的第三天，李钟岳就偕同施从滨到达青岛。次日9点，李钟岳在胶济铁路举行了就职仪式。山东省议会副议长陈鸾书以及各商会、团体代表几十人参加。参加就职仪式的人员范围不大，核心在于实现象征性的权力交接。朱庭祺作为仍在行使权力的胶济铁路副局长代表胶济铁路管理局表达了对李钟岳任职的"欢迎"，并将胶路当前的重要事务择其一二作象征性交接，由此认定了李钟岳局长的正式到任。朱庭祺的狼狈与无解显而易见，但大势已去，本想火中取栗的他被重重地灼伤了，落得里外不是人，人们都认定正是他的挑唆才导致阚铎上演了一场闹局，阚铎非但无端减弱了罪名，反倒赢得了很多人的同情。人们认为阚铎无非是能力不强而已，而最坏的那个人当然是他朱庭祺。朱庭祺觉得一肚子冤屈。

只有自己在乎自己的情绪，人们更关注的是事件的进展和未来局势的演变，称赞也好、谩骂也好，瞬间都为人忘却，哪怕当你还在人群中发呆，所有的人已将你忘得一干二净。朱庭祺的状况便是如此。人们此刻最关注的是，走马上任后的李钟岳第一个举动将会是什么。大家尾随李钟岳来到胶济铁路管理局礼堂。他目光炯炯，神色从容，走上讲台，环顾四周。参加这次会议的是所有管理层员工。人们期待着以兵工厂厂长身份来到胶济铁路管理局任局长的李钟岳如何砍下第一板斧，看他将如何结束当前的乱局。

站上讲台的李钟岳环顾会场一周，突然发声："马廷燮呢？"

好一会才有人答："马总段长生病了，正在医院。"

李钟岳说："马总段长是这次罢运的关键人物，他不在这个会怎么开，问题怎么解决？赶快请他来，请他来。"

会场内的人屏神息气，没人敢大声说话，生怕会有什么不测。

尽管有了事先的铺垫，罢运也得到了山东省议会、督军府等地方势力的支持，但胶济铁路沿线大罢工所产生的影响已远远超出马廷燮、孙继丁等人的预想，本来无非就是为了达到驱赶交通系势力以泄私愤的目的，实际上对政局时局的影响还是巨大的，由此带来的变数一时尚未显露，吉也凶也，无从分辨。马廷燮作为罢工的组织者，完全暴露在外，已经无从逃遁，而孙继丁从后半段开始，就已经发现苗头不对，有退缩之意，所以机务段在接下来的一段时间里并没有接到孙处长发布的指令，且机务人员多有与车务人员不和谐的场面出现，这也是孙继丁有意为之……虽然现在他们都处在惶恐之中，但人们对孙、马的态度却是截然不同的。

李钟岳走下讲台，果真一直等到马廷燮来到会场才继续开会。

马廷燮很镇定，但他的缺席以及住院的借口已经把他外厉内荏的心态暴露无异，人们目不转睛地盯着李钟岳，也在侧目环视着马廷燮和孙继丁。工人是他们发动起来，搞成这样的局面既要看李钟岳的脸色，也要看马、孙的态度。在此之前，他们的口号和目标是"驱阚赶朱"，现在阚已跑，朱已败，他们还会有什么诉求？

李钟岳重新走上讲台，大声道："马总段长来了，我们的会议可以开始了。"他停顿片刻说："本人是临危受命，来此任局长，虽非本意，但绝不敢搪塞，为了山东省的秩序，为了不给别有用心之人可乘之机，也为了迅速恢复运输畅通。所以，立定这样一个主旨，也抱定一个决心。有违本意者，本局长绝不客气，服从管理者，我们同舟共济。

郑督军、龚省长以及同仁们都有共识，造成胶济此次绝大之风潮，症结在于阚铎倒行逆施，不能容人。来胶济两天换三处长，三天换十科长，把胶路搞得乌烟瘴气，更是人为掀起南北派系对抗邪说。何来南北对抗之说，交通部与山东省向来彼此和睦，所有问题均为发展中问题，也为发展中可以解决的问题，但却为别有用心者曲解利用，请大家明辨是非，不能人云亦云，跟着瞎起哄……

根上的问题就要从根上解决，所以，我现在宣布五项决定，也是对社会各团体提出的五项条件的答复：

第一，阚铎、朱庭祺同时免职。

第二，阚铎、朱庭祺任职期间所有的一切任免概作无效。

第三，对于阚铎到任后，依附其上的倒行逆施者全部免职，包括陈承栻、鲍锡藩、陈天骥等。

第四，以后有员司出缺，为人地相宜起见，尽先任用山东人。

第五，从此之后，胶济铁路管理局取消副局长。

李钟岳说到这里，大家都在悄悄找朱庭祺，却早不见他的踪影。

李钟岳停顿下来，环顾会场一周，把目光落到前排马廷燮、孙继丁身上，问："马总段长，孙处长，你们是否同意我讲的这五条决定？"

会场鸦雀无声。大家都知道，马廷燮、孙继丁处在了一个绝对的尴尬境地，此时此刻的语境便是，只要两人同意了李钟岳所讲的五点意见，那么就等于满足了罢工条件，工人可以复工；而如此一来，也就等于默认了这次罢工是由二人组织的。被撤职的顾承曾、周迪评没有这种代表性，自然也就没有了这份责任。

此情此景，不表态是不可能过关的。李钟岳的目光一直停留在马廷燮的身上，当然是要他先表态。

无奈之下，马廷燮说："我同意李局长的意见。"

孙继丁没有说话，而是举手表示同意。

李钟岳也不为难二人，见状便宣布说："既然大家都没有意见，那么我宣布，从现在起胶济铁路正式恢复通车。"他又沉了片刻说："马总段长、孙处长，还有顾处长、周处长，你们各回各位，履职尽责，安抚员工，各守本分。"

会议结束后，李钟岳还有一项重要的工作要做，那就是与马廷燮、孙继丁、顾承曾、周迪评四人单独谈话。小范围的谈话，李钟岳变得亲切了许多，摆出一副虚心求教的姿态，说："自己是小学生，对铁路业务还要仰仗四位处长……前些日子大家所有的不快我心知肚明，虽然明处我们不能把与交通部的矛盾说出来，但私下里说，交通部实在不像话，山东的事山东人办，这没什么错，所以我刚才大会上说了'所有员司出缺，尽先用山东人'。就这一点我们是和交通部有言在先的，不能再让他们胡乱作为……"

小范围的表态容易得多，马廷燮说："我们也是迫不得已，不能任人宰割。实在是没有个人私利，更没有所谓的与外族勾结之大逆不道之事。"马廷燮已经从周围的议论中，得悉日人许诺的副局长位子的事已经泄露，所以才有此表示，意在撇清嫌疑。

实际上，关于马廷燮要获得副局长的位子，早就是公开的秘密，这也是李钟岳明确表示胶济铁路取消副局长的原因所在。无论对于哪一方，煽动员工闹事，以求达到个人目的都是为人所不容的。

孙继丁的话依然很少，他说："一定支持李局长的工作，机务段的工人已经复工。"

顾承曾、周迪评本就是受害者，期间也只是随波逐流，别无他求，所以表态的真诚度并不让人怀疑。

一场大罢工看似就要偃旗息鼓了……

36

与其说是李钟岳雷厉风行地结束了胶济铁路沿线的罢工，倒不如说是马廷燮、孙继丁以最快的速度缴械投降了。对于沿线的铁路工人来讲，似乎一场闹剧才刚刚开始，就被告之结束了，多少有些失落。这场罢工本身并没有多大意义，所以整个过程也没有多少有意义的事情发生。等到结束了，人们才有机会想一想为什么这么做，原来更多的原因是上层的斗争，马、孙要复职，所谓的南北之争也无非是某些人的个人利益。大家哈哈一笑，开始复工了。

但迅速的平静却让王尽美和邓恩铭感受到了巨大的危险。这种结果在两人的预料之中，但却没有想到会来得如此迅疾。在他们看来，如此规模的大罢工，哪怕只是惯性使然，也断不会三天五天就能够结束的，但没想到不堪一击的阚铎在尚未罢工的前夜就逃窜了，工人们没有了斗争的目标，而郑士琦见缝插针，山东督军府多年处心积虑不能达到的目的随着李钟岳的派驻变成了现实，而对于极力想挽回颓势的交通部来说，这次彻底以失败而告终……那么，对想要以此借势维护工人权益，直到成立工会组织的四方机厂来说，还没有达到目的，这场可以借助的风潮即已结束，接下来便是一个面临着巨大考验的时刻。

四方机厂的工人运动本来就因无产阶级的工人组织为当局所重点管控，失去了沿线工人的风潮遮挡，便把自己完全暴露在了政府、军警的视野之中，很容易成为靶子。但是，难道就此退缩？

王尽美说："既然已经暴露了，就没有退路了。"

邓恩铭说："他们会集中精力对付我们，包括胶济铁路管理局，他们也会掉转枪口拿我们当敌人。"

这种局面几乎是肯定的，当铁路沿线的罢工进行时，四方厂工人的反应于大家有利，而现在他们不需要四方厂了，况且四方厂所提出来的包括涨工资、提待遇、成立工会这些具体事宜本身就挑战了管理局的权威，阚铎换成了李钟岳，李钟岳就成了他们的斗争对象，矛盾又成了四方厂与管理局的矛盾，其实矛盾的性质本身也从未改变过。

傅书堂说："我觉得确实没有后退的机会了，只得搏一把。"

丁子明说："这些天，警署一直盯着我们，看来已经暴露了。"

邓恩铭问："能不能发动沿线的几个机务段响应？"

傅书堂摇头说："孙继丁从开始就没有让机务段过多地参与，主要还是车务人员在闹，现在李钟岳来了，他更不敢让工人们闹了，归根结底，他们还是一伙的。"

丁子明说："他们不会和我们一条心。我觉得倒不如闹上一场大的。"

邓恩铭担心道："现在这个局长可不是阚铎、邵恒浚、刘垚等类型，他是兵工厂厂长出身，身边还带了个山东镇守使，杀气腾腾而来，很难说他们不会下毒手。我想还是要有思想准备才行。"

丁子明说："这个尽可放心，工人们早就想和他们摊牌，谅他也不敢拿枪打我们。"

几个人的秘密会议结束了，最终并没有形成统一意见，关键还是邓恩铭存有顾虑。邓恩铭没有马上离开，等大家走了，继续和王尽美说着刚才的话题。

邓恩铭说："李钟岳真的敢对工人开枪。"

王尽美说："这个是可以预料的，但非但如此没有更好的办法。青岛的工人运动已经沉寂很久了，不能再这么沉沦下去。"

邓恩铭说:"那就要做好牺牲的准备。"

王尽美说:"没有牺牲怎么才能赢得胜利,我觉得这是无法避免的。"

邓恩铭为之一震,说:"不是我邓恩铭胆小怕死,而是怕一旦出现难以预测的结果无法交代,既然我们能够统一思想,那就去干,哪怕牺牲也要把声势搞大。"

王尽美说:"是啊,虽然沿线的工人这么快就停了下来,打乱了我们的计划,但影响已经造成,上海、北京的报纸都登了出来,全国的铁路工人甚至其他行业的工人都拭目以待。无论胶济铁路工人罢工的原因为何,他们的诉求为何,但工人阶级从根本上想要寻求经济、思想上的解放的愿望是一致的,他们也愿意相信胶济铁路沿线的罢工同样是工人们对自身利益的追求,这虽然不一定是真相,但却是根本的真相,我想我们就是要把胶济铁路工人运动导入到这样一个轨道上来。"

邓恩铭说:"我明白了,为了我们的理想,要抓住一切可以抓住的机会,哪怕牺牲也值得,因为我们既是为了四方机厂的工人弟兄,也是为全国铁路工人树个榜样。"

王尽美起身握住邓恩铭的手说:"你说得对,更是给党如何领导工人阶级运动做一个尝试。只要我们认识一致,步伐才不会乱,才能取得最后的胜利。"

邓恩铭走出义升客栈,步履坚定,感觉到心中一团火在烧。

……

李钟岳宣布胶济铁路正式复工的同时,傅书堂在四方机厂组织成立起了罢工委员会和纠察队,接续着沿线工人的罢工,以更为坚定的行动方式表达工人的经济诉求和政治愿望。

近千名工人聚集在四方机厂第二工厂门前的空地上,傅书堂站在一个机车模具上向工人演讲。因为杨毅介入派系斗争,此时的四方机厂形势尚不明朗,正处于管理上的虚弱期,确实是四方机厂斗争的最佳时机。

傅书堂大声喊道:"工人弟兄们,现在沿线工人已结束罢工,我想问大家,我们还要不要继续下去?"

郭恒祥在工人队伍前面带头喊道:"当然要和他们斗争到底。"

郭恒祥也回到了厂里,虽然他的影响力已大不如前,但他的回归还是足够让工人振奋。

有人迎合："让郭会长回厂，恢复圣诞会！"

"恢复圣诞会！"工人的呼喊声此起彼伏。

傅书堂摆手示意大家镇定，说："工人弟兄们，我们不但要恢复圣诞会，让郭会长回来，还要让大家过个好年，厂长必须要答应，提高工人的待遇，把应该归工人所属的还给工人，不能剥夺工人的权益。"

郭恒祥在下面道："管理局那帮老爷是为了个人利益，他们达到了个人目的就让工人复工，他们不是真正关心工人，而是愚弄工人。我们要擦亮眼睛。"

傅书堂说："郭会长说得对，工人的事得工人自己办，对他们不能存有幻想。"

工人的情绪越来越高。

丁子明振臂一呼："走，找厂长去。不行，就去找管理局。再不行，就到市里游行示威。"

"走，走……"

工人们来到厂部大楼前，振臂高呼："杨毅滚出来，涨工资。"

杨毅避而不见，新的管理局长到任了，被免的机务处长孙继丁又回来了，他前途未卜，当然不会迎着锋芒上。

管理局很快就得到了四方机厂工人闹事的消息，于是派警务处处长景林先与工人交涉，坐镇弹压。景林到达现场说："你们这么闹没有用的，找几个代表，把你们的想法说明白。"

傅书堂和丁子明商量一下，除却两人外，又找了两位，到厂长室与景林等人谈判。

杨毅垂头丧气，一直没有说话，全程都是警务处处长景林在谈。

话说得很明白，还是之前所商议好的五项条件，恢复被开除的工人，包括郭恒祥在内；承认工会；每人每月增发大洋；发大煤、房租；发年终奖金。傅书堂说："为什么只有领班和工头才发大块煤，工人却只发煤末。工人也要发大块煤。"

作为警务处处长的景林其实并没有权限代表厂方更不能代表管理局答复工人的条件，但为了平息事端，只得耐着性子听，无非拖延时间而已，并不能真正解决问题。所以在这几个问题上面前绕后绕，非但不能给出一个准确答复，甚至丝毫都不掩饰自己的心不在焉、被动应付。

傅书堂等人也便恼怒起来，问："你能不能解决问题，不能解决问题我们不和你谈。"

景林仗着警务处处长的身份也不示弱，说："我认为你们压根就是为了给管理局找麻烦的，实在不行就把你们扣了，关你们几天小号就明白了道理。"

丁子明就要上前和景林动手，傅书堂拉住他，一方面是好汉不吃眼前亏，毕竟他身边还有一队警察；另一方面看得出来，景林就是管理局派来应付他们的，根本就不是来解决问题的。

这么无结果地闹了三天，李钟岳也坐不住了，他没想到四方机厂的工人如此难缠，知道背后有共产党的活动，特别是王尽美以宣传国民议会的名义，一直在青岛做着发动工作，从中操纵的痕迹非常明显，如此一来，很难说不会夜长梦多。

他找到了戒严司令王翰章，问是否可以动用军力。王翰章面有难色道："不到万不得已不能动用军力，吴佩孚不就是先例吗？二七后，谁还敢轻易对工人动武。"

李钟岳说："可现在局势不好收拾，关键有共产党在背后做小动作。"

王翰章说："可以强硬一点，但只能动用警力，不便动用军力。"

李钟岳不无忧虑道："我会下更大的功夫加以弹压，但……听说这些天，他们正与大康纱厂、管道局的工人们密谋联合，如果彼此呼应，会出现大麻烦，不能不防。"

"信息从何而来？"王翰章问。

"陈韬通报我的。"

陈韬是新任胶澳公署警察厅厅长，消息当然不会假。

王翰章说："明白了。当然，这事还是得管理局自己先出面解决，真解决不了，再视情况而定，控制在你们自己范围，不外溢为最好。"

从戒严司令部出来，李钟岳感觉到了巨大压力。本来他有信心解决好此事，找到王翰章无非是想寻个后援，事到非常可以有所依靠，现在听来王翰章非但不愿出手，让他"控制在自身范围"的处置原则，反倒无形中加大了他的难度。

而就在这时，另外一个信息进一步加重了他的顾虑。奉系部队全面入关。这时，他多少也明白了一向强硬的王翰章为何突然不愿意出手相帮。奉皖联手，赶走了直系曹锟，但接下来的局面大家心知肚明，皖系段氏远非往昔，无非是个过渡性人物，张作霖迟早是要掌权的。奉系军队的大举入关，当然也就意味着过渡阶段的结束，一种新的局势即将开始。而王翰章、温树德均属郑士琦，作为皖系人物如何自处当然是不能不考虑的，如果这个时候与工人交恶，说不定会让奉系拿出来做文章。

李钟岳强硬出手的想法也便打了折扣。

37

交通部虽然接受了胶济铁路最终的处置方式，但仍然不能释怀，特别是对于马廷燮、孙继丁等人在罢工中所带的头。叶恭绰商请山东省同意后，决定派出调查组对铰路的罢运情况进行调查，并对当前胶路状况作出评估。

山东省方面自然不会对此有异议，胶路发生如此重大的震惊全国的风潮，作为交通部来说当然需要有自己的一个权威调查，以便向中央也向国人有一个交代。

交通部派出的调查组只有两人，一位是刘景山，一位是陆梦熊。陆梦熊是时任交通部次长。两人于2月11日来到济南，先与商会各界人士见面并召开座谈会。座谈会上，商埠副会长张文英代表商会介绍了情况，主要还是讲阚铎来到山东后的种种劣迹，这些话在不同场合不同角度都听过，大同小异，无论出于何种动机，其盲目草率却是铁证如山，无法让人为之开脱。刘景山、陆梦熊两人边听边摇头，也算是无言之中表达了对商会意见的认同。

张文英重点讲了罢运对商会的影响，沿线各商会接到无计其数的客商投诉，因为列车停运旅客延误办事，货物误了运到期限，损失甚巨。张文英说："还是建议交通部尊重山东民意，让山东人来办山东的铁路，这样才能更稳定，有利于长远发展。"

刘景山、陆梦熊二人对此不敢随意表态，也只是诺诺道："会向部里报告。"

张文英还是不依不饶说："我们希望找一个山东人干局长。"

刘景山说："现在不是李局长已经代任了吗？"

张文英说："李局长以兵工厂身份代理局长，也不是长久之计，我想还是要选一个实实在在的山东人做局长才是万全之策。"

陆梦熊没有说话,但他心里却不以为然:"从赵德三到李钟岳,哪一任局长不是山东人,怎么却总拿这个说事,也站不住脚啊!"

这种场面不便争论,只是听听而已。

刘景山附和道:"山东人的感情当然应该得到尊重。"

张文英说:"有话不知当问不当问?"

刘景山说:"今天是沟通会,我们也是了解情况,有些事情能答复便答复,答复不了会向上呈报。希望大家理解我俩此行的目的。"

张文英说:"听说……交通部任命了一位营业课课长来胶路任副局长?"

刘景山略一思考,说:"这不是什么秘密,已经任命了。"

张文英听罢半响没说话,旁边有位老者发话:"李局长在会上明确说了,胶济铁路不设副局长了,怎么突然又任命了副局长?"

刘景山和陆梦熊都很诧异,他不知道李局长到底是在什么会上讲的"不设副局长"的话。

刘景山解释道:"部里在同意任命李局长的同时,已经把副局长的任命一并下了。只是工作上的交接,胡副局长还未到任罢了。此事已知会了山东省政府。"

屋里气氛突然凝滞了一般。

很久,张文英才问:"这位胡副局长,何方人士?"

"无锡人。"刘景山不假思索道。

张文英用一种怪异的腔调道:"又是江浙人?"

会议室里就有人窃窃私语。

这时就有人问了:"不是山东的事山东人办吗?为什么派这个南方人来。"就有人跟着附和。

陆梦熊心里就有火气上来,山东人排外的心态太明显了。太过狭隘,实在无大境界。但这种场合,不便说什么。

刘景山说:"既然大家对此有异议,我们当然会向部里反映,还是那句话,答复不了的,我们向上呈报,把大家的意见带回去。"

会场里开始议论纷纷,声音也便大了起来。但商会的代表们都很理性,虽有不满,但并不迁怒于二人。所以,座谈会虽不融洽,却也并无大碍。

刘景山、陆梦熊都认为,经此大的风波,山东人不说牢骚话是不可能的。

最重要的环节还是与郑士琦的会晤。二人商定好，一定要把马廷燮的事情问个明白，看看山东督军府有何意见。随着对罢工过程的了解，叶恭绰对马廷燮、孙继丁越来越恨之入骨，决计要对两人实施严厉惩罚。

　　马廷燮、孙继丁了解到了刘、陆二人此行的目的，心里恓惶不安。马廷燮更是知道自己在罢工中的所作所为已为部所不容，所以觉得必须有所行动，不能坐以待毙。于是，调查组二人会晤郑士琦之前，他先一步来抓救命"稻草"了。

　　这天下午郑士琦在督军府开会，龚积柄、施从滨、警察厅苑厅长参加，会议主要研究了对胶路罢工者的处置意见，形成了三点共识，一是将此次涉及的罢工人员各记大过一次。二是其他人一律从宽不究。三是对坚守职位者，一律发双薪一月，以资鼓励。会刚结束，马廷燮就来了。

　　郑士琦对于马、孙二人在罢工中的作用心知肚明，虽然二人与他关系并不亲近，但毕竟还是在客观上帮助他完成了对胶济铁路的控制，所以尽其所能帮他们一把也在情理之中。同时，往长远看，二人的作用对于他控制胶济铁路有益无害。更重要的是，交通部同时下发了一个副局长的任命，而此人又是江浙人，说明交通部没有放弃对胶路控制的想法。在胶路留几个信得过的人，当然是上策。所以，郑士琦打算力保马廷燮、孙继丁二人。

　　得到了郑士琦的承诺，并且统一了卸责的口径，马廷燮才算松了口气。

　　刘景山、陆梦熊见过郑士琦后，首先对罢运事件给山东商界的影响表示歉意，这当然是台面上的话，山东势力的推波助澜才是造成罢运的重要原因，但这一层当然不能说了。不只如此，两人还进一步对山东省在解决罢运过程中采取的挽救措施表达感谢，两人的话自然是代表交通部说的，多少有些言不由衷，但不说不行。

　　郑士琦不客气地领受了。

　　陆梦熊说："听说，山东省对罢运中的人员做了追责，交通部也想知道谁带了坏头？"

　　就在此时，有人报，马廷燮来了。

　　刘景山、陆梦熊有些意外。

　　郑士琦摆出一副不见外的架势，说："请他进来。"

　　紧跟着，马廷燮进了门。见到刘、陆二人深施一躬，从他的神情中看出，他显然知道二人在此，并不隐讳，说："廷燮前来请罪。"

刘、陆面面相觑，对于突然而至的马廷燮以及他所表现出来的态度一时不知如何应付。

郑士琦仰身大笑，说："马总段长何罪之有，竟来负荆请罪？"

马廷燮说："此次罢工首先从车务员工而起，作为总段长，职责所在，却不能禁止，实在难辞其咎，罪有应得，当听候部和中央查办。"

刘景山见状，也不能不有所表达，便说："此事太大了，事前为何不报？哪怕事出有因，部里自然也会斟酌，为何反而鼓动工潮？"

马廷燮听罢忙喊冤："二位上司明察，事前自己对工人罢运之事并无所闻，只是罢工起始才苦苦相劝，只是终无效果。"

两人听得出来，马廷燮是借重郑士琦，先入为主，避重就轻。

郑士琦一旁也打起圆场，说："我可以给马总段长，还有孙处长讲句公道话，他们被免后，直接来济南到省议会寻求帮助，一直在济南，期间并无煽动工人闹事情势。还请二位公正相待。"

马廷燮说："二位上司明察。"

刘景山、陆梦熊见此情景也便明白了，马廷燮与郑士琦关系非同寻常，知道不能触碰了。既然如此，何不卖个人情。

陆梦熊说："既然如此，就请马总段长坐，一起商讨下胶路的事。"

刘景山知道陆梦熊留坐马廷燮的用意，也说道："身在一线，当然免不了会受些委屈，但有些事情不说确实容易误解，马总段长还是尽量维持大局。"

如此做，既是为了安抚马廷燮，也给足了郑士琦面子。在这件事上，他们当然不愿意去较真，如果因此得罪了郑士琦，适得其反。

马廷燮在座，刘景山、陆梦熊问了些罢运前后的情况，大多是套话空话，问与不问没有实质性区别。接着就说了下一步要同心协力，维护大局的话，话里话外，还是要依仗马总段长用心用力。这非但轻而易举地为马廷燮卸了责，也给他吃了颗定心丸，反倒让他激起了新的希望。晚上，郑士琦设筵宴款待刘、陆，各厅道要人陪坐。席间自是一番客套，刘、陆认为郑士琦可能会提及副局长人选之事，郑却只字未提，两人甚觉意外。对方不提，他们当然更不会去碰这个敏感话题。按照原先议程，还要前往青岛做进一步调查，至此二人都觉已无必要，便乘车返京。

郑士琦虽然没有说关于副局长的事，但并不等于他心里没想此事。只是他已经有了自己的处置方式，觉得没必要再和刘、陆探讨而已。此事绝非对话可以解决的，他不愿多此一举。

38

郑士琦的日子也不好过，张宗昌早就在沧州一带对山东虎视眈眈。直奉战争后，他以中立的态度不让吴佩孚从山东过境，其实还有一层重要的原因在于担心张宗昌以此为借口进入山东，如此便会一发不可收拾。张宗昌觊觎山东，是司马昭之心，路人皆知。如果不采取果敢手段，是不能轻易拒之门外的。

郑士琦要解决交通部派驻副局长的问题，就需要善用民意。从胶济铁路发生的风潮中，他觉得民意确实是个一箭双雕的东西。

郑士琦也不愿意和交通部闹翻脸。叶恭绰在皖奉两系之间均如鱼得水，不能轻易得罪。但他还是不愿意让交通部再派一名副局长来，这会为他霸据胶路带来新的变数。当然，交通部核准李钟岳的任命是最重要的，他甚至没有想到交通部会如此痛快，而对于同步任免胡鸿猷为副局长可以视作交通部不甘心失败的挣扎之举，实际已无多大意义。所以，郑士琦表面上不置可否。接下来，他相信自己有足够的把握让其想法化为泡影。山东人做山东的事已成民意，稍加利用即可达到目的，不必刻意为之。他需要的只是把这事透露给商会即可。

果然，商会反应激烈。在此之前的声音是"驱阚杀朱，另委山东人接替"，李钟岳到胶济后也是公开对外宣布"不再专设副局长"，两者余音在耳，怎么转眼就会变卦？

所以，郑士琦根本就没有打算在此事上与刘景山、陆梦熊费口舌。刘、陆二人离开济南当天，胡鸿猷也在济南下了车，本打算晚上转乘胶济铁路的车赴青岛。但下车后看到的一幕却让他陷入难堪之中。几十人在车门前打着写有"江浙人滚回去"的横幅，公开阻止他落脚济南。他出不了站，也上不了车，困顿不已。最后还是督军府出面解围，让他住进胶济铁路饭店。

第二天，郑士琦在督军府接见胡鸿猷。胡鸿猷虽知胶路近日事多，但总觉得自己与山东人素无恩怨，总不会做出出格的事来，没想到郑士琦直言希望他不要去青岛任职。胡鸿猷愣了半天，只得表态："我回部复命，绝不去胶路任职。"

郑士琦摆出一副无奈的样子,说:"阚铎毁路,搞得南北势如水火,罪莫大焉。"

胡鸿猷听得出来,山东人对于交通部存有极大的偏见,便决心不蹚这浑水。三十六计,走为上策。

胡鸿猷前脚走,商埠商会就联合济南十几家商会上书交通部、山东省,希望赵蓝田作为李钟岳的接替者,待局面稳控后,由赵蓝田接任局长。

郑士琦对此不屑一顾,他知道商会能成事,也能毁事。之所以商会有此一举,是他们听说北京某报对于李钟岳任职胶路局长提出了强烈的反对意见,认为交通部如果不能认命铁路管理人员,那么又有何存在的必要?矛头更是直指山东督军府,以兵工厂厂长之人任胶路局长,实乃是军阀以剿乱为名行掠夺国有资本之实。迫于无奈,督军只得申明态度,表示一旦胶路秩序恢复,便会立刻更换有军人色彩的局长李钟岳。

其实这无非是郑士琦拖延之计。没想到济南商会信以为真,真的提前酝酿出了一个叫赵蓝田的人来。

赵蓝田是山东胶县人,毕业于青岛礼贤书院,曾任京绥铁路局局长、烟潍汽车处处长,祖辈是胶东大户人家。郑士琦对商会的人选和上书交通部的要求未做任何表态。

形势的变化,以及济南所发生的这一切传导到青岛,让李钟岳行事变得更加慎重起来,他觉得应该给自己留个后路才行,所以在处置四方机厂工人运动时也变得小心谨慎起来。

这天,他决定亲自出面,前往四方机厂给工人们讲讲道理。

但对于傅书堂、丁子明们来说,罢工已经连续七天,虽然仍一无所获,但也让他们看到了胶济铁路管理局新任领导层的脆弱,以及胶澳督署迟疑观望的态度,这本身就是极大的鼓励,说明上层至少拿他们是没办法的,而李钟岳的亲自出马更说明他们的示威产生了效果,把局长逼了出来。

面对李钟岳,傅书堂、丁子明们表现得非常自信。

李钟岳自始至终以苦口婆心的口吻与工人商谈。他说:"管理局已把道理给大家讲明白了,你们为什么还如此坚持?"

傅书堂说:"我们已经说过,工人的生活费用逐年增长,如此下去日子没法过。"

李钟岳不解道:"据我所知,胶济铁路工人的待遇在全国都是相当好的,加班干活均能按劳付酬,这是大多数铁路局不能做到的,你们为什么会反映工资低呢?"

丁子明说:"工头们找理由克扣工人工资,无端打骂工人,是家常便饭,这些你是看不到的。"

傅书堂说:"工人的利益为什么总会受到侵害而得不到保障,关键是没有说话的地方,所以工会一定要成立,工会是工人说话的地方,有事情可以代表工人与厂里协商,这本身也不是坏事,为什么不让成立工会?"

对话虽然紧张,但彼此还是在一步步做着深入试探和沟通。

工人代表是选出来的,本无郭恒祥,因他已经被开除,所以已经无法代表工人出面。但是,此时却不知他怎么混了进来,有警察认识郭恒祥,见状如临大敌,忙把李钟岳挡在身后,伸手去腰间掏枪,局面大乱。李钟岳带的卫队在外面,此刻纷纷闯进屋内,三下五除二把郭恒祥按在了地上。

警察告诉李钟岳:"此人就是圣诞会的郭恒祥,危险分子,已被开除了,现在混进来,一定图谋不轨。"

众人护送李钟岳匆忙离开四方机厂。李钟岳恼羞成怒,决定对四方机厂动硬的。他再次去找王翰章。王翰章犹豫半天,说:"大康纱厂、管道局的局面,他们都已安抚下来,为什么四方厂就这么难办?这样,给他们最后通牒,如果还不复工,就动手。"

李钟岳回到四方机厂就开始布置,他已经对说服四方机厂工人复工不抱任何希望了。

此时,密切关注着事态发展的王尽美、邓恩铭等人已觉察到了戒严司令部的异样,他通知傅书堂等人一定要把握好分寸,见机行事,不可盲动。但傅书堂却说:"工人的情绪已调动起来,很难控制,让他们收手有些难。"

邓恩铭说:"他们或许会抓人。你们一定要注意。"

傅书堂说:"抓就抓吧,我们就是要用鲜血唤醒民众。"

用鲜血唤醒民众,这是邓恩铭经常说的一句话,但在实际的斗争中一定尽可能减少损失。邓恩铭说:"不能做无谓的牺牲。"

傅书堂点头道:"我明白。"

当晚,他就把罢工委员会和纠察队的人组织起来,传达了党组织的要求,不做硬性抵抗。看情况,迫不得已,可以做答应复工的考虑。

但工人们却情绪高涨，摩拳擦掌，纷纷表示不能罢手。

而就在第二天，李钟岳准备要对工人下手时，却突然间又犹豫了。冷静下来想想，他知道自己在胶路时日一定不会太长久，如果真的酿出血案，或许一生都将不得翻身。于是，他决定改变主意，先把局面稳定下来，不再与工人纠缠。他想，哪怕是答应工人所提的条件，有些也不是马上就需要付诸实施的，拖延也是解决问题的办法，犯不着和他们较劲！

想透彻后，他把警务处处长景林找来，重新做了安排，说："如果工人再提条件，可以有选择地答应。"

景林愣了，本来说，如果工人继续聚集，就要捕人了，他已做好准备，和胶澳警察署陈韬局长也有过沟通，相互配合。李局长对他讲，不要怕事态扩大，王司令的部队已经候命。

现实的情况是，李钟岳来了个一百八十度大转弯。那一定是有非常情况出现，否则不会事到临头，突然变卦。而自己在一线的处置，把握好原则是最重要的，一旦处置有误，责任会全部落到自己头上。

"哪些条件是可以答应的呢？"景林觉得必须确认好答应的条件。

直到有了明确的答复，景林才带队上岗。

不出意外，工人们又聚在厂长办公楼前喊口号。已经是第九天了，杨毅有气无力地应付着。见景林来了，他转身离开。

景林看了一眼周围的人群，大声喊道："大家不要再闹了，还是回去吧！"

工人继续喊："不答应条件，绝不复工。"

"绝不复工！绝不复工！"工人们跟着喊。

景林故意问道："你们什么条件？"

工人喊道："说了千万次了，五项条件，不答应不行！"

景林让人搬来一个凳子，站上去，说："既然你们提了条件，我们也得有个讨价还价，彼此让一步，你们说行不行？"

傅书堂看到景林的态度较之前大有变化，更没想到景林会有如此一说，示意工人静下来，大声问："怎么讲？"

"第一，我放了郭恒祥，让他和被开除的工人一起回厂，怎么样？"

"这……真的假的？"

景林说："真的。"

工人们彼此看着，有些不敢相信自己的耳朵，接着就有人喊好。

"还有呢？"傅书堂问。

"你们可以成立工会，但要到胶澳警署办手续，他们承认，管理局就承认，他们不承认，我们也没办法。"

工人们知道这是必备程序，虽然并不确定结果如何，但至少是进了一步。

"至于说，不分大小工一律增加工资三元，还有每年发两次免票的事，李局长也同意了，但要上局务会研究通过后才能办。最后一项，年终奖金，局长答应发了。"

景林的答复几乎让在场的所有人都感到意外。

傅书堂说："你说的算数吗？"

景林从凳子上下来，说："你们要认为和我说话不算数，就等于我没说。"

"只要你说的算数，我们可以考虑复工。"傅书堂本能地意识到，能够有此结果已经非常不容易，加之邓恩铭已经提醒，可以见好就收。

但还是有工人喊道："你这是欺骗我们，有些事情并没有说准，等你们开完局务会，把工资发下来，我们就复工。"也有一大批人跟着附和，但明显声音稀少了许多。

景林说："我是代表管理局给你们的答复，信不信由你们。你们如果还是坚持这么闹下去的话，发生什么事情可不要怪我没有提醒你们。"

39

胜利有时是以突然的、鲜明的方式到来的，而有时也是需要细致研判、综合评估计算才能确定的。或许人们对于景林的现场答复有意犹未尽之感，但只要稍加分析便可判定，胶济铁路四方机厂的大罢工取得了重大胜利。

当工人骂骂咧咧说："这帮人又来弄我们了。"

"和他们斗争到底，不到把煤块发下来就是不退。"

"这帮人已经害怕了，继续和他们斗下去。"

"等到郭会长回来后，才能相信他们。"

……

此时此刻，王尽美、邓恩铭两人已经形成共识，现在的成果标志着四方机厂大罢工几乎是完美地取得了胜利。傅书堂率领着罢工委员会的几位同志来了，他们对于管理局的答复仍然有不同的看法。

　　傅书堂是务实的，因为他更知道目前形势的严峻程度，一旦把胶澳警察厅惹恼，狗急跳墙，是什么事都做得出来的，况且四方机厂的罢工已经外溢到了整个青岛市，八天多来，青岛市街头巷尾的话题已经完全为四方厂所覆盖，管道局、大康纱厂的工人们已经有明显的声援倾向，一旦条件成熟，燎原之势很难说不会连成一片。铁路沿线工人的情绪因为四方机厂又开始变得不那么明朗了。有人借势说事，本来是要把南方人赶出去的，为什么马廷燮、孙继丁等人恢复原职后就没有再提这事了？

　　马廷燮的手下马崮南、王之节等人为了争取工人支持，说了很多封官许愿的话，但罢工结束了，却没有一个兑现。哪怕是他们自己说的，马廷燮会干副局长，也没人再提这茬了，一切都是骗人的。

　　如果再起风潮，或许一切努力都会付之东流。

　　王翰章的队伍确实已经待命了，只是没有想到在这种情势下，李钟岳为何会突然答应工人的要求。

　　尽管有这些疑问，但毕竟景林作为警察处处长，已经代表管理局答应了工人提出的条件。有些马上就可以实现，譬如，郭恒祥回四方机厂。虽然成立工会需要审批，仍有变数，但毕竟厂里已经认可，审批程序是必然的。加工资、分发大块煤，只要提交局务会研究，便不会有通不过的，否则，欺骗的痕迹就太过明显。年终奖的事，更容易些，景林既然答应，还有几天就要过年了，年前发不下来，景林自己都无法对工人交代。

　　王尽美对邓恩铭以及罢工委员会的成员说："我们不能指望一次斗争就能把所有问题解决，只要能达到百分之七十就算胜利了，你们说我们有没有胜利？"

　　邓恩铭说："这么说的话，我们当然胜利了。"

　　傅书堂、丁子明等人也跟着喊道："我们胜利了！我们胜利了！"

　　王尽美说："我们不能关在屋子里庆祝胜利，我们要向全中国宣告这次胜利，这是工人斗争的结果，也让管理局没有其他退路，让青岛当局感受到压力，更重要的是，下一步我们还要把青岛各界的工人阶级团结起来，把工人运动的火炬高举起来。"

　　邓恩铭说："我们要敲锣打鼓地把郭恒祥和几位被开除的工人弟兄们请进厂里来。让弟兄们连夜做旗帜，场面搞得越大越好。"

"还有，我们要搞一个仪式，公开宣布四方机厂罢工胜利。再就是，是不是直接宣布四方机厂总工会正式成立？"

王尽美说："非常有必要"。

邓恩铭说："这样的话，第一件事要选举产生工会委员和执委，不能群龙无首，总要先有个领导机构。"

"对。"王尽美点头。

丁子明说："就在这里举行委员选举不就完了。"

邓恩铭说："今天，我们就在这里把执委选出来，明天一并向工人宣布。"

执委的人选，并不困难，在座的几位都是罢工的领导者和组织者，理所当然地都会是执委人选。四方机厂工会执委产生了，丁子明、傅书堂、纪子瑞、马相阶等人被选为执委，丁子明出人预料地被大家推选为委员长，一是由于推者多，二是傅书堂的谦让，加之丁子明的当仁不让。委员长并不是件好差事，需要带领大家冲锋陷阵，吃更多的苦，需要更多的责任和担当。

第二天天一亮，人山人海、红旗招展的四方机厂，鼓声响起了，唢呐响起了，还有秧歌队也来了，有人放起鞭炮……加之正值过年时节，引来周边一片鞭炮声回应，大家似乎在较着劲，看谁家的鞭炮更响，无形之中为四方机厂宣布罢工胜利助了威。

胜利了！胜利了！工人们奔走相告，欢呼雀跃。直至人们知道了四方机厂的事情后，鞭炮声愈发热烈起来。很明显，周边的大康纱厂、日商铃木纱厂、富士纱厂的鞭炮声最密集，已经是有针对性地对四方机厂的呼应和祝贺了。

伴着红彤彤的太阳，郭恒祥披红挂彩，被人用八抬大轿抬进厂区，庆贺厂方将开除的工人"请"了回来。郭恒祥满脸风光，举手喊"工人万岁！工人万岁！"工人也跟着一起喊。

人们连夜在厂区空地上用苇席搭起简易讲台，上面挂着"四方机厂工会成立大会"横匾，这里成为工人聚集的中心。

傅书堂上台，对着近千名工人以及周边看热闹的人员形成的人山人海的阵势，大声讲道："弟兄们，自去年春间，吴佩孚的爪牙以武力封闭工会，并开除办工会的工友，我们备受工厂和管理局的压迫。面对这种情形，自然是不能忍受的，所以我们进行了秘密的斗争。工友们团结一致，并于本月八日全厂一致罢工，向路局提出五个条件。同时，车务段的工友们也因为他们的利益而进行罢工。在车务段工友们胜利的那天，有人认为我们四方机厂也会屈服，岂知我们工友是为自身利益而起的，哪有一点自身利益得不到就上工的？所以我们仍一致罢工，非完全达到目的不罢休。到昨天，我们终于胜利了。

　　管理局已经完全承认了我们的工会组织，这是我们最应该看重的，以后工友们有困难就可以找工会，工会会给大家做主。去年被开除的工友也可以重新回到厂里做工了。刚才他们已经被大家敲锣打鼓地请回来了。也就是说，这前两条，管理局已经完全同意了。另外，关于不分领班、工匠、学徒、小工均一律增加工资三元和每年发两次来回免票的事，虽然结果并不圆满，但终于可以上到局务会研究了，大家都知道，现在管理局尚无法完全恢复正常秩序，需要有个解决的过程。另外，年终奖的事也答应发了。这说明什么？说明任何事情不去斗争是不行的。这不是别人的恩赐，是工人自己争取得来的。我们不感恩任何人。如果说感恩的话，就要感恩我们工人阶级这个大团队，没有我们共同的奋斗就没有现在的结果。没有我们的共同奋斗，就没有美好的未来！"说到这里，他振臂高呼，"工人阶级万岁！"

　　工人也跟着喊。

　　"工人团结万岁！"

　　口号此起彼伏，形成一阵声浪，响彻云霄。

　　"……谁来带领工人斗争，当然是工会，所以，我们在这里正式宣告，四方机厂工会正式成立。下面，请丁子明宣布工会章程和工会执委会成员名单……"

　　丁子明走上台，一字一句抑扬顿挫讲："我宣布四方机厂工会正式成立。"

　　工人们掌声雷动。

　　有人请来了天真照相馆的摄影师，把这一刻定格在历史的进程之中。

　　此时此刻，王尽美和邓恩铭正在商量着如何向党组织报告胶济铁路四方机厂总工会成立的情况，并请示下一步如何开展斗争。他们的分析更为理性，在他们看来，四方机厂罢工既有着工人们不屈不挠斗争的原因，更因为他们注重了斗争方法，借助于胶济铁路沿线工人派系斗争达到了最大限度给管理当局施压的目的。同时，他们也分析了当前的形势，直奉皖之间变幻莫测的关系，也为斗争提供了可以利用的空间和条件。

所有一切的成长，都需要光、水、土壤、种子、气候等各种因素的共同作用，可以从不同角度分析问题，但最终的结果取决于所有条件的契合。

胶济铁路总工会成立的消息迅疾传遍全国。胶济铁路工人成为二七铁路工人大罢工之后异军突起的一股重要的工人阶级力量，掀起了中国工人运动的新高潮。

但是，残酷的斗争还在继续，牺牲还在后面……

风潮迭荡

第三章

1

  四月份的青岛，乍暖还寒。澄澈的海水共长天一色，欧陆风情勾勒出黄海之滨的独特情致。路上行人稀少，大都行色匆匆，不愿久留，那些潜藏在内心的恐慌与无助还是无法为季节流转所传达出来的意韵所掩盖。与大多数路人的举动不同，一个身影却在栈桥附近徘徊多时，很显然他在等人。此人正是邓恩铭。王尽美要他接一个人，一位从法国留学归来的共产党员李慰农。

  他已经在栈桥徘徊两天，如果再等不到来人，他将会离开并结束这次约定的任务。长久的徘徊很容易成为暗中窥伺者的目标。而因为四方机厂大罢工的事，他早已成为胶澳警署重点关注的人物。尽管他一直在幕后行事，但警察厅已经知道那位不露面的人才是最为危险的源头。

  天快要暗下时，有个人影倏忽而过，他正迟疑，此人突然回头，问："邓先生？"

  邓恩铭下意识道："李先生。"

  两人的手握在一起。

  李慰农是安徽芜湖人，曾作为芜湖学界领袖人物风云一时。后来，"华法教育会"在芜湖招收留法学生，24岁的他投考被录取，从此开始了勤工俭学之路。1923年底，李慰农被党组织选派赴莫斯科东方大学学习，当时在法国的周恩来亲自从巴黎将他送到柏林，并为他办了留苏手续。王尽美对邓恩铭说："李慰农将会成为你的新帮手，他眼界宽阔，办事利落，是个急先锋，对青岛的工人运动一定会有提升。"

  虽然光影暗淡只能看到模糊的影子，却剪刻出他举止间干练的轮廓，两人握手的瞬间，邓恩铭就感到了他的热情与力量，知道此人一定会和自己配合好的。

  两人来到邓恩铭在泰山路13号的住处，片刻休息后便聊起了四方机厂的斗争。邓恩铭简要地把情况做了介绍。李慰农说："铁路工人始终是一支先进的力量，他们对工人运动将会产生重大的拉动作用，四方厂发生的一系列事情说明我们的判断是准确的。"

昏暗的煤油灯芯摇曳着,把两人的身影投射在墙上,邓恩铭没打算深谈,他知道一路奔波的李慰农一定很辛苦,没想到对方没有丝毫疲惫之意,浑身充满着青春活力。邓恩铭饶有兴趣地打量起面前这个人。他听说此人曾经参加了周恩来、蔡和森在法国巴黎郊区布伦森林成立的旅欧中国少年共产党组织,从言谈话语中确实不难看出他的非凡之处。他脸庞清秀,棱角分明,透着坚定的个性。眸子里有火苗在闪动,屋里因此变得明亮。

李慰农同样感受到了邓恩铭的少年老成,他对于青岛区域的熟悉以及对形势判断的准确性是他不能企及的,当然也是他将来开展工作必须依靠的。两人的一见如故让接下来的愉快合作和推进青岛工人运动迅速形成高潮奠定了基础。

接下来的时间里,邓恩铭陪同李慰农考察了四方机厂工人组织的设立和活动,了解到了更多情况,特别是对四方机厂所在的四方区域内的日本纱厂也做了深入了解。

李慰农说:"在中国工人运动中像四方机厂这样有规模有组织的活动还很少,四方厂的工人运动应该成为中国工人运动的一面旗帜,不应该局于一隅,而应该推广全国。我一定会向上级党组织提建议的。"

邓恩铭说:"上级党组织正考虑此事,我们也在总结经验,当然也有教训。譬如说,斗争的不彻底性,虽然取到了很多权利,但对敌人的狡猾奸诈还是估计不足,很多答应的条件并没有兑现。工人们准备酝酿继续斗争。"

李慰农说:"革命当然不会一蹴而就,这为不断总结斗争经验,提高斗争的有效性提供了可能。"

邓恩铭说:"是的,斗争的过程有很多东西本身就是一笔宝贵的财富,会为将来的革命事业提供难得的借鉴。"

李慰农说:"这事要做,并且要快。现在军阀混战,国民革命军正在组织北伐,或许这正是我们的机会,发挥党组织的作用,领导工人运动进入一个新境界。依我看,青岛是最有这种条件的。"

邓恩铭点头。

考察后的两人对青岛工人运动的总体情况进行了一次深入分析和探讨。李慰农问:"你对纱厂的情况怎么看?"

邓恩铭说:"纱厂的工人运动也有条件,并且相对集中,人员也多,如果能够发动和组织起来的话会有更大声势，但是……"

李慰农问："有什么问题？"

"这些年为什么没有把纱厂作为重点，关键还是纱厂女工多，并且人员的流动性很大，所以组织起来难度大。再说，青岛的党组织人手不够，没有足够的精力抓这部分工作……"

李慰农说："你说的这些我都是认同的，纱厂和四方机厂的特点不同，最大的不同不在于他们的落后性，而在于这种落后性背后所蕴含的更大的先进性。你有没有想过，纱厂工人更苦，他们比四方机厂工人受的累、流的汗更多，资本家对他们特别是女工们的压迫更甚。四方机厂的工人都可以发动起来，为何纱厂的工人不能发动起来？"

邓恩铭觉得李慰农的分析非常准确，便说："下一步我们一定会在纱厂下功夫。"

李慰农说："我觉得必须趁热打铁，四方厂的工人已经树立起了榜样，这样会更容易发动纱厂的工人，等到冷却下来，会有更大的难度。"

邓恩铭点头说："这么说也对。让傅书堂他们继续四方机厂的斗争，我们把更多的精力投入到纱厂。"

"对，我觉得这是下一步工作的重点，如此和四方机厂的工人运动结合起来，会带来更大的影响，青岛的工人运动会成为中国工人运动的样板。"

邓恩铭很是兴奋。

青岛现有七家纱厂，位于四方的就有三家，包括大康纱厂、内外棉纱厂和隆兴纱厂；位于沧口的有四家，分别是钟渊纱厂、富士纱厂、宝来纱厂、华新纱厂。七家纱厂中只有华新纱厂是中国资本，其他六家都是日资。六家日资纱厂中规模最大的分属大康、钟渊。七家纱厂工人就有三万多人，仅大康一家就有五千多人。

邓恩铭觉得尽管有困难，还是应该把这部分工人发动起来，这将会是怎样的一股磅礴力量啊！

李慰农问："有没有掌握的先进分子？"

邓恩铭说："有，大康纱厂的司铭章一直比较活跃，在工人中间也有威信。"

李慰农自顾道："大康纱厂，这可是最大的纱厂，就从这里入手。"

邓恩铭说："好的，我去找司铭章，听听他的想法。"

李慰农说:"说干就干。"

李慰农的热情很感染人。

邓恩铭找到司铭章,问他对四方厂的事情怎么看。

司铭章说:"四方机厂太牛了,你们下了大功夫,为何不在我们纱厂下下功夫?"

邓恩铭说:"我来找你正是为了此事。想不想和四方机厂一样干票大的?"

司铭章两眼顿时冒出火星,说:"哪会不想?再说,我们离四方机厂这么近,有些事情可以直接去学习。"

"好的。现在四方机厂虽然胜利了,也成立了自己的工会,但管理局并没有完全兑现答应的条件,近期还会举行罢工。你们也要发动纱厂工人罢工,并且要以你们为主,你们在先,让四方机厂配合,这样就会让警察厅顾此失彼,对大家都有利。"

"好的,我把一帮好哥们组织起来,让他们抓紧发动。再说,之前我们也有了自己的工会,现在重新组织……"

2

司铭章回头就把苏美一、龚敬铨、李笃生召集到一起,说了邓恩铭的想法。苏美一说:"我们早就想干了,但他们一直不带我们,现在既然有这样的想法,就让他们看看,我们不比四方厂差。"

司铭章说:"不是他们看不上我们,是一个四方厂就够他们忙的,顾不上我们。"

龚敬铨说:"之前,邓恩铭也帮我们建了工会,但只是个空壳而已,没有活动,就无法称其为工会。所以,我们必须要动起来。"

几人聊得很投机,把下一步如何组织工人、如何和四方机厂的傅书堂联系以便相互支持都做了分工。傅书堂已得到邓恩铭指示,也让丁子明专门与大康纱厂的工友们联系,让他们少走弯路。邓恩铭和李慰农分头到过厂里多次,除去司铭章、苏美一、龚敬铨之外,没有人知道他们的身份,但工人们都知道这是几位有来头的人。而就在此时,纱厂在济南招收了一批练习生,这班练习生大半有着高小和中学一二年级的文化程度,很多人早就听闻四方机厂罢工的事,并且有人专为此事激励而来,他们说:"不能到机厂工作,到纱厂也可以看到机厂。"

李慰农问清楚这批学生的情况后,对司铭章说:"这是一帮有热情的人,他们对工人运动也有了解,虽然刚刚进厂,反倒比老工人更有觉悟。"

李慰农的判断是准确的,这批年轻人一经发动,马上就变得生龙活虎,让他们的运动如虎添翼。

外来人员的频繁进入、四方厂工人的交流,让大康纱厂的日本厂主先宪一大感紧张。因为四方机厂的事,胶澳督办公署已密令各工厂严加防范工人的活动,大康纱厂的异动很容易就引起厂方的关注。先宪一本就是个神经兮兮的人,私下早就安排了一帮人找工人谈话恫吓,说:"要是敢跟着工会闹,不但工资一分钱得不到,还会被送进监狱。"如此一来,工人更为反感:"我们一天到晚累死累活,动辄就扣工资,还有没有人性?"刚分配来的练习生也向师傅们抱怨,一样的处境,师傅也没办法。在济南招工时,纱厂老板天花乱坠地承诺了工作时间、待遇,而来到厂里后便发现与最初的承诺有着天壤之别。加之司铭章、苏美一的宣传鼓动,他们说:"要想在厂家里混就得先争取个人的权益。"由此一来,大康纱厂里面渐渐弥漫涌动出一种跃跃欲试的情绪,先是少数人有所感知,等到彼此的信息传递流动碰撞一番后,这种情绪也便愈发鲜明起来,工人们的情绪渐渐高涨。

李慰农说:"除了发动工人之外,还要做些切实的工作。"

邓恩铭问他:"切实的工作是什么?"

李慰农说:"成立工人的纠察队,工人自己的力量。我发现,四方机厂在这方面有所欠缺,他们的成功在于不失时机地借用了铁路沿线工人派系斗争带来的机会,但却没有自己有组织、有计划的对敌斗争的队伍。"

邓恩铭觉得李慰农的观察切中要害,自己对此也有反思。但他知道,如此一来会愈发引起纱厂主的对抗,甚至会发展到武装冲突的地步。

李慰农说:"有这种可能,但不能因为冲突而不对抗,不去做工作。如果说四方厂当时条件还不成熟的话,现在纱厂应该大胆一试了。况且,纱厂可能找不到四方厂那样的机会了。"

邓恩铭找来司铭章、苏美一等人商量,他们只是说有自己可靠的弟兄们,但他们跟着打群架是可以的,要搞纠察队,是不会的。

于是,李慰农亲自上手,帮助大康纱厂工人开展组织建设,工人们明确了自己的职责和分工。

李慰农、邓恩铭研究决定了工会组织原则，工会的最高机关为执行委员会，内分秘书、交际、会计、庶务、组织、宣传、交通各股。如果一旦罢工起，工会会员们必须绝对服从执行委员会所决定的斗争策略。执行委员会之下，每个车间十人为一组，设组长一人，人数达三组以上者，设支部干事会，依人数之多寡至少三人至五人负责进行组织。支部干事会设支部书记一人，主持一切事务，人数不逾三组者，仅设支部书记一人。

另外，还下设纠察队、演讲团、捐款分配委员会、下层军警接待委员会等专门组织。

纠察队，每十人一组，设组长一人；每五十人为一团，设团长一人，每四团为一队，设队长一人，负责维持秩序、站岗、逮捕工贼。演讲团，不设定人数，负责向工人们讲演，以坚定工人罢工的决心；向市民讲演，以唤起市民同仇敌忾的心气。捐款分配委员会，接受外界募捐的款项，并按察情形的需要，分配款额。捐款分配委员会由五人组成，三个纱厂工人，两名四方厂工人，分设会计、司账、文书、交际四股。下层军警招待委员会，由六人组成，专门负责招待军队，联络下层军人、正副目，使他们同情工人，减少其压迫力。

同时，还建立起与内外棉、隆兴周边两个最近纱厂的联络，一旦罢工起，争取周边纱厂工人的声援。

工人对于如此精妙的组织体系几乎从未听说过，邓恩铭明白组织的重要性，但仍然为李慰农在编织规范的组织体系方面所表现出来的细致与精密感到叹服。他在想，如果四方机厂在罢工前有如此细密的规划，或许成果会更大。

弊端在于组织体系尽管隐秘，但实施起来必然需要人为操作，隐藏在背后的轨迹也便很快为对手所感知。先宪一越来越感到不安和恐惧，他认为依靠厂方自身的力量已经很难处置和应付可能发生的问题。因为，他所组织起来的反宣传队伍已经越来越为工人所排斥，他们在工人的质问下理屈词穷无计可施；而讲演队的工人们在反宣传队伍的阻挠下，也越来越无法控制自己的情绪，公开殴打反宣传成员……局面几近失控。

先宪一已经几次到胶澳警察厅。很显然，警察厅对此事并不积极，接待他的警察甚至调侃道，让他看好自己的门，管好自己事就行，不必大惊小怪。先宪一知道，四方厂的事让警察厅很疲惫也没捞得好评，所以态度消极。没办法，但在他看来，大康的事却是到了火烧眉毛的程度，为防万一，他只得单独约见警察厅厅长陈韬。陈韬知道他来过多次，预感到或许真的会有不测发生，便出面接待，表面上看轻描淡写地问了些情况。但听罢后，他便判断出了事态的严重，其他人都抱着多一事不如少一事的心态，而作为警察厅长的他来说，知道这事不管不行了，出了事早晚还得找他，如果有大事发生，他更是难脱干系。

第二天，警察突然闯进大康纱厂，打的旗号是清查宿舍。司铭章出面据理力争："为什么要清查宿舍？"得到的回答是："有不法分子在大康煽动闹事。"

由于事发突然，司铭章等人无法阻挡警察搜查，工会名册、罢工组织方案全部落入警察厅手里。

陈韬看着缴获的东西，脊背有些凉，他自问，是谁在帮助大康纱厂组织运作罢工事宜，是四方机厂？不会，他们本身就没有设计出如此严密的组织体系，不可能这么快就成熟起来。那么会是谁呢？他预感到大康纱厂工人背后站着一位高人。不行，必须把他们扼杀在摇篮之中，否则后患无穷。

当天晚上，陈韬就下令进入大康纱厂，照名单捕人。

经过白天一番折腾，李慰农、邓恩铭认为，既然名单已经落入警厅手里，他们一定会大加杀伐。与其坐以待毙，不如拼个鱼死网破。从四方机厂的情况看，真的对峙起来，他们也会有诸多忌惮。如果逃避的话，反倒更容易让对方得寸进尺。

邓恩铭从李慰农的话里多少感觉出一种冒险与冲动，但想想也无更好的路可走，便同意李慰农的意见，直面挑战，硬碰硬和他们对决一次，如此也可以试探一下反动势力的能量有多大，检验一下青岛工人运动的含金量有多高。

所以，当天晚上大批警察包围大康纱厂时，包括带队的陈韬都感觉到了与白天查抄工人宿舍时完全不一样的氛围和阵势。警察还没有进入厂区，就听到了工人的演讲："……工人弟兄们，我们是为了争取权益，不是他们所谓的胡闹。我们过的是什么日子？我们甚至不能饱自己的肚子，又怎能够养家糊口……工人弟兄们，再也不能这样浑浑噩噩地过下去了，我们争取权利，争取公平，绝不做牛做马……"

警察分队进入厂区，见这样的讲演队伍有三四处，还有一处是位女工在讲演。女工梳着短发，虽然面目模糊，但在清冷的夜里让人愈发感受到一种活力。她的讲演台前聚集着更多的工人，他们秩序井然，没有看到任何暴乱迹象，这让大队警察感到好奇而不解。这时就有人上前打招呼，还有人给警察送开水。

有人说："警察兄弟，辛苦了。"

有警察说："你们挺有意思，把我们折腾来了，你们反倒快乐。"

另一位警察问："这个女的叫什么名字。"

有工人说："马玉俊。"旁边有人打趣道："你要看中了，就娶回去，你不就成了大康纱厂的家属，省得天天来监视我们，在炕头上监视就行了。"

对方就说："这样的娘们儿看着漂亮，一定辣得很，我可不敢娶。"

有人问："警察大哥，你们这是何苦呢？大半夜这么冷，来干什么？"

"来抓办工会的人！"

"办工会有什么不好，工人有个说话办事的地方，不挺好吗？"

"说得没错，可你们不要闹事啊！"

"大哥，这年月谁愿意闹事，都有老婆孩子的，不是连饭都吃不上了吗！"

警察说："是啊，谁可不说呢？不过，闹大了，连你的脑袋都保不住了，看你还怎么吃饭。"

"警察大哥理解就行，我们不会做出格的事，你也得想想我们的处境。"

"你放心，上司不逼，我们也不愿做过分的事。不过你们要是把事闹大了，我们也没办法。"

轮番和警察聊天的正是纠察队的成员。

有警察发觉什么，问："你臂上挂的什么章？"

工人笑道："纠察队，维持秩序的。"

旁边的警察不屑一顾道："什么破纠察队，维持秩序是我们的事。"

工人就笑道："我们管好自己的人。"

警察和工人真真假假地打闹，气坏了一旁暗处观察已久的先宪一，他怒气冲冲地找到站在远处的陈韬，说："你是来抓人的，怎么聊成一家人了？"

陈韬说："抓人。"

有人吹起警笛，讲演者的声音停顿下来，跟着就变得急促起来："工人弟兄们，警察要抓人了，他们对工人兄弟下手了。"

警察和工人分离开了，接着就成了对立的双方。警察端着枪，工人瞪着眼，所有不满与情绪都在上司的警笛与发出的号子中酝酿成敌对的仇恨。警察对工人没有什么不满，但不满和仇恨挂在警察的枪口和刺刀上。

双方剑拔弩张。

有人在喊："照名单搜。"不一会有人发现有工人被警察从宿舍推搡了出来。陆续有更多的人被推出来。

工人们这时都缓过神来，人群中就有人喊："不能让他们把人带走，他们没有权利抓人。"

打倒帝国主义，打倒资本家。

工人愤怒了。昏暗的灯光下，警察的枪举起了起来，一道道金属的光泽在夜里划过，惊心而刺目。

"工人弟兄们，我们带走的是闹事的人，不针对工人，你们没必要反抗，没必要付出你们的性命……"黑夜里传来警察局长陈韬的喊声。

全场静止了，在一种冰冷之中，一种力量凝固在了呼喊、恫吓、威慑、与黑夜的茫然、危险之中。

3

人们忘了是怎么回到宿舍的，一直到清晨天亮，从昨天就在人们心里所凝固起来的那样一份寂寞仍然可怕地蜷缩在内心深处。风乍起，把昨天晚上带来的凌乱刮起来，一点点复苏着人们的记忆。

"弟兄们，上工了，到点上工了。"清晨的寂静有些可怕。人们似乎忘记了时间，没有人在规定的时间里走出来吃早饭，再延迟就会误了上工的点。宿舍外就有人耐不住性子在吆喝。

吆喝声显得寂寥而虚弱，之后越来越变得急促与焦躁，最后演变成呼喊与谩骂。"不要不识时务，难道你们真的要罢工不成，那样可就真的没饭吃了。"工人们没有一人出来，谩骂与呼喊撩拨了工人的神经，唤醒了工人的意识："对，罢工。罢工。"

这时，感觉到异样的先宪一也匆匆来到工人宿舍，呼唤工人抓紧吃饭上早班，但工人们没有一人出门。先宪一也有应对措施，他组织了一群人在宿舍外安了喇叭喊:"工人们,上工吧,不要受共产党的蛊惑,他们有自己的目的,不会管工人的死活,你们不上工就会没饭吃,没衣穿,全家人跟着倒霉。"厂方组织的反宣传队伍撕扯着嗓子在喊,终于把工人消极的情绪转化成了积极的行动。

一个蛮汉突然从房里窜出来,疯了一样冲向厂方的宣传队中,挥拳便打,边打边说:"我的老婆孩子早饿死了,买棺材的钱都没有,你还在这里吆喝……"他不分青红皂白,抓着谁打谁,几个人一起上手,竟然抵不过他的横冲直撞。一直躲在宿舍观察形势发展的司铭章见时机已到,冲出房门,大声喊道:"工人弟兄们,和他们拼了!"压抑已久、渴望有所行动但却又无所适从的工人们像是突然之间听到了冲锋号,顺手抓起身边的木棒、炒勺、拖把、菜刀,呼喊着就冲了出来,先宪一和他率领的反宣传人员无法抵挡,转身就跑,工人们一直追到宿舍区外才作罢。

远远的,厂区看门人就见一阵人仰马翻,早就听到了消息的他们,也判断出了事态的发展,一见先宪一带着一帮人在前面跑,就把他们放进厂区,然后把大门关上。这才把这场冲突隔绝开,但工人们不罢休,隔着铁门呼喊、怒骂,而厂区内的先宪一狼狈不堪地喘着粗气,无计可施。

司铭章对工人们说:"他们拿我们不当人,还抓捕工人弟兄,一不做二不休,我们去警察局要人,去市政府示威游行。"

由于事前有了明确分工,所以工人的游行有条不紊,秩序井然,声势也最大限度地释放出来。讲演队在中山路搭起台子,稿子已经背得滚瓜烂熟。

"……各位先生们,纱厂工人一天要做十二点的工,得一毛多工钱,日人要打就打,要骂就骂,亡国奴几乎成了呼唤我们的口号……我们受的痛苦实在不是嘴能说得出来的。我们也不多说了。我们是没娘的孩子,谁能照顾我们呢?所以我们组织一个工会,互相扶持,互相解愁,无非是穷人帮穷人。不想日本人拿着手枪搜查了好几遍,门上的锁都砸烂了……捉拿了我们工友,已经一天一宿。试问我们这些奴隶,怎么才能组织工会?先生们啊,青岛是我们中国的地方,我们是中国人,让不让组织工会,是中国地方官的责任,日本人有什么权利搜中国的地方,扣押中国的国民?这就是欺负我们的国家,侵犯我们的主权,俺几千工人死也不值什么,只是把我们中国已经看得没有一个活人,实在可怜可恨,到底中国还是不是个独立的国家?"

……

如同子弹出膛的话语让所有从大街上走过的人感到震撼，越来越多的人围拢过来，越来越多的人发出声援的声音和愤怒的和声。

邓恩铭与李慰农很是兴奋，这正是他们想要的结果。工人被发动了起来，承接着四方机厂的胜利，他们看到了更大范围内的曙光。此时此刻，他们要做的是谋划工人运动的具体目标，也就是工人接下来向厂方提出的要求。两人商量下来，李慰农亲自执笔，一挥而就列出了二十一项条件：

一是承认工会。二是每人增加工资一角。三是包工增加百分之三十五。四是夜工饭钱自本月起一律加倍。五是取消押薪制度。六是取消二割引制。七是因工受伤者工资照发。八是一律免收房费。九是延长吃饭时间至一小时。十是不得打骂工人。十一是每年给假一月不扣工资。十二是女工每月给假二日不扣工资。十三是童工工作时间每日不得超过八小时。十四是如工人违犯厂规由工会同意方可处分。十五是公司所罚工人之款应由工会保存作为工人教育经费。十六是不得借故开除工人代表。十七是应当规定工人有花红利益。十八是公司待工人一律平等。十九是罢工期内不得扣工资。二十是公司承认此项条件双方签字盖章。二十一是定立合同应有证人作保。

写完后，两人从头至尾又默念一遍。二十一条虽然有些多，但答应哪一条都会给工人带来实实在在的好处。他们未雨绸缪，一旦工厂主有所软化，这便可以成为条件拿出来。大康纱厂工人运动因为有李慰农、邓恩铭的统筹谋划，实现了理论与实践的完美结合，这些条件来自工人的需求，而现场的呐喊也可以通过这些需求的科学和公正而得以达到结果上的最佳。

明暗的结合、内外的操作开辟了胜利的最佳路径。

呐喊了一天的工人释放出了最大的能量，也实实在在体会到了统治者的顽固与腐朽。当权者面对沸腾的民众不屑一顾，一群人哪怕是一个群体要和一级组织对抗是绝对处于弱势状态的，哪怕这级组织什么都不做也会给你带来巨大压力，况且他们还掌握着统治机器。这就是现实。

回到宿舍的工人已经疲惫不堪，很多人早上就没吃饭，一天折腾下来，巨大的饥饿感以巨大的力量狂奔而来，他们恨不得逮着生白菜饱餐一顿，但这个时候，他们却发现食堂的门关了，连平时供应夜班工人的小窗也锁闭了起来。工人们敲敲这扇窗，推推那道门，却无法打开，于是便有越来越多的人开始猛烈地敲击、脚踹、咒骂，接着便一步步升级，把门窗砸了，门板拆卸下来，人们冲进食堂翻找食物，但发现可怜的存货根本无法满足饥饿的需求……很显然，有人已经把这里清空了。

四处寻食无果的工人们，这时发现周围有人正在讪笑，像是看表演一样饶有兴趣地看着他们。工人们开始攻击围观、嘲笑他们的人。而就在这时，一声枪响掠过所有在场人的耳膜，射出的子弹没有飞远，就在脚下的石板地面上迸溅起一道道刺目的火花。

"日本人有枪！"有人喊道。

怒火填膺的人们已经忘记了危险，饥饿的人奋力扑向发出子弹的方向，敏感地寻找着发出亮光的地方，很快便有人哀号，有人喊叫，紧接着有更稠密的枪声响起，好在那些子弹发射出来的轨迹大多是向着天空的。

外面的人知道，大康纱厂出大事了。

第二天，两千多人走上了街头，包括那些胆小躲避、顾虑而不愿向前的人，那些观望的人，都走上了街。他们不知道什么是工会，也不关心工会，但他们不能容许日本人带着枪在宿舍厂房里射杀工人，尽管没有造成伤亡，但开枪本身的意义已经说明一切，或许下一步最先打中的就是自己。没有人会容许这种事情发生。

大规模的游行开始了。

4

陈韬很恼怒，他质问先宪一是谁允许日本把头带枪的，先宪一强硬地说："如果把头们不带枪会有生命危险。"

陈韬也拿这些日本纱厂主没办法，叹气道："希望先生别把事情越搞越糟。"

先宪一不服气道："陈先生有责任保护纱厂安全。"

陈韬忍气吞声。他知道如此一来，自己的责任大了，还不知道事情会发酵到什么程度。

与陈韬比，对邓恩铭和李慰农来说，每一个火花却都是一个机会，何况是一声枪响。

傅书堂这些日子一直和司铭章等人并肩作战，担任着组织指挥纱厂工人罢工的角色。尽管傅书堂的角色并不那么明显，但他的作用却是巨大的。毕竟他是四方机厂的人，还不能把四方机厂对纱厂的支持意图表现得太过明显，这会导致警局更大的镇压。大康纱厂的工人虽然发动起来了，但薄弱的状况却也是显而易见的。尽管成立了相应的罢工组织体系，但后勤保障无疑成了短板。工人一天下来，没有饭吃，没有水喝，很像是一台机器没有了油，疲态尽现。他们既需要在声势上得到支援，更需要物质上的保障。

邓恩铭与李慰农商量后，找到傅书堂，一方面发动四方厂工人进一步开展斗争。另一方面通过多种形式，解决工人斗争中遇到的现实问题。

工人既然已经被发动起来，只要稍加鼓励就可以，从而在声势上与纱厂工人的斗争连成一片，给敌人以更大压力。当然，不止四方厂，邓恩铭和李慰农还分头联系了内外棉、隆兴两纱厂的工人组织，要求他们同步声援。纱厂之间的工人同病相怜，更容易激起共鸣，况且纱厂声息相通，工人本就跃跃欲试，正如干柴烈火，一点就着。

对四方厂工人来说，肚子里早就憋了一口气。大罢工虽说取得了胜利，但除却工会这一具有象征意义的工人组织建立起来之外，厂方所答应的一些具体福利待遇大多没有兑现。很显然，他们在有意拖延，这是对工人运动另一种形式的抵制。傅书堂等人本就酝酿要再向管理局讨说法，只是因为党组织的工作重心转移到了纱厂，四方厂工会有意识地放缓了脚步。需要的话，只需振臂一呼。

突然之间，四方厂的工人开始消极怠工，告诉厂方，不兑现承诺就上街游行。杨毅精神懈怠，对工人的举动既感突然，又觉必然，长时间与工人们对抗，加之内部之间的派系相争，他早就感到精力疲惫，也采取了另外一种态度，你说你的，我做我的，该答应就答应，不解决还是不解决，就是一种敷衍和欺骗的态度，以无为对抗工人的要求。

面对怠工的工人，杨毅说："你们这么做没有用，厂子垮了，利益损失的还是你们，何必呢？"

工人据理力争，说："总不能答应的事情不算数吧？"

杨毅做出一幅无能为力的样子，说："行，只要管理局答应你们，我没意见，都会照办，可你们找我要答案，我是没有的。"

工人见与杨毅讲不通道理，便组织队伍出发去铁路局。市民们很快就得到了信息，奔走相告，四方厂又开始闹起来了。

四方机厂的工人们来到管理局时，恰好李钟岳去了北京，由刚刚调任来的一位叫周庆满的副局长主持工作。面对突然而至的工人，他一时手足无措，带头的丁子明说："我们有三个方面的条件，必须答应。"

憨厚白胖的周庆满极力保持着镇定,说:"说说看。"

丁子明代表工人向周副局长提了三项条件:"一是改年薪为月薪,二是一律增加银圆三块,三是实行与定期调薪无关的铁路临时工加薪制度。"

周庆满半天没说话,末了说:"这不是我能答应的。"

丁子明也知道周庆满无法解决实质性问题,而这次的行动也并非为了解决具体问题,更多的是声援纱厂,所以在管理局门口喊了一阵口号后便拐弯上了街。

四方机厂的工人队伍从管理局出来后,恰好与另外一支队伍相遇,这支队伍也是刚刚在前面的街口由两支队伍汇合的,一支来自内外棉,一支来自隆兴。他们正在向警察厅进发,现在三支队伍汇集成了一支队伍,规模和气势不可同日而语,犹如滚滚洪流。人们喊的口号也变了,变成了"不能迫害纱厂工人""向大康纱厂工人致敬"。四方机厂的工人也这么喊着,共同的目标,共同的追求,改变了工人们的思想局限,大家有了更高的站位与眼界,而正是在这种变化之中,青岛工人运动的性质也在发生着质的变化。

邓恩铭、李慰农最大的关心还在于另外一个方面,那就是如何解决现实问题,如何解决罢工工人的饿肚子问题。

而在此之前,罢工的具体组织者司铭章就已经找两人道出了苦衷,罢工能否坚持下去确实取决于能否解决吃饭问题,工人停工了,工厂主当然不会再发工资,非但如此,工厂的食堂也被关闭,直接导致工人无处买饭。

李慰农说:"这是个现实问题,我们一定会帮你解决。"

邓恩铭说:"眼前一定要让工人们咬紧牙关,挺一挺,我相信大家都会出手相援的。"

司铭章点头说:"那当然是再好不过了。"

司铭章回去后,马上召集工人代表开会,问:"我们现在处在最困难的时期,是继续斗争,还是就此罢休。"

工人们说:"苏美一还没救出来呢,怎能罢手?"

"可现在大家都饿着肚子?"

"我们能坚持,既然已经到了这个份儿上,哪有轻易收兵的道理?"

司铭章心里踏实了很多,他说:"我也是怕弟兄们坚持不住了,所以才问大家。告诉大家,共产党正在替我们想办法,我们不要孤立的,我们是工人阶级,所有的工人阶级,包括四方机厂,当然还有内外棉、隆兴、钟渊等，都会向我们伸出援手的。我们一定不要轻易言退。不但要救出苏美一，我们还有条件要向他们讲，争取更大的权益……"

工人听罢兴奋起来："我们绝不后退。"

……

对于邓恩铭和李慰农来说，燃眉之急是要解决工人吃饭问题。两人找到傅书堂，同来的还有内外棉、隆兴两纱厂的代表。李慰农说："现在最大的问题，要给纱厂工人提供饭食，让他们有力量去喊，去争取权益。"

傅书堂说："这确实是个问题，工人本身口粮就不足，让他们从牙缝里挤食，难度很大。"

邓恩铭说："给工人讲清楚，相信他们能以大局为重。就看工作如何做了，只要做到位就一定会有效果。"

纱厂的两位工人代表说："我们已经组织人员支援大康了，有钱的出钱，有力的出力，有的工人凑钱买包子，熬了粥送给罢工的工人。"

李慰农说："对，对，就是这样，这种支持更温暖，更有力量。"

邓恩铭对傅书堂说："四方厂与大康毗邻，虽然两个厂的性质不一样，但工人队伍的感情是一样的，斗争的目标也是一样的，也要像其他两个纱厂学习，做一些实质性的援助。"

傅书堂听罢拍拍胸膛，说："我们一定会有一份力出一份力的，尽我们所能。"

从此，四方机厂的工作重点转移到了发动工人给纱厂罢工工人募捐。傅书堂不但在四方厂内发了倡议，还向铁路沿线工人发出恳请。同时，成立募捐委员会，统一管理收上来的钱物，集中组织人员采购食品送到罢工一线。虽然对物质上的援助抱有顾虑，但这件事做起来之后，傅书堂被工人的热情和无私深深感动了。平日里他知道工人的苦，这些源源不断募集起来的钱物意味着多少人要节衣缩食，他真的意识到了工人阶级的情感相依，也深切地体会到情感之外所凝结着的理性的阶级联盟精神。

对于罢工的工人们来说，吃上了热乎乎的馒头，甚至还有人送来了高密炉包，他们的喊声更加响亮。他们的呼喊已经不再是单纯为了个人利益，而是为了背后为他们提供饭食的一个阶级。

在动员大家救济工人的同时，邓恩铭与李慰农商量，向津浦路、京汉路发出声援募捐请求。邓恩铭说："这既可以解燃眉之急，也可以宣传工人的罢工斗争，争取全国工人阶级支持，让我们的斗争更有威慑力。"

李慰农说："马上就办。"

李慰农事必躬亲，亲自起草向津浦、京汉路的求援信。外地最快的一笔援助款项来自津浦铁路大厂，很快就有更多的铁路局向青岛汇款，津浦、京汉路竟然还派了代表前来青岛慰问铁路工人、纱厂工人，一个巨大的通道建立起来，青岛各界都感受到了来自全国各地的支持。

青岛工人们的呼声更加响亮了。

5

彼此相持，总会有一方首先不能坚持，但没有任何人想轻易退却。各纱厂的工厂主当然是第一个感受到压力的人，也是最可能成为为改变局面而动摇的人。大康纱厂的厂主先宪一本以为坚持几天后，工人哪怕只是为了填饱肚子也不会这么无限期闹下去，本已看到了工人的颓势，没想到很快他们又恢复了精神，外围的支持已经非常明显，这当然是他不愿意看到的，这也就意味着他的纱厂将不可能在近期内得以开工，那么损失当然显而易见。同时，还有另外一层压力让他无法回避，那就是来自胶澳督署和警察厅的。社会秩序大乱会影响青岛的形象，自然也会影响到人们对当局治理能力的认可，也便直接影响着个人前途。胶澳督办温树德明白，直接处理工人罢工运动的警察厅厅长陈韬更明白，既然不能压服工人，那么就向工厂主施压，以让工厂主让步来获得和解。

在双重压力下，心力交瘁的先宪一便与内外棉、隆兴两家纱厂的厂主商量，准备听取工人意见，可能的话准备接受工人提出的条件。

邓恩铭和李慰农商量好的二十一条这个时候在谈判桌上被抛了出来。先宪一听罢懵了，他简直不能相信自己的耳朵，这些条件他怎么能答应呢？

司铭章说："必然答应，工人才能够复工。"

先宪一说："这绝无可能。"

"那你们说能够接受到什么程度？"司铭章说。

先宪一认为二十一条基本上就是敲诈与威胁，几乎不能容忍，根本不愿细看条件内容，便一口否决。

温树德和陈韬也在关注着大康纱厂与工人的谈判，他们也想彼此谈出个结果，以结束当前的混乱局面，但当听到谈判无疾而终时，叹息地摇了摇头。陈韬说："看来局面无法收拾了。"

温树德说："你做好准备吧，不行，还得来硬的，这帮工人油盐不进啊！"

陈韬问："听说崛内去了北京，要政府出面？"

温树德说："还不就是给我们施压吗？我们就等命令，上级让我们怎么办就怎么办吧！现在的局面谁也看不清楚，你我是不是能坐稳这个位子很难说。"

陈韬默然无语。

此前，先宪一和内外棉、隆兴两个纱厂的工厂主带着工人提出来的二十一条来到日本驻青岛公使馆拜见崛内公使。崛内看罢也很是气愤，说："我刚从温督办处回来，听说了工人所提的二十一条，看来不对他们动些硬手段不行了。"

先宪一说："我已经打听好了，他们的背后指使者，一位是从法国回来的李慰农，另一位就是长期活跃在济南和青岛两地的邓恩铭，我已派人跟踪他们多日，住在泰山路13号，这一段时间以来，工人们密集到他那儿去，还是先把这两个人抓起来再说。"

崛内没有作声，继而摇摇头，说："这事一定要慎重，共产党不能随便招惹，弄不好会惹大麻烦。现在北京的局面让人看不懂，虽然孙先生去世了，但他们联俄联共的原则没有变。段祺瑞政府现在岌岌可危，变数很大。我马上去趟北京，一是观察一下形势，二是向北京政府提出抗议，给他们点压力，不能让他们事不关己。我们把该做的事情做到了，才能在适当的时候动手，如果擅自动手，惹了麻烦，那可就是外交事端。对此必须要有研判，不能与日本政府的既定政策相违背。"

先宪一说："那我们现在？"

"想想办法，中国人有句话叫，不能一棵树上吊死。"崛内说。

三位纱厂主回来后接续研究崛内关于不能在一棵树上吊死到底是啥意思。隆兴纱厂的厂主内村大边不爱说话，但小眼珠总爱滴溜溜不停地转，此刻他出了个主意，说："我们不能被动应对。我想可以想一个瓦解工人的办法？"

先宪一说："现在我们的强硬使工人们都不得不跟着闹起来，但或许并不是所有的工人都愿意如此干，所以要对那些容易动摇的工人晓之以理，让他们不能一条心……"

"这倒是一种思路，具体怎么操作？"

内村大边说："我们可以开出一些条件，譬如，在罢工期内照常上工者，每日起加给工资六成，在风潮开始后上工者，加赏八成，风潮将息先自上工者，永远加工资四成，以此施以诱惑……当然，还可以听听大家有没有更好的意见。"

先宪一一拍大腿说，这是个顶好的法子。

纱厂主们开始以另外一种方式诱导破坏工人的罢工。第二天工厂区、宿舍区就开始有人在张贴告示，断断续续回来的工人开始聚集观看，有人问："这是什么？"

"又搞什么鬼？"

正在张贴告示的人就向工人们喊话了："别听工会骗人的话，上了共产党的当。谁先上工谁就能得到好处，老板发话了，请大家都来看一看，好，我给大家念一念，从现在起只要带头上班的，每天多给六成工资……"

就有人说："这事真的挺好，我们上工吧？"

"这……"

"上工至少还可以吃饱肚子，这么折腾下去不一定有好结果，说不定将来还会丢了饭碗。听说了吗？隆兴的日本老板已经发话了，罢工的工人都被开除，愿意回家的可以直接回家了……"

"是真的吗？"

"当然是真的了。"

"这么说，我们不会得到好果子？"

"别闹了，回去上班吧！"

一时间，很多工人开始动摇。

邓恩铭和李慰农意识到纱厂主这招很阴险，具有很强的煽动性，要求司铭章必须在工人中开展反宣传斗争，鼓舞工人再接再厉，不能泄气。像是两个人在掰手腕，谁在关键时刻吃不住劲，谁就会落败。

司铭章领着工人四处撕扯厂主贴下的告示，每到一处，便向工人们讲道理，我们现在处在最困难的时期，资本家们快撑不住劲了，我们不上工有损失，他们的损失更大，他们是一天成千上万的损失，他们更心疼。

几处还发生了斗殴事件，贴告示的与撕告示的，一言不合，大打出手。双方都在争取信心有所动摇的工人，你拉我拽，最终演变成拳脚相加，纱厂内部一片混乱，青岛市区内械斗不断……

6

由于近期频繁与大康纱厂、四方机厂的工人接触，邓恩铭意识到了自己处境的危险，他准备换个地方居住。傅书堂已经多次提醒他，在他的住处发现鬼鬼祟祟的人，并且司铭章等人来邓恩铭所住的泰山路13号常被人所尾随，有时需要费尽周折才能摆脱掉跟踪者。

邓恩铭对李慰农说："近期我们不要再见面了。如果有事情就到三义村小学。"

李慰农答应，但紧急的事情不断出现，需要马上商量，所以仍然不时来邓恩铭住处。

傅书堂这天来到这里时，非常紧张地说："不能再在此见面了，必须转移。"

邓恩铭说："马上转移。"

这些天的斗争中，虽混乱，但别有用心者总会从中找到一些规律性的东西。无论是日商纱厂主，还是警察厅都在这次有规模的工人运动中发现了一些不一样的地方，平日里工人也有一些反对声，但却从来没有形成有意识的抵抗，这种抵抗不但充分，并且是在四方机厂取得胜利后迅速形成的，不能不让人怀疑期间所具有的必然联系，由此推论，幕后操纵者也极有可能是同样的组织所为。

日纱厂主开始有意识地跟踪罢工组织者，陈韬更是从专业角度有针对性地开展跟踪调查，所有的轨迹在转变无数的路线之后都会指向同一个目标，泰山路13号，这里面到底藏着怎样一个人物？日纱厂主在想，陈韬也在想，但两者都没有轻易动手，他们在等待着一个适当的时机。

在决定到底应该采取硬还是软两种手段的过程中，谁都不敢贸然下手。他们都在等待着一个人的到来，那就是已经前往北京寻求支持的崛内公使，看他能够带回怎样一种妥当的处置方式。

崛内公使已经忍无可忍了，他有责任维护在青岛的日商企业主利益，而青岛如火如荼的工人运动已经使他无力控制，他对胶澳督办、警察厅所施加的影响已经越来越失去作用。青岛当局阳奉阴违的做法显然也是出于无奈，变幻莫测的局势使他们不敢贸然草率地果断处置，最终的决策显然是要经过北京政府拍板才行，所以他的北京之行主要目的是确定下一步如何对付青岛工人的罢工事件。

来到北京，他的首站当然是拜会驻华公使芳泽。芳泽已经多次与之进行过电话沟通，对青岛的情况有了大致了解，面对面的交流让他对形势有了进一步掌握。两人商议后，决定由芳泽向北洋政府递交一份抗议书，要求段祺瑞政府"迅速饬令当地官宪，采取有效措施，全力镇压罢工风潮"。

段政府此时正处于内外交困之中。政府的人事更迭同步带来的是地方势力的争权夺利，重新洗牌。这年4月间，陕西、安徽、山东争督风潮愈演愈烈。在陕西，冯玉祥、胡景翼联名电请惩罚擅启兵戎的刘镇华，并最终以吴新田代刘成为新的陕督；紧接着，又出现安徽驱督事件，地方势力主张废除皖督，改受苏皖宣抚使卢永祥指挥。更为微妙且对大局会产生重大影响的却是山东争督问题。为抢夺山东地盘，张作霖突然提出"鲁人治鲁"的原则和津浦线划作奉系势力范围的要求，提出要张宗昌督鲁。众人大哗，张作霖之前曾有"不为部下争地盘"的承诺，如此便是自食其言，也是公然向皖系动刀，要知道现任鲁督可是皖系的嫡系，也是整个政治盘面上的关键棋子，如此一来，等于剜了段祺瑞的心头肉。

所以，当芳泽的抗议递到时，段祺瑞愁肠百结，不知如何处置，想来想去，觉得山东的局势既然已经到了无法挽回的局面，让一个青岛乱一乱又有何妨，或许青岛之乱能从另外一个角度破山东的不了局，更或许还会有峰回路转的可能。另外，刚上台的他也不愿意得罪日本政府，所以，他给芳泽的答复是，政府将督促山东地方政府全力镇压工人的罢工。

就在崛内返回青岛的同时，山东督军郑士琦也接到了北洋政府不惜以强硬态度镇压工人运动的命令，但郑士琦并不能正确理解段祺瑞的真实用意，决定先观望一番再说。而当返回青岛的崛内第一时间来到青岛戒严司令部时，王翰章一片茫然，调动军队镇压工人是需要履行军令程序的，仅凭口头命令实属荒唐。崛内不知道命令尚未传达到戒严司令部，又到胶澳督办温树德处求证。

此时，已是深夜，崛内的来访让温树德先是大为恐慌，知其来意后大为不满。

崛内说:"段政府已经答应了日本驻华公使馆的要求,希望胶澳督办迅速组织相关部门逮捕罢工组织者,取缔工人明天将要举行的五一劳动节活动。"

温树德含混其词,就在这时接到了郑士琦的来电。

郑士琦问:"崛内找过你吗?"

温树德迟疑片刻说:"他正在我这里。"

"噢——"对方沉默片刻,说,"老爷子发令,严办工人罢工,你……酌情吧!表面文章还是要做的。"

温树德说:"明白,明白。"

放下电话,温树德对崛内说:"公使大人,明天我会安排的,你放心。"

崛内这才长吁一口气,知道自己的目的达到了。

次日,正值五一劳动节,工人们组织了多场演讲,但一大早却发现,头天晚上搭起的演讲台已经被陆续赶来的警察宪兵拆掉了。这是谁干的?有工人恼怒了。但刚想问个明白,就被前来的警察抓走了。被抓的人大喊大叫,破口大骂,每个街口都有同样的情况发生。

大康纱厂宿舍区内,除增加了大批警察外,日本纱厂的职员也都佩上了手枪,驱赶恫吓着外出的工人。工人稍有反抗,便拳打脚踢,警察在一旁帮腔,工人不敢稍动。

四方机厂和其他几个纱厂工人送来的饭被警察挡在了外面,日本职员上前踢翻饭筐,稀饭、油条、包子滚了一地,有人还用脚踩,怒不可遏的工人就上前和他们扭打起来,又有一批工人被警察倒剪着双手押走。

敌人的突然反扑,让工人们措手不及。

一连几天,警察都在四处搜查着罢工组织者,傅书堂、司铭章等人也远远地躲开,不见踪影。邓恩铭急急地离开了原来的住处,他知道,敌人狗急跳墙了。

五月三日凌晨,邓恩铭和李慰农在新找的住处给中央写了情况报告,邓恩铭发现有很多东西忘在了泰山路13号,便想回去取来。李慰农说:"还是小心为好。"邓恩铭说:"我已经几天没回去了,不会有人注意。再说,这么晚了,不会有事的。"

李慰农说:"一定小心。"

邓恩铭悄悄回到原住处，四周一片漆黑，深一脚浅一脚摸着打开门，还没等他回过神，就见几个黑影扑上来，将他按在地上。邓恩铭知道，自己大意了。

邓恩铭被警局抓获了。

7

郑士琦对于调离自己任皖督的任命大发雷霆，他没想到老东家段祺瑞竟然一再作出断腕之举，为了保住自己的位子，弟兄们的面子利益都不要了。虽然现在都知道总统的背后是颐指气使的张作霖，但毕竟这么多年巩固下来的阵地，就这么不明不白地拱手相让，实在让他心有不甘。

郑士琦觉得咽不下这口气，至少应该表达一下不满，并且他认定有些话是段祺瑞一定不能说或者不敢说的，那么自己代主人试探一下，未尝不可，如有不妥，及时收手，也并不是不可以的。这么想，他便招来第五师第七旅胡羽儒、第四十七旅施从滨，对他们说了自己的想法，总体意思就是让俩人联合下层官兵提出反对易督意见。胡羽儒二人心里犯嘀咕，但督军说了，又不能违命，只能硬着头皮上书。段祺瑞明白属下的意思，怕郑士琦的盲目所为惹出乱子，打乱了自己的计划。为长远计，他还是决定让郑士琦离开山东。为了让郑士琦明白自己的良苦用心，段派张树元到山东做工作，劝郑接受调职。张树元曾任山东第五师师长、山东督军，一番话说得郑士琦无言以对，只得从命。但让郑士琦没想到的是，中央并没有做好皖系的工作，盘踞安徽的倪嗣冲根本就不让他回皖。被迫无奈的郑士琦去皖途中，遭到皖军阻击，一时走投无路。

张宗昌可顾不得郑士琦何去何从，他于1925年5月7日急不可待地接任了鲁督，非但不顾及郑士琦无从落脚的尴尬局面，反倒落井下石，将他所带的部队也截留下来。张宗昌到任后的第一件事，就是上书段祺瑞政府，表示山东的第五师本为国家军队，又为山东所养，不能由私人带走。张宗昌还亲自到兵营，恳切挽留第五师兵士，说："我也是山东人，你们很多人是山东人，我对山东有感情，对第五师的官兵有感情，对第五师，我一定会一视同仁，决不歧视。"

晚上，张宗昌和施从滨吃了顿饭，喝了一场酣畅淋漓的酒，说了番掏心窝子的话，把施从滨感动了。郑士琦见张宗昌如此不仗义，大怒，定要和他理论一番，但此时的他一切都已化为乌有，有何本钱再作抗争。况且，张宗昌麾下诸部褚玉璞、许琨、程国瑞、毕庶澄等旅源源开来。郑士琦只得灰溜溜跑了，损兵折将，丢土赔地，山东已经没有了他的立足之地。

张宗昌坐上山东督军的位子，当天就收到来自青岛的雪片般的函件，这些信件既有胶澳督办公署的，也有日本驻青岛公使馆的，还有商界不同人士的。一般人们对新任职者都会寄来贺信，这些信件都有祝贺的话，但匆匆数语后，无不都是恳请尽快解决青岛工人罢工问题。张宗昌把这些信件细细看了，以此研判处置原则。根据之前所了解的情况，加之这些所表达着不同观点、倾向的函件，他感觉得到，青岛的工人罢工并非一般意义上的工人争取利益，而是越来越有着二七工人罢工的特征，并且在某些事情上这种特征有过之而无不及。

由于有了这种判断，他本能的反应就是必须强力镇压，等他们翅膀硬了，便会无法收拾。而对于胶澳督办公署函件中所流露出来的焦躁不安，在他看来，是基于信息的不准确性。现在他们之所以举棋不定，是在等他的态度和意见。张宗昌把这些函件推到一边，不再去看，他不想现在就给青岛方面一个明确答复，他想在混乱的局面下甄别一下不同人的态度。在他看来，这是必要的。

张宗昌把目光投向如油锅般沸腾的青岛。但他却没有及时做出制止的行动，他自信以他的威望和能力完全可以掌控局面，他现在想到的倒是一个具体的人——胶济铁路管理局局长李钟岳。

李钟岳接到了张宗昌要他来济南的信件，不敢有丝毫耽搁，第一时间乘车前往济南。虽然走得干脆，但在车上的十多个小时，他却陷入极度的恐惧和不安之中。尽管他与张宗昌并无交集，但他是实实在在的奉系人，而自己是郑士琦所任命的所谓的皖系，他早就听说过张宗昌的残暴，那他为什么上任后这么快就召见自己，并且还在信件中以"盼兄秘密来济相见"的字样表达了这次会面的非同寻常。

张宗昌真实的意图是不是胶济铁路的运费？李钟岳知道郑士琦让自己出任胶路局长最大的目的便是如此，那么张宗昌呢？其他事情都无所谓，只有这件事，必须慎之又慎。如果是郑士琦的话，还可以值得为之冒险；换作张宗昌，没有绝对的信任和支持，一旦有所差池，丢了性命也很难说。

李钟岳的猜测是正确的，张宗昌从进山东的那一刻起，就在打胶济铁路的主意。这些年南征北战，每到一处第一时间都要先寻找生财之源，那是打仗和立足的本钱所在。而在山东，来钱最快的一定是胶济铁路。

　　见到李钟岳，他几乎没有任何含蓄和过渡，直接把这个想法说了出来。

　　"我这些年带兵打仗，从不亏待弟兄。但要让弟兄们卖命，不出血是不行的。我爱兵如子，也才有了弟兄们的拥戴。我需要钱。现在我来山东，你说怎么才能把我的军饷补足。"

　　尽管有了充分的思想准备，李钟岳还是没有想到张宗昌说得如此赤裸裸，沉默半晌说："督军是想要胶济铁路的运费。"

　　张宗昌用力地点点头，说："你很明白事理。"

　　李钟岳却摇摇头，说："这事很难。"

　　张宗昌马上就皱起眉头，说："我在山东，还有何难？"

　　李钟岳为难道："胶济铁路的钱是日本人的，我们说了不算。他有个日本会计长和车务处长替他守着钱袋子呢！"

　　张宗昌知道赎路款的事，但他对此的概念较之他人却要更为淡漠，说："你是局长，难道说会计长、车务长不听你的话？"

　　李钟岳说："督军，中日之间是有协定的，搞不好会闹出外交事件来，高总长在时……没有拿一分钱，日本人只是听到了风声，就把军舰开到了青岛，这可不是我们能做的。"

　　张宗昌半天没说话，脸色一点点变得难看起来。李钟岳也越来越心神不宁。他觉得好汉不吃眼前亏，还是要把这事做得有个回旋才是正确选择，否则还不知道这个杀人如麻的魔王会做出什么事来。

　　李钟岳低声道："督军，我也是刚到胶济铁路，很多事情不了解内情，容我回青岛后看看有没有其他路径可走。"

　　张宗昌的目光转过来盯着他。他不寒而栗。

　　张宗昌说："我从来不和任何人商量，能办就办，如果不能办……我……也不勉强。"

　　张宗昌后半句话本来是要说，"不能办也得办"的，或许听李钟岳话锋有所转变，才给了他个面子，没把狠话说出来。李钟岳听得出来，张宗昌后半句话已经满是杀气了。

　　李钟岳返回青岛的途中已经打定主意，处理完事务后便辞职。他觉得自己不值得为张宗昌卖命，张宗昌的态度已经足以说明，他根本就没有把自己放在眼里，办这种不见光的事情至少应该客气几分才对；而现在，非但没有客气，连基本的尊重都没有。他不知道张宗昌是否就是这样的个性，还是专门针对他。总之，此爷是伺候不起的。

列车铿锵东行，经过博山山谷，有着别样的风情与韵致，但李钟岳呆呆地望着窗外，视若无物……

8

张宗昌的态度，让青岛的一众人士感觉到了一种不确定性，他们不知道新来的督军到底是一种什么样的态度，所以更加不敢贸然采取行动。大家都在观望，看新督军有何新的施政方略，对于青岛事务，特别是对于正在闹得山呼海啸般的工人运动到底持有怎样的态度。

此消彼长，工人的情绪又被调动起来，更大规模的工人开始上街，要求释放被捕的工人。

李慰农在邓恩铭被捕后，就将相关情况报告了上级党组织，希望能够通过各种关系加以营救。而上级的指示是，工人斗争的方向从争取成立工会、提高待遇转移到要求释放被捕工人上来，以此从外围施压，使营救工作有一个好的环境。

正当用人之际，李慰农却接到了全国第二次劳动大会在广州召开，中共组织要求四方机厂工人傅书堂、伦克忠作为青岛的代表参加的消息。

傅书堂听到李慰农要派他参会的消息时，有些不情愿，说："现在工人运动正处在高峰，邓恩铭同志不幸被捕，正是用人之际，我不能去。"

李慰农说："傅书堂同志，你要从长远看，我们还会有更艰巨的斗争。"

"可……"从内心讲，傅书堂对青岛的风云际会早就有了一种刻骨铭心的投入感和成就感，他舍不得脱离这血与火交织的气氛和环境。他觉得自己已经成了燃烧的一分子，正在血与火的锤炼中实现着涅槃。

但是，生命的自由无法在放纵中沉沦，这既是命，也是运。傅书堂和伦克忠就在如火如荼的工人运动处于高潮之时离开青岛，前往广州，走上了一个更加宽阔的舞台。

被捕一周后，邓恩铭被胶澳警察厅释放，以危险分子的名义驱逐出胶澳地界。

包括苏美一在内的其他几位工人也得到了释放。街上突然消停了许多。这么多天的呐喊与斗争，工人们大多心力交瘁，而青岛当局在不确定的气氛中缺乏了稳定性和方向感，大家都在观望。

就在这个时候，四方机厂的工人们突然听到了一个消息，李钟岳辞职了。人们大感不解，这位从上任就是为了和工人们斗争并且一斗就是大半年的局长大人，为何突然离开？与这次工人运动有关系吗？有人说有，有人说没有。但究竟他的离开缘于何种原因，没有准确答案。

与李钟岳离职的消息一同甚嚣尘上的是他的接班人似乎也已经早就被某个组织或势力圈定了，谁呢？一位再熟悉不过的人了——赵德三。赵德三要重回胶济铁路管理局了吗？几天之后，这番传言几乎已成铁定的实事。有人说，赵德三已经上任了；有人说，还没上任，但在街上看到他和他的画友们喝酒了。有人找到刘仲永去问。刘仲永艺术家气质，根本不给你准话，含含糊糊，倒让人更升出几分猜测。很多人突然非常怀念赵德三，虽然确实也说不出他在胶济铁路管理局到底做出了哪些政绩，对于工人到底有多好，但这个人的善良与身世的干净却在与后来几任局长的对比中显得难能可贵，特别是与现在这位专与工人作对的李钟岳相比，有着天壤之别。

没几天，铁道部的任命下来了，但与人们的猜想相去甚远。

李钟岳调离，周钟岐调任胶济铁路管理局副局长，主持日常事务。

周钟岐是谁？人们一时议论纷纷。

很快人们便知道了周钟岐此人原来大有来头。他的叔父便是大名鼎鼎的周自齐。1912年，周自齐任山东都督，1913年任北洋政府交通总长。如此背景，让人咂舌，包括胶济铁路内部人士都没有想到周钟岐会来胶路。包含胶济铁路在内的青岛工人运动风起云涌之际，派了一位在交通部办事的部员来胶济主持路务，到底出于何种考量？这一人事任命所具有的偶然性和突然性，让人们对胶路的前景打了个问号，如此怪异的不合常理的任命，是不是意味着胶济铁路又要上演一幕荒诞大戏。

其实，对于周钟岐的任命，交通部总长叶恭绰是煞费苦心的，他对自己的这个决定很有些自得。

自从郑士琦被逼离开山东，李钟岳的凄惶就显而易见，他通过不同的渠道表达了自己去职的想法，当然心有不甘的他表现得模棱两可，并不果断，叶恭绰也在观察。他对李钟岳并无好感，此人是郑士琦"强硬"推荐上来的，叶恭绰也是无奈下才核准认可的。山东地方军阀强行任命铁路官员是个大忌，郑士琦对交通部来讲是十恶不赦的，开了个坏头。尽管张宗昌作为奉系，从政治角度上讲更值得依赖，但叶恭绰也绝不想让张宗昌插手铁路的人事任免，他要把胶济铁路的管理权重新导回正确的轨道。

李钟岳在下定决心要离开胶济铁路后，专程到交通部做过一次拜会，叶恭绰起初并不知道李的真实想法，李汇报了相关路务，坦白上任以来对于胶路并没有给予多少帮助，样子很真诚。他说："我来胶路本身就是救火的，现在火已经灭了……当然，青岛的火是越来越旺了，但至少四方机厂现在不是矛盾焦点了。也就是说，我的职责已经履行完了，所以……我打算离开。"

叶恭绰听罢愣了半天，这既是他期望的，也让他多少有些措手不及。

彼此心知肚明，他知道自己也没有必要做出挽留的虚假姿态来，但还是说："我想听听你为何要离开，胶济铁路现在仍是多事之秋。"

李钟岳沉默很久，说："胶济铁路已无我容身之地。"

这话很是凄惨，叶恭绰也不往深里究问，只是点点头。他懂得，哪怕是他不知道张宗昌在逼李钟岳挪用运费的事，也明白，没人能够和这个混世魔王共事。况且他隐隐也能感受得到，李钟岳有着难言之隐。

叶恭绰下意识地问："青岛需要怎样一个人呢？"

李钟岳说："一定要找一个能在山东立得住脚的人。"

这或许只是李钟岳发自内心的感慨之言，但却烙在了叶恭绰心上，不错，这个人一定要在山东立得住才行。

那么这个人是谁呢？叶恭绰翻来覆去在想，一直不得要领。有一天却突然想到了山东督军周自齐的侄子周钟岐。周钟岐正在交通部任职，此人虽然实践经验少一些，但却是毕业于美国密歇根大学的高才生，曾经由胶济铁路四方机厂账务总管干起，对胶路熟悉，后又到京奉路任职。如果前往胶济铁路，虽说略显单薄，但并非不能胜任。

除却个人的资历与能力外，叶恭绰最看中的当然还是他与周自齐的关系。周自齐曾在美国哥伦比亚大学留学，后任清政府驻美公使，在办理庚子年赔款的退还过程中立下汗马功劳，还任过清华大学第一任校长。特别是他有着山东督军和交通总长的经历，无论是在山东还是在交通系内都有很高的威望和广泛的人脉，有此背景可以依仗，相信张宗昌不敢轻易碰他。

想到这里，他坚定了决心。他与周钟岐做了一次深谈。当听叶恭绰要让自己到胶路任职，单纯的周钟岐很兴奋，想都没想就说："太好了，我愿意去青岛。"他喜欢青岛的风景，交通部机关作风之沉闷让他难以忍受。看到周钟岐所表现出来的状态，叶恭绰反倒有些担心，问："青岛的情况很复杂，你要有充分的思想准备才行。"

周钟岐说："没问题，我愿意去接受锻炼，不愿意只在部机关做些文案工作。"

叶恭绰说："你要有充分的思想准备，青岛现在的局势并不安定。困难会很多。"

周钟岐说："秉公办事。"

叶恭绰想想后说："对，但只有这四个字并不一定够。"

第二天，任命书颁发下来，却是胶济铁路管理局副局长，而在此之前，叶恭绰没想让他去任副职，周钟岐的表现还是让叶恭绰改变主意，给他颁发了"副局长"的任命，潜意识里还是对他不太放心。

9

观察与观望是不一样的心态，也是不一样的姿势，最终也是不一样的结果。就在张氏宗昌有意识地观察着青岛各界对于他到来之后的反应，以求能够找到一些有利于自己的蛛丝马迹之时，在青岛处于观望状态的胶澳督办公署、警察厅局长、商界厂主却都有些沉不住气了。罢工还在继续，相互的拖累几乎到了极限。但一切仍然没有结束，有的工人还在上街示威，还在督办公署、警察厅门口丢酒瓶子，还会突然之间形成一股小的洪流冲击铁栅栏大门，也还会有号子声响起……但是，也有的工人上班了，说是上班了，却并不老老实实做工，顺便搞些破坏也是有的，罢工在停顿中继续，在继续中停顿。工人在怠中罢，在罢中怠，成了一种用最有限的付出获取最大罢工效果的方式。

日商纱厂的厂主们找到了崛内公使商量如何解除这一困局。崛内说："还得两手做，对于积极上工的给予更大奖励，对于怠工者给予严厉处罚……"

先宪一牵头的纱厂主们都没有说话，这种理论上的处罚实践证明起不到任何效果，长期对抗几乎已经让工人都站在同一条战线上，哪怕是上工的工人也感到疲乏了，不愿意付出更多了，更不会与纱厂主保持一心，所以这种理论上好与坏的界线已经消失，倒是工人与纱厂主所具有的对立关系格外明显。

崛内也很不满，这些天来，他为日商纱厂操碎了心，但厂主们却并不买他的账，这让他很是气愤。他不满道："既然你们不满意我的提议，你们可以说说有什么更好的办法。"

先宪一说："崛内先生，我们都知道这样僵持下去确实不是办法。尽管我们也不愿意服输，但为了工厂的利益，还是觉得必要时可以妥协。"

崛内有些茫然，说："在此之前，我征求过大家的意见，希望能给工人以利益，换得平安无事，但你们坚持来硬的，现在又这样说，你们……到底想怎么办？"

先宪一说："很是抱歉崛内先生，我们到现在都不想妥协退步，但是这样实在耗不起，所以只能暂时妥协，一旦条件成熟，会拿回自己想要的。"

崛内说："那就具体说说你们的计划。"

先宪一说："我们想请您出面，邀请青岛相关人士组织一次谈话会……和工人对话，看他们会提出什么条件。"

"他们提什么条件，不就是二十一条吗？"崛内说，"这是他们一贯的条件。"

先宪一说："我想他们不会再坚持这个条件了，他们开出的条件，是完全可以讨价还价的。因为在此之前，我们拒绝任何可能的谈判，但我相信只要答应和他们谈，他们也一定会答应让步的。"

崛内先生说："那你们拟定的条件是什么？"

先宪一说："我们划定了一个基准线，在谈判桌上和他们谈，谈到什么程度再定。"

崛内说："这也不是容易做到的，包括参加人员都不确定。不过，我会尽力的。"

事情就这么说好了，十天后，经过彼此交涉沟通，各方代表终于坐在了青岛议会堂内，参加的人员规模可谓庞大。

崛内总领事，村地、清水和田边等领事馆官员坐在了日方的调解一方；中方的警察厅厅长陈韬、徐副官长，还有包工头官世云、商会会长隋石卿坐在了中方调解席上。山东议会副议会长、交涉署长、实业厅长也来到青岛参加旁听,以求从旁助力,化解矛盾。

先宪一等大康、内外棉、隆兴三家纱厂的工厂主坐在一边,另一边是司铭章,及刚从警局释放的苏美一等人。

陈韬先说话,说:"纱厂工人闹了这么久,无论是什么原因,都严重影响到了青岛的社会秩序和治安,青岛的形象更是大受损害,这并非大家的初衷。初衷是什么?工人有饭吃、有钱赚,工厂有利润、有效益,我们无非是在其间找到一个平衡点。所以,大家都退一步,这个平衡点是可以找到的。"

苏美一说:"我们说的是,首要的条件在于先把关押的弟兄放出来,我在里面受了你们多少打,弟兄们不能再受罪了。"

陈韬说:"我可以保证,只要今天大家开开心心地走出这个门,工人们能够复工,所有闹事者都可以释放。"

苏美一、司铭章等人对视一下,感受到了对方有服软的意思。

"好,既然这样,那就答应二十一条。"

先宪一说:"谁都能看得出来,二十一条是根本就不能接受的,那又何必明知不可为而为之?"

司铭章说:"不行,二十一条必须全部答应,我们这么多天辛苦抗争,是为了什么,就是为了满足这些条件。"

"那是不可能的。"先宪一说,"这样吧,我们可以把一些条款合并谈一谈。"

司铭章说:"不可能。"

场面僵持了,但是双方似乎都还保留着一种弹性,没有把话说死。

青岛商会会长隋石卿说话了,他清清嗓子说:"所谓谈判就是要有所让步,不然的话都这么僵着,永远不会有解决问题的办法。"

司铭章、苏美一在来之前已经请示过李慰农,李说:"四方机厂给我们一个很好的例子,有些条件是可以谈的,正如当时邓恩铭同志所说,'只要达到百分之七十'的要求,我们就算胜利了。我认为,不一定百分之七十,哪怕百分之五十,甚至更少,我们也可以算是胜利了。并且,他们主动出面提出来谈判,本身就说明他们服输了,只是面子上过不去罢了。"

李慰农还说:"他们一定会让步的,到时候你们可以酌情而定,不一定非要完全坚持,这就是斗争的艺术和策略,这二十一条原本就不指望他们能够全部满足。"

所以,当看到先宪一说到如此份上,司铭章与苏美一交换下眼神,就说:"那说说你们的条件?"

"我们可以答应并承诺的,一是改善待遇,二是伙食增加一份,三是支付罢工期间的部分工钱,四是平时做到赏罚公平……就这些。"先宪一说。

司铭章说:"再增加不得任意殴打工人;因工受伤者,由厂方支付医药费;还有吃饭休息三十分钟,午前三时及午后三时休息十分钟,夜间一律对待。罢工期间支付两日工钱"

先宪一说:"做不到。"

司铭章说:"做不到就免谈。"

会场又是长久沉默,只到有人咳嗽,似乎提醒了先宪一。他说:"好,但有一点,罢工期间支付两日工钱,但开工后五日不复工者,不在此限。"

司铭章想了想,便说:"好!"

双方就这么唇枪舌剑、你来我往谈了半个下午。最后,梳理起来,日商大康纱厂厂主代表三家纱厂共答应了工人九项条件,筋疲力尽的司铭章等人觉得这些条件虽然与二十一条相去甚远,但对于工人们来说,一次性争取到这些权利实属不易,他们申请休息,来到外面空地,再做一次商量,觉得对工人完全可以有所交代了,并且李慰农已授权二人可以现场决定,就答应厂方的复工要求。

对于停留在会场的对立方来说,虽然分属不同的组织团体,目标也是为了促使工人能够早日复工,但他们对于工人的憎恨与厌恶却是共同的,他们有着相同的利益追求。所有的人都知道,如果以这样的条件促成工人复工,对他们这样一个利益集团来说,并不是什么值得高兴的事。因为他们付出太多了,或许说,对于工人的让步有些太多了,这会让工人们产生一种胜利感、优越感,会让他们更加为所欲为,更加不可控制。但是,所有人也都明白这样一个道理,工人们既然闹了这么久,断定他们是不肯轻易让步的,而对于纱厂主来说,损失是难以弥补的。工厂主们对于复工有着更加强烈的渴望。那么就只能先让工人复工,接下来如何应对或者说是否可以完全满足工人的条件再慢慢拖、慢慢等吧!

10

　　谈判之后，司铭章就找到李慰农，将情况做了汇报。李慰农兴奋之情溢于言表，他说："这是四方机厂胜利之后，青岛工人运动的又一次重大胜利，它的胜利源于四方厂的继续，而意义更胜于四方厂。从此之后，完全可以开辟青岛工人运动的新纪元。"

　　司铭章说："我们可以向工人宣布我们的胜利吗？"

　　李慰农说："当然可以，要大张旗鼓地宣传斗争的胜利。"

　　"可是……我们的工会组织没有谈下来。"

　　李慰农说："这确实是个巨大的遗憾，但我觉得，既然他们答应了我们的条件，某种程度上也算是认可了你们作为工会组织代表的现实，也就是认可工会的存在。我觉得，可以同步成立工会！"

　　"他们会不会干涉？"苏美一问。

　　李慰农沉吟片刻说："他们一定会干涉的，但如果不成立，不就是自己先退了一步吗？如果他们干涉，也正是我们进一步斗争的理由。我们的目的本来也不是为了满足这九项条件。"

　　司铭章说："对，对。"

　　五月十日，听到复工消息的大康纱厂的工人们一大早就来到厂区门口，而所有到来的人似乎都发现有比自己更早来到厂区的人。其实，从昨天晚上开始，司铭章、苏美一等人就开始组织张罗着第二天宣布罢工胜利的庆典。一向与他们对抗的护厂警也没了往日的威风，远远在一旁观察着工人的举动，他们早就听说工厂答应了工人的条件，也实实在在感受到了工人的力量，所以不愿意无端招惹工人。不只护厂警，胶澳警察厅也安排人员在三家纱厂周围活动，以备不测，但他们比护厂警距离更远，只要工人们不影响社会秩序，他们更不会去管。

　　当司铭章宣布罢工胜利的喜讯时，工人其实早就已经得到消息，人们的面庞都洋溢着兴奋的色彩，都在传递猜测着厂方答应工人的条件，他们还不知道到底有哪些得到工厂主的认可，只是在议论猜测着，人们的情绪因此也在这种若明若暗的状态里更加容易膨胀与喷发。

　　司铭章一条一条地宣布了工厂主所答应的条件，几乎每一条说出来都会随之掀起巨大的啸叫。九条读完,一波一波的呼喊声像一阵阵波涛,冲击着人们心灵的堤坝。司铭章宣布:"工人弟兄们,我们的罢工胜利了!"全场的声浪也便掀起高潮。整个青岛市都在这种声浪中形成两股对抗的力量,一种是兴奋的力量,他们看到了胜利以及争取更大胜利的可能,从四方机厂到大康纱厂以及由此带动起来的内外棉、隆兴,一种巨大无法抗拒的力量正在形成,它所具有的巨大破坏力无与伦比,难以预测。在这种力量下,街巷之中人们奔走相告,欢呼雀跃……而另外一种力量却是躲在暗处,不难猜测,一双双眼睛正在胶澳督办公署、警察厅、商会那有着德式风格的高大的嵌花玻璃窗背后窥探,他们的耳朵在紧竖,监听着每点来自不同角度的风声,他们在努力观察着,想看到一股奔涌的力量到底会产生多大杀伤力,计算着这股力量对于自身利益的冲击会有多大,判断着如何在这股力量中既不失却职责而为上司责备,又能够远离是非之地,不受现实打击与伤害。

但是,从另外一个角度讲,那份正义的力量尽管让如此之多的人感到震撼与冲击,但却又是单薄与无力的,它来自工人们内心对于自身利益追求的冲动与渴望,却也止于他们政治上的无所凭依与生活上的无助与虚弱,他们看似凶猛无比,但却在这种无依、虚弱中被消减了许多。而对于躲在背后的那一双双窥视的眼睛和极力捕捉着信息的耳朵,他们不愿意出头露面,但却掩盖不住他们所拥有的由手枪、组织、法庭、政策等一切有利于他们硬件与软件所构建起来的统治机器,如果这架机器开动起来,力量的悬殊显而易见。

大海总有退潮与涨潮的时候,这构成了海的壮观与虚弱。

司铭章仍然在演讲,他最后要让大家明白的也是将庆祝大会摆向浪尖的消息是,"……工人弟兄们,我们能够胜利的动力来自哪里?对,你说对了,来自工会,没有工会的领导是脆弱的,就如一根筷子,掰一下就折了,过去日本厂主为什么欺负我们,就是因为我们没有形成合力。现在,我们有了工会,工人就成了一把筷子,有事互帮,让他们不敢欺负,这才有了今天的胜利"。

说到这里,他摆摆手,示意大家安静下来,然后大声说:"下面,我宣布大康纱厂工会正式成立。"

摆在锣鼓队伍一侧的一块被红绸覆盖的牌匾由两位工人护送上会场台子。司铭章、苏美一向前走一步,揭去牌子上的绸布,"大康纱厂工会"几个大字映入眼帘。工人们再次欢呼起来,后面的人也跟着欢呼,但却并没有看到牌子写的什么,有人问:"写的什么,写的什么?"

人们甚至都没有时间给问话人解释,把所有的力气都用在了欢呼与呐喊之中。

预料中的事情很快就发生了,背后窥视的眼睛不放过任何蛛丝马迹。

第二天,隆兴的工人代表张杰便被传唤到警察局。陈韬问:"谁让你们挂的工会牌子?纱厂与你们谈判是没有这个条款的,况且,挂工会牌子也不属纱厂管,而是警察局,要履行程序。"

张杰也不示弱:"谈判就是工会领头工人进行的,那怎么说工会又不算数了?"

陈韬见张杰狡辩,一幅不耐烦的样子,说:"不跟你废话,回去告诉三家纱厂,今天晚上前把牌子摘下来,不然的话,我找人去摘。"

张杰说:"我们不会摘的。"

陈韬冷笑一声说:"你爱摘不摘,明天看着办。"

张杰回来后就找到司铭章、苏美一等人报告情况。司铭章说:"不要理睬他,他们是专找软柿子捏,为什么不找大康,反倒找隆兴。"

司铭章的判断是准确的,陈韬之所以把张杰找来,主要还是不愿意惹司铭章、苏美一等人,他想先从隆兴下手,加以试探。

几人商量,牌子不摘,静观事态发展,但同时也把工会的文件全部藏起来,以备不测,并派人在纠察队中传递信息,以备明天有事。

次日中午,陈韬果然亲自带人来察看,见工会牌子依然挂在原处,有些恼怒,一声"摘了",警察蜂拥而上,便把牌子摘了下来。与此同时,另外两队警察也把大康和内外棉挂的牌子摘了下来。

司铭章在大康纱厂的门口与摘牌子的一位齐姓警察交涉。这位警察很是通情达理,但执行任务的决心却坚定不移。他说:"司工长,我们现在很为难,工人要改善条件,应该,但我们也是混碗饭吃,你不要为难我们。"

陈韬原来已经给警队的人讲了,尽量不要起冲突,所以警察才会有试探性的行为。

司铭章说:"这没有道理啊?纱厂已经承认了工会,不能今天认了,明天就变了。"

齐警察说:"兄弟,我辩不过你,你说得对,但我是来摘牌子,你跟我讲道理没用。去找陈局长说。"

而避开大康纱厂锋芒带队到隆兴纱厂的陈韬也遇到了工人的阻拦，这是昨天晚上大家定好的策略，既然好不容易才争取到了斗争的胜利，不要轻易和他们起冲突，否则的话会前功尽弃。所以陈韬包括带队到其他两个纱厂的警察突然之间像是身上被粘上了棉花糖。工人们跟着牌子走，牌子在谁手里，人们把这个人围起来，也不动手，也不吵闹，贴得死死，就是不让你走。

抱牌子的警察烦了，大吵大闹，甚至破口大骂，但工人非但不急，反倒嘻嘻哈哈，像是做着鹰捉小鸡的游戏，让人无法脱身……这样的游戏做到天快黑了，陈韬的脸也黑了，而在大康和内外棉的警察早就无法忍受工人的纠缠，放弃了努力。

陈韬以及他所带的警队人马狼狈不堪、哭笑不得地丢下牌子收队了。

牌子又在三个纱厂门口挂起来，工人纠察队轮班值守看护，担心警察半夜返回。警察没有返回，日本工厂主所雇用的反罢工人员却偷偷地袭击了看护的工人，因为他们有备而来，人手又多，出其不意，工人们很是吃了些亏。

大家都知道，纱厂主还没有死心，博弈仍在进行，反动势力处心积虑要翻盘。

局面处于胶着之中，彼此的较量在于心智，在于行动，在于一切可能的见缝插针。

11

鉴于北洋政府政权的更迭，日本驻青岛领事崛内已经不得要领，他虽然得到了北京政府的承诺，要全力剿办罢工的工人，但郑士琦与张宗昌的你来我往又使事态进入一个扑朔迷离的状态。青岛当局在局势不明朗的情况下，也表现得患得患失，不敢轻易表态。而日商纱厂的利益却是眼见得一天天在损失，只得忍气吞声，答应了工人的条件。预料之中的是，工人步步紧逼，胃口很大，虽然复了工，但稍有不如意就罢工，就是上工也常常是出工不出力。先宪一和其他三个纱厂的工厂主都找到了他，表示如此下去只有从青岛撤资了。

崛内也意识到此非长久之计，必须有一个彻底解决的办法，他一方面向国内写信把青岛状况进行了描述，提出通过军事压力来逼迫北洋政府下令，强力镇压工人运动。同时，再次乘车前往北京找日本驻华公使芳泽，继续向北洋政府抗议。

芳泽与崛内几乎几天都通电话，崛内再次来京说明他对于事态已经到了无法容忍的地步，两人商议一番后一起来到北京政府外交部找到外交总长沈瑞麟。

芳泽的抗议在沈总长的预料之中，他已经从内线得到了日本政府准备就青岛发生的问题向中国武力施压的信息。他对芳泽说："请公使放心，青岛的事我们马上解决。只希望不要把事态升级，之前我们已责成山东方面进行干预，只是请公使理解，山东方面的人事变动可能导致政府的命令没有完全意义上执行。"

崛内又把青岛的状况添油加醋地说了一遍，沈瑞麟说："理解，理解，对这些无赖刁民给贵国厂商带来的损失深表歉意，这事马上就办。"

崛内、芳泽见沈外长态度谦卑，也不再说什么，但他们相信无论这位外长表现得如何真诚，武力施压也是必要的，因为中国的事情不是一个外长就能解决的。

两人走后，沈瑞麟马上请见段祺瑞，希望段氏亲自给张宗昌下令对工人施以狠手，不然的话，一方面工人运动会激怒日本人；另一方面，如果山东地方政府仍然听之任之的话，也会让日本人迁怒中央政府。对工人必须下狠手，才有可能化解眼前危机。

沈瑞麟说："芳泽有话，如果我们不管，他们就会自卫。"

段祺瑞不解地问："他们怎么自卫？"

沈瑞麟说："可能会以武力干涉。"他把自己听到的情报向段说明。

段脸色阴沉下来，知道必须加以过问了。

段祺瑞手头的事确实很多，之前对于山东问题他以为地方政府会解决好，没想到竟生出如此事端。他知道张宗昌视他的命令如儿戏，并不会认真，所以从不轻易给他直接下命令，以防对方不当回事，也让自己尴尬。更可怕的是，会让张作霖生疑。但现在看来，事情已经有可能引发外交风波，必须切实给张宗昌下番死命令，如果他再阳奉阴违，惹出事端，正可以拿其是问，以此为借口，将其逐出山东，也不是不可以做的。

段祺瑞的命令到达了山东督军府，张宗昌一笑了之，但他其实早已下定决心严厉镇压工人罢工，削除共产党组织。这是他的本意，也乐得送段祺瑞一个人情。回电，立办。

崛内还没回到青岛，青岛近海就出现了日本军舰。日本政府下令停泊在旅顺口的樱、桦二舰驶到了胶州湾，有消息说，停泊在佐世保的管内、点呼二巡洋舰和龙田舰也整装待发，准备增援青岛。一时间，青岛风声鹤唳，草木皆兵。

胶澳督办温树德急电张宗昌请示处置措施。张宗昌回电："集会结社虽为宪法明文所定，但事先应有申请手续，如不经申请，地方官宪有维持治安的权力，有必要，即可开枪。"温树德看着张宗昌的回电，愣了半晌，尽管知道张宗昌的立场已经发生了变化，但其强硬的口吻还是让他有些无所适从。"有必要即可开枪"意味着不怕事情做到最坏的地步。

温树德对工人运动早就怨气冲天，既然有了授命，在经过短暂的心理调整后，马上决定放手一搏，急匆匆出门，召集警察厅、胶济铁路管理局、三家纱厂以及青岛商会会长隋石卿前来开会商议具体措施。

周钟岐刚到胶济铁路管理局任职，一身文弱的他，给人一种勉为其难的印象。周钟岐判断在这种情势下，温树德所召集的会议一定与工人有关，所以他从心里不愿意前往，便派副局长周庆满去了，在他看来有足够的理由可以解释，尽管他以副代正，但毕竟与周都有一个副字，可以视为平级，并不能说对此不重视。

周庆满分管具体运输业务，当然不愿意参与涉及工人的事，所以混混沌沌把会开了，只知道要对工人采取高压措施，心里却没起一丝波澜，一副与我无关的架势。但对于其他与会人员，这个会确实有着非同寻常的意义，特别是三个纱厂主，都兴奋得脸通红，都有摩拳擦掌、大干一场，以出恶气的架势。

陈韬一脸阴冷，不动声色，这是他的职业特点，此时此刻已经盘算着如何调兵遣将了。

温树德讲完了张宗昌对于处置工人的基本原则后，便听取大家意见，希望集思广益，拿出一个具体措施。

先宪一说："当然第一步先把闹事的工人开除。"

其他两家纱厂主也跟着附和。工厂主异口同声，咬牙切齿，他们觉得忍了如此之久，终于可以扬眉吐气了。

先宪一说:"我已经想好了,大康开除25人,包括司铭章、苏美一、李敬铨、李笃生这批人带头闹事的。"

尽管有了强硬对待工人的共识,但谁也没想到先宪一会有如此大动作。隆兴纱厂主大志方一有些顾虑,说:"是否可以循序渐进,开除如此多的人会不会引起他们更大的反弹。"

先宪一说:"他们如此嚣张,不施以狠手,又如何让他们收手。我想,我们三家纱厂都要有一个差不多的开除计划。"

大志方一连连摇头说:"我没有这么大胆子,一旦……"

先宪一粗暴地打断他,说:"该让你出手了,又害怕了,不能这样!"

陈韬也对先宪一的漫无边际有些反感,他心想,这帮日本佬真的不怕事大。但他并没有发话,因为尽管心里烦他们,但平时还得从他们身上捞油水,于公于私都应该附和他们。

先宪一逼迫大志方一和内外棉的大岛表态。

大岛咬咬牙说:"我开除13人。"

大志方一考虑半天才说:"我也开除13人。"

温树德还有商会的隋石卿就这么静静地等候着三家日本厂主商定好了开除工人的名额。温树德对陈韬说:"陈局长,你说说看?"

陈韬说:"没说的了,我现在回去就布置。"他突然问:"真的可以开枪?"

温树德说:"当然。"

陈韬说:"好的。"

会议结束后,回到胶济铁路管理局的周庆满甚至没有给周钟岐报告会议内容,以及可能会发生的局面。他见周钟岐正在与萨福均谈话,说的是关于大桥整治的事,便转身自去忙了。周钟岐也看到了他,但面无表情,也未询问会议议决的情况,似乎一切事情都没有发生。

12

温树德在安排布置完后,心里多少有些顾虑。他明白三家日纱厂主一下开除50多人,肯定会激起工人的强烈反应,如何应对可能发生的问题,必须有所谋划,但这种担心还没有与陈韬做进一步交流沟通,就已经觉得没必要了。就在此时,他得到了一种更大的实实在在的支持——张宗昌把他手下的旅长张培勋派到青岛协助防范工人罢工了。

当温树德见到上门请见的张培勋时,心里乐开了花,因为这不但使他在力量上有了更多依仗,更重要的是,此举说明张宗昌下一步对工人实施的高压政策是果敢与决绝的。

所有一切变化,都让纱厂的日商感受到了一种从未有过的有利于采取行动的环境和契机。当天,大康、内外棉和隆兴三家日商厂家几乎同时贴出告示,公布了开除工人的名单。

司铭章、苏美一、李敬铨、李笃生在工间看到了写有自己名字的布告,细细一数,竟然有25人之多,不一会工人就聚在布告前,先是有人大声喊:"这是怎么回事?这些日本人疯了吗?"有人跟着喊:"工会的带头人都在其中,是针对工会来的,我们工人不答应。"布告前像是炸开了锅。有人喊:"司铭章,苏美一,他们人呢。"工人不解地四处张望,刚才还见这几个人在旁边,怎么一声不响就不见人影了。

司铭章等人在片刻的震惊之后,认识到了一个现实,那就是日纱厂主开始反扑了。

苏美一刚想叫喊,就被司铭章拉到了一旁的角落,说:"情况不对,我们要观察一下形势。他们一定是有准备的。"

"不管他们有没有准备,我们不能屈服,和他们斗。"苏美一攥着拳头瞪着眼,一幅跃跃欲试的样子。

司铭章说:"当然要和他们斗。你先去联络被开除的25个人,其他人抓紧准备,纠察队的武装器械都在宿舍,可能要等到晚上才能武装起来,现在不可盲动。"

但很快司铭章等人便发现,日本厂警越来越频繁地在厂房内逡巡,机器的轰鸣声里、车架的空隙间有无数双窥视的眼睛飘忽不定地游移着。人们更是惊讶地发现,日本厂警的腰间突然多了硬邦邦的东西,只有到了非常时期,厂警才会带枪。

司铭章找到苏美一,告诫道:"多加小心。"

苏美一点头,瞬间就有几名厂警走向前来,充满敌意地审视着二人,二人佯装无事走开。他们已经很难把信息完整地传达给工友,但是大敌当前,所有工人都意识到了一种非同寻常的意味,凭着在斗争中形成的默契,他们已经在尽最大可能地做着准备……

与大康毗邻的内外棉、隆兴两大纱厂面临着同样的形势，尽管大志方一和大岛心有顾虑，但还是"信守承诺"地开除了13名参与过闹事的工人。隆兴纱厂的工人本来就没有斗争经验，有的工人看到自己榜上有名，马上就大闹起来，其他工人也跟着闹，早有准备的厂警拳脚相加，大打出手，想帮忙的工人被等候在外面的警察恫吓、驱散，厂区陷入一片恐慌和混乱。

四方机厂仍然是被关注的重点，因为周钟岐刚到管理局，周庆满对工人运动采取躲避三舍的态度，所以杨毅直接得到了胶澳警察厅陈韬的指令，开除之前闹事的工人。警务处处长景林也得到了陈韬的命令，带队来到四方机厂周边部署警力。在杨毅的授意下，厂部很快贴出告示，傅书堂、丁子明、郭洪祥等二十余名工人被开除并勒令二十四小时内出厂。

一再被燃烧并沸腾的四方机厂瞬间又变得人声鼎沸，人们在告示面前炸开了锅。

傅书堂等人看到告示后极度震惊，马上意识到问题的复杂性和严重性，工人们在吆喝，但他们却异乎寻常地冷静。

几个人相互作出暗示，然后凑到一个秘密地点商量对策。

丁子明不解道："这是要来哪一出？"

傅书堂说："他们要反扑了！"

郭恒祥说："我们不能坐以待毙，抓紧和工人兄弟们联系……"

傅书堂说："事出有因，我们还不了解他们的意图。现在看，抓紧联络工会积极分子，让他们分头传递信息，时机合适，看来还是要再一次罢工。"

丁子明说："景林也带着警察来了，看来要对我们下狠手。"

傅书堂眉头紧锁，说："他们之前是为了稳住我们。等复工了，他们做好了准备，再来收拾我们。我们处于暴露的状态，很是危险。不能蛮干。一旦不行，要做好撤离准备。"

丁子明说："杨毅的野心没得逞，越来越疯狂了，看来要把仇恨发泄到我们身上。"

傅书堂说："越如此，越不能蛮干。"

"那我们……是不是和司铭章取得联系？看看他们那里的情况？"

傅书堂说："尝试一下。"

几个人想利用午饭时间出厂与纱厂工会取得联系，但是有厂警把门，不让外出。丁子明问："为什么不让外出？"

"中午时间不能外出，这是厂规。"厂警吆喝着，还不忘补一句："都什么时候，还想闹事，是不是非得把命搭进去才行。"

几个人没搭理他们，他们有着自己的心事，重新集结。傅书堂说，"看来外面的情况不会好到哪。既然现在不能出去，只有等晚上下了工。那就先联络厂里的工人，做好罢工准备。"

这时有几个厂警过来，挥舞着警棒，嚷道："不要聚堆，别自找麻烦。"

无论是纱厂，还是四方机厂的工人们都在积蓄着力量，但都知道爆发的时机还没有来到。收工后，才有可能有更充分的时间和必要的人员坐在一起研讨对策，也才能对形势有个准确判断后找到最佳方案。黑夜快来了，收工后的工人在忙碌了一天之后，踏着凝重的余晖向宿舍走去，他们没有了往常的疲惫与劳累，反倒显出一种兴奋与期待，一种跃跃欲试的渴望与憧憬。夜晚快快来到吧，那会给他们带来一个真正属于工人阶级展示的自由空间和舞台，他们的才情和智慧才会得到真正的展示和迸发，散发出满天的星星。

但是，很少有人想到，一种邪恶的对抗力量已经在有利于工人运动组织之前就已经秘密构建形成了，他们也正整装待发，在夜里捕捉着期待光明的理想，阻止他们在自由的世界畅想。

几个纱厂、机车厂出其不意地公布了开除工人的名单后，他们在毫无准备的情况下根本无所作为。一旦在工作时闹事，反倒会被以破坏厂区秩序的名义直接抓捕，工人们对此心知肚明，不敢轻举妄动。厂方也可以利用这样一个时间段来震慑、窥探工人们是否会做出格的事情，一旦掌握了相关信息，会有更加可怕的报复等着他们。

而更大的阴谋在于，温树德可以利用这样一个时间和空间，把所有一切都安排好。按照温树德的部署，他将会在5月28日晚出动兵力，将被开除的工人全部驱除出厂，一旦有反抗既可实施抓捕，有过激行为便可以开枪，他一定要通过这次行动把青岛的工人运动彻底解决，让他们俯首帖耳，再不敢造次。

5月28日晚，温树德下令给戒严司令部、保安队、渤海舰队，纠集了陆战队、保安队、骑兵及陆军等两千余人，次日拂晓三时半开进四方工厂区，将三个纱厂及工人宿舍团团围住。为防止其他行业工人侧援，还派出保安队提前对水源地、发电所、电话局等要害部门包围和监视。

包围纱厂的兵力部署是，大康纱厂：戒严司令部的陆军一营五百人。内外棉纱厂，海军陆战队五百人。隆兴纱厂，保安队六个中队六百人。另外，还派了一部分武装人员埋伏在大康纱厂外的海岸上，以防工人逃走。

在安排妥帖后，军警在29日凌晨冲进上夜班的纱厂，命令工人走出来，按事先拟定好的名单，逐人盘问搜查，大康纱厂的司铭章、苏美一等人没来得及反抗就被抓捕。为防止被搜查过的工人趁机闹事，士兵把所有工人赶进宿舍，上了锁，包括妇女儿童都不放心，将他们全部封闭起来。睡眼惺忪的男男女女有的不知道发生了什么，有的虽有准备，但面对凶神恶煞的士兵也变得手足无措，人们似乎都变得麻木起来，没有了丝毫反抗的气力。

在内外棉纱厂，五百名荷枪实弹的海军陆战队士兵如临大敌，将纱厂大门团团围住，一支支乌黑的枪口对着手无寸铁的工人。军警们诸人对照辨认搜捕被开除的15名工人，凡是对上号的全部聚拢在一旁，用绳索捆绑起来。军警如狼似矢，四处奔窜，工人们无助地被驱赶、殴打，他们没气力反抗，甚至不愿意去呼叫、呐喊，被动接受折磨与摧残是另外一种形式的反抗。还有一部分工人认为自己还没有睡醒，正在做着噩梦。当呵斥、击打的疼痛感越来越强，他们才抱头自保，不做反抗。

这种麻木、无助、漠然、恐慌的情绪蔓延成一种普遍的不真实的形态。但是，实践证明，这种形态只需要一声婴儿的啼哭便会被唤醒，就会引来山呼海啸般的呼应，就会成为触发雪崩的一声啸号……在纱厂里，这样的一声婴儿的啼哭随时都可能响起。女工小心翼翼为婴儿营造的环境如风中的茅屋不堪一击，一声婴儿的啼鸣突然就会变成一声呐喊，一个号角。这声婴儿的啼哭突然脆弱而尖利地响起在了躁动的五月末的夜空。

拖沓的脚步声突然间变换了节奏，变得凌乱而有力量起来；被昏暗的灯光夸张放大了的缓慢的影子突然之间变得急促而有力，一声声沉闷不均的喘息声像潜藏在海底的韵律不断被激发膨胀，渐渐变得高涨，最后汇聚成一声声巨浪，一波一波冲击着人们的神经、灵魂和思想。有人呐喊一声："打倒军阀，打倒日本佬！"大康纱厂尚未醒悟过来，内外棉反倒最先发出了呐喊的声音。呼喊声响成一片，把黑夜的沉寂撕破，夜很容易让声音传播，三个纱厂工人的呼喊声响成一片。

最先醒过来的内外棉的工人们行动最为迅速，有人向前去为被捕的工友解绳索，但被旁边看守的军警用枪托打倒在地，又有人向前，同样被打倒，接着又有人上前。撕扯声、怒骂声在激荡。军警突然向后退却，工人受到鼓舞，但没有人想到这种退却却是有意地为接下来的屠杀腾出空间。

枪声突然响起，"嗒嗒嗒""嗒嗒嗒""嗒嗒嗒"，所有声音都被这种尖利的金属撞击声穿透而消匿，一个个冲在最前面的苏醒过来的人员仰面而倒或扑倒在地，一种消失了色彩的鲜血在夜空绽放出生命的花朵，无声开，迅疾衰，人们不知那个倒下的人是谁，只知道他曾经是自己的工友，或许昨天还在一起喝酒嬉笑，还在一起打闹，还在一起开着制纱车床，还在一起谈着未来。

所有的胆识与勇气都是建立在确信对方不敢开枪前提之下的，一旦杀戮在枪弹飞射下真实发生，本能的求生欲望战胜了一切，工人们四处躲避、恐怖地尖叫。海军陆战队员们从来没有对工人开过枪，听从命令的军人是不考虑对象的，但一旦有了射杀的目标，便会突然唤醒潜伏在心中的邪恶之兽。士兵们在昏暗的灯光和高大的厂房所交织错落出来的阴影间精准地寻找着目标，享受着一枪毙命所带来的快感。当远距离无法满足他们的需求时，追击开始了。

一个身材壮硕的工人同时成为几名士兵的目标，或许他的奔窜太有冲击力了，火力也便对准了他，但他凭着灵活与运气成功躲过了枪弹的疯狂扫射。士兵们并不放过他，在漆黑的厂房角落里、水沟旁、木料间，有人喊："找到了吗？"有人回答："没有。我看见他拐了一弯，应该就在前面了。"前面一段路被挖开了，是修砌下水道的施工现场，一脚下来，深浅不定，泥水横流，士兵们小心翼翼地往前搜索着："一定要找到这小子，我看他的命大，还是我的枪厉害。"突然，前面跃起一个身影，狂奔而去，一声枪响，身影重重跌倒，能听到巨大的躯体栽入泥浆的声音，有人说："中了。"军警们小心地围拢上去。黑影在蠕动、挣扎，伴着"救救我，救救我"的低回呻吟。有士兵上前踢他几脚，怒道："看你再跑。"地上的人断断续续地发出求救的哀号："我不是工会的人，我有孩子、母亲……"这时，后面上来的一个士兵，不问缘由，一枪就把此人击毙。在昏暗的轮廓线上，可以看到这位强壮的工人身体在一种极具弹性的颤抖后再无生机。短暂的静默后，开枪的士兵问："怎么回事，怎么回事？"他在自己都不知道是怎么回事的情况下，结束了一条鲜活的生命。其他人似乎都感觉到了一种不妥和恐慌，但这种死亡却是他们共同导致的。没有人说话，几个人警惕地观察了周边的情形后便离开了，似乎是担心有人看到他们的罪恶……

而在不远处的一处废弃的车间里，一场追杀也在进行，只不过这次被追杀的对象是几个女工，其中一个女工还抱着一个不足三岁的孩子。厂房高高的顶棚上悬挂着几盏灯，发出暗淡虚弱的光，折射到废旧杂物上，切割成一块块巨大深暗的不规则的几何状。女工们蜷缩在角落里，从狭窄的视角恐惧地注视着不时晃动变换交错的身影，喘息声是此时此刻最大的声浪了，人们极力避免着它的出现，但是，持枪者还是能够敏锐地捕捉到这种细微的发声，他们以此做出判断，向着目标接近。抱小孩的女士最为绝望，她都不能理解或是庆幸，怀里的孩子竟然在如此长久的躲避追捕中没有发出哭声，但这种危险却又时刻存在着，说不准哪个瞬间孩子的一声啼哭就会把自己暴露。女工们都知道有这种危险存在，因此也都极力不与抱孩子的女工藏在同一位置，抱孩子的女工虽然更愿意和大家抱团取暖，但还是能够感知到自己可能给大家带来的致命影响，也便有意识地和大家拉开距离。

孩子的哭声终于还是出现了，母亲也便放弃了任何抵抗。同时，直觉告诉她，孩子虽然会带来危险，但同时也会降低被伤害的概率。没有人不同情弱者。但是，她的估计显然出现了偏差，在经过长时间的追杀后，由疲劳、辛苦所煽动起来的怒火同样也是旺盛的，枪口毫不犹豫地指向了女工，子弹虽然最终没有射出枪膛，但轮番的拳打脚踢却没有幸免，非但如此，这番粗暴的对待反倒愈来愈变本加厉，一直到母亲对于孩子的保护越来越弱，及至停止下来，伤害才算结束，而孩子的哭声让整个厂房变得格外空旷寂寥。"你们不准打孩子。"有躲在暗处的女工在喊。追杀者的子弹却毫无顾忌地向着声音发出的地方射去，一种被击中的声音传过来，呼喊声停止了。恐惧在死亡面前消失了。女人们开始哭喊，嚎叫，撕心裂肺，子弹在呼啸，哪里有声音便会射向哪里，但女工们无法控制悲伤，似乎再也无惧死亡的来临，厂房变成了人间地狱……

这是在内外棉发生的惨剧。

而在大康、隆兴和四方机厂，虽然士兵枪里的子弹最终在克制中没有被射出，但抓捕与欺凌同样在进行着，士兵、军警们面对四散而逃的工人肆意殴打驱赶抓捕，直到他们蜷缩回宿舍，躲避在了厂房的角落，甚至是下水道里……刚才还热火朝天迸溅着血与火味道的空间，转眼间沉寂下来。所有纱厂工人都在，但整个厂区、宿舍区却陷入了一种空无一人的死寂之中。人们都静默地躲在角落之中，偶尔的反应也被无情地扼杀。大康纱厂的十几名工人凭着对周边环境的熟悉，从厂区的下水管道走到海边，但却被早有准备的温树德所安排的军警殴打，有的被赶下海。

青岛四方区一片血雨腥风。

陈韬站在大康纱厂外边的高岗上，旁边的一座空闲仓库成了他的现场指挥部。虽然有可以开枪的命令，但不到万不得已是不会采取这种方式的。他也没有想到会真的走到这一步，让他意外的是，很快这种不幸就发生了，并且不是大康纱厂，而是内外棉，他所处的位置能够帮助他得出准确的判断，并且可以根据动向对局势的发展做出分析判断。在他看来，这次的冲突是剧烈的，死亡在所难免，并且一定不会是个别现象。一阵风袭来，他打了个寒战。

13

天大亮。所有的罪行都曝光了。青岛震惊了，中国震惊了。

温树德对所有的报馆发出禁声令，但是，这非但不能遮挡事实真相，反倒更加平添了人们的愤怒。多家报馆先后报道了纱厂工人惨遭不幸的消息，强烈要求当局严惩肇事者。温树德大为光火，让陈韬带警察查封报馆。新闻界不比工人，一旦惹恼他们，会上下齐声，形成更大舆论，陈韬深知其中要害，不愿把自己置于风口浪尖，只是应付了事。1925年5月29日，发生在青岛三大纱厂和四方机厂的镇压工人事件，当场死亡八人，重伤十七人，轻伤无数，七十五人被捕，数百人被通缉，三千余人被遣送原籍，被冠之为青岛惨案，传遍大江南北。而在次日，上海发生了五卅惨案，南北响应，全国上下形成一片反帝反军阀的高潮。

民意压制不住，就像人们需要空气，任何地方都无法阻止人民对自由空气的呼吸。哪怕空气再污浊，人们也要呼吸，也要呐喊，也要斗争。

面对温树德的不断施压，包括报馆在内的社会各界利用各种形式持续顽强地揭露着军阀残酷镇压工人的真相，声讨的目标也越来越变得更加明晰，更具指向性，先是指向温树德、王翰章、陈韬等类，但风向很快就发生变化，矛头直指张宗昌，舆论认为是张宗昌指示并策划了这场惨绝人寰的屠杀，所有一切都是有预谋的。明眼人也看得出来，这种风向的转变并非无中生有，很显然是青岛的地方势力利用自身优势有意识地加以引导造成的，尽管他们罪无可逃，但至少可以开脱罪责，转移目标。事前他们已经对此有所考虑，也是事后为情势逼迫必须做的。一顶镇压工人运动的大帽子，在所在责任者为规避责任的心态下被处心积虑地戴在了张宗昌头上，从此再难摘下。而远在济南的张宗昌对此茫然无知，依然对发生在青岛的事情感到均在情理之中。

来自青岛的声讨热浪席卷全国。青岛最激烈的论战开始转移到新闻界。青岛公民报主编胡信之已经在前海广场举办了好几次讲演，痛陈纱厂工人被杀的经过和惨状。这天，邓恩铭、李慰农也被他邀请到广场演讲。邓恩铭上次被驱逐后，又悄悄潜回青岛，继续和李慰农并肩作战，秘密领导组织着四方机厂和纱厂工人的大罢工。

他们没想到敌人的反扑如此迅速，以至于没有做好充分的思想准备，其中需要汲取的教训太过深刻。如何应对反扑？虽然意识到了危险，但他们并没有制订出有计划的防守和退却方案，以至于傅书堂、丁子明、司铭章、苏美一等一大批中共党员和工人代表被捕入狱，生死未卜；在强大的敌人面前，太过乐观，以至于出现自大、蛮干现象，没有避其锋芒，造成这么多工人被杀……痛定思痛，邓恩铭决心要以最大的努力，争取被捕工友的释放，同时还要为被杀害的工友谋取更多补偿和利益。

邓恩铭在集会上大声疾呼："张宗昌必须释放我们的工友，必须偿还工人的鲜血，必须给全国人民一个说法。"

李慰农在集会上更是向社会各界发出倡议："我们要成立青岛惨案后援会，有钱的出钱，没钱的出力，至少大家都可以喊出自己的声音，让全中国人都知道，张宗昌在山东干了什么……号召青岛人，抵制日货，不能让日本人杀着我们的同胞，还赚着我们的钱，我们不当亡国奴！"

李慰农的倡议总是很有鼓动性，又有实际操作性。他所提出的青岛惨案后援会让大家眼前一亮，也得到了台下民众的热烈响应。他进一步阐释道："我们的后援会是干什么的？一是支援上海工商学界，誓为受难者据理力争。二是坚持断绝与英日等国经济关系，凡属英日纸币，凡属英日商货，一律拒绝不用。三是举行国民大会，以促醒同胞觉悟。四是废除不平等条约，收回租界……"

人山人海的听众振臂高呼,"打倒日本奸商。""日本人从中国滚出去。""坚决不买日本货。"

接下来的日子,不断有日本人开的商铺被捣毁,甚至被人放火烧掉,日商纱厂的工头更是不敢上街。有的理发店,贴出"不给日本人理发"的告示,日本人在街上叫不到黄包车。针对日人、日货的打砸抢事件接连不断。日本人希望以刀枪逼迫纱厂工人就范的目的非但没有达到,反倒激起了更大民愤,三个纱厂无法在这种悲愤之中恢复正常运转,更多的日资企业渐渐在这种情绪感染下加入被抵制的行列中。

一向依仗军事威慑与政治高压而耀武扬威的日本驻青岛领事馆感受到来自青岛最底层人民的巨大压力,这种力量所具有的仇恨与威胁是深入骨髓的,不但可以滋生人们以命相拼的勇气,而且会在灵魂深处产生持续而长久的反抗力量。这种力量一旦形成,会成为一种人性的、民族的,无法消解的仇恨。

民众要求日方对惨案给出一个态度,毕竟惨案发生在日商企业,并且与他们对当局的鼓动与撺掇有着直接关系。包括商界、警察厅、胶澳督办公署也都在这次惨案中脱不了干系,他们也希望日方能站出来说话,说一句道歉的话,以平息众怒,达到尽可能化解矛盾,息事宁人的目的。

如此情势下,有着日本背景的《大青岛报》出面组织了一场新闻见面会,邀请崛内与各报馆记者以及商界相关人士见面。崛内虚伪的真诚一如既往,面对记者,他表达了对这次死亡的纱厂工人的深切哀悼,他说:"……发生这件事情,我是没有想到,更是不愿意看到的,毕竟他们是日商雇员,大家都是有感情的。我们多次劝过工友们,不要扰乱生产秩序,但他们不听,尽管如此,我们也应该晓之以理,动之以情。"说到这里,崛内的眼里竟然泛起点点泪花。

邓恩铭以《胶澳日报》记者的身份参加了崛内的见面会,他大声质问:"谁在破坏社会秩序,不是工人,不是工会。他们是在保护工人生存的权利,请问崛内先生,你知道纱厂工人的生活状况吗?工人提出改善生活条件的要求是扰乱社会秩序?难道那个有着三岁孩子的母亲也是在扰乱社会秩序?那些被杀的女工,她们手无寸铁……"

局面一时失控。青岛商会会长隋石卿见状忙打圆场道:"各位,今天是崛内先生在此表达对工人的哀悼,不能强求他要承担怎样的责任。谁也不愿意这样的事情发生，我们不愿意死人，但既然已经发生，怎么办？当然要积极解决，我想，刚才崛内先生也说，一定会积极督促厂方补偿死亡工人的损失。"

"怎么赔偿？"有人质问。

隋石卿支吾道："这个当然要仔细研究后再定……"

邓恩铭问："三个纱厂都要求承认工人的工会，抚恤死伤。死者三万元，重伤一万元，轻伤五千元，因前次工潮失业者复职，增加工资以及无故开除工人等。这些条件能否答应？"

隋石卿说："这要和厂方协调。"

有人问："你不是替厂方来协调的吗？"

隋石卿说："这事我协调不了。"

"既然你无法协调，那干吗要站出来说话？"

其他人也把矛头对准隋石卿，组织方见状只得匆匆结束了见面会。

所有解释产生的只是越描越黑的效果。民众的怨气和愤怒更重了。

邓恩铭和李慰农从《大青岛报》馆组织的见面会场出来后，迎面看到一队学生走来，他们佩戴着"青岛职业学校"的徽标，高喊着"打倒军阀，打倒帝国主义""废除不平等条约""抵制日货"的口号，声音清晰稚嫩，透着青春的力量。邓恩铭说："学生们也声援工人了。"

李慰农说："现在的青岛就是个火药桶。这说明工人的血没有白流，我们要发动更大的示威游行，逼迫政府释放被捕的工人。"

邓恩铭说："今天四方机厂的工人也上街游行了。"

再往前是齐燕会馆广场，远远就见人头攒动，上前看个究竟，原来是社会各界自发组织的雪耻大会，已有近万名民众聚集，大街小巷像是一段段水渠，人流仍在不断汇集。有人在喊着口号，要求释放被捕工人；有人在做着演讲，痛述的是五月二十九日那个晚上演绎出来的故事；有的在散发传单，大声喊着"全国人民都在声援青岛"，走到邓恩铭身边，塞给他一份报纸。人群的正中央搭起了台子，穿有青岛职业学校校服的学生正在演出新舞台剧《五卅血》……

邓恩铭下意识地看了一眼手里的传单，兴奋地递给李慰农。

李慰农接过来仔细看着，见上面写着《中国共产党发表了告全国民众书，号召全国人民动员起来，打倒野蛮残暴的帝国主义》《共产国际发表了告工人农民和全体劳动人员书,要求全世界劳动人民起来,全力支持中国工人的斗争》。他兴奋地看一眼邓恩铭,说:"共产国际都表态声援我们了……"

14

张宗昌派到青岛的旅长张培勋是给温树德表达支持的,他的一众人马其实也起不了多大作用,但象征意义和精神支持不容忽视。这使温树德下了最大的决心,以铁血手段解决工人、工会问题。这些日子除却观察青岛的形势,及时向张宗昌报告外,他还肩负张宗昌所特别交代的另外一项重要任务。此时此刻,他觉得是时候下手了。

他叫人把手下的一名护卫找来。此人叫作王大麻子,功夫了得,枪法出众,一身蛮力,出生入死,是一个不二的护卫。张培勋来青岛时,张宗昌特意把王大麻子交给他,专门交代要让王大麻子去完成那项特殊的任务,别人去他不放心。张培勋明白,王大麻子是直接与张宗昌联系的,所以对他尊敬备至,呵护有加,平时也不安排他任务,只待时机成熟时让他独自去完成那项特殊的任务。

王大麻子到后,张培勋屏蔽众人,把张宗昌交代的任务细细说了遍,王大麻子只听不说,或许他早就知道自己此行的目的。沟通完毕,王大麻子说:"张旅长放心,我会把这事办妥的。"

张培勋把任务交代完了,便没有了任何压力,因为张宗昌有交代,只需王大麻子亲自去办即可。需要他协助他会出手,王大麻子能办的,他绝不插手,他多少也能参透这件事情之所以为特殊的原因何在。

周钟岐自来到青岛后,就被外面的情势所震撼。青岛的工人运动他多少了解一些,但其剧烈程度却远远超出他的想象。他采取的是置身事外的态度,只做铁路局内部的事情,不过问政治,这和萨福均是一样的品质,但萨福均可以以专业之身做专业之事,周钟岐想两耳不闻窗外事却是不现实的,特别是四方机厂工人运动既有社会对铁路内部的冲击,也有铁路内部机车辆维修配置调度这类具体事务的影响,他不可能独善其身。

但是,他还是尽最大可能地使胶济铁路保持一种相对稳定和均衡,无论局面多么不可控,青岛与外界的联系还是需要一个稳定的运输秩序做保证的。局面越是混乱,对铁路的稳定性要求越高。这些天里,交通部工务司派来了一个规模庞大的技术委员会，对青岛至潍县段的两座刚刚竣工桥梁实施验收评估和技术推广。这两座桥梁是胶济铁路大修计划里最为重要的工程，并且在技术标准和组织难度上都有创造性突破，对中国铁路桥梁维护建设具有借鉴意义，所以交通部非常看重，希望能够把施工组织经验在全国铁路系统推广。萨福均一直在忙此事。这天，周钟岐也刚刚陪同工务司的主管负责人在现场进行了实地考察。

回到管理局后，周钟岐疲惫异常，本不想做事，但瞥见桌上有一封精致的信封，知道是妻子寄来的。妻子沈褒德的精致细腻在任何场景下都很容易分辨得出来。他躺在沙发上打开信。从信中知道自己第三个儿子出生了，妻子一方面是报喜讯，更重要的是表达了对他所处环境的担心与不安。沈褒德毕业于美国欧柏林大学，现在北京任中学老师，对国内形势非常了解，也有着自己独特的判断。在信中，她询问丈夫是否受到了工人运动的冲击，让他不要和工人站在一面，也不要得罪军阀当局，胶济铁路的人事更迭所潜在的诡异与隐秘使她担心丈夫会无端陷入一种莫名的深渊之中。周钟岐笑笑，觉得真是妇人之见，在之前的信中她也是反复叮嘱，这让他先是觉得可笑，后便为对方的絮叨厌烦。他把信丢在一边，不去想，本想一会就回宿舍，没想到竟然躺在沙发上睡着了。

周钟岐被一阵剧烈的敲门声惊醒。

三位身穿便服的人推门进来。周钟岐本来被打扰后有些烦躁，但见到面前的人却本能地生出了几分警惕和恐惧。

"你们？"周钟岐上下打量来人，站在前面的人面带微笑，一左一右其他两人却面露凶相，两者对照间便知其不怀好意。

来人正是王大麻子。

王大麻子并没有回答周钟岐的问话，只是以确认的口吻问："周局长？"

周钟岐点头说："是。"

王大麻子不客气地坐在周钟岐对面的椅子上，说："我是督军府的，有事求周局长帮助。"

周钟岐脑子急速运转，对方是张宗昌手下的人，他们来干什么？

王大麻子摆摆手，跟着进来的另外两人走了出去。王大麻子说："敝人姓王，外号大麻子。想单独和周局长谈谈。"

周钟岐已经冷静下来，从对方的神情看，一定不会有什么好事。但他们究竟要干什么，实在无从猜度。便索性慢慢地一边听他们说，一边思考对策。

王大麻假客套道："恕我冒昧，但受督军委托，只得前来叨扰。"

粗鲁之中所表现出来的儒雅是可怕的。不怀好意显而易见。

周钟岐也摆出公事公办客客气气的架势说："请……王大人赐教。"

王大麻子说："胶济铁路每年盈余多少？"

"盈余？"

"对，盈余。"

"这……怎么说呢？年度之间的差异是比较大的，特别是这些年由于江浙战争的影响，车辆调配外局，加之……今年以来沿线工人……唉，所以，不理想。但具体多少，我也说不出个准数来。"

王大麻子说："其实我也不关心具体数。我关心的是……这部分钱是不是可以挪出一部分来，为张督办分忧。"

周钟岐心里"咯噔"一下，大惊，表面上却不露声色。沉思大半天，缓缓说："这事……实在难以从命。"

王大麻子也是半天没说话，似乎对于这样的回答早有心理准备。

过了一会，王大麻子说："周局长，我不勉强，但还是请您思考周全后再答复我。我现在在刘旅长手下，专门来青岛办这事的，有的是时间和精力……"

周钟岐刚要说什么，王大麻子一摆手说："周局长不必着急，您考虑好后，再答复我不迟。"

来人说完便起身告辞，门口还深深地给周钟岐鞠了一躬。

门被重重关上，留给周钟岐一个巨大的空洞，他感到全身冰冷僵硬，刚刚过去的一幕似乎是一段凝固了的梦境，他甚至需要极力回忆才能为其解冻。他把整个过程做了回忆，再次确认了它的真实性，等回过神来，已是大汗淋漓。

张宗昌的黑手这么快就伸到了胶济铁路。在此之前，他已经听闻山东省几任督军都曾企图染指胶济铁路的收入，但还是做得隐晦曲折，而张宗昌基本是明抢了。如何是好？其实前几任的"短命"尽管表面上看都是各种原因造成的，但其实最根本的原因还是因为无法应付山东地方政府的讹诈。

没想到，这个难题如此之快地摆在了自己面前，该如何选择？

尽管有纠结和徘徊，在周钟岐潜意识里，胶济铁路的钱是一分也动不得，也动不了的，所以最终的纠结和徘徊其实是对于自身命运的顾虑和担忧。他想起了妻子的来信，打开又看一遍，妻子似乎冥冥之中已经预感到了什么。

反正这一关得过，走到哪算哪吧！

交通部组成的技术委员会结束了对新建桥梁的评估，效果很好，得到了工务司成员的一致好评，表示很有推广价值。萨福均很开心，在送行的答谢宴上，竟然例外地喝了几杯白酒。而周钟岐却心事重重。宴会结束后，萨福均问他是否有什么事情，周钟岐强打精神说："没事，没事。"

其实，由于这些天一直在想那件事，他变得忧心忡忡，想得越久，也便不断增加着自己的精神负担，以至于困顿不已，难以自持。

15

这天，天刚擦黑，王大麻子又来了，在周钟岐所能够想象到的最恰当的时刻如期而至，这样的时刻把所有的恐怖想象和氛围都能聚合在一起。但是，当真正面对王大麻子的质问与恫吓时，周钟岐副局长职责所系的天平还是压过了不安与恐惧。这么多天积聚下来的恐慌突然间消失得无踪无影，让他能够沉着应对接下来所要面对的一切。他自己都在瞬间怀疑自己此刻的精神状态。

王大麻子的语气口吻与上次一样："周局长可考虑好了？"

周钟岐说："考虑好了。"

"噢，那这事？"

周钟岐说："办是可以办的，但……"

"什么？"

周钟岐说："我必须得到授权。"

"谁的授权？"

"交通部。"

王大麻子一听就急了，"啪"一拍桌子，说："你玩我呢？"

周钟岐摆手示意对方息怒，说："王大人应该知道，胶济铁路的运费完全是在日本人监管之下，如果没有日本人同意，这笔钱从程序上就是不可能被划走的，以我一人之言，您要想把这笔钱取走，几无可能。"

王大麻子脸上露出冷笑，说："周局长，你这是要我玩呢？难处谁不知道，你不用考虑这些，现在督办大人就有三十万的军费窟窿，由你胶济铁路来补，先拿三十万盈余，其他不说。"

周钟岐叹口气说："此事我很无奈。"

王大麻子口气也缓下来，说："你不要玩这些把戏，如果能活动交通部把这笔钱要来，督军还用得着直接找你。你给个痛快话，拿不拿钱。你要不同意，就别怪我不客气了。"

周钟岐心里一悚，说："我没有这么大本事拿出这笔钱。"

王大麻子"嚯"地立起身，对外面喊一声："来人。"

上次来过的两人应声入内。王大麻子说："绑走。"

还没等周钟岐回过神来，一团乱麻塞进嘴里，一个黑头套罩到头上，紧接着双臂被反绑，推搡出门。周钟岐挣扎，匪徒根本不再给他机会。他被投进了一辆吉普车内，周钟岐能感觉得出，这种车只有军人才会有。当然，现在这个世道，能不问青红皂白绑票的，除了土匪，那一定就是军人了。

车开了不久，就停下来，他无法判断是在哪儿，但能够判断出距离的远近，知道就在前海附近的某个地方。他被投进了一个阴冷的地牢，痛不欲生地度过，一个晚上。刚刚在极度的恐惧与疲惫中睡着，又被一阵铁门开启声和吆喝声惊醒，紧接着有人重重地踢了他几脚，还用重物在他身上捣了几下，他感受到一种突然而至的尖锐的痛楚，不禁呻吟起来。

周钟岐被推上车，他听到了王大麻子的声音。"快快，晚上一定要把他押解到济南。快快。"车发动了，一阵颠簸后，他知道自己开始了被押往济南的路途。

周钟岐尽管知道这帮人心狠手辣，本以为经过几个回合的交锋后可以寻找到解决问题的办法，至少可以使事态得以缓和。譬如，如果大村卓一得知信息，一定会通过日本公使馆施加压力，甚至不排除军事干预的可能，这在之前已经出现过。但周钟岐还寄希望不把事态扩大到如此地步，在他看来，真的到了那样一个地步，他同样会面临着很多难题。他还是想在自己的软磨硬泡中把问题解决在可以控制的范围内。但他的判断显然错了，对方一定是担心夜长梦多，想采取快刀斩乱麻的方式逼他就范。他们或许怕走漏风声，所以不敢在青岛解决，而是把自己押往济南。周钟岐深知此行凶多吉少，生死难测。

王大麻子并没有跟随押解的车辆回济南，他手头还有几件事要处理。周钟岐的事办到如此份上，他觉得并不痛快，满以为，动些手段会让周钟岐松口，对于这样一个文弱书生他还是自认为有把握的，但张宗昌告诉他一旦对方不顺从，不能在青岛采取强硬手段处置，要迅速把他押往济南，由他亲自逼其就范。

晚上，王麻子喝了几杯酒，本想外出寻些乐子，没想到刘培勋来了。他感到意外。

刘培勋阴阳怪气地说："事情没办好？"

王麻子叹口气说："没想到这人看似文弱，却很有骨气。"

刘培勋笑笑说："关键还是他有几分底气。"

"底气？"王麻子不解。

刘培勋坐着，半天没说话。王大麻子期待地看着他。

刘培勋耐人寻味地说："看来你是真不知道这位周副局长的身世来历。"

王大麻子说："我不管他的祖宗八辈是干什么的，只要张督办让我干，我就干。"

刘培勋说："那是当然，吃谁的饭替谁卖命，但是……"

王麻子说："请旅长有话直说。"

刘培勋说："这位周副局长的身世非同小可。他是周自齐的侄子。"

"啊！"王大麻子一下站了起来，"他是周都督的侄子！"

刘培勋重重地点点头。

王大麻子站在原地发怔，半天才一屁股坐在凳子上。

王大麻子竟然不知道刘培勋是如何走的，他的脑子里一片空白，这个刚刚被自己折磨并押解去济南的人竟然是自己的恩人周自齐的侄子。这是他始料不及的，他感到一种从未有过的惶恐和痛悔。

周自齐任山东都督时，王大麻子因在一次战事中打了败仗而被判死刑，但在执行枪决时却意外被周自齐救下，并且将王大麻子留在身边做了侍卫。周自齐离开山东后，王大麻子辗转到了东北成了张宗昌的部下。这段往事已经过去很久，也很少有人知道，但对于王大麻子来说，却一直视周自齐为再造父母。没想到，一段孽缘却突然横亘眼前，让他一时不知如何是好。

他在屋里徘徊，知道这个时刻，周钟岐已经被押解到了省城济南，或许此刻正在受着张宗昌的严刑拷打，或许已经被下了水牢折磨得生不如死，而这一切却是经自己的手而形成的局面，而这个人却是恩人之侄。

他突然之间良心发现，觉得必须尽一切力量解救周钟岐。他知道以自己的能力是达不到的，但他可以延缓时间，以争取更多的人知晓此事，寻找一切可能的机会把人救出来。想到这里，他本想去找刘培勋了解更多细节，但突然之间的善良让他变得清醒而智慧起来，他想，或许刘培勋知道他与周自齐的这层关系才有意提示，但自己不能露半点蛛丝马迹，他太了解张宗昌的为人了，一旦被他了解到自己泄露了机密，一定会拿他开刀。

尽管他胸中文墨不多，但还是硬着头皮给张宗昌写了一封信。大意是，自己掌握了更多的信息，先不要杀周钟岐，看看是否还有办法打开突破口。在他看来，不管张宗昌是否相信，能拖延一天就可能有一线机会。

正如王大麻子所想，周钟岐押解到济南的第一天，张宗昌就和他见了面。

张宗昌对周钟岐的身世非常了解，但他对王大麻子与周自齐的那层关系却并不知情，否则一定不会让王大麻子去办此事。当最初听到周钟岐前往胶济铁路管理局主持局务时，他就明白了交通部的用意何在，以为把周自齐的侄子派过来，自己就不敢动铁路局。他冷笑着想，哪怕是周自齐亲来，也难挡他想办的事，何况是他的侄子。所以，见到周钟岐之后，尽管口里大骂手下待客不周，并亲自挪了椅子让周钟岐坐，但心里认定不把周钟岐拿下绝对不罢休。

周钟岐一路上已经想明白，知道张宗昌是罪魁祸首，虽说耳闻此人凶狠霸道，但总得说些道理。所以，一见面也不啰嗦，直言道："督办大人，您说之事，并非我不办，而是我不敢办。"

张宗昌心想，还这么强硬，有你好果子尝。便回一句："有什么不敢？"

周钟岐说："我会掉脑袋。"

张宗昌哈哈大笑一声，说："你就不怕现在掉脑袋吗？"

周钟岐语塞，没想到张宗昌如此蛮横。

张宗昌又是一阵狂笑，说："开玩笑，开玩笑的话，请周局长不必在意，我是粗人，你是喝过洋墨水的，比我懂得……人生的价值、意义，但我不追求这个，实话说，我追求实惠，救黎民于水火，没有枪炮，怎么救？你得理解军人的难处。"

周钟岐暗自叫苦，知道面对的是一个不讲道理的活阎王，落到这样的人手里，还会有好吗？

张宗昌见周钟岐面露苦色，说："周局长，我不勉强，但请您还是好自为之……这些日子铁路工人不断罢工，有上下合谋、串通一气之嫌，希望周局长不要牵涉其中，到时可就说不清道不明了。"

周钟岐听罢，面色涨红，怒气冲顶，他没想到一省督军，竟然颠倒黑白，欲嫁祸于人，为达到个人目的，如此恬不知耻。

张宗昌拂袖而去，周钟岐知道后果很严重。

第二天，周钟岐便被投进了监狱。

不几日，交通部突然收到山东督军府的知会，经省议会议员推选，山东省政府决议，由赵蓝田任职胶济铁路管理局。

16

周钟岐的事很快就传到交通部，叶恭绰除大感愤怒外，却无半点办法。他知道张宗昌的为人，虽说他归属奉系，一路也是在张作霖麾下效命，但自从得了山东后，并不安心听命于奉系，甚至为了个人利益有与吴佩孚串通的嫌疑。前些日子，杨度一直在山东活动，引起张作霖警觉，派张学良专程到济南向张宗昌提出警告。张学良直言不讳地问："听说你要投向南边？"张宗昌大惊，说："绝无此事。"张学良又找到杨度，说："你现在就离开山东，不然的话，小心你的狗头。"山东的事情很微妙。尽管叶恭绰对张宗昌随意拘禁铁路官员的行为怒不可遏，但冷静下来还是不敢轻易表态和出面解决这一问题。哪怕是接踵而至的由张宗昌提名新任胶济铁路管理局局长的电报摆在案头时，叶恭绰也只得复核同意。自从阚铎败走山东，胶济铁路其实已经完全为山东军阀所把持。这实在是件无奈的事。

周钟岐的太太沈褒德来交通部询问周钟岐之事以及部里的处置之法，叶恭绰好言相慰，却最终爱莫能助，这让沈褒德很不满，她问："周钟岐是你的属员，在外为部履职，发生这种事情你们竟然无人出面？"

叶恭绰面有难色。

沈褒德一怒之下，独自去了青岛，她要了解情况，也想找到解救之法。

就在沈褒德来到青岛之时，周钟岐被张宗昌绑架至济南的消息已经在胶济铁路管理局上下传开，听者无不惊讶不已。张督军竟然把一局之长拿到济南，这是犯了何等"天条"？

这无异于火上浇油。工人们正在情绪高涨之际，听罢此消息，马上就翻了天。军阀太可恶了，不但镇压工人，包括管理局的官员也不放过。过去工人的矛头针对的是管理局，甚至管理局就是军阀、恶势力的代言，没想到张宗昌谁都不肯放过。邓恩铭与李慰农看到了时机，商量利用这样的机会，和胶济铁路管理局联手，再揭工人罢工高潮。

但是胶济铁路管理局所表现出来的态度却让人大失所望，不但新任局长是由张宗昌任命的赵蓝田，包括交通部对此也没有一句谴责甚至是不满的话。邓恩铭在《胶澳日报》首先披露了此事，社会哗然，工人一片怒吼和不满，但管理局的漠然与置之不理让人大为不解，也使邓恩铭与李慰农的谋划无法达到目的。尽管如此，他们还是觉得应该最大限度地发动工人声讨张宗昌对胶济铁路管理局局长和工人的迫害，借助管理局的名义，掀起反军阀争权益的高潮。

萨福均得知周钟岐被绑架后，犹如晴天霹雳。他与周钟岐相交甚厚，两人个性取向相近，都把技术、专业上的成就作为事业成功的追求，不愿意纠缠到斗争之中。周钟岐来到胶路后，对萨福均的工作给予了最大限度的支持，使他可以排除更多的困难全力以赴推进胶济铁路的全线大修。周钟岐被绑架的头天，刚刚参加了交通部工务技术委员会的送别宴会，那时他就发现周闷闷不乐，知道他可能在工作上遇到烦心事，但并没有想到竟然是得罪了张宗昌。他百思不得其解，周钟岐刚来不久，并且专注于工作，又如何会得罪了那个混世魔王？

萨福均直接把电话打到了交通部叶恭绰办公室，很显然，对方已经知道此事，但他仍然是那样一幅温文尔雅、不紧不慢的语气，说："部里已经知道，会尽力解决。"在萨福均看来，交通部对于一局之长的人身安危是不能不关心的，定会倾尽全力相救。

让他没有想到的是，沈褒德竟然只身来到青岛，见面就说是来救周钟岐的。

萨福均听沈褒德讲述了部里的意见，心里一阵泛凉。他没有想到部里竟然惧于一个军阀的淫威，听之任之，置身事外。

沈褒德说："我来就是想知道，钟岐是如何得罪张宗昌的，怎么才能救他？"

萨福均没有想到沈褒德会如此镇定与坚强，作为一个女人，丈夫罹此大祸，很容易会被击倒。而她竟然千里迢迢从北京赶到青岛来寻救夫之策，这让他既同情又钦佩。

这些天里，关于周钟岐被绑架的原因有多种说法，萨福均从中也基本上得出了自己的判断。张宗昌之所以绑架周钟岐，大概率可能是挪用铁路运费的事。这在前几任局长身上重复发生过，哪一任山东督军都对胶路的运费垂涎三尺，都想揩一把油，但却没有哪位督军像张宗昌这样肆无忌惮，草菅人命。

他把自己的判断对沈褒德说了。沈褒德听罢落泪，说："如此一来，如何是好？满足不了他的条件，他怎么会放人？"

萨福均非但从未有过处理此类事件的经验，平日里几乎从不习惯于交际应酬，指望他能够找出解决问题的办法实在也不是件现实的事。

萨福均给沈褒德找了住处，说再找管理局领导层商量看能不能想出办法，并安慰他道："大家都在想办法，不要着急。"话虽如此说，生死攸关的事，能不着急吗？

第二天，坐卧不安的沈褒德又来找萨福均。萨福均所能给出的答案和昨天一样。沈褒德看出来，萨福均是没有能力帮她解决问题的，胶济铁路管理局的新任局长肯定也不愿意涉足此事，毕竟这里是张宗昌的地盘，没人不怕他，没人愿意为他人承担风险，哪怕这个人是铁路局高管。她心灰意冷，决定回京，再寻他法。

就在这时，有人敲门进来，是马廷燮。自从"二月风潮"后，虽然马廷燮并没有受到处分，但明眼人都看出其中猫腻，知道最应该受到处置的其实是马廷燮，他和孙继丁是罢工的直接责任者。所以，上下对马廷燮、孙继丁都不以为然，官职虽然恢复了，但并不能得到原先一样的信任，包括交通部、山东省议会。马廷燮已经不得势。只是风潮所引发的连锁反应还没有结束，还没有人深究他们的责任。他们心里也明白，一旦风向发生变化，自己的命运很难说。所以，马廷燮、孙继丁等人最近很长一段时间，变得非常敏感而又低调。

周钟岐被"绑架"，同样让他们大感惊讶，更急于想找到其中的缘由。对于马廷燮来说，直觉告诉他很有可能又与运费有关。但他拿不准，便第一时间去找大村卓一。大村阴着脸不说话，马廷燮感到自己的判断与大村是一致的,所以两人在心里盘算着如何应对。在此之前,大村卓一已经与崛内做了沟通,崛内告诉他此事源于刘培勋旅长的一个属下,名叫王大麻子,是张宗昌的亲信,由他单独操作完成此次绑架行动,目的虽然不能完全确认,但与胶济铁路的运费肯定有关。崛内提醒他高度警惕此事。大村卓一也与会计总长佐伯彪交换了意见。佐伯彪调取了近期所有账目,并无异样。但他还是专门交代会计处的日籍员工密切关注每天的来往账目。

所以,当马廷燮找到大村卓一时,大村已经提前有了思考。他对马廷燮说:"我们不能让张宗昌的歪念头得逞,他这个人不同于前几任督军,心狠手辣,不择手段。"

马廷燮知道,又一场对决可能马上就要开始。无论谁干督军,要想从胶济铁路取得利益,日本人是绝对不会置之不管的。他等着听大村卓一说出应对的措施。

大村卓一说:"现在工人闹得厉害,且没有收场的意思,我们可以再利用他们,不让张宗昌染指胶路。"

马廷燮没说话,但犹豫之色明显。

大村卓一知道马廷燮的顾虑,也不强求,但还是鼓励道:"你不必出头露面,但可以适当加以引导。"

马廷燮不置可否地走了。但是,当他听到周钟岐的夫人沈褒德来到胶路时,突然间看到了一丝契机。

萨福均给沈褒德介绍:"这是我们的车务总段长,马廷燮。"

马廷燮作出几份悲伤的语调说:"真没想到会发生这种事情。请夫人不要悲伤,我们共同想办法。"

马廷燮突然觉得自己说的不知哪里有些不妥,因为他从沈褒德的脸上看不出悲伤,更多的是一种坚定和刚毅。直觉告诉他,这不是个简单的女人。

所以,他因此而有些犹豫,但专程来见沈褒德,仅仅说几句客套话是说不过去了。

"……我们……可以组织工人罢工,向山东省政府施压,让他们放人。"

没想到,沈褒德一听便连连摆手,说:"不行,不行。不能采取这种极端的方式,会酿成大祸的。"

"这……"马廷燮不知说什么好了。

沈褒德说:"马总段长,非常感谢您的好意,但是,罢工……这事,还是尽量避免，更不能因钟岐而起。"

马廷燮无语，站了半天，说："好的，明白夫人的意思。"无趣地退出。

萨福均很惊讶马廷燮会提出这样处理问题的方式，他知道在之前的工人罢工中此人的所作所为，本以为接受了前车之鉴，没想到还藏着不死之心。在萨福均看来，马廷燮并不是要来真正帮沈褒德的，而是为了达到个人不可告人的目的。

他不去多想马廷燮的真实用意，转身问沈夫人："下一步何打算。"

沈褒德坚定地说："我去济南，向张宗昌要人。"

"什么？"萨福均大惊失色，"不行，这绝对行不通。"

"没有其他路子了。张宗昌不放人，我就去找议会。"

"议会？议会……宋传典，也得听张宗昌的。"

"那我就击鼓喊冤。"

情急之中，萨福均突然想起一人。"不然的话，您回北京，找一位叫张松的人，此人与我交好。他是张作霖的随从，虽官职不高，却颇得大帅欣赏，说得上话。"

沈褒德面露欣喜之色，说："那我就先回北京试试。"

望着救夫心切的沈褒德，萨福均心头掠过浓浓的惆怅，名利场里是非多，他更愿意到施工现场与工人打交道，会很脏很累，但心里却很舒服、很放松、很自在。

17

七月二十四日，张宗昌乘坐专用铁甲车前往青岛。沿途看到铁路工人张贴的"打倒张宗昌"的标语，心里极为不快，大骂："铁路工人还想把我打倒？"陪同他的后防司令尹锡吾说："实在无知，督办没必要和他们生气。"

张宗昌哈哈大笑："你认为我会和他们生气。"

尹锡吾尴尬道："您当然不会和他们一般见识。"

话刚说到这里，外面的一张标语却让张宗昌恼怒起来，上面写的是，"打倒张宗昌，释放周钟岐"。

这件隐讳的事让人公开贴在铁路沿线，无疑戳到了张宗昌痛处。他吞口气说："可恶，实在可恶。"

次日，铁甲车到达青岛火车站。来到下榻地，便把刘培勋找来问话。

"青岛的局面不平静？"

"工人的事就是难办，不能轻，也不能重，火候不好把握。温督办他们尽了力。"

"王大麻子呢？"张宗昌突然问。

刘培勋对此早有准备，说："失踪几天了，找不到。"

"是不是这小子坏的事。透出了风声？"

刘培勋说："之前不知道，但现在分析看，他一定动了歪心眼，否则怎么会突然不见了。"

张宗昌怒道："找到他，活剥了他。你给我找……"

"好，好……"刘培勋一连迭说。

这时侍卫来报："商会会长隋石卿来见。"

刘培勋退出。张宗昌示意隋石卿进来。

隋石卿长袍马褂，见了张宗昌就像失散多年的儿子见到娘，泪都掉下来了，说："督办可来了，督办可来了。"

张宗昌说："青岛的事自有青岛来处置，我不便过问太多。没想到，商会会因工人闹事受到如此大伤害，实在不该。"

隋石卿说："青岛商界盼大帅来青，犹如大旱之盼甘霖。求大帅作主，拿个主意。"

张宗昌一拍胸脯说："我既然来了，就一定会管，你告诉商界朋友，我言出必行。"

隋石卿说："商界都知道张督军英明，仰仗您作主。一趟军务耗费钱财也是商界都知道的，大帅肩负国家大任，还专程来青处理此事，昨天商界同仁开会，都表示要为大帅出些绵薄之力，募集三十万元充作军费，请大帅不要推辞。"

张宗昌一听大笑，说："如此怎可？本来商界就损失严重，还要出钱……"

隋石卿接话道："这些钱不算什么，张大帅帮我们把工人压下去，那才是从长远和根本上解决商界同仁面临的问题。"

张宗昌说："放心好了，他们要是再敢闹事，定不容。我明天就和温督办商量对策。"

当天晚上，隋石卿在日商开办的大辰旅馆宴请张宗昌。隋石卿极近巴结之能事，把张宗昌恭维得心花怒放，也放下了督军的架子，对隋石卿的要求有求必应。这时，隋石卿突然想起一人，他觉得如此融洽的气氛中，或许可以借助张宗昌把心中这段时间以来积攒下来的一份私怨了却。这个人，就是《青岛公民报》的胡信之。

对于胡信之，隋石卿去之而后快。这源于两人的冲突从一开始就不可调和。最大的冲突是关于成立各界联合会的问题上。

五卅惨案发生后，青岛各界成立了后援会，给予了强大的声援。为了把工人阶级更好地团结起来，胶济铁路四方总工会发起成立各界联合会，当时响应者共有三十六个单位，包括各机关及商会、农会、总工会、新闻记者公会、报界公会、市民自治促进会、中华体育会等。但是商会是有看法的。隋石卿觉得，作为一会之长，不能不考虑其间利害，无论于公于私，都不能坐视不管。

各界都在看着商界表态，陏石卿陷入两难境地，一筹莫展。

永源盛商行经理马华堂为隋石卿出主意。

"种谁家的地，纳谁家的粮，我们管不管亡国干什么，我们只管挣钱。"

隋石卿翻白眼看他："你说这话，会让那帮工人、学生打死。"

马华堂嘿嘿一笑，说："也不是没有别的办法。"

"什么办法？"

"那你争取干这个各界联合会会长不就成了？"

"那？"

隋石卿一愣，先觉不妥，但随之想来却觉合理。有些事情，非于险处求生存而不能，况且他也相信自己的掌控能力。

揣摩了一段时间，隋石卿决定大胆一试。

但让隋石卿没想到的是，他争取会长一事却受到了工人、学生的强烈反对。而反对最激烈的莫过于《青岛公民报》主编胡信之。他在公民报连续发表文章，批驳商会少数媚日买办资本家荒谬无耻，直言其"只知图利发财，不顾国家危亡"的丑恶姿态。明眼人一看便知直指隋石卿。胡信之揭发他四处活动，拉拢贿选，意图利用商会控制联合会的阴谋，搞得隋石卿极为狼狈，并且最终导致隋石卿落选，各界联合会正会长、副会长落到了青岛观象台宋国模和学生代表李萼头上。一向自视清高、在青岛商界呼风唤雨的隋石卿变得灰溜溜。

隋石卿当然不甘心失败，马华堂的主意又来了，要他脱离各界联合会。

事到如今，孤注一掷的隋石卿也觉得不失为一计，公开表示，商界爱国，自我处理，不与各界联合会同行。

这无疑火上浇油，引起了学生工人们的极大反感。胡信之再次承担急先锋的角色，鼓动舆论，对隋石卿的险恶用心大加痛斥，使得社会各界把矛头直指商会。就在商会开会密谋对策之时，各界联合会的成员突然来到商会开会现场，把隋石卿等人堵在了里面，激愤的工人、学生们强烈要求参会的商会领导层人士签订决心书，否则便不让离场。隋石卿被逼无奈，只得签下了抵制日货、不退出各界联合会的"决心书"。隋石卿视此为奇耻大辱。

隋石卿由此对胡信之深恶痛绝。所以，当有机会可以借助张宗昌的淫威来攻击胡信之时，当然不遗余力，置之死地而后快。

也该胡信之倒霉，就在隋石卿宴请张宗昌吃饭的第二天，胡信之竟然将把这天晚上的宴请也摆在舆论面前。隋石卿见状既惧且喜，第一时间把报纸摆在了张宗昌面前。

张宗昌定眼细看。"……为了援助支工同胞，商会不肯一破吝囊，而为谄媚军阀，却在一夜之间挥霍五千元之多……正在抵制日货的高潮中，不照顾中国的酒楼饭店，而却把五千元巨款花到日本旅馆去……"

张宗昌火冒三丈，没想到昨天吃的饭，次日竟会被登在报上，被人大做文章。

"胡信之？"张宗昌愤恨道。

"正是此人。好好的青岛，都让这个胡信之信口雌黄，搞坏了。不绝此人，还不知会生出多少事端。"隋石卿添油加醋道。

他继续说："《公民报》带头煽动风潮、扰乱政局、困惑人心，人们对此深恶痛绝，曾经有十三个团体联名控告胡信之，请求警署制裁。但……"隋石卿欲言又止，说着又向张宗昌递上一份"罪状"。"这是胡前日子写的一篇文章。"是《公民报》上所刊登的一篇《胡信之紧要声明》。"鄙人以一介书生，与帝国主义下之资本主义战，为争社会之正义死，在鄙人固死得其所，然光脚的不怕穿鞋的，我不得其死，彼又安得其生？……"

有钱能使鬼推磨，何况是张宗昌此类见钱眼开者。次日一早，张宗昌就召集温树德、陈韬等人开会研究解决青岛当前局势事宜。温树德报告了之前的情况,虽然按督军的要求办了,但结果差强人意。陈韬也叹口气说:"工人好像都有一口气要发泄,所以并不是完全用高压政策能解决的。"

张宗昌怒目圆睁:"安抚他们吗?"

陈韬不敢往下说了。

温树德接过话来说:"安抚这一招也用过,不管用。"

"那你们的意见呢?"

长时间沉默。张宗昌在逼迫大家拿意见,而所有人都怕意见与张宗昌相左而受到责备,谁也不吱声。

张宗昌说:"我看不是压力大了,而是压力小了。对待这帮刁民,必须采取强硬手段,高压,不就是死几个人吗?有什么了不起,当时闹得动静大,不几天就消失了。在座者,必须勇于担责。"

温树德说:"督军说得对,高高举起、轻轻放下不行,要强硬就得把他们打倒在地不得翻身才行。"

陈韬这时也挺挺身子表示:"督办确定的事,一定执行不走样。"

张宗昌说:"好,你们还要考虑如何下手才行,只是对着一帮工人扫射不行,要有谋略。"他站起身,在屋里来回走几趟,突然停下,说:"你们不知道擒贼先擒王的道理吗?工人为什么能闹得这么大,不就是有人挑唆吗?抓,把这些关键人物先抓起来。"

温树德说:"我们已经抓了一大批,傅书堂、司铭章、苏美一……"

张宗昌打断他的话,说:"不够,当然不够,这些人只是小喽啰,我们需要抓藏在幕后的共产党,你们知道是谁吗?他们在哪里?"

陈韬陡然起身说:"我们已经侦探到了他们的行踪,李慰农、邓恩铭,这两个人是青岛最大的共产党头目。"

"抓,杀,不要有任何顾及。"

张宗昌突然把手里的《公民报》丢在众人面前,说:"这个人绝不能放过。"

"青岛《公民报》的胡信之。"

"胡信之?"

"对,他不是《公民报》的主编吗?先把他的公民权销毁!"

……

按照张宗昌指令，后方司令尹锡吾带领大批军警在接下来的几天里开始大规模搜捕，胶济铁路四方机厂总工会被取缔，几十名工运骨干和一批学生被抓走，邓恩铭、傅书堂等六百多人被通缉，张宗昌的残忍让人体会到了军阀的本性，一时间，青岛上下民众凄凄，噤若寒蝉。

这天，李慰农召集部分骨干分子商量撤离事宜。邓恩铭因为目标较大，已于前一天离开青岛前往济南。会议刚开不一会儿，就有工人发现外面有可疑人员活动，会议马上停止，人员迅速散去。李慰农知道每停留一刻就会有一分的危险，最佳选择是毫不犹豫地离开青岛。但是，在这一瞬间，他却犹豫了，想到了住处存放的大量资料，一旦落入敌人手里，可能会有更多人暴露。想至此，他迅速拐回，回到住处销毁文件。但是，刚把名册烧完，便响起猛烈的敲门声，他知道自己在劫难逃，便把桌子顶在门上，把本来想带走的重要文件付之一炬。警察破门而入，李慰农被捕。

李慰农被捕后，竟然和胡信之关在一个牢房。

李慰农感慨万千，说："现在世道不让人说话了，天理不容。只有他张宗昌说话算数，一手遮天。"

胡信之说："正因为我说到了他们的痛处，他们才不放过我。我早就做好了思想准备。"他问，"你是共产党员吗？"

李慰农说："是的。"

胡信之说："能看得出来，工人运动轰轰烈烈正是你们的功劳。那个执法处的袁处长问我，共产党、国民党给你们报社多少钱？我说，不需要一分钱，我为劳工说话，为真理说话。他说我一派胡言，其实我说的是真心话。军阀们太不像话了。"

李慰农赞叹道："正是因为有你这样不畏强暴、敢于直言的人，工人斗争才有希望，军阀也才会害怕。坚定信心，我想我们能够活着出去。"

胡信之苦笑着摇摇头说："我不抱这个希望了。他们早就想杀人灭口了，又怎么容许我再在这个世上揭露他们丑陋的一面。"

李慰农说："不要灰心，民意难违，他们会有所顾念的，不敢轻易下手。"

胡信之苦笑对之。

那位审讯过胡信之的山东省警务执法处处长袁致和与李慰农进行了一番对话。他几乎是用同样的话在问李慰农，也是在对一个百思不得其解的答案的反复追问。

"共产党给了你多少钱，让你如此不顾后果地替他们买命？"

因为有了与胡信之的充分交流，李慰农感到了这位执法处长的好笑，他以一种嘲弄的口吻说："为了劳工，为了真理。"

执法处处长明显地一愣，他似乎感觉到这个答案似曾相识。

袁致和自嘲地摇摇头，说："我佩服李先生。但是，我只想请先生告诉我一件事情，你为什么来青岛？"

"青岛是中国的青岛，我是中国的公民，为何不能来青岛。"李慰农露出鄙夷的神情反问。

袁致和恼怒，大声道："你们把青岛搞得天翻地覆，来青岛的目的不纯。告诉你，你要不说实话，我会让你身首异处，看你长了几颗脑袋。"

李慰农轻蔑地一笑，说："我虽然只有一颗头，但却不怕被砍。"

李慰农受到惨无人道的酷刑折磨。

七月二十九日，带着商会孝敬的三十万元即将离开青岛的张宗昌下达了处决命令。当日深夜，李慰农、胡信之被绑至团岛枪杀。

18

赵蓝田上任不到一个月就萌生退意，这段时间发生的事在他四十多年的生命历程中还是从来没有经历和体会过的，对他的刺激实在太大了。

尽管他是经交通部核备任命的胶济铁路管理局局长，但他对于胶济铁路管理局的疏离感却是从来没有消失过的，他觉得自己需要很大的气力才能融入这个群体，因为这个群体对他有一种强大的排斥力。这种排斥力是因为他的不合规矩的任命程序，也来自这么多年铁路内部与山东省之间所形成的激烈对抗，其实这些与他个人无关。

上任以来，他根本无法融入胶济铁路管理局这个大的家庭、体系和机构之中，胶济铁路管理局似乎根本不需要他的进入和存在，或者说他对于胶济铁路管理局来说是可有可无的。作为局长，他的话语权轻薄得像一张脆弱的纸片，根本没有应有的权威。胶济铁路因此也变得像是一艘巨大的无人驾驭的船，凭着巨大的惯性向前行驶，让人无可奈何，又心惊胆战。作为船长的他，无能为力。

他到任不到一个月，每天都有许多人被捕、被杀。

一位叫邓恩铭的共产党员被通缉了，尽管他并不认识此人，但他知道此人在背后操纵了四方机厂的工人运动，包括傅书堂、丁子明等一大批所谓的真真假假的共产党人都参与和推动了胶济铁路四方机厂的工人运动，而在此之前的马廷燮、孙继丁等人所发动的沿线工人罢工，因为只是派系之间的争斗已不被人提及，而四方机厂的斗争却是一种纯粹的劳资之间的斗争，一种共产党所领导的工人为争取经济利益、政治权益所进行的无法调和的斗争，这才是真正的对决。四方机厂已经有多人被捕，被杀……他们的生与死似乎与他并无关系，但这些却是实实在在发生在他身边的事情，是他治下的胶济铁路管理局发生的事情，尽管人们还没有真正接纳他作为局长，但他仍然认为自己是当事人。

　　作为赵蓝田来说，对于共产党、国民党无所谓好感，也无所谓恶感，但他知道这些共产党人都是有理想和信念的人，他们的目标是为了中国的未来，当然他分辨不清中国的未来到底应该是什么样子，但他们奋斗的精神让人钦佩，宁肯用生命和鲜血去捍卫那个在他们心里所勾画出的美好愿景，说明那样的未来一定是符合人民意愿的。

　　这些天来，团岛那几声刺耳的枪声，始终发出尖利的呼啸从他耳边掠过，有时他竟会下意识地去躲一躲，像是怕子弹会伤及自己。这让他时常处于一种心惊胆战的状态。他像青岛的大部分市民一样，其实根本没有听到那几声来自团岛枪决李慰农和胡信之的枪声，但他像很多青岛市民一样都愿意相信自己真真切切地听到了枪响，人们口口相传、各类媒体争相报道，一位叫李慰农的共产党人和一位叫胡信之的报人在那几声枪响中倒了血泊之中。如果说李慰农的死是为了共产主义的信仰而不惜抛头颅洒热血，那么胡信之的死所带来的震撼更是强烈而深刻，因为他只是一位社会所需要的有良知的普通报人，这样的人履行了自己的职责，发出了真实的声音而被残害，简直让人无法容忍。世道究竟败坏到了何种程度？

　　刚刚传来消息，四方机厂两位工人，被传是共产党人。不满于张宗昌对工人的镇压，去了北京，在天安门广场，痛诉张宗昌的暴行，历数了张宗昌祸鲁十大罪行，恼羞成怒的张宗昌派人把他们从北京抓回济南，不问青红皂白就地正法，这两位工人一位叫伦克忠，一位叫韩文忠。他并不认识两人，但管理局的人很多认识，特别是对伦克忠，大多赞赏有加，称之为带头"闹事"的好人，谈及他的死都是大摇其头，感到惋惜。

如果这些社会共知的事情带来的刺激是一种普遍的现象，那些发生在铁路内部的不为人知的隐情对他的影响更为具体而尖锐。周钟岐的被捕杀使他感到自己的生命也无时无刻不处于一种危险之中。他就像立于危崖之畔，很多人看到他占据了一个显要位置，却没有人知道高处之寒以及随时被狂飙卷落的危险。

周钟岐被掳至济南后，受尽了非人的折磨，知情人说他被关押在一个满是粪便和污水的小黑屋子里，他在里面哆哆嗦嗦地唱着歌，夜里就像鬼魂哭诉。人们对他的被捕多有猜测，有人说他参与组织了工人运动，故意破坏铁路运输；有人说他得罪了张宗昌，背地里做了动摇政权的事；还有人说他为了保护铁路运费，为张所陷害……这些猜测最为人相信的当然是后者，作为铁路内部人士，几乎丝毫不怀疑后者的可能。没有哪位山东督军不觊觎胶济铁路的运费，贪财的张宗昌又怎会放过这样的机会。周钟岐如果不能满足他的要求，当然会难逃魔掌。

赵蓝田对此深信不疑，并且更有一层兔死狐悲之感。此时是周钟岐，彼时或许就是他赵蓝田。

更让赵蓝田寒心的是，对周钟岐的被捕，责任部门竟集体失声，表现出让人难以置信的冷漠，以至于周夫人一个弱妇人四处求救、碰壁，传言后在萨福均的帮助下才找到了特殊关系救出周钟岐。因为牵扯到萨福均，大家都讳莫如深，总怕会给萨福均带来麻烦。萨福均的品行让他赢得了足够多的尊重，大家都以沉默来表达对他的保护。所以，很少有人谈及此事。人们只知道周钟岐已被释放，但却杳无音信，有人说他死了，有人说他已经回到了北京家中，还有人说他不几日就会回到胶济铁路管理局复任。

赵蓝田对周钟岐既抱有深切的同情，同时更大的却是一种悲哀，哪怕是有着深厚背景的周钟岐也无法幸免，自己更是轻若鸿毛。

这几天，交通部陆续有消息传来，虽不是正式渠道，但也有一种刻意传递的意味，让赵蓝田对于周钟岐的信息有了进一步确认。周钟岐确实已经安然回到北京，正在家中休养，但部里已经决定不让他再回胶济铁路管理局，而是在部留任。赵蓝田长吁一口气，他并非担心周钟岐会以局长的身份回任，让他难以自处，而是真心替周钟岐感到庆幸和高兴，经此大难，竟能全身而退，实在是不幸中的万幸。

来到胶济铁路管理局只有不到月余竟然发生了这么多事情，在外人看来，似乎所有的事情都与他无关，但就他个人来说，却感同身受。无一件不与自己有关，无一种情绪不牵动自己的思绪。

他渐有大病入身之感，时常心跳加速，焦虑不安，夜里常突然大汗淋漓，有濒死之兆。这天晚上，赵蓝田做了一个梦，先是梦到一声枪响，接着就有人头落地，他大恐，拼命想逃，人头却跟着他跑，无论如何摆脱不了这颗血淋淋的人头，最后到了悬崖边上，别无选择的他只有跳了下去。他跳到一片海里，拼命游着，快要看到岸了，却发现人头从海底浮出，一双眼睛瞪得大大的，颈部被刀斩断处血肉模糊。他想喊，却呛了一口水，想拼命上岸，双腿又像被绳索捆绑了起来……他感到大难临头。醒来时，大汗湿身，恐惧不散。

赵蓝田知道，自己已经无法摆脱这种为环境和氛围所营造出来的恐怖，只有一个办法，就是逃离。

他向山东督办公署递交了辞职函，以事烦任重、旧疾复发为由提出辞职。

19

1925年5月底，张作霖突然宣布进京入觐，但是他却并没有进京，而是直接来到天津住进了曹家花园。段祺瑞有些紧张，不知张作霖的真实用意，派秘书长梁鸿志、财政总长李思浩到天津迎接并转达致意，请张作霖进京议事。张作霖支支吾吾并不作正面回答，丝毫没有进京之意。

不几日，张作霖即电召张宗昌、张登选、邓谦等人到津，小范围召开会议，秘密讨论怎样夺取中央财权、政权以及向长江地区扩充势力的问题。此行，张宗昌背负的压力不小，因为伦克忠、韩文忠的控诉，他的形象大损，各界人士都在追问关于山东的问题。包括张作霖都提醒他当前局面正处于入关前各方势力的焦灼状态，不能因小失大。因为上海发生了五卅惨案，已经从形势上与青岛的纱厂工人惨案连为一气，局面大有向着不可收拾的地步发展，连日来济南各界先后成立后援会、召开雪耻大会，尽管在他的高压措施下，矛盾对准的似乎是英日帝国主义，但没有人不明白造成这两起惨案真正的罪魁祸首是谁。张宗昌有些心虚。加之周钟岐的事发生后，因为有着周自齐的背景，很多人对他极为不满，暗地里更是颇多谴责。包括张作霖虽然没有明说此事，但他的下属为周钟岐求情，张作霖不会不知道。张宗昌虽然极为气恼，表面却又不得不做出大度和开明的姿态。

所以，他在天津就给济南发电，释放一部分被捕的工人代表，以便自己在津有进一步的灵活度，他高调表态，对于扰乱社会秩序的反对人士绝不手软，但对于一些是非不分、受到蛊惑的民众一律从宽，不再追究。

傅书堂、丁子明、司铭章、郭恒祥等人由此被释放了出来。

邓恩铭在淄博召集了一次会议，被释放的工人代表重新聚在了一起。大家见面后，都对李慰农的被害表达了深切的悲痛之情，对张宗昌的暴行咬牙切齿，表示一定要给李慰农报仇。但是，冷静下来分析，大家也明白，现在已经失去了先前的条件，要想再回青岛非常困难。虽然张宗昌在天津表态，绝不搞秋后算账，但大家都知道，那不过是骗人的把戏。青岛的白色恐怖丝毫没有减弱，温树德、陈韬依然剑拔弩张，丝毫没有放松戒备，特别是对于被释放的工人代表，一旦再回青岛就会有性命之忧。

邓恩铭说："我们现在再回青岛开展工作已经不具备条件了，必须做长远打算，不能指望革命会在一夜之间胜利。所以，我们需要重新考虑工作重点。"

傅书堂说："铁路是一条线，连接着青岛、济南，两头不能去了，但中间却是薄弱点。我们可以到沿线发动工人。"

丁子明说："对，以前我们重点是在青岛、济南，现在把重心转到铁路沿线，也算是一种积极应对，过去我们没有时间顾及沿线，现在正好可以强化这个环节。"

邓恩铭说："大家的观点都非常对。上次铁路沿线的罢工为什么没有发动起来，就因为沿线铁路工人信息闭塞，他们对于马克思主义接触太少，对于工人阶级的斗争目标缺乏认识。所以，被马廷燮、孙继丁等人利用了。如果他们能够明白为了什么去斗争，声势就会大起来。"

郭恒祥问："我们应该怎么入手呢？"

傅书堂说："应该抓住几个关键点下手。"

傅书堂说："你所说的关键点在哪？"

"博山、坊子、高密。"傅书堂说。

"对，这几个地方非常重要。"邓恩铭说，"博山一带既有铁路工人，也有矿山工人，容易发挥两者的联动作用，并且路矿工人一向有着共同的境况、共同的诉求，极易团结在一起。至于坊子、高密，是铁路工人较为集中的地方。只要抓住这三个地方，就会把铁路沿线工人调动起来。我同意傅书堂同志的提议,就从这三个地方下手。"

众人点头,都认为这是一个非常正确的斗争策略。

邓恩铭说:"我分析一下,有什么意见大家再补充。傅书堂、丁子明重点放在坊子,郭恒祥——你的老家是章丘吧?你就回章丘附近一带发动工人、农民团结起来。章丘毗邻济南、博山,位置非常重要。我去博山,在博山一带发动铁路和矿山工人联合起来和敌人斗争。当然,我们虽然各有重点,但要首尾呼应,既可以独立行动,也可以联合进行。大家看怎样?"

郭恒祥说:"没问题。"

傅书堂等人摩拳擦掌,决心要闹出更大的动静来。

邓恩铭末了又对傅书堂说:"除了青岛之外,坊子是工人最集中的地方。把那里工作做好意义非常重大,王复元同志在那里已经做了大量工作,有了比较好的基础,你去后可以找他联络,进一步扩大局面。"

傅书堂早就听说了王复元的名字,知道他是一位很有斗争计谋的同志,听说他已经在坊子开展了工作,心里很是兴奋。他说:"有王复元同志在,我更有信心了。"

青岛的一团烈火虽然被扑灭了,但是没有人想到,它所迸溅起的火星却散落在了铁路沿线,燎原之势正是由他们引燃的。细微的火星正等待着某个时刻的到来,只需一丝适当的风,一棵干燥相宜的草枝,一个温暖的靠近,一切都变得可能。当然,没人怀疑,在接下来的日子里还会有更大的暴风骤雨,还要接受更大的洗礼……

20

赵蓝田的上任是一个折中。

之所以得到张宗昌的认可,无非是交通部与山东政府博弈在时间差上所形成的一个落子。交通部在李钟岳告退之后,捷足先登,任命周钟岐作为临时性过渡人物。这让张宗昌既感到不快,同时又觉有机可乘,毕竟周对胶路的管理还不可能周全,可以乘虚而入,达到个人目的。唯一的滞碍就是他是周自齐的侄子。但缺钱的他已经管不了那么多了。

所以,赵蓝田的辞职,对张宗昌当然也就无可无不可了。但接下来,对于胶路管理局局长的任命他要坚定自己的意志,根本由不得交通部做主了。

现在的政府，段当家，奉有权，冯横行，吴搅局，各方势力混乱如麻，政府部门是弱势群体，根本无法控制地方行政，包括铁路也以服务地方势力为主，没人敢强调它的独立性。胶济铁路管理局更是如此。就是在这种环境下，天马行空的张宗昌突发奇想，想到了一个人——胡文通。

胡文通现在是直鲁联军交通处处长，正驻扎蚌埠，负责交通调度。

从天津回来后，张宗昌对张作霖的用意已了然于胸，也在为下一步的军事调动做准备。张作霖已经丝毫不再避讳对江浙一带的图谋，全力支持张宗昌而下，未来可以预见的就是与孙传芳的一战不可避免，而在河南的冯玉祥一定会与孙传芳联手抵抗，津浦铁路沿线将成为主要战区，如此一来车辆的调度便会变得格外重要。而胡文通作为军方的交通处长，对于铁路的运输控制当然也会知其要害的，派他去，关键时刻可以最大可能调用胶路车辆。

对于胶济铁路管理局来说，突然间空降一位不知来由的局长已是家常便饭。人们甚至不愿意打探胡文通的来历，似乎这一切都与己无关。其实，对于周庆满、马廷燮、孙继丁等一些知道底细的人来说，无不为胶济铁路捏了一把汗。胡文通一直为奉军办理交通事务，在任命状中所表述的"熟悉路务"其实无非是句套话而已。所谓熟悉，其实是深谙如何为军事所需强取豪夺。如此之人，调到胶济铁路管理局，很显然就是为张宗昌配给车辆提供便利的。彼此心照不宣，但有些话却是不能挑明的。

果然，这年10月，江浙第三次战事起，孙传芳、冯玉祥联手挑战奉系，张宗昌迎战，后来吴佩孚也加入对决的行列。前方战事愈紧。

胡文通紧锣密鼓地为前线筹集车辆，这是他来胶济铁路的第一要事。

运输处处长大村卓一极为不满，找到胡文通说："调用车辆一定要适度，胶济铁路的日常运输首先要保证，否则我们自身无以为继。"

胡文通说："无能为力，我来胶路就是为张督军筹车，不是为日本服务的。"

大村卓一被气得半天没说出话，一怒之下，就去找马廷燮。

马廷燮幽幽一笑说："大村先生，你觉得我有能力说服胡局长吗？他来胶路不是为了发展胶路，就像他所说的，是为张督军筹车的。如果他一句话，说我们延误了车辆调配，影响了战局，你我都是要掉脑袋的。"

果不其然，就在大村找过胡文通不久，胡就放出话来，谁要再阻挠他行使权力，将会军法处置。一位铁路局局长，口口声声说军法处置，让人瞠目结舌，也才有更多人明白，胡文通其实无非就是奉系张宗昌的一颗棋子而已。

在胶济铁路管理局各处室参加的会议上，胡文通公开叫嚣："我知道，有人给我取了个外号叫'胡闹'，我不怪大家，但是我告诉你们，谁要是再说，这个车不能动，那个车不能动，我就让他领教我'胡闹'的厉害。"

管理人员没人敢吱声。胡文通说到兴头上，不惜以揭自己的伤疤为荣，说："我告诉你们，我是张大帅的枪下鬼，那次和孙传芳干仗，我误了事，张大帅真是恼了，非要枪毙我。我说，大帅你杀了我也没有用，还是留着我继续给您效力好了。大帅才转怒为喜，留我一条命。"胡文通嬉笑怒骂，真真假假，人们嘴上不说，心里鄙夷。

大村卓一私下里也找过崛内公使。崛内无奈道："现在中国的军阀势力正在重新调整利益格局，山东又是变化最大的地域，我们无法控制军阀之间的争夺，也无法避免铁路的损失，这不是你我能决定的。"

大村卓一低头道："明白。"

崛内见他还有话要说，便问："有话请讲。"

大村卓一说："我参与过胶济铁路的移交，对痛失胶路有切肤之痛，也极力想能够用自己的作为维护日本帝国利益，但是……现在看来，一切都是那么困难。"

崛内说："阁下的意思是？"

大村卓一说："既然无能为力，我只能引退以求心安。"

崛内沉默很久，说："大村君应该学会隐忍。"

大村卓一说："我已经忍了很久。我想政府还是找一个更能胜任的人来履行职责。"

崛内说："如果大村君此意已决，我会向国内通报。"

大村卓一说："那就麻烦公使阁下了。"

崛内从他的话里听出大村卓一去意已决，便不再相劝。

大村卓一出来后，看到满目亮色的海面，感慨万分。他是不愿意离开青岛的，但是从接收四年来，他为确保胶济铁路赎路款安全及时支付可谓殚精竭虑，但是中国混乱的局面让他不堪重负。青岛地处一隅，风景秀美，但历任山东省政府无不虎视眈眈盯着胶路运输进款这一肥肉，尔虞我诈，不择手段；中央政府部门无力对抗地方政府，大权旁落，有心无力；工人运动此起彼伏，不断对胶路运输秩序形成冲击，各种不同的力量都在挤压着一条铁路的生存，这与他在接收之初的美好想象无法契合。在他心中，一直视胶路为日本国产，只不过从经济层面分离出来，但现在一种无能为力的感受让他痛苦不已，因为他从来没有像现在这样感到胶路其实已经不再归日本所有，它已经真正成了属于中国人的一条铁路。

大村卓一伤心至极，他最好的疗伤之法，就是离开胶济铁路这块是非之地。

21

张宗昌的仗打得并不好，尽管他有从谢苗久诺夫手里接过来的白俄军，但仍然无法抵抗孙传芳、冯玉祥部队的冲击。到了年底，几次败仗后，张作霖也有些恼火，他不知道这位悍将为何突然之间没了底气。张宗昌知道要想坐稳山东就得有所作为，便自任直鲁联军司令，让施从滨作为前敌总指挥开始进攻河南、安徽，自己亲率让人闻之丧胆的白俄军沿津浦铁路南下，再战孙、冯，以求扭转败局。开始形势不错，由于徐州镇守使陈调元的配合，张宗昌的部队一路南下，所向披靡。

身在胶济铁路的胡文通调度车辆，效率极高，为张宗昌充分肯定，随着战事南移，仅靠胶济铁路的车辆供给已是捉襟见肘，张宗昌便将"办事有力"的胡文通重新调回军队，转任鲁军交通处处长，跟随张宗昌部南下。

胡文通的另有"重任"，让另一个曾经百般不愿意留任的人不得不重新回到胶济铁路管理局，他就是赵蓝田。

赵蓝田之所以能够重新进入张宗昌的视野是因为他有着民意基础，这对于无法找到一个能够为己所用的局长的张来说，不失为权宜之计。同时，选择赵蓝田，还在于张宗昌对胶济铁路的利用发生了根本变化。他也发现，采取强硬手段非但不能得到想要的东西，反而会适得其反。

他的直白、不隐讳的行事风格使他迅速得到了来自各方面的反对，首先来自周钟岐的影响，虽然没有人当面有所指责，但很明显社会各界对他的此种行为深恶痛绝，这种负面影响或许不那么明显，但牵扯到对他人品的认可，潜移默化的影响却是深刻而又长远的，如果不顾及的话，会被更多人孤立。毕竟周自齐刚刚去世没几年，他所创办的清华大学学子如云，如果真的有不忿者站出来谴责，会让他陷入更大被动，伤害性极大。不能再让这种事情发酵成对其影响的负面力量。这是他不能不加以考虑的。

另一层考虑当然更重要，那就是日本方面的态度。在天津时，日本驻华公使芳泽专程由京入津拜访他。芳泽单刀直入，表达了对胶济铁路的关切，他说："两国之间是有华盛顿会议约定的，胶济铁路虽然交还给了中国，但作为抵押产权，在中国没有付完赎路款前还是日本的资产，希望督军对日本的资产加以保护。等到哪天，中国把赎路款还完，我们就不再过问此事了。"

这些年，虽然和日本人的摩擦不断，但日本对于奉系的支持是明确的，张宗昌知道不能破坏和日本人的关系。从个人方面来讲，日本也是他的退路，不知道哪天或许就会在中国无立足之地，日本会成为他的落脚地，中国很多人都是这种打算。

"请公使阁下放心，胶济铁路的利益我一分不动，无论是从山东自身利益，还是维护两国之间的契约、实现两国友谊的角度看，我都不会动的。"

芳泽说："如此最好，对于胶路的关注我们一刻都不会放松。"

张宗昌拍着胸脯说："没什么问题，阁下放心。"

芳泽走后，张宗昌有些泄气。在他看来，无论什么事情只要自己想做，就没有办不成的，但没想到一个胶济铁路竟然会生出那么多枝节。

另外，尽管他依然缺钱，但这些年张作霖为了向南扩展不断拉拢他，在军饷上提供了足够的支持，很大程度上缓解了他的经济压力。还有就是他也渐渐明白，由于连年战火，胶济铁路效益并不好，加之自身设备设施的维护修理投入非常大，大多年份入不敷出，并没有像他所想象的有那么多油水可捞。所以，他觉得需要给胶济铁路休养生息的机会，这是从长远打算和考量的。

张宗昌对胶济铁路的控制政策有了改变。

赵蓝田的心病并没有解决，所以当胡文通被调离，而他将会被重新任命回到胶济的消息传来时，已经转任山东陆军交通教练所所长的他下定决心不回任。

商埠商会会长张肇铨出面相劝，让他接受任命。赵蓝田知道他之所以能够被举荐其实一直是商会的全力支持，其用心良苦，为此也不便驳面子，但打心眼里又确实不愿担此重责，只是说："才能有限，前有月余之任，已不堪重负，何况现在局面之下，恐更难胜任。"

张宗昌听罢此事，知道赵蓝田并无恶意，反倒觉得此人秉性善良，不以为忤，反倒心喜。此人怪即在此。如果换作别人，因此被杀掉也不足为奇。张宗昌觉得有必要见他一面，打消他的顾虑。

赵蓝田接到张宗昌的召见后，心里打鼓，不知如何应对。反复想好了可能出现的几种场面，当然都是往坏里打算。没想到，见面后张宗昌满面笑意，说："我听说你不愿再去胶路，大可不必，你是真熟悉路务，不同于胡文通，他是'胡来'。铁路需要你这样的人。"

赵蓝田说："感谢督办厚爱，我真的是难任繁巨，有上次的教训，不敢再担此重任，以免有负全鲁商界、督军大人厚望。"

张宗昌笑道："我知道你有顾虑，现在可以告诉你，你尽管去胶路任职，以后关于胶济的一切，一句话，铁路人管铁路。我绝不插手。"

"这……"赵蓝田没想到他说的如此直接，反倒不知如何拒绝。

张宗昌说："我们都是山东人，都对胶济铁路有感情，当然，你是胶州人，更有感情。能从日本人手里接收回来，已费了很大劲，本想能够路为所用，但日本人还是把持得这么严。想想也是，我们共同努力，把路务搞上去，等到还完了赎路款，再做长远打算。你到胶路后，我一是绝不插手，二是坚决支持。希望能体谅我的良苦用心。"

赵蓝田心里有所感动，张宗昌能做出如此表态，大大出乎他的预料。尽管他不知内情，但顾虑大减。张宗昌的态度也让他无从拒绝。

赵蓝田再次走马上任。

22

坊子车站位于胶济铁路中段，至青岛和济南基本是等距离，所以机车调度可以首尾相顾，在整个铁路运输组织体系之中具有非常重要的地理位置。坊子盛产优质煤，德国人在修建胶济铁路时专门绕道矿区，使铁路线在潍县一带拐了个弯，形成了一个巨大的弧形，这个弧形上面有虾蟆屯、二十里堡、峷山等站，主要服务于周边矿区。坊子被德国人期许甚高，德国在占领胶州湾后的第一趟煤炭就是由此开出的，那是具有标志性的事件，在德国国内引起强烈反响，印证着德国殖民政策的深度推进和胜利。后来，随着博山煤炭的发现和开采，德国人的注意力转移到更靠近济南的张店、博山一带，坊子煤炭也因为煤层较薄，无法形成更大的规模而被忽视。煤炭的开采量下降了，但坊子周边的土壤地质却引起了欧洲人的注意，这里的土壤非常适合种植美国弗吉尼亚烟叶，并且有大量勤劳而廉价的劳动力，于是英美烟草公司又引进了烟草种植业，因此利益可观，不出几年，周边农村开始大量种植烟草，以至于后来英美烟草便在紧靠二十堡车站旁开办起了加工厂，收购农民的成品烟叶，粗加工之后利用铁路运输之便销往更远之地赚取利润。坊子因此成为因铁路而兴的重镇。

　　经过发展，坊子成为胶济铁路沿线较之青岛、济南之后的第三大车站，车、机、工、电、辆等铁路内部分工部门应有尽有，门类齐全，人员密集。

　　傅书堂之前来过坊子几次，但真正到坊子后才真切地感受到此地工人生活的艰辛和不易。较之四方机厂，更是远远没法比。因为四方机厂与机务段是一个系统，也有一些工人因工作关系彼此熟悉，所以他主要活动范围是在机务段。来到坊子后，他首先联系的便是王复元。王复元的活动范围不只是机务段，所以并不容易找到他，每次见他总给人匆匆忙忙的感觉。王复元讲话很有激情，极富感染力，哪怕只是一个简单的事情，从他嘴里说出，就会具有不一般的音韵，所以工人都愿意和他聊天。他给工人讲道理，一讲就是大半天，一边讲一边说："我太忙了，下一次再给大家讲，对，对，马克思，对，对……共产主义，那是什么日子，就是人人有饭吃，人人有衣穿，谁也不敢欺负工人。"

　　工人问："怎么才能过上这样的日子？"

　　"和段长斗争，喊号子，说我们的想法，让他们涨工资，不再剥削咱们。"

　　"段长那么大的官，会听我们说。"

　　"不听就和他们斗！"

　　"对，斗，斗，可……我们斗得过他们吗？一斗，连工资都没有了……"

　　"我们要有决心。"

　　……

　　傅书堂听过他几次和工人的对话，但一直没机会和王复元详谈，好不容易解答完了工人的问话，他就会说："不行，我得走了，还有事，还有事……"

　　傅书堂只得远远地望着他的背影怅然若失。

　　傅书堂也在工人队伍里做工作，但他做得小心翼翼，不敢大声说话，但每次都会借着王复元的话题说，那样工人会更有兴趣，时间一长，大家也愿意和他讲话，也问他是不是和王复元一伙的，傅书堂说："我们都是为了争取工人的利益。"

有工人问："我的工友让火车轧掉一只腿，段长答应赔偿，一直没有兑现，我们能不能和他们斗？"

傅书堂说："当然应该去要。我去看看你那位工友。"

傅书堂去了被轧掉腿的工人家，在坊子机务段旁边的临时性平房住，家徒四壁，一旁的女人只是抹泪，偶尔嘟囔一句，以后的日子怎么过。

傅书堂问领他来的杜姓工人："你能不能把工班的工友召集起来，我给你们出个主意。"

杜说："只要能帮到他，大家都愿意伸手，平时这个人对我们挺好，大家一定愿意帮他。"

果然，杜一声吆喝，一个工班的十几位工友全来了。

傅书堂说："不能这么干等，会死人的，他的腿都化脓了，得去治。"

杜说："没钱怎么治？"

傅书堂说："去找段长。"

傅书堂说做就做，让被轧断腿工人的婆娘在前面，他们在后面吆喝着，找到了坊子机务分段长桂方田。桂方田听罢来因说："不是不给你们抚恤，是不符合规定。"

"什么规定，他是工作中伤的就要补偿。"

段长说："他是违章造成的，不能算。"

傅书堂说："你看看这个女人，这么可怜，难道你就没良心？他违不违章且不说，难道不是为了工作被轧断的腿。如果不给赔偿，不给治病，那好，我就把机务段的全体工友召集起来，看你们还能不能开车！"

傅书堂一席话说得段长大惊，道："你是共产党？想闹事……对啊，你是哪里的人？你不是段上的工人，你为什么在这里指手画脚？"

傅书堂早有准备，冷笑道："我是他舅子哥。"一指旁边女人说，"这是我妹妹，你说我有没有说话的权利？"

段长一听，口气软下来。

傅书堂说："如果不给补偿，青岛俺有亲戚，还真的有共产党。"

段长说："好了，你们别闹了，我想办法，尽快解决。"

不几天就拿到了补偿。

傅书堂的名字一下就传播开来，工人们说："我们不能太老实了，这帮人，欺软怕硬，和他们不能太客气了。"

傅书堂没有再找王复元，王复元来找他了。

傅书堂说："早就想和你联系，见你太忙了。"

王复元问起他的来历，一听是四方机厂被开除的工人，马上问："你是……"

傅书堂四下看看，低声道："我是傅……现在改名王悦。"

王复元说："听邓恩铭同志说了，早就想和你联系。"

傅书堂点头道，说："我也一样，只是你太忙了。"

王复元不好意思地笑笑说："我得不断地联络工人，确实忙不过来，但是，你的工作很扎实，一个事就把工人的心赢了，这就做对了，但也要注意策略，不能暴露身份，你在青岛已经很有名了。"

傅书堂说："这里还有其他的工人弟兄们吗？"

王复元说："有，我给你介绍几位……过几天，我们找个地方开会。"

傅书堂点头，二人分手。

过了几天，王复元召集十来个人开会，傅书堂知道全是共产党员，心里有了底气。会上，大家建立了联络，约定暗地里关注工人的动向，秘密联络发展更多工人积极分子，积极准备在工人中成立工会，建立党组织。

但是，交往一段时间后，傅书堂就感觉王复元此人虽然很聪明，但却不太诚实，说话办事华而不实，浮夸虚伪。傅书堂不知为什么会有此种感觉，直到有一天他突然在半夜里见到王复元从会贤楼出来，才觉得自己的猜测可能是准确的，坚信此人非但华而不实，而且很有可能是个意志不坚定、当面一套背后一套的人。

会贤楼在坊子站前面的第一马路，日本人在时是妓院，虽然已被取缔，被户主用作出租客栈，但明眼人知道还是挂羊头卖狗肉，仍然做着皮肉生意。据说，每当楼顶挂起红灯笼，就是有从青岛、济南来的头牌花妓，好者必蜂拥而至。在这些客卿中不少是当地的达官显贵，因此大家也都睁只眼闭只眼，名义上去吃酒，实际做什么心知肚明。坊子周边的小巷也有暗妓，但大多不入流，会贤楼独不同，进得去出得来，没有几两银子是不行的。傅书堂不知道，王复元为什么会出入这种地方。

傅书堂心里打了个问号，也便多了个心眼开始跟踪王复元，没想到对方并不是偶尔为之，反倒是时常进出会贤楼，大多是在半夜，有时也会在"红灯笼"挂出后，鬼鬼祟祟地钻进楼内。傅书堂心里便有底了，不再信他，决定在适当的时候向邓恩铭报告。

坊子的夜晚与其他乡镇并不一样，火车的喘息声在浓重的蒸汽气息里流动，火炉的炭火把火车内部的构造勾勒得时明时暗，交错、并行、换轨、入库。夜里事情与白天的事情一样，都在发生着，重复着，也都在变幻莫测之间述写着一些为人所知又不为人所知的故事。傅书堂的忧虑现在多了一重，那就是对于内部可能产生的彼此隐瞒、欺骗的担心，那样的话就会使同志失去信任，斗争失却锐气。

巨大的火车气息的喷吐声、车轮的撞击声，偶尔在夜里发出的压抑的汽笛声，让傅书堂辗转反侧，无法入睡。

23

既然有了张宗昌的承诺，赵蓝田悬着的心也放下了。实际情况确实如此，张宗昌的南征北伐让他根本无力顾及胶济铁路事务，这既有着思路调整上所带来的宽泛，也有着现实层面的难处。无论如何，赵蓝田可以有宽松的时间和空间来思考影响胶济铁路更深层的问题。他很是用心地对接收后的情况进行了反思，对当前胶路存在的问题以及如何改进路务做了全面思考，甚至萌生了编印一本《胶济铁路接收纪要》的念头。他也知道，事务千头万绪，只能先急后缓，一步一步做。

在他看来，当前最紧要的是在相对宽松的环境下把人员理顺，从阚铎之后的一番折腾，很多人员显然已经无法在既有岗位上履行责任，虽然也有个别调整，但对于涉及的一些关键人物因为诸多利益关系并没有调整到位。现在应当是最好的时机。

让赵蓝田没想到的是，他对于人员调整却是首先从日本人所占据的运输处处长的岗位开始的。

赵蓝田上任后在例行拜访崛内公使时，曾经谈及过运输处长的事宜，对方的意思是，运输处长维系着日本政府和胶济铁路之间的关系，应该从外交层面来看待这个职位的存在，重在提醒赵蓝田对这个岗位的重视，没想到这么快他就会主动提出更换运输处长的建议。

赵蓝田来到青岛山的公使馆邸，除却崛内外，竟然见大村卓一也在，旁边还有一人并不相识。

崛内说："今天请赵局长来，有一事商议。"说着他指了指大村卓一说，"大村君因为工作上变化，另有重任，运输处长的职位由儿玉国雄接替，我们已经知会交通部了，需要胶济铁路办理手续。"

赵蓝田大感意外。大村卓一在运输处任上多年，经验丰富，处事妥当，为何会突然之间更换，是否有其他隐情。赵蓝田来胶路晚，以他的认知，如果大村有不妥的话，那就是在1925年工人罢工中与马廷燮串通一气，搅起了巨大风波，并且坊间也有传言，说大村曾经许诺罢工成功，会让马廷燮升职副局长，没想到事与愿违，马廷燮搬起石头砸了自己的脚，非但没有得到副局长的位子，反倒使胶济铁路管理局将其运输总段长的职位裁撤，他只能转任运输处副处长，其实是明升暗降。这还是在当时的督军田中玉袒护下才做到的，否则的话马廷燮一定会身败名裂，尽管如此，马廷燮已经为人所不齿，声名狼藉，再无风光日。反倒不如孙继丁，官复原职，一直稳坐着机务处处长的位子。

赵蓝田虽感意外，但他并无个人意见，这个位子本身就是华盛顿条约约定好的，日本人让谁干就让谁干，无所谓的。

他说："这事有些突然，儿玉国雄先生来胶路我们是欢迎的。"说着，象征性地鼓鼓掌。

崛内说："儿玉君是东京帝国大学的高才生，曾经任过日本铁道院书记副参事，东京铁道管理局运输事务所营业股主任、会计股主任、中部铁道管理局运输课监察，在此之前是铁道省驻中国的办事员，无论是专业技能，还是综合能力都与大村君不相上下。希望赵局长多多关照。"

赵蓝田说："没问题，没问题。"

其实这些都是程序而已。

大村卓一表现得很伤感，说："我是不想走的，毕竟在胶济铁路这么多年，有感情，既然另有任用，我当然不会恋栈，祝愿儿玉君工作顺利。"这些话还是更多地说给赵蓝田听的。赵蓝田知道大村卓一心里一定不是这么想的，这可以从他自然不自然流露出来的表情中得到验证。赵蓝田决计不为日本人的事费心计。

对于赵蓝田来说，儿玉国雄的调整是一个很好的契机，可以借势解决马廷燮的问题。作为运输处副处长的马廷燮因为日本人对运输处处长的调整而同步进行调整应该说是顺理成章的事。如果藏着一点暧昧的话，或许多少也有着日本人的意思在里面，反正这种事情只能意会而无从追究，这样就会让事情变得很微妙。有些事情只有在暧昧不清的情况下才能得以解决。马廷燮的事情便如此。真相只有赵蓝田一个人知道。

所以在宣布儿玉国雄接替大村任职的同时，同时宣布了马廷燮由运输处副处长改任总务处副处长，运输处副处长的位子由钱宗渊接任。钱宗渊毕业于山西大学，曾任京奉铁路天津工务段段长，后被铁道部派往德国、比利时考察路政，归国后在铁道部路政司调度车辆事务处专任副处长并兼任铁路联运事务处国际股股长。这是赵蓝田提前与交通部沟通后形成的人事变动方案。马廷燮的问题就这么不落痕迹地解决了。

还有一个关键人物，就是杨毅。四方机厂工人运动之所以造成这么大的社会反应，与他存有一己私念是分不开的，他觊觎机务处处长的位子，希望能够浑水摸鱼，达到个人目的，工人的反抗行为本身就是杨毅在日常事务中没有妥善处理好工资分配、福利待遇问题造成的，非但不能妥当处置，及时化解矛盾，却心存非分之想，使事态变得一发不可收拾，最后落得个人人喊打的局面。

那么谁接替杨毅呢？一定得是个有能力，但又背景简单的人才行。

赵蓝田想到了栾宝德。栾宝德是山东栖霞人，毕业于德国人创办的德华高等学堂机械科，现在是津浦铁路机车工厂的机械工程司。赵蓝田在济南时就与栾宝德有交际，知道这个大个子工程师有能力有想法，肯动脑子。

交通部对赵蓝田的提议没有反对意见，交通部里的一帮官僚们不愿意有矛盾，既是铁路局的意见，同意就是了，特别是对于胶济铁路的问题大家都知道多么复杂，反倒不如卖个人情。另外，他们对由张宗昌认可的局长不愿得罪，加之赵蓝田上任后与山东省之间形成了一种互不干扰的关系，也猜想其背后或许有更多隐情，所以谁也不敢也不愿去破坏这种和谐，由此也给赵蓝田施政形成了一个有利的环境。

杨毅调部办事，栾宝德任四方机厂厂长。

这番调动让人咋舌，很多人觉得不温不火的赵蓝田确实有能力，这些人物是多少人想动都不敢动的。其实，有些事情已经到了瓜熟蒂落的阶段，也并非赵蓝田如何能耐。有些事情，无非是合适的人在合适的时机出手解决了而已。

如此一来，胶济铁路管理局的局面为之一新。

1926年前后，如果说山东省政府对于胶济铁路事务还有一些干预的话，那就是让赵蓝田挠头的关于开行赈灾专列的事。自上年以来，鲁西南、鲁南一带出现大旱，蝗虫告侵，民不聊生，饿殍遍野，山东省政府赈灾办事处专门制定了《山东赈灾办事处移民简则》，鼓励鲁省受灾民众移民东三省。很多灾民由此乘铁路到青岛，再由青岛走水路去往大连、旅顺。山东省责成胶济铁路管理局加开移民专列，帮助移民寻找生计。这当然会冲击铁路的正常运输，但在大灾之年，却又是铁路义不容辞的责任担当。

之前对胶济铁路畏之如虎，但现在赵蓝田似乎比他的任何前任都更加自信、更有章法。胶济铁路一时又恢复常态，渐自风生水起。

24

1926年夏天，广州国民军开始北伐。孙传芳感觉到一股新的危险力量的逼近，对他来说，国民军政府更难对付。孙传芳开始与奉系修好。张作霖也已经基本巩固了在北方的统治基础，各方面的关系似乎缓和了许多。

尽管如此，当赵蓝田接到省政府的公函，要他参加由张宗昌组织的济南北商埠的拓址务虚会时，还是感到困惑不解，张宗昌这等崇尚武力的人，还会把关注的重点放在经济发展上，他的手段无非盘剥与掠夺而已。

赵蓝田乘火车来到济南，下榻在胶济铁路饭店。因为与老商埠距离较近，很是方便，便约了张肇铨相谈，才知道了一些内幕。张宗昌认为老商埠的规模和格局已经限制了济南的城市发展，打算在津浦铁路以北的官扎营到黄河泺口码头一带区域开辟一片新的商业区。这次就是要召集商业、交通界人士商议其可行性的。张肇铨见赵蓝田神情之间的困惑犹豫，就说："此人尽管非议很多，但也是粗中有细。"

1904年胶济铁路全线通车后，济南自开商埠，沿胶济由东向西也就是由老城区向郊区五里沟一带划出二十余万顷土地作为自由贸易区，在当时成为轰动一时的佳话，也让时任山东巡抚袁世凯出尽风头，成就了他后来的事业。但是，随着济南经济的发展，特别是1912年津浦铁路的全线通车极大地促进了商埠区的发展,虽然胶济与津浦两路一直没有接轨,但商埠区实际上已成为两条铁路相交的枢纽之地,繁华景象,蔚为大观。这种情况下,商埠已显局促之势,拓址成为必然。1918年老商埠曾尝试进行过一次拓址,从普利门沿顺河街向西至纬一路拓为商埠租地,但并没有从根本上解决问题。赵蓝田在想,张宗昌真的想有一番开拓济南的大作为,还是东施效颦、哗众取宠?

第二天的会议是在省政府举行的。张宗昌挤走了龚积柄之后,兼任着省长一职,会议也便由他主持。有张宗昌主持的会议,规格一定是最高的,所属部委主要负责人都参加了。会议显然是经过精心筹备的,每个参会人的面前摆着一份《济南商埠北展界计划书》,赵蓝田打开仔细地看着。"……查洛口为济南之重镇,黄河上下游之土产于此卸船,转津浦、胶济两路以运赴四方。而上下游各处之输入品,亦多由铁道转入水路沿途分销,徒以济洛之间相隔虽仅十里,而素乏交通之设备,往来惟赖泥途笨车,以致航路、铁道中为泥途荒地所阻,不能连为一气,水陆交通互助之效用因而不能尽量发展。若将济洛之间辟为市街,筑成马路,则工商各业不难云集,水陆交通……"

会议开始后,先由商务厅厅长对这份北展界计划书进行解读。文本的方案在抑扬顿挫的语调中变得更便于理解。这个北展计划具体划定的范围是,北从洛口镇的圩子墙外,南至官扎营街,东沿津浦铁路,西到黄家屯、毕家洼,面积17700亩。主干道南起天桥,北至洛口,行政中心设在济洛路,沿行政中心四周构筑辐射式道路网络。

而这个规划里有个独具创意的思路让人拍案叫绝。那就是从津浦铁路北临的丹凤街向南,开挖一条U字型河道,两个出口向北分别通至小清河,如此一来,木船可由小清河直抵成丰桥,码头正对铁路货物集散地官扎营,铁路与水运在此实现完美对接,铁路货物由此可以经小清河直达寿光羊角沟入海,运输格局豁然开朗。由此看出,北商埠的拓址是以连接铁路与航运为基本思路,通过疏通河道,修建码头,实现胶济、津浦铁路物流与黄河航运通道的连接,构成水路联合运输的交通格局。

赵蓝田明白了为什么一定要请津浦、胶济两路的局长参会。在这样一个规划面前,赵蓝田感到震撼,如果规划得以实现,济南将会面临着又一次更大的发展,而对于胶济铁路来说也是新的发展机会。

所以，当商务厅长介绍完拓展计划后，赵蓝田还是不吝啬地把掌声拍得最响最久。

张宗昌对这个计划的诠释还是如他以往的办事风格，不讲细节讲决心，他满面春风地说："为了济南的长远发展，一定要把这个规划落到地。今天请大家来，就是要听意见的。"

如此完美无缺的规划如果说有问题的话，那就是能否真正落实到底，仅是开挖一条通往小清河的河道就是一个巨大工程，但这种困惑和疑虑是没有人提的，都说是个伟大的规划，富国强国的举措，可劲去拍张宗昌的马屁。对赵蓝田来说，这样的马屁确实值得一拍。他对张宗昌的看法有了很大改观，特别是自上任以来，果然没有出现他所担心的向胶济铁路伸手的情况，这让赵蓝田有更多的心思投入到局务之中。借着这样的机会，表达下心情也是合适的。

赵蓝田也发了言，热烈地称赞这个规划的无与伦比，将会为济南发展创造前所未有的新良机。张宗昌虽然喜欢被拍马屁，但在这样的场合，他还是更愿意表现出自己的虚怀若谷。

张宗昌说："这个计划最重要的一点，还是要依托铁路优势来发展。老商埠借的是胶济路的势，而新的拓展规划更大程度上是要借津浦路的优势，不过……"他沉吟片刻说，"我在想，如何把两条铁路力量做到最大，这才是最为关键的。"

津浦路的办公所在地在天津，虽然这个规划最倚重津浦路的优势，但津浦路的局长显然对此并不太上心，只是一般性地表达支持，谈及具体问题便语焉不详。赵蓝田作为山东管内的铁路，当然不能敷衍，并且这个规划对胶济路来说，确实也有着非同寻常的意义。

张宗昌说："官扎营是个杂货积散地，在这里可以形成与铁路的联系，但此地与胶济路又隔着一段距离，作用打了折扣，能不能把两条铁路接轨，不搞人为割裂，岂不是更好？"

张宗昌的提议一讲出来，张肇铨等人就跟着喝彩，大家不约而同地说："如果两条铁路接轨，那可是省了大事。"

说完后，大家都去看赵蓝田。张宗昌的提议对赵蓝田来说既新鲜又熟稔。新鲜的是，张宗昌能够有此大胆倡议，出人预料，实属难得；熟稔的是，这样的提议已多次有人提出，只是无法得到落实。现在既然张宗昌提出来了，是否真的可以推动一下？赵蓝田在想，但他知道这不是他个人能力所能解决的，需要交通部下决心，并且还需注入大量资金才能完成。大家都知道胶济、津浦两条铁路相邻而不相交所带来的诸多弊端，也没有了之前所担心的外国军队长驱直入，为什么仍然不能接轨？自然就是投资收益的问题了。这样的问题解决起来似乎也不是太难，但这些年来，却没有人愿意在这方面下功夫。津浦路不积极，胶济路也懒得说，自己内部的事情还不能处理好，与津浦的接轨会使事端更繁。因此，也就这么搁着。

知道其中的难度，但赵蓝田却不能不对此有所表态，他说："如果两线接轨，确实是个大手笔，我一定会向部里积极争取，形成共识，尽早解决。"话说得模棱两可。

张宗昌也听得出来，说，不管怎么说，这个规划里面，铁路的作用是最大的，也是受益的，你们要向交通部反映，拿出实际行动来。

赵蓝田感受到了一种实实在在的压力，但他对张宗昌的规划还是持肯定态度的，至于规划如何变成现实，又在哪天实现，就另当别论了。

临别时，津浦局的局长对赵蓝田说："别听他瞎掰，哪天一打仗就把这事忘到脑后了，再说还不知道他能在济南待几天呢。"

赵蓝田不敢附和，两位铁路人心事各异，匆匆告别。

25

正当赵蓝田信心百倍，决计不负全鲁商界信任，把胶济铁路的事情办好，努力为山东经济社会发展做更大贡献的时候，一场突如其来的事故打乱了他的工作节奏，也打破了他宁静的思绪。

1927年3月9日，原交通部次长郑洪年由济南乘坐列车前往青岛。运输处副处长钱宗渊专门赶到济南，陪同这位原副次长前往青岛。这是铁路的规矩，上级检查工作，被检查单位相对等的人员要从进入管辖区陪同，直至目的地。郑洪年虽然已由交通部退出，但这位交通部前任的影响力仍然不容小觑，一旦照顾不好便很难交代。为此，胶济铁路管理可谓煞费苦心。

车从济南开出后，钱宗渊例行要向郑洪年汇报，郑表现得很豁达，说："我已经不在交通部工作了，不听汇报，你们先忙吧。"

钱宗渊说："尽管郑次长已经不在交通部，但始终是我们的领导，有事您尽管吩咐。"

客套一番出来，本也就没有太多事情了，但偏偏车到张店站后却走走停停慢了下来。列车的正点率直接反映着一个铁路局的运输组织水平，如此一来会给郑次长留下不好的印象，关键是还容易让他产生误解，认为对他此行不重视。钱宗渊在张店站停车后，立即下车询问情况，得到的答复是，线路状况出现了问题，已经抢修完了，但高密一带出现大雾天气，影响行车速度。

本是正常的天气原因，但钱副处长还是把站长训了一顿，说："给调度传话，没有停点的车站一律不得临时停车，全速抢回失去的时间，确保列车按点到达青岛站。"

站长不敢怠慢，赶紧把钱副处长的指示通过调度电话，向调度台进行传达。调度全力以赴组织赶点，给沿线所经车站下达调度命令，列车的速度逐渐恢复正常。

正如钱副处长所想，列车的走走停停确实引起了郑洪年的不满，他已经让秘书问了几次，秘书的脸色也不好看了。钱宗渊想亲自作番解释，秘书挡驾说，首长休息了。钱宗渊无奈地叹口气，他知道遇到了难缠的小鬼，但愿列车能够准时到青岛，也算交了这趟差事。

同样，铁路沿线的各车站也都在严肃的调度命令面前绷紧了神经，最大可能地为这趟乘坐着特殊人物的列车提供方便，因此一来，反而造成了其他列车晚点。城阳站是个非常靠近青岛的车站，它的下一个站是沧口。再往前是四方。城阳站站长李衍林也早早地停下了手里的活，等着办理T6次列车的预告进路。这时本在前面开出的一趟小票车为了会让T6次列车，已经在城阳站停了很久。司机有些不耐烦了，找到行车室，值班站长说："T6次有大人物，只能委屈你了。"司机说："你问一下前方站，如果可以的话，我们可以开到沧口站再让T6次。"李衍林经不住司机的软磨硬缠，同时他心里也有了几分不满，一趟车等了这么久，也没有驶来，确实有些虚张声势。李衍林让值班员问前方站，前方站说，没有接到T6次列车的预告。这就是说，列车至少还有两个区间，让小票车开出去完全没有问题。于是，便同意值班员将车开了出去。

沧口站站长也是早就在等着专列的信息，没想到城阳站先办理小票车的进路，站长问："专列呢？"城阳站说："问过了，现在还没有信息。"沧口站值班员说:"怎么这么久还没信息,不会是晚点了吧?"

城阳答话说:"谁知道呢?反正还早着呢!"

沧口站就答应了城阳站的进路申请。小票车缓缓由城阳开出,开车前,值班员反复叮嘱司机,一定尽快开车,不要耽误T6列车的进路。司机答应干脆,但是意外情况还是出现了。因为在城阳站停车时间过久,列车开出又显仓促,加之雾气较大,行驶速度不饱和,造成蒸汽动力不足,不得已,司机只得将列车停在城阳站与沧口站外面的湖岛村附近"烧汽"。

时间一分一秒过去,距离T6次列车到来的时间越来越近,但小票车似乎消失了一般,不见影踪。城阳站反复问前方站:"车到站了吗?"前方站的答复是:"没有。"再问,还是如此。城阳站站长李衍林坐不住了,而此时,T6次列车的预告来了。这可如何是好?前方开出的列车无法确认是否到达,而T6次列车接调度命令,又不能停车。李衍林的汗浸湿后背。如何是好?他在判断。

李衍林最终做出了一个糊涂的判断和选择,他私自将路牌机锁打开,偷偷拿出一枚路牌,一旦前方仍然不能确认列车到达的话,他就将这枚路牌交给T6次列车司机,以保证列车不停车直接通过城阳站。当然,他把结果设定在了前行小票车在这样一个时间段里可以开到四方站的前提下,这种侥幸的假设造成了后面的恶果。当他仍然无法判断前方列车是否到达的情况下,还是将路牌交给了T6次列车司机。列车未停车驶过城阳站,一场灾难也在前面等着。

此时已是凌晨时分,司机疲劳,因大雾原因,瞭望条件极差,当列车到达湖田村附近的大弯道时,司机突然看到前面有一段黑影,副司机一旁大喝,"有车!"司机下意识地把闸把子拉到最低位,呼啸的列车像是突然间被勒住了缰绳的野马,凭着惯性嘶鸣着向前奔去,一声巨响随之传来,两列车结结实实撞在了一起。

……

赵蓝田赶到时,现场的惨状让他手脚发凉,不能自持。他有生以来,第一次目睹事故现场,横七竖八的尸体堆积在一起,大部人的身上没有衣服,雾气里有一种惨白与阴森构建起的恐怖氛围。

钱宗渊很幸运地没有受伤,他惊慌失措地找到郑洪年,好在郑洪年只是受了些轻伤。赵蓝田赶到后,安顿郑次长乘坐胶澳督办公署的车辆前往青岛。郑洪年狼狈不堪，不满和怒气却被夜色掩盖，也为所有人忽略，在如此大的灾难面前，所有的官职、衔位都容易被忽视。

钱宗渊现场指挥了事故救援，他知道罪无可赦。现场统计和清理出来的尸体里面就有31人，轻伤、重伤者无法计数。

事故清理完毕后，赵蓝田组织召开了事故分析会，听来听去，他明白了其中许多不能为外人所知的细节，发生事故管段的车务第一分段长蒋之鼎半天没有把话说明白，但赵蓝田和很多人却都已经听清楚，那些含含糊糊的语词中隐含着事故发生的最根本的原因，但是，又有谁敢把责任推给郑洪年？但死了这么多人，终得有人负责。那么这个责任者是谁？

直接责任者当然是李衍林，他把一个可以直接导致事故的路牌交到了司机手里，当然是直接责任者。而调度也是一系列错误命令的导向者和催生者，但调度包括各个车站的站长却又都是这个链条上的一环，法不责众。共同的违章违纪违规还会导向另外一个更高层级的人物，那就是直接管理者钱宗渊，因为是他下达了不能停车的命令，从管理层面讲他应该是直接责任人，但因为他直接参与了事故的抢救及事故分析会，没有人直接提及。但他知道自己是躲不过去的，在会上直接表态："我怕耽误了郑次长的行程，下达了……尽量不停车的命令，我愿意承担责任。"

大家默然。

但是，当警务处处长景林在按要求传唤直接责任者李衍林时，才发现他早就不见踪影，寻找多日未果。后来听说他有个亲戚在日本，辗转去了东洋。无从究责。后来的结果是，赵蓝田、周庆满作为正、副局长各记大过1次。车务处副处长钱宗渊、车务第一分段长蒋之鼎等相关责任人撤职查办。

这起事故对胶济铁路的形象损害是致命的，影响也是巨大的。赵蓝田做好了离职的准备。在他看来，前任赵德三、刘垚的离职虽然有着多种原因，但最终导致两人离职的直接原因还是因为发生了事故。而这次的事故较之前两次是损失最大，死亡人数最多的一次。

但是，人的命运和境况不一样，同样的问题有时会被人揪住不放，有时却被宽容与理解，这很大程度上缘于时间条件的不同。尽管社会上对这起重大事故反应强烈，但赵蓝田却没有得到半点责难。似乎所有人都认为，事故的真正原因不在于某个具体管理者，而在于一些更为深层的原因。因为本身大家对胶济铁路所具有的复杂性已经有切身体会和感受，有些事情是说不清道不明的。这种判断既准确又不准确，因为任何事故都有直接原因、间接原因，有偶然性，也有必然性，但无论如何特定的环境和氛围所带来的判断还是成了赵蓝田的一种幸运，或者说一种命运。

26

傅书堂的报告让邓恩铭陷入了深深的忧虑和不安之中。他手里拿着一份中共中央刚刚下发的关于坚决清洗贪污腐化分子的通告，知道这样的事情正在自己身边发生。近年来，随着党组织不断发展壮大，很多不同身份背景、怀有各种不同目的的人混入党组织中而党组织又缺乏一个有效的鉴别机制，所以导致鱼龙混杂、泥沙俱沉。王复元以其非凡的个人能力，得到了组织的认可，并且已经升至中共山东省委组织部部长一职，如果他要发生问题，贻害实在是太大了。

邓恩铭几乎对傅书堂的报告深信不疑，因为在此之前，已有多人向他反映过王复元花天酒地，经常出入高档消费场所的问题，甚至在济南的第一楼（红灯区）包养了一位窑姐。傅书堂的报告只是进一步印证了他的担心。

作为一名无产者怎会有如此财力出入娱乐场所？这让邓恩铭想到了在此之前发生的两件事情。一件事情是王复元去武汉接收公费后，回到济南却突然说不慎丢失了，并且言之凿凿，让人不能不信，并且还要求组织给他处分。虽然心存疑虑，但邓恩铭觉得谁都会犯错，没有确凿证据，也不能冤枉同志，便没有深究。此事过后不久，中央拨付给了山东1000大洋的活动经费，由王复元从上海带往济南，但没想到是，王复元次故伎重演，说是经费在火车站被盗。邓恩铭当时头皮发麻，觉得王复元一定是对党不忠诚，做了见不得人的事，但苦于无从查证，只得不了了之。

事到如今，不能再听之任之了。

这一天，他听说王复元回到了济南，便对其进行跟踪，想当面揭穿他的谎言。果然，天刚黑下来，王复元就来到第一楼，老鸨显然对这位客户非常熟悉，喊着让小翠出来招呼。王复元俨然也是位有钱人的架势，当面向老鸨散金。邓恩铭验证了自己的判断，心里愤愤不平，想今天一定揭下他的画皮，便在第一楼门口等着。半夜，王复元才拖着疲惫的身子走出来。没想到邓恩铭出现在面前，他有些尴尬道："你……"

邓恩铭说:"这种地方你也能来?"

王复元定定神,狡辩道:"有个朋友从上海过来,一定要来这里,我没办法,只能陪陪他。"

邓恩铭问:"你说的是真话?"

"当然是真话了……"王复元心虚,但只能负隅顽抗。

邓恩铭引他进入一个偏僻之处,街口只有一盏昏暗的灯光。他说:"你不能欺骗组织,要把所有问题讲清楚,否则的话,党会对你进行处分的。"

王复元半天没说话。

邓恩铭说:"请你好好考虑考虑,向组织讲清楚。"

王复元说:"我一向坦荡磊落,没有对组织隐瞒任何事情。组织如果不相信我,就调查我好了。"

邓恩铭说:"但愿如此。不过,我警告你一句,你的行为已经严重违背了一名共产党员的信仰。"

邓恩铭确认了王复元的行为之后,决定还是向上级党组织报告,请求党组织开除王复元的党籍。

王尽美来电告诉他,观察一段时间再说。邓恩铭从王尽美的言谈话语中听出了他的顾虑,作为山东省委组织部部长,一旦处置不好,后续带来的问题将会更复杂,中央不能不对此有个充分周全的考虑。同时,邓恩铭也听得出来,王尽美似乎还是抱着一种良好的期许,希望问题不至于那么严重。

邓恩铭明白中央的考虑,但是,以他的判断,已经无法再给予王复元信任,有些工作也不再安排他去做,尽量不让他与更多的党员有直接接触。

王复元是敏感的,对于这种变化第一时间就能感受到。从上次被邓恩铭逮了个正着,他就惶惶如过街老鼠,知道自己的劣行早晚有一天会暴露。当然,他在心里也为自己开脱,在他看来自己能力超群,为党组织做了不少贡献,享点乐又有何不可?更何况,那个小翠实在是太迷人了,他准备给她赎身,下半辈子和她一起过快乐的日子。如果党组织不再信任自己,再断了自己的财路,那又如何为小翠赎身?

王复元一连几天没有再去第一楼,他在痛苦地思考着下一步的应对之策。如邓恩铭所说的,向组织交代清楚问题,那是不可能的。问题交代了,等待他的当然是严厉的处罚,他不会这么傻。如果不说的话,邓恩铭又一定会盯住不放,并且以后也绝不会再让自己承担关键的任务,特别是涉及钱的问题，一定不会再让自己经手，如何是好？他最后的决定是，铤而走险，再搏一把，搞一笔大钱后带着小翠远走高飞，到一个谁都找不到的地方去。

说做就做。这天，王复元来到山东省委地下联络站集成石印书局。书局负责人多次与王复元打交道，知道他的身份，所以对他的话深信不疑。

王复元说："军委要我到上海采购枪支，急需2000元大洋，请尽快筹集。"

书局负责人说："好的，王部长，我马上去办。"

三天后，王复元到书局取到了钱。没想到，书局当天就收到上级的指示，不允许任何人在不携带山东省委公函的情况下支取费用。

书局负责人意识到了什么，连忙向上级报告。

正在为小翠赎身奔忙的王复元，没想到邓恩铭如此之快就得到了消息。

邓恩铭问他："谁指示你支取2000大洋？"

王复元语塞。

邓恩铭说："限你今天把钱还回。另外，以后你不再履行任何职责，等待接受上级的处理。"

王复元急于脱身，说："好，好，我马上就把钱还回去。"

从此，王复元踪影皆无。

王复元贪污公款做实。经请示中央，王复元被清除出党。

27

此时，全国形势急转直下。1927年3月24日，北伐军进入南京。26日，蒋介石抵上海，同英美列强、江浙财阀和帮会头目举行秘密会谈。4月12日，发动反革命政变，暴力"清党"。当天清晨，大批青帮武装流氓冒充工人从租界冲出，向分驻上海总工会等处的工人纠察队发动突然袭击。国民革命军第二十六军借调解之名，收缴工人纠察队武装。4月13日，上海工人和市民召开10万人群众大会，会后整队游行，要求释放被捕工友，交还纠察队枪支。游行队伍行进到宝山路时，军队突然向游行群众扫射，当场死100多人，伤者不计其数。到15日，上海工人300多人被杀，500多人被捕，5000多人失踪。

全国上下弥漫在一片白色恐怖之中。

在济南，也发生了一件大事——王复元叛变了。

平地一声雷。邓恩铭得知这一消息后，马上就想到坊子、博山一带的工友。王复元曾在以上地方从事工运多年，他的叛变会使很多人面临着巨大风险。他决定冒险前往坊子一趟，及时传递相关信息，疏散中共党员。

他向上级党组织做了汇报后，第一时间前往博山、坊子做好相关善后，尽最大可能减少损失。

他坐上列车后就感觉到了诸多异样，很多鬼头鬼脑的人在车厢内逡巡，猎犬一样嗅着车厢内的角角落落。等到这些人过去后，就有人说："这些人是'捕共队'的，小心点好。"

"我们又不是共产党，关我何事？"

"不要这样说，一定要躲得远些才是，他们可不管你是不是共产党，只要看你不顺眼，就说你是共产党。"

"共产党没有他们说的那么恐怖。"

"这帮人才是最恐怖的，以捕共为名，无恶不作。"

化装成商人的邓恩铭听了一路旅客对"捕共队"的评论，愈发感到事态严重，他真的担心自己会到不了坊子。

在坊子停下后，他下车才发现站台上布满了行动诡异的"捕共队"分子，他们一方面不愿意让人看出来，另一方面似乎又以捕共队的身份为荣而刻意露出些痕迹。邓恩铭想转身上车，但却见一人正盯着自己，知道如果再上车一定会被怀疑，便索性大摇大摆地往出站口走去。那人似乎已经对邓恩铭起疑，想要上前盘问，但见邓恩铭一幅大商人的派头，犹豫一番也便作罢。

邓恩铭来到坊子机务段旁边的一户农家，老两口老实和善，过去每次来都会住这里，傅书堂他们也经常来这里见面。老人见到邓恩铭后大为紧张，说："你怎么还会来这里？"

邓恩铭说："怎么了？"

老人说："那个叫王复元的已经带人在坊子抓走了很多人，你没有跑？"

邓恩铭说："我刚来，想找人。"

老人平时不怎么说话，带有几份木讷，其实心里什么都明白。他说："那个叫王复元的人叛变了，你快跑，快跑……来我家好几次了。"

老人说："还说我老伴是共产党呢，把他抓了，后来又放了。"

邓恩铭明白了个大概，说："委屈您了，我走了，如果再有人来，就说我来过，让他们抓紧去济南找我。"

老人说："好的，好的，快走，快走。"

邓恩铭坐当晚的末班车回到济南，因为车是半夜运行，所以没碰到"捕共队"，他知道此行坊子实在是九死一生。

不几日，有人半夜敲响了邓恩铭的住处，开门却见傅书堂、丁子明。邓恩铭惊喜道："你们怎么来了？"

傅书堂说："我们费尽周折才来到济南。"

"我已经知道了相关情况，你们详细说说……"

傅书堂说："王复元这小子太坏了，他知根知底，到坊子后抓了几十人，还有逃跑被射杀的，他们还在坊子设了监牢，刑讯逼供，太凶残了。"

邓恩铭说："我听说了。前几天我去过坊子，找你们，还以为你们也遭了不测。那个王大爷是个好人……"

傅书堂说："他非但是个好人，还是个英雄。要不是他及时让半瞎的老伴报信，还不知有多少人落网，包括我在内，都是在他的掩护下脱身的，说王复元牵着狼狗在找我……"

邓恩铭默默点头，说："他们做了太多……我们还有很多饭钱没付给人家，不能忘了，以后要还的。"

"还有，司铭章也叛变了。"一旁的丁子明说。

邓恩铭一愣，半天没说话，他已经不会再惊讶，无法预料的事情实在太多了。

"形势太复杂，我们损失惨重。"

"还有一事……"傅书堂吞吐道。

邓恩铭问："怎么了？"

傅书堂沉痛地说："郭恒祥死了！"

"啊？"邓恩铭大惊，"怎么死的？"

傅书堂说："被章丘区长李延煜杀死的。"

郭恒祥回到章丘后，干劲不减，用在四方机厂取得的经验发动农户和铁路沿线煤矿工人与当地政府斗争，成立农会，争取权益，赢得了当地群众的拥护，也侵害了当地士绅的权益，为他们所不容。就在前些日子，在反对势力的撺掇下，有着"锦屏王"之称的章丘第九区区长李延煜以商谈公事为名，把郭恒祥骗到乡里杀害了。

邓恩铭悲痛异常，郭恒祥性格暴躁，但做事敢作敢当，不畏艰险，他的死实在可惜。他想到了当初与郭恒祥的相识，如果不是他积极主动地接收共产党的改造，青岛以及胶济铁路沿线的工人运动也一定不会是现在的模样。

兄弟，一路走好。他在心中默念。

好大一会儿，邓恩铭才缓过劲，说："现在白色恐怖盛行，这里一刻也不能停留。"他对傅书堂说，"组织上已来了通知，让我一旦与你取得联系后，告知你马上去上海，党组织将派你前往苏联学习。"

"这……这个时候，我怎么？"这出乎傅书堂的预料。

邓恩铭说："这既是学习的机会，也是为了躲避这次灾难。党组织正在想方设法保存有生力量。"

"那这里怎么办？"傅书堂问。

邓恩铭说："我已请示中央，必须要把王复元除掉，否则后患无穷。"

傅书堂有些激动地说："太好了。那么，你呢？"

邓恩铭说："我在这里还有很多事情处理，处理完后，马上离开。王复元现在最想抓的人恐怕就是我了！"

傅书堂说："你一定注意安全……"

邓恩铭说："九死一生的事情多了，也不在乎这一次了。后会有期。"

28

1928年，蒋介石在残暴地解决完共产党的问题后，腾出手谋划北伐。4月5日，蒋介石在徐州举行誓师大会，下达北伐总攻击令。在国民党摧枯拉朽的攻势下，张宗昌、孙传芳部接连败退，京汉、京绥线奉军也无力反击，处于崩溃之际。四月中旬，国民党军已从兖州、泰安进攻，从津浦路南线和鲁西南西线构成了对山东省会济南的合围。

这天，赵蓝田突然接到山东督办公署的命令，让他尽快对胶济铁路沿线进行一次全面彻底的检查。赵蓝田虽然有些不明就里，但认定这样的命令一定与可能要起的战事有关，以他的看法，北伐战争是在江浙、鲁中一段展开的，应该不会波及胶济铁路，而这道命令显然让他对战事的进展做出重新判断。对线路检查当然要依靠工务处，他把萨福均找来，说起山东督办公署的要求，萨福均忧心忡忡，说："胶路这几年，桥梁设备做了大规模整修，线路基础设施的提升有目共睹，但是……如果再遭战争，或许会前功尽弃。"

赵蓝田非常理解萨福均的心情，他对胶路的一根道钉、一颗木桩都有着非常深的情感，胶路基础设施的改善凝聚着他的心血和汗水。如果再遭战火蹂躏，显然对他是个极为沉重的打击。他安慰道："北伐的正面战场并不在胶东一带，或许只是以备战事应急之需，不管怎么说，我们还是要把山东督办公署部署的任务落实好。"

萨福均理解面前这位儒雅慈善的局长的难处，虽然两人除却工作外，没有更深入的交流，但彼此间都保持着一种恬淡的神往，相互之间抱有好感，所以萨福均对赵蓝田交代的任务还是会尽心尽力去做的。从他个人来看，如果真的战事再起，从如何更好地保护胶济铁路免遭破坏的角度也非常有必要做一次彻底检查，了解薄弱之处，以求受到攻击时可以有所应对。

萨福均说："我即刻安排，马上进行检查。"说完，萨福均习惯性地把拿在手里的礼帽戴在头上，并用力地整了整，就要告辞。

赵蓝田说："我和你一起去。"

萨福均有些意外，说："局长，你在家坐镇，外面的事我办好就是了。这一去要十天半月才可能完事……"

赵蓝田摆摆手说："山东督办公署交代的事，我亲自出马也是个态度，对张督办也是个交代。"萨福均听罢若有所思，他想赵蓝田思考问题的方式和角度和自己不一样。

在赵蓝田带领下，警务处、工务处、车务处悉数出动，开始对胶济铁路的设备设施、运输组织情况进行拉网式检查，当然基本的检查任务还是萨福均率领的工务组，他带领一帮技术骨干对全线的设备设施进行了全面的调查摸底，特别是对潍县以西，在他的大修规划中尚未覆盖到的地段进行了全面细致的考察，重点对一些薄弱设施作了考察，制定出应急防护措施。

检查结束不久，4月上旬，张宗昌突然乘坐铁甲车来到青岛，这是件非同寻常的事，前方战事正紧，张宗昌为何突然东来？其中必然大有隐情。张宗昌在青岛逗留的时间很短，只是拜访了崛内公使，便迅速返回。然后就有消息传出，张宗昌与日本方面达成共识，北伐军进入济南时，日本方面会出兵干预。赵蓝田、萨福均心中的疑虑这时似乎才多少有了答案，日本真的要干预北伐军北上，一定会先从青岛上岸，然后沿胶济铁路西进济南。那么他们刚刚结束的设备检查，一定是为了这样一次军事行动服务的。赵蓝田和萨福均两人虽然没有对此做深入交流，但彼此心照不宣，尽在不言之中。两人的感受都是五味杂陈，原来他们是在为日本人进攻济南做准备！

29

　　正如赵蓝田、萨福均所想，他们对胶济铁路所做的种种准备确实是为日本出兵山东安排的一环。日本政府密切关注着北伐军的动向，并通过多种渠道向南京表达过反对北进的意见，甚至明确表示，济南是日本政府划定的红线，只要北伐军进入济南，日本政府就会采取军事干预。虽然近年来日本政府与奉系摩擦不断，但出于国家总体战略的考量，日本政府还是无条件地支持奉系政权在中国的统治现状。北伐军一旦进入济南，便预示着将会把奉系政权推入到崩溃边缘，所以日本政府其实已经等于向南京政府摊牌。

　　日本政府的态度尽管强硬，但终不能动摇南京政府统一国家的既定目标，只是日本的态度必须成为北伐军军事行动所考量的重要因素，无论是在整体战略思路，还是某些具体军事部署上都要根据日方干预程度做适当调整。

　　就在蒋介石下达北伐总攻令前，日本田中首相同参谋长铃木、陆军大臣台川等已就出兵问题进行了多轮商议，形成了统一意见，提交了四月十七日召开的内阁会议。大致内容是，当兖州、沂州陷落，战局波及泰安时，日本陆军就会出动，而出动的方式是，第一步，按应急之需，从天津住屯军向济南派遣三个中队的步兵；第二步，视情况，从国内向青岛派遣相当数量的兵力进行武装干预。同时，海军派出军舰进入黄海实施军事威慑等等。

　　北伐军一路高歌猛进，日本政府于4月19日以保护侨民为由，宣布出兵山东。同时，第六师团由门司出发，4月25日，师团斋藤旅已经到达青岛。而北伐军这天也刚好进入泰安。日本政府对于战事的分析和应对极具针对性。

　　斋藤旅显然是为后续部队登陆做准备的。除却常规性部署之外，斋藤专门来到胶济铁路管理局。赵蓝田神情有些紧张，他不知道这位精壮的日本军人会提出何等过分的要求。赵蓝田和儿玉国雄出面迎接，斋藤到来后只是象征性地和两人摆摆手算是打了招呼。斋藤显然对管理局所在地表现出了浓厚的兴趣，他先是让赵蓝田带着他把院落的前前后后看了个遍，然后又到办公楼把每间办公室都看了。斋藤既兴奋又伤感地说："这里曾经是大日本设在青岛的铁道部所在地，往事不堪回首。作为日本军人，看到这一切，感觉到肩上担子的沉重，儿玉君，不知道您在此任职有何感想。"

儿玉国雄挺直腰板说："有种神圣感。"

斋藤说："是啊。"转头问，"赵局长，你能理解一位军人此时此刻的感想吗？"

赵蓝田点头道："理解，理解。"

"怎么理解？"斋藤有些咄咄逼人。

赵蓝田既老实，也机智，想了想说："中国人同样对胶济铁路有着特殊感情，这在两国来说是可以找到契合点的。"斋藤听后有点不知所以然，这位局长的话有些含混，但似乎其中又蕴含着很深的道理，他怕露怯，只得不置可否地点点头，迅速把话锋转向正题。

"根据帝国军部的命令，胶济铁路当前的一切事务首先要以满足此次军事行动为第一位，此次用兵期间，必须全力以赴确保胶济铁路的安全畅通。请问赵局长，你能做到吗？"

赵蓝田对日本兵的颐指气使极其反感，但表面上仍不能不表现出一种遵从的谦恭，说："自当全力以赴确保铁路安全畅通，请斋藤君放心。"

斋藤说："那样最好，我已安排专人到铁路局监督军事行动期间的运输调度。"转身对儿玉国雄说，"你也要把精力全部放在确保军事运输安全上。"说着挥挥手，一位日本军曹将一本小册子递到他手里。斋藤说："这是期间的军事运输计划，只有儿玉君一人掌握。"说着又对赵蓝田说，"请赵局长理解和配合，期间的一切车辆调度，运输选线都要儿玉君来安排部署，这是战事的应急之需。"

赵蓝田心里当然不舒服，也就是说他已经被架空了，但另一方面也乐得置身事外，因为在此期间出现差池，或许就要掉脑袋的，如此一来反倒把他解脱出来。想到这里，脸上的笑就显得真诚了许多，说："没什么问题，我会全力以赴配合儿玉处长。"

儿玉国雄似乎也意识到了自身责任重大，腰板挺得笔直，目光前视，面目凝重，很像位刚刚被委任了班长的小学生的态度，有一种紧张的责任感，也有一种受到重用的宠幸感。斋藤离开时，仍然不忘回头去看管理局的办公大楼几眼，这里曾是德国人的黑澜兵营，也是日占时期的铁道部所在地，这一切似乎都让这位日本军人神往不已。儿玉恭维道："斋藤君对此情有独钟？"斋藤说："作为军人，我有个目标就是写一部中日战史，这里应该是我战史的一部分。"

赵蓝田心里想，这个日本人真是野心不小，还想写中日战史。所谓的中日战史无非是一部日本对中国的侵略史，写出来也是给自己的侵略行为留下证据而已，但他还是恭维道："斋藤君真乃儒将。"狂妄自大之人对别人的恭维奉承总会信以为真，斋藤心满意足地大笑而去。

送走斋藤，赵蓝田对儿玉国雄说："儿玉处长，一切拜托你了。"未待儿玉国雄表态，便甩袖而去。

当天，斋藤就安排十几名日本兵进驻胶济铁路管理局，他们分头把守在不同的要害部门担任警卫监视任务，胶济铁路管理局进入到军事管制状态。儿玉国雄一直盯在调度中心，手里一刻不落地捏着斋藤交给他的小册子，里面有日本此次军事行动对铁路运输的全部需求，他在按照这个小册子的时刻调度着胶济铁路的运输组织。失去了胶济铁路指挥权的赵蓝田无所事事，焦躁不安。胶济铁路已接收六年，他原本打算编辑一本《胶济铁路接收六周年纪要》，以求总结六年来国人管理胶路的得失，没想到却遇到此事，这对于他编纂这本书的思路和原则有了根本性的冲击，虽然胶济铁路已接收六年，国人作了种种努力，但一个不争的事实还是摆在面前，胶济铁路仍然处于日本人的控制之中。想来可叹可悲。如此说来，接收之后又有何得失可言？

当天，斋藤便发布了关于保护胶济铁路的公告。赵蓝田有些意外。

赵蓝田的注意力转向了济南，那里才是影响时局变化和走向的风暴眼。

这时他才知道，张宗昌已经跑了。

30

尽管日本人反对北伐，但蒋介石还是不惜冒险一试。在此之前，他已经进行了艰难的斡旋和努力，出现这样的局面实在是他不愿意看到的。

1927年，蒋介石曾经有过一次出兵山东的试探，日本果然"以御蒋军北进"为由宣布出兵。尽管日本不乏蒋的支持者，认为扶蒋反共是一箭双雕，既可以消灭共产党，也可以解决满蒙问题。即便如此，通过那次试探，蒋介石还是看出了日本人的态度，哪怕是所谓的支持者，也是有他们的底线的。当时在日本考察的黄郛曾给他发过一封电报，意思是，日本总体支持蒋介石的政策，但反对他北进，日本人让他以徐州为界，不得越雷池半步。由于日本出兵干预，加之内讧严重，蒋于这年8月"引咎离宁"。

　　蒋介石当然没有闲云野鹤的心境，他的这步棋经过深思熟虑，以退为进，避免矛盾当然是基本考量，而他心里还藏着另外一件事，那便是他认为自己没有把功课做到家，需要日本人改变态度，"谅解"他统一国家的良苦用心，特别是要让日本政府明白，中国的统一不会伤及日本的半点利益。抱着这种想法，他决定要到日本一趟，为争取日本政府支持再做努力。他明白，如果不能取得日本人的"谅解"，完成北伐、实现国家统一的雄心壮志很难完成。

　　所以，他辞职后，便在当年9月份带着张群等人前往日本。日本政府对这位中国的风云人物突然造访感到有些摸不着头脑。陆相白川以则在内阁会议上讲，虽然各方劝其再起，蒋不应，却跑到日本来了……昨日已到长崎，前途之行动不明。

　　面对日本方面的猜测和疑虑，蒋介石给出的答案是，他"先于五年前，于广州孙中山宅晤宋女士，一见倾心，因特致函宋女士求婚……但须得家属同意。宋母现在日本养疴，余东渡后，将往问病，并向宋母求婚"。这是个很好的理由，他来日本是向宋家求婚的。蒋的行程也确实是按照这样一个流程安排的。

　　蒋介石到达日本后，由长崎上岸，自云仙抵神户，即由先期在日本迎候的宋子文陪同，拜谒了正在有马温泉养病的宋太夫人，以"求缔良缘"。求婚成功之后，蒋介石在多种场合表现得喜不自胜，反复在讲，这是"有生以来最光荣、最愉快的事"了。

　　但对于冷眼旁观的日本政府来讲，作为一位政治狂人的蒋介石"最光荣、最愉快的事"恐怕远不止于此。他们仍然在暗自观察。

　　果然，蒋介石很快便开始遍访日本在野政客。而他造访的第一位政治人物便是头山满。夜色朦胧之际，蒋介石推开了头山满的房门。头山满作为黑龙会的头目，与日本政界、军部、财阀都有着广泛而密切的关系，争取他的支持至关重要。蒋介石始终记得与头山满的对话。当时，尽管有诸多的不放弃，但现在看来，日本之行不尽如人意的结果其实从开始就注定了。

头山满先是问起了蒋介石对日本的印象，蒋说："虽然来日时间较短，但最大的感受是贵国国民对中华民族的观念，无彼我之别，感到非常亲切。"

头山满点头，说："日本国民对大人的反共态度是极为赞赏的。"

蒋介石说："对共产党当然不能留情面。"

头山满点头："这点我们深信不疑。这符合我们的共同利益。"

蒋介石踌躇片刻，说："也恳请日本政府理解和支持我的大业。"

头山满沉默多时，才说："日本政府当然支持先生伟业，但现在恐怕还有着时机上的不契合。先生，还是要等待。"

"等待？"

"对。一动不如一静。"

"先生的意思是，我们还是局促在徐州以南……"

头山满说："这恐怕是日本政府的底线。这条线在山东，进入山东，也便是踩了红线。"

这次轮到蒋介石作出一番长思，然后才说："中国的统一，对日本也是有好处而无坏处的，我保证日本既有的在中国的利益，并且一定会比奉系做得更好。"

头山满微微一笑，说："我们当然相信蒋先生的诚意，问题在于现在形成的既有的利益格局是基于奉系的统治，现实的利益很重要，一旦受到侵害，没有人会从长远利益考虑问题，而是现实问题。实话说，先生的伟业会使一部分人首当其冲地受到利益上的损害，这点不容置疑，也是无法回避的。所以，请先生三思而后行。"

两人的谈话就此告一段落，蒋介石心有不甘，他决心付出最大的努力和最大的牺牲以争取日本人对于他北伐大业的支持，不达目的决不罢休。接下来的时间里，他又接外务省次官森恪、陆军大臣白川义则、参谋总长铃木庄六、参谋次长南次郎、铁道大臣小川、满铁总裁山本条太郎等人进行了一系列密谋。让蒋介石沮丧的是，日本政、商界人士的口径基本是一致的，他们全部表达了对于蒋的支持，特别是他对共产党的"围剿"，极尽支持之能事，但一涉及北伐问题，所有人都变得语焉不详，模棱两可，但透出的信息却是明确的，不支持蒋以推翻奉张政府为代价实现中国统一。

蒋介石恼怒不已。一番思量之后，他觉得有必要以公开形式向日本政府表明态度，也给日本政府施加适度的压力而观其反应。如果按部就班的节奏已经无法让他有更多的回旋余地，他必须制造些波澜。

于是，蒋介石便在东京帝国饭店举行茶话会，招待在日本的国民党人士。蒋介石洋洋洒洒发表了一番很明显是说给日本人听的祝酒词。"……我们的统一大业的目标是不变的，无论何种力量都无法阻挡我们前进方向。日本的支持至关重要，但美国、英国、苏联等国的支持也是必不可少的，所以只要我们坚定信心，我们的革命事业一定能够成功。"

所有人都听得出来，蒋介石是在借助其他西方列强的力量向日本施压，如果日本不支持的话，他将会转而求助于英美苏。

蒋介石的一番话切实击中了日本人的神经，他们无法容忍中国的"领袖"在本国大放厥词。蒋介石很快就受到日相田中义一召见。

蒋介石期待有奇迹的出现，但事态的发展也正如他所理性思考的那样，并不会有太大突破。尽管蒋介石的态度与茶话会上的慷慨陈词判若两人，变得十分谦卑，口口声声称对方为"老师""前辈"，但却并没有换来田中义一的好感，田中义一的态度十分生硬，说："蒋先生的言行我们都已经听到看到了，今天来，我想，我们无须探讨过去的问题，对于近来的情况也请先生免开尊口。我们要谈的，只有一点，未来。"

蒋介石细听深思，故作不解："未来？"

"对，未来，也就是先生将来的打算。"

"前辈的意思是？"

"很明确，对于蒋先生的反共态度我们是欣赏的，如果共产党在贵国得势，我们绝不会袖手旁观。这一点毋庸置疑。另外，希望先生还是把精力继续放在整顿江南上，中国有句话叫'识时务为俊杰'，没有必要把手伸得过长，更不要受人蛊惑，一味醉心于所谓的北伐。中国如此之大，南北差别如此之大，统一反倒会对国家发展有所滞碍，至少现在不具备条件。"

"首相，我想……"蒋介石想表达自己的意思，但被田中义一举起的手挡住了。

田中说："蒋先生的焦虑我是知道的，要消除焦虑就要回归现实，经营南方，放手北方。如此一来，日本将会给予先生最大支持，特别是在剿灭共产党的问题上，不遗余力。"

蒋介石碰了一鼻子灰，自己的想法根本就没有得以表达就灰溜溜地走出首相官邸。在他看来，真的是平生未受过的奇耻大辱。

蒋介石明白，至此，他的日本之行"最光荣、最愉快"的收获恐怕还是局限在了与宋家的联姻上，他以联姻为手段来日本所谋求的更大的"光荣"与"愉快"却注定要一无所获。

田中义一对于蒋的焦虑看得很明白，但蒋在焦虑之中所做出的决定却是让日本方面没有想到的，在他们看来，蒋经过日本一行的试探之后，一定会明白日本政府的态度，不会去做铤而走险的事情了，没有想到，蒋介石的意志却在日本之行后变得愈发坚定。

当然，蒋介石对于日本之行的失败还是倍受打击，他知道自己的北伐计划、统一中国的大业增添了新的变数，但是正如他在日本东京茶话会上那番演讲所透出的言外之意，如果没有日本的支持，他将会转而寻求英美甚至是苏联的支持。这既是他在日本所抛出的威吓之词，其实也是他的真实想法。这并非没有根据的空想，而是基于他对整个国际政治形势的分析判断所得出的结论。尽管有着巨大风险，但他还是想在国与国博弈的利益缝隙中找到施展拳脚的空间。所以，蒋介石尽管没有得到日本政府的支持，还是在徐州举行了北伐的誓师大会。

蒋介石心存侥幸，希望能够看到嘴硬的日本政府能够在权衡利弊后有所收敛，不至于真的出兵干涉。没想到，日本会如此干脆。事态发展到如此局面，蒋介石已经没有退路了。

31

由于日军接管了胶济铁路管理局。无所事事的赵蓝田本来升起了一份松散的慵懒，但接下来发生的一些事情却让他大感紧张与焦虑。他先是从报纸上看到了一则惊人的消息，直鲁军交通处长胡文通被张作霖处以极刑，且配有四张大幅血淋淋的图片。对于外人来说，战火连续的岁月里此种新闻并不见得引起多少共鸣，但这位被处以极刑的交通处长却是刚刚才从胶济铁路局长任上调走的，这就不能不让赵蓝田感到惊惧与不安。报纸丢在地上他浑然不觉，全身大汗淋漓。他不敢相信这会是真的，想确认一下，又缺乏重新捡起那张报纸的勇气,那几张配图实在太过刺激了。他最终还是鼓起勇气,再次确认了那位被处以极刑的交通处长确实就是曾任过胶济铁路管理局局长的"胡闹"。他死死地捏住报纸,直到揉搓成一团,才远远地抛到屋子的角落。胡文通被枪杀的原因并不详细,只说他疏导交通不利,贻误军机,导致直鲁战败,大帅震怒,军法处置。

赵蓝田只感到冷汗消了一茬又冒出一茬,身上干了又湿,有了旧病复发的迹象。

几天来,胶济铁路管理局都在谈论着胡文通的事。虽然没有猜得透他被杀的真实原因,但乱事之秋,胡文通的死还是让胶济铁路管理局上下一片悲凉,人人自危。

这是一件很意外的事情,而眼前的事情却并不亚于胡文通被杀给人带来的惊悸与恐惧。

日军的军事调动突然出现了一些异常。日本关东军二十八旅团从旅顺乘船,在青岛登陆,这批配以炮兵、铁道兵、通信兵和大炮的日军乘坐专列向西开进,但目的地却不是济南,所运兵械陆续在沿线胶州、高密、潍县、博山等大站卸车,开始在这些车站周边布防。有人报告赵蓝田,这批日本军人行前还在青岛专门定制了7000余套奉军军服,随后也将运往驻守在各车站的日军使用。日军突然间扩大警戒范围的做法让赵蓝田心头一紧,难道日本人的目的既在于阻止北伐军北上,还有着另外不可告人的阴谋,重新占领胶济铁路?此事太过重大,但却无从判断。赵蓝田暗自交代沿线车站密切关注日本人的举动。其实,他心里也充满着无助,果真如此,他又能如何处置?

事实确实如此,日本政府在发布了出兵山东的声明后,立即着手研究关于占领胶济铁路的问题。对他们来说,后续如果在济南无法达到既定目标的话,重新占据胶济铁路便势在必行。

因此,斋藤旅占领胶济铁路管理局后,立即发布了关于禁止破坏胶济铁路的公告。主要的原因不在于他们需要借助这条铁路进入济南,而在于他们有着更为长远的打算。

1928年5月1日,日军第六师团长福田彦助所率主力登陆青岛,黄海海面云集了32艘日本军舰,陈兵威慑,黑云压城。由于有了斋藤前期的准备,福田彦助于当日便乘专列率部开赴济南。

次日下午,福田彦助到达济南。而蒋介石以总司令身份所率的北伐军也先一步于当日凌晨抵达济南,两股力量同时集结济南,在胶济铁路济南火车站周边老商埠一带形成对峙之势。

福田彦助的司令部设在了火车站西侧的胶济铁路饭店,而他本人的具体指挥地点放在了只隔一条马路的经二纬三路的日本正金银行。正金银行是胶济铁路运输收入指定存储银行,关系着胶济铁路经济命脉。而早一步的蒋介石却住进了位于老城区的督署衙门旧址,看似以早到之先占据位置优势,其实从军事角度讲,将司令部设在胶济铁路济南火车站的日军更具有军事指挥上的便利和优势。

蒋介石任命方振武兼任济南卫戍司令。当晚10点,外交部部长黄郛抵达济南,但他并没有住进督署衙门,而是把津浦铁路管理局作为办公地点,以方便对局势的了解和掌控,为蒋介石充当前沿。

从当天下午开始,日本人便不允许有人进入警戒区,街面上不时听到商埠区内有枪响传来。临近傍晚,商埠区内的枪声突然密集起来,周边市民都在猜测着发生了什么。有信息传来,说是北伐军第四十军宣传队在商埠四马路纬一路口魏家庄张贴标语时,被日军出面干涉,开枪射击,杀死10余名军人,中国军队也向日军开枪还击,不知道有没有日本军人死亡。随后又有消息传来,日军在商埠内的牌照税局围缴了第四十军李益滋师的枪械,将该师一团人全部圈禁于邮政局内。

消息的准确性直到黄郛到达后才得到确认,但在此之前为了避免事态扩大,蒋介石已经向全军各部下达命令,没有军部命令一律不准开枪。在他想来,绝不能在济南与日本人纠缠,否则会影响北伐大业。黄郛到后,他马上让他去见福田彦助师团长,表明并不与日本人为难的想法。

黄郛深知此次日本人虽然打着保护侨民的旗号而来,但真实目的是阻止北伐军北上,本就是寻衅滋事的,想让日本人停下来几乎不可能。但是,他也觉得无论如何是要与日本最高指挥官有所沟通才好,以防激出更大变故。

黄郛带着二十余人组成的卫队从津浦铁路局住地出来,街面仍然不时有冷枪,他们走得小心翼翼。接近警戒区时,突然传来日军的喊话声,接着就有子弹射来。翻译用日语与对方交流,对方停止射击。卫队慢慢接近警戒线的木栅栏后,突然被一群日本兵包围,不由分说下了他们的武器。翻译忙在一旁解释,并指着黄郛说:"这是我们的外交部部长,要见福田师团长。"日本兵半信半疑,口里还是说,不管是谁,都不允许携带武器。翻译道:"这是自卫所用……"还想说什么，日本兵就挥动枪托击打。黄郛忙挥手示意翻译不要再作解释，自己对日本兵说："我要见你们长官，请您通报。"说着把名片递过去。日本宪兵拿着名片看了半天，便把他带到正金银行二楼福田彦助的驻地。

福田彦助听说南京外交部部长黄郛来见，犹豫良久，还是决定不见，因为他实在不知道如何向对方解释，他是军人，不是外交官更不是政治家，他只是服从命令而不是到这里来与中国人讲道理的。

黄郛等了半天，参谋长黑田却来告诉黄郛："福田先生身体有恙，不便见客。请黄先生回吧。我替福田司令说句话，就是请贵军放弃一切抵抗，不要过济南。"

黄郛想说什么，黑田说："黄先生好自为之。"转身走了。

黄郛无功而返，打电话向蒋介石报告情况，请示下一步处置之策。

很显然，电话那端的蒋介石也没有想出更好的办法，只是说："停止抵抗，先停止抵抗……"黄郛听出了蒋介石的愤懑与纠结。

5月3日晚，商埠区内突然再传密集枪声，蒋介石烦躁不安地打电话给方振武，说："不是说不要抵抗，不要抵抗吗？"方振武说："我马上去了解情况。"传回的信息却是并没有军队抵抗。那是怎么回事？第二天一大早，还是黄郛打电话告知了蒋介石昨晚枪响的真实原因。他在电话中沉痛地对蒋介石说："昨天交涉公署的职员全部被日军杀害了。"

"什么？"蒋介石简直不敢相信自己的耳朵，日军也太不顾及公理和国际规则，连外交官都杀？事情的起因是，5月3日晚，日军在北伐军设在商埠区的交涉公署门口发现两具日侨尸体，便认定是公署人员所为，交涉公署主任蔡公时据理力争，竟然被日军将耳、鼻割下并杀害，兽性大发的日军随即又将交涉公署的其他人全部杀害，行径让人发指。

随着信息的逐渐全面，蒋介石对日军的意图有了更准确的判断，他们的目的就是让北伐军陷入无法前行的泥淖之中。他坐回桌前，愤恨地写下一个"忍"。

下午，仍然不断有枪声和炮声传来，有一阵甚至出现了接连不断的炮击声。方振武报告说，日军炮击了位于白马山的通讯塔站。

蒋介石得到消息，日军的增援部队岩仓旅团继续由青岛开往济南。

济南上空出现了日军的飞机，投弹阻止北伐军继续开入济南。而在此时，冯玉祥所率之部也已过了泰安。蒋介石有些慌乱，担心如此一来，局面会不可收拾，命令各部从济南撤出，仅留第一军一营及第四十一军一团为卫戍部队，负责维护济南治安。又以防共为名下令阻止人民举行反日运动，取缔一切有碍中日邦交的标语和宣传文字。

  蒋介石亲自给福田彦助写了封信，表明态度。"3日不幸事件发生，本总司令以和平为重，严令所属军队全数撤离贵军所强占之设防区域。现在各军已先后离济，继续北伐，仅留少数部队维护秩序，本总司令亦于本日出发。盼贵军立即停止两日以来之一切特殊行动，借固中日两国之睦谊，而维东亚和平之大局。"

  写完信，蒋介石发报给冯玉祥，决定第二天与他在济南近郊津浦铁路上的党家庄火车站见面，商量下一步对策。没想到，当日午时，日本驻华公使来到督署衙门求见。蒋介石心里一喜，认为事态或许会有转机，公使礼数备至，说了很多中日邦交友谊的话，表达日方绝没有扩大事态的想法，无非是为了保护侨民。蒋介石觉得公使的话缺乏诚恳，事到如今，再说是为了保护侨民，那就是信口雌黄了。

  日本公使的拜访非但无法让蒋介石心安，反倒愈发忐忑，凭直觉感到这位日本公使没安好心，本想晚上好好休息，考虑明天与冯玉祥商议的相关问题，但坐立不安的他突然决定马上就走。但是，他刚到津浦铁路局所在地与他人汇合，突闻有飞机的轰鸣声，紧接着就见督署衙门方向传来猛烈的爆炸，火光冲天，蒋介石大惊失色，如果晚出来半个时辰，自己或许就已经命丧火海。这时他才知道自己的直觉是准确的，西田总领事前往督署正是侦察敌情。日本人是真的要置他于死地，一种不同戴天的仇恨从心底升起。

  蒋介石不敢再在济南城有片刻驻留，但是从市区到达冯玉祥的驻停点党家庄火车站还有一段距离，没有车辆代步是困难，尽管如此，蒋介石还是觉得越早离开越安全。在杨杰、黄郛等人簇拥下，蒋介石一行骑马在坎坷的道路上几乎走了半夜才看到了停靠在党家庄车站专列上的些微灯光。直到这时，蒋介石才松了一口气。在蒋介石的军旅生涯中，有过无数次的出生入死，但这一次却让他记忆深刻。

  冯玉祥实在没有想到站在面前的蒋介石如此狼狈，尽管车厢内昏暗的灯光已经把这种狼狈之色遮掩了大半，但站在冯玉祥面前的这个人还是没有半点总司令的英武之气。冯玉祥哈哈大笑起来。蒋介石赌气地把军帽狠劲丢在座椅上，端起桌上一杯冷水就喝起来。好在冯玉祥专列的物品应有尽有，不一会勤务兵就准备了丰盛的饭菜，蒋介石大口大口吃了半晌后逐渐恢复了斯文优雅。

第二天一早，想想日本人的歹毒之心，蒋介石仍然余怒未消，等到其他几人来到专列会议室，蒋介石定定神，和大家商量当前应对之策。

最着急的事当然是继续与日军交涉，蔡公时死后一时还没有人接手交涉署的事务，而交涉署又成为当前最有风险的职务，谁能临危受命？冯玉祥看到蒋介石前思后想，一时无法拿定主意，便说："我倒有一人，远在天边，近在眼前，担此重任，定无问题。"

说着，用手一指会议桌最末端正襟危坐认真做着记录的人说："崔士杰。"

蒋介石虽然对崔士杰不太了解，但知道他留学日本，后在上海搞纺织业，为王正廷所赏识，力邀其到陇海铁路局任局长一职。一个偶然的机会，为冯玉祥所发现，将其招至其所率领的第二集团军任参谋兼个人的日语翻译。前段时间，为刺探日本人对北伐的态度，冯玉祥专程派他去了趟日本，崔士杰利用留学日本时的人脉关系，拜访了商学各界，甚至还与日本首相田中义一有过一次面对面的对话。他的判断是，日本一定会出兵干预，而出兵的时机和节点就在北伐军开拔到兖州、泰安一带时，具体目标是不让北伐军过黄河。

放在眼前的人选，对局势也了解，当然为最佳人选。蒋介石说："从现在起，崔士杰就担任南京国民政府交涉公署主任。接下来将接继与日本军方进行交涉，任务艰巨，希望勇于任事，不辱使命。"

崔士杰有些意外，他一直倾心实业救国，抱实业救国的抱负前赴东洋，没想到归国后除却短暂在上海办过纱厂外，其他一系列的公务要职都如戏剧一般，无一件是他所愿。面对蒋总司令的任命，他喜乐并无，恐惧难却。

军前决定的事并无商量余地，接下来到了更关键的环节，下一步的军事行动。

蒋介石对下一步的军事行动极度困顿，他在两种方向之中犹豫，一是放弃济南，绕道继续北进。二是停止北伐，避免引发日军更大的反应。此次日军出兵如此决绝，足见其对奉系张作霖支持的程度。如果强行北上，很难说日本人不会扩大战事规模。前几天，第一个方案在他心中占据上风，正如誓师大会上所抱持的决心，无论多大困难都将义无反顾，勇往直前。

但根据现在的形势看，如果引发与日本全面大规模的战争，还能那样无所顾忌，不顾一切吗？那样北伐大业非但不能完成，恐怕既有成果也会丢失殆尽。

冯玉祥推断出了蒋的所思所想，这也是他专门从河南赶来的主要用意，他必须打消蒋的疑虑，按照既定的方针前进，不能功亏一篑。

冯玉祥说："总司令，在大的战略方针面前，绝不能随意改变目标，没有任何迹象说明，日本人敢渡过黄河追击北伐军。英美等国也断不会容许他们这么做，还请放下抱负，全力一搏才是。"

蒋介石说："可……变数很多。谁又想到日本这么快就出兵山东？"

"日本出兵山东是预料之中的事，只不过没有想到他们如此无所顾忌罢了。但是，我相信他们的手是不敢再往北伸了。"冯玉祥示意大家，说，"都谈谈看法。"

大家都拿不定主意，这种事情也不敢轻易表态，一旦战局失利，容易成为替罪羊。

冯玉祥见大家都不讲话，便把目光转向崔士杰说："你的判断呢？"

崔士杰人微言轻，又是刚刚被任命的交涉公署主任，知道自己有权利和义务在这种场合表达一下自己的意见，他也深知自己的意见无论对错都不会影响大局，所以并无他人的顾虑，心思反倒放松。

他说："我受冯将军委托到日本考察，掌握日本对北伐的态度，日本各界对于日本出兵干预都不讳言，但都止于济南，从未有人言及京津。倒是有另外一种倾向需要引起关注，那就是，他们似乎更在意胶济铁路，大有再占胶济之意。"

杨杰说："那不过是为了他们这次军事行动而已。"

崔士杰说："现实之需当然是为了这次军事行动，我觉得日本谋求胶济铁路，强化对山东控制的野心蠢蠢欲动"。

冯玉祥一摆手说："不要纠缠于细枝末节，胶济铁路不算什么，我们说的是北伐……"

崔士杰说："我说完了。"

冯玉祥重复道："你的想法是日本人不会进京津。"

崔士杰说："是的。"

专列又进入一种艰涩的沉默中，一种巨大的无法排解的疑虑在这种沉默中摇摆。这种摇摆的频率在愈来愈紧张的氛围中变得越来越快，越来越无法遏制。冯玉祥发现，自己对蒋介石的判断是有偏差的，他不是顾虑太多，而是恐惧了。或许他自己都不愿意承认，但冯玉祥从他的神情中读懂了这种细微的但仍在丝丝渗透着的毛茸茸的恐惧。

冯玉祥说："如果总司令还有顾虑的话，把第一集团军的指挥权交给我，我率队完成北伐任务。总司令可在南京主持大局，应对大事。"

听罢冯玉祥如此说，蒋介石脸上的犹豫之色更为明显，但这种犹豫恰是冯想要的，至此他也彻底明白了蒋的真实用意。最后商定的结果是，各军绕道渡河继续北伐，第二集团军孙良诚部由东阿、平阴渡河，第一集团军分别由济南北泺口、淄川北鸭旺口、长清北齐河口渡河。所有部队全部交由冯玉祥指挥。同时，任命冯玉祥部的孙良诚为山东省政府主席，蒋介石撤回南京。

最后，蒋介石还不忘对熊式辉说："济南的一切，都是第四十军总擅自与日军接战造成的，必须罢免贺耀祖，否则福田是不肯善罢甘休的。你亲自向福田面递呈文，将北伐军撤出济南的意思向福田讲明白。"

熊式辉点头称是。

这时，外面突然传来飞机的轰鸣声，不一会就有几架飞机在车站附近投下炸弹，接着是巨大的爆炸声。专列会议至此也便结束，北伐路线最终得以执行。

崔士杰、熊式辉、杨杰等人返回济南，各行其责。

蒋介石先退至泰安，再退至兖州。冯玉祥承担起了北伐军最后的攻击任务，正如他在1925年反戈一击吴佩孚带队冲进北京城决定了国家大势一样，几天后又是他带着北伐军冲进北京城赶跑了不可一世的张作霖，也才有了后续的国家统一。

北伐军退出济南，绕道北上，没有达到目的的福田彦助丧心病狂，继续指挥对已无抵抗能力的济南实施攻击……

32

哈雷特·阿班蜷缩在车厢生硬的木板座椅上，车窗外漆黑一片，只听到风在呼呼刮着，四月末的中国北方天气加之行驶中的车辆挟过的风，让人冷得直打寒战。他不知道火车是从青岛附近的哪个车站发出的,他乘坐着日本军方设在青岛的指挥部提供的一辆军车,行驶了大概有四十分钟来到火车站,天已经黑下来了,无从判断这是青岛附近的哪座火车站。原来日本的军用专列都是从这里开出的。尽管天黑下来,但他仍然还可以从车列的轮廓中判断出有三十多节车厢,走近看,有十几节客车,另外的车辆大多装有马匹、干草等物,他在日本士兵的引领下,走向了其中的一节客车,车厢里并没有其他人,和他一起的仍然是他的同行日本记者罗伯特·崛口——这实在是一个非常奇怪的名字,他猜测此人可能是一个有着欧美经历的日本人,否则不会有这样一个标新立异的名字,念头只是如此闪现,一路阴森恐怖的气氛让他无心纠结于此。

坐到车上后,明显能够感受到这节车厢所处的位置在客车与货车混挂的边缘,前面不时有马的喷鼻声,而另一侧很显然装着日本兵,可以从一种巨大无声的喘息中体会出来,人们都在压抑着。哈雷特·阿班与罗伯特·崛口相向而坐,同样沉默着,只能从对方微弱的喘息声中猜测着彼此的神情,不安、恐惧、无助却又有决心,记者的职责感和使命感使他们义无反顾地奔向济南,定要看看那里到底发生了什么。

作为《纽约时报》驻华首席记者,哈雷特·阿班本来是要前往山东采访干旱灾荒之事的,没想到从天津乘车到德州后,却发现津浦铁路黄河桥以南已经停运,根本无法到达山东省会城市济南。他想,济南发生了什么?在德州盘桓数日,才知道北伐军正在北上,日本就要出兵济南。记者的敏感让他随即决定一定要想办法赶到济南。经过细致考察,他确定了自己前往山东的路线,先到沈阳,由沈阳到大连,再由大连乘船到青岛,然后由青岛乘胶济铁路的火车前往济南。

而他到达青岛后发现,市面一片萧瑟,路上除了不时走过的日本兵外,很少有中国人出现,街头的铺面、商栈大多关门闭户。更让他痛苦不堪的是,胶济铁路已停运。无奈之下,他去美国领事馆询问情况,领事的回答含糊不清。他大惑不解,又去日本领事馆,直截了当地问:"福田师团长现在济南做什么?"日本领事馆崛内公使说:"我们也不知道。"

"不知道?"

哈雷特·阿班说:"那么是不是可以这样报道,福田师团被中国军队包围了,目前下落不明?"

"这……"崛内说,"当然不能这么报道。"

"那么是否可以说,福田师团的通信设备在战事刚起即告失灵,无法与外界联系?"

崛内对哈雷特·阿班的态度很生气,但又不敢得罪这位有着特殊背景的美国记者,尽量迁就他,应付道:"阿班先生,事情确实如此,军事方面的事千变万化,我们也无法掌握,这一点还请理解。"

"我理解不了。"哈雷特·阿班本来就对日本人没好感,见他如此敷衍,知道再问无益,还是尽快寻找其他门路为妙,便转身离开。

但是,日本人控制下的青岛,离开日本人寻找其他机会更难。回到酒店后,哈雷特·阿班才意识到这一点,后悔没有向崛内再争取一下。正当他不知如何是好之际,突然有了转机,而转机还是崛内送来的。下午,一位日军少佐开车来接他,告诉他晚上将会有一列军车驶往济南,崛内先生同意他乘这趟军列前往济南,当然,有一位叫罗伯特·崛口的日本记者与他同行。

日军少佐将他送到了这座青岛近郊的火车站,临行前告诉他:"崛内先生已尽了最大努力,他让我提醒先生,这趟旅行十分危险,一切后果他将不会承担。"

……

列车速度很慢,经常出现急刹车,给人一种小心翼翼,试试探探,时常会大祸临头的感觉。实际情况确实如此。当列车行驶到一半路程时,外面突然枪声大作,接着就有子弹射击到车体上的迸溅声,前面车厢内的日本兵在有秩序地下车应对,看得出他们对这种情况是有防范的,接着外面就有日军的号令声和整齐划一的步枪射击声。哈雷特·阿班紧张的心都提到了嗓子眼。半天,枪声才停下来。

列车又重新启动,哈雷特·阿班长出口气,庆幸危险终于过去,但车没开一会又停下来。接着就有人吆喝什么。罗伯特·崛口说:"有人拆毁了铁路,他们要下车去修。"哈雷特·阿班几乎绝望。但是,没想到铁路的抢修比想象中要快很多,半个时辰后,车又动了。

这时,外面渐有了一丝微光,山川河流的轮廓渐自显露出来。阿班和崛口几乎把全部神情投入到对外面境况的观察之中,他们极力想从中看出山东到底发生了什么。这种变化的痕迹是慢慢展开的,从最初散乱丢弃的枪械,到偶尔可见的军人尸体,越接近济南,战争的痕迹愈发明显,愈发惨不忍睹，有一个路段外，竟有成堆的军人尸体横七竖八地布满山坡，有些身体上还插着摇晃的枪，有些村庄冒着烟火，很显然，战争刚刚结束。

车在中午时分又停了下来，远处传来枪炮声。哈雷特·阿班几乎要崩溃，他不知道还能不能到达目的地。车虽然停下来，车上的兵士却都端坐不动。有位军曹吆喝着什么，从车厢的一端走向另一端。罗伯特·崛口说："北伐军与北洋军在战斗，和我们无关，没什么危险，但需要等。"

哈雷特·阿班道："真的是惊魂之旅。"

惊魂之旅似乎才刚刚开始，车到济南站停下后，两人走下车来，迎面见到两位日本宪兵。日本宪兵没想到会从车上下来两位异样的人，警觉道："你们是干什么的？"崛口说："记者，记者。"拿出记者证给宪兵看。宪兵放过了崛口，但却执意把这位哈雷特·阿班带回日本派遣军司令部关押起来。

在胶济铁路饭店派遣军司令部关押了一晚上，第二天凌晨，经过崛口协调，哈雷特·阿班才被释放出来。余怒未消的阿班对崛口吼道："你们大日本军人所做的是什么事情？我要控诉，控诉。"崛口只是苦笑。

哈雷特·阿班当天就要求采访福田彦助师团长，但日本派遣军司令部明确不予支持，哈雷特·阿班说："我来济南就是为了见福田师团长的，如果不让我见的话，我就只能相信自己的所见所闻和自己的判断了。"

日军听出了哈雷特·阿班的威胁，无奈地表示再请示，不一会果然有人引他到正金银行去见师团长。

从胶济铁路饭店到正金银行只有短短的十几分钟路程，但正是这十几分钟的时间里，哈雷特·阿班才有了此行对济南的第一丝感受，他嗅到的是一种浑浊的味道，抬头看看天，一片片轻烟若有若无地飘着，整个天空的基调完全是暗灰色的，天看不出是晴，还是阴，眼前的树叶刚刚吐青，但绿了的叶子却分明是颓败的，这是公元1928年济南在哈雷特·阿班眼里的一瞥。

哈雷特·阿班还未能从难言的意境中回味过来，他已经站在了福田彦助师团长面前。福田彦助很威严也很优雅，开门见山道："我很忙，你执意要见我？"

哈雷特·阿班说："是的，我想请问师团长最近在忙什么？"

福田彦助哈哈大笑，说："不亏为名记者，开门见山。"

哈雷特·阿班盯着他，等他回答自己的问题。

福田彦助说："我在忙着保护日本侨民，这是我们此行的目的。"

"有日本侨民被害吗？你们是怎么保护的？"

"有，当然有，所以，我们也对北伐军进行了适当的惩罚。"

"杀死了多少北伐军？"

福田彦助说："行凶者皆被诛。"

"能给我提供一些更为详尽的数据、资料吗？"哈雷特·阿班问。

福田彦助笑笑，以一种不容置疑的神情说："不能，当然不能，军方能给你提供数据和资料吗？"

哈雷特·阿班从师团司令部一无所获，他知道只有靠自己的实地调查了。他先是在商埠区转了一圈，但商埠区已全部为日军所占，所有的真相在日军的枪炮下被掩盖了，不可能再有真实的记述。他转身前往济南老城区，从馆驿街向老城西门走去，越往前走，那种他所嗅到的特殊的味道越是浓重、呛鼻，及至看到一座几近倾塌仍在冒着缕缕青烟的城垛，他已经猜测到了在过去几天里济南城究竟发生了什么……

从瓦砾狼藉的城门进入老城，偌大济南城，空无一人，一片死寂，哈雷特·阿班惊出一身冷汗。

33

傅书堂在袭击日军车队的战斗中差点丧了性命，这让刘子久极为恼火。

刘子久几乎是与傅书堂同时接受中共指令转移来到胶济铁路沿线活动的，王复元的叛变让山东党组织陷入极度困难的地步。傅书堂、丁子明等一批原在胶济铁路四方机厂的中共党员和原在津浦厂的刘子久等人都被党组织安排转入农村秘密开展活动。刘子久此时已是中共山东省委常委，实际上对于铁路沿线一带的中共党组织具有领导权。傅书堂虽不较刘子久更具领导力，但因为有着胶济铁路四方机厂罢工的影响，所有人都对他高看一眼，因此也显得更具权威性。所以，当他提出要袭击日军车队时，刘子久坚决反对，但并没有最终制止他。

在刘子久眼里，日军进攻济南是为了阻止北伐军北上，而现在他和傅书堂等人来到高密铁路沿线的主要任务非常明确，就是等待时机组织潍河一带的农民起义。

傅书堂的固执出乎预料，与他的交往中，刘子久对他的印象是极为稳当、顾全大局的,对于傅书堂此时所表现出来的性格的另一面,刘子久感到十分陌生。

刘子久除去坚守着大的目标外,还有一层对傅书堂的关心。虽然他与傅书堂争执中疾言厉色,但关爱之情却溢于言表。"你不能违犯党组织的决定。"

"党组织并没有不让我们阻止日军西进。"

"国共关系已经破裂,蒋介石已经沦为新军阀。"

傅书堂当仁不让道:"日本人是外族,国共就要同心协力。"

刘子久半晌没说话,缓过劲来后才说:"我知道你说的没错。可是,我们不能破坏整体计划……"

傅书堂说:"不会,我们阻挡日本军车,才会在民众中树立起更大威信。"

刘子久无从反驳,虽然傅书堂说的没错,但在他看来,两人的思路并不在一条平行线上。傅书堂的组织观念是淡漠的。

想了一会,刘子久叹口气说:"你马上就要去苏联了,要是发生意外,怎么向组织交代。"

傅书堂听罢不再言语,他听出这是刘子久的肺腑之言。尽管他与刘子久在很多事情上有不同看法,但对他还是心怀敬佩,他参加党组织早,又组织过几次铁路方面较有声势的工人罢工,现在又是自己的上级,不能不听命于他。

但是,对傅书堂来说,认准的事情一定要坚决办,这是他的性格使然。个人的安危并不在他考虑的首位。他知道组织上让他来协助刘子久组织潍河农民起义,但他也明白,对于他来说,这只是组织安排他出国前的临时性的过渡阶段。其实,他对于前往苏联并没有太大兴趣,对于做农民运动也不得要领,但对于发生在胶济铁路的事情却有着一种本能的敏感和冲动。所以,当他从青岛的铁路工友们传过来的话中听说,日本人将会乘坐专列进入济南的消息后,马上决定要想尽一切办法阻止日本人的军事行动。

傅书堂在铁路工作多年,非常相信工友的信息。对于一些极密的军事调动,他们甚至根本不用刻意地通过有关渠道探听消息,那些拿着检车锤的检车员从每一辆车走过后都会嗅到不一样的味道;那些几天前就会被刻意安排待乘的火车司机,用直觉就能判断出这辆车会开往哪里;那些车辆调动人员更是能够近距离地观察到车列所装载的人员和货物，以此可以判断出列车的机密等级……所以，傅书堂通过这些信息，对于日军的行动了如指掌，也对袭击日本军列的行动信心百倍。

刘子久的阻止只是让他犹豫片刻，回到住处，见到匆匆而来的丁子明后，他马上就恢复到既有的思路和规划之中。丁子明带了另外一名工友，说，"他叫王玉，是坊子车站的扳道员。日本人的车到达时他正好值班，可以做些手脚。"

叫王玉的人显然很是兴奋，说："我还有一些工务段的弟兄，他们可以在沿途破坏线路，让火车颠覆，至少可以让火车无法通行。"

傅书堂很高兴，表示希望能够动员更多铁路工人参与到破坏铁路的行动中。丁子明说："没问题，这些事情就让我们来做。"

傅书堂说："袭击日军的列车，有两个地方是重点，一是坊子，车从坊子出来后，在经过潍河时总会减速，如果能把火车颠覆最好，不行的话至少也要让火车把速度降到最低，以便行动。另一个是淄博，淄博多山地，便于隐蔽。如果日本军列过了淄博，就很难阻止他们进入济南了。"

丁子明说："恩铭同志多年前就在淄博一带的铁路、矿山发动工人运动，工人的觉悟高，我已经和他们取得了联系，他们已经全力做好了破坏铁路的准备。"

一番商议后，傅书堂了解到了更多详情，丁子明也得到了傅书堂的指示，与王玉离开，前去做进一步的安排。

两人走后，傅书堂陷入更深的思考，其实对于丁子明、王玉要做的事情他并不太担心，而他面临的更棘手的事情，不仅仅是破坏铁路阻挡日军的前进步伐，更为重要的是，挡住了他们的脚步后如何才能实施有效打击。现在看，仅仅依靠他能够调动的农民力量显然是不够的，况且刘子久对他的阻挡也会减弱这部分力量的存在。

就在他绞尽脑汁、计无所出之时，有人找上门来。来人叫宋国瑞，与傅书堂有一面之交，但却是传说中的厉害人物。傅书早听说他是山东高密人，黄埔军校第六期武汉分校学员，蒋介石清党后，为避风头，党组织安排他回老家开展工作。宋国瑞开门见山问："你要袭击日本的军车？"

傅书堂一愣，但随之坦然，知道他在高密一带也是党组织的核心人物，无论从何渠道他都有可能提前得到消息。

"是的。"傅书堂直言不讳。

宋国瑞说："我参加。"

傅书堂一愣："你怎么参加？"

"我可以拉武装参加。"

"你有武装？"傅书堂不知道他说的"武装"是指什么，是更多的农民，还是另有别法？

"当然是另有别法。"宋国瑞给出了一个让他意外而惊喜的答案。

原来，虽然国共两党破裂，但由于宋国瑞多年混迹于国民党内部，有很多至交，哪怕是在胶济铁路沿线驻防的国民革命军第十二师里面也有很多能够说得上话的人，当他们听说日本人要西进阻止北伐军时，同样表现得义愤填膺。

宋国瑞说："我可以做他们的工作，让他们抽出一部分人参与袭击，毕竟都是御外。"

傅大堂大喜。果然，宋国瑞的鼓动非常奏效，第十二师按照傅书堂从铁路方面得到的消息，准确布防，和傅书堂组织的农民军一起参与了阻击日军的行动。

夜色朦胧，清冷的铁道线散发出两道锐利寒光，静寂之中让人感受出一种难耐的跃跃欲试的冲动，傅书堂没想到会有那么多人投入到这场无声的袭击之中，由于袭击活动受到内部人员的质疑，所以他并没有奢望能够有更多人投入其中，甚至他本能地感到参与的人会与他的预期相差甚远，但从戳破静寂的声响看，显然有更多的人自愿投入了这场隐秘的行动之中。根据人影移动的方向可以判断出，他们大多是来自坊子周边的农民，并且有一大部分是来自坊子周边的车站、机务段和工务段等铁路单位。他们冲上铁道线，以自己机敏娴熟的动作，驾轻就熟地实施着对铁道线的破坏，两道寒光正在被他们悄悄地加以"放松"和"改造"，为将要到来的日本军车构建着陷阱。

傅书堂心里充满了难耐的激动。激动之余，他也生出几分莫名的担心，他把目光转向周边黑黝黝的山峦和空洞洞的河床，他无法预知那里有没有隐藏着更大的惊喜和意外。他带着一众农民，手里拿着土铳、刀棍埋伏在轨道外侧的树丛中。他心里明白，就凭他所带领的这些人，想与正规编制的日军对决是不可能有好结果的。但愿宋国瑞的承诺能够兑现。

日军的军车终于在半夜时分到了，随着轰隆隆的车轮撞击钢轨声，傅书堂的心提到了嗓子眼，他最希望看到的是日军的车辆能够戏剧性地倾覆到轨道下面，甚至是从高高的桥梁上翻落到潍河……但事与愿违，军车虽然在他预判发生情况的路段停了下来，但依他的经验判断，军车最多也只是脱轨掉道而已。当然，这也是机会，但显然留给他们施展作为的空间就不大了。

不一会就有日军下车，先是朝四周开枪，见没动静，便有更多的日军下车修理车辆。傅书堂在想，打是不打？打是以卵击石，无济于事；不打，又来做什么呢？

就在傅书堂犹豫之际，有人冒失地开了枪，土铳的声音大，但杀伤力明显不济。日军迅速调转枪口，朝着枪响的地方射击，傅书堂马上就听到有人被击中的痛苦的叫骂声、呻吟声。而他也第一时间感受到了一颗颗尖锐冰冷的子弹啸叫着从耳边掠过，他甚至能够判断出子弹与他肌肤间的惊心动魄的微妙的接触，他的心收缩成了一个钢硬的弹丸，身体也凝固了。

就在这时，山坡暗处突然枪声大作，钢轨周边的日军开始大声喊叫，显然是有人被击中了。日军还在还击，但暗处的枪声显然占了上风，这让傅书堂所带的农民军又兴奋起来，土铳又惊天动地地响了一次。如果此阵势延续下去，阻挡日军的行动一定会有成效，但傅书堂很快就察觉出来，山坡上的火力慢慢减弱，不一会所有的枪响竟然戛然而止。周边风过草动，一众人马撤退了。傅书堂愣了片刻，大失所望。明显看得出来，宋国瑞所动员来的阻止日军的部队人员是有限的。

日军继续胡乱开了一阵枪后，见周围突然没了动静，也便停了下来。过了一段时间，就见有影影绰绰的日军在起复脱轨的车辆，让傅书堂惊讶的是，日军很快就起复了车辆，并且修复了前后被破坏的铁路。看得出，日军配备了专业的铁路维护人员。

日军也不恋战，铁路修好后便继续向前开去。傅书堂所领的人马撤到潍河南郭村时，已是第二天午时，一死一伤。傅书堂悲伤不已，但也在情理之中。冒险，怎会不死人？

傍晚时分，宋国瑞回来了，说："十二师出动的人手太少。"傅书堂没作声，尽管如此，国民政府军的出手还是出乎他的预料，当然，他们阻止日军也是帮自己的军队。该与不该出手，说不清楚了。

傅书堂从宋国瑞口里得知，他带着一众人马与国民党军队配合，在淄博一带也破坏了一段铁路，差点就把日军挡在淄博以东。但日军的铁甲车坚固,另外车到淄博时天已经快要亮了,敌人火力全开,无法阻挡。

后来刘子久来了,他脸色阴沉,很显然对傅书堂的擅自行动还是抱有极大的不满,他并不反对阻止日军,而现在的结果却是他所预测到的,仅凭农民军,哪怕是有国民政府地方驻军的出手相助,也很难阻止日本人进入济南。不过,他还是带来了让大家兴奋的消息,日军在进驻济南前受到驻济南国民政府军的武力阻击,损失惨重。

几天后,不断传来日军在济南疯狂屠杀民众的消息。刘子久去了一趟济南,回来后立即催促傅书堂马上启程前往苏联。

济南惨案之后,傅书堂前往苏联,在那里他听到了一个比惨案更让他伤心的消息,在王复元"捕共队"的反复搜寻下,邓恩铭还是不幸被捕入狱,同时,还有省委秘书长何志深、省委巡视员孙秀峰、团省委代理书记宋耀亭等十几人。

傅书堂本能地感觉到,这次真的是凶多吉少了。

34

日本人非常恼火,他们没有想到,因为一个美国记者的存在,而使他们阻止北伐军的军事行动以最快的行动为世界所共知。加之国民政府的"渲染",他们的如意算盘并未如愿,还惹得国际社会一片谴责声,因此还背负了制造济南惨案刽子手的骂名。

1929年,中日两国政府开始接触谈判解决"济南惨案"问题。在与北洋政府外交总长的外交谈判中,日本公使芳泽突然提出,日方"为确保胶济铁路之交通,希望国民政府承认以下诸事项:该铁路之车辆,不得移用于他路;该路收入,除充该路本身之经费及偿还日本政府债务之本利外,不得流用于他途;增加配置于该路重要地位日本人数"。

王正廷大为诧异,他没想到,中国政府关注的是"济案"赔偿、撤军问题,而日本政府最为关注的好像还是胶济铁路问题。

王正廷参与过1919年以来胶济铁路接收的全过程,与日本斗智斗勇多年,日本政府对胶济铁路所动的任何细微的心思都逃不过他的眼睛,他知道,日本人在阻止北伐军北上未果的情况下,果然是想占领胶济铁路。只不过,局势对南京政府来说,可谓一帆风顺,日本人在皇姑屯炸死了张作霖，非但没有达到阻止南京国民政府的目的，反倒促成了张学良的"东北易帜"，使得国民政府得以一统全国。天空朗朗，别有用心的日本人恐怕自己也明白，他们的阴谋在光天化日之下终究是难以得逞的。

王正廷不给日本人以任何转移视线的机会，郑重其事地给芳泽做了答复：铁路交通之确保，国民政府向所最为注意。惟视为与撤兵问题无涉，自动的处置，可使铁道长令该路局长：不得移用该路铁路车辆于他线；该路之收入，除养路费以及偿还日本政府债务本利外，不使移用于他途。至于该路重要地位增用日本一人一节，本部长只能以该路理事长资格处理，不能与"济案"相提并论。

王正廷的态度很明确，"济案"即"济案"，不能把其和其他的问题相挂钩。

但是，当他真正开始检点"济案"的处置方式时，却发现，其实除却对济案受害者的赔偿外，最大的问题还是胶济铁路。所以，经过反复斟酌，他决定任命崔士杰为接收胶济铁路委员长，前往济南具体负责处理胶济铁路接收问题。

崔士杰到达济南的时间是1929年3月30日，他乘坐的专列由南京北上，到达距济南尚有几十公里的津浦路崮山车站后，驻济南日本总领事西田已在此迎候，崔士杰换乘了西田的专列，来到济南后，下榻在胶济铁路济南站前的电报局大楼。休息一天，谈判随即开始。

日本人似乎对坚守济南已不耐烦，对崔士杰的到来表现得很是期待。

谈判在电报大楼进行。中方代表除了崔士杰，还有李庆施。日方代表是第三师团参谋长谷寿夫，还有另外两位日本军人，谷寿夫介绍道："这位是岛田，这位是川南。"崔士杰点头示意。

谷寿夫说："崔先生，我们非常希望贵国能尽快接收济南，日本政府一刻也不想迟疑。"

崔士杰说："'济案'让人心痛，疗伤却要慢慢来。"

谷寿夫听出他话里有话，略一沉思，便说："既然贵国政府代表已到，济南的秩序和治安问题当首先接手才是。"

崔士杰听得出，这是以退为进、故意压人的招数，便微微一笑，说："贵军管了济南快一年了，没必要这么快撒手。"

谷寿夫说："这是责任问题，要界定清楚。不然的话，在此期间发生了问题应该谁负责？"

崔士杰不卑不亢道："责任问题当然要划定清楚，在接收结束前，日本军方对于济南的治安问题必须负责到底，这一点不容置疑。"

谷寿夫说："这样不是很公平吧？"

崔士杰说："无所谓公平与不公平，只是既定事实而已。不只是济南，还有胶济铁路沿线，在接收之前，日本军方不但要完全负责济南、胶济铁路沿线的绝对安全，当然也包括我们谈判委员的个人安全。这一点，我想，谷寿夫先生还请明确。"

崔士杰知道，如果此事不把日本人拴死，他们一定会肆意妄为，而作为中方来讲，目前确实还没有维护治安的能力。

谷寿夫犹豫不决的样子，崔士杰说："今天必须把这个宗旨立定好，才会有下一步的谈判。"

谷寿夫终于点头同意。

第二次谈判是在两天后，因为提前有了框架协议，内容相对单一，主要是对原定于4月18日正式撤兵的日期进行确认。双方均无异议。会后，崔士杰命令接收委员会正式发布通告，"……接收济南、青岛及沿线一切事宜协商顺利，不日即可实行。中方部队自此公告发布之日起，可向预定地点推进。"

四天后，双方再次进行谈判，这次因为涉及接防手续、日期及军政各机关入济办法等很多具体问题而显得烦琐而紧张。

崔士杰的步骤是，日军由济南撤退，原则上把日军由线缩成点，在接收前夕先集中起来，然后再由中国军队接防。他把这个意见说了，谷寿夫没有表示不同意见。

谷寿夫有他的顾虑，说："为避免中日两国士兵发生冲突，建议撤退地点与接防地点一定留有隔离距离，以保证安全。"

崔士杰说："这没有问题。第一步，先接收济南至博山段，第二步接收博山以东到青岛段。接防军16号进入济南正式接收。"

谷寿夫说："日本方面的军队会于18号撤出"

……

谈判已告结束，相关约定要报请南京政府审批。崔士杰本以为会速战速决，没想到，南京政府却迟迟不见动静，崔士杰不安起来，难道谈判有不妥之处。他开始焦虑，一遍遍过滤谈判中的细节，推敲报告中的措辞，并未见有违背基本原则之事。问题出在哪？

打电话询问王正廷，王正廷言语吞吐，崔士杰更感困惑。

而就在此时，波澜突起。他接到日本公使馆一位线人的报告，日本外务省、陆军参谋本部分别电令济南日领事馆，暂缓撤离济南及胶济铁路沿线，并且仍驻扎在济南的部分军队也接到相关密令。崔士杰陷入重重迷雾之中。

崔士杰赶去南京，他必须了解到底发生了什么。

他只有去找王正廷去求证。王正廷说："你不要问我，只需回济南等候便是。"

崔士杰当然不满足于这样的回答，并且也听出王正廷并不是在应付自己，而是话里有话。崔士杰并不能解惑，没有起身的意思。

王正廷叹口气道："统一接收的原则可能会改变。"

崔士杰愣了半天，没说出话来。但他心里也明白了为什么关于胶济铁路沿线的接收迟迟不能决定的原因所在。按照之前确定的原则，日本人退出胶济铁路后，由山东省统一组织接收，那么整个防区都会被置于孙良诚的控制之下，孙良诚是冯玉祥的部队，那么山东就会落入冯的囊中。显然，这不是蒋介石所愿意看到的。

那么，如果变成分别接收的话，控制范围就会得到分割，实现彼此制约，这才符合蒋总司令的意愿。

崔士杰怀抱落寞之情回到济南。实践证明，日本方面确实再无非分之想，他们也表现出了极大的不耐烦，公开表示最迟两个月内会全部撤兵。南京政府终于下达了胶济铁路分段接防令，此时已到四月底。

按照分段接防令，济南以东潍县以西由程心明及杨虎城两部接防；潍县及潍县以东由刘珍年及第四十五师分别接防；青岛及铁路沿线车站由政府所派宪兵接管。

孙良诚没想到蒋介石出尔反尔，一气之下，带兵撤出山东。孙良诚一走，南京政府就派陈调元代理山东省政府主席。

与此同时，日军野炮第三联队及步兵六十八联队、十八联队各一部；第三师团司令全体及军需兵、工兵、电信各队全部撤往青岛。

崔士杰与谷寿夫在青岛签订完成了最后一个军事物品移交协议，在日军长官安满钦一的率领下登船离开青岛。

海鸥云集，白涛似雪，那失去的、过往的一切都似离岸越来越远的船只，模糊却又深刻。

35

两个月后，崔士杰被新成立的南京国民政府任命为胶济铁路管理委员会副委员长。委员会制是新组建的南京政府对铁路管理体制的新探索和尝试，一切都在革故鼎新。虽然无论从国家层面，还是铁路微观层面，新体制已渐具雏形，新的活力也在酝酿，但变革的动荡还是如雷贯耳，人们仍然在惊觉与提防中继续着生活。也正是在这样的情绪中，哪怕一丝的新鲜事也会让人产生过度的反应。而就在这时，青岛各大报端突然相续刊载出一则消息，让人惊讶不已，兴趣大增。这些年纸媒早为血污、陈尸所覆盖，人们厌倦了扑面而来的杀伐与倾轧，此刻看到一则超然世外的消息自然会感耳目一新。这条信息仍然来自胶济铁路。

《青岛日报》的报道是——少海书画社成立，青岛火车站筑起"快活林"。

大意是一个叫作少海书画社的社团正式向社会宣告成立，而这一社团的发起人正是胶济铁路管理局的刘仲永、宋怡素、刘菊园，另外，还有一位非铁路人士刘济生。

报纸的广告栏内刊载了《少海书画社简章》，把少海书画社的基本情况、宗旨意图、组织方式做了介绍。

1.本社寄居岛上，地濒东海，定名为少海书画社。

2.本社社员以研究金石书画作为业余消遣，于每日六时后随便到社研习以资观摩而倡风雅。

3.本社由社员公推社员五人分理社务，本社开展览会时，其评议部临时组织之。

4.本社社员每月至少以作品三事交社陈列或由本社转交预约售品部陈列出售，所得润例除售品部开销外，提五成充本社基金，其多售者提三成。

5.本社作品得于春秋佳日开展览会，出售出品按原定润例或评议部临时润例酌提五成充本社临时费，作品不敷陈列时由评议部征集之。

6.本社售品部由本埠各纸庄或津沪各纸庄代办之。

7.本章如有不适宜处得由社员公议修改之。

……

明眼人一看便知，少海书画社背后隐藏着另外一位重要人物，赵德三。从胶济铁路管理局首任局长的位子退下后，清高的赵德三便立志不再入仕，在青岛、潍县和老家黄县一带活动，有人说在青岛见过他，也有说在火车上遇到过他，言之凿凿，但又无法确认具体的时间地点，只是传来传去，便把赵德三传成了一个神龙见首不见尾的神秘人物。或许人们所说的一切都是真实的，这些年来胶济铁路管理局发生的大事实在太多，走马灯似的换将，险象环生，步步惊心，又有谁还能记得早已淡出人们视线的前任局长。

赵德三在位时因得罪了田中玉，受到后者猛烈攻击，大有不去之不罢休的架势，甚至不惜向吴佩孚写告状信攻讦他，利用吴佩孚的权力死角最终逼吴不得不舍卒保帅，赵德三饮恨去职。而田中玉所罗列的赵德三的所有罪状中其中一条便是"酒肉征逐、不理正事"。这切实打中了赵德三的软肋，谁都知道赵德三是潍县著名画家刘嘉颖的得意弟子。在胶济铁路任职期间，也不避嫌，工余与铁路局同道中人出入酒楼，饮酒赋诗，切磋画技，为外人所不解。特别是他还借裁撤日员之际，无所顾忌地将赫保真、刘仲永等一些书画高手调入管理局任职，也并不能全为人所体谅，加之别有用心者一旁撺掇，没少惹非议。在田中玉密集攻击下，赵德三有口难辩，步步退却，最终连吴佩孚都无法维护他。

在任期间，赵德三一众好友，包括刘仲永、赫保真等人都曾多次建议，希望他能出面组织一个书画社团，找个固定的场所作为书画爱好者的研习之地，使大家都能够切磋技艺，相互裨益。这件事情最初是由交通部驻局秘书处陈纪元提出来的，但最有力的倡导者却是后来由胶澳督署调到胶济铁路管理局总务处编查科的刘仲永。刘仲永也被公认为是这帮爱好者中的佼佼者，为人尊崇，他的建议得到全体人员的一致赞同。

赵德三当然也有此议，甚至他已经向马廷燮商议此事。所谓商议无非是个过场，铁路局局长要找个地方还会没有，只不过大家相中的地点是青岛站的站房塔楼，需要马廷燮从中协调。马廷燮所表现出来的敢于担当，让赵德三大为感动。但是，后来田中玉的攻击一轮高过一轮，他变得自身难保，这件事情也便搁下来，在此窘境下，好友们也不再催促他。但马廷燮的态度依然明确，坚持把青岛站塔楼作为胶济铁路书画爱好者的研习和聚会之地。

新闻见诸报端，人们才发现，乱世之秋，青岛站塔楼竟然是一帮书画爱好者的世外桃源。此时的胶济铁路管理机构处于新旧交替之中，位列1923年胶济铁路接收大员之列的颜德庆出任了首任新的胶济铁路管理委员会委员长。作为副委员长的崔士杰经历了与日本人关于济南惨案的交涉后，心智大改，那个醉心政治多次代表政府到日本人斡旋的崔氏此时已是大感身心疲惫，他到胶济铁路管理局的任职很大程度上是他有意退隐的一个选择。碧海蓝天的青岛，当然是一个修身养性的绝佳去处。崔士杰的志向其实一直在是实业，他曾在上海办纱厂，闲暇之余喜吟诗作对，常有佳句。另外他对于教育和治理黄河也多有心得，常想在此有所作为，治河的书也写了几本；最让他开心的是，来到胶济铁路任职后还兼任了教育委员会的委员长。尽管他不善作画，但少海书画社的出现还是让他颇为属意，对于少海书画社的举动也非常关注。

少海书画社办得的确活跃。刘仲永、赫保真等人每天傍晚六点左右准时到此研习画作，高谈阔论，也吸引了越来越多的青岛名流慕名而来。刘仲永、赫保真早负盛名，这些年技艺更为精尽，求购者趋之若鹜，甚至专门有上海、天津一带信函求购。少海书画社名声大噪，也有更多人加入其中，包括刘序易、费源深、茅镇岱、齐志远、刘希亮、王海龙、张伯起、李炳章等名流……少海书画社成了一面旗帜，把青岛周边特别是胶济铁路管理内部的一大批书画大家招至麾下。崔士杰也来过几次书社，刘仲永、赫保真等人也知其情趣，有意吸纳他为会员。崔坚拒，在他看来，自己只是喜这种环境和氛围，并不擅书画，如此大有滥竽充数之嫌。反倒不如站在圈外看，更心地坦然。

除去切磋技艺之外，少海书画社还在塔楼上设立了售卖部，作为社员的画家们每个月至少要交三幅作品在售卖部销售，画作供不应求，效益可观，由此一来，社员们有了分成，书画社也可以从纯艺术的角度自由组织一些活动，这是刘仲永最为开心的一件事。

这天，又来塔楼的崔士杰听到了书画社同仁的一场争论，突然之间触发了他另外一分情思。刘仲永为了提高社团的知名度，提出了两点建议，一个是举办一场高水平的书画展，集中向社会展示少海书画社的艺术成就。另一件是刊印少海书画社成员的画册。大家对前者基本认同，并无更多争议，说的无非是费用问题，并且听得出作品也已筛选差不多了。而对后一件事的态度大家却有着非常大的差异。

陈纪云说:"要组织这样的书画展需要协调的事很多,可能要借助一些社会力量,譬如,我们是不是可以和当前的赈灾结合起来,这样更容易引起社会关注。"

刘仲永烦躁地摆摆手说:"我最讨厌把艺术与政治结合,我要的是纯艺术,不能与这些乱七八糟、八竿子打不着的事掺杂。"

陈纪云沉默,不再与他争执,但明显不屑于他的唯艺术论。

赫保真说:"纪云的话有道理,有些事不能脱离社会;再说,仲永兄艺术水准难道不是从政治理想中演化而来的。"

刘仲永没说话,他是出名的暴躁脾气,大家习以为常,但每当争论激烈时,总是赫保真出面说和。刘仲永从不与赫保真着急,这源于他对赫保真艺术造诣的心悦诚服。

费深源说:"我同意组织这样的展览,规模大点,影响力也大点。"

这时,刘仲永却突然反其道而行之。"我觉得规模不宜过大。艺术的影响力不在人多,而在于水准。我想,只需挑选五至六人的作品即可,展示最高水平。"

大家面面相觑,这种创意很符合刘仲永自视清高的性格,但如此曲高和寡当然会脱离现实,很难为大众认可接受。更为现实的是,在座的大部分人的作品也会被排除在外。

大家沉默,不再讨论。陈纪云转移了话题。"画册的事倒是应该抓紧办,各方面都已成熟,不要再拖下去。"

刘仲永说:"也想抓紧办,只是……他……不同意收录自己的作品。"

赫保真说:"他不是同意了?"

刘仲永说:"出尔反尔。"

陈纪云说:"那不行,无论出画册,还是办展览,他都必须有一席之地,艺苑所宗,没有他又怎会有少海书画社。"

崔士杰知道,他们所说的这个"他",便是赵德三。

果然不久,市面上便出现了一本《少海书画社画册》。崔士杰翻看这本画册时,却见里面收录了赵德三的一幅山水瀑布图,在最末端,不显山不露水,甚是低调。

半年后,刘仲永组织的书画展终于举办,崔士杰虽然并不知晓少海书画社的社员们是如何平息分歧的,但还是格外留意了是否有赵德三参与。刘仲永的选择确实苛刻且不留情面,只有七位少海书画社成员的作品入了他的法眼。赵德三的作品也没有出现,尽管并不一定是因为艺术水准的原因,但崔士杰还是感受到这位备受争议者的冷静和理性。这让他心里一直以来纠结的困顿变得清晰起来。乱世之秋,何处又是温柔乡?

自1929年4月,国民政府接管青岛后,投靠国民党的王复元变本加厉,勾结国民党青岛市委疯狂破坏中共组织。一度风起云涌的青岛工人运动陷入白色恐怖。

多行不义必自毙。

1929年8月16日,青岛市中山路一家鞋店传来三声清脆的枪响。次日,《申报》就有报道:"自首共产党王复元,16日下午6点25分左右,在青岛路被人暗杀,中三枪,当即殒命,凶手逃走。"

1931年8月,邓恩铭以颠覆国民政府罪被判处死刑,留《诀别》诗:

卅一年华转瞬间,
壮志未酬奈何天;
不惜惟我身先死,
后继频频慰九泉。